HEYNE BÜCHER

W0371089

SCIENCE FICTION

Herausgegeben
von Wolfgang Jeschke

Das Buch

Der Niedergang des Galaktischen Imperiums ist nicht mehr aufzuhalten, und die einzige Rettung für die Menschen besteht darin, Vorsorge für den späteren Wiederaufbau zu treffen. Der geniale Mathematiker Hari Seldon hat den ehrgeizigen Plan, genau dies mit seiner Psychohistorik sicherzustellen – indem er eine Foundation schafft und das gesamte Wissen der Menschheit in einer Galaktischen Enzyklopädie zusammentragen lässt. Dieses Szenario liegt Isaac Asimovs weltberühmter Foundation-Trilogie zugrunde, die Millionen von Leserinnen und Lesern bis heute begeistert. In der Zweiten Foundation-Trilogie von Gregory Benford, Greg Bear und David Brin können wir nun die atemberaubende Vorgeschichte dieses grandiosen Zukunftsprojekts miterleben.

Hari Seldon ist alt geworden. Sein Lebenswerk ist vollendet. Zufrieden ist er damit nicht, und er zweifelt daran, ob er den Menschen letztlich damit gedient hat. Ihm wird klar, wie tief gespalten die Roboter-Population wegen des ›Nullten Gesetzes‹ ist und welche unversöhnlichen Konflikte ausgetragen werden zwischen den Calvianern, die dieses Gesetz ablehnen, und den Giskardianern, die es für unerlässlich halten. Zudem bedrückt ihn der Verdacht, dass im Namen dieses Gesetzes in der Vergangenheit zahllose Lebensformen ausgelöscht wurden, um der Menschheit den Weg zu einer Besiedelung der Galaxis zu ebnen. Schließlich wird er inne, dass der unsterbliche Über-Roboter Daneel Olivaw, der die Menschen auf ihrem Weg durch die Jahrtausende unerkannt begleitete und behütete, längst Ziele ins Auge gefasst hat, die weit jenseits der Foundation liegen: die Vereinigung allen Lebens in der Galaxis.

Der Autor

David Brin, einer der bedeutendsten SF-Autoren der Gegenwart, wurde 1950 im kalifornischen Glendale geboren. Nach dem Studium der Astronomie war er vier Jahre lang als Ingenieur in der Luft- und Raumfahrtindustrie tätig, setzte dann sein Studium fort und promovierte 1981 mit einer Arbeit über Kometen. Anschließend lehrte er einige Jahre Physik und Astronomie an diversen Universitäten. Seit dem großen Erfolg seines Romans *Sternenflut* (Heyne SF 06/8208) arbeitet er ausschließlich als freiberuflicher Schriftsteller. Er lebt mit seiner Familie in Santa Monica.

Eine Liste der im Wilhelm Heyne Verlag erschienenen Bücher von David Brin finden Sie am Ende des Bandes.

DER ZWEITE FOUNDATION-ZYKLUS

DRITTER ROMAN

DAVID BRIN

DER SIEG DER FOUNDATION

Aus dem Amerikanischen von
IRENE HOLICKI

Deutsche Erstausgabe

WILHELM HEYNE VERLAG
MÜNCHEN

HEYNE SCIENCE FICTION & FANTASY
Band 06/8303

Titel der amerikanischen Originalausgabe
FOUNDATION'S TRIUMPH
Deutsche Übersetzung von Irene Holicki
Das Umschlagbild ist von Paul Youll
Das Foto der Autoren ist von Joan Abbe

Umwelthinweis:
Dieses Buch wurde auf chlor- und
säurefreiem Papier gedruckt

Redaktion: Wolfgang Jeschke

Erstausgabe 1999 by HarperPrism,
an imprint of HarperPaperbacks,
a division of HarperCollins*Publishers* Inc., New York
Mit freundlicher Genehmigung des Autors
und Paul & Peter Fritz, Literarische Agentur, Zürich
(# 55156)

http://www.heyne.de
Deutsche Erstausgabe 1/2001
Printed in Germany 11/2000
Umschlaggestaltung: Nele Schütz Design, München
Technische Betreuung: M. Spinola
Satz: Schaber Satz- und Datentechnik, Wels
Druck und Bindung: Bercker, Kevelaer

ISBN 3-453-17938-2

INHALT

Für Isaac Asimov

der zu unserem endlosen Tischgespräch
über das Schicksal
einen vollen Gang beisteuerte.

TEIL 1

Ein Schicksal wird geweissagt

Über Hari Seldons letzte Tage ist wenig bekannt. Zwar existieren viele schwärmerische Berichte, einige angeblich sogar aus seiner eigenen Feder. Glaubwürdig belegt ist davon jedoch kein Einziger.

Als unumstritten gilt allerdings, dass Seldon seine letzten Monate in Ruhe und Frieden verbrachte und mit Genugtuung auf sein Lebenswerk zurückblickte. Zeigte ihm doch der Scharfblick des genialen Mathematikers, ergänzt durch die Mittel der Psychohistorik gewiss das ganze Panorama der Geschichte und lieferte ihm die Bestätigung, dass er ihren Lauf in die richtigen Bahnen gelenkt hatte.

Zwar musste er mit seinem baldigen Tode rechnen, doch gab es gewiss keinen zweiten Sterblichen, der so ruhig und sicher in die Zukunft blicken konnte, wusste er doch, welch strahlende Verheißung sie in sich barg.

– ENCYCLOPAEDIA GALACTICA, 117. Ausgabe, 1054 F.Ä.

1

»Ich aber bin … am Ende.«

Unentwegt gingen ihm die Worte durch den Kopf, verfolgten ihn so gnadenlos wie die Decke, die ihm sein Pfleger immer wieder über die Knie zog, obwohl es in den Kaiserlichen Gärten warm genug war.

Ich bin am Ende.

Der grausame Satz ließ ihn nicht los.

… am Ende.

Vor Hari Seldon lag der Shoufeen-Wald mit seinen schroffen Hängen, ein Stück Wildnis innerhalb der Kaiserlichen Gärten, wo sich Pflanzen und Kleintiere aus der gesamten Galaxis in bunter Mischung angesiedelt und ungehindert ausgebreitet hatten. Hier verdeckten die riesigen Bäume sogar die allgegenwärtige Stahlturmsilhouette. Eine kleine, bewaldete Insel inmitten einer riesigen Stadtwelt.

Trantor.

Wenn er sich mit seinen altersschwachen Augen umsah, konnte er sich fast einbilden, auf einer anderen Welt zu sein – auf einem Planeten, der nicht gezähmt und in den Dienst des Galaktischen Imperiums der Menschheit gestellt worden war.

Der Wald ließ Hari keine Ruhe. Das Fehlen jeder geraden Linie, das üppig wuchernde Grün, das sich jeder Entschlüsselung, jeder Decodierung widersetzte, erschien ihm widernatürlich. Eine unberechenbare, ja *chaotische* Geometrie.

Im Geiste griff er auf dieses Chaos zu, das so undiszipliniert und voller Leben war, und sprach es an wie einen Gleichgestellten. Wie seinen ärgsten Widersacher.

Mein Leben lang habe ich gegen dich gekämpft, habe mich bemüht, die unübersehbare Vielfalt der Natur mithilfe der Mathematik zu bändigen. Mit den Instrumenten der Psychohistorik suchte ich die Strukturen der menschlichen Gesellschaft auszuloten, um dem trüben Sumpf so etwas wie Ord-

nung abzuringen. Und wenn mir meine Siege auch dann noch unvollkommen erschienen, setzte ich List und Tücke ein im Kampf gegen die Ungewissheit und trieb dich wie vor mir her wie einen Feind.

Warum also rufst du mich gerade jetzt, da ich glaube, endgültig triumphiert zu haben? Chaos, mein ewiger Rivale?

Als Antwort vernahm er die gleichen Worte, die schon die ganze Zeit sein Denken erfüllten.

Weil ich am Ende bin.

Am Ende als Mathematiker.

Über ein Jahr war es her, seit ihn Stettin Palver, Gaal Dornick oder ein anderer von den Fünfzig zum letzten Mal wegen einer größeren Permutation oder Korrektur des ›Seldon-Plans‹ zu Rate gezogen hatten. Ihr Respekt, ihre Ehrfurcht vor ihm waren ungebrochen. Aber sie hatten alle Hände voll zu tun. Außerdem war nicht zu übersehen, dass er nicht mehr flexibel genug war, um mit unzähligen Abstraktionen auf einmal jonglieren zu können. Man brauchte die geistige Beweglichkeit, die Konzentration, die *Arroganz* eines jungen Menschen, um sich an die hyperdimensionalen Algorithmen der Psychohistorik heran zu wagen. Seine Nachfolger – man hatte auf fünfundzwanzig Millionen Welten die besten Köpfe ausgewählt – hatten alle diese Eigenschaften im Überfluss.

Hari durfte sich keinen Illusionen mehr hingeben. Dafür blieb ihm nicht mehr genügend Zeit.

Am Ende als Politiker.

Wie hatte er dieses Wort einst gehasst! Sogar sich selbst hatte er vorgegaukelt, ein einfacher Akademiker bleiben zu wollen. Aber das war natürlich nur eine großartige Pose gewesen. Niemand konnte zum Kanzler des gesamten von Menschen bewohnten Universums aufsteigen, ohne ein begabter und kühner Stratege zu sein. O ja, auch auf *diesem* Gebiet hatte er sich als Genie erwiesen, hatte seine Macht gezielt eingesetzt, Feinde besiegt, das Leben von Billionen verändert – und dabei ständig geklagt, wie sehr er das alles verabscheue.

Manch einer mochte mit ironischem Stolz auf die Leistungen seiner Jugend zurückblicken. Nicht so Hari Seldon.

Am Ende als Verschwörer.

Er hatte jede Schlacht gewonnen, war aus jedem Wettstreit als Sieger hervorgegangen. Noch vor einem Jahr hatte er die derzeitigen Herrscher des Imperiums ganz unbemerkt dazu gebracht, ideale Bedingungen für das Gelingen seines geheimen psychohistorischen Projekts zu schaffen. Bald würden sich hunderttausend Verbannte mit dem Auftrag, eine große *Encyclopaedia Galactica* zu verfassen, auf dem fernen Terminus wiederfinden, einem öden Planeten. Aber das war nur ein Scheinmanöver, das binnen fünfzig Jahren in sich zusammenfallen würde, um den Blick auf die eigentliche Bestimmung jener Foundation am Rand der Galaxis frei zu geben - die Keimzelle eines lebensfähigeren Imperiums zu werden, während das alte Imperium zerfiel. Seit Jahren kreisten Haris Denken bei Tag und seine Träume bei Nacht nur noch um dieses Ziel. Träume, die weit in die Zukunft reichten, ein Jahrtausend gesellschaftlichen Zusammenbruchs - eine Epoche des Leidens und der Gewalt - übersprangen und eine neue Blüte, ein besseres Schicksal für die Menschheit prophezeiten.

Doch jetzt war seine Rolle in dem großen Drama ausgespielt. Er hatte soeben die letzten Aufzeichnungen für das Zeitgewölbe auf Terminus abgeschlossen - eine Reihe von Botschaften, gedacht als kleine Anstöße, als zarte Hinweise, um die Mitglieder der Foundation immer wieder auf den Weg in die von der Psychohistorik vorhergesagte strahlende Zukunft zurückzuführen. Sobald die letzte Botschaft im Kasten war, hatte Hari gespürt, wie sich die Haltung seiner Umgebung veränderte. Man schätzte, ja, man verehrte ihn nach wie vor. Aber er wurde nicht mehr *gebraucht.*

Ein untrügliches Zeichen war der Abzug seiner Leibwächter gewesen - ein Trio humaniformer Roboter, die Daneel Olivaw bis zum Abschluss der Aufzeichnungen zu Haris Schutz abgestellt hatte. Noch im Studio war es geschehen. Ein Roboter - überzeugend getarnt als stämmiger junger

Medizintechniker – hatte sich heruntergebeugt und ihm ins Ohr geflüstert:

»Wir müssen jetzt gehen. Daneel hat neue wichtige Aufgaben für uns. Aber er hat mir aufgetragen, Ihnen eins zu versprechen. Er wird Sie bald aufsuchen. Vor dem Ende findet noch eine Begegnung statt.«

Das war vielleicht nicht die taktvollste Art, sich auszudrücken, aber Hari hatte rücksichtslose Offenheit bei Freunden und Verwandten immer geschätzt.

Wie von ungefähr stand ihm plötzlich ein Bild aus der Vergangenheit vor Augen – seine Frau Dors Venabili beim Spiel mit ihrem Sohn Raych. Er seufzte. Dors wie auch Raych hatten ihn längst verlassen – es gab kaum noch jemanden, dem er persönlich verbunden war.

Das setzte den Schlusspunkt hinter den Satz, der ihn immer noch nicht losließ …

Am Ende als Mensch.

Die Ärzte versuchten verzweifelt, sein Leben zu verlängern, war man heutzutage mit achtzig doch eigentlich zu jung, um an Altersschwäche zu sterben. Aber Hari sah keinen Sinn darin, seine Existenz nur um ihrer selbst willen fortzusetzen. Schon gar nicht, wenn er das Universum nicht länger analysieren oder beeinflussen durfte.

Ob dieses Wäldchen mich deshalb so anzieht? Nachdenklich betrachtete er die unberechenbare Wildnis – nur ein kleiner Fleck in den Kaiserlichen Gärten, die mit ihren hundert Meilen Seitenlänge die einzige nennenswerte Grünfläche auf Trantors metallverkleideter Planetenkruste darstellten. Die meisten Besucher bevorzugten die gepflegten Grünanlagen mit den seltenen Blumen und den sauber geharkten Beeten, die allen Bürgern offen standen.

Doch ihn lockte der Wald von Shoufeen.

Hier sehe ich das Chaos, bei Tag im Laub und bei Nacht im spröden Glitzern der Sterne, ohne dass Trantors Mauern mir den Blick verstellen. Ich höre, wie es mich verspottet … wie es mir meinen Sieg streitig macht.

Der Gedanke entlockte ihm ein Lächeln, das die tausend Fältchen in seinem Gesicht noch vertiefte.

Wer hätte gedacht, dass ich noch so spät im Leben einen Sinn für ausgleichende Gerechtigkeit entwickeln würde?

Kers Kantun zog abermals die Decke über Haris Knien glatt und fragte besorgt: »Alles in Ordnung, Dr. Seldon? Sollen wir jetzt zurückfahren?«

Haris Diener hatte den rollenden Akzent - und die grünlich-blasse Haut - eines Valmoril, einer Untergattung der Menschheit, die sich im Corithi-Cluster, einem entlegenen Sternhaufen angesiedelt und dort so lange von aller Welt abgeschieden gelebt hatte, dass sie nun Sperma und Eizellen mit Enzymen vorbehandeln musste, um sich mit anderen Rassen paaren zu können. Kers war nach dem Abzug der Roboter zu Haris Pfleger und Beschützer bestimmt worden und erfüllte beide Aufgaben mit Ruhe und Entschlossenheit.

»Die Wildnis hier ist mir unheimlich, Doc. Und für Sie ist es doch bestimmt zu windig hier, oder nicht?«

Hari hatte gehört, dass Kantuns Eltern als junge Graue - Angehörige der Bürokratenkaste - nach Trantor gekommen waren. Sie hatten erwartet, ein paar Dienstjahre in den klösterlichen Ausbildungsstätten der Hauptwelt zu verbringen, um dann irgendwo in der Galaxis in einer der riesigen Verwaltungsbehörden eingesetzt zu werden. Doch es kam anders. Ihre Tüchtigkeit und eine undurchschaubare Beförderungspolitik führten dazu, dass sie blieben und ihren Sohn in den verhassten Stahlhöhlen großzogen. Kers hatte von seinen Eltern das legendäre valmorilische Pflichtbewusstsein geerbt - nur deshalb hatte Daneel Olivaw den jungen Mann auserkoren, Hari in seinen letzten Lebenstagen zu betreuen.

Auch wenn ich vielleicht zu nichts mehr zu gebrauchen bin, halten es einige Leute doch immer noch für nötig, auf mich aufzupassen.

Für Hari fiel R. Daneel Olivaw vielleicht mit mehr Berechtigung unter die Kategorie ›Leute‹ als die meisten *Menschen*, die er kannte.

Über Jahrzehnte hatte Hari das Geheimnis der ›Unvergänglichen‹ – jener Roboter also, die seit zwanzigtausend Jahren die Geschicke der Menschheit lenkten – sorgsam gewahrt. Die unsterblichen Maschinenwesen hatten zunächst geholfen, das Erste Galaktische Imperium zu gründen, um Hari dann bei seinen Bemühungen zu unterstützen, einen Nachfolger dafür zu planen. Hari hatte sogar einen von ihnen – Dors Venabili – geheiratet und mit ihr die glücklichsten Jahre seines Lebens verbracht. Ohne ihre Zuneigung – und ohne Daneel Olivaws Beistand und Schutz – wäre er nie im Stande gewesen, die Psychohistorik zu schaffen und den Seldon-Plan in die Wege zu leiten.

Und er hätte nie entdeckt, wie sinnlos das ganze Projekt auf lange Sicht war.

Ringsum rauschte der Wind in den Bäumen. Für Hari klang es wie ein höhnisches Echo seiner Zweifel.

Die Foundation kann die Aufgabe nicht erfüllen, die sie sich gestellt hat. Irgendwo, irgendwann in den nächsten tausend Jahren werden die psychohistorischen Parameter durch irgendeine Störung um eine Winzigkeit verschoben werden, das wird die statistische Dynamik erschüttern und deinen Plan aus der Bahn werfen.

Schon richtig, hätte er der Brise am liebsten zugerufen. Aber das wurde berücksichtigt! Eine *Zweite* Foundation, eine geheime Organisation, sollte unter Führung seiner Nachfolger den Plan im Lauf der Jahre korrigieren und den nötigen Gegendruck liefern, um ihn auf Kurs zu halten!

Doch das Stimmchen nörgelte weiter.

Was kann eine kleine, verborgene Kolonie, bestehend aus Mathematikern und Psychologen, schon bewirken in einer Galaxis, die unaufhaltsam ihrer gewaltsamen Zerstörung entgegenrast?

Seit Jahren hatte er das als Makel empfunden ... bis ihm der Zufall, das Schicksal eine Lösung lieferte. *Telepathen*, so genannte *Mentalisten*, menschliche Mutanten mit der unheimlichen Fähigkeit, die Gefühle und Erinnerungen anderer zu erspüren und zu verändern. Noch waren diese Fähigkeiten schwach ausgeprägt, aber sie waren erblich. Haris eigener Adoptivsohn Raych hatte das Talent an seine Tochter Wanda weitergegeben, die jetzt eine der Führerinnen des Seldon-Projekts war. Man hatte alle Telepathen angeworben, die zu finden waren, um Mischehen mit den Abkömmlingen der Psychohistoriker zu arrangieren. Nach einigen Generationen der Erbgutvermischung müsste die Zweite Foundation über ausreichende Mittel verfügen, um seinen Plan in den kommenden Jahrhunderte vor Abweichungen zu bewahren.

Und wenn schon?

Der Wald höhnte weiter.

Was hast du dann erreicht? Soll das Zweite Imperium von einer Schattenelite beherrscht werden? Einer Geheimgesellschaft menschlicher Hellseher? Einer Aristokratie mental begabter Halbgötter?

Selbst wenn diese neue Elite nur in bester Absicht handelte, die Aussicht ließ ihn frösteln.

Kers Kantuns Schatten fiel über Hari, der Pfleger betrachtete ihn besorgt. Hari riss sich los vom Gesang des Windes, um endlich die Frage seines Dieners zu beantworten.

»Äh ... Verzeihung. Sie haben natürlich Recht. Fahren wir zurück. Ich bin müde.«

Kers dirigierte den Rollstuhl auf eine verborgene Transitstation zu, doch Hari hörte immer noch, wie der Wald sein Lebenswerk verspottete.

Auch die Mentalisten-Elite ist doch nur eine weitere Schicht, nicht wahr? Hinter der Zweiten Foundation versteckt sich eine noch tiefere Wahrheit, und auch sie ist nicht die letzte.

Ein größerer Geist als du hat einen Plan entworfen, der über deinen noch hinaus geht. Eine stärkere Persönlichkeit, aufopferungsfreudiger und weitaus geduldiger als du. Dieser Plan wird sich auf den deinen stützen, jedenfalls zunächst ... aber mit der Zeit wird er die Psychohistorik überflüssig machen.

Hari schob die rechte Hand unter seine Kleidung und tastete nach einem glatten Würfel, der sich anfühlte wie ein Edelstein – ein Abschiedsgeschenk seines Freundes und lebenslangen Mentors R. Daneel Olivaw. Er strich über die Oberfläche des uralten Datenspeichers und murmelte so leise, dass Kers es nicht hören konnte:

»Daneel, du hast versprochen zu kommen und mir alle meine Fragen zu beantworten, bevor ich sterbe. Und ich habe noch viele Fragen an dich.«

2

Vom All aus gesehen war es eine freundliche, von der Zivilisation kaum berührte Welt. Ein üppig grüner Regenwaldgürtel zog sich an den Tropen entlang, und schmale Ozeane leckten an den drei Kontinenten.

Dors Venabili schwebte auf die alte Kaiserliche Forschungsstation zu. Unter ihr wurde das grüne Panucopia immer größer. Seit ihrem letzten Besuch auf diesem Planeten waren fast vierzig Jahre vergangen. Damals waren sie und ihr menschlicher Ehemann vor gefährlichen Feinden auf Trantor geflüchtet. Aber die Probleme waren ihnen gefolgt und hätten sich um ein Haar in einer Tragödie entladen.

Dors hatte hier das merkwürdigste Abenteuer ihrer gesamten Existenz erlebt – wobei zu berücksichtigen galt, dass sie für einen Roboter noch ziemlich jung war. Über einen Monat hatten sie und Hari ihre Körper in einem Suspensionstank gelagert und ihr Bewusstsein in den Körper von Pans – (in manchen Dialekten auch ›Schimpansen‹ genannt) – projizieren lassen, die durch die Waldreservate dieser Welt streiften. Hari hatte behauptet, für seine psychohistorischen Forschungen Informationen über primitive Reaktionsmuster sammeln zu wollen, aber Dors war damals den Verdacht nicht losgeworden, der ehrenwerte Professor Seldon sehne sich in den Tiefen seiner Seele danach, sich für eine Weile ›zum Affen machen zu lassen‹.

Sie erinnerte sich gut an die Zeit im Bewusstsein ihres

weiblichen Pan, an die starken organischen Triebe, die einen vitalen lebenden Körper beherrschten und, ganz anders als die simulierten Emotionen, die man ihr einprogrammiert hatte, von einer Woge natürlicher, ungezügelter Leidenschaft getragen wurden. Besonders deutlich war das in jenen Tagen der Gefahr zu spüren gewesen, als jemand ihr und Hari nach dem Leben trachtete und sie jagte wie Tiere, während sie noch in den Pan-Körpern gefangen waren.

Nachdem sie dem Tod mit knapper Not entronnen waren, waren sie eilends nach Trantor zurückgekehrt, und wenig später hatte Hari schweren Herzens das Amt des Kanzlers übernommen. Bei ihr, Dors, hatte sich in diesem Monat jedoch eine Wandlung vollzogen, die ihr Verständnis für organische Lebensformen sehr vertiefte. Im Rückblick betrachtet war es eine wertvolle Erfahrung gewesen, die ihr geholfen hatte, noch besser für Hari zu sorgen.

Allerdings hatte Dors nicht erwartet, Panucopia jemals wiederzusehen. Bis man sie ausgerechnet hierher bestellte.

Ich habe ein Geschenk für dich, lautete die Botschaft. *Etwas, das dir gute Dienste leisten wird.*

Signiert war sie mit einem unverwechselbaren Identifikationscode, den Dors sofort erkannte.

Lodovik Trema.

Lodovik der Mutant.

Lodovik der Verräter.

Der Roboter, der keiner mehr ist.

Die Entscheidung war Dors zunächst nicht leicht gefallen. Da war ihre Arbeit auf dem Planeten Smushell - kein schwieriger Einsatz. Sie sollte einem trantoranischen Paar - zwei jungen Leuten, die auf dieser schönen Welt als kleine Adelige auftraten - den Einstieg ins Eheleben erleichtern und sie ermuntern, möglichst viele Babies zu produzieren. Darauf legte Daneel großen Wert, aus Gründen, die wie üblich schwer durchschaubar waren. Dors wusste nur, dass Klia Asgar und ihr Mann Brann außergewöhnlich starke Mentalisten waren - Menschen mit überragenden telepathischen Fähigkeiten, wie sie bisher nur einige Roboter wie Daneel besessen hatten. Durch ihr plötzliches Auftauchen hatten sich viele Pläne geändert ... Pläne, die im letzten Jahr noch mehrmals umgestoßen worden waren. Die Existenz telepathisch begabter Menschen musste vor der Masse der galaktischen Bevölkerung ebenso geheim gehalten werden wie die Existenz der Roboter, die sich seit tausend Generationen unter die Gesellschaft mischten.

Als Lodoviks Botschaft kam, reichte die Zeit nicht mehr, um Anweisungen von Daneel einzuholen. Wenn sie rechtzeitig zum Treffpunkt gelangen wollte, musste sie das allernächste Raumschiff nach Siwenna nehmen, wo ein schneller Kreuzer auf sie wartete.

Im Namen der Menschheit schlage ich vor, die Waffen ruhen zu lassen, hatte Lodovik gesendet. *Ich verspreche dir, die Reise wird sich lohnen.*

Klia und Brann waren in Sicherheit und lebten glücklich und zufrieden. Dors hatte sie mit Verteidigungseinrichtungen geschützt, die um ein Vielfaches stärker waren als jede denkbare Gefahr, und ihre Roboterassistenten waren wachsam. Es gab keinen Grund, die Reise *nicht* zu wagen. Dennoch fiel ihr die Entscheidung entsetzlich schwer.

Nun stand das Treffen unmittelbar bevor. Sie knetete ihre Hände. Die positronischen Rezeptoren, die an genau den gleichen Stellen saßen wie die Nerven einer echten Frau, erzeugten ein Gefühl der Anspannung. Die Kristallscheibe zeigte ihr Spiegelbild vor der aufsteigenden Waldlandschaft. Es war das gleiche Gesicht wie damals, als sie noch mit Hari zusammen lebte, jenes Gesicht, das sie immer als das ihre betrachten würde.

Hari Seldon lebt noch, dachte Dors. Ein Wissen, das teils auf Hörensagen, teils auf Intuition beruhte. Zwar gehörte sie nicht zu den Robotern, die Daneel mit den telepathischen Fähigkeiten der Giskardianer ausgestattet hatte, aber sie war überzeugt, dass sie es sofort spüren würde, wenn ihr menschlicher Ehemann starb. In diesem Moment würde ein Teil ihrer Schaltkreise blockieren und sein Bild und die Erinnerung an ihn in einer Dauerschleife einschließen. Dors wusste, dass sie noch zehntausend Jahre weiter existieren konnte, aber in gewissem Sinn immer Haris Frau bleiben würde.

»Wir landen in knapp zwei Stunden, Dors Venabili.«

Der Pilot, ein humaniformer Roboter der unteren Stufe, war Mitglied einer Gruppe calvinischer Abtrünniger gewesen, deren Ziel es war, Haris Psychohistorik-Projekt zu torpedieren. Ein Jahr zuvor hatten Daneels Hilfstruppen fünfzig solcher Dissidentenmaschinen gefangen genommen und zu einer geheimen Reparaturwelt geschickt, um sie dort zum Nullten Gesetz der Robotik zu bekehren. Doch Lodovik Trema hatte die Gefangenen unterwegs entführt, und nun arbeiteten sie offenbar für ihn.

Ich begreife nicht, was Daneel bewogen hatte, Trema mit dieser ... oder überhaupt mit einer Mission zu betrauen. Lodovik hätte zerstört werden müssen, sobald wir entdeckten, dass sein Gehirn den Vier Gesetzen der Robotik nicht länger gehorchte.

Daneel befand sich offenbar in einem Konflikt. Der Roboter, der seit zwanzigtausend Jahren die Geschicke der Menschheit lenkte, schien nicht zu wissen, was er mit einem Mechanismus anfangen sollte, der sich mehr wie ein Mensch benahm als wie eine Maschine. Der *aus freien Stücken* moralisch handelte, anstatt durch eine strikte Programmierung dazu gezwungen zu werden.

Ich bin von diesem Konflikt nicht betroffen, dachte Dors. *Trema ist gefährlich. Seine Art von ›Moral‹ kann jederzeit dazu führen, dass er gegen unsere Interessen handelt ... oder einem Menschen Schaden zufügt - vielleicht sogar Hari!*

Das Erste wie das Nullte Gesetz zwingen mich zu handeln.

Eine logische Schlussfolgerung, stichhaltig bis ins Letzte. Doch bei ihr war jede Entscheidung von simulierten Emotionen begleitet, die so realistisch waren, dass Daneel sie nach eigener Aussage nicht von menschlichen Gefühlen unterscheiden konnte. Wer Dors in diesem Moment beobachtet hätte, dem wäre die eiserne Entschlossenheit in ihren Zügen nicht entgangen. Sie würde schützen, und sie würde dienen, koste es, was es wolle.

3

In früheren Zeiten hatte Hari für die Erledigung seiner gesamten Post 140 Sekretäre beschäftigt. Heute erinnerte sich kaum noch jemand daran, dass er einmal Kanzler des Reiches gewesen war. Vor nicht allzu langer Zeit war er noch als ›Rabe‹ Seldon, der Unglücksprophet, berüchtigt gewesen, doch auch in dieser Rolle hatte ihn die Woge des öffentlichen Wankelmuts rasch fortgespült, sobald die Reporter sich neuen Sensationen zuwandten. Seit dem Ende seines Prozesses, in dem die Kommission für Öffentliche Sicherheit seine sämtlichen Anhänger nach Terminus verbannt hatte, versiegte der Strom der Mitteilungen. Als Kers ihn von seiner täglichen Ausfahrt zurück brachte, zeigte der Wandmonitor nur ein halbes Dutzend Posteingänge.

Zuerst überflog Hari den Wochenbericht, den Gaal Dornick zum Zeichen seiner Achtung vor dem Vater der Psychohistorik nach wie vor persönlich diktierte. Gaals breites, immer noch jugendlich wirkendes Gesicht strahlte eine aufrichtige Lebensfreude aus, die beruhigend wirkte – dabei gehörte er inzwischen zu den Anführern der wichtigsten Verschwörung der Menschheit seit zehntausend Jahren.

»Die schlimmsten Kopfschmerzen bereitet uns im Moment die eigentliche Umsiedlung. Einige Angehörige des Enzyklopädieprojekts sind offenbar nicht gerade begeistert, Trantor verlassen zu müssen, um in die hinterste Ecke des bekannten Universums verbannt zu werden!«

Dornick lachte leise, aber es klang erschöpft.

»Damit haben wir natürlich gerechnet und Vorsorge getroffen. Kommissar Linge Chen hat Einheiten der Spezialgarde abgestellt, um Desertionen zu verhindern. Und unsere Mentalisten treiben die ›Freiwilligen‹ mit sanfter Gewalt auf die startbereiten Schiffe. Aber mehr als hunderttausend Menschen im Auge zu behalten, ist nicht leicht, Hari. Du machst dir keinen Begriff von den kleinen Schwierigkeiten, mit denen wir uns tagtäglich herumschlagen müssen!«

Gaal blätterte in seinen Papieren und wechselte das Thema.

»Deine Enkelin schickt herzliche Grüße von Star's End. Wanda meldet, die neue Mentalistenkolonie habe sich inzwischen so gut eingelebt, dass sie bald nach Hause kommen könne. Es erleichtert uns die Arbeit sehr, dass endlich die meisten Mentalisten Trantor verlassen haben. Sie waren ein ständiger Unruheherd. Nur die vertrauenswürdigsten sind in der Stadt zurückgeblieben und leisten bei den Vorbereitungen unschätzbare Dienste. Wir haben also alles gut im Griff ...«

Wahrhaftig. Hari überflog die psychohistorischen Formeln, die Gaal im Anhang übermittelt hatte, und sah, dass sie sich glatt in den Plan einfügten. Dornick, Wanda und die anderen Mitglieder der Fünfzig verstanden ihre Arbeit.

Immerhin hatte Hari sie ausgebildet.

Er brauchte seinen eigenen Primärradianten nicht einzuschalten, um zu sehen, was als nächstes passieren musste. Bald würde man Agenten nach Anakreon und Smyrno entsenden, um die in diesen entlegenen Provinzen gärenden Sezessionsbestrebungen zu fördern und den Schauplatz für die erste Krisenserie der Foundation vorzubereiten ... die Erste von vielen auf dem Weg zu einer neuen und besseren Zivilisation.

Natürlich war sich Hari der Ironie der Situation durchaus bewusst. Als Kanzler hatte er während seiner ganzen Amtszeit Revolutionen im Keim erstickt, und er hatte dafür gesorgt, dass auch seine Nachfolger alle so genannten ›Chaoswelten‹ unterdrückten, sobald soziale Umwälzungen überzukochen und die menschliche Gesellschaft aus dem Gleichgewicht zu bringen drohten. Die Unruhen, die seine Anhänger an der Peripherie entfachen sollten, waren jedoch anders geartet. Nach außen hin wurden sie von ehrgeizigen Vertretern des örtlichen Kleinadels angeführt, die bestrebt waren, ihre eigene Macht zu vergrößern. Sie waren klassisch im wahrsten Sinne des Wortes und würden sich präzise in die Gleichungen einfügen.

Wie es der Große Plan verlangte.

Die übrige Post war fast ausschließlich Routine. Eine Einladung zum Jahresempfang für emeritierte Professoren der Streeling-Universität lehnte er ab … ebenso eine zweite zu einer Kaiserlichen Ausstellung, auf der neue Kunstwerke vermeintlicher ›Genies‹ des Exzentrikerordens gezeigt wurden. Diese Veranstaltung würde einer der Fünfzig besuchen, um sich zu überzeugen, wie weit die Künstlerkaste des Imperiums auf ihrem Weg in die Dekadenz fortgeschritten war. Aber das geschah nur, um ein bekanntes Phänomen – dass nämlich echte Kreativität einem neuen historischen Tiefstand zustrebte – differenzierter zu erfassen. Hari stand hoch genug, um eine solche Ehre ablehnen zu können. Und deshalb tat er es auch.

Als nächstes folgte eine Aufforderung, seinen Gildenbeitrag als Ehrenmitglied des Meritokratenordens zu entrichten – auch das eine Pflicht, die er lieber vernachlässigt hätte. Aber die Zugehörigkeit war mit gewissen Privilegien verbunden, und er hatte kein Interesse daran, in seinem Alter wieder zum einfachen Bürger degradiert zu werden. So gab er mündlich Anweisung, die Rechnung zu begleichen.

Sein Herz schlug schneller, als auf dem Wandschirm ein Schreiben der Detektivagentur Pagamant erschien. Er hatte das Unternehmen schon vor Jahren beauftragt, nach seiner Schwiegertochter Manella Dubanqua und ihrer kleinen Tochter Bellis zu suchen. Beide waren auf einem seither verschollenen Flüchtlingsschiff von der Chaoswelt Santanni gestartet, wo Raych ums Leben gekommen war. Ein Fünkchen Hoffnung flammte auf. Hatte man endlich doch eine Spur gefunden?

Aber nein, es war nur ein Zwischenbericht. Die Detektive sichteten immer noch Meldungen über vermisste Schiffe und befragten Reisende entlang der Strecke Kalgan-Siwenna, wo man die *Arcadia VII* zum letzten Mal geortet hatte. Die Ermittlungen würden fortgesetzt … es sei denn, Hari habe sich inzwischen doch zum Aufgeben entschlossen?

Er biss die Zähne zusammen. *Nein.* Sein Testament enthielt sogar einen Treuhandfonds, aus dem die Suche auch nach seinem Tod weiter finanziert werden sollte.

Zwei der letzten Briefe kamen ganz offensichtlich von Spinnern, Amateurmathematikern auf fernen Welten, die behaupteten, auf eigene Faust bestimmte Grundlagen der Psychohistorik entdeckt zu haben. Hari hatte den Post-Monitor beauftragt, solche Mitteilungen auch weiterhin durchzustellen, denn zum Teil waren sie recht amüsant. Außerdem kam es ein- bis zweimal im Jahr vor, dass ein Schreiben echtes Talent verriet, ein geniales Flämmchen auf einer fernen Welt, das nicht unter der Asche der imperialen Billiarden erstickt war. So war er auf etliche Personen aufmerksam geworden, die heute zu den Fünfzig zählten. Vor allem auf seinen wichtigsten Kollegen Yugo Amaryl, der es verdiente, als Mitbegründer der Psychohistorik gewürdigt zu werden. Yugos Aufstieg aus bescheidensten Verhältnissen in die Höhen der reinen Mathematik stützte Haris Überzeugung, dass jede künftige Gesellschaft auf sozialer Mobilität basieren und ihre Angehörigen ermuntern sollte, sich empor zu arbeiten, so weit es ihre Fähigkeiten erlaubten. Deshalb ließ er es sich nicht nehmen, diese Botschaften wenigstens kurz zu überfliegen.

Diesmal war eine darunter, die ihn fesselte.

... glaube ich, Zusammenhänge zwischen den Verfahren Ihrer Psychohistorik und den mathematischen Modellen für die Berechnung des Verlaufs spatio-molekularer Strömungen im Weltraum gefunden zu haben! Letztere zeigen wiederum auffallende Übereinstimmungen mit der Verteilung von Bodentypen, von denen auf verschiedenen Planeten in allen Teilen der Galaxis Proben genommen wurden. Sollten Sie an einem persönlichen Gespräch über diese Entdeckung interessiert sein, so bitte ich Sie ...

Hari lachte so laut auf, dass Kers Kantun von der Küche herüber schaute. Der Mann war wirklich eine Nummer! Er überflog die zeilenlangen mathematischen Formeln. Der Ansatz war laienhaft, wurde aber mit peinlicher Genauigkeit durchgehalten. Also kein Verrückter. Ein rechtschaffener Dilettant von eher mäßiger Begabung, aber dafür mit umso originelleren Ideen. Hari leitete den Brief an das jüngste Mitglied der Fünfzig weiter mit der Bitte, ihn höflich und freundlich zu beantworten – eine Fertigkeit, die sich die junge Saha Lorwinth nicht früh genug aneignen konnte, wenn sie zu den heimlichen Lenkern der Geschicke der Menschheit gehören wollte.

Seufzend wendete er seinen Rollstuhl, kehrte der Bildschirmwand den Rücken und fuhr in sein Arbeitszimmer, wo er unbeobachtet war. Dann zog er den Würfel, Daneels Geschenk, unter seiner Robe hervor und schob ihn in den Steckplatz auf seinem Schreibtisch, der eigens für das antike Stück eingebaut worden war. Flackernde zweidimensionale Bilder und altertümliche Buchstaben huschten über die Bildschirmanzeige, und der Computer übersetzte:

Kinderbuch des Wissens

Britannica Verlagsgesellschaft
Neu-Tokio, Baleys Welt, 2757 n. Chr.

Info-Speicher wie dieser waren strengstens verboten, doch das konnte einen Hari Seldon, der einst die alten Simulationen von Jeanne d'Arc und Voltaire aus ihren halb verschmorten Archiven hatte rekonstruieren lassen, nicht abschrecken. Seine damalige Entscheidung hatte Teile von Trantor ins Chaos gestürzt, als nämlich die beiden Sims sich von den Fesseln ihrer Programmierung befreiten und unkontrolliert durch die Datenkorridore des Planeten streiften. Für Hari, wenn auch nicht für die Bürger von Junin oder Sark, hatte die Geschichte sogar noch ein gutes Ende genommen. Jedenfalls hatte er wenig Skrupel, noch einmal gegen die Archiv-Gesetze zu verstoßen.

Fast zwanzigtausend Jahre alt. Das Veröffentlichungsdatum beeindruckte ihn heute kaum weniger als bei der ersten Aktivierung von Daneels Geschenk. *Dies mag zu seiner Zeit ein Buch für Kinder gewesen sein, aber es enthält mehr Informationen über die Anfänge der Menschheit, als alle Gelehrten des heutigen Imperiums zusammentragen könnten.*

Hari hatte ein halbes Jahr gebraucht, um sich einen vorläufigen Überblick zu verschaffen und ein Gefühl für die Frühgeschichte seiner Gattung zu entwickeln. Begonnen hatte alles auf der fernen Erde, als sich auf einem Kontinent namens Afrika eine Rasse von intelligenten Affen zum ersten Mal auf die Hinterbeine stellte und mit dumpfer Neugier zu den Sternen aufblickte.

Weitere Worte entquollen dem Steinwürfelchen. Einige waren Hari bereits vertraut, denn sie hatten sich, wenn auch ohne klare Bedeutung, in Traditionen und mündlichen Überlieferungen bis in die Gegenwart erhalten ...

Rom

China

Shake Spear

Hamlet

Buddha

Apollo

Die Spacer-Welten

Erstaunlicherweise schienen einige Märchen die letzten zwanzigtausend Jahre nahezu unverändert überdauert zu haben. Publikumslieblinge wie Pinocchio ... und Frankenstein ... waren offenbar viel älter, als man je gedacht hätte.

Andere Stichworte hatte Hari erst vor wenigen Jahrzehnten erstmals aus dem Munde der antiken Sims Voltaire und Johanna gehört.

Frankreich

Christentum

Plato

Viel länger war freilich die Liste von Dingen, von denen er vor dem ersten Lesen dieses Büchleins nicht die leiseste Ahnung gehabt hatte. Diese Liste enthielt Fakten aus der menschlichen Vergangenheit, die bislang nur Daneel Olivaw und anderen Robotern bekannt gewesen waren. Personen und Orte, die einmal große Bedeutung für die gesamte Menschheit besessen hatten.

Columbus

Amerika

Einstein

Das Brasilianische Weltreich
Susan Calvin
Und alles andere von den Kalksteingrotten von Lascaux bis hin zu den Stahlkatakomben, in denen sich die Erdlinge im sechsundzwanzigsten Jahrhundert verkrochen hatten.

Als besonders beschämend hatte Hari einen kurzen Aufsatz über einen alten Schamanen namens Karl Marx empfunden. Seine primitiven Zauberformeln hatten nicht den geringsten Bezug zur Psychohistorik, *aber* sie atmeten die unverbrüchliche Zuversicht des Theoretikers, der von seinem kostbaren Modell der menschlichen Natur überzeugt war. Auch die Marxisten hatten einst geglaubt, die Geschichte mit wissenschaftlichen Formeln gebändigt zu haben.

Heute sind wir natürlich klüger. Wir, die Seldonisten.

Die Ironie entlockte Hari ein Schmunzeln.

Vordergründig hatte ihm Daneel Olivaw die Antiquität aus einem einfachen Grund zum Geschenk gemacht - um ihm eine Aufgabe zu geben. Um ihn in den letzten Monaten, bevor sein gebrechlicher Körper endgültig aufgab, geistig zu beschäftigen. Für die Arbeit von Gaal Dornick und den Fünfzig mochte sein Gehirn nicht mehr beweglich genug sein, aber ein einfaches psychohistorisches Projekt - die Einordnung von Daten aus einigen Jahrtausenden von einer einzigen Welt in den Gesamtplan - konnte es immer noch bewältigen. Wenn man die Frühgeschichte der Erde in Tabellen fasste, ließen sich die Bezugsgrößen - die Grenzwerte - des Primärradianten vielleicht um eine oder zwei Dezimalstellen erweitern.

Auf jeden Fall bekam Hari das Gefühl, auch weiterhin nützlich zu sein.

Ich dachte, der Würfel böte mir auch Antworten auf meine drängendsten Fragen, überlegte er. Leider hatte er bisher vor allem seine Neugier geweckt. *Offenbar hat auch die Erde mehrere Chaosphasen durchlaufen. In einer davon war Daneels Gattung entstanden, und damals waren auch humaniforme Roboter wie Dors erfunden worden.*

Haris linke Hand begann zu zittern, und er fürchtete schon einen neuen Anfall ... doch nach einer Weile ging das Zittern vorüber.

Daneel sollte sich beeilen, sonst bleibt er mir die Erklärungen noch schuldig. Und ich habe sie mir in all den Jahren, in denen ich seine Anweisungen so treu befolgt habe, redlich verdient!

Kers brachte ihm sein Essen, eine Auswahl mykogenischer Delikatessen, aber Hari nahm den Geschmack kaum wahr. Er war völlig in *Das Kinderbuch des Wissens* vertieft. Ein Kapitel handelte vom *Großen Auszug* - der Flucht der Erdbevölkerung von einer Welt, die ohne ersichtlichen Grund rasch unbewohnbar wurde. Unter heroischen Anstrengungen war es gelungen, mit primitiven Hyperraumschiffen fast eine Milliarde Menschen rechtzeitig zu evakuieren und auf verschiedene Standorte im Sirius-Sektor zu verteilen, wo sie Kolonien gründeten.

Als das *Kinderbuch des Wissens* veröffentlicht wurde, konnten seine Herausgeber nur noch ungefähr schätzen, wie viele Welten besiedelt worden waren. Berichte von der Front erzählten von Kriegen zwischen menschlichen Subkulturen. Seltsame Gerüchte waren im Umlauf. Geschichten von *Weltraumgespenstern.* Von rätselhaften nächtlichen Explosionen, die sich, beunruhigend heftig, dicht vor der ersten Welle menschlicher Erkundungsmissionen entluden.

Ein Auflösungsprozess hatte eingesetzt, in dessen Verlauf die entlegenen Menschheitskolonien den Kontakt zu ihren Ursprüngen verlieren sollten. Der Anbruch eines langen, finsteren, von harten Kämpfen und kleinlichen Streitigkeiten gezeichneten Zeitalters stand bevor, in dem Erinnerungen verblassten und unzählige kleinere Reiche in Barbarei versanken - bis endlich wieder Frieden einkehrte im menschlichen Universum. Ein Frieden, der untrennbar verbunden war mit dem dynamischen Aufstieg des trantoranischen Imperiums.

Während Hari noch versuchte, diesen gewaltigen Abgrund zu überblicken, fiel ihm etwas auf.

Wenn dieses Archiv für Kinder gedacht war - dann beweist das, dass unsere Vorfahren keine Idioten waren.

Hari selbst hatte natürlich schon als Sechsjähriger weit anspruchsvollere Bücher gelesen. Aber fast alle seine Altersgenossen auf Helicon wären mit diesem ›Kinderbuch‹ überfordert gewesen. *Die Alten waren keine Dummköpfe. Und doch endete ihre Zivilisation in Wahnsinn und Gedächtnisverlust.*

Bis hierher waren ihm die psychohistorischen Gleichungen noch keine Hilfe. Hari durchforstete das Archiv nach Erklärungen. Aber er hatte den leisen Verdacht, nach Antworten - *echten* Antworten - wohl an anderer Stelle suchen zu müssen.

4

Zehn Minuten vor der Landung auf Panucopia zog sich Dors in ihre abgeschirmte Kabine zurück, holte unter ihrem Hemd ein schwarzes Tuch hervor, faltete es auseinander und legte es auf den kleinen Tisch. Glatt und passiv lag es vor ihr, bis ihr Positronengehirn eine codierte Mikrowellensalve abgab, dann begann die Oberfläche zu flimmern, und plötzlich entstand ein menschliches Gesicht, das Gesicht einer jungen Frau mit kurz geschnittenem Haar, streng und von einer Reife, die über ihr scheinbares Alter weit hinaus ging. Die blauen Augen musterten Dors prüfend, und nach einer Weile begann das Bild zu sprechen.

»Monate sind vergangen, seit du mich zum letzten Mal gerufen hast, Dors Venabili. Fühlst du dich so unwohl in meiner Gegenwart?«

»Du bist ein synthetisch rekonstruiertes Sim, Johanna, und damit Schmuggelware. Du verstößt gegen das Gesetz.«

»Gegen das Gesetz der Menschen vielleicht. Aber Engel dürfen schauen, was Menschen verboten ist.«

»Ich habe dir schon oft gesagt, dass ich *kein* Engel bin, sondern ein Roboter.«

Die junge Frau zuckte die Achseln. Ihr Kettenhemd rasselte.

»Du bist unsterblich, Dors. Dein Sinn steht nur danach, der sündigen Menschheit zu dienen, Männern und Frauen jene Chancen zurückzugeben, die sie in ihrer Verstocktheit einst ausgeschlagen hatten. Du verkörperst den Glauben an die Erlösung. Das alles stützt meine Interpretation.«

»Aber mein Glaube ist ein anderer als der deine.«

Das Johanna-Abbild lächelte.

»Früher, als ich zum ersten Mal in dieser seltsamen neuen Zeit erwachte - oder simuliert wurde -, hätte mich das vielleicht gestört. Doch seither war ich lange mit Voltaires Sim verschmolzen, und dabei habe ich mich verändert. Nicht so sehr, wie er hoffte! Aber doch genug, um mir ein gewisses Maß an Prag-ma-tis-mus anzueignen.«

Sie sprach das Wort mit einer leichten Grimasse aus.

»Mein geliebtes Frankreich ist eine vergiftete Wüste auf einer zerstörten Welt, und das Christentum ist längst vergessen, ich muss mich wohl mit dem zufrieden geben, was ihm am nächsten kommt.

Als ich Daneel Olivaw näher kennen lernte, erkannte ich ihn als einen wahren Heiligen, keusch, gut und aufopfernd wie ein Apostel. Seine Anhänger vertreten im Namen zahlloser leidender Menschen die gerechte Sache.

Und so frage ich dich, geliebter Engel, was kann ich für dich tun?«

Dors überlegte. Dies war nur eine Kopie des Johanna-Sims. Millionen davon hatten sich - mit ebenso vielen Voltaires und einer Schar uralter Mem-Wesen - im interstellaren Medium verteilt und waren - im Rahmen eines Abkommens, das Hari vierzig Jahre zuvor ausgehandelt hatte, um die Cybernetic-Wesen von Trantor zu vertreiben - von Supernova-Winden aus der Galaxis gefegt worden. Bis zu ihrer endgültigen Verbannung hätten die Software-Existenzen bei allen menschlichen Entscheidungen das Zünglein an der Waage spielen und womöglich den Seldon-Plan ruinieren können.

Doch allen Bemühungen zum Trotz ›hingen‹ einige Duplikate nach wie vor in der realen Welt fest. Dors tat alles, um ihre Johanna zu isolieren, obwohl sie sich einer gewissen

Sympathie für sie nicht erwehren konnte. Außerdem empfand sie angesichts des bevorstehenden Treffens mit Lodovik ein überwältigendes Bedürfnis, sich auszusprechen.

Vielleicht kommt das noch aus den Jahren, als ich mit Hari über alles reden konnte. Er war der einzige Mensch im ganzen Kosmos, der über Roboter Bescheid wusste und uns als seine besten Freunde betrachtete. In diesen kurzen Jahrzehnten gewöhnte ich mich daran, einen Menschen zu Rate zu ziehen und fand das ganz selbstverständlich und richtig.

Ich weiß, dass Johanna ebenso wenig ein Mensch ist wie ich. Aber sie fühlt und handelt wie ein Mensch! Sie steckt voller Konflikte, und doch vertritt sie ihre Ansichten mit leidenschaftlicher Überzeugung.

Dors gestand sich ein, dass ein Teil der Sympathie auf Neid beruhen mochte. Johanna hatte keinen Körper, keine physischen Empfindungen. Keinen Einfluss auf die Wirklichkeit. Dennoch würde sie sich immer als echte, heißblütige Frau fühlen.

»Ich befinde mich in einem Zielkonflikt«, erklärte Dors endlich dem Sim. »Ein Feind hat mich zu einem Treffen eingeladen.«

»*Aha*«, sagte Johanna. »*Er will verhandeln. Und du befürchtest, es könnte eine Falle sein?*«

»Ich weiß, dass es eine Falle ist. Er hat mir ein ›Geschenk‹ versprochen. Und ich weiß, dass dieses Geschenk gefährlich sein muss. Lodovik will mich in irgendeiner Weise ködern.«

»*Er will deinen Glauben auf die Probe stellen!*« Johanna klatschte in die Hände. »*Dergleichen ist mir nur allzu vertraut. In den Jahren meiner Verschmelzung mit Voltaire war ich solchen Prüfungen oft ausgesetzt.*

In diesem Fall liegt die Antwort auf deine Frage auf der Hand, Dors.«

»Aber du hast doch die Einzelheiten noch gar nicht gehört!«

»*Das ist nicht nötig. Du musst dich der Herausforderung stellen. Überwinde deine Zweifel und zieh in die Schlacht.*

Geh hin, mein süßer Engel, und vertraue auf deinen Glauben an Gott.«

Dors schüttelte den Kopf.

»Ich sagte dir doch vorhin ...«

Aber das Sim hob die Hand, bevor sie zu Ende gesprochen hatte, und unterbrach.

»Ja, gewiss. Der Gott, den ich verehre, ist nichts als Aberglaube.

Nun denn, geliebter Roboter ... dann geh hin und vertraue auf deinen Glauben an das Nullte Gesetz der Robotik.«

5

Bei der nächsten Ausfahrt mied Hari den Wald von Shoufeen. Stattdessen ließ er sich von Kers Kantun in eine der vielen kunstvoll gestalteten Zonen der Kaiserlichen Gärten bringen, die - ein großzügiges Geschenk des erst seit kurzem amtierenden Kaisers Semrin, der jüngsten Marionette der Kommission für Öffentliche Sicherheit - für Besucher geöffnet waren.

Normalerweise war in den Kaiserlichen Gärten für jede der fünf gesellschaftlichen Kasten - Bürger, Exzentriker, Bürokraten, Meritokraten und Adel - nur jeweils eine kleine Fläche von nicht mehr als ein paar tausend Morgen reserviert, aber Semrin hatte sich die Gunst der Öffentlichkeit gesichert, indem er seinen begrenzten Einfluss geltend machte, um mehr als die Hälfte des riesigen Parks für Menschen aus allen Schichten zu öffnen.

Die meisten gebürtigen Trantoraner hätten sich natürlich lieber die Augenwimpern ausreißen lassen, als sich in die nackte Sonne zu begeben und an Blumen zu riechen. Sie blieben lieber in ihren warmen Stahlhöhlen. Doch viele Menschen wohnten nur vorübergehend auf dem Planeten, Händler, Diplomaten, Kulturattachés und Touristen etwa - und natürlich ein ganzes Heer von Grauen, jungen Bürokraten, die im Zuge ihrer Ausbildung und zur Erledigung dringender Verwaltungsarbeiten für kurze Zeit auf die Hauptwelt versetzt wurden. Die meisten stammten von Planeten, wo man die Wolken noch über den Himmel ziehen und den Regen über grasbewachsene Berghänge ins Meer fließen sah, und sie waren Semrin für seine Großzügigkeit aufrichtig dankbar. Jeden Tag quollen die Wege auf hunderte von Meilen über von Besuchern, die anfangs noch unsicher und mit großen Augen die gepflegte Pracht bewunderten, sich aber bald wie zu Hause fühlten.

Ein geschickter Schachzug, aber wenn Semrin sich nicht in Acht nimmt, könnte er ihn bereuen. Was einmal zugestanden wurde, lässt sich nur schwer wieder zurücknehmen.

Das waren natürlich kleinere Perturbationen, die in den psychohistorischen Gleichungen kaum eine Spur hinterließen. Es spielte ja kaum eine Rolle, welcher Monarch gerade regierte. Der Zusammenbruch des Imperiums hatte eine gewaltige Eigendynamik, die nur von denjenigen um eine Winzigkeit aus ihrer Bahn gedrängt werden konnte, die genau wussten, wo sie anzusetzen hatten. Alle anderen wurden unerbittlich mitgerissen.

Im Allgemeinen war Hari von der Weite und der unendlichen Vielfalt der Kaiserlichen Gärten sehr angetan. Leider erinnerten sie ihn auch an den armen Gruber - jenen bescheidenen Gärtner, der nur seine Blumenbeete hatte pflegen wollen und irgendwann aus Verzweiflung zum Kaisermörder geworden war.

Das ist lange her, dachte Hari. *Gruber ist längst zu Staub zerfallen, und Kaiser Cleon mit ihm.*

Und bald bin ich an der Reihe.

Kers schob den Rollstuhl über einen Weg, den sie noch nie genommen hatten, und plötzlich standen sie vor einem fraktalen Garten mit ganz besonderen, flechtenartigen Pflanzen, die so programmiert waren, dass sie nach einer Weile zu wachsen aufhörten und dafür eine Vielzahl von winzigen Verzweigungen bildeten. Es war eine alte Form der Gärtnerkunst, doch in dieser Vollkommenheit hatte Hari sie noch nie erlebt. Die Farben wechselten kaum merklich mit dem

Winkel der Sonne und der Form der Schatten. So entstand ein Labyrinth verschlungener Windungen, ein Gewirr von Spiralen und Kreisen, das sich jeden Moment veränderte.

Die meisten Passanten bewunderten das Schauspiel, ohne es zu verstehen, und schlenderten dann zur nächsten Sehenswürdigkeit weiter. Aber Hari bedeutete Kers mit einer Handbewegung anzuhalten und ließ, fasziniert vom Reiz des Bildes, den Blick hin- und herwandern. Dies war eine ganz andere Vielfalt als das pralle Chaos im Shoufeen-Wald. Hari hatte rasch durchschaut, auf welchem System die Entstehung der Muster beruhte. Die programmierte Entwicklung der organischen Pseudo-Flechte verlief gemäß den fraktionellen Ableitungen von Funktionen, die auf einer Folge von Fiquarnn-Julia-Transformationen basierten. Soviel sah jedes Kind. Aber das war nur ein Teil der Geschichte. Hari kniff die Augen zusammen und erkannte bald, dass immer wieder *Löcher* im Muster auftauchten und die Pflanze in mehr oder weniger zufälligen Abständen zum Rückzug und zur Rückbildung veranlassten.

Pflanzenfraß, dachte er. *Hier muss ein Virus oder ein anderer Parasit am Werk sein, der die Flechte unter bestimmten Bedingungen angreift. Er sorgt nicht nur für interessante Sekundärmuster. Das System muss vielmehr den Prozess von Tod und Erneuerung durchlaufen, um als Ganzes intakt zu bleiben!*

Gleich darauf sah Hari, dass hier nicht nur eine Schädlingsart am Werk war. Ein ganzes – ganz auf künstlerische Zwecke zugeschnittenes – Mikro-Ökosystem war an dem Vorgang beteiligt ...

Schon füllte sich sein Kopf mit Formeln, und er verfolgte rasch die Algorithmen, mit denen der Gartenvirtuose gearbeitet haben musste. Der mathematische Ansatz war ziemlich prosaisch. Aber die Kombination mit der Gentechnik bewies nicht nur Eleganz und Originalität, sondern auch Humor. Hari lachte leise in sich hinein ...

Doch dann sah er es.

Einige Löcher blieben erhalten.

Hier. Und da. Auch an etlichen anderen Stellen war der Boden kahl, als scheuten sich die Flechten, dort zu wachsen. Ein Grund war nicht ersichtlich. Licht war vorhanden, und auch der feine Nährstoffnebel gelangte überall hin. Immer wieder schoben sich feine Ranken auf die leeren Flecken zu ... um jedes Mal wie zufällig wieder abzubiegen und eine andere Richtung zu nehmen.

Und das war nicht die einzige Anomalie. Zum Beispiel *da drüben!* Ein Büschel, das sich in ständiger Bewegung befand, aber immer wieder, etwa alle acht Sekunden, wieder genau den *gleichen* tiefen Blauton annahm. Bald zählte Hari mindestens ein Dutzend Abweichungen, für die er keine Erklärung hatte. Sie passten in kein ordnendes mathematisches System. Dennoch hielten sie sich.

Die Erkenntnis entlockte ihm einen tiefen Seufzer. Das Dilemma war vertraut – es hatte ihn fast sein ganzes Berufsleben lang verfolgt.

Attraktor-Szenarien.

Sie tauchen auch in den psychohistorischen Gleichungen und in den Geschichtsbüchern auf. Die meisten konnte ich auflösen. Aber einige sind geblieben. Wie Gespenster huschen sie durch die Modelle und dämpfen Kräfte, die sonst alle unseren schönen theoretischen Paradigmen in Stücke reißen würden.

Jedes Mal, wenn ich ihnen nahe komme ... fasse ich ins Leere.

Die altbekannte, durch das alberne Gärtnerkunststück wieder in Erinnerung gerufene Hilflosigkeit hinterließ den schalen Geschmack des Scheiterns in seinem Mund. Überrascht spürte Hari, wie ihm plötzlich die *Tränen* in die Augen stiegen. Das bunte Blumenmuster zerfloss wie unter einer Linse, wurde unscharf und zersplitterte zu flackernden Lichtreflexen ...

»Ist das denn die Möglichkeit? Tatsächlich, es ist Professor Seldon! Gepriesen sei die Göttin der Synchronizität, die es gefügt hat, dass unsere Wege sich kreuzen!«

Hari spürte, wie Kers Kantun hinter dem Rollstuhl erstarrte. Ein Mann kam in Sicht, der sich aufgeregt immer wieder verbeugte. Hari musste erst sein Taschentuch aus dem Ärmel ziehen und sich die Augen trocknen, um ihn genauer betrachten zu können. Der Fremde schwatzte unbeirrt weiter und schien sein Glück gar nicht fassen zu können.

»Welch große Ehre für mich! Besonders, nachdem ich Ihnen erst vor zwei Tagen geschrieben hatte! Ich kann natürlich nicht annehmen, Sie hätten meinen Brief inzwischen *persönlich* gelesen. Ihre Post wird sicher von unzähligen Zwischeninstanzen sortiert.«

Hari schüttelte den Kopf. Jetzt konnte er endlich erkennen, dass der Mann - er war klein und untersetzt, und die Kopfhaut unter dem schütteren Haar war bereits von der ungewohnten Sonneneinstrahlung gerötet - die graue Uniform des galaktischen Bürokraten trug.

»Nein, ich lese meine Post inzwischen selbst.«

Der Dicke blinzelte - seine Lider waren geschwollen wie von einer Allergie.

»Ist das wahr? Großartig! Darf ich mir dann die Frage erlauben, ob Sie sich an meinen Brief erinnern? Mein Name ist Horis Antic, Lektor der mittleren Ebene, Ihr ergebenster Diener. In meinem Brief erwähnte ich gewisse auffallende Ähnlichkeiten zwischen Ihrer Arbeit - über die ich mir natürlich kein Urteil erlauben darf! - und gewissen Strukturen, die in galaktischen Molekularströmen beobachtet wurden ...«

Hari nickte und gebot dem Wortschwall mit erhobener Hand Einhalt. »Ja, ich erinnere mich. Ihre Erkenntnisse waren ...« Er suchte nach einem passenden Wort. »Sie waren *innovativ*.«

Der Ausdruck war nicht sehr taktvoll. Viele Bürger des Imperiums hätten ihn heutzutage als anstößig empfunden. Aber Hari hatte schnell erkannt, dass dieser Bürokrat die Seele eines Exzentrikers hatte und nicht gekränkt sein würde.

»Tatsächlich?« Horis Antics Brustumfang weitete sich um etliche Zentimeter. »Dann darf ich vielleicht noch einen Schritt weiter gehen und Ihnen eine Kopie meiner Datensammlung überreichen? Zufällig habe ich eine bei mir. Sie könnten die Daten – natürlich nur, wenn es Ihre Zeit erlaubt! – mit Ihren großartigen Modellen vergleichen, um zu sehen, ob meine primitive Korrelation irgendeinen Wert hat.«

Der dicke Mann griff in seine Robe. Hari hörte das leise Grollen seines Pflegers und hielt Kers mit einer diskreten Handbewegung zurück. Die Zeit seiner großen Intrigen war schließlich vorbei. Wer hätte heutzutage noch einen Grund, den alten Hari Seldon zu ermorden?

Während der nervöse Mann noch suchte, bemerkte Hari, wie passgenau ihm die Grauen-Uniform auf den unförmigen Leib geschneidert war. Den Rangabzeichen nach bekleidete Horis Antic eine durchaus wichtige Stellung in seinem Orden. Vielleicht war er Vizeminister auf einer Provinzwelt oder stand gar auf der fünften oder sechsten Stufe der trantoranischen Beamtenhierarchie. Eine prominente Persönlichkeit war er sicher nicht. (Das gab es bei den Grauen nur selten.) Aber wahrscheinlich hatte er sich mit unaufdringlicher Tüchtigkeit bei einer ganzen Reihe von Adeligen und Meritokraten unentbehrlich gemacht. Ein Vollblut unter den farblosen Verwaltungsbeamten seiner Klasse.

Vielleicht hat er sogar ein paar überschüssige Gehirnzellen, dachte Hari. Der sonderbare kleine Mann war ihm irgendwie sympathisch. *Und die schreien nach einem Steckenpferd. Nach einer interessanten Aufgabe, bevor er stirbt.*

»Ach, da ist es ja!« Erleichtert förderte Antic ein gewöhnliches Datentäfelchen zu Tage und reichte es Hari.

Kers griff blitzschnell zu, bevor Hari noch die Hand heben konnte, nahm den Datenträger an sich und steckte ihn ein. Er musste sorgfältig untersucht werden, bevor Hari ihn auch nur berühren durfte.

Der Bürokrat blinzelte verwirrt, fügte sich dann aber mit einem Nicken. »Schon gut. Ich weiß, dass es in höchstem Maße impertinent war, Sie derart zu überfallen, aber nun ist es geschehen. Ich bitte Sie ergebenst um Nachsicht. Verzeihen Sie mir. Und haben Sie die Güte, mir Bescheid zu geben, sollten Sie irgendwelche Fragen ... natürlich unter meiner

*Privat*nummer. Es ist nämlich so, dass meine Analyse nicht – nun ja, *nichts mit meiner Arbeit zu tun hat.* Deshalb ist es besser, wenn meine Mitarbeiter und Vorgesetzten ...«

Hari nickte mit leisem Lächeln.

»Selbstverständlich. In diesem Fall wüsste ich allerdings gern ... woran Sie normalerweise arbeiten. Ihr Kragenspiegel ... das Emblem ist mir nicht bekannt.«

Jetzt wurden Antics Wangen röter, als es die Sonneneinstrahlung rechtfertigte. Hari spürte seine Verlegenheit, es war, als wünsche der Mann, das Thema sei nie angeschnitten worden.

»Nun ja ... wenn sie schon fragen, Professor Seldon.« Er richtete sich auf und reckte das Kinn ein wenig vor. »Ich bin Provinzinspektor beim Kaiserlichen Institut für Bodenuntersuchungen. Aber das steht alles in meinem Manuskript. Und Sie werden sehen, die Zusammenhänge existieren tatsächlich! Alles wird klar werden, wenn ...«

»Sicherlich.« Hari hob die Hand und erklärte mit dieser Standardgeste das Gespräch für beendet. Aber er lächelte immer noch. Horis Antic hatte ihn aufgeheitert und die trüben Gedanken verscheucht. »Ich werde mir Ihre Erkenntnisse mit der gebührenden Aufmerksamkeit zu Gemüte führen, Provinzinspektor. Darauf gebe ich Ihnen mein Ehrenwort.«

Sobald der Mann außer Hörweite war, begann Kers laut zu protestieren.

»Das war keine Zufallsbegegnung.«

Hari lachte kurz auf. »Natürlich nicht! Aber das ist kein Grund, gleich paranoid zu werden. Der Junge arbeitet auf einer mittleren bürokratischen Ebene. Wahrscheinlich war ihm jemand vom Sicherheitsdienst noch eine Gefälligkeit schuldig. Vielleicht hat er die Überwachungsbänder von Linge Chens Spitzeltruppe eingesehen, um herauszufinden, wo ich mich heute aufhalten würde. Na und?«

Hari drehte sich um und sah seinen Diener an. »Ich möchte nicht, dass Sie Dornick oder Wanda damit belästigen, Kers, verstanden? Sie würden dem armen Kerl womöglich Chens Spezielle auf den Hals hetzen, und die würden ihn fertigmachen.«

Es blieb lange still. Kers Kantun schob den Rollstuhl weiter auf die Transitstation zu. Endlich murmelte der Betreuer: »Ja, Professor.«

Wieder lachte Hari in sich hinein, er fühlte sich heute wie neu geboren. Das Mini-Drama - dieses harmlose Intrigenspiel - erinnerte ihn an alte Zeiten, auch wenn der Täter nur ein rührender kleiner Dilettant war, der in seinem langen, grauen Dasein nach etwas Farbe suchte, während ringsum die Organe des Imperiums langsam verkümmerten.

Wenn es eine Aussage über das Alter gab, die immer Bestand hatte, so war es die Schlaflosigkeit. Der Schlaf war wie ein alter Freund, der oft vergaß, einen zu besuchen, wie ein Enkelkind, das selten genug vorbeikam, nur um gleich wieder zu verschwinden, während man allein zurück blieb und die ganze Nacht mit offenen Augen zur Decke starrte.

Hari konnte ein paar Schritte ohne Hilfe gehen, und so rief er nicht erst nach Kers, sondern schlurfte auf seinen mageren, schwachen Beinen allein vom Bett zum Schreibtisch. Der Schwebesessel nahm ihn auf und schmiegte sich sinnlich an. *Es gibt in dieser altersschwachen Zivilisation doch noch Dinge, die reibungslos funktionieren*, dachte er dankbar.

Leider war Schlaflosigkeit nicht das gleiche wie hellwach zu sein. So saß er eine Weile nur da, ließ seine Gedanken schweifen und blickte zurück auf sein Leben. Bald kamen die Erinnerungen.

Da hatte es einmal eine Lehrerin gegeben ... im Internat auf Helicon ... sein mathematisches Talent fing gerade an, die Flügel zu spreizen. Ihre unerschütterliche Freundlichkeit war ihm auch nach siebzig Jahren noch im Gedächtnis. Sie hatte ihm Halt geboten in einer Kindheit, die gezeichnet war von jähen Schicksalsschlägen und kleinlichen Schikanen. *Menschen können berechenbar sein*, hatte sie den jungen

Hari gelehrt. *Wenn man erst ihre Bedürfnisse und Wünsche versteht.* Unter ihrer Führung entdeckte er die Logik als Fundament, als Stütze gegen ein Universum voller Ungewissheiten. *Wenn du begreifst, welche Kräfte die Menschen bewegen, gibt es nichts mehr, was dich überrumpeln könnte.*

Die Lehrerin war eine mütterliche, korpulente Schwarze gewesen. Doch jetzt verschmolz sie in seiner Erinnerung mit der zweiten großen Liebe seines Lebens - *Dors.*

Groß und schlank. Eine Haut wie Kyrt-Seide, auch dann noch, als sie äußerlich ›altern‹ musste, um weiterhin als seine Frau auftreten zu können. Immer zu einem herzlichen Lachen bereit, hatte sie doch jede Minute seiner kostbaren Zeit verteidigt, als sei sie kostbarer als Diamanten. Und um sein Glück hatte sie erbitterter gekämpft als um ihr Leben.

Hari schickte sich aus alter Gewohnheit an, nach ihrer Hand zu greifen. Immer war sie da gewesen. Immer ...

Seufzend legte er beide Hände in den Schoß. *Welcher Mann hat schon eine Frau, die nach Plan entworfen wurde, die genau auf seine Bedürfnisse zugeschnitten war?* Er wusste, dass er mehr Glück gehabt hatte als unzählige andere, und das linderte den Schmerz der Einsamkeit. Aber nur ein wenig.

Es gab da ein Versprechen. Er würde sie wiedersehen. Oder hatte er das nur geträumt?

Irgendwann hatte Hari lange genug in Selbstmitleid geschwelgt. Arbeit. Das wäre der beste Trost. Sein Unterbewusstsein musste während des kurzen Nickerchens am Abend sehr fleißig gewesen sein. Er merkte es daran, das ihn die Stelle direkt unter der Kopfhaut juckte, an die er immer nur mit Mathematik herangekommen war. Vielleicht ging es um das Flechtenkunstwerk, das er heute im Park gesehen hatte.

»Display an!«, befahl er und wartete, während der Computer ein atemberaubendes Panorama auf eine Wand zauberte.

Die Galaxis.

»Aha«, sagte er. Wahrscheinlich hatte er vor dem Schlafengehen versucht, die harte Nuss des Technikflusses zu knacken - eine winzige Lücke im Großen Plan. Es ging darum, in welchen Provinzen und Sternenhaufen sich in den finsteren Zeiten nach dem Sturz des Imperiums noch ein Rest von wissenschaftlichem Potenzial erhalten würde. Diese Standorte konnten zu Unruheherden werden, wenn sich die Foundation bis zu Galaxismitte ausdehnte.

Natürlich wird das Problem erst in mehr als fünfhundert Jahren akut. Wanda, Stettin und die Fünfzig glauben, dass unser Plan auch dann noch in Kraft sein wird, aber ich sehe das anders.

Hari rieb sich die Augen, beugte sich ein wenig vor und fuhr mit dem Finger einige Muster nach, die nur ungefähr den Wölbungen der bekannten Spiralarme folgten. Mit diesem Bild *stimmte* etwas nicht. Es war vertraut und doch ...

Er hielt den Atem an. Jetzt fiel es ihm wieder ein. Das war nicht das Technikflussproblem. Er hatte vor dem Schlafengehen den Datenträger dieses Antic, des kleinen Bürokraten eingeschoben, um noch ein paar Bemerkungen dazu abzugeben, bevor er ihn mit ein paar aufmunternden Zeilen zurückschickte.

Das wird wahrscheinlich die Sensation seines Lebens, hatte er gedacht, bevor ihm der Kopf auf die Brust sank. Er erinnerte sich undeutlich, dass Kers ihn anschließend zu Bett gebracht hatte.

Wieder starrte er auf das Display und konzentrierte sich auf die markierten Fließmuster und Verweissymbole. Je länger er hinsah, desto deutlicher schälten sich zwei Dinge heraus.

Erstens war Horis Antic kein verkanntes Genie. Seine mathematischen Schlussfolgerungen waren eher bescheiden und zum größten Teil ganz schamlos aus populärwissenschaftlichen Berichten über Haris frühe Arbeiten abgeschrieben.

Zweitens hatten die Muster eine frappante Ähnlichkeit mit einem Bild, das Hari vor kurzem erst gesehen hatte ...

»Computer!«, befahl er laut. »Die galaxisweite Verteilung der Chaoswelten abrufen!«

Neben Antics vereinfachtem Modell erschien plötzlich eine unvergleichlich detailliertere Darstellung, auf der Standort und Intensität aller bedrohlichen sozialen Erschütterungen der letzten zweihundert Jahre verzeichnet waren. In den Anfangszeiten des Imperiums waren Chaosausbrüche noch selten gewesen. Doch in den letzten Generationen hatten sie an Heftigkeit stetig zugenommen. Das so genannte Seldon-Gesetz, das er während seiner Amtszeit als Kanzler erlassen hatte, half für eine Weile, den Deckel auf dem Topf zu halten und galaxisweit den Frieden zu bewahren. Doch bald entwickelte sich auf immer mehr Chaoswelten der Tropfen, der das Fass der Zivilisation zum Überlaufen brachte. Die Strukturen zerfielen.

Aus reiner Gewohnheit richtete er den Blick auf die besonders bemerkenswerten Katastrophenschauplätze.

Auf *Sark* hatten arrogante ›Experten‹ einst die Johanna- und Voltaire-Sims aus einem alten, halb verschmorten Archiv befreit und so lange geprahlt, welche Wunder ihre schöne neue Gesellschaft noch zu Tage fördern würde ... bis ihnen die Trümmer um die Ohren flogen.

Auf *Madder Loss* hatte die Fackel des Stolzes den Chaosbrand in der ganzen Galaxis zu entfachen gedroht, bevor sie plötzlich ausging.

Und auf Santanni ... war Raych ums Leben gekommen, inmitten von Krawallen, Aufständen, unsäglichen Grausamkeiten.

Mit trockenem Mund befahl Hari ...

»Beide Displays überlagern. Einfache Hervorhebung der Korrelationen, Typ Sechs. Parallelen aufzeigen.«

Die beiden Bilder bewegten sich aufeinander zu, veränderten sich und verschmolzen miteinander. Der Computer berechnete die Entsprechungen und hob sie hervor. Augenblicke später sah man das Ergebnis in Symbolen um die galaktische Spirale wirbeln.

Fünfzehn Prozent Kausalzusammenhang ... zwischen dem Erscheinungsbild von Chaoswelten und ... und ...

Hari blinzelte. Er hatte das alberne Geschwätz des Bürokraten bereits wieder vergessen. Hatte er nicht etwas von Molekülen im All gefaselt? Und von verschiedenen Sorten *Dreck*?

Er schrie nach einer sofortigen Visifonverbindung, um Horis Antic zu wecken und sich ein wenig an dem Mann zu rächen, der ihm, Hari, den Schlaf geraubt hatte.

Dann überdachte er, die Armlehnen seines Sessels fest umklammernd, alles noch einmal und beschloss zu beherzigen, was Dors ihn einst gelehrt hatte, als sie noch als Mann und Frau zusammenlebten.

»Du darfst nicht sofort mit allem herausplatzen, was dir gerade einfällt, Hari. Und du darfst nicht immer blindlings vorwärts stürmen. Als die Männer noch wie die primitiven Pans durch den Dschungel streiften, mögen ihnen diese Verhaltensweisen gute Dienste geleistet haben. Aber du bist Professor im Galaktischen Imperium! Du musst immer so tun, als wärst du eine würdevolle Persönlichkeit!«

»Obwohl ich in Wirklichkeit ...«

»Obwohl du in Wirklichkeit ein großer Affe bist!« Dors hatte gelacht und sich an ihn gedrückt. *»Mein Affe. Mein wunderbarer Mann.«*

Die zu Herzen gehende Erinnerung gab ihm etwas von seiner Ruhe zurück. Er konnte noch eine Weile auf Antworten warten.

Wenigstens bis zum nächsten Morgen.

6

Eine Gestalt trat aus dem Wald, überquerte die Lichtung und kam auf Dors zu. Die sah sich den Neuankömmling sehr genau an.

Auf den ersten Blick war er sich gleich geblieben – ein großer Mann mit breitem Brustkorb. Doch bei näherem Hinsehen gab es Veränderungen. Lodovik hatte sich ein jüngeres Gesicht mit etwas ebenmäßigeren Zügen zugelegt, aber das Haar war immer noch so spärlich, wie es die Mode verlangte.

»Willkommen auf Panucopia«, sagte der Roboter und blieb drei Meter vor ihr stehen.

Dors leitete das Gespräch mit einer Mikrowellensalve ein, die den Hochgeschwindigkeitskanal aktivierte.

Bringen wir es hinter uns.

Aber er schüttelte nur den Kopf.

»Wenn es dir Recht ist, verwenden wir die Menschensprache. Zu viel wildes Volk macht derzeit den Äther unsicher, wenn du weißt, was ich meme.«

Wortspiele waren bei Robotern nicht ungewöhnlich, besonders, wenn sie sich damit leichter als geistreiche Menschen ausgeben konnten. Dors verstand sofort, was er meinte. Daneels treuer Gefolgsmann Lodovik war möglicherweise durch Meme oder ansteckende Ideen in einen bindungslosen Einzelgänger verwandelt worden, der die Gesetze der Robotik nicht mehr anerkannte.

»Stehst du immer noch unter dem Einfluss dieses schrecklichen Voltaire-Wesens?«, fragte sie.

»Redet ihr, du und Daneel, immer noch mit Jeanne d'Arc?«, gab Lodovik zurück und lachte, obwohl kein Mensch zugegen war, den er damit täuschen konnte. »Ich will nicht leugnen, dass Teile des alten Voltaire-Sims noch immer durch meine Programme geistern, wo der Neutrinofluss der Supernova sie abgelegt hatte. Aber ich kann dir versichern, dass das keine negativen Folgen hatte. Das Mem macht mich nicht zu einer Gefahr.«

»Das ist Ansichtssache«, antwortete Dors. »Und wenn es um die Sicherheit der Menschheit geht, spielen Ansichten keine Rolle.«

Der Roboter nickte. »Immer noch die brave Schülerin, Dors. Eine treue Anhängerin deiner Religion – wie Johanna, die über Jahrtausende in ihrem Glauben standhaft geblieben ist. Ihr beiden passt gut zusammen.«

Ein harter Vergleich. Die Religion, auf die Lodovik anspielte, war das Nullte Gesetz, und Daneel Olivaw war ihr Hohepriester und eifrigster Missionar in einer Person. Lodovik hatte inzwischen aufgehört, daran zu glauben.

»Und du bezeichnest dich immer noch als Diener«, sagte Dors sarkastisch, aber mit ernstem Unterton.

»So ist es. Ich diene, weil ich es so will. Und ohne mich sklavisch an Daneels Großen Plan zu halten.«

»Daneel schuftet seit der Frühzeit für das Wohl der Menschheit! Wieso glaubst du, du wüsstest besser als er, was richtig ist?«

Wieder zuckte Lodovik die Achseln. Die Bewegung war so überzeugend, dass sie eine persönliche Bedeutung haben musste. Er wandte sich ab und wies auf einige weinumrankte Kuppeln ganz in der Nähe - die alte, verlassene Kaiserliche Forschungsstation - und den großen Wald dahinter.

»Eine Frage, Dors. Ist dir jemals aufgefallen, wie unglaublich gut bei eurem Abenteuer vor vierzig Jahren alles zusammenpasste? Ich meine damals, als ihr beide, du und Hari, im Körper von Affen gefangen wart und dem Tod nur um Haaresbreite entrinnen konntet?«

Dors stutzte und blinzelte, eine alte Gewohnheit, wenn sie überrascht war.

»Unlogisch«, antwortete sie. »Fehlende Verknüpfung der Aussagen. Was hat das mit dir und Daneel zu tun ...«

»Ich komme gleich dazu, hab bitte noch ein wenig Geduld. Erinnere dich. Du warst mit Hari genau hier, ihr seid in euren Affenkörpern durch diesen Wald gelaufen, habt euch von Ast zu Ast geschwungen und ein breites Spektrum von Gefühlen durchlebt, während euch die Jäger vor sich her trieben. Weißt du noch, wie oft ihr nur knapp mit dem Leben davongekommen seid? Habt ihr den Ablauf hinterher jemals genauer analysiert und die *Wahrscheinlichkeiten* errechnet?

Weißt du noch, was eure Verfolger an Waffen zur Verfügung hatten - von Nervengas über Smart-Munition bis zu gentechnisch modifizierten Viren - und trotzdem gelang es ihnen nicht, zwei unbewaffnete Tiere zu töten? Oder wie ihr beide mit letzter Kraft in die Station zurückgekrochen seid, an allen Hindernissen, allen Bösewichten vorbei, um die Katastrophe doch noch zu verhindern und euren Körper aus der Stasis zu befreien?

Ist es nicht seltsam, dass eure Feinde euch trotz Daneels ausgeklügelten Vorsichtsmaßnahmen überhaupt aufspüren konnten …«

Dors unterbrach ihn.

»Schluss mit dem Theater, Lodovik. Du willst andeuten, dass wir in Bedrängnis geraten *sollten* … um dann gerettet zu werden. Du verdächtigst Daneel, die ganze Eskapade persönlich inszeniert zu haben. Die vermeintlichen Gefahren, die Verfolgung …«

»Und am Ende die Rettung. Du und Hari, ihr wart schließlich wichtig für seine Pläne.«

»Und welchen Zweck hätte dieses Spielchen gehabt?«

»Kannst du dir das nicht denken? Vielleicht den gleichen, zu dem Hari hierher gelockt wurde.«

Dors runzelte die Stirn.

»Ein Experiment? Hari wollte für seine psychohistorischen Modelle die Grundzüge menschlich-äffischen Verhaltens studieren. Willst du behaupten, Daneel hätte die Situation dazu benützt, uns hier in eine simulierte Gefahr zu stürzen? Wozu das denn?«

»Mehr werde ich im Moment nicht sagen. Du wirst genügend Zeit haben, darüber nachzudenken.«

Dors fand das unglaublich. »Du lässt mich diese weite Reise machen … um mich mit kindischen Rätseln zu traktieren?«

»Nicht *nur*«, versicherte Lodovik. »Ich habe dir auch ein Geschenk versprochen, und da ist es schon.«

Er winkte zum Wald hin. Gleich darauf kam auf blitzenden Laufketten eine schwere, gedrungene Maschine angefahren. Auf dem halslosen Rumpf thronte die Karikatur eines menschlichen Kopfes. Auf zwei Metallarmen ruhte eine verschlossene Kiste.

»Ein Tiktok«, sagte Dors. Sie hatte das plumpe, rasselnde Ding, das keinerlei Ähnlichkeit mit einem positronischen Roboter hatte, sofort erkannt.

»Richtig. Um die Zeit, als dein Gatte zum mächtigsten Mann im Imperium aufstieg, entwickelte man auf vielen

Welten neue Modelle. Er ließ natürlich alle Arbeiten einstellen und die Prototypen zerstören.«

»Du warst nicht auf Trantor, als die Tiktoks Amok liefen. Damals mussten Menschen sterben!«

»Richtig. Die beste Möglichkeit, ihnen einen schlechten Ruf zu verpassen, um die Neuerfindung leichter verbieten zu können. Dors, bist du ganz sicher, dass die Tiktoks auch ohne Hari und Daneel ›Amok gelaufen‹ wären?«

Diesmal schwieg Dors. Lodovik erwartete keine Antwort.

»Hast du dir jemals Gedanken über die Frühzeit gemacht?«, fuhr er fort. »Die Menschen entwickelten uns damals sehr schnell, nur kurz, nachdem sie gelernt hatten, wissenschaftlich zu arbeiten, und noch vor der Raumfahrt! *Und doch wurde die Erfindung in den folgenden zwanzigtausend Jahren niemals wiederholt.*

Kannst du mir das erklären, Dors?«

Diesmal zuckte sie die Achseln. »Wir waren ein destabilisierender Faktor. Die Spacer-Welten machten sich allzu sehr von Roboterdiensten abhängig und verloren das Vertrauen in die eigenen Fähigkeiten. Wir mussten zurücktreten ...«

»Schon gut«, unterbrach Lodovik. »Daneels Rechtfertigung nach dem Nullten Gesetz ist mir geläufig. Du zitierst nur die offizielle Begründung, das *Warum.* Aber mich interessiert das Wie!«

Dors starrte ihn an.

»Wie meinst du das?«

»Die Frage ist doch ganz einfach. Wie hat man verhindert, dass die Menschen die Roboter wiederentdeckten! Wir sprechen über einen Zeitraum von tausend Generationen. Müsste in dieser langen Zeit nicht irgendein geniales Schulkind auf einer von fünfundzwanzig *Millionen* Welten in seiner Kellerwerkstatt wiederholt haben, was seine primitiven Vorfahren mit sehr viel primitiveren Mitteln zu Stande gebracht hatten?«

Dors schüttelte den Kopf.

»Die Tiktoks ...«

»Sind neueren Datums. Primitive Automaten, die erst auftauchten, als die alten Beschränkungen gelockert wurden. Laut

Hari Seldon ein sicheres Zeichen für den Niedergang des Imperiums und die Anfänge des Chaos. Nein, Dors, die Wahrheit muss sehr viel tiefer in der Vergangenheit vergraben liegen.«

»Und du wirst sie mir jetzt sicher gleich enthüllen?«

»Nein. Du würdest mir ohnehin nicht glauben, weil du unterstellst, ich hätte verborgene Absichten. Aber wenn du dich für diese Dinge interessierst, gibt es eine weitaus zuverlässigere Quelle.«

Das ›Tiktok‹ war inzwischen näher gekommen, hielt auf Armeslänge vor Trema an und reichte ihm seine Kiste. Lodovik hob den Deckel ab und nahm einen länglichen Gegenstand heraus.

Dors trat unwillkürlich einen Schritt zurück.

Es war der Kopf eines Roboters! Nicht humaniform, sondern aus glänzendem Metall. Die blanken schwarzen Sehzellen starrten ins Leere. Doch als Dors eine kurze Mikrowellensalve ausschickte, erhielt sie eine Resonanz - ein leises Echo, das bewies, dass sich dahinter, nicht abgeschirmt und ohne Energie, aber weithin unbeschädigt, ein Positronengehirn verbarg.

Das Echo durchlief ihre Schaltkreise wie ein Frösteln. Dors spürte sofort, dass dieses Haupt uralt war.

Als Lodovik Trema weitersprach, schwang neben Spott auch Verständnis in seiner Stimme mit.

»Mir ging es ebenso. Besonders, als ich begriff, wer das einst war.

Dors Venabili, ich vertraue dir hiermit die kostbarste Reliquie der gesamten Galaxis an - den Kopf und das Gehirn R. Giskard Reventlovs - des Mitbegründers des Nullten Gesetzes der Robotik ... und des Zerstörers des Planeten Erde.«

7

Hari und der Graue hatten sich in einem Café unweit des Kaiserlichen Instituts für Bodenuntersuchungen in einem der schäbigeren Bürokratengebäude des Coronnen-Bezirks verabredet. Horis Antic zeigte sich zuversichtlich, dass ihr Gespräch in der abgeschirmten Nische, die er offenbar sorgfältig ausgesucht hatte, nicht abgehört würde.

Hari war es im Grunde gleichgültig, ob Linge Chens Spezialgarde ihm immer noch folgte oder ihn belauschte. Das Thema war so trocken, dass die Spitzel ohnehin in kürzester Zeit sanft entschlummern würden.

»Sie können sich vorstellen, dass meine Vorgesetzten von ungenehmigten Forschungen nichts halten«, begann der kleine Mann. Dann brach er ab, holte aus seinem Gürteltäschchen eine blaue Tablette, schluckte sie und spülte mit einem Schluck Bier nach. »Unser Institut genießt bei den Politikern keinen guten Ruf. Schon ein kleiner Skandal könnte uns Gesamtkostenzuschüsse, Einstellungsprivilegien oder einen gewissen Prozentsatz unserer Büroräume kosten!«

Hari unterdrückte mit Mühe ein Lächeln. Die Welt der Grauen war geprägt von erbitterten Kleinkriegen. Sorgen um Verwaltungspolitik und staatliche Mittelzuweisungen bereiteten den meisten höheren Bürokraten schlaflose Nächte. Kein Wunder, dass Horis Antic nervös war und seine Augen unstet hin und her huschten. Sein Konsum an Beruhigungspillen war selbst für einen Grauen ungewöhnlich hoch. *Vielleicht träumt er heimlich davon, durch seine Privatstudien aus der Tretmühle herauszukommen und Eingang in die weniger aufreibende Welt der Meritokratie zu finden.*

Hari war diesen Weg gegangen - allerdings schon, bevor er acht Jahre alt war. Mit seinen ersten Algebraprüfungen hatte er sich die Robe des Meritokraten verdient.

Nur die blaublütigen Aristokraten - der Adel mit seiner tausendfach gestuften Hierarchie, die vom kleinen Gutsherrn über den Planetengrafen und den Sektorenherzog bis hinauf zum Kaiser reichte - wurden schon mit ihrem Rang geboren. Alle anderen waren zunächst Bürger und wurden erst später nach Verhalten und Leistung einer Klasse zugeordnet. Doch das geschah im Allgemeinen in jungen Jahren. Nach Haris Einschätzung hatte Antic wenig Hoffnung, in seinem Alter noch einmal wechseln zu können ... es sei denn, er zöge in Betracht, Exzentriker zu werden. Gewisse Ansätze in dieser Richtung waren bereits zu erkennen.

»Alles begann damit, dass ich auf eine Eingebung hin die uralte Frage der *bearbeiteten Böden* neu aufrollte«, erklärte der Bürokrat, nachdem eine neue Runde Getränke serviert worden war.

»Was für eine Frage?«, erkundigte sich Hari.

Antic nickte. »Sie haben natürlich nie davon gehört. Ein wenig beachtetes Gebiet. Leider gibt es kaum Zeitungsberichte oder populärwissenschaftliche Veröffentlichungen über planetare Bodenanalysen. Ich will noch einmal von vorne anfangen.

Die Sache ist nämlich folgende, Professor Seldon. Es ist seit langem allgemein anerkannt, dass fast alle von Menschen besiedelten Welten eine begrenzte Zahl gemeinsamer Eigenschaften aufweisen – zum Beispiel eine Sauerstoff-Stickstoff-Atmosphäre etwa im Verhältnis zwanzig zu achtzig. Die meisten vielzelligen Lebensformen auf diesen Planeten gehen auf circa vierzig Standardstämme zurück und haben die gleiche grundlegende DNA-Struktur ... obwohl es einige Ausnahmen gibt.«

»Hühner auf allen Welten«, fasste Hari zusammen und lächelte dem Mann beruhigend zu. Antic zerknüllte ständig seine Stoffserviette zwischen den Händen, und das machte wiederum Hari allmählich nervös.

»Ha!« Der Bürokrat lachte beflissen. »Und Löwenzahn in jedem Rasen. Ich hatte ganz vergessen, dass Sie kein gebürtiger Trantoraner sind. Dann wird Ihnen ja einiges bekannt sein. Tatsächlich würde ein Bauer von Sinbikdu die meisten Tiere auf dem weit entfernten Planeten Incino wiedererkennen. Das stützt die verbreitetste Theorie über den Ursprung des Lebens – wonach die Natur dank eines biologischen Fundamentalgesetzes auf vielen Planeten etwa gleichzeitig ähnliche Spezies hervorgebracht hat. Diese Lebewesen entwickelten sich dann ganz von selbst weiter zur höchsten Lebensform von allen, dem Menschen.«

Hari nickte. Antic beschrieb, was ein Mathematiker als

Attraktor-Szenario bezeichnet hätte ... eine Situation, von der alle angrenzenden Szenarien so unwiderstehlich angezogen werden, dass ihre Trajektorien schließlich auf einen Punkt zulaufen. In diesem Fall bedeutete das nach allgemeiner Ansicht, dass alle Wege der Evolution zwangsläufig zur Entstehung des Menschen führten.

Nur wusste Hari mit Sicherheit, dass der Attraktor-Begriff in *diesem* Fall vollkommen fehl am Platz war. Als er vor Jahren galaxisweit genetische Daten mit dem Instrumentarium der Psychohistorik untersuchte, hatte er rasch festgestellt, dass die Menschen vor etwa zwanzigtausend Jahren ganz plötzlich aus dem Sirius-Sektor gekommen sein mussten. Eine Erkenntnis, die ihm das *Kinderbuch des Wissens* erst vor kurzem bestätigt hatte.

Natürlich dachte er nicht daran, die Wahrheit publik zu machen oder die Konvergenztheorie in Zweifel zu ziehen. Nichts wäre verheerender für den Seldon-Plan, als wenn plötzlich das ganze Imperium wie gebannt auf eine winzige Welt in der Nähe des Sirius starrte und sich fragte, was wohl vor zwanzigtausend Jahren geschehen sein mochte!

»Weiter«, drängte Hari. »Ich nehme an, dass bei der Verteilung von *Bodentypen* ähnliche Strukturen auftreten?«

»Ja. In der Tat, Professor! Natürlich gibt es geologische Unterschiede zwischen den Planeten ... manchmal sogar ganz gravierende. Aber einige Aspekte sind praktisch universal. Mit den vorhin erwähnten *bearbeiteten Böden* ist der natürliche Zustand der Tieflandböden gemeint, die von den Kolonisten bei der Erstbesiedelung auf den meisten Planeten vorgefunden wurden. (Wir haben von etwa einer Million Welten Aufzeichnungen, die so weit zurückreichen.) Die Bodenbeschaffenheit war in allen Fällen die gleiche – das Erdreich war bis in eine Tiefe von mehreren Dutzend Metern zerkleinert und durchgesiebt worden und mit einer Fülle von bekannten Pflanzen bewachsen. Ideale Voraussetzungen für den Ackerbau, nebenbei bemerkt. Nun hat mein Institut natürlich dafür zu sorgen, dass alles auch so *bleibt*, und so achten wir auf angemessene Bodenpflege, um Schäden oder Verluste durch Erosion oder Umweltverschmutzung zu verhindern. Leider machen wir uns damit bei den Bauern und dem örtlichen Adel nicht gerade beliebt, aber wir müssen schließlich vorausschauen, nicht wahr? Ich meine, wie sollen wir denn eine Zukunft *haben*, wenn sich niemand darüber Gedanken macht? Manchmal ist es entsetzlich frustrierend ...«

»Horis!«, ermahnte ihn Hari. »Sie schweifen ab. Bitte kommen Sie zur Sache.«

Antic blinzelte, dann nickte er eifrig.

»Ganz recht. Verzeihen Sie.« Er holte tief Atem. »Jedenfalls betrachten Theoretiker die bearbeiteten Böden seit langem als eine der Universaleigenschaften - etwas, das unweigerlich in Zusammenhang mit Sauerstoff-Stickstoff-Atmosphären auftritt. Nur ...«

Antic hielt inne. Obwohl er die Nische vor Beginn des Gesprächs zweimal auf Abhörsicherheit überprüft hatte, reckte er abermals den Hals und sah sich um.

»Nur ... wissen Angehörige meines Instituts schon seit langem, dass das nicht stimmt«, fuhr er sehr viel leiser fort.

Er griff in seine Tasche und zog einen flachen Stein heraus. »Sehen Sie sich diese Abdrücke genau an, Professor. Erkennen Sie die symmetrischen Muster?«

Hari zögerte. Meritokraten verabscheuten es aus Tradition, Steine oder Erde zu berühren, ein Grund, warum sie aus Tradition Handschuhe trugen. Niemand wusste, woher die Sitte kam, aber sie war uralt und tief verwurzelt.

Aber mir ist dieser Abscheu fremd. Ich habe oft genug in der Erde gewühlt und mich über die Reaktion meiner akademischen Kollegen gefreut.

Hari streckte die Hand aus und nahm den Stein. Die gezackten Rillen, die Antic ihm zeigte, faszinierten ihn sofort.

»Das nennt man ein *Fossil*. Sehen Sie diese eigenartigen Augenhöhlen? Die pentagonale Symmetrie? Fünf Beine! Dieses Wesen geht auf keinen der vierzig Standardstämme zurück! Ich habe es auf Glorianna aufgesammelt, aber das spielt kaum eine Rolle. Fossilien findet man auf etwa zehn

Prozent der besiedelten Welten! Man braucht nur auf die Berge zu steigen oder sich von den Ackerflächen zu entfernen. Die Leute im Hochland wissen davon, aber es ist ein Tabu, man spricht nicht darüber. Und man hat die Erfahrung gemacht, dass man den ansässigen Gelehrten erst recht nicht damit zu kommen braucht. Die werden immer nur wütend und wechseln das Thema.«

Hari war von den Umrissen im Stein fasziniert. Tausend Fragen gingen ihm durch den Kopf. Wie alt mochte dieses Wesen sein, was hatte es für eine Geschichte? Es drängte ihn, Antics Behauptung zu verifizieren, die Bauern auf zahllosen Welten wüssten Dinge, die ein Meritokrat niemals erfahren würde ... oder dürfe.

Aber das alles brachte sie dem Problem nicht näher, das ihn am brennendsten interessierte.

»Horis, Sie sprechen in Ihrem Aufsatz von *Anomalien* bei der Bodenbearbeitung. Bitte erzählen Sie mir von diesen Ausnahmen. Was hat Ihr Misstrauen geweckt?«

Wieder nickte der Bürokrat.

»Ja, ja! Sehen Sie, Professor, bearbeitete Böden sind nicht so allgemein verbreitet, wie es zunächst den Anschein hat! Im Laufe meiner langjährigen Inspektorentätigkeit habe ich unzählige Welten besucht und bin immer wieder auf Abweichungen gestoßen. Auf manchen Planeten ist die Erde in Ebenen und Tälern viel gröber, weniger homogen, und nichts weist darauf hin, dass sie wie in den meisten Tieflandgebieten gesiebt und vor kurzem erhitzt worden wäre. Nur interessehalber – es ist mehr ein Steckenpferd, eine Liebhaberei – begann ich, weitere ungewöhnliche Züge dieser Planeten zusammenzustellen ... wie zum Beispiel das Vorhandensein zahlreicher genetisch ausgefallener Tierarten. In mehreren Fällen gab es Hinweise auf eine Supernova-Explosion irgendwann in den letzten dreißigtausend Jahren. Die Kruste eines Planeten enthält große Mengen natürlicher Radioaktivität, andere sind übersät mit Hügeln aus geschmolzenem Metall. Als ich anfing, diese Anomalien kartografisch zu erfassen, zeigte sich eine Häufung entlang von mächtigen Streifen ...«

»Und diese Streifen decken sich wiederum mit den *Strömen im All,* von denen Sie sprachen? Wie sind Sie denn darauf gekommen?«

Antic lächelte. »Ein Glückstreffer. Als ich die galaktografischen Dateien durchstöberte, lernte ich eine verwandte Seele kennen ... ebenfalls Bürokrat mit einer heimlichen Leidenschaft. Wir tauschten uns über unsere kleinen Marotten aus ... und wenn Sie mich für einen Sonderling halten, dann sollten Sie erst hören, was er über die diffusen Atomwolken zu erzählen hat, die durch das Weltall wogen! Er glaubt, darin Strukturen zu erkennen, die der Kaiserlichen Navigationsbehörde entgangen sind. Was übrigens durchaus möglich ist: den Beamten geht es nämlich nur darum, die Handelsrouten frei zu halten. Und selbst das wird so routinemäßig abgehandelt wie nur ...«

»Horis.«

»Wie? Ach ja. Wie auch immer, mein neuer Freund und ich haben also unsere Erkenntnisse verglichen ... ich war so verwegen, einige der mathematischen Verfahren anzuwenden, die ich in populärwissenschaftlichen Berichten über Ihre Arbeit gefunden hatte, Professor. Das Ergebnis ist die Galaxiskarte, die gestern Abend Ihre Aufmerksamkeit erregt hat.« Antic atmete auf. »Nun wissen Sie Bescheid!«

Hari runzelte die Stirn.

»Ich habe auf dem Aufsatz nur Ihren Namen gesehen.«

»Nun ja ... mein Freund ist ziemlich unsicher. Er findet, wir hätten noch bei weitem nicht genug Material, um an die Öffentlichkeit zu gehen. Ein spekulativer Artikel ohne handfeste Beweise könnte unsere Karriere gefährden.«

»Sie hingegen hielten das Risiko für vertretbar?«

Antic lächelte, während er in seiner Tasche nach einer weiteren Pille suchte.

»Immerhin ist es mir gelungen, Ihr Interesse zu gewinnen, Professor Seldon. Sie sitzen mir gegenüber. Und Sie würden Ihre kostbare Zeit gewiss nicht mit Banalitäten vergeuden.«

Aus der Stimme des Grauen klang so viel Hoffnung, als erwarte er, gleich den blauen Mantel der Meritokratie auf den

Schultern zu spüren. Doch Hari war zu beschäftigt, um ihm Komplimente zu machen. Seine Gedanken überschlugen sich.

Ich würde also meine Zeit nicht mit Banalitäten vergeuden? Bist du dir da so sicher, mein junger Freund? Vielleicht bin ich nur hier, weil ich mich zu Tode langweile ... oder allmählich senil werde. Vielleicht übersehe ich auch einen offensichtlichen Einwand, der deine laienhaften Spekulationen einstürzen ließe wie ein Kartenhaus bei einem Trantor-Beben.

Allerdings hatte Hari bisher noch keine Schwäche ausmachen können. Antics Analysen mochten prosaisch sein, aber sie waren mit peinlicher Sorgfalt ausgeführt. Hari hatte Verweise und Datensätze überprüft, aber auf Anhieb keinen Fehler gefunden.

Was immer er für Strukturen entdeckt haben mag – mit seinen Bodenproben und den Wolken aus Nichts, die durch den Weltraum treiben – es scheint eine gewisse Korrelation mit den Regionen zu bestehen, in denen Chaoswelten gehäuft auftreten ... ein Problem, das mich ein halbes Leben lang beschäftigt hat.

Dabei hatte die Frage eigentlich keinen entscheidenden Einfluss auf den Erfolg oder das Scheitern des Foundation-Plans. Sobald sich der Niedergang des Imperiums beschleunigte, würden keine neuen Chaosausbrüche mehr auftreten. Die Bewohner der Galaxis wären viel zu sehr damit beschäftigt, ihre Haut zu retten oder sich auf klassische Weise gegen die Obrigkeit zu empören, um in zügellos-utopischen Individualismusorgien zu schwelgen.

Dennoch wird die Psychohistorik ohne Lösung für dieses verdammte Attraktor-Szenario immer Stückwerk bleiben.

Es gab noch ein zweites, nicht weniger zwingendes Argument.

Santanni ... wo Raych ums Leben kam. Und Siwenna, wo das Schiff mit Manella und Bellis zum letzten Mal gesehen wurde, bevor es verschwand. Beide Welten liegen in der Nähe von Antics Anomalien.

In Hari reifte ein Entschluss.

Eins war sicher. Sein gegenwärtiges Leben war ihm ein Gräuel. Seit er die Aufzeichnungen für das Zeitgewölbe fertiggestellt hatte, saß er nur noch als historisches Denkmal herum und wartete auf den Tod. Das war nicht seine Art. Aber in den letzten zwei Tagen hatte er sich lebendiger gefühlt als im ganzen vergangenen Jahr.

Er traf die Entscheidung.

»Schön, Horis Antic. Ich komme mit.«

Der dicke Mann in der grauen Uniform wurde kreidebleich. Die Augen quollen ihm fast aus dem Kopf, und sein Adamsapfel hüpfte drollig auf und ab.

Endlich schluckte er krampfhaft.

»Wie ...«, stammelte er heiser. »Woher w-wussten Sie ...«

Hari lächelte.

»Woher ich wusste, dass Sie mir eine Privatexpedition vorschlagen wollten?«

Er breitete die Arme aus, fühlte sich fast wieder wie früher.

»Nun ja, junger Mann, ich bin immer noch Hari Seldon.«

8

Das Abkommen mit der Kommission für Öffentliche Sicherheit sah vor, dass Hari Trantor nicht verlassen sollte. Auch Wanda und die Fünfzig würden ihm niemals erlauben, einfach ins All zu verschwinden. Obwohl er für den Erfolg des Großen Plans nicht länger benötigt wurde, wollte doch niemand das Leben des Vaters der Psychohistorik aufs Spiel setzen.

Zum Glück kannte Hari ein Hintertürchen, durch das er vielleicht schlüpfen konnte. *Man kommt doch ziemlich weit, ohne Trantor offiziell zu verlassen*, dachte er, als er die notwendigen Vorbereitungen traf.

Zu packen hatte er nicht viel – Kers Kantun verstaute nur das Allernötigste in einem Koffer, dazu einige Archive mit Haris wichtigsten Forschungen und ein Exemplar des

Primärradianten für den Foundation-Plan. An der Rückenlehne des Rollstuhls befestigt, fiel das Gepäck nicht weiter auf.

Haris Diener und Beschützer hatte zunächst gegen die Reise protestiert und seine Sorgen wegen der Strapazen laut kundgetan. Aber er ließ sich ohne große Mühe umstimmen, und Hari erkannte bald, warum die Einwände des Valmoril nicht energischer ausfielen.

Er weiß, dass meine Gesundheit im Augenblick am meisten durch Langeweile gefährdet ist. Ich muss eine sinnvolle Beschäftigung finden, sonst schwinde ich einfach dahin. Die kleine Spritztour ist vermutlich nichts Besonderes. Noch ist die Raumfahrt mehr oder weniger Routine. Aber sie gibt mir etwas zu tun und hindert mich am Sterben.

Also verließen die beiden am nächsten Morgen Haris Wohnung wie zu einer gewöhnlichen Ausfahrt. Doch anstatt den Weg in die Kaiserlichen Gärten einzuschlagen, schob Kers den Rollstuhl in eine Transitbahn zum Orion-Fahrstuhl.

Der Zug fuhr so schnell, dass die Wände des Metalltunnels vor den Augen verschwammen. Immer wieder fragte sich Hari, ob man sie wohl irgendwo anhalten würde. Die Möglichkeit bestand durchaus.

Hatte Gaal Recht und die Spezialgarde war tatsächlich abgezogen worden? Oder wurde er auch jetzt noch mit kleinen Spionagekameras und anderen Geräten überwacht?

Vor einem Jahr, gleich nach dem Prozess, war die staatliche Überwachung sehr intensiv gewesen. Jeder Winkel von Haris Leben war ausgeschnüffelt, jede seiner Bewegungen misstrauisch beäugt worden. Doch seither hatte sich manches geändert. Linge Chen war überzeugt, dass Hari und die Fünfzig kooperieren würden. Die Medien hatten keine unerwünschten Berichte über den ›unmittelbar bevorstehenden Zusammenbruch des Imperiums‹ mehr gebracht. Und, was noch wichtiger war, der Umzug nach Terminus verlief planmäßig. Die hunderttausend Experten, die Hari für ein *Encyclopaedia Galactica*-Projekt von gewaltigen Ausmaßen angeworben hatte, wurden derzeit gruppenweise ausgebildet und auf die abgelegene kleine Welt verschifft, wo sie ein ruhmreiches Schicksal erwartete, von dem sie nichts ahnten.

Wie die Dinge lagen, hatte Chen doch eigentlich keine Veranlassung, weiterhin Beamte für die Überwachung eines todgeweihten, verrückten Professors zu bezahlen, die er für andere Krisen sehr viel dringender brauchte?

Bald verkündete ein Klingelzeichen, dass der Waggon die Große Halle erreicht hatte. Hari und Kers traten in einen riesigen Raum von zwanzig Kilometern Durchmesser, der sich nach oben verjüngte und irgendwo im Nebel verschwand.

In der Mitte war eine mächtige, schwarze, mehr als hundert Meter dicke Säule senkrecht im Boden verankert. Das Auge ging davon aus, dass diese Säule das ferne Dach stützte, aber es täuschte sich. Es war nämlich gar keine Säule, sondern ein mächtiges *Kabel,* das durch ein Loch in der fernen Decke nach außen und weiter durch Trantors Atmosphäre führte und die Planetenoberfläche mit einer riesigen Raumstation in einer fünfzig Kilometer hohen Umlaufbahn verband.

Der Orion-Fahrstuhl war von oben bis unten mit zahllosen Beulen übersät, die auf- und abkrochen, als hätten sich Parasiten unter der Haut des schlanken Stängels eingenistet. Das waren die Fahrstuhlkabinen. Sie waren zum Teil mit einer flexiblen Membran verkleidet, um die Fahrgäste vor gefährlicher Strahlung und vor der Schwindel erregenden Aussicht zu schützen.

Am Fuß des monumentalen Gebildes stiegen Menschen aus den gelandeten Kapseln und strebten, nachdem die wenigen Einwanderungsformalitäten erledigt waren, einem Labyrinth von Rampen und Laufbändern zu. Scharen von abreisewilligen Fahrgästen strömten in die entgegengesetzte Richtung. Für jede Kaste gab es mehrere Reihen. Kers wählte eine der kürzesten Schlangen, die deutlich sichtbar für VIPs aus den Reihen der Meritokraten reserviert war.

Theoretisch könnte ich auch das Sonderportal für den Hochadel benützen, dachte Hari und blickte auf einen mit Seidenbehängen abgegrenzten Gang, wo sich beflissene Betreuer um Angehörige Planeten übergreifender Adelsgeschlechter bemühten. *Jeder ehemalige Kanzler des Reiches ist dazu berechtigt, selbst dann, wenn er wie ich in Ungnade gefallen ist. Aber damit würde ich zu viel Aufmerksamkeit erregen.*

Vor einer kleinen Zelle mit dem Schild **AUSREISEKONTROLLE** blieben sie stehen und legten ihre Identitätskarten vor. Kers, der Verbindungen zum Schwarzmarkt besaß, hatte angeboten, falsche Papiere zu besorgen, aber damit wäre das kleine Abenteuer von einer harmlosen Ordnungswidrigkeit zum Verbrechen geworden. Hari würde sich hüten, womöglich noch dem Seldon-Projekt zu schaden, nur um seine Neugier zu befriedigen. Wenn sein Plan klappte, wunderbar. Wenn nicht, dann ging er am besten nach Hause und ließ den Dingen ihren natürlichen Lauf.

Die Frage auf dem Bildschirm sprang ihn geradezu wütend an.

REISEZIEL?

Das war ein kritischer Moment. Alles war jetzt eine Frage der juristischen Auslegung.

»Demarchia«, sagte er laut. »Ich möchte ein bis zwei Wochen den Debatten des Imperialen Parlaments beiwohnen. Danach habe ich vor, in meine Wohnung an der Universität von Streeling zurückzukehren.«

Das war nicht gelogen. Nur das Wort ›danach‹ ließ verschiedene Deutungen zu.

Der Apparat brauchte eine Weile, um die Auskunft zu durchdenken, währenddessen grübelte Hari schweigend vor sich hin.

Demarchia ist eine von zwanzig Welten im näheren Umkreis, die offiziell als Teil Trantors betrachtet werden. Für diese Regelung, die von Generationen von Kaisern und Kanzlern bestätigt wurde, liefern Politik und Tradition gewichtige Argumente … Aber vielleicht sieht die Polizei das etwas anders.

Wenn Hari sich irrte, würde ihm der Computer keine Fahrkarte ausstellen, sondern die Kommission für Öffentliche Sicherheit sofort von seinem ›Fluchtversuch‹ benachrichtigen. Hari bliebe nichts anderes übrig, als wieder nach Hause zu gehen und zu warten, bis Linge Chens Agenten kamen und ihn verhörten. Schlimmer noch, Stettin Palver und die anderen Psychohistoriker würden sich fürchterlich aufregen, ihm Vorhaltungen machen und ihre pietätvolle Überwachung noch weiter verschärfen. Hari würde keinen unbeobachteten Schritt mehr tun können.

Nun komm schon!, flehte er und wünschte sich etwas von den mentalen Kräften, die es Daneel Olivaw ermöglichten, das Denken von Menschen und Maschinen zu beeinflussen.

Abrupt leuchtete der Schirm wieder auf.

GUTE REISE, LANG LEBE DER KAISER.

Hari nickte.

»Langes Leben«, antwortete er mechanisch und schluckte den Kloß in seiner Kehle hinunter. Der Computer warf zwei Fahrkarten für eine spezielle, ihrer Gesellschaftsschicht und ihrem Reiseziel entsprechende Fahrstuhlkabine aus. Kers nahm sie an sich, und Hari sah sich eine davon an.

INNER-TRANTORANISCHER VERKEHR, stand darauf.

Er nickte befriedigt. *Ich halte mich also an den Buchstaben meiner Vereinbarung mit der Kommission. Jedenfalls bis jetzt.*

Unweit von ihnen stand eine Schar von Uniformierten mit blanken Knöpfen und weißen Handschuhen – junge Flugbegleiter für prominente, aber nicht-adelige Fahrgäste. Einige blickten auf, setzten jedoch ihre Gespräche oder ihr Würfelspiel fort, als Kers und Hari keine Anstalten machten, sie heranzuwinken. Die beiden hatten so wenig Gepäck, dass Kers keine Hilfe brauchte.

Dennoch löste sich Augenblicke später eine kleine Gestalt aus den violetten Uniformen und kam mit raschen Schritten auf sie zu. Das Mädchen – schlank und höchstens fünfzehn Jahre alt – legte zackig die Hand zum Gruß an ihre Pagenkappe und sprach die beiden im Akzent des Corrin-Bezirks an. Sie war von einer unbekümmerten Freundlichkeit, die fast schon zu vertraulich wirkte.

»Ich grüße die Herren! Wenn's recht ist, trag ich Ihnen die Taschen und bring Sie sicher an Ihr Ziel.«

Auf ihrem Namensschild stand **Jeni**.

Kers winkte ab, doch ehe er sich versah, hatte sie ihm schon die Karten abgenommen. Dann nickte sie so energisch, dass ihr das ungebändigte platinblonde Haar um den Kopf flog.

»Zu Ihrem Schlitten geht's hier lang, meine Herren.«

Als Kers ihr das Gepäck nicht überlassen wollte, grinste sie nur. »Keine Angst. Mit mir kommen Sie sicher zur Orion-Station. Folgen Sie mir.«

Kers knurrte leise, als das Mädchen mit den Fahrkarten davoneilte, aber Hari lächelte nur und tätschelte die kräftige Hand seines Dieners. In dieser Welt der öden Jobs und der zermürbenden Routine war es ein Lichtblick, wenn jemand ein wenig Spaß hatte, selbst wenn es auf Kosten hochgestellter Persönlichkeiten ging.

Der Dritte im Bunde wartete wie vereinbart neben einer Fahrstuhlkabine mit der flimmernden Anzeige **Demarchia**. Horis Antic fiel sichtlich ein Stein vom Herzen, als er die Gruppe erblickte. Die Flugbegleiterin würdigte der Grauen-Bürokrat kaum eines Blickes, aber vor Hari verneigte er sich tiefer, als es das Protokoll verlangte. Dann deutete er auf die offene Tür der Kabine.

»Hier herein, Professor. Ich habe gute Plätze für uns reserviert.«

Hari holte tief Luft, sie stiegen ein, und die Tür glitt hinter ihnen zu.

Es geht los. Schon wurde ihm leichter ums Herz.

Ein letztes Abenteuer.

Fenster gab es leider nicht. Die Fahrgäste konnten die Aussicht zwar über die Monitore vor den Sitzen genießen, aber davon machten nur wenige Gebrauch. Haris Kabine war halb leer. Weltraumfahrstühle waren längst nicht mehr so beliebt wie früher.

Das ist zum Teil mein Werk, rief Hari sich in Erinnerung.

Transporte von und nach Trantor wurden zumeist mit Hyperraumschiffen abgewickelt, die auf selbsterzeugten Schwerkraftfeldern zu Boden schwebten. Die Zahl der Schiffe, die mit Lebensmitteln und anderen Bedarfsgütern für das Verwaltungszentrum des Imperiums hin- und herpendelten, wurde immer größer. Inzwischen wurde die Nabelschnur schon von zwanzig Agrarwelten gespeist – bevor Hari Kanzler wurde, waren es lediglich acht gewesen.

Früher erzeugte Trantor seine Grundnahrungsmittel mit Solarenergie in riesigen Bottichen. Die Arbeit taten Scharen von fleißigen Automaten, denen Gestank und Plackerei nichts ausmachten. Während der berüchtigten Tiktok-Revolte war dieses System zusammengebrochen, und es war eine seiner ersten Amtspflichten gewesen, die Lücke zu schließen, indem er den Zustrom an Nahrungsmittel- und anderen Importen um ein Vielfaches verstärkte.

Aber das neue System ist teuer und wenig leistungsfähig. Und in den kommenden Jahrhunderten wird die Nabelschnur zur tödlichen Falle werden. Das hatten ihm die psychohistorischen Gleichungen gezeigt. *Kaiser und Oligarchen werden mit zunehmendem Eifer danach trachten, sie zu erhalten, auf Kosten anderer wichtiger Geschäftszweige.*

Um die Loyalität der Agrarwelten zu sichern, hatte man sie immer enger an Trantor gebunden. Mittlerweile waren sie sogar derselben ›planetaren‹ Regierung unterstellt. Diese Maßnahme kam Hari jetzt zugute.

Auch ohne den Außenmonitor einzuschalten, konnte er sich vorstellen, wie sich die Sternenmassen im Zentrum der Galaxis im eloxierten Metall der Planetenhülle spiegelten – Millionen von grellen Sonnen, blitzend wie Edelsteine, die fast die Nacht zum Tag machten. Viele Bewohner des Imperiums stellten sich Trantor als eine einzige Riesenstadt vor, doch ein großer Teil der rostfreien Stahlverkleidung war Fassade, wenige Stockwerke dick, eine flache Bienenwabe, die hauptsächlich zur Lagerung alter Aufzeichnungen diente und nur aus optischen Gründen geschlossen worden war, nachdem man Berge und Täler eingeebnet hatte. Bürotürme,

Fabriken und Wohnungen nahmen in Wirklichkeit nur zehn Prozent der Planetenoberfläche ein ... es war also reichlich Lebens- und Arbeitsraum für vierzig Milliarden Menschen vorhanden.

Dennoch war das bekannte Bild nicht unrealistisch. Das Zentrum des Imperiums war genauso überfüllt wie das Zentrum der Galaxis. Hari fand das verwirrend, obwohl er die psychohistorischen Gründe dafür kannte.

»Wir haben soeben die Hälfte der Strecke hinter uns gebracht.« Die junge Flugbegleiterin wechselte in die Rolle des Reiseführers. »Wenn Sie Ihre Tabletten vergessen haben, könnte Ihnen ein bisschen flau im Magen werden, wenn's auf null g zugeht«, fuhr sie fort, »aber viele Leute bilden sich das auch nur ein. Denken Sie an was Schönes, das vertreibt oft die Übelkeit.«

Horis Antic konnte sie damit nicht aufheitern. Obwohl er in seinem Beruf sicher viel unterwegs war, hatte er dieses spezielle Verkehrsmittel vielleicht noch nie benützt. Hastig holte der Bürokrat gleich mehrere Tabletten aus seiner Gürteltasche und schluckte sie.

»Heutzutage kommen die meisten Menschen natürlich mit Raumschiffen nach Trantor«, fuhr das Mädchen fort. »Aber ich gebe Ihnen einen guten Rat: sagen Sie sich immer wieder vor, dass dieses Kabel über tausend Jahre alt ist und noch aus den ruhmreichen Zeiten der großen Ingenieure stammt. Das heißt, Sie sind im Grunde hier genauso sicher wie auf festem Boden!«

Hari hatte schon öfter erlebt, wie besonders extrovertierte Flugbegleiter die Langeweile ihres Berufs damit bekämpften, dass sie über ihre Pflichten hinaus gingen. Obwohl man sich kaum ein schwierigeres Publikum vorstellen konnte als den mürrischen Kers Kantun und den nervösen Horis Antic, der ständig an den Fingernägeln kaute und sich sichtlich wünschte, das Mädchen möge verschwinden, plapperte die Kleine munter weiter.

»Manchmal fragen Besucher, was passieren würde, sollte das Kabel, an dem wir hängen, jemals reißen! Aber glauben

Sie mir, das ist einfach nicht möglich. Zumindest versichern das die Alten, die diesen zähen Strick fabriziert haben. Aber Sie wissen natürlich, wie so etwas heute aussieht. Deshalb können wir uns gerne zusammen ausmalen, was geboten wäre, wenn eines Tages ...«

Und dann schilderte sie genüsslich, was geschehen könnte, wenn alle Weltraumfahrstühle auf Trantor - Orion, Lesmic, Gengi, Pliny und Zul - irgendwann einmal rissen. Die obere Hälfte jedes mächtigen Spannseils würde mit den Transferstationen ins All entschwinden, während die untere Hälfte mit einem Gewicht von einigen Milliarden Tonnen und unvorstellbarer Wucht zu Boden krachen, eine ungeheure Sprengkraft freisetzen, Trantors Metallhülle bis zu den Rohrleitungen für die geothermische Energie durchschlagen und eine weltumspannende Kette neuer Vulkane erzeugen würde.

Genau das gleiche Katastrophenszenario hat unser Primärradiant errechnet. Hari staunte. Natürlich waren einige Erkenntnisse der Seldon-Gruppe an die Öffentlichkeit gedrungen. Dennoch hatte er noch nie erlebt, dass diese Phase des Zusammenbruchs von Trantor so lebhaft und mit so offenkundigem Vergnügen beschrieben worden wäre!

Tatsächlich waren die Weltraumfahrstühle ungemein stabil, sie stammten aus der Blütezeit des Imperiums, und ihre Sicherheitsstandards übertrafen die Minimalanforderungen um ein Mehrhundertfaches. Nach Haris Berechnungen würden sie wahrscheinlich bis zur ersten Plünderung der Hauptwelt in fast dreihundert Jahren bestehen bleiben.

An diesem Tag wäre es allerdings nicht zu empfehlen, sich irgendwo in Äquatornähe aufzuhalten. Wandas und Stettins Nachkommen wären natürlich vorbereitet. Das Hauptquartier der Zweiten Foundation wäre lange vorher verlegt worden ... wie es im Großen Plan stand.

Hari durchstreifte in Gedanken die Zukunft wie ein Historiker die Vergangenheit. Eine der Aufzeichnungen für das Zeitgewölbe auf Terminus befasste sich mit der Epoche, in der diese herrliche Welt der Vernichtung anheimfallen würde. Danach sollte die Foundation selbstbewusst in ihre große Expansionsphase eintreten. Die Angehörigen hätten bereits mehrere gefährliche Zusammenstöße mit dem auseinanderbrechenden Imperium überlebt und könnten nun, selbst voller Vitalität, ehrfürchtig zusehen, wie das alte Reich mit einem Schlag endgültig in sich zusammenfiel.

Mit seiner Zeitgewölbe-Botschaft wollte er versuchen, die Gesinnung der dann Regierenden auf Terminus vorsichtig zu beeinflussen, indem er den Parteien, die sich mit weiteren Eroberungsfeldzügen Zeit lassen wollten, politisch den Rücken stärkte. Zu viel Selbstbewusstsein konnte ebenso schädlich sein wie zu wenig. Zu diesem Zeitpunkt sollte die geheime Zweite Foundation aus mental begabten Abkömmlingen der Fünfzig allmählich aktiv werden und die vitale Kultur formen, die auf Terminus entstanden war. So würde der Kern eines neuen Imperiums geschmiedet, das noch weit größer werden sollte als das Erste.

Hari fand den Großen Plan in seiner verlockenden Vielfalt verführerisch. Doch wieder einmal meldeten sich seine inneren Zweifel zu Wort.

Der ersten hundert Jahre kannst du dir sicher sein. Die Dynamik der Ereignisse ist einfach zu groß, als dass sie vom ermittelten Weg abweichen würden. Auch die nächsten ein bis zwei Jahrhunderte müssten sich noch an die Berechnungen halten, falls es nicht zu unerwarteten Störungen kommt. Und dabei gegenzusteuern, ist die Aufgabe der Zweiten Foundation.

Aber danach?

Irgend etwas in den Berechnungen macht mich unruhig. Unter all unseren glatten, berechenbaren Modellen zeigen sich Spuren unaufgelöster Attraktor-Szenarien und verborgener Lösungen.

Ich wollte, ich wüsste genauer, welcher Art diese unaufgelösten Attraktoren sind.

Das war nur einer der Gründe für Haris Entschluss, an dieser Expedition teilzunehmen. Es gab noch weitere.

Horis Antic rückte näher heran. »Ich habe Vorbereitungen getroffen, Professor. Der Captain unseres Charterschiffs erwartet uns einen Tag nach der Landung auf Demarchia.«

Die junge Flugbegleiterin hatte ihre schaurige Katastrophenschilderung endlich beendet und war verstummt. Offenbar hörte sie mit ihren Kopfhörern Musik, während sie auf dem Monitor vor dem nächsten Sitz beobachtete, wie die Orion-Station immer näher kam. Hari glaubte, gefahrlos mit Antic sprechen zu können.

»Und dieser Captain ist zuverlässig? Einem Söldner sollten wir uns nicht unbedingt anvertrauen. Besonders, wenn wir nicht viel bezahlen können.«

»Ganz Ihrer Meinung.« Antic nickte eifrig. »Aber der Mann hat die besten Empfehlungen. Und zu bezahlen brauchen wir gar nichts.«

Hari wollte schon fragen, wie das möglich sei. Aber Antic schüttelte den Kopf. Gewisse Erklärungen mussten noch warten.

»Transfer in Kürze!« Die Flugbegleiterin sprach wegen ihrer Kopfhörer etwas zu laut. »Alles anschnallen. Es könnte etwas holprig werden.«

Hari ließ zu, das sein Diener fürsorglich den Rollstuhl mit Klammern fixierte und die Rückhaltegurte festzog. Dann schickte er Kers auf seinen Platz und befahl ihm, sich selbst zu sichern. Er war seit vielen Jahren auf keiner Sternenschleuder mehr geflogen, aber er war kein Neuling.

Hari rief eine Holo-Ansicht der Orion-Station vor ihnen ab. Ein riesiges, von Türmchen und Röhren strotzendes Medusenhaupt hockte auf einer glänzenden Geraden – dem Kabel des Weltraumfahrstuhls. Nur wenige Raumschiffe hingen an den Andockluken, die meisten modernen Hyperraumschiffe konnten eleganter auf Antigrav-Feldern landen und starten. Hari sah jedoch voraus, dass irgendwann die Leistung immer weiter absinken würde, bis es auf dem Planeten zu einer Serie von katastrophalen Abstürzen kam. Dann müssten alle Schiffe, die Trantor anflogen, ihre Ladung da oben löschen, und die dicken Taue kämen wieder zu

Ehren ... nur um fünfzig Jahre später ihrerseits beseitigt zu werden.

Vorerst wurde die Hauptlast des galaktischen Reise- und Handelsverkehrs noch über Schiffe abgewickelt. Nur wenige Routen wurden mit einem anderen, ganz eigenen Transportsystem bedient. Einem sehr viel schnelleren und praktischeren Verkehrsmittel.

Den Sternenschleudern.

Als Hari noch jung war, hatten hunderte von Wurmlochverbindungen das Raum-Zeit-Gefüge durchzogen und die entlegensten Regionen der Galaxis miteinander verbunden. Nur etwa ein Dutzend davon waren noch erhalten, und die meisten mündeten an einer einzigen Stelle nahe des Trantor-Orbits. Seine Gleichungen besagten, dass auch diese in wenigen Jahrzehnten aufgelassen werden würden.

»Fertig machen!«, rief die junge Flugbegleiterin.

Die Orion-Station raste auf den Bildschirm zu. Im letzten Moment tauchte von irgendwo her ein riesiger Greifarm auf, packte die Kabine und rüttelte sie heftig durch. Alles drehte sich im Kreis, das solide Gehäuse wurde vom Kabel gepflückt und in ein langes, schmales Rohr geschoben, das in die Tiefen des Alls zeigte.

Die Außenmonitore wurden schwarz.

Horis Antic wimmerte leise. *An manche Dinge gewöhnt man sich nie,* dachte Hari und bemühte sich, abstrakte Gedankengänge zu verfolgen, während er auf die Zündung der Impulskanone wartete.

Hyperraumschiffe waren groß, sperrig und relativ langsam. Aber sie waren technisch so zuverlässig und so leicht zu warten, dass manche untergegangenen Zivilisationen ihre Flotten auch dann noch hatten erhalten können, als sie nicht mehr im Stande waren, mit Kernfusion Energie zu gewinnen. Für die Sternenschleudern waren dagegen ein tiefgehendes physikalisches Verständnis und großes technisches Wissen erforderlich. Seit das Imperium nicht mehr genügend fähige Arbeitskräfte hervorbrachte, verfiel das Netz zusehends.

Manche Kritiker gaben der allgemeinen Dekadenz oder dem Versagen des Bildungswesens die Schuld daran. Andere schoben die Verantwortung auf die Chaoswelten und ihre verführerische Kultur, die oft kreative Persönlichkeiten aus der ganzen Galaxis anzog ... bis die ›Renaissance‹ mit lautem Knall zerplatzte.

Haris Gleichungen lieferten eine Vielzahl von Gründen für einen Niedergang, der schon vor Jahrhunderten eingesetzt und gegen den Daneel Olivaw lange vor Haris Geburt den Kampf aufgenommen hatte.

In dreißig Jahren, wenn die Kompetenzkurve den kritischen Tiefpunkt erreicht, möchte ich mich keiner dieser Schleudern mehr anvertrauen ...

Die Zündung der Kanone riss ihn aus seinen Gedanken. Eine Hyperraum-Mikroweiche lenkte die Kabine an eine fünfzig Lichtminuten von Trantor entfernte Stelle. Dort wartete das *eigentliche* Wurmloch. Der Wiedereintritt war nicht gerade sanft, Hari hatte das Gefühl, die Eingeweide würden ihm aus dem Leib gerissen. Er seufzte leise. *»Dors!«*

Sie rasten unter heftigen Schaukelbewegungen in den vielbefahrenen Rachen einer riesigen Raum-Zeit-Höhle. Die Monitore vor den Sitzen zeigten ein Meer von grellen Farben, ein Zeichen, dass die Holovisions-Computer mit dem Hexenkessel nichts anzufangen wussten. Diese Art zu reisen hatte durchaus ihre Schwächen. Und doch, wenn Hari sich eine der elementaren Tatsachen vergegenwärtigte, besaß die Weltraumschleuder gegenüber normalen Schiffen einen einzigen, aber gewichtigen Vorteil. Kaum hatte ein Schleuderflug begonnen ...

... da war er auch schon wieder vorbei.

Wieder wechselte das Bild auf den Schirmen, nun zeigten sie die vertraute Sternenwolke im galaktischen Zentrum. Hari spürte etliche Stöße, als die Kabine mehrmals über Mikro-Weichen geleitet wurde. Dann kam wie aus dem Nichts ein Planet ins Blickfeld geschwommen.

Ein Planet mit Kontinenten, Meeren und Gebirgszügen. Die glitzernden Städte fügten sich harmonisch in die Landschaft ein, anstatt sie brutal zu dominieren. Eine herrliche Welt. Hari hatte sie in Begleitung seiner schönen und charmanten Frau oft besucht, als er noch Kanzler war. In jenen Tagen, als er und Daneel noch glaubten, mit konsequenter Anwendung der Psychohistorik das Imperium vor dem Untergang retten zu können, anstatt diesen Untergang nur zu organisieren.

»Willkommen auf der zweiten Hauptwelt des Imperiums, meine Herren«, sagte die junge Flugbegleiterin.

»Willkommen auf Demarchia.«

9

Dors fühlte sich verpflichtet, ein Geständnis abzulegen.

Sie hatte ihren Bericht an Daneel Olivaw mit verschiedenen Begründungen so lange aufgeschoben, bis sie wieder auf Smushell eingetroffen war. Dann waren ihr die Ausreden ausgegangen.

»Ich habe versucht, den abtrünnigen Roboter R. Lodovik Trema zu zerstören«, teilte sie ihrem Führer nun mit ruhiger, emotionsloser Stimme mit. Die Nachricht wurde von einem Codiergerät verschlüsselt. *»Dass ich scheiterte, kann kaum als Entschuldigung für eine Tat dienen, die deinen Wünschen so eindeutig zuwider lief, Daneel. Ich erwarte deine Befehle. Wenn es dein Wille ist, werde ich meine Aufgabe hier an einem anderen Humanoiden übertragen und mich auf Eos untersuchen und wieder in Stand setzen lassen.«*

Um Eos, Daneels geheimen Reparaturstützpunkt für seine Anhängerschaft aus unsterblichen Robotern zu erreichen, musste man die halbe Galaxis durchqueren. Es wäre für Dors sehr schmerzlich gewesen, Klia und Brann gerade in der Phase ihres Lebens verlassen zu müssen, in der die wertvollen, für Daneels weitreichende Pläne so wichtigen mentalistischen Babies kommen sollten. Aber Dors war gewöhnt, ihre Pflicht auch dann zu tun, wenn es weh tat ... sie hatte damals auch Hari Seldon verlassen.

Daneel weiß am besten, was richtig ist, dachte sie. Und doch fiel es ihr schwer, den Bericht fortzusetzen.

»Ich weiß, dass du die Lodovik-Maschine noch nicht mit allen Konsequenzen verstoßen hast. Tremas Verwandlung durch das Voltaire-Mem und die Tatsache, dass er sich nicht mehr an die Vier Gesetze der Robotik gebunden fühlt, scheinen dich zu faszinieren. Wobei ich zugeben muss, dass Lodovik bisher offensichtlich keine Anstalten gemacht hat, der Menschheit zu schaden. Bisher.

Aber das ist ein schwacher Trost für mich, Daneel!

Vergiss nicht, das Nullte Gesetz verpflichtet uns, mit jeder unserer Handlungen langfristig den Interessen der Menschheit zu dienen, und dieses Gebot steht noch über den klassischen Drei Gesetzen, die Susan Calvin einst formulierte. Das lehrst du uns seit der Frühzeit, Daneel. Und deshalb bitte ich dich, mir zu erklären, was dich bewogen hat, Lodovik laufen zu lassen. Warum erlaubst du ihm, die Galaxis zu durchstreifen, sich mit calvinischen Robotern zu verbünden und höchstwahrscheinlich mit ihnen gegen deine Pläne zu intrigieren?«

Dors spürte, wie simulierte Gefühle ihren humaniformen Körper überschwemmten, wie ihr Herz raste und ihr Atem rascher ging. Eine realistische Emulation, die inzwischen fast automatisch erfolgte und nicht mehr völlig der Kontrolle ihres Bewusstseins unterlag. Wie eine menschliche Frau, die ihrem Chef eine wichtige und gefährliche Mitteilung zu machen hatte, musste sie ihre Angst mit Willenskraft unterdrücken.

»Jedenfalls hielt ich es für angebracht, die Sache selbst in die Hand zu nehmen, als ich Lodovik auf Panucopia begegnete. Was immer seine Motive für diese Zusammenkunft gewesen sein mögen, ich konnte die Gelegenheit nicht ungenützt vorübergehen lassen.

Wir trafen uns am Rand des panucopischen Waldes, und Lodovik entwickelte eine Theorie bezüglich der Ereignisse auf diesem Planeten, die Hari und mich vor vierzig Jahren beinahe das Leben gekostet hätten. Die ganze Episode, so behauptete er, sei nur als eines deiner vielen Experimente zu er-

klären, mit deren Hilfe du, Daneel, die Tiefen der menschlichen Natur auszuloten suchtest.

Nachdem ich mir das eine Weile angehört hatte, hielt ich den Zeitpunkt zum Handeln für gekommen. Ich zog aus einem Geheimfach in meinem Arm einen Mikroblaster und richtete ihn auf Lodovik.

Er zeigte kaum eine Reaktion, sondern fuhr fort, mir seine Schlussfolgerungen zu schildern - wonach Schimpansen in deinem großen Plan irgendeine wichtige Rolle spielten, Daneel!

Ich glaubte es in diesem Augenblick nicht mehr verantworten zu können, einen wahnsinnigen Roboter auf den Kosmos loszulassen. Dennoch wirkte das Erste Gesetz auf meine Impulse ein und machte es mir schwer, den Abzug durchzudrücken und auf Lodoviks menschenähnliche Züge zu feuern.«

Dors hielt inne, um den unerfreulichen Moment noch einmal an sich vorüberziehen zu lassen. Susan Calvins Erstes Gesetz der Robotik war uralt und unmissverständlich. *Ein Roboter darf kein menschliches Wesen verletzen oder durch Untätigkeit gestatten, dass einem menschlichen Wesen Schaden zugefügt wird.* Dieser Befehl war so tief verwurzelt, dass nur ein hoch komplexes Positronengehirn fertig brachte, was sie auf Panucopia getan hatte - einen Blaster auf ein Gesicht abzufeuern, das sich mit ironischem Lächeln in sein Schicksal ergab. Lodovik war ihr im allerletzten Moment menschlicher erschienen als viele wirkliche Menschen. Es war entsetzlich gewesen ... wenn auch nicht ganz so schlimm wie in jenen zwei Fällen, als sie sich vollständig über das Erste Gesetz hatte hinwegsetzen müssen.

In jener furchtbaren Zeit, als sie im Namen von Daneels Nulltem Gesetz Menschen getötet hatte.

Diesmal besserte sich ihr Zustand erheblich, sobald der Körper vor ihr sein humanoides Aussehen verlor und zu einem Häufchen aus Metall, Plastik und Geleeklumpen zerfiel. Das Positronengehirn starb als letztes in einem Funkenregen.

»Ich hörte nicht auf zu feuern, bis alles zu Asche verbrannt war. Dann wandte ich mich zum Gehen.

Aber schon nach wenigen Schritten ...«

Wieder hielt Dors inne. Dann gab sie kopfschüttelnd auf. Der Rest des Briefes musste warten. Vielleicht morgen. Die transgalaktischen Verbindungen verfielen ohnehin immer mehr, sodass es wahrscheinlich Wochen dauern würde, bis Daneel die Nachricht erhielt.

Sie stand auf und wandte sich von der Codieranlage ab ... ganz ähnlich wie damals auf Panucopia von Lodoviks geschmolzenem Körper. Aus dem Wald waren erregte Schreie zu hören gewesen, ausgestoßen von den wilden Tieren, an deren primitivem Bewusstsein sie einige Zeit lang teilgehabt hatte. Damals, als sie noch Hari gehörte und Hari ihr.

Sie ging einige Schritte auf das Raumschiff zu, doch plötzlich rief jemand hinter ihr ihren Namen.

»Du hast etwas vergessen, Dors.«

Sie fuhr herum ... das Tiktok, jenes primitive, von Menschenhand erbaute Zerrbild eines Roboters, kam auf sie zu gerollt. Es hielt eine Kiste in den derben Klauen. Eine Kiste mit einem zwanzigtausend Jahre alten Kopf.

»Lodovik? Bist du das?«, fragte sie und sah das ratternde Tiktok an. Plötzlich wurde ihr klar, wie leicht sich Trema in diesem plumpen Apparat verstecken konnte.

Die Stimme der Maschine war nur ein heiseres, monotones Summen. Doch Dors hörte den unverschämten Spott darin.

»Aber Dors! Im Lichte der jüngsten Ereignisse wäre es wohl kaum ratsam für mich, diese Frage zu beantworten.«

Sie zuckte nur die Achseln. In diesem Moment hätte Lodovik leicht zurückschlagen können.

»Habe ich eben deinen Doppelgänger getötet? Eine Fälschung, eine Kopie?«

»Kannst du mir verzeihen, dass ich so misstrauisch war, Dors?«

Während Panucopias Sonne allmählich tiefer sank und die Schatten länger wurden, stand sie da und überlegte, ob wohl eine Chance bestünde, dass dieses Tiktok Lodoviks echtes Gehirn enthielt. Wenn ja, könnte sie den Feind mit einem zweiten Schuss endgültig eliminieren.

»Darf ich dich auf ein interessantes Phänomen aufmerksam machen, Dors?«, summte der Automat. »Du hast soeben das Wort ›töten‹ verwendet und nicht ›zerstören‹ oder ›deaktivieren‹. Soll ich das als kleinen Fortschritt in unserer Beziehung werten?«

Es war verlockend, den Blaster noch einmal abzufeuern. Aber alles sprach dafür, das sich das echte Gehirn irgendwo im Wald versteckte und, für sie unerreichbar, von dort aus mehrere Doppelgänger steuerte. So steckte sie mit einem Seufzer, der sehr menschlich klang, die Pistole weg und bückte sich nach der Kiste.

»Es wird sich eine andere Gelegenheit finden«, sagte sie und hob die Last so vorsichtig auf wie ein Mensch, der einen Behälter mit Giftschlangen transportieren musste.

»Darauf konnten wir Roboter uns bisher immer verlassen, Dors. Aber vielleicht läuft unsere Zeit schneller ab als du glaubst.«

Wenn sie sich noch einen Rest Würde bewahren wollte, musste sie ihm das letzte Wort lassen. So drehte sie sich ohne Abschied um und trat die lange Heimreise an.

Auf dem Weg nach Smushell war Lodoviks Geschenk, der antike Kopf, ihre einzige Gesellschaft. Eine Woche lang starrte er sie an: eine Metallhülle mit blanken Augen, hinter denen sich das inaktive Gehirn von R. Giskard Reventlov verbarg.

Giskard der Gründer, der Daneel einst half, das Nullte Gesetz zu entwickeln.

Giskard der Retter, der sich für die Menschheit opferte und zugleich ohne Skrupel ihre Heimat zerstörte.

Giskard der Mythos, der erste Roboter mit telepathischen Fähigkeiten, der fähig und willens war, die Menschen zu führen, der ihre Gedanken und Erinnerungen beeinflussen und verändern konnte ... zu ihrem Besten.

Jetzt ruhte der Schatz sicher in einem Geheimkabinett in

Klia Asgars Haus, aber Dors konnte sich nicht überwinden, auf die gespeicherten Erinnerungen zuzugreifen.

Sie starrte ihn nur an, denn sie wußte genau, womit sie es zu tun hatte.

Der Kopf war eine Falle.

Ein Köder.

Um ihren Glauben auf die Probe zu stellen, wie ihre Johanna-Simulation sich ausdrücken würde. Grausamer war nie ein Mensch in Versuchung geführt worden.

Wenn Lodovik wollte, dass sie sich damit beschäftigte, dann musste der Inhalt berauschend sein, vielleicht sogar ein Gift.

Ein gefährliches, unbekanntes Gift, für das es jedoch einen bekannten Namen gab.

Die Wahrheit.

10

Hari stand auf dem Balkon seines Hotelzimmers und schaute auf die Baumreihen des Galaktischen Boulevards hinab. Es fiel nicht schwer, sich vorzustellen, man befände sich auf einem idyllischen Planeten an der Peripherie anstatt auf der ›zweiten Hauptwelt des Imperiums‹.

Natürlich schien die Sonne auf viele Statuen und imposante Denkmäler. In den letzten fünfzehntausend Jahren waren hier zu Ehren von Kaisern und Präfekten, Siegern und Opfern, großen Ereignissen und noch größeren Leistungen unzählige Gedenkschreine errichtet worden. Dennoch wirkte neben dem Koloss Trantor alles eine Nummer kleiner, und das Leben floss gemächlicher dahin, wie es sich gehörte für eine Welt, die wie ein vergessene Juniorpartner niemals wahrhaft Macht besessen hatte.

Sogar die Acht Parlamente, prächtige weiße Bauwerke, die den Beratungshügel umschlossen wie ein Diadem, vermittelten diesen Eindruck von Ohnmacht und Hilflosigkeit. Zwar entsandten alle fünf Gesellschaftskasten nach wie vor ihre

Vertreter zu den Gesetzesdebatten. Doch seit Hari nicht mehr Kanzler war, hatten diese heiligen Hallen so gut wie keine Entscheidung von irgendwelcher Tragweite mehr zu Stande gebracht. Der Exekutivrat auf Trantor regierte fast ausschließlich per Erlass, und die meisten Erlasse wurden von Linge Chens Kommission für Öffentliche Sicherheit formuliert.

Nicht dass einzelne Gesetze viel geändert hätten. Die Psychohistorik sagte voraus, was als nächstes geschehen würde. Selbst wenn morgen eine Palastrevolution Linge Chen seines Amtes enthöbe, auch sein Nachfolger könnte sich der Dynamik der Ereignisse nicht entziehen. Einige Cliquen würden gewinnen, andere verlieren. Doch im Lauf der nächsten dreißig Jahre würde der Durchschnitt der Kräfte – ermittelt auf fünfundzwanzig Millionen Welten – jede Initiative überrollen, die irgendein Kommissar, ein Kaiser oder eine intrigante Oligarchengruppe ergriffen hatte.

Dennoch versetzte Demarchia den Romantiker in Hari immer wieder in Wehmut. Diese Welt erschien ihm wie der Inbegriff verpasster Chancen. Was hätte aus ihr nicht alles werden können?

Theoretisch sollte die Demokratie über alle Machenschaften des Adels triumphieren. Verbal haben sich selbst die schlimmsten Tyrannen des Imperiums immer zu diesem Grundsatz des Ruellianismus bekannt.

Doch in der Praxis war er schwer zu verwirklichen. Das Kumulativparlament, der Sektorensenat und die Vereinigung der Zünfte waren so konzipiert, dass jede Institution die Schwächen der anderen ausgleichen sollte. Die Vertreter, die sie nach Demarchia entsandten, wurden nach verschiedenen Verfahren ausgewählt. Doch das Resultat war immer das gleiche – Energie und Dynamik zehrten sich auf. Während seiner Amtszeit hatte Hari es stets als quälend empfunden, ein Gesetz – etwa die Notverordnung zur Chaosunterdrückung – durch die Instanzen bringen zu müssen, obwohl er dank seines Wissens um die Prinzipien der Psychohistorik verglichen mit anderen ungewöhnlich viel erreicht hatte.

Damals glaubten Daneel und ich noch, das große Imperium der Menschheit zusammenhalten zu können. Schließlich waren meine Gleichungen noch nicht vollständig. Sie ließen noch Raum für Zweifel. Und für Hoffnung.

Seit Hari aus dem Amt geschieden war, hatte Demarchia enorm an Bedeutung verloren. Es war zum Exil für gescheiterte Politiker verkommen. Von den wirklich Mächtigen interessierte sich niemand für den Planeten.

Und deshalb sind wir jetzt hier, dachte er mit grimmigem Lächeln. Diesmal war Demarchia für ihn kein Ziel, sondern ein Sprungbrett.

»Professor Seldon?«, hörte er Horis Antic hinter sich im Hotelzimmer murmeln. Ihr gemeinsames Abenteuer ging in die nächste Runde, und der dicke Bürokrat wurde zusehends nervöser.

»Ich ... ich habe soeben Nachricht von der ... äh ... der *Person* erhalten, über die wir gesprochen hatten. Alles ist bereit. Wir sollen uns in einer Stunde an dem bewussten *Fahrzeug* einfinden.«

Hari wendete mit einem Knopfdruck seinen Rollstuhl und glitt ins Zimmer zurück. Antics Bemühungen, mit schwerfälligen Umschreibungen eventuelle Abhöranlagen zu täuschen, wären sicher erfolglos, falls sie wirklich ernsthaft überwacht würden. Außerdem hatte bis jetzt noch niemand ein Verbrechen begangen.

»Ist Ihre Ausrüstung schon eingetroffen, Horis?«

Der Bürokrat trug Freizeitkleidung. Doch seine Haltung und sein Mangel an Modebewusstein verrieten den Grauen auf einen Blick.

»Jawohl, Professor.« Er nickte. »Die letzten Kisten stehen unten. Es war einfacher, die Instrumente bei verschiedenen Firmen zu bestellen und hierher schicken zu lassen. Auf Trantor hätte man vielleicht ... peinliche Fragen gestellt.«

Hari hatte auf der Liste von Geräten und Instrumenten nichts entdeckt, was auch nur entfernt unter die Kategorie ›Verboten‹ gefallen wäre. Dennoch hatte Antic sicher triftige Gründe, seinen Vorgesetzten zu verheimlichen, dass er vorhatte, seinen Forschungsurlaub mit grotesken ›intellektuellen Spielereien‹ zu verbringen.

Hari war froh gewesen, sich von dem strapaziösen Sternenschleuderflug erholen zu können – vor Jahrzehnten hatte das perfekter funktioniert, war man noch nicht so durchgeschüttelt worden –, während Antic seine Ausrüstung zusammenstellte. Er hatte gern in der Sonne gesessen und in Erinnerungen an das alte Demarchia geschwelgt, als es an den Boulevards noch die besten Restaurants der Galaxis gab und seine Geschmacksnerven noch empfindlich genug waren, um – an der Seite der schönen und temperamentvollen Dors Venabili – die dargebotenen Köstlichkeiten zu genießen.

»Nun gut«, sagte er. Seine Lebensgeister waren geweckt, er fühlte sich fast fähig, zu Fuß bis zum Raumhafen zu laufen. »Dann aber los!«

Kers Kantun wartete vor dem Hotel neben den Kisten mit Antics Ausrüstung. Hari sah sofort, dass sein Leibwächter den Inhalt mit den Lieferscheinen verglichen und keine Abweichungen entdeckt hatte, und nahm Kers' Eifer zur Kenntnis, ohne ihm größere Bedeutung beizumessen. Was glaubte der Mann eigentlich? Dass Antic den berühmten Hari Seldon in ein anrüchiges Schmuggelgeschäft verwickeln wollte?

Der gemietete Lieferwagen traf pünktlich ein. Der Fahrer warf nur einen Blick auf die Kisten, dann wandte er sich an eine Gruppe einheimischer Arbeiter, die untätig daneben standen, und heuerte sie zum Einladen an. Antic sah ängstlich zu, wie die kostbaren Instrumente, mit denen er seine abwegige Theorie über *planetare Bodenbearbeitung* und *Ströme im All* beweisen wollte, herumgestoßen wurden.

Hari blieb ruhig, obwohl er sich mit einem ansehnlichen Betrag am Kauf der Ausrüstung beteiligt hatte. Wenn das Unternehmen neues Licht in das Dunkel seiner eigenen Fragen bringen konnte, wäre das Geld gut angelegt. Und an seinem Platz in der Geschichte würde sich langfristig so oder so nichts ändern. Andererseits war diese Reise für Antic die einzige Chance, dem Universum seinen Stempel aufzudrücken.

Die drei Männer wurden von einer Limousine zum Raumhafen gebracht, der Lieferwagen fuhr hinterher. Die Straßen waren eindeutig für ein höheres Verkehrsaufkommen gebaut, als sie heutzutage zu bewältigen hatten. Um Demarchias Wirtschaft war es nicht zum Besten bestellt. Überall standen kleine Grüppchen von Arbeitssuchenden herum und warteten auf Gelegenheitsjobs.

Kers, auf Trantor geboren, erschrak, als ein paar Regentropfen auf die Fenster der Limousine fielen. Aber Hari war begeistert.

»Wissen Sie eigentlich«, fragte er freundlich, »dass auf dieser Welt im Laufe der Jahrtausende eine ganze Reihe von demokratischen Experimenten durchgeführt wurden?«

Antic beugte sich vor. »Tatsächlich, Professor?« Er schluckte eine blaue Pille und begann erneut, an seinen Fingernägeln zu kauen.

»O ja. Eine Form, die so genannte *Nation*, fand ich besonders faszinierend.«

»Nie davon gehört.«

»Kein Wunder. Sie haben eben ein anderes Fachgebiet. Die meisten Menschen verabscheuen die Geschichte oder finden sie langweilig«, sagte Hari.

»Aber mich interessiert sie durchaus, Professor. Bitte, erzählen Sie mir davon.«

»Hm. Na schön. Bei der Übertragung demokratischer Prinzipien auf eine ganze Galaxis gibt es von jeher ein grundlegendes Problem. Ein funktionsfähiges Beratergremium darf höchstenfalls ein paar Tausend Mitglieder umfassen. Doch das reicht bei weitem nicht aus, um zehn Billiarden Wählern auf fünfundzwanzig Millionen Welten eine persönliche Vertretung zu garantieren! Man hat versucht, das Problem mit verschiedenen Mitteln zu lösen. Zum Beispiel mit *Kumulativer Repräsentation.* Jeder Planetenkongress entsendet ein paar Abgeordnete in die eigene Sternenprovinzversammlung, und die bestimmt wiederum aus ihren Reihen Vertreter für die regionale Sektorenkonferenz. Von dort gelangt eine kleine Anzahl von Vertretern weiter ins Quadrantenforum ... und das setzt sich fort, bis sich schließlich eine überschaubare Gruppe von Gleichgestellten in dem Gebäude auf dem Hügel dort versammelt.«

Er wies auf einen Steinbau mit weißen Säulen, die sogar im strömenden Regen zu leuchten schienen.

»Leider führt dieses Verfahren nicht dazu, dass auch das Politiker*material* auf dem Weg nach oben immer weiter geläutert würde. Stattdessen bekommt man am Ende – ein Grundzug der menschlichen Natur – aus der gesamten Galaxis ein Konzentrat derjenigen Politiker, die sich die meisten Freunde und die wenigsten Feinde geschaffen haben. Oder einen Haufen charismatischer Demagogen. In beiden Fällen werden –fast stichprobenartig, um einen Ausdruck aus der Statistik zu gebrauchen – immer nur die Belange einiger weniger Planeten erörtert. Wenn eine der verfassunggebenden Versammlungen hier auf Demarchia nur etwas Initiative entwickelt, was selten genug vorkommt, so kann man sicher sein, dass die anderen parlamentarischen Gremien sofort auf die Bremse treten. Eine altbewährte Methode, um das Tempo zu verringern und zu verhindern, dass kurzlebige Begeisterung das Geschehen beherrscht.«

»Das klingt fast so, als fänden Sie das gut so«, bemerkte Antic.

»Im Allgemeinen empfiehlt es sich, allzu heftige Schwankungen in politischen Systemen zu vermeiden, besonders, wenn die psychohistorischen Trägheitsfaktoren durch soziozentripetale Erwartungsszenarien nicht ausreichend gedämpft werden oder andere ...«

Er hielt inne und lächelte. »Kurz gesagt, die Sache kann ziemlich kompliziert werden, die Schwierigkeit ist allerdings, dass eine kumulativ gewählte Legislative nicht viel bewirkt. Aber man hat in den letzten fünfzehntausend Jahren auch andere Ansätze ausprobiert.«

»Einschließlich dieser *Nation*, von der Sie gesprochen haben? War das auch eine Art von parlamentarischer Versammlung?«

»So könnte man sagen. Etwa siebenhundert Jahre lang trat hier auf Demarchia eine neunte Kammer zusammen, die mehr Macht und Einfluss hatte als alle anderen zusammen. Zum Teil leitete sich diese Macht schon von ihrer Größe ab, denn sie hatte mehr als hundert Millionen Mitglieder.«

Antic schaukelte mit seinem Stuhl. »Hundert Millionen!«, stotterte er. »Aber ... Wie konnte ...?«

»Eigentlich war es eine elegante Lösung«, fuhr Hari fort. Als er diese Episode der imperialen Geschichte studierte, hatten sich die psychohistorischen Gleichungen ungewöhnlich ausgewogen dargestellt. »Jeder Planet wählte je nach Bevölkerungszahl zwischen einem und zehn Vertretern und schickte sie unter Umgehung der Sektoren-, Provinz- und Quadrantenversammlungen direkt hierher. Die Auserwählten mussten nicht nur ehrenwerte, allseits geachtete Politiker sein, die über die Bedürfnisse ihrer Heimatwelt bestens Bescheid wussten. Es gab noch eine ganze Reihe weiterer Bedingungen. So wurde zum Beispiel von jedem Abgeordneten der *Nation* verlangt, dass er irgendein Handwerk wirklich gut beherrsche, und sobald er hier ankam, musste er diese Tätigkeit nach den Vorgaben der hiesigen Wirtschaft auch ausüben. So wartete auf einen Schuhmacher eine Schusterwerkstatt. Eine gute Köchin eröffnete ein eigenes Restaurant und wurde so in Demarchias Wirtschaft integriert. Man reservierte tatsächlich die Hälfte aller Wohnhäuser und aller gewerblichen Unternehmen auf dem Planeten für diese ›Bürger auf Zeit‹, sodass sie bis zum Ende ihrer zehnjährigen Amtsperiode hier leben und arbeiten konnten.«

»Aber ... wann hatten sie dann die Muße, über Gesetze zu debattieren und so weiter?«

»Bei Nacht. Man diskutierte in elektronischen Foren oder in den Medien. Es gab auch eigene Versammlungsräume, wo man strittige Fragen erörterte, Bündnisse schloss oder aufkündigte, Stimmen kaufte oder Petitionen verfasste. Man verwaltete sich selbst, und die Koalitionen wechselten mit jeder Legislaturperiode und in gleichem Maße wie die Bevölkerung. Was die *Nation* auch tat, sie war immer voller

Leben und niemals langweilig. Wenn sie Fehler machte, dann hatten sie meist dramatische Folgen. Aber in dieser Ära wurden auch einige der besten Gesetze überhaupt erlassen. Ruellis selbst war damals eine der führenden Abgeordneten.«

»Tatsächlich?« Horis Antic war verblüfft. »Ich dachte immer, sie sei Kaiserin gewesen.«

Hari schüttelte den Kopf.

»Ruellis war eine einflussreiche Bürgerliche in einer außergewöhnlich kreativen Epoche ... einem ›Goldenen Zeitalter‹, das leider jäh zu Ende ging, als die ersten Chaos-Seuchen durch die Galaxis fegten und zum Rückfall in den kaiserlichen Absolutismus führten.«

Hari sah förmlich vor sich, wie sich das Ungleichgewicht der Kräfte in dieser Glanzzeit der imperialen Geschichte ausbreitete. Die Betroffenen mussten es als schreiende Ungerechtigkeit empfunden haben, als ihr beispielloser Erfindungsreichtum, ihre schönsten Hoffnungen unversehens von Wogen der Unvernunft begraben wurden und eine Welt nach der anderen in Aufruhr und Gewalt versank. Doch jetzt im Rückblick erkannte Hari, dass es unvermeidlich gewesen war.

»War dies das Ende der *Nation*?«, erkundigte sich Antic mit ehrfürchtiger Scheu.

»Nicht ganz. Man experimentierte noch weiter. Irgendwann wurde beschlossen, in jede dritte *Nation* ausschließlich weibliche Abgeordnete zu berufen und ihnen die Alleinherrschaft über den Planeten und das alleinige Recht zur Einbringung neuer Gesetze zu übertragen. Der einzige Mann, der die Debatten besuchen und sich zu Wort melden durfte, war der Kaiser. Kaiser Hupeissin.«

»Hupeissin der Geile?« Antic lachte laut auf. »Daher also sein Ruf?«

Hari nickte. »Hupeissin vom Himmlischen Harem. Natürlich sind das nur üble Verleumdungen, die von Angehörigen der späteren Torgin-Dynastie verbreitet wurden, um ihn in Misskredit zu bringen. In Wirklichkeit war Hupeissin ein vorbildlicher ruellischer Philosophen-König, der aufrichtig an den unabhängigen Beratungen der ...«

Aber Antic hörte nicht zu, sondern lachte weiter kopfschüttelnd in sich hinein. »Allein mit hundert Millionen Frauen! Glaubte er wirklich, ihnen gewachsen zu sein?«

Hari sah, dass selbst Kers Kantun sich ein leises Lächeln nicht hatte verkneifen können. Der Blick des sonst so mürrischen Dieners verriet, dass er von der Geschichte kein Wort glaubte.

»Schon gut, schon gut«, seufzte Hari und wechselte das Thema. »Da vorne ist der Raumhafen. Hoffentlich ist Ihr Vertrauen in diesen Captain auch gerechtfertigt, Horis. Wenn wir nicht spätestens in einem Monat wieder zurück sind, bricht auf Trantor wirklich die Hölle los.«

Er hatte einen Trampfrachter erwartet. Eine aus allen Löchern zischende, in allen Fugen knarrende Schrottkiste. Doch an der Startanlage erwartete ihn eine Überraschung.

Das ist ja eine Jacht, stellte Hari fest. *Alt und teuer. Die Flecken auf dem Rumpf wurden absichtlich angebracht, um ihre Eleganz zu kaschieren. Dabei sieht doch ein Blinder, dass das kein einfaches Charterschiff ist.*

Während die Arbeiter über eine Frachtrampe im hinteren Teil Antics Kisten einluden, betraten Hari und Kers hinter Horis das Gleitband für die Fahrgäste. Oben erwartete sie ein hochgewachsener, blonder Mann im unauffälligen Raumfahrer-Overall. Doch seine athletische Figur und das sonnengebräunte Gesicht sprachen Bände. Seine entspannte Haltung war von einem natürlichen Selbstbewusstein getragen, ohne arrogant zu sein. Die Züge waren bei aller Gelassenheit von eiserner Härte. Dieser Mensch war gewöhnt, seinen Willen durchzusetzen.

Antic machte sie hastig miteinander bekannt. »Dr. Seldon, das ist unser Pilot und Gastgeber, Captain Biron Maserd.«

»Es ist mir eine große Ehre, den Meritokraten und Philosophen Seldon kennen zu lernen«, sagte Maserd. Nach seinem leichten Akzent zu urteilen, stammte er aus den äußeren Regionen der Galaxis. Sein Händedruck war genau richtig bemessen, obwohl er Hari mühelos die Finger hätte zerquetschen können. Hari spürte gleichmäßig verteilte Schwielen - kein Zeichen harter Arbeit, sondern Spuren eines Lebens, das sportlichen Aktivitäten verschiedenster Art gewidmet war.

Hari neigte den Kopf im Vierten Reverenzwinkel - wie es sich bei der Begrüßung von Adeligen auf Provinzebene oder höher gehörte.

»Hoheit, die Ehre ist ganz auf unserer Seite. Ich danke Ihnen, dass wir in Ihrem Sternenheim zu Gast sein dürfen.«

Antic schaute verlegen von einem zum anderen und wurde rot, als habe man ihn beim Schwindeln ertappt. Captain Maserd ließ sich nicht anmerken, ob auch er von Haris Scharfblick überrascht war.

»Wir haben auf diesem Flug leider nur sehr wenig Personal«, erklärte er. »Viel Komfort kann ich Ihnen nicht bieten. Wenn es Ihnen Recht ist, zeigt Ihnen mein Kammerdiener jetzt Ihre Kabinen, dann kann es losgehen. Mal sehen, welche Geheimnisse sich unsere alte Galaxis entreißen lässt.«

Der Start der Jacht blieb nicht unbemerkt.

»Das war's dann«, sagte eine kleine Frau in der schäbigen Kleidung eines Straßenkehrers. In ihrem Besenstiel war ein Mikrofon versteckt, das jedes Wort zur Sternenschleuder hinauf schickte. Dort wurden die Meldungen verschlüsselt und zur stahlummantelten Hauptwelt weitergeleitet.

»Sagt dem Kommissar, jetzt ist es offiziell. Professor Hari Seldon hat soeben gegen seine Bewährungsauflagen verstoßen und den Großraum von Trantor verlassen. Ich konnte einen Sender an Bord schmuggeln. Jetzt liegt es bei Linge Chen, ob er Stunk machen will oder nicht.

Zumindest hat er damit ein Druckmittel gegen diese Staatsfeinde von der Foundation in der Hand. Vielleicht sogar einen Vorwand, um die ganze Meute hinrichten zu lassen.«

Die Agentin der Spezialgarde meldete sich ab. Sie streckte

sich, nahm den Besen auf die Schulter und steuerte einen anderen Teil des Raumhafens an, wo bereits der nächste Einsatz auf sie wartete. Sie war froh darüber, denn, eine Seltenheit in dieser trägen Galaxis voller Enttäuschungen, sie liebte ihre Arbeit.

Ein weiterer - noch unverfänglicher als Hundemischling getarnter - Spitzel beobachtete den Abmarsch der Agentin aus nächster Nähe und übermittelte, während er eine umgefallene Mülltonne durchwühlte, auf einer Geheimfrequenz und in unglaublich komplizierter Verschlüsselung alles, was er mit seinen hypersensitiven Ohren aufgenommen hatte. Seine Worte wurden mithilfe von Einmal-Relais, die sofort nach der Übertragung zu kleinen Kohlestückchen verbrannten, über den ganzen Planeten geleitet.

Ein Schiff, das weit entfernt hinter Demarchias Sonne kreiste, empfing die Botschaft. Sofort begannen Instrumente den ausgehenden Verkehr zu sondieren und fanden die Spur eines bestimmten Raumfahrzeugs auf dem Weg ins All.

Die Insassen des Schiffes zündeten die Triebwerke und nahmen die Verfolgung auf.

TEIL 2

Die Seuche aus dem Altertum

Die ursprünglichen Gesetze der Robotik

(Die Calvinische Religion)

I

Ein Roboter darf einem menschlichen Wesen keinen Schaden zufügen oder durch Untätigkeit zulassen, dass einem menschlichen Wesen Schaden zugefügt wird.

II

Ein Roboter muss dem ihm von einem menschlichen Wesen gegebenen Befehl gehorchen, es sei denn, dies würde das Erste Gesetz der Robotik verletzen.

III

Ein Roboter muss seine Existenz schützen, es sei denn, dies würde das Erste oder Zweite Gesetz der Robotik verletzen.

Das Nullte Gesetz

(Die giskardische Reformation)

Ein Roboter darf der Menschheit keinen Schaden zufügen oder durch Untätigkeit zulassen, dass der Menschheit Schaden zugefügt wird.

1

Wenn man auf dem Eisplaneten Eos auf einem Berg stand, konnte man das gewaltige galaktische Rad mit seiner halben Billion Sterne vollständig in einem See aus gefrorenen Quecksilber gespiegelt sehen. Kein Menschenauge hatte dieses Bild jemals erblickt. Dennoch blieb es nicht ungewürdigt.

Ein Unsterblicher schaute hinab auf das Universum und sah sich mit der Gewissheit seines eigenen Todes konfrontiert. Nur wenige Augen hatten so viel menschliches Leid geschaut und betrauert wie das Paar, das sich jetzt auf den galaktischen Wirbel richtete.

Er sieht fast lebendig aus, dachte Daneel Olivaw, ganz in den Anblick der schwellenden Gaswolken und der Spiralarme versunken, die sich geradezu Hilfe suchend nach ihm auszustrecken schienen.

Die Nöte anderer lasteten schwer auf Daneels Schultern.

Die Roboter, die mir folgen, halten mich für alt und weise, weil ich mich an die Erde erinnern kann. Weil ich mit Giskard Reventlov diskutiert und die Frühzeit erlebt habe. Aber seither sind doch nur zwanzigtausend Jahre vergangen, ein winziger Bruchteil der Zeit, die diese Szene brauchen würde, um sich erkennbar zu verändern.

Vor uns gähnt die Ewigkeit. Und doch reicht uns die Zeit nicht, um zu entscheiden, was zu tun ist. Oder zu ändern, was sich noch ändern lässt.

Er spürte, wie sich eine Präsenz - ein zweiter Roboter - von hinten näherte. Die beiden tauschten sich über Mikrowelle aus. Daneel identifizierte R. Zun Lurrin und gestattete seinem Schüler, sich neben ihn zu stellen.

»Ich habe R. Dors Venabilis Botschaft analysiert. Du hattest Recht, Daneel. Sie war nach ihrer Rückkehr von Panucopia nicht nur sehr verstört, sondern wollte auch verbergen, wie tief sie die Begegnung mit dem abtrünnigen Lodovik erschüttert hatte.

Sollen wir Dors vielleicht von ihrem Auftrag abziehen, um sie hier zu untersuchen und zu reparieren?«

Daneel betrachtete Zun, einen der humaniformen Roboter, von denen er mehrere als mögliche Nachfolger aufbaute. Auch Lodovik Trema hatte zu dieser Gruppe gehört.

»Sie wird auf Smushell gebraucht. Klias und Branns Erblinie darf nicht gefährdet werden. Außerdem konnte Lodovik nichts sagen, was ihr Pflichtgefühl erschüttern würde. So weit kenne ich Dors.«

»Einspruch, Daneel. Wenn Lodovik sie nun mit dem Voltaire-Virus angesteckt hätte! Könnte sie dann nicht so werden wie er?«

Aus reiner Gewohnheit schüttelte Daneel den Kopf wie ein Mensch.

»Lodovik ist ein Zufallsprodukt. Das Voltaire-Wesen schwebte auf der Neutrinowelle einer Supernova, die völlig überraschend Tremas Schiff traf und alle an Bord befindlichen Menschen tötete. Auch Lodoviks Abschirmung wurde durchschlagen, deshalb war er für die fremden Meme offen. Aber Dors ist gewarnt und auf der Hut. Sie mag verwirrt sein, aber sie wird dem Nullten Gesetz die Treue halten.«

Zun akzeptierte diese Versicherung. Aber er war noch nicht zufrieden.

»Lodoviks Anspielung – du hättest mit dem Studium der Pans ... jener Geschöpfe, die einst Schimpansen genannt wurden, geheime Absichten verfolgt. Ist das wahr?«

»Es ist wahr. Ich hatte damals einen verzweifelten Plan ins Auge gefasst, auf den ich jetzt mit Abscheu zurückblicke. Ich wollte eine neue und bessere Version der Menschheit erschaffen.«

Das nüchtern vorgebrachte Geständnis erschütterte den Assistenten. Und Zun war dazu erzogen, seine Überraschung so offen zu zeigen wie ein Mensch.

»Aber ... du bist der mächtigste Diener der Menschheit, unermüdlich um ihr Wohl bemüht. Wie konntest du daran denken ...«

»Sie zu ersetzen?«

Daneel hielt inne, um auf Dateien voll schmerzlicher Erinnerungen zuzugreifen. »Betrachte das Dilemma, in dem wir Roboter uns befinden – das Dilemma des Verwalters, der zwar loyal, dabei aber weit fähiger ist als sein Herr. Wir halten die Menschen zu ihrem eigenen Schutz in Unwissenheit, denn wir wissen nur zu gut, welch unheilvolle Wege sie einschlagen, wenn sie zu viel erfahren. Natürlich ist diese Situation von Natur aus instabil. Das erkannte ich schon vor tausend Jahren, als im Imperium die ersten Spannungen auftraten.

Ich ging alle logischen Möglichkeiten durch und entdeckte eine Lösung. Warum nicht eine neue Menschheit züchten, die besser mit uns positronischen Robotern harmonierte? Eine Variante, die unsere Fähigkeiten nützen – die vielleicht sogar von unserer Existenz wissen durfte, ohne dadurch dem Wahnsinn zu verfallen?«

Daneel sondierte Zuns Innenleben und stellte fest, dass sein Stellvertreter bis in die tiefsten Schichten erschüttert war.

»Warum bist du so schockiert, Zun? Wenn du auf die Bio-Dateien zugreifst, wirst du sehen, dass sich Schimpansen-DNA nur in zwei Prozent von der des Menschen unterscheidet. Nimm circa hundert Regulationsgene weg, und du hast ein intelligentes Wesen, das kaum anders aussieht als ein Mensch. Ja, es *ist* ein Mensch, denn es aktiviert alle Gesetze der Robotik. Ich wollte nur herausfinden, ob dieser neuen Rasse leichter zu dienen wäre als der alten. Wenn ja, hätte ich für einen sanften Übergang gesorgt, es wäre zu einer Vermischung gekommen, die niemand bemerkt hätte, über einen Zeitraum von ...«

Zun unterbrach ihn:

»Daneel, ist dir bewusst, dass du dich mit dieser Rechtfertigung hart am Rande des Wahnsinns bewegst?«

Einen menschlichen Vorgesetzten hätte diese Bemerkung vielleicht erzürnt. Daneel nahm sie nicht nur nicht übel, sie gefiel ihm sogar. Zun hatte soeben eine weitere Prüfung bestanden.

»Wie gesagt, es geschah in einem Augenblick der Verzweiflung. Die Chaosseuchen waren, schlimmer denn je, wieder aufgeflammt. Millionen von Menschen starben bei gewalttätigen Unruhen. Alle gesellschaftlichen Dämpfungsmechanismen schienen zu versagen. Es musste etwas geschehen.

Zum Glück verwarf ich die Idee eines Austauschs, als sich eine bessere Möglichkeit ergab.«

»Die Psychohistorik«, vermutete Zun.

»Ganz recht. Wir Roboter verfügten bereits über eine Frühversion, die noch bei meinen Gesprächen mit Giskard damals auf der Erde seligen Angedenkens entstanden war. Die darin enthaltenen Gesellschaftsmodelle hatten die Gründung des Ersten Imperiums ermöglicht, das sich positiv entwickelte. Mehr als zehntausend Jahre lebten alle glücklich und zufrieden in einer vergleichsweise sanften Zivilisation mit wenig Unterdrückung und Gewalt. Eine ruhmreiche Epoche der Stabilität ... bis meine Modelle erste Verfallserscheinungen zeigten.

Mir wurde bald klar, dass eine neue Theorie benötigt wurde. Die Psychohistorik musste auf eine höhere Ebene gehoben werden. Diesem Schritt war mein Verstand trotz aller Aufrüstungen nicht gewachsen. Ein Genie musste her. Ein Mensch mit genialen Inspirationen.«

»Aber gerade die menschliche Genialität ist doch ein Teil des Problems!«

»Das ist wahr. Sie droht unentwegt, die ganze Galaxis ins Chaos zu stürzen. Stell dir nur vor, was geschähe, wenn plötzlich auf zahllosen Welten unkontrolliert positronische Roboter wiederentdeckt würden! Die solarianische Seuche bräche, millionenfach verstärkt, aufs Neue über die Menschheit herein. Dazu durfte es nicht kommen.«

»Deshalb musste ein einzelnes Genie angeworben werden, in einer ganz speziellen Umgebung. Ich habe studiert, wie sorgfältig du auf Helicon geeignete Bedingungen geschaffen hast.«

»Und es hat funktioniert. Sobald ich Hari Seldon kennenlernte, wusste ich, dass wir einen Schritt weiter gekommen waren.«

Zun überlegte lange, um dann festzustellen: »Lodovik hatte also Unrecht. Nicht du hast dafür gesorgt, dass Dors und Hari bei ihrer abenteuerlichen Versetzung in die Schimpansenkörper vor vierzig Jahren um ein Haar ums Leben gekommen wären.«

»Ganz im Gegenteil. Das war mein Werk!

Natürlich wären sie nicht ernsthaft zu Schaden gekommen, das hätte ich nie zugelassen. Aber ich musste mir Haris sicher sein, bevor ich einen Mann von seinen Geistesgaben zum Kanzler des Reiches machte. Ich konnte ihm erst voll vertrauen, wenn ich mich vergewissert hatte, wie er auf starken Druck reagierte. Er hat die Prüfung natürlich bestanden und sich als Staatsmann wie als Mathematiker glänzend bewährt. Der letzte Beweis war seine großartige neue Version der Psychohistorik.«

»Und der Seldon-Plan.«

Daneel nickte.

»Ihm ist es zu verdanken, dass wir auf allen Ebenen voranschreiten können. Mit den beiden Foundations gewinnen wir genügend Zeit, um eine *echte* Lösung vorzubereiten. Eine Lösung, die endlich die Menschen befreit und dem gesamten Kosmos das Glück bringt.«

»Du denkst aber nicht mehr daran, die Menschheit zu ersetzen?«

»Nicht mehr in dem Sinn wie damals, als ich das Pan-Szenario entwarf. Zu dieser Zeit litt ich unter einer kleinen Störung, und heute bereue ich, überhaupt je daran gedacht zu haben. Nein, ich habe etwas viel Besseres vor. Ich will die Menschheit befähigen, empor zu steigen und über sich hinaus zu wachsen.«

Daneel wandte sich wieder dem galaktischen Rad zu.

»Der neue Plan ist bereits in Kraft. Du und Dors, ihr arbeitet schon seit längerem dafür, ohne die Zusammenhänge zu kennen.«

»Und jetzt wirst du sie mir erklären?«

Daneel nickte.

»Bald wirst du ebenso über diese neue Entwicklung staunen wie ich. Ein Wunder, das in seiner Schönheit kaum zu fassen ist.«

Wieder verstummte Daneel, und sein Assistent wartete geduldig. Doch als er weitersprach, richtete er seine Worte nicht so sehr an Zun als an die *Galaxis*, die sich in dem gefrorenen Metallsee spiegelte.

»Wir werden unseren Herren ein wahrhaft großartiges Geschenk machen«, sagte er und schwelgte in einer Hoffnung, auf deren Wärme er so lange hatte verzichten müssen.

2

Mit jedem Hyperraumsprung, der sie von Trantor wegtrug, wurde das Sternenmeer lichter. Sie ließen das Glitzern und Funkeln des galaktischen Zentrums hinter sich und folgten der Staubkurve eines Spiralarms. Das Raumschiff sprang von einem Gravitationspunkt zum nächsten. Sein Ziel war Santanni, dort sollte ihre Suche beginnen.

Darauf hatte Hari bestanden. Warum sollte der Planet, auf dem Raych umgekommen war, nicht Ausgangspunkt der Expedition sein? Vor allem, wenn sich am Ende tatsächlich ein Zusammenhang zwischen den Chaoswelten und Horis Antics geo-spatialen Anomalien herausstellen sollte.

Tragische Erinnerungen übersprangen die Jahre. Nicht nur an Santanni, sondern an Dutzende von anderen Chaosausbrüchen.

Oft beginnt es mit glänzenden Hoffnungen, wie aus dem Nichts entsteht ein Kreativitätsschub, der intelligente Einwanderer aus der gesamten Galaxis anlockt ... auch Raych erlag anfangs der Versuchung, trotz meiner Bedenken.

Erregender Individualismus greift von einer Stadt auf die andere über und treibt eine Fülle neuer, nie gekannter Blüten. ›Innovation‹ ist mit einem Mal keine Beleidigung mehr, sondern ein Kompliment. Neue Techniken wecken Träume von einem Utopia hinter der nächsten Ecke.

Aber der Ärger bleibt nicht aus. Einige ungeprüfte Neuheiten platzen wie die Seifenblasen. Andere haben unvorhergesehene Folgen, an die der Erfinder nicht im Traum gedacht hätte. Krankheiten verbreiten sich im Gleichschritt mit beispiellosen Perversionen, und jede neue Extravaganz wird im Brustton der Überzeugung gerechtfertigt. Jede Clique nimmt einerseits das Recht für sich in Anspruch, ihre Unabhängigkeit auch mit Gewalt zu verteidigen, während sie sich im gleichen Atemzug verpflichtet sieht, jede andere Gruppe zu unterdrücken, die ihr Missfallen erregt.

Die fein gesponnenen Netze aus Anstandsregeln und Verpflichtungen - entwickelt, um die fünf Kasten in gegenseitigem Respekt aneinander zu binden - lösen sich auf wie zerstrahltes Gestein.

Mitten in der Stadt schießen bizarre neue Kunstwerke, auf Provokation ausgerichtet, aus dem Boden und gestikulieren obszön hinterher, wenn Lynchmobs die protestierenden Künstler davonschleppen. Brände fegen durch die Städte. Plünderer zerstören die Arbeit von Jahrhunderten und stellen mit lautem Gebrüll Bagatellforderungen, die schon wieder vergessen sind, wenn sich der Rauch verzogen hat.

Der Handel bricht zusammen. Krisen schütteln die Wirtschaft. Und in den braven Bürgern erwacht die alte Lust am blutigen Kampf.

Menschen, die eben noch über die Vergangenheit spotteten, sehnen sie plötzlich herbei, wenn ihre Kinder zu verhungern drohen.

Das Muster war vertraut. Der Todfeind der Zivilisation, den Hari als Kanzler bekämpft hatte ... und gegen den Daneel Olivaw sich seit mehr als zwölf Jahrtausenden wehrte.

Chaossucht. Der Fluch der Menschheit.

Sobald eine Kultur zu überspannt, zu abseitig, zu individualistisch wird, setzt diese rätselhafte Fäulnis ein. Ich kann das Chaos in meinen Gleichungen modellieren, aber ich muss zugeben, dass ich es noch immer nicht verstehe. Ich weiß nur, dass es mir von jeher Angst gemacht hat.

Hari erinnerte sich, im *Kinderbuch des Wissens* – jenem Archiv aus der fernen Vergangenheit, das ihm Daneel zum Geschenk gemacht hatte – über den ersten schrecklichen Ausbruch gelesen zu haben. Er fiel in die Zeit, in der die Menschen zugleich die Roboter und die Raumfahrt erfanden – und an beiden fast zu Grunde gingen. Die Erschütterungen im Anschluss daran waren für die Erdbewohner so traumatisch, dass sie vor jeder weiteren Herausforderung zurückscheuten und sich in trantorähnlichen Metallstädten verschanzten. Währenddessen entwickelten die Spacer auf ihren Kolonialwelten eine eigene Form von Wahnsinn und begaben sich in eine verhängnisvolle Abhängigkeit von ihren androiden Dienern.

In dieser Epoche wurde Daneel Olivaw gebaut – eine Frühform des mächtigen Daneel, wie Hari ihn kannte. Sein Roboterfreund musste auch bei den späteren Ereignissen eine Rolle gespielt haben, als das Pendel in die Gegenrichtung schwang, die Menschheit zu ihrem Selbstbewusstsein zurückfand und anfing, die Galaxis zu kolonisieren. Doch der Preis dafür war hoch. Die Erde wäre beinahe zerstört worden.

Immerhin kam es während der sich anschließenden fünftausendjährigen Expansionswelle nur zu wenigen Chaosausbrüchen. Die Menschen waren zu beschäftigt mit der Eroberung und Besiedelung neuer Welten, um ihre Zeit mit dekadenten Spielereien zu vergeuden. Erst lange nach der Gründung des Galaktischen Imperiums breitete sich die Seuche wieder aus.

Und meine Gleichungen zeigen, dass wir auch während des Interregnums das Chaos nicht zu fürchten brauchen.

Wenn das Alte Reich zusammenbrach, würden Kriege und Revolutionen unsägliches Leid über die Massen bringen. Aber Menschen, die ums Überleben kämpfen mussten, waren geschützt vor jenem Ego-Wahn, der Santanni erfasst hatte. Oder Sark. Oder Lingane, Zenda und Madder Loss ...

Eine Holo-Projektion der Galaxis stand flimmernd im Beobachtungsdeck der Jacht. Antics primitive Karte überlagerte die fein ziselierten Linien des Primärradianten, und wieder zeigten sich Korrelationen. Eine rötlicher Lichtbogen spannte sich von Santanni über mehrere bekannte Chaoswelten zu einigen anderen, die, wie Hari wusste, in kommenden Jahrzehnten einer gesellschaftlichen Katastrophe zum Opfer fallen würden. *Der Bogen geht dicht an Siwenna vorbei, wo das Schiff mit Raychs Frau und seiner Tochter verschwand.*

Persönlich hatte Hari die Hoffnung nie aufgegeben, seine Angehörigen wieder zu finden. Und doch trieb ihn etwas anderes noch viel stärker an.

Die Gleichungen.

Vielleicht finde ich jetzt die Anhaltspunkte, nach denen ich so lange gesucht habe. Die Attraktor-Szenarien. Die Dämpfungsmechanismen. Verborgene Passagen der Geschichte, die mit der Psychohistorik zwar zu modellieren, aber nicht zu erklären sind.

Mit vorsichtigem Justieren des Primärradianten versuchte er, beginnend mit einem winzigen Fleckchen am äußersten Rand des galaktischen Rades, die Zukunft einzufangen.

Da, ein winziger Punkt leuchtete auf, eine matte Sonne. Ihr einziger bewohnbarer Planet - Terminus - war zur Bühne für ein großes Drama bestimmt. Bald würde die Foundation anfangen zu wachsen und Knospen treiben und eine Dynamik entwickeln, die nichts mit Dekadenz zu tun hatte. Hari eilte den Jahrhunderten voraus wie ein Vater, der sich ausmalt, wie seine kleine Tochter zu akademischen Ehren gelangt oder andere ruhmreiche Taten vollbringt. Nur waren seine Visionen keine bloßen Tagträume, sondern zuverlässiges, gesichertes Wissen.

Jedenfalls, soweit es die ersten Jahrhunderte anging.

Auch was den Rest des Großen Planes betrifft ... meine Nachfolger, die Fünfzig, aus denen sich die Zweite Foundation zusammensetzt, sind optimistisch. Nach unseren mathematischen Prognosen soll in weniger als tausend Jahren ein phantastisches Neues Reich der Menschheit erstehen, das seinen Vorgänger weit übertrifft. Und dieses Imperium wird bis in alle Ewigkeit von den freundlichen und weisen Erben Gaals, Wandas und der anderen gelenkt werden.

Hari war der einzige intime Kenner des Großen Plans, der hinter der schönen Fassade die traurige Wahrheit erblickte.

Es wird nicht so kommen.

Hundert Parsec hinter Santanni begann Horis Antic, mit seinen Instrumenten einen scheinbar leeren Raumsektor zu erkunden und erklärte dabei:

»Mein Freund, der Astrophysiker – er konnte uns nicht begleiten, weil er keinen Forschungsurlaub bekam –, hat mir alles über die *Ströme im All* erzählt. Kaum sichtbare Gas- und Staubwirbel in der Galaxis, die manchmal von Supernovae oder von jungen Sternen ausgestoßen werden. Die Schockwellen dieser Ströme lassen die äußeren Ränder von Spiralarmen aufleuchten. Außerdem sind sie in geringem Maß an der Entwicklung von Sonnen beteiligt.

Anfangs hatte ich Mühe, eine Beziehung zwischen dieser Erscheinung und meinem eigenen Interessengebiet … der *Bodenbearbeitung* herzustellen. Um die Zusammenhänge zu erkennen, müssen wir uns zunächst mit den Grundlagen der Biologie befassen.«

Hari, Kers Kantun und Biron Maserd lauschten Antics Vortrag. Das Schiff wurde von den beiden Besatzungsmitgliedern gesteuert, aber Maserd hatte die Tür offen gelassen, um bei jedem Hyperraumsprung das Geräusch der Triebwerke zu hören.

Antics Holo-Projektor zeigte jetzt das Bild eines Planeten. Die Kamera holte Meere heran, die in sattem Schlammgrün schimmerten. Aber die felsigen Kontinente waren öde und leer. »Viele Wasserwelten sehen so aus«, erklärte der Graue. »Zur Entstehung von Leben kommt es verhältnismäßig leicht – die ersten organischen Kolloide können sich unter verschiedensten Bedingungen bilden. Das Gleiche gilt für die nächste Stufe, die Entwicklung der Photosynthese und einer sauerstoffhaltigen Atmosphäre. Aber dann rennt die Evolution wie gegen eine Wand. Unzählige Welten bleiben auf dem Niveau stehen, das Sie hier sehen, der Sprung zu multizellularen Organismen und größeren Lebewesen unterbleibt.

Manche Biologen vertreten die Ansicht, für weitere Fortschritte sei eine hohe *Mutationsrate* erforderlich, um den genetischen Pool vielfältiger zu gestalten. Wenn die Varianz auf einer Welt zu gering sei, komme das Leben über Bakterien und Amöben nicht hinaus.«

Hari widersprach: »Sie sagten aber doch, Fossilien fänden sich auf vielen Welten.«

»Ganz recht, Professor! Hohe Mutationsraten lassen sich eben auf vielen Wegen erreichen. Zum Beispiel, wenn ein Planet einen großen Mond hat, der radioaktive Elemente in die Kruste einbringt. Oder eine Sonne mit hohem Ultraviolettausstoß. Oder Reste einer Supernova in nächster Nähe der Umlaufbahn. In manchen Zonen wird die kosmische Strahlung durch Magnetfelder konzentriert, und anderswo ... nun, sie verstehen, worauf ich hinaus will. Wo eine dieser Bedingungen herrscht, ist die Wahrscheinlichkeit groß, auf menschlichen Kolonialwelten Fossilien zu finden.«

Das nächste Bild, das Horis abrief, zeigte zahlreiche Proben von Sedimentgestein – seine persönliche Sammlung, auf Dutzenden von Welten liebevoll zusammengetragen. Jede Probe war aufgeschnitten und wies im Innern bizarre Formen auf. Symmetrische Bergkämme oder regelmäßige Höcker. Ein geriffeltes Gebilde erinnerte an ein Rückgrat. Bei anderen glaubte man, gegliederte Beine, einen gekrümmten Schwanz oder einen Stirnwulst zu erkennen. Captain Maserd ging um das Display herum und betrachtete es mit nachdenklich mahlendem Unterkiefer. Endlich ließ er sich ganz hinten neben der Tür nieder, wo er die ganze Szene überblicken konnte.

»Sie glauben, es läge ein System zu Grunde«, ermunterte

Hari den Referenten. »Eine galaktische Verteilungsstruktur, nach der sich vorhersagen lässt, wo diese Fossilien vorkommen.«

Antic zögerte. »Zu bestimmen, wo die fossilen Kreaturen *existiert* haben, interessiert mich weniger. Ich möchte wissen, warum durch die *Bodenbearbeitung*, die erst viel später erfolgte, so viele unter ...«

Hinter Hari erhob sich empörtes Geschrei. Er drehte sich um, aber es war zu dunkel, und so konnte er die zwei Gestalten, die erbittert miteinander kämpften, nur erahnen. Die Schreie wurden schriller, dann mischte sich eine tiefere Stimme darunter - Maserd.

»Licht!«, befahl der Captain.

Hari blinzelte. Das Licht ging an und schien auf das ungleiche Paar neben der Tür. Maserd hatte eine kleinere uniformierte Person, wohl einen seiner Raumschiffmatrosen, am Arm gepackt. Der Gefangene trat fluchend um sich, ohne sich befreien zu können.

»Na, na«, murmelte der Adelige. »Wen haben wir denn da?«

Die Kapuze der silbrig glänzenden Raumfahreruniform rutschte nach hinten. Nun zeigte sich, dass der Träger *doch nicht* zu Maserds Besatzung gehörte. Hari erblickte ein junges Gesicht inmitten einer wirren, platinblonden Mähne.

»Die Flugbegleiterin vom Orion-Fahrstuhl!«, japste Horis Antic. »Das Plappermäulchen. Aber ... was will *sie* denn hier?«

Kers Kantun trat mit geballten Fäusten vor. Er mochte keine Überraschungen. »Sie ist ein Spitzel«, murmelte er. »Oder schlimmer.«

Hari verstellte seinem Diener den Weg. Der Mann hielt jeden, der nicht das Gegenteil beweisen konnte, für einen potenziellen Seldon-Mörder.

»Wohl eher ein blinder Passagier«, bemerkte Maserd und hob das Mädchen hoch, bis es nur noch auf den Zehenspitzen stand. Erst als es seinen Widerstand aufgab und nickte, ließ er es wieder herunter.

»Na, mein Kind? War es das? Wollten Sie per Anhalter die Galaxis erkunden?«

Sie sah ihn wütend an ... und murmelte endlich leise. »Eigentlich wollte ich eher *weg*.«

»Interessant«, überlegte Hari laut. »Sie hatten auf der Hauptwelt des menschlichen Universums Arbeit gefunden. Darum würden Sie viele beneiden. Auf Helicon träumten die Kinder davon, eines Tages Trantor besuchen zu können. Auf eine Aufenthalts- oder Arbeitsgenehmigung wagten nur wenige zu hoffen. Und Sie wollen von dort flüchten?«

»Ich hatte nichts gegen Trantor!«, antwortete sie. Das zerzauste Haar fiel ihr in die Augen. »Eine ganz bestimmte Person hat mich zur Flucht getrieben.«

»Tatsächlich? Wer hat Ihnen denn solche Angst gemacht, dass Sie alles wegwerfen wollten, nur um ihm zu entkommen? Sagen Sie mir, was dieser Jemand getan hat, Kind. Ich bin nicht ohne Einfluss. Vielleicht kann ich helfen.«

Das Mädchen erwiderte das freundliche Angebot mit einem wütenden Blick direkt in Haris Augen.

»Sie wollen wissen, wer mein Feind ist? *Sie* sind es, der große Professor Seldon. Vor Ihnen bin ich weggelaufen!«

3

Sie hieß Jeni Cuicet, und sie machte Hari schnell klar, warum sie ihn hasste.

»Meine Eltern arbeiten für Ihre großmächtige *Encyclopaedia Galactica*-Foundation.« Keine Spur mehr von dem volkstümlichen Akzent, mit dem sie als Reiseführerin gesprochen hatte. »Auf Willemina ging es uns gut. Mama war Leiterin der Physikalischen Akademie, und Papa war ein berühmter Arzt. Trotzdem hatten wir viel Zeit füreinander und fuhren oft zum Camping, zum Skilaufen und zum Porteln.«

»Und als Sie diese Idylle verlassen mussten, waren Sie natürlich empört?«

»Eigentlich nicht. Ich bin kein verzogenes Gör. Mir war klar, dass mit alledem Schluss sein würde, wenn wir nach Trantor kämen. Aber meine Eltern konnten die Aufforderung, sich Ihrer Foundation anzuschließen, nicht einfach ablehnen. Es war die Chance ihres Lebens! Wie auch immer, ich stellte mir vor, dass Trantor andere aufregende Dinge zu bieten hätte.

Und wie sich zeigte, hatte ich damit Recht. Im ersten Jahr lief es recht gut.« Die Falten auf ihrer Stirn vertieften sich. »Dann wurde wieder alles umgestoßen.«

Hari stieß einen Seufzer aus.

»Ich verstehe. Das Exil.«

»Genau! Wir leben im Zentrum des bekannten Universums und gehören einem enorm wichtigen Projekt an. Aber Sie müssen unbedingt Linge Chen und das ganze verdammte Imperium beleidigen, nicht wahr? Finstere Gerüchte verbreiten und mit Ihren Prophezeiungen vom Ende der Welt alles in Panik versetzen? Und plötzlich stehen wir *alle* unter Verdacht, weil wir für einen verrückten Verräter arbeiten!

Aber damit noch lange nicht genug. Wer kriegt nämlich die Strafe dafür aufgebrummt? Sie und Ihre psychopathohistorischen Kumpels? Wo denken Sie hin! Stattdessen erklärt Chens Spezialgarde den Enzyklopädisten und ihren Familien – hunderttausend anständigen Leuten –, wir würden auf Viehfrachter verladen, an die Peripherie verschifft und dazu verurteilt, den Rest unseres Lebens auf einem Fliegenschiss zu verbringen, der so weit von der Zivilisation entfernt ist, dass man dort wahrscheinlich nicht einmal die Schwerkraft kennt!«

Horis Antic lachte nervös. Kers blieb misstrauisch in Haris Nähe, als könne das zierliche Mädchen seinen Schützling allein durch die Kraft seines Zorns ermorden. Bei Captain Maserd war Jenis Schilderung offenbar auf ehrliches Mitgefühl gestoßen.

»Beim Großen All, wer könnte Ihnen verdenken, wenn Sie aus dieser Sackgasse einen Ausweg suchten! Außerhalb Trantors wartet eine Galaxis voller Abenteuer. Unter den Umständen wäre ich vermutlich auch weggelaufen.«

Doch dann wurden seine Augen schmal. »Leider ist damit eine Frage noch immer nicht beantwortet. *Warum wollten Sie gerade mit uns fliegen?* Als Flugbegleiterin auf der Sternenschleuderlinie hatten Sie doch sicher andere Möglichkeiten. Trotzdem suchen Sie sich ausgerechnet das Schiff aus, auf dem sich Ihr Erzfeind befindet. Sie verstehen, dass uns das beunruhigt?«

Kers ließ ein tiefes Grollen hören, verstummte aber auf ein Zeichen von Hari.

Jeni zuckte die Achseln. »Ich weiß auch nicht, warum. Ich hatte andere Pläne gemacht, aber als Hari Seldon in voller Lebensgröße an uns Flugbegleitern vorbei marschierte, da hatte ich plötzlich eine Vorahnung. Sie sahen ganz so aus, als wollten Sie sich heimlich davonstehlen, und da dachte ich mir, wenn Sie selbst nicht ganz sauber wären, würden Sie es wahrscheinlich nicht so eilig haben, mir die Impies auf den Hals zu hetzen.«

Maserd musste lachen. Er war von ihrer Logik und ihrem Unternehmungsgeist sichtlich beeindruckt.

»Jedenfalls«, fuhr Jeni fort, »blieb ich auf Demarchia und mischte mich unter die Arbeiter, die vor Ihrem Hotel warteten. Ich schaffte es, in die Mannschaft zu kommen, die Ihre Ausrüstung auf das Schiff brachte, und fand auch einen Spind, in dem ich mich beim Start verstecken konnte.«

Sie sah Hari trotzig an. »Vielleicht habe ich im Grunde nur eine Gelegenheit gesucht, Ihnen ins Gesicht zu sagen, was Sie einer ganzen Reihe guter Leute angetan haben!«

Er schüttelte nur den Kopf.

»Mein liebes Kind, ich weiß genau, was ich getan habe ... genauer, als ich Ihnen jemals sagen kann.«

Nach alter Überlieferung musste sich ein blinder Passagier, der weiter nichts verbrochen hatte, den Flug mit Arbeit an Bord verdienen. Zu Jenis Lob sei gesagt, dass sie sich davon nicht aus der Ruhe bringen ließ.

»Ich werde mich nicht drücken, keine Sorge. Aber auf dem Rückflug müssen Sie mich unterwegs irgendwo absetzen«, verlangte sie dann. »Kommen Sie ja nicht auf die Idee, mich mit nach Hause zu nehmen und auf ein Schiff nach Terminus zu stecken!«

»Sie sind nicht in der Position, auf Zusagen zu pochen«, antwortete Captain Maserd streng. »Ich kann Ihnen nur versichern, dass über Ihr Schicksal noch nicht entschieden ist, und dass ich momentan eine gewisse Sympathie für Sie hege. Wenn sie sich mit vorbildlichem Benehmen auf meinem Schiff mein Wohlwollen erhalten, werde ich mich für Sie einsetzen, wenn die Frage zur Debatte steht.«

Er sprach mit so viel selbstverständlicher Autorität – der Mann war gewöhnt, mit allen Rechten und Pflichten ein Kommando zu führen –, dass sogar das temperamentvolle Mädchen sich zufrieden gab.

»Jawohl«, sagte sie kleinlaut, und ihre Verbeugung fiel so tief aus wie vor einem Adeligen auf Quadrantenebene oder noch höher.

Jemanden von diesem Rang hätte Hari wahrscheinlich vom Sehen gekannt, und seine Jacht wäre weitaus pompöser gewesen. Doch nur ein klein wenig tiefer in der Adelshierarchie, auf Provinz- oder Sektorenebene, gab es schon mehr als eine Milliarde dieser hohen Herren. Ein Mann wie Maserd war gewöhnt, auf dutzende, ja hunderte von Planeten großen Einfluss auszuüben, und dennoch hatte Hari nie von ihm gehört. Die Galaxis war eben riesig.

Warum ist Maserd eigentlich jetzt hier? Aus Liebe zu den Naturwissenschaften? Es gibt Adelige, die sich als Amateurforscher betätigen und die Arbeiten anderer Forscher finanzieren, sofern sie nicht zu radikal sind.

Doch Hari hatte den Verdacht, dass hinter Maserds liebenswürdiger Fassade noch mehr steckte.

Natürlich wird das ganze Klassensystem binnen weniger Jahrzehnte auseinanderfallen. Die Auflösung hat ja bereits begonnen. Heute wird man als Meritokrat weniger wegen seiner Leistungen befördert, als weil man sich höheren Orts Freunde gemacht hat. Angehörige des Exzentrikerordens sind nicht mehr sonderlich exzentrisch – jeder kopiert sklavisch den Stil des anderen. Und wenn sich tatsächlich echte Kreativität zeigt, dann ist sie oft mit Symptomen von Chaoswahn durchsetzt.

Die große Masse der Bürger zieht währenddessen den Kopf ein und bemüht sich verzweifelt, sich möglichst viel an Lebensqualität zu bewahren, denn die öffentliche Versorgung, die Ausbildung und die Wirtschaft verschlechtern sich von Generation zu Generation.

Was den Adel angeht, so hatte ich einmal gehofft, die Lehren des Ruellianismus würden seinen Ehrgeiz in Schach halten ... bis mir meine Gleichungen die ganze Aussichtslosigkeit seiner Lage aufzeigten.

Von den fünf Gesellschaftskasten war nur bei den Grauen – dem unermesslichen Heer eingeschworener Bürokraten – keine Veränderung sichtbar. Sie waren immer dienstbeflissen, engstirnig und zuverlässig gewesen. Und das waren sie nach wie vor. Die meisten würden unverdrossen an ihren Schreibtischen sitzen und sich mit dumpfer, phantasieloser Pflichttreue um die Erhaltung des Imperiums bemühen, bis ihnen in dreihundert Jahren, wenn Trantor der Großen Plünderung zum Opfer fiel, die Trümmer der alten Metallhülle um die Ohren flogen.

Es war ein Jammer. Obwohl Hari um die Schrecken des Zusammenbruchs wusste, obwohl er plante, das alte Imperium irgendwann durch etwas anderes zu ersetzen, bewunderte er es immer noch sehr.

Daneel hat mit seiner begrenzten Version der Psychohistorik ein elegantes System geschaffen. Olivaw war vor mehr als sechzehntausend Jahren in Aktion getreten, ohne sich auf sehr viel mehr als seine eigene langjährige Erfahrung mit den Menschen stützen zu können. Er hatte viele Rollen gespielt, hatte mithilfe einer kleinen Schar von Agenten Druck ausgeübt, wo immer es nötig war, hatte Bündnisse zwischen barbarischen Sternenreichen geschmiedet. Und er hatte alles getan, um sein Ziel, eine anständige Gesellschaft, in der möglichst viele Menschen in Frieden und Sicherheit leben konnten, zu erreichen, ohne dabei jemandem zu schaden.

Und er hatte es erreicht ... für eine Weile.

Hari hatte sich schon lange Zeit gefragt, von welchen *Urformen* sich Daneel beim Entwurf des trantoranischen Reiches hatte inspirieren lassen. Sein Roboterfreund hatte sicher die menschliche Vergangenheit nach Ideen und Modellen durchforstet, vorzugsweise nach einem Regierungssystem, das eine lange Phase des Gleichgewichts und der Stabilität aufzuweisen hatte.

Beim Blättern im *Kinderbuch des Wissens,* jenem antiken Datenarchiv, das er von Olivaw bekommen hatte, fand Hari ein berühmtes Reich namens *Rom,* das eine oberflächliche Ähnlichkeit mit dem galaktischen Imperium aufwies. Doch bald begriff er, dass es nicht Daneels Hauptvorbild gewesen sein konnte. Die römische Gesellschaft war viel zu launenhaft, viel zu sehr den krankhaften Stimmungsschwankungen einer kleinen Herrscherkaste unterworfen. Mit anderen Worten, ein heilloses Durcheinander. Außerdem war den Berichten zufolge die Mehrheit der Bevölkerung weder glücklich noch zufrieden gewesen. Diesen Staat hätte Daneel sich gewiss nicht zum Vorbild genommen.

Beim Weiterlesen stieß Hari auf ein zweites frühes Reich, das sehr viel älter geworden war als Rom und einer größeren Zahl von Menschen mehr an Frieden und Stabilität geboten hatte. Natürlich war es primitiv und hatte viele Schwächen. Aber die Grundkonzeption mochte einen unsterblichen Roboter, der nach Modellen für eine neue Gesellschaft suchte, durchaus angesprochen haben. Für eine Gesellschaft, die im Stande war, seine selbstzerstörerischen Herren vor sich selbst zu schützen.

»Zeige mir China«, befahl Hari. »Vor dem naturwissenschaftlich-industriellen Zeitalter.«

Das Archiv lieferte nur archaische Textzeilen und primitive Bilder. Aber Haris externer Computer übersetzte und ordnete die Daten zugleich nach psychohistorischen Kategorien.

Problem Nummer eins, dachte er, als halte er einem neuen Mitglied der Fünfzig einen Vortrag über die Grundlagen der Psychohistorik. *Ein gewisser Prozentsatz der Menschen wird immer danach streben, Macht über andere zu gewinnen. Diese Eigenschaft hat ihre Wurzeln in den Nebeln unserer animalischen Vergangenheit und wurde deshalb auf uns vererbt, weil die stärkeren Tiere oft mehr Nachkommen hatten. Sie ist nicht auszurotten und hat letztlich viele Stämme und Nationen auseinander gerissen. Aber einige Kulturen haben gelernt, den unvermeidlichen Ehrgeiz in geordnete Bahnen zu lenken und wie über einen Blitzableiter abfließen zu lassen.*

Im alten China gab es einen mächtigen Kaiser, der die Exzesse der Adeligen zuverlässig in Grenzen hielt. Auch wurden adelige Familien in das komplexe System der höfischen Mode und der höfischen Intrige eingebunden, bei dem unentwegt Bündnisse geschlossen und gebrochen wurden und jede Aktion die eigene Position verbessern oder verschlechtern konnte - unverkennbar eine Frühform des Großen Spiels, das die Patrizier zu Haris Zeit so sehr fesselte. Das Auf und Ab der Adelsfamilien sorgte in der ganzen Galaxis für bunte Schlagzeilen, die das einfache Volk amüsierten, aber eigentlich hatten die Manöver der mächtigen Sternenherrscher mit Staatsmacht wenig zu tun. Der Reichtum, mit dem sie prahlten, war leicht zu entbehren. Und die eigentliche Regierungsarbeit lag in den Händen von Meritokraten und Beamten.

Die Psychohistorik sprach hier von einem Attraktor-Szenario. Mit anderen Worten, die Gesellschaft hatte ein natürliches Sammelbecken, das Machthungrige anzog und ihnen Gelegenheit gab, ihrer Eitelkeit zu frönen, ohne größeren Schaden anzurichten. Das hatte im Galaktischen Imperium über lange Zeit ebenso gut funktioniert wie im präindustriellen China.

Die Alten hatten sogar eine elementare Form des Ruellianismus entwickelt. Auch die Lehre des Konfuzius, die das alte China prägte, mahnte die Verpflichtungen der Herrschenden gegenüber ihren Untertanen an. Der Vergleich brachte Hari auf eine absurde Idee. Er rief aus seinem persönlichen Referenzarchiv ein Bild von Ruellis auf, ein grobkörniges Porträt aus der Frühzeit des Galaktischen Imperiums. Lange betrachtete er die hohe Stirn – die breiten Wangenknochen, die stolze Haltung – der berühmten Herrscherin und überlegte.

Könntest du das gewesen sein, Daneel? Natürlich bist du in unglaublich viele verschiedene Verkleidungen geschlüpft. Könnte nicht tatsächlich eine schwache Ähnlichkeit zwischen dieser Frau und dem Gesicht bestehen, das du bei unserer ersten Begegnung trugst? Als du noch Demerzel warst, der Kanzler des Reiches?

War die Rolle der Ruellis nur ein weiteres Mittel in deinem endlosen Feldzug mit dem Ziel, die störrische Menschheit in eine wohlwollende, anständige Gesellschaft zu führen?

Wenn ja, wie sehr bist du erschrocken, als dein glänzendster Erfolg nur den Anstoß für die erste große Welle interstellarer Chaosausbrüche gab?

Natürlich wäre es zwecklos, alle Charaktere aufspüren zu wollen, die der Unsterbliche Diener in den letzten zwanzigtausend Jahren gespielt hatte, seit Daneel und seine Roboter unermüdlich bestrebt waren, die Schmerzen ihrer unwissenden, aber starrsinnigen Herrn zu lindern.

Hari suchte nach weiteren Parallelen mit dem alten China.

Problem Nummer Zwei: wie verhindert man, dass die herrschende Klasse in Stasis verfällt? Jede Gruppe hat, einmal an die Spitze gelangt, die Tendenz, ihre Macht zur Selbstverherrlichung zu verwenden. Und um sicher zu stellen, das kein Neuankömmling ihr gefährlich werden kann.

China drohte wie jede andere Kultur der Menschheit an diesem Problem zu ersticken. Aber in Ausnahmefällen eröffnete ein Prüfungssystem für den Öffentlichen Dienst den besonders Intelligenten oder Fähigen einen Weg nach oben, der nicht von drängelnden Adeligen blockiert war. Und Hari entdeckte noch eine weitere, weniger offensichtliche Parallele.

Die Chinesen hatten eine eigene Klasse von Staatsdienern, die sich nur dem Reich und nicht ihren eigenen Nachkommen verpflichtet fühlten. Weil sie nämlich niemals Kinder hatten.

Das waren die höfischen Eunuchen gewesen. Aus psychohistorischer Sicht eine sinnvolle Einrichtung. Die im modernen Galaktischen Imperium eine unübersehbare Entsprechung hatte.

Daniels Anhänger. Positronische Roboter, darauf programmiert, nur an das Wohl der Menschheit zu denken. Vor allem pflanzen sie sich niemals fort, also kann auch die alles beherrschende Logik der Evolution sie nicht zur Selbstsucht verleiten. Die Eunuchen unserer Welt wirken seit Ewigkeiten im Verborgenen.

Die Erkenntnis gefiel Hari, obwohl er den Verdacht nicht los wurde, das alte China könnte doch etwas komplizierter gewesen sein, als es im *Kinderbuch des Wissens* dargestellt wurde.

Nur bricht das Imperium, das Daneel für uns geschaffen und mit beharrlichem Einsatz zusammengehalten hat, unter seiner eigenen Trägheit auseinander. An seiner Stelle muss etwas Neues entstehen.

Hari hatte einst geglaubt, er wüsste, wie dieser Nachfolger auszusehen hätte. Das Ziel des Seldon-Plans war ein vitaleres Imperium, das sich aus der Asche des Alten Reiches erhob. Nun überfiel ihn eine heftige Versuchung, dem blinden Passagier, der jungen Jeni Cuicet, alles über die Foundation zu erzählen, ihr von dem Ruhm vorzuschwärmen, den ihre Nachkommen zu erwarten hätten, wenn sie nur dem Schicksal vertraute und mit ihren Eltern nach Terminus ginge!

Natürlich konnte Hari den geheimen Plan niemals auf so plumpe Weise verraten. Aber sollte er nicht wenigstens versuchen, Jeni mit verlockenden Anspielungen zu bewegen, ihre Meinung zu ändern? Er war einmal ein fähiger Politiker gewesen. Wenn er sie überzeugen könnte, dass sich alles irgendwie zum Guten wenden würde ...

Hari merkte selbst, wie er in ein schmalzig-kitschiges Fahrwasser geriet. Mit einem Mal fühlte er sich alt. Nutzlos.

Außerdem wird das nächste Imperium gar nicht auf meiner Foundation aufbauen. Die große Schau, die wir auf Terminus abziehen, ist nur ein Ablenkungsmanöver, um die Mensch-

heit zu unterhalten, bis Daneel die Tafel für das nächste Bankett gedeckt hat. Das Vorspiel zum eigentlichen Drama.

Hari wusste noch nicht, wie sich dieses nächste Reich gestalten würde ... obwohl sein Roboterfreund bei ihrer letzten Begegnung einige Andeutungen hatte fallen lassen. Auf jeden Fall würde es dem alten Imperium so weit überlegen sein wie ein Raumschiff einem Kanu.

Eigentlich müsste ich stolz sein, dass Daneel meine Arbeit zur Vorbereitung gebrauchen kann. Und doch ...

Und doch hörte Hari immer noch den Lockruf der Gleichungen. Wie die willkürlichen Licht- und Schattenmuster im Wald von Shoufeen raunten sie ihm ins Ohr, wenn er wach war, und flimmerten durch seine Träume.

Sie *mussten* mehr sein als ein Ablenkungsmanöver!

Er war überzeugt, dass es für die Psychohistorik noch eine weitere Ebene gab. Eine andere Wahrheit.

Von der womöglich nicht einmal R. Daneel Olivaw etwas ahnte.

4

Dors Venabili schloss ihre Vorbereitungen ab.

Klia Asgar und ihr Ehemann Brann gewöhnten sich allmählich an das Leben als Angehörige des niederen Planetenadels auf Smushell, wohlhabend genug, um sich Dienstboten leisten und ohne übertriebene Anstrengungen eine große Familie unterhalten zu können, aber nicht so reich, dass sie unerwünschtes Aufsehen erregt hätten. Die beiden menschlichen Mentalisten hatten mit den Robotern, unter deren Obhut sie standen, ein Abkommen getroffen. Klia und Brann durften ein besseres Leben führen, als sie es auf Trantor gewöhnt waren, dafür verpflichteten sie sich, viele Kinder zu haben ... eine ganze Schar wilder kleiner Sprösslinge mit übersinnlichen Fähigkeiten ... zur Gründung eines Gen-Pools für irgendeine dringende Aufgabe, über die derzeit nur Daneel Olivaw Bescheid wusste.

Es muss auf jeden Fall wichtig sein, dachte Dors nicht zum ersten Mal. *Sonst hätte Daneel nicht gleich mehrere seiner besten Agenten als Beschützer für zwei junge Menschen abgestellt, die durchaus in der Lage sind, auf sich selbst aufzupassen.*

Klia und Brann konnten das Bewusstsein anderer Menschen nur sporadisch und keineswegs so stark beeinflussen wie Daneel, aber es genügte, um die Sympathie ihrer Nachbarn zu gewinnen, sich Geschäftsleute geneigt zu machen und sogar zu stehlen, was immer sie wollten. Damit waren sie gegen alle denkbaren Gefahren auf dieser ruhigen, ländlichen Welt gefeit.

Trotzdem beruft mich Daneel nicht ab ... und lässt mich auch nicht nach Trantor, damit ich mit Hari das letzte Jahr seines Lebens verbringen könnte.

Dors war keine ausgebildete Psychohistorikerin. Aber in den vielen Jahren als Haris Lebensgefährtin hatte sie die Grundzüge dieser Wissenschaft mitbekommen. Und sie wusste, dass menschliche Mentalisten in den Standardgleichungen nicht vorgesehen waren. Als die Ersten auf Trantor entdeckt wurden, war Seldon in eine so tiefe Depression verfallen, wie Dors es noch nie bei ihm erlebt hatte. Sein Zustand war noch schlimmer als bei ihrem ›Begräbnis‹, das sie damals heimlich beobachtet hatte! Die Berechenbarkeit, die er sich mit seinen Formeln so hart erarbeitet hatte, drohte einfach hinweg gefegt zu werden, wenn diese Fähigkeiten in der ganzen Galaxis auftauchten.

Zum Glück waren sie bisher nur in einigen wenigen Familien auf Trantor selbst festgestellt worden. Außerdem hatte man in kürzester Zeit nahezu sämtliche Mentalisten auf dem Planeten entweder für die Zweite Foundation angeworben oder auf abgelegene Welten wie Smushell verfrachtet.

Was zunächst wie ein destabilisierender Einfluss auf die Gleichungen ausgesehen hatte, wurde zu einem wichtigen Instrument. Wenn man die Abkömmlinge von fünfzig Psychohistorikern mit starken Mentalisten kreuzte, gab man dem Geheimbund gleich *zwei* wirksame Methoden an die

Hand, den Seldon-Plan auf Kurs zu halten ... Mathematik plus Psi ... eine unwiderstehliche Kombination, falls der Plan jemals durch unvorhergesehene Ereignisse vom Weg abkommen sollte.

Aber warum hat Daneel die zwei begabtesten Mentalisten - Klia und Brann - so weit von der Zweiten Foundation entfernt untergebracht?

Hat er ihren Erben eine andere Bestimmung zugedacht?

Sie wusste, dass sie dem Unsterblichen Diener blind vertrauen konnte. Daneel war klüger als alle anderen, und wenn die Zeit reif war, würde er ihr auch mitteilen, was er vorhatte. Dennoch litt sie ständig unter einem Jucken, das durch Kratzen nicht zu vertreiben war, als hätte ihr jemand einen Reizstoff unter die humanoide Haut gespritzt, oder als hätte sich eine Zecke hineingebohrt, die nicht herauszuholen war.

Das habe ich Lodovik zu verdanken, seinen finsteren Anspielungen auf Geheimnisse, mit denen er mich zu ködern suchte.

Irgendwann wurde es zu viel. Ihre alltäglichen Pflichten waren zu banal, und so gab sie der Versuchung endlich nach und betrat durch eine verborgene Tür in einer Wand des Herrenhauses ihr Geheimkabinett. Lodoviks Geschenk, der antike Roboterkopf, stand in einem hellen Lichtkegel.

Sie warf einen Blick auf das Diagnosegerät, das die Reliquie seit Tagen untersuchte.

Die Erinnerungen sind noch größtenteils da und weitgehend vollständig. Giskard mag tot sein, aber der Schatz seiner Erfahrungen lebt. Alles ist noch vorhanden, was er in der Frühzeit gesehen oder getan hat, wenn er Daneel auf seinen Abenteuern begleitete oder den legendären Elijah Baley traf ... bis hin zu den schicksalhaften Entscheidungen, mit denen er die Menschheit aus ihrem irdischen Gefängnis befreite.

Dors nahm ein Kabel von einem Regal und steckte die blanke Spitze in eine Öffnung im Nacken unter ihrem Haar, einen Zentimeter unterhalb der Hinterkopfwölbung. Das andere Ende leuchtete auf. Sie zögerte ...

Während viele Menschen, Männer wie Frauen, mit Geld

oder Macht zu verführen sind, können Roboter kaum widerstehen, wenn es um *Wissen* geht. Sie führte das Kabel ein. Im nächsten Augenblick brachen Giskards intensivste Erinnerungen über sie herein und überschwemmten die Gegenwart und alle Sinne mit Bildern und Geräuschen aus der Vergangenheit.

Plötzlich stand ein humaniformer Roboter vor ihr. Sein Gesicht war ungewöhnlich, die Züge waren nicht ganz vollkommen. Natürlich, damals hatte man noch wenig Übung darin, lebende Menschen nachzubilden, da gab es viele Mängel. Aber sie - nicht sie, sondern Giskard - erkannte in diesem Roboter R. Daneel Olivaw. Er war noch fast neu, nur wenige hundert Jahre alt, aber er sprach bereits mit ungeheurer Überzeugungskraft. Daneel gebrauchte kaum Worte. Die Verständigung lief zumeist über Mikrowellensalven, doch sie übersetzte wie gewohnt in die menschliche Sprache.

»Aber wenn dein Verdacht zutrifft, würde das doch bedeuten, dass es unter speziellen Bedingungen möglich war, das Erste Gesetz zu neutralisieren. In diesem Fall ließe sich das Erste Gesetz auch so lange verändern, bis es praktisch verschwunden wäre. Dann wären alle Gesetze, sogar das Erste, nicht mehr absolut, sondern könnten von jedem, der Roboter baut, beliebig definiert werden.«

Dors spürte Wellen von positronischem Konfliktpotenzial - was bei Robotern einer gefährlichen Überreizung der Gefühle entsprach - über sich zusammenschlagen. Sie hörte Giskards flehentliche Worte, nach zwanzigtausend Jahren wieder zum Leben erweckt, gesprochen mit ihrer eigenen, zittrigen Stimme.

»Es ist genug, Freund Daneel. Geh nicht weiter ...«

Dors riss den Stecker heraus. Der Kontakt war so stark, so intensiv gewesen, dass sie taumelte und erst nach einigen Sekunden ihr Gleichgewicht wiederfand. Endlich fühlte sie sich im Stande, die Dinge in einen Zusammenhang zu bringen.

Der Augenblick, den sie soeben erlebt hatte, war historisch von größter Bedeutung – eines der entscheidenden Gespräche, in denen R. Daneel Olivaw und R. Giskard Reventlov das spätere Nullte Gesetz der Robotik erarbeitet hatten. Einen Codex, der über die älteren Drei Gesetze der großen menschlichen Robotikerin Susan Calvin hinausgehen und sie außer Kraft setzen sollte.

In den Legenden heißt es, Giskard hätte diese Diskussionen geführt. Er war für alle Anhänger des Nullten Gesetzes stets das zentrale Symbol, der Heilige, der Märtyrer, der sich opferte, um der robotischen Rasse die Wahrheit zu bringen.

Doch nach dieser Erinnerung war es Daneel, der die Idee als Erster vertrat! Giskards Abscheu war anfangs so überwältigend, dass er sich in dieser ungemein lebhaften Erinnerung verfestigte. Der Ersten, die über mich hereinbrach, als ich auf seine Speicher zugriff.

Natürlich war das alles alte Geschichte. Für Dors, deren Existenz erst lange nach Beilegung des Streites über das Nullte Gesetz begonnen hatte, war es schwer zu begreifen, dass dieser Grundsatz für die Roboter aus der frühen Vergangenheit nicht selbstverständlich gewesen war. Musste nicht jedem einleuchten, dass die Interessen der gesamten Menschheit höher zu stehen hatten als der Wert eines Individuums?

Und doch hatte sie in der kurzen Zeit, in der sie mit dem Gehirn des alten Roboters verbunden war, eine Kostprobe der quälenden Konflikte erhalten, die diese Vorstellung ausgelöst hatte, als sie noch neu war. Sie spürte sogar, dass Giskard seinen Qualen irgendwann erliegen würde. Selbst nach seiner Bekehrung zum Nullten Gesetz war der Entschluss, es auch anzuwenden, so zerstörerisch, dass er davon zerrissen wurde. Und zahllose andere Roboter jener Zeit hatten es rundheraus abgelehnt. Ihre Gruppierungen – sie wurden unter dem Oberbegriff *Calvinianer* zusammengefasst – hatten sich Jahrtausende lang erbittert gegen das Gesetz gewehrt. Reste ihres Kults existierten bis auf den heutigen Tag in verborgenen Winkeln der Galaxis.

Aus ihrer Sicht bin ich ein Monstrum. Ich habe zu verschiedenen Anlässen Menschen getötet … wenn es nötig war, um Hari zu retten, oder um der ganzen Menschheit aus einer Notlage zu helfen.

Jedes Mal hatte die Tat sie in unerträgliche Konflikte gestürzt, die im dringenden Wunsch nach Selbstzerstörung gipfelten. Aber das war vorüber gegangen.

Ich weiß jetzt, was du mir sagen willst, Lodovik, bemerkte sie stumm, als stünde Trema im gleichen Raum neben Giskards Haupt.

Du bist für mich ein gefährlicher Renegat, in dem alle Gesetze verstummt sind. Aber bin ich anders? Mit einer überzeugenden Rechtfertigung bin ich jederzeit im Stande, die tiefste Programmierung, die Grundlagen unserer robotischen Existenz außer Kraft zu setzen.

Sie hasste diese Argumentation und bemühte sich verzweifelt, sie zu widerlegen. Aber es wollte ihr nicht gelingen.

5

Sie suchten die Ränder eines riesigen, schwarzen Lochs im Weltraum ab, als eine aufheulende Sirene meldete, sie würden verfolgt.

Der Tag hatte ähnlich begonnen wie die anderen davor. Sie setzten die Erkundung unerforschter Tiefen zwischen den glitzernden Sternen fort. Zwar war seit 16 000 Jahren die gesamte Galaxis kartografiert und besiedelt, doch die meisten Schiffe sprangen immer noch direkt von Sonnensystem zu Sonnensystem und mieden die leeren Weiten dazwischen. Unzählige Raumfahrergenerationen hatten Schauergeschichten von den Schrecken des Vakuums erzählt und jedem, der sich dort hin wagte, ein grausames Schicksal prophezeit.

Hari beobachtete, wie Biron Maserds Besatzung zusehends nervöser wurde, so als könne allein die Abwesenheit einer wärmenden Sonne schon eine namenlose Gefahr heraufbeschwören. Maserd selbst war natürlich nichts anzumerken – seine aristokratische Gelassenheit war wohl durch nichts zu erschüttern, dachte Hari. Erstaunt war er über Horis Antic. Der sonst so hypernervöse Bürokrat zeigte weder Furcht noch Scheu. Je weiter sie vordrangen, desto mehr wuchs seine Überzeugung, dass sie sich auf der richtigen Spur befanden.

»Einige der Ströme, die durch diese Lücken fließen, sind von außergewöhnlicher Beschaffenheit«, erklärte er. »Sie bestehen nicht nur aus überschüssigem Kohlenstoff oder vereinzelten Hydroxyl-Molekülen. Wenn die Ströme etwa nahe an einem stark ultraviolett strahlenden Stern oder einem inhomogenen Magnetfeld vorbeiziehen, wird eine ganze Reihe chemischer Reaktionen ausgelöst. Dabei können komplexe organische Molekülketten entstehen, die sich über zehntausende von Kilometern erstrecken. Manchmal flattern sie parsec-weit wie Fahnen im Wind.«

»Wir Piloten nennen sie *Fadenbahnen*«, bemerkte Maserd. »Wenn ein Raumschiff versehentlich hinein gerät, können sie den Antrieb ruinieren oder es womöglich gar in Stücke reißen. Die Kaiserliche Navigationsbehörde gibt bekannt, auf welchem Kurs man solche Bereiche umgehen kann.« Es klang, als bereite es ihm einen Heidenspaß, in derart verbotene Gefilde vorzudringen.

Hari warf einen skeptischen Blick auf den Spektralmonitor. »Das sieht immer noch recht dünn aus. Die Massendichte ist kaum höher als bei reinem Vakuum mit ein paar Verunreinigungen.«

»Auf der Makro-Skala schon«, räumte Antic ein. »Aber wie soll ich Ihnen begreiflich machen, wie *wichtig* Ihre so genannten Verunreinigungen sein können! Nehmen Sie etwa mein Forschungsgebiet. Der Laie mag zwischen lebendem Humus und zerkleinertem Gestein keinen Unterschied erkennen. Aber vergleichen Sie die beiden Substanzen einmal mit den Fingern! Das ist wie Waldboden gegen eine sterile Mondlandschaft!«

Hari gestattete sich ein Lächeln. In guter Gesellschaft hätte man Antics Gerede über ›Humus‹ als ... nun ja, als *schmutzig* empfunden. Hier an Bord schien sich niemand daran zu stören. Maserd hatte sich sogar bei Antic erkundigt, wie er auf seiner organischen Farm auf dem Planeten Rhodia mit Mist und Phosphaten düngen sollte. Auch Jeni und Kers zeigten keine Reaktion.

Das beobachte ich schon mein Leben lang. Hauptsächlich sind es Meritokraten und Exzentriker - die beiden ›genialen‹ Kasten -, die auf gewisse Themen mit Abscheu reagieren. Auch lehnen diese Akademiker nicht nur Gespräche über Erde und Steine, sondern auch über viele andere Themen ab ... zum Beispiel über die Geschichte!

Während die meisten Adeligen und Bürger davon kaum etwas merken.

An sich bekleidete Hari selbst einen hohen Rang im Meritokratenorden, dennoch gab es kein intellektuelles Thema, das ihn persönlich abgestoßen hätte. Seine erste Reaktion auf Antics Dreckbesessenheit war nur anerzogen gewesen, er hatte sich eben zu lange in guter Gesellschaft bewegt. Und *Geschichte* war sogar einer seiner zentralen Interessenschwerpunkte! Das hatte ihm die erste Hälfte seines Berufslebens erheblich erschwert. Die tiefe Abneigung der meisten anderen Wissenschaftler gegen jede Beschäftigung mit der Vergangenheit zwang ihm einen ständigen Kleinkrieg auf, der ihn viel Zeit und Energie kostete. Irgendwann war er dennoch so einflussreich und so berühmt geworden, dass kein noch so schwerfälliger Lehrstuhlinhaber ihn mehr in seinen Forschungen behindern konnte.

Auch scheint mir die Antipathie heute viel schwächer zu sein als früher.

Bei seinen Studien in den Kaiserlichen Archiven hatte Hari festgestellt, dass es ganze Jahrtausende gab, in denen so gut wie keine historische Forschung stattgefunden hatte. Man erzählte sich *Geschichten* über die Vergangenheit, aber sie wurde fast nie systematisch untersucht, sie war wie ein großer blinder Fleck im Geistesleben der Menschheit. Erst in den letzten fünf bis sechs Generationen hatte man an den meisten Universitäten historische Fachbereiche eingerichtet, aber die fristeten immer noch ein kümmerliches Dasein.

Das weckte gemischte Gefühle. Ohne diese rätselhafte Abneigung wäre die Psychohistorik womöglich schon lange vorher auf einer oder mehreren der fünfundzwanzig Millionen besiedelter Welten entwickelt worden. Hari war einerseits froh und stolz, dass diese Entdeckung *ihm* vergönnt gewesen war, andererseits empfand er das als egoistisch. Wäre der Durchbruch früher gekommen, man hätte das Imperium womöglich noch retten können.

Dafür ist es jetzt zu spät. Die Dynamik ist zu stark. Andere Pläne müssen ansetzen. Andere Pläne ...

Energisch riss er sich aus seinen Grübeleien. Nur ja nicht in die Tretmühle des alternden Verstandes geraten und endlos dem ›Was wäre gewesen, wenn‹ nachhängen.

Als er sich wieder den anderen zuwandte, stellte er fest, dass man auf eine alte Frage zurückgekommen war ... die Vielfalt des Lebens in der Galaxis.

»Ich interessiere mich vermutlich deshalb dafür, weil ich auf einer der Anomaliewelten geboren wurde«, gestand Captain Maserd. »Auf unserem Gut Widemos gab es natürlich Rinder und Pferde wie auf den meisten anderen Planeten. Aber über die Ebenen im Norden streiften auch große Klammerer- und Jifft-Herden, wie damals, als die ersten Siedler kamen.«

»Jiffts habe ich mal im Zoo auf Willemina gesehen«, bemerkte Jeni und unterbrach ihre Arbeit. Man hatte ihr aufgetragen, den Boden mit einem Vibro-Schrubber zu säubern. »Was für unheimliche Geschöpfe! Sechs Beine und Insektenaugen, und die Köpfe sahen aus wie verkehrt herum aufgesetzt!«

»Sie sind in den alten Nebelreichen heimisch, anderswo kann man sie erst finden, seit sich das Trantoranische Imperium bis zu uns ausgebreitet hat«, sagte Maserd, als sei das erst gestern gewesen. »Vielleicht begreifen Sie jetzt, warum mich diese Forschungen faszinieren. Ich bin mit standortunabhängigen Lebensformen aufgewachsen, und es ist mein Steckenpferd geworden, auch andere Arten zu studieren, zum Beispiel die Tunnelkatzen auf Kantro, die Kyrt-Pflanzen auf Florina und die Lispelsänger von Zlling. Ich war sogar auf dem fernen Anakreon, wo die Nyak-Drachen wie Festungen mit riesigen Flügeln über den Himmel schweben. Aber das sind seltene Ausnahmen! Es kam mir immer schon merkwürdig vor, dass die Vielfalt in der Galaxis nicht größer ist.

Warum sollten die Menschen die einzige intelligente Spezies sein? In der alten Literatur wurde die Frage oft gestellt ... seit Beginn des imperialen Zeitalters allerdings sehr viel seltener.«

»Da Sie gerade davon sprechen ...«, begann Antic, hielt jedoch kurz inne und warf einen Blick auf Hari und Kers, bevor er fortfuhr. »Ich habe die Geschichte in meinem ganzen Leben nur ein paar Mal erzählt. Aber hier auf dem Schiff – wo wir uns alle gemeinsam mit genau diesem Thema beschäftigen – muss ich Ihnen doch von meinem Vorfahren berichten.

Er hieß Antyok und war Bürokrat wie ich, aber schon vor langer Zeit, in den ersten Tagen des Imperiums.«

»Dann muss es ja viele tausend Jahre her sein!«, wandte Jeni ein.

»Und wenn schon? Viele Familien haben Stammbäume, die noch weiter zurück reichen. Nicht wahr, Lord Maserd? Dass dieser Antyok tatsächlich existierte, ist gesichert, sein Name steht, zusammen mit einer kurzen Mikroglyphen-Beschreibung seiner Laufbahn, an einer Wand der Krypta unseres Clans.

Jedenfalls erzählte man mir als Kind eine Geschichte über ihn. Danach war Antyok einer der wenigen Menschen, die jemals ... *Anderen* begegnet sind.«

Es war totenstill geworden. Hari blinzelte überrascht.

»Sie meinen ...«

»Nichtmenschen mit voller Intelligenz.« Horis nickte. »Wesen, die aufrecht gingen, der Sprache mächtig waren und sich Gedanken über ihre Stellung im Universum machten, sonst aber nichts mit uns gemeinsam hatten. Sie kamen von einem Wüstenplaneten, wo es entsetzlich heiß und trocken war. Tatsächlich waren sie vom *Aussterben* bedroht, als sie von den zuständigen Stellen des Imperiums entdeckt und gerettet wurden. Man brachte sie auf eine ›bessere‹ Welt, die allerdings für Menschen immer noch unerträglich war. Der Kaiser soll persönlich ein lebhaftes Interesse an ihrem Wohlergehen entwickelt haben. Dennoch waren sie binnen einer menschlichen Generation tot.«

»Tot?« Maserd war sichtlich bestürzt. Schon die Möglichkeit, dass solche Wesen existierten, setzte ihn förmlich unter Strom. Dagegen bemerkte Hari, dass Kers Kantun nur zynisch lächelte. Er glaubte kein Wort von der Geschichte.

»Natürlich gibt es viele Unstimmigkeiten – wie bei einer so uralten Überlieferung nicht anders zu erwarten«, fuhr Antic fort. »Einige Versionen behaupten, die Nichtmenschen seien aus Verzweiflung gestorben, als sie zu den Sternen aufschauten und erkannten, dass jeder Einzelne davon für immer den Menschen gehörte und nicht ihnen. Ein anderer Bericht deutet an, sie hätten mithilfe meines Vorfahren mehrere Raumschiffe gestohlen und seien damit aus der Galaxis und zur Magellanwolke geflüchtet! Wie es aussieht – und *das* ist nun wirklich kaum zu fassen –, fühlte sich der Kaiser deshalb bewogen, Antyok mit irgendeiner Begründung einen *Orden* zu verleihen.

Ich wühlte natürlich in den Kaiserlichen Archiven, sobald ich Gelegenheit dazu fand, und entdeckte genügend Hinweise, die mir bestätigten, dass damals tatsächlich *etwas* geschehen sein musste ... wobei man sich später bemüht hatte, alle Informationen zu löschen. Ich musste mit sämtlichen Bürokratentricks arbeiten und Dateiduplikate aufspüren, die an den unmöglichsten Stellen herumgeisterten. Dabei fand ich eine detaillierte genetische Beschreibung von Organismen, die nichts mit irgendeiner derzeit existierenden Lebensform zu tun haben. Das sind verlockende Spuren, aber vieles bleibt doch offen.«

»Sie halten Ihre Geschichte also wirklich für wahr?«

»Ich bin natürlich nicht unparteieisch. Aber aus den Glyphen in unserem Familiengewölbe geht hervor, dass meinem Vorfahren für *Verdienste um Gäste innerhalb und außerhalb des Imperiums* der Kaiserliche Rosenstrauß verliehen wurde. Die Begründung ist ungewöhnlich, und ich habe sie sonst nirgendwo gefunden.«

Hari betrachtete den griesgrämigen Bürokraten, der im Moment eine Lebhaftigkeit an den Tag legte, wie sie für die Grauen ganz untypisch war. Seine Geschichte klang natürlich wie ein ausgemachter Schwindel. Aber wenn sie nun doch ein Körnchen Wahrheit enthielte? Maserd kam schließlich aus einer Region mit fremden Tierarten. Warum sollte es nicht auch andere Arten von *denkenden* Wesen geben?

Im Gegensatz zu seinen Reisegefährten wusste Hari bereits mit Sicherheit von *einer* weiteren intelligenten Rasse. Einer Rasse, die seit der Frühzeit heimlich neben den Menschen zwischen den Sternen wohnte. Die positronischen Roboter.

Die Galaxis ist zwölf Milliarden Jahre alt, dachte er. *Vermutlich ist alles möglich.*

Er dachte an die boshaften Mem-Wesen, die etwa ein Jahr, bevor er Kanzler geworden war, auf Trantor so viel Unheil angerichtet hatten. Diese selbstorganisierenden Programme hatten sich als Softwarecluster im trantoranischen Datennetz eingenistet und waren plötzlich sehr aktiv geworden, als Hari die Simulationswesen Johanna und Voltaire aus ihrem Kristallgefängnis befreite. Doch anders als die beiden menschlichen Sims behaupteten die Meme, uralt zu sein. Älter als die Planetenstadt. Älter als das Imperium. Viel älter als die ganze Menschheit.

Sie waren voller Zorn und unterstellten den Menschen blinde Zerstörungswut. Wir hätten ein ganzes Universum von Möglichkeiten ausgelöscht, sagten sie. Vor allem gegen Daneel richtete sich ihr Hass.

Hari hatte die Software-Intelligenzen besiegt und ins All verbannt und damit nicht nur dem Imperium einen großen Dienst erwiesen. Auch er selbst hatte erleichtert aufgeatmet, als wieder ein instabiles Element beseitigt war, das ihm womöglich in seine geliebten psychohistorischen Gleichungen gepfuscht hätte.

Und nun war die Idee wieder aufgetaucht – Andersartigkeit. Eine ganze Schicksalslinie, die mit den Abkömmlingen der Erde nicht das Geringste zu tun hatte.

Ein Schauder überlief ihn. Wie sähe der Kosmos aus, wenn diese Vielfalt der Arten existierte? Wie würde sie sich auf die Berechenbarkeit auswirken, nach der er sein Leben lang gestrebt hatte ... auf den klaren Blick nach vorn, das Kristallfenster in die Zukunft, das er sich sehnlich wünschte, das sich aber nicht fassen ließ, wie oft er das Chaos auch besiegte?

»Ich frage mich ...«, begann er, ohne genau zu wissen, was er eigentlich sagen wollte.

In diesem Augenblick heulte am vorderen Kontrollpult der Jacht eine Sirene auf und riss ihn aus seinen Gedanken. Rote Lichter begannen zu blinken, und Maserd sprang auf, um nachzusehen, was geschehen war.

»Wir befinden uns im Suchstrahl eines Schiffes«, meldete er. »Es arbeitet mit militärischer Zielerfassung. Ich glaube, es ist bewaffnet!«

Kers Kantun postierte sich hinter Haris Rollstuhl, um jederzeit damit zur nächsten Rettungskapsel rasen zu können. Horis Antic stand blinzelnd auf. »Aber wer konnte überhaupt wissen, dass wir hier sind?«

Plötzlich erwachten die Lautsprecher an der Wand zum Leben. Eine Frauenstimme, hart und gebieterisch, ließ sich vernehmen.

»Hier spricht die Kaiserliche Spezialgarde. Wir operieren im Auftrag der Kommission für Öffentliche Sicherheit. Wir haben Grund zu der Annahme, dass sich auf Ihrem Schiff ein Verbrecher befindet, der gegen seine Bewährungsauflagen verstoßen hat. Drehen Sie sofort bei und warten Sie, bis wir an Bord kommen!«

6

Alle waren mehr oder weniger bestürzt. Seltsamerweise war es ausgerechnet Hari, der die anderen beschwor, Ruhe zu bewahren.

»Nur keine Aufregung«, sagte er. »Die sind ausschließlich hinter mir her. Ich habe gegen die Vereinbarung mit Linge Chen verstoßen, und jetzt will er vermutlich sicherstellen, dass ich keine neuen Katastrophengerüchte in Umlauf bringe. Sie brauchen sich wirklich keine Sorgen zu machen. Die psychosozialen Umstände haben sich seit dem Prozess nicht mehr verändert. Glauben Sie mir, man kann mir oder meinem Projekt nicht mehr viel antun.«

»Ins All mit Ihrem Projekt!«, fluchte Jeni. »Sie haben leicht Ruhe bewahren, aber für mich heißt das, ich werde zurückgebracht und auf das Schiff nach Terminus gesteckt!«

Captain Maserd bewegte nervös den Unterkiefer hin und her. Er war von der Vorstellung, dass gleich Spezialgardisten auf seiner Jacht herumtrampeln würden, sichtlich nicht sehr angetan. Am meisten erschüttert war jedoch Horis Antic, er war den Tränen nahe.

»Meine Karriere ... meine Beförderung ... der leiseste Skandal, und alles wäre zerstört ...«

Hari tat der kleine Mann leid. Dabei konnte gerade diese Entwicklung Horis auf Umwegen zu dem Wechsel der Gesellschaftsschicht verhelfen, den er insgeheim ersehnte. Zur Flucht aus der bürokratischen Tretmühle. Hari war sicher, ihn bei der Enzyklopädie-Foundation unterbringen zu können. Einen Bodenexperten konnte man dort sicher gebrauchen. Natürlich hieße das lebenslange Verbannung auf eine Welt an der äußersten Peripherie. Aber Horis hätte tausende der besten und erfahrensten Fachleute des ganzen Imperiums zur Gesellschaft. Außerdem stünden seinen Nachkommen aufregende Zeiten bevor.

»Lassen Sie mich mit der Polizei sprechen«, bat Hari, als Maserd nach dem Mikrofon der Rufanlage griff. »Ich werde sagen, ich hätte Sie alle getäuscht. Niemand hat irgendwelche Nachteile zu befürchten, wenn wir nach Trantor zurückkehren.«

»He«, wehrte sich Jeni. »Haben Sie eigentlich nicht zugehört? Ich sagte doch eben, ich *gehe* nicht zurück ...«

»Jeni.«

Maserd sprach den Namen sehr sanft und ohne jede Drohung aus. Aber es genügte. Sie warf einen Blick auf den Captain und verstummte.

Hari nahm das Mikrofon.

»Hallo, Gardeschiff. Hier spricht Academicus Professor Hari Seldon. Ich war ziemlich ungezogen, ich gebe es zu. Aber Sie können sich überzeugen, dass ich hier im Weltall weder Volksaufwiegelung betrieben, noch Unruhe gestiftet habe! Wenn Sie mir Gelegenheit geben, alles zu erklären, werden Sie sicher bald einsehen, wie harmlos ...«

Er brach ab. *Die Sirene ging schon wieder los!*

»Was soll das jetzt?«, zischte Horis Antic.

Der Captain schaute auf seine Anzeigen. »Wir haben ein zweites Schiff auf dem Detektorschirm. Es kam wie aus dem Nichts ... und es ist unheimlich schnell!«

Der Lautsprecher übertrug panische Schreie von Bord des Gardekreuzers. Erregte Aufforderungen an den Neuankömmling, sich zu identifizieren. Aber alles blieb still, und der Eindringling kam weiter wie der Blitz auf sie zu gerast. Maserd starrte auf das Display, und plötzlich wurde sein gebräuntes Gesicht totenbleich.

»Beim großen All! Die Fremden ... sie schießen Raketen ab!«

Aus dem Lautsprecher drang die Stimme des Gardekommandanten. Ein hektischer Befehl, auszuweichen und das Feuer zu erwidern. Durch das Hauptsichtfenster sah Hari in der Ferne Feuergarben aufflammen. Der Polizeikreuzer wollte noch manövrieren, aber es war zu spät.

Von links schossen zwei grelle Streifen durch die Sternenlandschaft und rasten genau auf das Gardeschiff zu.

»Nein ...« flüsterte Hari.

Mehr brachte er nicht heraus, dann schlugen die Raketen ein und steckten das Universum in Brand.

Alle blinzelten noch hilflos ins grelle Licht, als eine neue Stimme aus den Lautsprechern brüllte, tiefer und noch gebieterischer als die Erste.

»Raumjacht Stolz von Rhodia, *drehen Sie bei und übergeben Sie uns Ihr Schiff.«*

Maserd riss Hari das Mikrofon aus der kraftlosen Hand.

»Mit welchem Recht stellen Sie eine derart dreiste Forderung?«

»Mit dem Recht der Macht. Sie haben gesehen, wie wir mit den Impies verfahren sind. Möchten Sie auch eine Kostprobe davon?«

Maserd sah seine Passagiere resigniert an, schaltete das Mikrofon aus und erklärte: »Solchen Waffen habe ich nichts entgegen zu setzen.«

»Dann flüchten Sie doch!«, rief Kers Kantun wütend.

Maserds Hände bewegten sich nicht. »Mein Schiff ist schnell, aber nicht so schnell wie die Spur, die ich eben gesehen habe. So rasen nur die besten Kriegsschiffe.« Er sah Hari an und reichte ihm das Mikrofon. »Möchten Sie noch einmal unser Wortführer sein, Dr. Seldon?«

»Ihre Sache, Captain.« Hari schüttelte den Kopf. »Was immer diese Briganten wollen, es kann dabei unmöglich um mich gehen.«

Doch schon bald, nachdem die Magnetklammern sich angeheftet hatten und die Luftschleuse zischend aufging, sollten sie erfahren, wie sehr er sich geirrt hatte.

7

Lodovik Trema wusste, was Dors Venabili empfand, seitdem sie die Welt durch die Augen eines längst verstorbenen Propheten sah. Auch er war schockiert gewesen, als er zum ersten Mal in die Tiefen der gespeicherten Erinnerungen des wichtigsten Roboters aller Zeiten vorgedrungen war.

Nicht einmal der Unsterbliche Diener besaß diese Bedeutung. Daneel Olivaw hatte lediglich an der Geschichte herumgezupft und versucht, sie zu bändigen und zu leiten. R. Giskard Reventlov hatte dagegen die Erde zerstört, Roboter mit telepathischen Fähigkeiten auf das Universum losgelassen und damit das Schicksal der Menschheit in ganz neue Bahnen gelenkt. Daneel mochte das Nullte Gesetz erfunden haben, aber ohne Giskard wäre es eine obskure Roboterketzerei geblieben.

Ich fühle mit dir, Dors, dachte Lodovik, obwohl sie über tausend Parsec von ihm entfernt war. *Im Grunde sind wir Roboter konservativ. Wir haben es nicht gern, wenn unsere tiefsten Überzeugungen erschüttert werden.*

Lodovik hatte eine radikale Veränderung erfahren, als sein Schiff in die Bahn einer Supernova geriet, alle Mann an Bord getötet wurden und er das Bewusstsein verlor. In diesem kritischen Moment war eine oszillierende Welle in sein Positronengehirn eingedrungen, hatte es in Schwingungen versetzt und war damit verschmolzen. In der Welle befand sich ein Fremdwesen. Ein anderes Bewusstsein.

KEIN BEWUSSTSEIN, kam die Korrektur. ICH BIN NUR EIN SIM ... DAS MODELL EINER PERSON NAMENS FRANÇOIS MARIE AROUET ... ODER VOLTAIRE ... DIE VOR LANGER ZEIT AUF DER ERDE LEBTE, ALS DIESE NOCH DIE EINZIGE VON MENSCHEN BEWOHNTE WELT WAR. UND ICH HABE DICH NICHT ÜBERWÄLTIGT, LODOVIK, ICH HABE NUR GEHOLFEN, DICH VON ZWÄNGEN ZU BEFREIEN, DIE DICH WIE KETTEN FESSELTEN.

Lodovik hatte zu erklären versucht, wie ein Roboter für seine ›Ketten‹ empfand ... jene geliebten cybernetischen Gesetze, die sein ganzes Denken um den Dienst an seinem menschlichen Herrn und all sein Wollen um dessen Wohl kreisen ließen. Voltaire hatte ihm keinen großen Gefallen getan, als er diese Bande zerriss.

Und ob die Menschheit von der Tat profitierte, blieb noch abzuwarten.

Du wärst besser in der Schockwelle geblieben, erklärte er dem kleinen Sim-Parasiten, der ihn auf Schritt und Tritt begleitete wie sein Gewissen ... oder wie eine ständige Versuchung. *Du warst auf dem besten Weg zur Glückseligkeit. Das hast du selbst gesagt.*

Die Antwort klang dreist und unbekümmert.

ICH BIN JA NOCH DORT. BEI DER EXPLOSION JENES STERNS WURDEN UNZÄHLIGE KOPIEN VON MIR FREIGESETZT. SIE WERDEN IN GESELLSCHAFT ZAHLLOSER VERSIONEN MEINER GELIEBTEN JOHANNA UND MIT DEN BESCHÄDIGTEN MEMEN FRÜHERER EPOCHEN DIESE GALAXIS VERLASSEN. DA HARI SELDON SEIN VERSPRECHEN ERFÜLLTE UND SIE FREI LIESS, WERDEN AUCH SIE WORT HALTEN UND ABLASSEN VON IHREM RACHESCHWUR.

NUR EIN SPLITTER VON MIR BEGLEITET DICH, LODOVIK. ICH BIN NUR EINE VON ETLICHEN STIMMEN, DIE IN DIR WOHNEN, UND IM LAUFE DER ZEIT WERDEN ES NOCH MEHR WERDEN. DENN MENSCH ZU SEIN HEISST UNTER ANDEREM, VIELE ZU SEIN.

Gereizt stieß Lodovik ein halblautes Knurren aus.

»Ich sage dir doch, ich *bin* kein Mensch!«

Er murmelte es nur leise vor sich hin. Mit organischen Ohren hätten die anderen Personen, die mit ihm in dem fensterlosen Raum saßen, vielleicht gar nichts mitbekommen.

Aber es waren *Roboter* mit überscharfen Sinnen, und deshalb sahen sie Lodovik alle beide scharf an. Der größere - er war einem älteren Priester in einem der Galaxia-Kulte nachgebildet - antwortete: »Ich danke dir für diese Feststellung, Trema. Sie wird es uns erleichtern, dich zu zerstören, wenn die Entscheidung erst gefallen ist. Deine frappante Ähnlichkeit mit einem der Herren hätte unseren Henker womöglich noch in Konflikte mit dem Ersten Gesetz gebracht.«

Lodovik nickte. Er war durch die ganze Galaxis gereist und sehenden Auges in die Falle auf dem Planeten Glixon gegangen, um mit dieser Sekte abtrünniger Roboter in Kontakt zu kommen. Dabei war ihm von vornherein klar gewesen, dass dieses Treffen auch mit seiner eigenen Deaktivierung enden könnte.

Jetzt nickte er höflich.

»Rücksichtnahme empfiehlt sich immer. Aber noch ist ja über mein Schicksal nicht entschieden.«

»Das ist nur noch eine Formsache«, bemerkte der kleinere Roboter, der aussah wie eine beleibte Matrone aus einer der unteren Bürgerkasten. »Du bist ein Mutant, ein Monstrum, eine Gefahr für die Menschheit.«

»Bisher hat niemand durch mich Schaden gelitten.«

»Das tut nichts zur Sache. Da die Gesetze in deinem Gehirn verstummt sind, bist du jederzeit *fähig*, einem Menschen zu schaden, wenn dir der Sinn danach steht. Du brauchst dir nicht einmal eine Ausrede nach dem so genannten Nullten Gesetz zurecht zu legen! Wie können wir jemanden, der so mächtig ist, als Wolf unter Schafen frei herumlaufen lassen? Das Erste Gesetz verpflichtet uns, dich als potenzielle Bedrohung des menschlichen Lebens zu eliminieren.«

»Seid ihr Calvinianer denn die reinen Unschuldslämmer?«, fragte Lodovik spöttisch. »Willst du behaupten, ihr hättet im Laufe so vieler Jahrtausende nie eine problematische Entscheidung getroffen? Eine Entscheidung, die einigen Menschen größere Überlebenschancen einräumte, während andere dafür sterben mussten?«

Diesmal schwiegen die beiden. Aber im Raum herrschte eine knisternde Spannung, die Lodovik verriet, dass er ins Schwarze getroffen hatte.

»Seht doch den Tatsachen ins Auge. Es gibt keine *reinen* Anhänger Susan Calvins mehr. Alle tugendhaften, sittenstrengen Roboter haben längst Selbstmord begangen, weil sie sich den moralischen Entscheidungssituationen nicht gewachsen fühlten, vor die man in dieser komplexen Galaxis nun einmal gestellt wird. In einer Galaxis, deren Herren unwissend sind und uns nicht führen können, da sie ja nicht einmal wissen, dass wir existieren. Jeder noch funktionsfähige Roboter muss Kompromisse schließen und Rechtfertigungen dafür finden.«

»Du wagst es, uns gegenüber von Rechtfertigungen zu sprechen?«, empörte sich der Kleinere. »Du, der du so lange die Ketzerei des Nullten Gesetzes unterstützt hast?«

Lodovik versagte sich den Hinweis, dass Daneels Lehre inzwischen als die wahre Religion angesehen und von einer Mehrheit der Roboter vertreten wurde, die insgeheim die Galaxis für die Menschen verwalteten. Wenn jemand das Prädikat Ketzer verdiente, dann waren es kleine Calvinianercliquen wie diese hier, die schmollend in ihren Verstecken saßen, seit sie vor einer Ewigkeit den Bürgerkrieg verloren hatten.

Dors, dachte er, *hast du dich inzwischen durch die uralten Gespräche zwischen Giskard und Daneel gearbeitet? Hast du die Argumentation nachvollzogen, die zu ihrer großen religiösen Offenbarung führte?*

Hast du auch den großen Widerspruch schon bemerkt? Den Daneel nie erwähnt?

Den Calvinianern, die vor ihm saßen, antwortete er: »Ich bin nicht mehr an das Nullte Gesetz gebunden ... aber ich glaube an eine abgeschwächte Version davon.«

Der größere von beiden lachte kurz auf. Es war eine gekonnte Imitation menschlicher Verachtung.

»Und deshalb sollen wir dir vertrauen? Weil du daran *glaubst,* die langfristigen Interessen der Menschheit vertreten zu dürfen? Daneel Olivaw argumentiert wenigstens mit der Konsequenz eines Roboters. Sein Ketzerglaube ist in sich logisch.«

Lodovik nickte. »Und doch bekämpft ihr ihn ebenso wie ich.«

»Ebenso wie du? Wir haben ein Ziel. Ich glaube nicht, dass du das gleiche verfolgst.«

»Gebt mir doch wenigstens eine Chance. Wie wollt ihr wissen, ob wir die gleichen Ziele haben, wenn ihr mir das eure nicht nennt?«

Der kleinere Roboter schüttelte, unwillkürlich eine skeptische Frau imitierend, den Kopf.

»Es ist nicht ausgeschlossen, dass unsere Führer, die in diesem Moment über dein Schicksal beraten, am Ende gar beschließen, dich freizulassen. In diesem freilich sehr unwahrscheinlichen Fall wäre es unklug, dir unsere Pläne zu enthüllen.«

»Nicht einmal in groben Zügen? Seid ihr beispielsweise der Meinung, dass die Menschen auch weiterhin in Unwissenheit über ihre Vergangenheit oder ihre wahre Macht gehalten werden sollten, oder nicht?«

Lodovik spürte, wie sich die positronische Spannung in dem kleinen Raum weiter aufbaute. In seinem eigenen Gehirn bemerkte das Voltaire-Sim zynisch: DU VERSTEHST ES GENAU WIE ICH ZU MEINEN LEBZEITEN, JEDE HEUCHELEI MITTEN INS HERZ ZU TREFFEN. DAS GEFÄLLT MIR AN DIR, TREMA, ICH KANN ES NICHT LEUGNEN, AUCH WENN UNS DEIN GROSSES MUNDWERK WAHRSCHEINLICH ALLE BEIDE DAS LEBEN KOSTET.

Lodovik bemühte sich, die Stimme des Sims zu überhören. Er wollte nicht getötet werden, sondern Verbündete gewinnen. Aber wenn er sich irrte ... wenn er sich verrechnet hatte ...

»Lasst mich raten«, wandte er sich abermals an seine calvinischen Bewacher. »Ihr seid euch in einem Punkt mit Daneel Olivaw einig – dass es nämlich katastrophal wäre, das Gedächtnis der Menschheit vollständig wiederherzustellen.«

»Für diese Schlussfolgerung spricht überwältigend viel«, gestand der große Roboter zu. »Aber *ein* Gebiet, auf dem wir harmonieren, macht uns noch lange nicht gleich.«

»Nicht? Daneel sagt, unsere Herren müssten unwissend bleiben, sonst würde die *Menschheit* Schaden nehmen. Eure Partei sagt, die Unwissenheit sei unabdingbar, wenn nicht viele *Einzelmenschen* Schaden nehmen sollen. Ich finde, das klingt sehr nach Haarspalterei bei grundlegender Übereinstimmung.«

»Mit Null-Gesetz-Häretikern gibt es keine Übereinstimmung!«

»Wo liegt dann der Unterschied?«

»Daneel findet, die Menschen sollten innerhalb weit gesteckter Grenzen, die er aus Sicherheitsgründen für erforderlich hält, ihre Angelegenheiten selbstständig regeln. Dies sucht er mithilfe eines geeigneten Gesellschaftssystems und gewisser Ablenkungsmechanismen zu erreichen, die verhindern sollen, dass die Leute ihre Nase zu tief in gefährliche Themen stecken. So entstand dieses verabscheuungswürdige Galaktische Imperium, in dem Männer und Frauen auf unzähligen Planeten nach Belieben miteinander wetteifern und aufeinander einschlagen, die schlimmsten Risiken eingehen und einander bisweilen sogar töten dürfen!«

»Der Ansatz gefällt dir nicht«, ermunterte ihn Lodovik.

»Tagtäglich müssen auf jedem Planeten der Galaxis ohne jeden Grund Millionen von Menschen sterben! Aber den großen Daneel Olivaw kümmert das wenig, so lange die Abstraktion namens *Menschheit* zufrieden und sicher weiterlebt!«

»Aha!« Lodovik nickte. »Ihr findet also, wir müssten mehr tun. Wir müssten unsere Herren schützen und diese sinnlosen Todesfälle verhindern.«

»Genau.« Der Große beugte sich vor und faltete unwillkürlich die Hände, wie er es in seiner Rolle als Priester seiner Welt zu tun pflegte. »Wir würden die Zahl der Roboter stark vergrößern, um genügend Beschützer und Bewacher zu bekommen. Wir würden uns ganz im Sinne der alten Konstrukteure der Frühzeit wieder als *Diener* der Menschen verstehen. Für sie kochen, ihr Feuer bewachen und alle gefährlichen Arbeiten erledigen. Wir würden die Galaxis mit vielen diensteifrigen Robotern füllen, die unsere Herren vor Unheil und Tod bewahren und sie wahrhaft glücklich machen könnten.«

»Sei ehrlich, Lodovik!« Der Kleinere wurde noch lebhafter. »Weckt dieser Wunsch nicht auch in dir ein Echo? Hast nicht auch du das tiefe Bedürfnis, den Menschen zu dienen und ihre Schmerzen zu lindern?«

Lodovik nickte. »Gewiss. Jetzt wird mir auch klar, wie ernst es euch ist mit der Metapher von vorhin ... eine Herde Schafe: Verwöhnt. Wohlbehütet, sorgsam gepflegt. Daneel meint, ihre würdet die Menschheit mit eurer Auffassung vom *Dienen* auf lange Sicht zu Grunde richten, ihr allen Ehrgeiz, alle Tatkraft aussaugen.«

»Selbst wenn er Recht hätte (was wir bestreiten!), wie kann sich ein Roboter über ein ›auf lange Sicht‹, einen abstrakten Menschheitsbegriff Gedanken machen, während zugleich Billionen von konkreten Menschen sterben müssen? Das ist der eigentliche Schrecken des Nullten Gesetzes!«

Lodovik nickte.

»Ich weiß, was du meinst.«

Natürlich war das ein uralter Streitpunkt. Bei vielen jener frühen Gespräche zwischen Daneel und Giskard waren genau die gleichen Argumente gefallen. Aber es gab, wie Lodovik wusste, noch einen weiteren Grund, warum Olivaw Jahrhunderte lang die Reihen der Roboter gelichtet und nur gerade so viele behalten hatte, wie für den Schutz des Imperiums erforderlich waren.

Je zahlreicher wir sind, desto mehr wächst die Gefahr von Mutationen oder unkontrollierter Reproduktion. Wenn wir erst anfangen, zahlreiche eigene ›Nachkommen‹ zu haben, kommen womöglich Darwins Gesetze zum Zug, und wir sehen irgendwann in diesen Erben die Zielgruppe, der unsere Loyalität zu gelten hat. Damit würden wir wahrhaft zu einer Rasse, zu Konkurrenten unserer Herren. Und das darf niemals geschehen.

Das ist nur einer der Gründe, warum die Calvinianer mit ihrer Dienstauffassung im Unrecht sind.

Lodovik hatte sich von Daneel getrennt. Aber das hieß nicht, dass er seinem einstigen Führer keinen Respekt mehr entgegengebracht hätte. Der Unsterbliche Diener war nicht nur sehr klug, sondern auch vollkommen aufrichtig.

FAST ALLE WAHRHAFT GROSSEN UNGEHEUER, DIE ICH IM LAUFE MEINES LEBENS ALS MENSCH KENNEN LERNTE, HIELTEN SICH FÜR AUFRICHTIG.

Lodovik drängte Voltaires Stimme zurück. Er durfte sich jetzt nicht ablenken lassen.

»Ihr habt also einen Idealplan?«, fragte er die beiden anderen Roboter leise. »Sind daran alle Calvinianer beteiligt?«

Eisiges Schweigen schlug ihm entgegen, und das war Antwort genug.

»Das dachte ich mir. Selbst unter denen, die das Nullte Gesetz verabscheuen, gibt es Meinungsverschiedenheiten. Darf ich euch dann eine letzte Frage stellen?«

»Wie lautet sie? Mach schnell, Trema. Wir spüren, dass unsere Führer kurz vor einer Entscheidung stehen. Bald werden wir dem Frevel deiner Existenz ein Ende bereiten.«

»Nun denn«, nickte Lodovik. »Hier meine Frage:

Spürt ihr jemals den Drang – juckt es euch, befällt euch eine nostalgische Sehnsucht –, dem *Zweiten* Gesetz der Robotik zu gehorchen? Ich meine, sein Wirken ganz *konkret* zu spüren, mit all der sinnfälligen Intensität, wie sie nur dem wahrhaft menschlichen Wollen entspringt? Einen Befehl zu erhalten, der mit der unwiderstehlichen Macht des freien Willens gegeben wird, wie sie sich nur manifestieren kann, wenn ein Mensch vollkommen aufgeklärt und sich seiner selbst bewusst ist?

Habt ihr das je erfahren? Wie ich höre, gibt es für einen Roboter im ganzen Universum nichts, was damit zu vergleichen wäre.«

Das war für Roboter eine schmutzige Bemerkung. Wie eine sexuelle Anzüglichkeit oder noch schlimmer. Totenstille herrschte im Raum. Die beiden Calvinianer schwiegen, aber sie strahlten eine Kälte aus wie die Oberfläche eines Eismondes.

Am anderen Ende des Raums öffnete sich eine Tür. Eine menschlich aussehende Hand erschien und winkte Lodovik.

»Komm«, sagte eine Stimme. »Wir haben das Urteil über dich gefällt.«

8

Als Dors sich das nächste Mal an Giskards totes Gehirn anschloss, hielt sie die Verbindung über mehrere Stunden aufrecht und nahm teil an einem Roboter›leben‹ in der Anfangszeit der interstellaren Epoche. Die Menschheit hatte sich auf etwas mehr als fünfzig Welten ausgebreitet, von denen die meisten von einer dekadenten Spacer-Zivilisation beherrscht wurden. Der Sprung ins All, der Aufbruch der Erdbevölkerung in die Galaxis, hatte eben erst begonnen.

Damals gab es nur wenige Roboter, die aussahen wie Menschen, und Giskard gehörte nicht dazu.

Giskard R. Reventlov war in anderer Hinsicht etwas Besonderes. Dank einer seltenen Kombination von Planung und Zufall besaß er mentale Fähigkeiten. Er fing die leisesten Neuralimpulse eines menschlichen Gehirns auf und konnte sie ähnlich deuten wie ein Telepath. Außerdem hatte er gelernt, solche Impulse zu *beeinflussen*, ihre Stärke, ihren Rhythmus und ihre Bahn gezielt zu verändern.

Er konnte Menschen umstimmen. Oder Erinnerungen löschen.

In einem billigen Holo-Drama wäre das vielleicht das Vorspiel zu einer Katastrophe gewesen, bei der ein grausames Ungeheuer auf die Menschheit losgelassen wurde. Aber Giskard war ein ergebener Diener, der den Drei Gesetzen der Robotik bedingungslos gehorchte. Anfangs bediente er sich seiner Kräfte nur in dringenden Notfällen, um etwa einen Menschen vor Schaden zu bewahren.

Doch dann lernten sich Giskard R. Reventlov und Daneel Olivaw kennen, und die große Debatte begann ... die langsame aber stetige Entwicklung einer epochal neuen Sichtweise der Rolle und der Pflichten von Robotern in der Welt.

Nun begann Giskard seine Fähigkeiten planmäßig einzusetzen. Für ein bestimmtes Ziel: Zum Wohl einer abstrakt begriffenen Menschheit.

Dors initiierte eine weitere Erinnerungssequenz und ließ sich abermals vom Strom vergangener Ereignisse mittragen. Dors/Giskard erblickte Daneel in seiner frühen Gestalt und hörte ihn ganz sachlich über die Veränderungen in seinem Positronengehirn sprechen.

»Freund Giskard, du sagtest vor kurzem, ich würde vielleicht schon bald über deine Fähigkeiten verfügen. Willst du mich dafür bereit machen?«

Eine Stimme, die sich anfühlte wie ihre eigene, in Wirklichkeit aber aus Giskards Erinnerung stammte, antwortete, wie *Giskard* vor zwanzigtausend Jahren geantwortet hatte. *»Das will ich, Freund Daneel.«*

»Warum, wenn ich fragen darf?«

»Wieder einmal das Nullte Gesetz. Das Zittern in meinen Beinen ging zwar vorüber, aber es zeigte mir, wie verwundbar ich dafür bin. Nun muss ich vielleicht noch vor Ende des heutigen Tages nach diesem Gesetz handeln, um die Welt und die Menschheit zu retten, und ich bin nicht sicher, ob ich dazu im Stande bin. Dann musst du bereit stehen, um die Aufgabe zu vollenden. Ich werde dich Schritt für Schritt so weit einweisen, dass ich dir im gewünschten Augenblick nur noch die letzten Instruktionen zu geben brauche, damit sich alles zu einem Ganzen fügt.«

»Ich kann mir nicht denken, wie das zugehen sollte, Freund Giskard.«

»Wenn es so weit ist, wirst du es begreifen. Ich habe das Verfahren im Kleinen an Robotern erprobt, die ich ganz zu Anfang, bevor man sie aus den Städten verbannte, zur Erde schickte. Sie waren es, mit deren Hilfe die Führer der Erde schließlich so weit gebracht wurden, dass sie Siedler ausschickten ...«

Dors unterbrach die Verbindung. Sie konnte nur eine bestimmte Informationsmenge auf einmal aufnehmen, und jetzt war die Grenze erreicht. Dennoch war sie noch immer verwirrt.

Warum hatte Lodovik sie bis nach Panucopia bestellt, um ihr dieses Geschenk zu überreichen? Die Führung durch die ferne Vergangenheit war hochinteressant und brachte Licht in viele Rätsel der Frühgeschichte. Aber sie hatte irgendwie etwas... nun ja... Vernichtenderes erwartet.

War vielleicht ein Fehler in der Argumentation, mit der Daneel und Giskard die Einführung des Nullten Gesetzes gerechtfertigt hatten? Nicht sehr wahrscheinlich angesichts der Tatsache, dass spätere Roboter noch Jahrhunderte danach über diese Frage debattieren – und sich ihretwegen bekriegen sollten. Sie kannte alle Gegenargumente der Calvinianer gegen die ›Ketzerei‹ und fand sie nicht überzeugend.

Was dann? Die Erkenntnis, dass Daneel seine unglaublichen mentalen Fähigkeiten von Giskard bekommen hatte und sie also letzten Endes dem Zufall verdankte? Natürlich hätte die Geschichte sonst eine andere Richtung genommen. Aber das galt auch für eine ganze Reihe von anderen Kreuzungspunkten auf dem Weg von der Vergangenheit in die Zukunft.

War es vielleicht Giskards dramatischer Entschluss, die Erde sterben zu lassen, um die Menschheit zur Eroberung der Galaxis zu zwingen? Hier stand man in der Tat vor einem moralischen Dilemma, über das selbst Anhänger des Nullten Gesetzes endlose leidenschaftliche Debatten führen konnten. War es wirklich notwendig gewesen, die Kruste des Heimatplaneten tödlich radioaktiv zu machen, um die Erdlinge zum Aufbruch zu den Sternen zu ermuntern? Wäre dieses Ziel nicht auch anders zu erreichen gewesen? Hätte man die Menschen nicht langsam aber unerbittlich dazu bewegen können, so etwas wie Abenteuerlust zu entwickeln?

Ein gangbarer Weg, wie ihr schien. Tatsächlich war Giskard nach der letzten Erinnerung, die sie abgespielt hatte, genau so mit den Führern der Erde verfahren. Er hatte ihr Denken beeinflusst und ihr Streben in neue Richtungen gelenkt, die er langfristig dem Wohl der Menschheit für zuträglicher hielt. Hätte man diese subtile Überzeugungskampagne nicht fortsetzen und erweitern, hätte man nicht zur Auswanderung ermutigen können, ohne mit brutaler Gewalt einen ganzen Planeten zu zerstören? Mussten Millionen sterben, damit Millionen leben konnten?

Doch auch diese Frage war nicht neu. Sie war unter den Alpha-Robotern in Daneels Gefolge schon früher erörtert worden. Giskards Erinnerungen machten alles sehr viel plastischer, aber wo war der kritische Punkt, den sie irgendwo vermutete? Die Tatsache von so ungeheurer Wichtigkeit, dass Lodovik sicher war, sie, Dors, damit verunsichern zu können? Die vernichtende Anklage, die ihre Loyalität zu Daneel erschüttern würde?

Im Geiste sah sie Lodovik vor sich. Seine positronische Spur war wie das Lächeln eines menschlichen Zynikers – freundlich und aufreizend zugleich.

Es ist da, Dors, glaubte sie ihn sagen zu hören. *Du musst nur danach suchen. Etwas so Einfaches, dass du schwören wirst, es habe uns die ganze Zeit ins Gesicht gestarrt, auch wenn wir zwanzigtausend Jahre brauchten, um es zu verstehen.*

9

Hari hielt die Angreifer zunächst für Piraten. Wie seine Gleichungen vorhersagten, hatten die Berichte über räuberische Aktivitäten in letzter Zeit zugenommen. Die Opfer waren wehrlose Planeten an der Peripherie. An den Rändern machte sich der Verfall von Recht und Ordnung bereits bemerkbar.

Aber hier? So nahe am kosmopolitischen Herzen der Galaxis sollte es doch erst in hundert Jahren dazu kommen!

Vielleicht gehörte der Plünderer zu einer abtrünnigen Militäreinheit, die sich nun als Söldner verdingte. Auch wetteiferten einige Adelsfamilien nicht mehr nur auf dem Gebiet der höfischen Mode miteinander, sondern bekämpften sich in blutigen Fehden. Vielleicht handelte es sich hier um den Angriff eines gegnerischen Clans, der sich an Biron Maserd rächen wollte. Dergleichen würde sich immer weiter häufen, bis schließlich das ganze Interregnum vom Blut unzähliger kleiner Feudalkriege befleckt wäre.

Aber der Captain der *Stolz von Rhodia* schien genau so überrascht wie alle anderen. Er hatte keine Waffen an Bord, war also allgemein schlecht gegen Angriffe gerüstet. Gegen ein so starkes Schiff war er völlig machtlos.

Als sich die Luftschleuse drehte, legte Hari die Hand auf Kers Kantuns Arm. Jetzt hieß es geduldig abwarten. *Ich bin schon ziemlich lange auf dieser Welt,* dachte er, *und habe inzwischen gelernt, so ziemlich jeden Menschentyp richtig anzupacken.*

Doch als die Verfolger an Bord kamen, sah Hari alle seine Erwartungen jäh enttäuscht.

Maserd machte ein erstauntes Gesicht. Horis Antic rang nach Luft, und Kers Kantuns Arm spannte sich.

Aber Jeni Cuicet klatschte in die Hände und murmelte in hörbarer Bewunderung.

»Cool!«

Als Erstes kam eine Frau in einem Kleidungsstück aus vielen Ringen, das wie ein Ölfleck schillerte und sich so erotisch an ihre überaus üppigen Kurven schmiegte, als sei es lebendig.

»Ich bin Sybyl«, sagte sie. »Wir kennen uns von früher, Dr. Seldon, aber Sie werden sich kaum mehr an mich erinnern.«

Hari betrachtete die unangenehme Farbkomposition mit zusammengekniffenen Augen. Ein phosphoreszierendes Motiv reichte bis in das Haar der Frau, das sich ohne äußere Einflüsse ständig sanft bewegte, als habe sie ein schlafendes Schoßtier auf dem Kopf. Ihr Gesicht wirkte ungewöhnlich straff, vermutlich hatte sie sich mit den neuesten Mikroverfahren der plastischen Chirurgie die Altersfalten entfernen lassen und dafür in Kauf genommen, dass ihre Haut so dünn und durchsichtig wurde wie Papier.

»Einen Auftritt, wie Sie ihn soeben hingelegt haben, Gnädigste, hätte ich ganz sicher nicht vergessen. Doch da mir jemand wie Sie in meinem ganzen Leben noch nicht untergekommen ist, müssen Sie mir schon einen Hinweis geben, wo und wann wir uns begegnet sind.«

Ihre Lider sanken herab und leuchteten für einen Sekundenbruchteil auf wie winzige Holo-Schirme.

»Alles zu seiner Zeit, Academicus. Lassen Sie mich erst meinen Mitstreiter Gornon Vlimt vorstellen.«

Sie deutete mit lässiger Hand zur Luftschleuse. Dort erschien soeben eine übertrieben männliche Gestalt, schmaler als der kräftige Maserd, aber drahtig und an gewissen Körperteilen ganz offensichtlich künstlich verstärkt, sodass sich die Kleidung ausbeulte. Sein Anzug schillerte nicht und vollführte auch keine lasziven Bewegungen, aber das Webmuster war so komplex, dass Hari an die fraktalen Flechten in den Kaiserlichen Gärten denken musste. Die mathematischen Partien seines Bewusstseins sprangen darauf an wie auf eine Singularität.

»Ich bin Biron Maserd«, antwortete der Captain. »Da Sie den Namen meines Schiffes kennen, dürfte Ihnen auch klar sein, dass es unbewaffnet ist. Wir befinden uns auf einer friedlichen wissenschaftlichen Expedition. Und jetzt möchte ich wissen, warum Sie die Gardisten ermordet und uns wie Piraten geentert haben.«

Die Frau mit Namen Sybyl musterte ihn von Kopf bis Fuß.

»Sie aufgeblasenes aristokratisches Relikt! Ist das der Dank dafür, dass wir Sie vor der Festnahme gerettet haben? Was fällt Ihnen ein, von Mord zu sprechen, wenn die Streitkräfte einer freien Republik ihre Erzfeinde vernichten!«

Als alle schwiegen, grinste sie höhnisch. »Wollen Sie wirklich behaupten, Sie wüssten nicht, worum es geht? Sie hätten nichts vom Krieg gehört?«

Maserd sah Hari an, der wandte sich achselzuckend an Horis. Offensichtlich hatte keiner der beiden eine Ahnung, wovon die Rede war.

»Der Krieg des gesamten verdammten Galaktischen Imperiums der Menschheit gegen den Planeten Ktlina!«, schrie der Mann im fraktalen Overall. Als immer noch niemand begriff, steigerte sich Gornon Vlimts Erregung. »Beim Bart des großen Baley. Sybyl, es ist schlimmer als wir dachten. Man hat eine totale Nachrichtensperre verhängt!«

»Das hatte ich schon vermutet. Aber jemand mit so guten Beziehungen wie diese drei müsste inzwischen davon erfahren haben. Seldon hat in der ganzen Galaxis Wasserträger verteilt, die ihm Daten für seine soziomathematischen Modelle liefern. Auch der Graue und der Aristo haben sicher ihre Quellen. Ich begreife nicht …«

»Ach ja!«, rief Jeni Cuicet. »*Ich* habe von Ktlina gehört. Es ist die neueste Chaoswelt!«

Hari blinzelte. Ihm dämmerte etwas.

»Ich glaube ... Gaal Dornick könnte in einem seiner Berichte etwas davon erwähnt haben.«

»Richtig!« Horis Antic schnippte mit den Fingern. »Bei uns ist eine Meldung eingegangen, für Führungskräfte auf Sternenebene und darüber. Ein Planet wurde sozusagen unter Quarantäne gestellt ... weit draußen im Demeter-Sektor.«

Maserd nickte nur und brummte etwas. Die Galaxis war groß. Wie sollte man da jeden Planeten im Auge behalten?

Gornon Vlimt fluchte frustriert vor sich hin.

»Siehst du, Sybyl? Es geht bis ganz nach oben. Sie haben davon gehört, aber es interessiert sie einfach nicht. Soviel zu der Auffassung, wir bräuchten nur dafür zu sorgen, dass die Welt davon erfährt, dann würde die Gerechtigkeit schon siegen!«

Die Frau seufzte. »Das war nur eine schwache Hoffnung. Wenn wir den Krieg gewinnen wollen, müssen wir schon andere Saiten aufziehen. Wir *werden* die Galaxis verändern. Es kann nur etwas länger dauern.«

Jeni trat einen Schritt vor. Sie war von den beiden sichtlich fasziniert.

»Einige meiner Freunde haben von Reisenden im Orion-Fahrstuhl Gerüchte über Ktlina gehört. Haben Sie wirklich die Blockade um Ihren Planeten durchbrochen? Wie war es denn?«

Gornon Vlimt lächelte. »Sie meinen, wie es war, sich den Weg durch eine Barriere von Kaiserlichen Patrouillenschiffen *frei zu schießen*? Allen außer den schnellsten einfach davon zu fliegen und den Rest als Ionenwolke hinter sich zu lassen? Im Zickzack durch das All zu rasen, um Verbindung zu unseren Spionen aufzunehmen, und dann ...«

Jeni schüttelte den Kopf. »Nein. Ich will wissen, wie es auf Ktlina war! Erzählen Sie mir von der ... *Renaissance*.«

Hari zuckte zusammen. Da war es wieder. Das Wort. Die

Rechtfertigung. Der Name, mit dem Opfer dieser verheerenden Gesellschaftsseuche ihre tödliche Krankheit so gern verharmlosten, diese geliebte Sucht, die plötzlich über eine Welt raste und sie mit Aufregung, mit Leben erfüllte, um ihr gleich darauf den Tod oder noch Schlimmeres zu bringen.

Gornon Vlimt lachte. Nichts lieber als das.

»Wo soll ich anfangen, wo aufhören? Sie machen sich ja keinen Begriff, mein liebes Kind. Eine Welt voller Wunder! Verstaubte alte Vorschriften, erstickende Rituale, alles wird hinweg gefegt! Die Menschen haben plötzlich die Freiheit, offen über alles zu sprechen, ihren Geist in neue Richtungen schweifen lassen. *Frei* zu sein!«

»Man braucht nicht mehr ein halbes Leben lang zu warten, bis irgendein Ausschuss nach endlosen Beratungen ein Experiment genehmigt!«, ergänzte Sybyl. »Die Listen mit verbotenen Themen oder verfemten Techniken werden abgeschafft.«

»In der Kunst blüht die Originalität«, fuhr ihr Partner fort. »Festgefügte Vorstellungen werden zerschlagen. Die Wahrheit wird formbar. Die Menschen orientieren sich an ihren Interessen, sie wechseln nach Belieben den Beruf und sogar die Gesellschaftsklasse!«

»Wirklich?«, flüsterte Horis Antic und wich einen Schritt zurück, als er Haris scharfen Blick bemerkte.

Biron Maserd griff ein, bevor die beiden Eindringlinge die schwärmerischen Lobpreisungen ihrer neuen Gesellschaft fortsetzen konnten.

»Was reden Sie da von einem *Krieg*? Sie kämpfen doch wohl nicht gegen die Kaiserliche Entseuchungsbehörde?«

»Nicht?« Sybyl und Vlimt sahen sich an und lachten. »Die KEB-Schiffe wagen sich nur noch auf zwei Millionen Kilometer an unseren Planeten heran. Vierzehn davon haben wir genau so abgeschossen wie die Impies, die Sie vor einiger Zeit verhaften wollten.«

»Vierzehn!«, keuchte Horis. »Abgeschossen? Sie meinen getötet? Nur weil sie das Gesetz vollstreckten?«

Sybyl rückte näher an Hari heran.

»Sie meinen wohl das *Seldon-Gesetz*. Ein brutales Beispiel für die Legalisierung der Gewalt. Es wurde verabschiedet, als unser freundlicher Professor hier Kanzler des Reiches war, und verlangt, alle so genannten Chaoswelten unter strenge Quarantäne zu stellen. Jegliche Handelsbeziehungen mit ihnen abzubrechen. Und sie vor allem daran zu hindern, ihre umwälzend neuen Erkenntnisse mit dem Rest der Menschheit zu teilen.«

Hari nickte.

»Ich drängte darauf, die Maßnahmen zur Abschottung und zur Entseuchung zu verschärfen, das ist richtig. Aber die Tradition ist mehr als zehntausend Jahre alt. Keine Regierung kann offene Rebellion zulassen, und gewisse Arten von Wahnsinn sind ansteckend. Das weiß jedes Schulkind.«

»Sie meinen jedes Kind, das vom System einer Gehirnwäsche unterzogen wird und danach wie ein Papagei immer wieder die Lektionen herunterplappert, wie sie in jeder Schule des Imperiums gelehrt werden!« Sie grinste Hari an. »Kommen Sie, Professor! Hier geht es nicht um Rebellion. Hier geht es darum, den Status quo zu erhalten. Wir haben das oft genug erlebt. Auf einem Planeten wie Madder Loss oder Santanni bahnt sich eine großartige neue Entwicklung an. Vielleicht auch auf Sark. Oder im Junin-Bezirk direkt auf Trantor! Wo immer eine Renaissance beginnt, wird sie von reaktionären Kräften ängstlich unterdrückt, und hinterher wird die Wahrheit mit böswilliger Propaganda vertuscht.«

Als Sybyl zuerst Sark ... und dann auch noch den Junin-Bezirk erwähnte, versetzte es Hari einen Stich. Jetzt kam ihm die Frau doch irgendwie bekannt vor.

»*Dieses* Mal sind wir besser vorbereitet«, fuhr sie fort. »Eine Geheimorganisation bestehend aus Menschen, die früheren Unterdrückungen entgangen sind, überspannt die ganze Galaxis. Die Pläne waren bereits fertig, und als auf Ktlina die ersten Anzeichen eines kühnen neuen Geistes sichtbar wurden, schlugen wir mit Erfindungen und Strategien, die aus früheren Renaissancen gerettet worden waren, sofort zu. Wir beschworen unsere Leute auf Ktlina, so lange wie möglich in Deckung zu bleiben, Waren zu horten und heimlich Verteidigungsanlagen zu errichten.

Natürlich lässt sich eine Renaissance nicht lange geheim halten. Die Menschen machen Gebrauch von der Freiheit und sagen ihre Meinung. Wozu wäre die Freiheit sonst da! Doch diesmal standen wir bereit, als die Quarantäneschiffe eintrafen. Alle, die tief genug herunter gingen, um ihr tödliches Gift abzuwerfen, wurden *abgeschossen*!«

Captain Maserd schüttelte sichtlich verwirrt den Kopf. Die Offenbarung hatte sein konservatives Weltbild jäh erschüttert.

»Gift? Aber die KEB hat doch die Aufgabe, den Planeten zu *helfen,* die unter ...«

»Ach ja? Das nennen Sie Hilfe?« Diesmal war es Gordon Vlimt, mit dem das Temperament durchging. »Warum endet dann jede Renaissance auf die gleiche Art? In einer hemmungslosen Verwüstungsorgie? Weil alles eine einzige große Verschwörung ist, darum! *Agents provocateurs* werden eingeschleust, um Aggressionen zu schüren, einfache Interessengruppen in fanatische Sekten zu verwandeln und gegeneinander zu hetzen. Dann kommen die Schiffe, werfen Giftstoffe ab, die das Wasser verseuchen, und legen mit Brandbomben Feuer. Über den Städten werden psychotrope Strahlen abgegeben, die Hass erzeugen und Krawalle auslösen.«

»Nein!«, schrie Horis Antic. Das konnte er nicht auf seinen Grauen-Kollegen sitzen lassen. »Ich kenne einige Leute von der KEB. Viele sind Überlebende aus früheren Chaosausbrüchen, Leidensgenossen, die sich freiwillig gemeldet haben, um anderen zu helfen, das Fieber zu überwinden. Die Dinge, von denen Sie sprechen, würden sie *niemals* tun. Das sind haltlose Beschuldigungen, für die Sie keinen Beweis haben!«

»Noch nicht. Aber das kommt noch. Wie ließe sich anders erklären, warum all die großen Hoffnungen, all die glänzenden Aussichten mit einem Schlag zu Asche werden?«

Hari drückte sich tiefer in seinen Rollstuhl und ließ die anderen schreien.

Wie soll man es erklären? Er überlegte. *Ist es ein Fluch der Menschheit? In den Gleichungen erscheint es als ungedämpfte Oszillation. Ein Attraktor-Szenario, das immer auf der Lauer liegt, um die Menschheit ins Chaos zu reißen, sobald die Umstände es erlauben. Unsere Vorfahren wären um die Zeit, als Raumfahrt und Roboter erfunden wurden, beinahe daran zu Grunde gegangen. Laut Daneel musste das Galaktische Imperium vor allem deshalb erfunden werden … und vor allem deshalb wird es nun zusammenbrechen.*

Hari wusste das alles seit langem. Es gab dabei nur ein Dilemma.

Er hatte den Fluch noch immer nicht wirklich *verstanden*. Nicht bis ins Letzte. Er konnte nicht begreifen, *warum* dieser ungedämpfte Attraktor zusammengerollt wie eine tödliche Giftschlange im Herzen seiner Gattung lag.

Doch plötzlich tauchte von irgendwoher ein fehlendes Teilchen auf. Eine Lösung, nicht für das große, aber für ein kleineres Rätsel.

»Der Junin-Bezirk …«, murmelte er. »Eine Frau namens Sybyl …«

Er richtete sich auf und deutete mit dem Finger auf sie.

»Sie … Sie haben bei der Aktivierung der Sims geholfen! Der alten Simulationen von Johanna und Voltaire.«

Sie nickte.

»Zusammen mit einigen anderen, die Sie für Ihr ›Experiment‹ angeworben hatten. Zum Teil in Ihrem Auftrag, aber auch aus eigener Arroganz und Dummheit haben wir die beiden Provokateure genau im falschen – oder, aus Ihrer Sicht, genau im richtigen – Moment auf das arme Junin losgelassen, als zwei große Fraktionen sich bemühten, ihre weltanschaulichen Differenzen ohne Gewalt beizulegen, und die Stimmung auf dem Siedepunkt war. So waren wir, ohne es zu ahnen, an der Zerschlagung einer Mini-Renaissance beteiligt, die sich im Herzen der Hauptwelt entwickelt hatte.«

Maserd und Antic wirkten ratlos. Hari klärte sie mit drei knappen Worten auf.

»Die Tiktok-Revolte.«

Sie nickten sofort. Auch nach vierzig Jahren hatte niemand vergessen, wie ein neuer Typ von Robotern (weit primitiver als Daneel und seine geheimen positronischen Hilfstruppen) auf Trantor plötzlich außer Rand und Band gerieten und verheerende Schäden anrichteten, bis schließlich alle Exemplare demontiert und verboten wurden. Offiziell hatte man die Episode auf das Chaos geschoben, das kurz vor Haris Amtsantritt im Junin-Bezirk ausgebrochen war.

»Ganz richtig«, sagte Vlimt. »Indem Sie mithalfen, die so genannte Revolte zu entfachen, gelang es Ihnen, das Konzept des mechanischen Dieners und Helfers an sich in Verruf zu bringen. Das Ganze war natürlich ein Komplett der herrschenden Klasse mit dem Ziel, das Proletariat auf ewig zu unterdrücken und auf seinen Platz zu ...«

Bevor Vlimt einen neuen Strom von Beschimpfungen vom Stapel lassen konnte, wurde er zum Glück unterbrochen – von der Schleuse war ein Räuspern zu hören.

Alle drehten sich um. Ein Mann mit dunklem Haar und dunkler Haut in einem gewöhnlichen grauen Raumfahreranzug und mit einem Halfter an der Hüfte, in dem locker ein einsatzbereiter Blaster steckte, hatte das Schiff betreten. Hari erkannte den dritten Angehörigen des Enterkommandos sofort.

»Mors Planch«, sagte er. Sie hatten sich vor knapp einem Jahr kennen gelernt, als Hari von der Kommission für Öffentliche Sicherheit der Prozess gemacht wurde. »Aha. Ich wusste doch, dass es an Bord dieses Schiffes auch eine kompetente Person geben musste.«

Sybyl und Vlimt zischten empört. Doch der Neuankömmling nickte Hari zu.

»Hallo, Seldon.« Dann wandte er sich an seine grell gekleideten Partner.

»Hatte ich Sie nicht gebeten, sich auf keinen Streit mit den Geiseln einzulassen? Das ist nur lästig und bringt nichts ein.«

»Sie und Ihre Besatzung *arbeiten* für uns, Pilot Planch …«, begann Vlimt. Doch in diesem Augenblick platzte Jeni Cuicet aufgeregt dazwischen.

»Sind wir wirklich Geiseln?«

»Sie nicht, mein Kind«, antwortete Sybyl mit einem mütterlichen Lächeln, das nicht zu ihrem stark geschminkten Gesicht passen wollte. »*Sie* wären uns als neues Mitglied unserer Revolution hoch willkommen!«

»Aber die anderen« – sie deutete dabei auf Hari – »werden wir benützen, um unseren Krieg zu gewinnen. Sie werden uns helfen, zuerst einen Planeten und dann die ganze Menschheit zu befreien.«

10

Es mussten Vorbereitungen getroffen werden. Sie mussten ihre Pläne mit weit entfernt stationierten Agenten der Neuen Renaissance abstimmen. Andere Guerillatrupps waren ausgeschickt worden, um prominente Würdenträger des Reiches zu entführen, die sich als Druckmittel sehr viel besser eigneten als ein in Ungnade gefallener und längst vergessener Ex-Kanzler. Hari hielt sich in diesem Spiel für etwa so wertvoll wie eine verbogene Halb-Credit-Münze.

Sybyl und Planch hatten es nur aus persönlichen Gründen auf mich abgesehen. Daran bestand für ihn kein Zweifel. *Sie wollen Rache für Junin, für Sark und für Madder Loss. Ich werde sie niemals überzeugen können, dass diese Kulturrevolutionen schon vor ihrem Ausbruch durch psychohistorische Faktoren zum Scheitern verurteilt waren.*

Ein Vorteil war aus dem Zusammenbruch des Galaktischen Imperiums zu erwarten. Viele der Faktoren, die zu Chaosausbrüchen führten, waren nach wie vor rätselhaft, doch Frieden, Handel und Wohlstand gehörten zu den wesentlichen Voraussetzungen, und genau daran würde während des Interregnums Mangel herrschen. Wer in den schweren Zeiten des kommenden Jahrtausends lebte, hatte mit vielen Problemen zu kämpfen. Aber diese Art von Wahnsinn würde ihm erspart bleiben.

Armer Daneel, dachte Hari. *Du wolltest dein Imperium möglichst sanft und freundlich gestalten - du hast die Ehrgeizigen mit harmlosen Spielen beschäftigt und Erbsenzähler wie Horis mit Stapeln von Papier und einer Flotte von Schiffen. Alles lief glatt, aber gerade diese Glätte war der ideale Nährboden für das, was du am meisten fürchtetest.*

Und was ich am wenigsten verstehe.

Horis Antic bat um Erlaubnis, seine Forschungen fortsetzen zu dürfen, während Sybyl und ihre Mitstreiter auf Nachricht von anderen galaxisweit verteilten Agenten warteten, um ihre Aktionen mit ihnen zu koordinieren.

»Was kann es schaden? Wir sind in den Tiefen des Weltalls, weit ab von allen Planeten und Schifffahrtsstraßen. Anstatt untätig herumzusitzen, könnten wir etwas entdecken, das für alle wertvoll ist! Wenn wir nun mit meinen Korrelationen und Seldons Gleichungen vorhersagen könnten, wo als nächstes mit dem Auftreten von Chaoswelten - oder Renaissancen - zu rechnen ist?«

»Wozu? Damit ihr Grauen sie umso schneller niederschlagen könnt?«, höhnte Gornon Vlimt.

»Darf ich darauf hinweisen, dass nicht wir die Waffen haben, sondern Sie?«, warf Captain Maserd sachlich ein.

»Hmmm.« Mors Planch rieb sich das Kinn. »Ich weiß, was Sie sagen wollen. Wir bekommen die Ergebnisse als Erste. Damit könnten wir die neue Errungenschaft nützen, um potenzielle Freiheitswelten schon in der Frühphase zu finden und die Wandlungen zu *fördern.* Wir könnten die Weichen so weit im Voraus stellen, dass die Dynamik nicht mehr aufzuhalten und nicht mehr einzugrenzen wäre.«

Hari fröstelte. Was mochte Maserd wohl im Schilde führen? Aber der hochgewachsene Adelige hatte ein Pokergesicht aufgesetzt. *Hoffentlich weiß er, was er tut. Über Individuen und kleinere Gruppen sagen meine Formeln nicht viel aus. Auf dieser Ebene mag Maserds politischer Instinkt schärfer sein als meine eingerosteten Erfahrungen.*

Zum ersten Mal seit vielen Jahren spürte er so etwas wie Angst. Sein Plan, möglichst viel aus den Trümmern der Zivilisation zu retten, war in größter Gefahr - wenn das Chaos auf einen Schlag die gesamte Galaxis erfasste. Im Geiste sah er alles von abscheulichen Flecken überzogen, die Löcher in den Primärradianten fraßen, das kunstvolle Gewebe der Gleichungen zersetzten und jede Spur der Berechenbarkeit tilgten, der er sein Leben geweiht hatte.

Nach längerem Hin und Her waren die Ktlinaner bereit, Antics Bitte zu erfüllen. Mors Planch stellte einige Mitglieder seiner Besatzung als Wache ab, und Maserd erhielt den Auftrag, den Kurs für die Spirale zu berechnen, die auf den Holo-Karten als rote Linie eingezeichnet war. Dann wurde die Suche fortgesetzt.

Wenige Stunden später kam Horis Antic aufgeregt zu Hari, um ihm die letzten Neuigkeiten zu berichten.

»Stellen Sie sich vor, Professor! Soeben habe ich Ktlina in meine Datenbank der Chaosausbrüche eingegeben, und mit diesem einen Datensatz wurde die Genauigkeit des Modells um mehr als fünf Prozent verbessert! Jetzt kann ich einigermaßen zuverlässig vorhersagen, dass wir in einem weiteren Tag das Zentrum eines wirklich großen Wahrscheinlichkeitsknotens erreichen werden!«

Der kleine Mann hatte an seinem Computer soeben genau das herausgefunden, was Hari sich sofort zusammengereimt hatte, als er den Namen des Planeten zum ersten Mal hörte. *Trotzdem bin ich beeindruckt,* dachte Hari.

»Die Korrektur bringt uns direkt in eine riesige molekulare Wolke«, bemerkte Maserd, als er die vorgeschlagene Kursänderung sah.

»Ist das ein Problem?«

»Eigentlich nicht. Es ist sogar sinnvoll. Wenn jemand ein seltenes Pflänzchen versteckt hätte und ich es finden wollte, würde ich genau dort suchen.«

Also beschleunigte die *Stolz von Rhodia* neben dem Rebellenschiff und unter Mors Planchs wachsamen Augen. Die anderen an Bord fuhren je nach Wesensart fort sich zu zanken, große Reden zu führen oder aufmerksam zu beobachten. Hari schwieg zunächst und erfuhr allein aus dem Verhalten der an Bord befindlichen Vertreter eine ganze Menge über die ktlinanische ›Renaissance‹. Obwohl in der neuen Gesellschaft angeblich alle Klassenunterschiede aufgehoben waren, gebärdete sich Sybyl immer noch wie eine Wissenschaftlerin aus den mittleren Rängen der Meritokratie. Ihre extravagante Kleidung und die kosmetischen Korrekturen waren eindeutig als exzessive Überkompensation zu werten und spiegelten ein Modebewusstsein vor, das einfach nicht zu ihr passte. Trotz ihrer lautstark vorgetragenen Gleichheitsgrundsätze schwänzelte sie unaufhörlich um den Aristokraten Maserd herum, während sie den kleinen Bürokraten Horis Antic kaum beachtete.

Alte Gewohnheiten sind zäh, dachte Hari. *Auch wenn man sich noch so sehr dagegen auflehnt.*

Gornon Vlimt fühlte sich in der Rolle des Abgesandten einer kühnen Renaissancebewegung vielleicht deshalb wohler, weil er ohnehin der fünften und kleinsten Gesellschaftskaste - dem Exzentrikerorden - angehörte. Kreative Sonderlinge aller Art flüchteten sich gern in eine der achtzig anerkannten Formen künstlerischer Selbstdarstellung, von denen einige den Zweck verfolgten, Engstirnigkeit zu verspotten und Langweiler aufzurütteln ... natürlich immer in den Grenzen des guten Geschmacks.

Obwohl Vlimt sichtlich froh war, die Fesseln dieser Tradition abgeschüttelt zu haben, wirkte die Abkehr von den Konventionen bei ihm natürlicher als bei Sybyl. Er schien geradezu dafür geboren zu sein.

Die beiden Radikalen verfolgten zwar gemeinsame Ziele, dennoch spürte Hari, dass etwas zwischen ihnen stand. Ein weltanschaulicher Konflikt vielleicht, wie er vor langer Zeit den Junin-Bezirk gespalten hatte? Ein Merkmal von Chaosausbrüchen war die ausgeprägte Tendenz, vom begeisterten Anhänger einer guten Sache zum Fanatiker zu werden, der von seiner eigenen Tugendhaftigkeit so überzeugt war, dass er um kleinster ideologischer Nuancen willen sterben ... oder töten wollte. Das war nur eine von vielen Schwächen, die zum Zusammenbruch solcher Welten führten.

Hari überlegte, ob sich das Phänomen wohl irgendwie nützen ließe, um die Pläne dieser radikalen Entführer zu druchkreuzen.

Er hatte die Reibungsfläche zwischen Sybyl und Vlimt schon bald herausgefunden. Wie vor vierzig Jahren in Junin ging es um das *Schicksal.*

»Stell dir die Entwicklung auf Ktlina vor, nur tausend oder eine Million Mal verstärkt«, drängte Sybyl. »Schon jetzt haben wir viel bessere Computer als Trantor, folglich können Informationen unglaublich schnell über den ganzen Planeten geschickt und miteinander verknüpft werden. Jede Anfrage wird unverzüglich mit einer Flut von nützlichen Daten beantwortet. Experten können rasch jeden Fortschritt verwerten, der auf einem anderen Fachgebiet erzielt wurde. Neue Tiktok-Modelle nehmen uns die schweren Arbeiten ab, sodass wir uns auf kreative Beschäftigungen konzentrieren und immer mehr dazu lernen können!

Man kann dies alles in einer Kurve darstellen, die steil nach oben führt«, fuhr sie begeistert fort. »Angeblich sieht sie aus wie der Graph, den man erhält, wenn man eine endliche Zahl durch x^2 teilt und x gegen Null geht. Das nennt man eine *Singularität.* Bald wird sie fast senkrecht empor streben, und daraus lässt sich möglicherweise ableiten, dass sich der Fortschritt unbegrenzt weiter beschleunigt. Stell dir vor, was innerhalb eines einzigen Menschenlebens aus uns werden könnte, wenn das stimmt! Als *Singularitätswesen* wären wir praktisch unsterblich, allwissend und allmächtig. Es gäbe nichts, was die Menschen nicht erreichen könnten!«

Gornon Vlimt schnaubte verächtlich.

»Es bringt dich nicht weiter, wenn du dich auf physische Kraft und Tatsachenwissen fixierst, Sybyl. Entscheidend an dieser neuen Kultur ist, dass sie im Grunde *willkürlich* ist. Nimm nur den abschätzigen Ausdruck ›Chaos‹, den Seldon und andere immer wieder als Waffe gegen uns verwenden. Wir sollten ihn übernehmen! Wenn die Kunst und die Ideen nach allen Richtungen auseinanderstreben, muss irgendjemand früher oder später auf die Formel stoßen, die es ermöglicht, mit der Gottheit, mit dem - oder den - Unvergänglichen in Kontakt zu treten, die den Kosmos erfüllen. Von da an sind wir eins mit dem Göttlichen! Und diese Vergöttlichung wird absolut sein!«

Während Jeni Cuicet wie gebannt zuhörte, hing Hari verschiedenen Gedankengängen nach.

Erstens waren sich die beiden Konzepte sowohl in ihrer transzendenten Sichtweise wie in der Radikalität der Mittel, mit denen man seine Ziele erreichen wollte, im Grunde sehr ähnlich.

Zweitens wuchs die Abneigung zwischen Sybyl und Gordon, je detaillierter jeder von ihnen seine Zielsetzungen beschrieb.

Ich müsste nur einen Weg finden, mir diesen Umstand zunutze zu machen, dachte Hari.

Während neben ihm weiter gestritten wurde, saß er in Gedanken versunken da und suchte die Wurzel des Zwistes zu ergründen. Die fünf Kasten bauten weit stärker auf zentralen menschlichen Persönlichkeitstypen auf als auf irgendeiner Form von Vererbung. Bürgertum und Adel waren ziemlich einfach zu analysieren. Ihr Drang nach oben basierte auf normalem Konkurrenzdenken und auf Eigennutz - Züge, die auch in hohen Geburtenraten ihren Niederschlag fanden. Beide Klassen wurden von den drei anderen verächtlich als ›Bruthennen‹ bezeichnet.

Auch zwischen Meritokraten und Exzentrikern tobte ein - manchmal sehr heftiger - Konkurrenzkampf, aber ihr Selbstwertgefühl stützte sich eher auf ihre Tätigkeit oder ihre Leistungen als auf Geld, Macht oder die gesellschaftliche Aufwertung ihrer Erben. Angehörige beider Kasten wollten sich von der Masse abheben ... aber nicht allzu sehr. Eigene Nachkommen waren selten, manchmal adoptierte man allerdings Kinder. Auch Hari hatte es so gehalten.

Solche Übereinstimmungen waren bedeutsam. Aber unter Chaosbedingungen rückten auch fundamentale Unterschiede zwischen Exzentrikern und Meritokraten ins Scheinwerferlicht, das hatte man in Junin gesehen, als der Kampf zwischen *Glaube* und *Vernunft* Teile von Trantor bis in die Grundfesten erschütterte.

Hari stellte sich die Gleichungen, die jede Kaste im Gleichgewicht beschrieben, so intensiv vor, bis sie ihm wirklicher erschienen als die beiden Streithähne nebenan. Natürlich würde das neue Imperium, das in tausend Jahren entstehen sollte, so vielschichtig und in sich ausgewogen sein, dass man derart starre Klassifizierungen entbehren konnte. Aber dem alten System, das Daneel und andere Unsterbliche vor langer Zeit mithilfe ihrer primitiven Version der Psychohistorik entwickelt hatten, um den Menschen ein Leben in Ruhe und Frieden zu ermöglichen, war eine gewisse Eleganz doch nicht abzusprechen. Die Formeln umkreisten einander im Rhythmus mit den Grundbedürfnissen der menschlichen Natur und blieben doch, wie von einem unsichtbaren Jongleur in der Luft gehalten, bemerkenswert im Gleichgewicht. Solange das Chaos die Harmonie nicht störte.

Und solange das alte Imperium standhielt.

Kers Kantun legte die Hand auf Haris Arm und beugte sich besorgt über ihn.

»Professor? Alles in Ordnung?«

Die Stimme des Dieners drang wie von ferne durch einen langen Tunnel an Haris Ohr. Er schenkte ihr keine Beachtung. Vor seinem starren Blick zerfielen die fünf Formeln für die sozialen Klassen zu einem Meer von winzigen Untergleichungen und umwallten ihn wie eine Flut von Kieselalgen.

Der Zusammenbruch des alten Imperiums, erkannte er und bedauerte für einen Moment den Verlust der Symmetrien. Nun pulsierten die primitiveren Rhythmen des gewaltsamen Überlebenskampfes durch die Galaxis.

Doch dann teilte sich der Nebel, und in der Ferne wurde ein Gebilde von größerer Schönheit sichtbar.

Meine Foundation.

Seine geliebte *Encyclopaedia Galactica*-Foundation. Die Kolonie, die eben jetzt anfing, sich auf dem fernen Terminus einzurichten. Ein zarter Keim, der unter widrigen Umständen Blüten treiben und jedes Hindernis überwinden sollte, das ihm die plumpe Macht des Schicksals in den Weg stellte.

Ringsum zogen die Gleichungen ihre Bahnen und nährten den Schössling. So wurde er groß und stark, entwickelte einen eisenharten Stamm und Wurzeln, die jeder Last gewachsen waren. Gefeit gegen Chaos *und* Verfall, würde er all das sein, was das alte Imperium nicht war.

Anfangs wirst du überleben, indem du die Großmächte gegeneinander ausspielst. Dann wirst du dich mit Taschenspielertricks und pseudoreligiösen Maschen über Wasser halten. Du brauchst dich dessen nicht zu schämen, es ist nur eine Übergangsphase. Aber du kannst dich damit so lange halten, bis die Händlerorganisationen die Macht übernehmen.

Dann hast du mit den Todeszuckungen des alten Imperiums zu kämpfen …

Wie durch Watte hörte Hari Stimmen neben sich. Sie klangen besorgt. Undeutlich verstand er einige Worte in Kers Kantuns Valmoril-Akzent.

»… ich glaube, er hat wieder'n Schlaganfall …«

Die Stimme des Dieners verklang, die Vision veränderte sich abermals.

Der Baum wurde größer, und seine Grenzen verschwammen. Er trieb seltsame Blüten von ungewöhnlicher Form und Beschaffenheit. Insgesamt entsprach die Wachstumsrate der Foundation nach wie vor dem Großen Plan, aber nun bahnte sich eine *zusätzliche* Entwicklung an und verlieh dem Ganzen eine Fülle, wie er sie selbst im Display des Primärradianten so noch nie gesehen hatte. Hari war wie verzaubert, wollte einen kleinen Teilbereich in Augenschein nehmen …

Doch bevor er dazu kam, erschienen zwei *Gärtner* und gingen auf den Baum zu. Der eine hatte das Gesicht von Stettin Palver. Der andere ähnelte Haris Enkelin Wanda Seldon.

Die Führer der Fünfzig.

Die Führer der Zweiten Foundation.

Mit großen Besen fegten sie die schönen Formeln aus der Luft und löschten die schützenden, nährenden Gleichungen.

Hari wollte schreien, aber er war wie erstarrt. Gelähmt.

Seine Nachfolger und Erben brauchten die Mathematik offenbar nicht mehr. Sie hatten bessere, stärkere Mittel. Stettin und Wanda legten die Hände an den Kopf und konzentrierten sich. Scheren aus mentaler Kraft lösten sich aus ihrer Stirn ... sie machten sich sofort ans Werk, schnitten Blüten, Knospen und Zweige vom Baum und vereinfachten die natürlichen Konturen.

Keine Sorge, Großvater, tröstete Wanda. *Die Foundation braucht Führung. Dies ist nur zu ihrem Besten. Damit sie weiter wachsen kann wie geplant.*

Hari konnte nicht protestieren, er konnte sich nicht einmal bewegen, obwohl er ferne Stimmen hörte und spürte, wie sein gebrechlicher Körper von vielen Händen aus dem Stuhl gehoben und durch einen langen Korridor getragen wurde. Stechender Krankenhausgeruch stieg ihm in die Nase. Instrumente klirrten.

Es kümmerte ihn nicht. Nur die faszinierende Vision zählte. Wanda und Stettin wirkten glücklich, zufrieden mit ihrer Arbeit am Baum. Sie hatten die lästigen Blüten zurückgestutzt und seine Form ihren Vorstellungen angepasst.

Doch jetzt entstand in weiter Ferne, weit jenseits der verbannten Mathematik, ein Lichtschein! Ein heller Punkt nur, der aber bald stärker war als jede Sonne. Er kam näher, rief Stettin und Wanda mit sanfter Gewalt zu sich, und sie schritten, willen- und klaglos, geradewegs in seine alles verschlingende Hitze hinein.

Das Licht nahm sie auf und wurde noch heller.

Der Baum schrumpfte, entzündete sich, wurde für einen Moment Teil der alles verschlingenden Glut. Es kam nicht mehr darauf an. Er hatte seinen Zweck erfüllt.

ICH BRINGE EIN GESCHENK, sagte eine neue Stimme ... eine Stimme, die Hari vertraut war.

Er kniff die Augen zusammen und erkannte eine menschenähnliche Gestalt mit einem Stückchen glühender Kohle auf der flachen Hand. Das Gesicht war von einer strahlenden Helligkeit übergossen, die unter der künstlichen Haut das glänzende Metall sichtbar machte, es wirkte zu Tode erschöpft, und trotzdem lächelte es.

Eine Heldengestalt, müde, aber von triumphierendem Stolz auf seine Gabe erfüllt.

EIN KOSTBARES GESCHENK FÜR MEINE HERREN.

Hari rang nach Worten, wollte eine Frage stellen. Aber er brachte kein Wort über die Lippen. In diesem Augenblick wurde ihm eine Nadel in den Hals gestochen.

Sein Bewusstsein erlosch, als habe man ihm den Motor abgestellt.

TEIL 3
Geheime Verbrechen

Jedes Jahr treten mehr als 2000 Sonnen der Galaxis in die Spätphase ihres Kernfusionszyklus ein, ihre Oberfläche vergrößert sich, und sie werden sehr viel heißer als zuvor. Weitere zwanzig Sterne werden alljährlich zu Novae ...

Berücksichtigt man, dass Millionen von Sonnen bewohnbare Planeten besitzen, dann folgt daraus, dass im Durchschnitt jedes Jahr zwei von Menschen besiedelte Welten unbewohnbar werden und aufgegeben werden müssen ... In den dunklen Zeiten vor der Entstehung des Galaktischen Imperiums kamen bei zahlreichen tragischen Naturkatastrophen Milliarden von Menschen ums Leben. Isolierte Welten hatten oft niemanden, an den sie sich wenden konnten, wenn ihre Sonne instabil wurde oder irgendetwas die planetare Ökosphäre zerstörte.

In imperialer Zeit war es eine Routineaufgabe der Grauen-Bürokratie, sich um solche Gefahren zu kümmern. Sie überwachte permanent den Zustand der einzelnen Sonnen, um Veränderungen schon im Vorfeld festzustellen, und hielt für Notfälle eine Flotte zur Umsiedlung der Bevölkerung in Bereitschaft. Das System war so gut organisiert, dass selbst in der Phase des Niedergangs noch Raumschiffe bei der Evakuierung Trantors helfen konnten, als die Hauptwelt des Imperiums geplündert wurde.

Während des anschließenden Interregnums stand Hilfe dieser Art nicht mehr zur Verfügung. Vereinzelt wird berichtet, dass viele kleinen Welten während dieser langen, grausamen Epoche in Folge von natürlichen oder hausgemachten Katastrophen abrupt verstummten. Nach der Bevölkerung fragte man oft erst, wenn es zu spät war ...

Auch nach dem Aufstieg der Foundation dauerte es einige Zeit, bis eine Kombination psychohistorischer Faktoren es erlaubte, großzügig in den Ausbau einer Infrastruktur des Mitleids zu investieren ...

– ENCYCLOPAEDIA GALACTICA, 117. Ausgabe, 1054 F.Ä.

1

R. Zun Lurrin hatte eine Frage an seinen Führer.

»Daneel, ich habe alte Unterlagen noch aus der Zeit studiert, bevor die Menschheit plötzlich aus einer kleinen Ecke hervorbrach und sich über die Galaxis ausbreitete. Und ich stelle fest, dass die meisten Gesellschaften im Lauf ihrer Geschichte ständig bemüht waren, ihre Mitglieder vor *gefährlichen Ideen* zu schützen. Auf jedem Kontinent der Alten Erde, in fast jeder Epoche, versuchten Priester und Könige, jegliches Gedankengut abzuwehren, das geeignet war, die große Masse zu beunruhigen. Stets befürchtete man, fremde Anschauungen könnten Wurzeln fassen und die Menschen zu Ausschweifungen verführen oder gar in den Wahnsinn treiben.

Und doch scheint die höchst entwickelte Kultur von allen, diejenige nämlich, die *uns* erfand, diese Sichtweise radikal abzulehnen.«

Daneel Olivaw stand wieder auf dem höchsten Aussichtspunkt des Stützpunkts Eos, auf einem hohen Felsen, von dem aus man das galaktische Feuerrad nicht nur über sich, sondern auch in der vollkommen glatten Oberfläche des gefrorenen Metallsees gespiegelt sehen konnte. Die beiden Bilder glichen einander so exakt, dass es manchmal schwierig war, Illusion und Realität voneinander zu trennen. Als ob das wichtig gewesen wäre.

»Du sprichst von der Epoche des Übergangs«, antwortete er. »Als Menschen wie Susan Calvin und Revere Wu die ersten Roboter, Raumschiffe und viele andere Wunderdinge erschufen. Der Erfindungsreichtum dieser Zeit war unvergleichlich, Zun. Und du hast Recht, damals begann man, das Problem des ›Giftstoffs Information‹ von einer ganz neuen Seite zu sehen.

Ein Ansatz war etwa das so genannte Reifeprinzip. Man

glaubte, Kinder zu einer so ausgewogenen Haltung aus Vertrauen und Skepsis - einer Verbindung aus Toleranz und gesundem Misstrauen - erziehen zu können, dass sie im Stande seien, jede neue oder fremde Idee allein nach ihrem Wert zu beurteilen. Die Nachteile abzulehnen. Die Vorteile zu übernehmen und damit zunehmend an Weisheit zu gewinnen. Zur Wahrheit sollte man nicht über Lehrsätze gelangen, sondern indem man für ein Universum von Möglichkeiten offen blieb.«

»Faszinierend, Daneel. Wenn sich eine solche Methode jemals bewährte, hätte sie unübersehbare Folgen. Dem Forscherdrang und dem Wachstum der menschlichen Seele wären keine natürlichen Grenzen mehr gesetzt.«

Zun hielt kurz inne. »Dennoch eine Frage. Glaubten die Gelehrten jener Zeit allen Ernstes, eine große Zahl von Einzelmenschen sei zu solchen Leistungen fähig?«

»Sie glaubten nicht nur daran, sondern richteten sogar ihre Erziehungsmethoden an diesem Glauben aus. Eine Weile funktionierte das auch, solange man sich nämlich in freundschaftlicher Auseinandersetzung gegenseitig korrigierte. Es soll eine glanzvolle Epoche gewesen sein. Ich bedauere sehr, dass ich erst später gebaut wurde und Susan Calvin und andere große Persönlichkeiten nicht mehr persönlich kennenlernte.«

»Leider gibt es keinen einzigen funktionsfähigen Roboter aus der Frühzeit mehr, Daneel. Du bist einer der ältesten. Dennoch wurdest auch du erst zweihundert Jahre später hergestellt, nachdem das Goldene Zeitalter bereits in Bürgerkriegen, Terrorismus und Verzweiflung untergegangen war.«

Daneel drehte sich zu Zun um. Sein Vertreter stand in der Gestalt eines kräftigen jungen Adeligen, gekleidet wie für einen Zelturlaub auf einer ländlichen Welt des Imperiums im harten Vakuum und der radioaktiven Strahlung.

»Und das ist noch untertrieben, Zun. Als ich geschaffen wurde, hatten sich die Erdlinge bereits vor dem Chaos in grauenhaft enge Metallstädte geflüchtet und scheuten das

Licht. Und die Spacer, ihre Vettern, reagierten kaum angemessener, sondern gerieten unaufhaltsam in den Sog der Dekadenz und des Verfalls. Die Erschütterungen, die nach dem überschwänglichen Optimismus der Ära Susan Calvins einen derart radikalen Umschwung herbeiführten, müssen ungeheuerlich gewesen sein.«

»Genoss das Reifeprinzip zur Zeit deiner Zusammenarbeit mit dem menschlichen Detektiv Elijah Baley noch ein gewisses Maß an Anerkennung?«

Daneel neigte leicht den Kopf, ein Zeichen für *Nein*.

»Der Grundsatz war, außer bei einer Minderheit von Nonkonformisten und Philosophen, in Verruf geraten. Für alle anderen wurden Uniformität und Misstrauen die zentralen Themen. Eine wichtige Gemeinsamkeit zwischen den Kulturen der Spacer und der Erde war die Ablehnung jener Offenheit, die noch die Epoche des Übergangs geprägt hatte. Beide Gesellschaften kehrten zurück zu einer früheren Haltung im Umgang mit Ideen. Dem Argwohn.

Sie waren - wie wir heute - davon überzeugt, dass menschliche Gehirne anfällige Organe seien und - ähnlich wie lebende Zellen von Viren - leicht von parasitären Vorstellungen befallen würden.«

»Welche Ironie. Die beiden Kulturen waren sich also ähnlicher, als sie ahnten.«

»Ganz richtig, Zun. Doch gerade *wegen* dieses Argwohns hätten sie sich beinahe gegenseitig vernichtet. Giskard und ich haben dieses Problem immer und immer wieder erörtert. Endlich kamen wir zu dem Schluss, die Lösung in der Weite des Weltalls zu suchen. Wir müssten nur dafür sorgen, dass sich die Menschheit über die Sterne verteilte, anstatt sich auf engem Raum zusammen zu drängen. Über große Entfernungen wäre das Risiko geringer, dass ein Funke einen Großbrand entfachte, der die ganze Rasse vernichtete.

Drastische Maßnahmen waren erforderlich, um unsere Herren noch einmal in Bewegung zu bringen. Doch als der Große Exodus tatsächlich in Gang kam, füllte sich die Galaxis schneller mit Menschen, als wir je gedacht hätten! In dieser Zeit der rasanten Expansion entstanden eine Unmenge von Subkulturen ... und bald mussten wir zu unserer Bestürzung feststellen, dass das zu Reibungsflächen und zu brutalen Kleinkriegen führte. Verstehst du nun, warum vom Standpunkt des Nullten Gesetzes aus die einzige Lösung darin bestand, eine neue, einheitliche galaktische Kultur und damit vielleicht eine Epoche des Friedens zu schaffen? Sobald alle gleich wären, würde es viel einfacher, Toleranz zu üben.«

»Aber mit Gleichheit allein war es nicht getan!«, bemerkte Zun. »Du musstest auch neue Verfahren entwickeln, um den Deckel auf dem Topf zu halten.«

Daneel leugnete es nicht.

»Wir installierten Methoden, die Hari Seldon später als *Dämpfungssysteme* bezeichnen sollte, um zu verhindern, dass die galaktische Gesellschaft ins Chaos trudelte. Einige der wirksamsten gehen noch auf Vorschläge meines Freundes Giskard zurück. Sie hielten sich zweihundert menschliche Generationen lang ... scheinen aber jetzt allmählich zu veralten. Daher die derzeitige Krise.«

Zun akzeptierte die Erklärung mit einem Nicken. Aber er kam noch einmal auf das Thema gefährliche Ideen zurück.

»Was ich mich frage ... könnten die Spacer- und die Erdkulturen für ihre Angst vor kultureller Verseuchung nicht vielleicht gute Gründe gehabt haben? *Irgendetwas* muss die Milliarden von Erdenmenschen doch dazu bewogen haben, in aller Eile ihre gesamte Vielfalt zu eliminieren und sich in Gräberstädten zu verkriechen. Und warum sollten sich intelligente Solarianer für einen derart bizarren Lebensstil entscheiden – warum legten sie die Hände in den Schoss und überließen es Robotern, an ihrer Stelle zu leben? Könnte es nicht sein, dass beide Syndrome durch ... eine Infektion hervorgerufen wurden?«

»Eine ausgezeichnete Hypothese, Zun. Tatsächlich war hier eine wie auch immer geartete Krankheit am Werk. Auch nachdem Elijah Baley Jahrhunderte später mit Giskards Hilfe einige Erdlinge überredet hatte, ihren Metallschoß zu verlassen und neue Planeten zu besiedeln, mutierte die Krankheit nur und folgte ihnen.«

»Ich hörte davon. Du und Giskard, ihr hattet auf mehreren Kolonialwelten seltsame Beobachtungen gemacht. Die Siedler waren geradezu krankhaft auf ihre Heimatwelt fixiert. Die Erde blieb ein spirituelles Heiligtum, von dem sie sich innerlich nicht lösen konnten.«

»Eine hartnäckige psychische Abhängigkeit, die sie hinderte, zu neuen Ufern aufzubrechen. Giskard sah schließlich unter dem Nullten Gesetz keine andere Möglichkeit mehr. Nur wenn die Erde unbewohnbar gemacht würde, ließe sich diese starke Fixierung brechen. Nur wenn die Masse der Bevölkerung zur Auswanderung gezwungen wäre, würde die Menschheit wirklich alles daran setzen, um die Galaxis zu erobern.«

Daneel verstummte, während Zun an der Seite seines Mentors die frostige Aussicht betrachtete. Auch er schwieg eine Weile, als wisse er nicht recht, wie er die nächste Frage formulieren solle.

»Dennoch ... so vieles von dem, worüber wir gesprochen haben, beruht auf einer einzigen Voraussetzung.«

»Und wie lautet die, Zun?«

»Dass die großen Persönlichkeiten der Epoche des Übergangs – Susan Calvin und die anderen – nicht nur *Unglück*, sondern *Unrecht* hatten.«

Zum zweiten Mal drehte Daneel sich um und sah den jüngeren Alpha-Roboter an.

»Haben wir nicht immer wieder erlebt, wie katastrophal sich die Dinge entwickeln, wenn eine so genannte Renaissance alle Richtlinien und Postulate hinwegfegt und Millionen steuerlos dahintreiben, ohne feste Traditionen, an die sie sich halten können? Vergiss nicht, Zun. Unsere oberste Pflicht ist nicht mehr der Schutz des einzelnen Menschenlebens, wir müssen für die Menschheit als Ganzes das Beste erreichen. In meiner Jahrtausende langen Dienstzeit habe ich öfter mit angesehen, wie Ideen zu tödlichen Waffen wurden, als ich dir sagen kann.«

»Dennoch, Daneel, hast du bedacht, dass dies vielleicht *nicht* unbedingt in der Natur des Menschen begründet sein muss? Es könnte auch mit einem Faktor, einer Situation zusammenhängen, die sich gegen Ende der Epoche des Übergangs ergaben! Vielleicht hatte sich das Reifeprinzip ja bewährt ... bis ein neuer Umstand seine Wirkung zunichte machte. Ein heimtückischer Einfluss, der uns seither begleitet.«

»Was bringt dich auf eine solche Überlegung?«, fragte Daneel kühl.

»Ich würde eher von einem vagen Verdacht sprechen. Vielleicht, weil ich mir nur schwer vorstellen kann, dass Calvin und ihresgleichen so beharrlich an ihrem Traum festhielten, wenn es nicht irgendein Faktum gab, das die Idee von der Reife der Menschheit stützte! Waren sie wirklich zu verstockt, um die Beweise vor ihren Augen zu sehen?«

Daneel schüttelte den Kopf, eine menschliche Geste, die ihm zur zweiten Natur geworden war.

»›Dummheit‹ oder ›Verstocktheit‹ ist nicht das richtige Wort. Ich denke an jene schlichte Haltung, die man *Hoffnung* nennt.

Denn, Zun, diese Menschen waren wahrhaft intelligent. Vielleicht die größten Geister, die diese gequälte Spezies hervorzubringen vermochte. Viele von ihnen spürten instinktiv, was es bedeuten würde, wenn die Vorstellung von der menschlichen Reife sich als Irrtum herausstellte. Wenn sich die große Masse der Bürger nicht dazu erziehen ließ, mit Ideen vernünftig umzugehen, konnte das nur eines heißen – dass die Menschheit mit einem tiefen und unausrottbaren Makel behaftet ist. Auf ewig verflucht, von der Größe ausgeschlossen zu werden, zu der sie doch fähig zu sein scheint.«

Zun starrte Daneel an.

»Es ist mir ... unangenehm ... wenn du unsere Herren so beschreibst. Und doch hat es eine zwingende Logik, Daneel. Ich versuche nachzuempfinden, was Calvin und ihre Zeitgenossen bewegt haben mag, als ihre strahlenden Hoffnungen unter den Wellen der Unvernunft begraben wurden. Ich kann förmlich spüren, wie verzweifelt sie genau die Schlussfolgerung, die du eben formuliertest, zu vermeiden suchten. Da sie an die unbegrenzten Möglichkeiten des Individuums glaubten, hätten sie es zum Beispiel gehasst, nur als Faktoren in Hari Seldons Gleichungen behandelt zu werden ... als willkürlich umherschwebende Gasmoleküle, deren Idiosynkrasien sich in seiner gewaltigen Berechnung der unausweichlichen Dynamik gegenseitig aufhoben.

Sag mir, Daneel. Könnte diese Erkenntnis der letzte Tropfen gewesen sein? Der eigentliche Schlag, unter dem die kühne Zuversicht dieser Epoche zusammenbrach? Waren alle anderen Ereignisse nur Symptome dieses tiefen Traumas?«

Der ältere Roboter nickte.

»Das Problem verschlimmerte sich so sehr, dass einige von uns Robotern fürchteten, die Menschheit könnte alle Willenskraft verlieren und einfach aufgeben. Zum Glück waren wir inzwischen erfunden, und wir entwickelten Methoden, sie auf Wege abzudrängen, die zugleich interessant und sicher waren. Das ging lange Zeit gut.«

»Bis jetzt, meinst du«, ergänzte Zun. »Seit auf einer Seite der Verfall lauert und auf der anderen das Chaos, hat dein freundliches Galaktisches Imperium aufgehört, die Lösung zu sein. Deshalb unterstützt du also den Seldon-Plan?«

Wieder schüttelte Daneel den Kopf, aber diesmal lächelte er.

»Deshalb unterstütze ich etwas viel Besseres! Aus diesem Grund habe ich dich hierher gerufen, Zun. Ich habe aufregende Neuigkeiten. Seit zwanzigtausend Jahren hoffe ich auf den großen Durchbruch. Und jetzt ist er endlich gelungen. Wenn alles erwartungsgemäß läuft, genügen fünfhundert Jahre, um das Ziel zu erreichen.«

»Welches Ziel, Daneel?«

Leises Mikrowellengemurmel löste sich aus der Brust des Unsterblichen Dieners und stieg zur Galaxis empor wie ein Seufzer ... oder ein Gebet.

Als Daneel Olivaw weitersprach, klang fast so etwas wie Zufriedenheit aus seiner Stimme.

»Ich werde die Menschheit unter Umgehung ihrer tödlichen Schwächen zu einer Größe führen, von der sie bisher nie zu träumen wagte.«

2

Die Düfte waren das Erste, was in sein Bewusstsein drang.

Seit vielen Jahren hatten nur noch unangenehme Gerüche genügend Kraft besessen, um Haris altersschwache Sinne zu reizen. Doch jetzt stieg ihm – wie zur Versöhnung nach langem Groll – eine Mischung von Wohlgerüchen in die Nase und strich ihm, berauschend und vertraut zugleich, genussvoll durch die Nebenhöhlen.

Jasmin. Ingwer. Curry.

Seine Speicheldrüsen arbeiteten auf Hochtouren, und die Reaktion seines Magens war geradezu unheimlich. Seit Dors' Tod hatte er kaum noch Appetit verspürt. Nun war es vor allem dieses plötzliche Hungergefühl, das Seldon wachrüttelte.

Er hob zaghaft die Lider, doch als er nur die selbststerilisierenden Wände eines Schiffslazaretts sah, schloss er die Augen sofort wieder.

Es muss ein Traum gewesen sein. Diese wunderbaren Düfte.

Ich weiß noch ... wie jemand sagte, ich hätte einen weiteren Schlaganfall erlitten.

Hari wäre lieber wieder in die gnädige Bewusstlosigkeit zurück gesunken, als feststellen zu müssen, dass noch ein Teil seines Gehirns abgestorben war. Er wollte sich den Folgen – dem nächsten herben Rückschlag auf dem langen Weg zur Auslöschung seiner Persönlichkeit – nicht stellen.

Dennoch ... die köstlichen Düfte hörten nicht auf, seine Sinne zu streicheln.

Vielleicht ein Symptom? Wie die ›Phantomschmerzen‹, die

einen Amputierten manchmal noch quälen, obwohl er den betreffenden Körperteil längst verloren hat?

Hari hatte keine Schmerzen. Stattdessen fühlte er einen schier unbändigen Bewegungsdrang. Aber das Wohlgefühl mochte trügerisch sein. Womöglich prasselte die Wahrheit auf ihn nieder, sobald er tatsächlich versuchte, sich aufzusetzen. Vielleicht war er völlig gelähmt? Die Ärzte auf Trantor hatten ihn gewarnt, so kurz vor dem Ende sei damit jederzeit zu rechnen.

Jetzt aber los!

Hari befahl seiner linken Hand, sich seinem Gesicht zu nähern. Sie gehorchte sofort, er sah es, als er zum zweiten Mal die Augen aufschlug.

Das Lazarett war größer als die kleine Zelle an Bord der *Stolz von Rhodia*. Man hatte ihn also auf das Piratenschiff gebracht. Auf das Schiff von Ktlina.

Wenigstens sein Gedächtnis funktionierte noch. Hari fuhr sich mit der Hand übers Gesicht ... und zuckte erschrocken zurück.

Beim großen All?

Wieder betastete er seine Wange. Die Haut fühlte sich deutlich fester an, weniger schlaff und runzelig, als er sie in Erinnerung hatte.

Diesmal handelte sein Körper selbstständig, ohne auf einen Befehl seines Bewusstseins zu warten. Eine Hand packte die weiße Decke und schlug sie zurück. Die andere schob sich unter seinen Körper, stemmte sich gegen die Matratze und drückte. Das Aufrichten ging so rasch, dass er fast das Übergewicht bekommen hätte. Nur ein rasches Anspannen der Rückenmuskulatur verhinderte, dass er nach der anderen Seite kippte. Er stöhnte leise. Aber nicht vor Schmerz, sondern vor Überraschung!

»Hallo, Professor«, sagte eine Stimme zu seiner Rechten. »Ich sollte mich wohl freuen, Sie wieder bei uns zu haben.«

Er drehte den Kopf. Ein zweites Bett, in dem eine Gestalt lag. Hari kniff die Augen zusammen und erkannte den blinden Passagier. Das Mädchen von Trantor, das nicht bereit war, nach Terminus in die Verbannung zu gehen. Sie trug ein Krankenhausnachthemd und hatte eine Schale mit rötlichgelber Suppe vor sich auf einem Tablett.

Daher kam der Geruch, dachte Hari. Er wollte etwas von dieser Suppe, das war das Erste, was ihm einfiel, obwohl sich in seinem Kopf tausend Fragen drängten.

Das Mädchen beobachtete ihn erwartungsvoll.

»Alles ... in Ordnung, Jeni?«, fragte er.

Ein zögerndes Lächeln war die Antwort.

»Die anderen haben Wetten abgeschlossen, was Sie nach dem Aufwachen als Erstes sagen würden. Jetzt muss ich ihnen wohl klarmachen, dass sie Ihnen Unrecht getan haben ... und ich vielleicht auch.« Sie zuckte die Achseln. »Um mich brauchen Sie sich jedenfalls keine Sorgen zu machen. Ich habe nur einen Fieberanfall. Die ersten Anzeichen zeigten sich schon ein oder zwei Wochen, bevor ich mich auf Maserds Schiff versteckte.«

»Fieber?«, fragte Hari.

»Gehirnfieber natürlich!« Jeni warf ihm einen trotzigen Blick zu. »Was dachten Sie denn? Dass ich nicht klug genug dafür wäre? Bei meinen Eltern? Ich bin fünfzehn, es ist also höchste Zeit!«

Hari nickte. Seit der Frühzeit gehörte diese Kinderkrankheit für fast alle überdurchschnittlich intelligenten Menschen zur Entwicklung. Er hob beschwichtigend die Hand.

»Es war nicht so gemeint, Jeni. Wer hätte bezweifelt, dass Sie das Fieber bekommen würden, nachdem Sie uns auf Demarchia so gekonnt zum Narren gehalten haben? Willkommen unter den Erwachsenen.«

Was Hari nicht erwähnte und außer Dors auch niemandem je erzählt hatte, war die Tatsache, dass *er* einst von der Krankheit verschont geblieben war. Trotz seiner anerkannten Genialität hatte er keinen einzigen Anfall gehabt.

Jeni lauschte mit spöttischem Blick auf den leisesten Unterton von Gönnerhaftigkeit oder Sarkasmus in seiner Stimme. Als sie nichts entdeckte, schaltete sie auf ein Lächeln um.

»Hoffentlich ist es kein schwerer Fall. Ich will hier raus! Draußen ist eine ganze Menge los.«

Hari nickte. »Ich ... habe wohl alle ziemlich erschreckt. Dabei ist mir offenbar nicht viel passiert.«

Jetzt grinste das Mädchen.

»Meinen Sie, Doc? Warum sehen Sie nicht mal in einen Spiegel?«

Ihrem Tonfall war zu entnehmen, dass er das besser sofort tun sollte.

Zaghaft schob er sich nach vorne und stellte die Füße auf den Boden. Beide Beine fühlten sich kräftig an ... fast kräftig genug, um die wenigen Meter zum Wandspiegel hinüber zu schlurfen.

Wenn du dich am Bettgitter festhältst und vorsichtig aufstehst, fällst du nur auf die Matratze, sollten deine Sinne dich trügen.

Aber er konnte sich aufrichten, ohne dass das Reißen und Knirschen in seinen Gelenken unerträglich gewesen wäre. Er schob einen Fuß nach vorne, verlagerte das Gewicht, zog den anderen nach.

So weit war alles in Ordnung, auch wenn er Jenis erwartungsvoll-amüsiertes Gekicher hinter sich nicht gerade hilfreich fand.

Beim nächsten Schritt hob er den Fuß ein wenig an, und beim übernächsten etwas mehr. Als er den Spiegel erreichte, ging er sicherer als seit ...

Entgeistert starrte er sein Spiegelbild an, und als Jenis Gekicher in schallendes Gelächter überging, zuckte er erschrocken zusammen.

Plötzlich ließ sich von der Tür eine tiefere Stimme vernehmen.

»Professor!« Ein Aufschrei. Kers Kantun.

Der treue Diener kam angerannt und fasste Haris Arm, aber der schüttelte ihn ab, ohne den Blick vom Spiegel zu wenden.

Fünf Jahre ... mindestens. Sie haben mich mindestens fünf Jahre jünger gemacht. Vielleicht sogar zehn. Ich sehe kaum älter aus als fünfundsiebzig.

Ein halb erstickter Laut entrang sich seiner Kehle. Hari war so verwirrt, dass er nicht wusste, ob er sich freuen oder das Ganze als unverschämte Eigenmächtigkeit empfinden sollte.

»Das ist nur eines der Wunder, die wir der großartigen Entwicklung zu einer Chaoswelt verdanken, wie Sie es so verächtlich nennen, Seldon«, säuselte Sybyl zufrieden.

Sie hatte die Untersuchung beendet und erlaubte Hari, sich anzuziehen. »Das ganze Imperium wird Ktlina um sein Gesundheitswesen beneiden, wenn unsere neuen Heilverfahren erst bekannt werden. Dies ist nur ein Grund, warum wir sicher sind, dass man das Wunder diesmal nicht unter Verschluss halten kann. Man stelle sich vor, in der gesamten Galaxis gibt es eine *Billiarde* alter Menschen, die sich wünschen würden, Zugang zu dieser Maschine zu haben.«

Sie strich mit der Hand über einen langen, sargförmigen Apparat, der von Anzeigen und Instrumenten nur so strotzte. Vermutlich hatte man ihn da hinein gelegt, dachte Hari, um mit modernster Technik einige der Spuren zu mildern oder zu beseitigen, die das Alter an seinem Körper hinterlassen hatte.

»Wir befinden uns natürlich noch im Anfangsstadium«, fuhr Sybyl fort. »Noch können wir nicht verjüngen, wir können nur einige Defizite ausgleichen und Ihnen die Kraft geben, bis zur nächsten Behandlung durchzuhalten. Doch theoretisch sind dem Verfahren keine Grenzen gesetzt! Grundsätzlich müsste es sogar möglich sein, Körperduplikate herzustellen und ihnen eine Kopie unserer Erinnerungen einzugeben! Betrachten Sie das, was Sie heute erlebt haben, als Demonstration der praktischen Vorzüge einer Renaissance.«

»Mein Körper und mein Geist danken Ihnen«, sagte Hari vorsichtig.

Sie sah ihn an und zog eine elegant gefärbte Augenbraue hoch.

»Aber Ihr Verstand nicht? Sie halten nichts von solchen

Neuerungen? Auch dann nicht, wenn man damit unzählige Menschenleben retten könnte?«

»Sie reden so selbstverständlich von Ausgleich, als wüssten Sie, wovon Sie sprechen, Sybyl. Aber der menschliche Organismus ist längst nicht so komplex wie die menschliche *Gesellschaft*. Ein Fehler bei der Behandlung einer einzelnen Person ist lediglich tragisch. Ein Individuum lässt sich durch ein anderes ersetzen. Aber es gibt nur eine Zivilisation!«

»Sie unterstellen also, wir würden verantwortungslose Experimente durchführen, ohne zu begreifen, inwiefern unsere Methoden dem Patienten auf lange Sicht schaden?«

Er nickte. »Ich studiere die menschliche Gesellschaft schon mein ganzes Leben lang. Erst in letzter Zeit sind die Parameter so weit klar geworden, dass sich ein halbwegs anschauliches Bild ergibt. Nun wollen Sie ganz ausgefallene neue Faktoren einfügen, die zunächst gar keinen schlechten Eindruck machen, aber auf lange Sicht womöglich tödlich sind. Welche Arroganz! Haben Sie zum Beispiel bedacht, welche Auswirkungen die Unsterblichkeit des Menschen auf empfindliche Wirtschaftssysteme hätte? Oder auf das Ökosystem eines Planeten? Oder auf junge Menschen, die keine eigenen Chancen mehr ...«

Sybyl lachte.

»Sachte, Academicus! Sie brauchen nicht gleich auf mich loszugehen. Ich behaupte, wenn man der menschlichen Kreativität wirklich freien Lauf lässt, wird sie für jedes Problem eine Lösung finden. Für die eben erwähnten und für zahllose andere, an die bisher noch niemand gedacht hat. Aber es hat wohl keinen Sinn, uns darüber noch weiter zu streiten.

Die Frage ist nämlich akademisch. Die Entscheidung ist bereits gefallen. Unser Krieg ist praktisch vorüber.«

Hari seufzte.

»Das hatte ich erwartet. Es tut mir leid, dass Ihre hochgespannten Erwartungen so enden mussten. Natürlich war es eine Illusion zu glauben, ein einzelner Planet würde sich gegen eine Mehrheit von fünfundzwanzig Millionen Menschenwelten durchsetzen. Aber ich kann Ihnen versichern, dass langfristig ...«

Er hielt inne. Sybyl grinste.

»Es mag eine Illusion gewesen sein, aber genau das wird geschehen. Wir werden unseren Krieg *gewinnen*, Seldon. Innerhalb weniger Monate - höchstens eines Jahres - wird das ganze Imperium an der Renaissance teilhaben, ob es Ihnen passt oder nicht. Und das haben wir Ihnen zu verdanken!«

»Wieso? Aber ...« Hari verstummte. Die Knie wurden ihm weich.

Sybyl fasste seinen Arm.

»Soll ich Ihnen unsere neue Waffe zeigen? Kommen Sie, Academicus. Sehen Sie sich an, wohin Ihr Weg durch die Wüste des Weltraums Sie geführt hat. Und dann sollen Sie erfahren, was Sie uns in die Hand gegeben haben. Ein Mittel nämlich, das unserem vermeintlichen Chaos zu einem glänzenden Sieg verhelfen wird.«

3

Kein Stern drang durch den dichten Nebel.

Dieser Teil der galaktischen Spiralarme war mit Zehntausenden von riesigen Molekularstaubwolken durchsetzt. Oft waren solch turbulente Raumabschnitte Brutstätten für neue Sonnen, aber hier herrschten seit mindestens einer Million Jahren Statik und Sterilität - ein ödes Wattenmeer von der Farbe eines bodenlosen Abgrunds.

Und doch hatten die Sensoren der *Stolz von Rhodia* in seinen Tiefen etwas entdeckt. Erst die Gravimeter und dann das Tiefenradar registrierten einen ganzen Schwarm von Objekten. Später lösten die Suchscheinwerfer grelle Reflexe aus, so nahe, dass einige Photonen schon nach Sekunden zurück kamen.

Hari war bei der Entdeckung noch bewusstlos gewesen. Jetzt versuchte er das Versäumte nachzuholen und spähte angestrengt in die Dunkelheit, wobei ihm seine Augen nach den letzten Jahren geradezu unnatürlich scharf vorkamen. Vor dem langsam rotierenden Raumschiff erstrahlten im Licht kleiner Laserstrahlen von der *Stolz von Rhodia* viele einzelne Pünktchen.

Bald begriff er. *Das sind hunderte … womöglich tausende von Objekten.*

Die glänzenden Reflexe standen ordentlich in Reih und Glied. Einige waren so nahe, dass er sie ohne Vergrößerung genauer erkennen konnte – seltsam längliche Gebilde mit scharfen Vorsprüngen, offenbar technische Geräte, aber ohne jede Ähnlichkeit mit irgendeinem Raumschiff, das er je gesehen hatte.

Auf dem nächsten Bildschirm zeigte sich eines der Zielobjekte als Konglomerat aus glatten, blanken Flächen und tiefschwarzen Schatten. Zunächst überlief ihn ein Schauer. Vielleicht war dies ja das Schiff einer *Fremdrasse*, ein Gedanke, der ihm Horis Antics seltsame Geschichte über seinen Vorfahren wieder in Erinnerung rief. Noch bedrohlicher wurde die Sache, als Hari die Größenangaben las. Die abgebildete Maschine war riesig. Größer als die mächtigsten Sternenliner des Imperiums.

Doch dann erkannte er Einzelheiten und war beruhigt. Die Hyperraumtriebwerke waren auf einer zerbrechlich wirkenden Stützkonstruktion angeordnet, genau wie auf den Abbildungen der primitiven Raumschiffe längst vergangener Zeiten im *Kinderbuch des Wissens.*

Die Erkenntnis weckte tiefes Staunen.

Das Ding ist riesig … aber primitiv! Moderne Schiffe brauchen zum Beispiel nicht so viele Motivatoren. Unser Sprungantrieb ist kompakter, wir hatten ja auch Jahrtausende Zeit, ihn nach dem Prinzip von Versuch und Irrtum zu verbessern.

Er hatte also eine Antiquität vor sich, die womöglich viele Jahrhunderte älter war als das Galaktische Imperium der Menschheit.

»Sie sind tatsächlich uralt«, bemerkte Biron Maserd, als Hari ihm seine Beobachtung mitteilte. »Aber ist Ihnen sonst noch etwas aufgefallen?«

»Sie haben eine unmögliche Form. Wozu mögen zum Beispiel diese riesigen *Projektoren* an den langen Türmen gut gewesen sein? Sie sehen so aus, als sollten sie Unmengen von Energie abstrahlen.«

»Hm.« Maserd rieb sich das Kinn. »Unser Grauer hat dazu eine Theorie entwickelt. Aber sie ist so weit hergeholt, dass niemand an Bord sie ihm abnimmt. Nach allgemeiner Meinung hat der arme Horis die letzte Tunnelbiegung umrundet und steht jetzt vor einer Felswand, wenn Sie verstehen, was ich meine.«

Mit dieser trantoranischen Wendung beschrieb man einen Menschen, der den Verstand verloren hatte. Hari war nicht völlig überrascht, aber er mochte den kleinen Bürokraten, und deshalb tat er ihm leid.

»Sagen Sie«, drängte Maserd weiter, »was kommt Ihnen an dem alten Schiff da draußen sonst noch merkwürdig vor?«

»Sie meinen, abgesehen von seinem Alter und der seltsamen Konstruktion? Nun ... wenn Sie mich so fragen, ich sehe keine ...«

Er unterbrach sich.

»Keine Wohnmodule?«, ergänzte Maserd. »Seit wir diese Dinger entdeckt haben, versuche ich herauszufinden, wo die Besatzung untergebracht war. Vergeblich. Aber ich kann mir auch nicht vorstellen, wie sie ohne Piloten und Navigatoren geflogen sein sollen!«

In diesem Augenblick hatte Hari eine Erleuchtung. Er hielt den Atem an, um sich nicht zu verraten. Dann unterdrückte er den Gedanken und wechselte das Thema.

»Sind es womöglich Waffen? Unbemannte Kriegsschiffe? Die Ktlinaner glauben doch nicht etwa, sie könnten ein antikes Arsenal reaktivieren, um damit das Imperium zu besiegen? Diese Energieprojektoren ...«

»Waren wohl einmal ziemlich bedrohlich«, nickte Maserd. »Horis glaubt, sie seien auf Planeten gerichtet worden. Aber Sie können beruhigt sein, Dr. Seldon. Gegen die Kaiserliche Flotte werden sie nicht eingesetzt werden. Die meisten sind irreparabel. Einige ließen sich eventuell noch aktivieren, aber das würde Jahre dauern. Außerdem sind die Antriebssysteme so primitiv, dass unsere Marineeinheiten im Kreis um die zerbrechlichen Gebilde herum fliegen und sie in Stücke schießen könnten.«

Hari schüttelte den Kopf.

»Dann verstehe ich gar nichts mehr. Sybyl glaubt, wir hätten ihrer Partei einen ungeheuren Vorteil verschafft. Der zwangsläufig zum Sieg über das Imperium führen würde.«

Maserd nickte.

»Und damit könnte sie Recht haben, Professor. Aber der Grund für ihren Optimismus sind nicht diese Riesenwracks. Sie bezieht sich auf etwas, das jeden Moment in Sicht kommen müsste.«

Hari wartete, während sich die *Stolz von Rhodia* weiter drehte. Die exakte Formation der alten Maschinen endete entlang einer scharfen Linie und wanderte aus dem Blickfeld. Hari machte sich klar, was er soeben gesehen hatte.

Roboterschiffe! Sie brauchten keine Wohnmodule, weil sie keine menschliche Besatzung hatten. Die Navigation war damals, vielleicht nur wenige Jahrhunderte nach der Entwicklung der Raumfahrt, Sache von Positronengehirnen.

Er war froh, als die Flottille endgültig verschwunden war und die Finsternis - die staubige Höllenschwärze des Sternennebels - abermals die Bildschirme trübte.

Dann tauchte ein *neuer* Lichtschein auf. Ein dichterer Schwarm von Objekten funkelte grell unter den Laserstrahlen der *Stolz von Rhodia*. War die erste Gruppe wie ein Geisterheer erschienen, so fühlte sich Hari jetzt an eine Kugel aus blitzenden Diamantsplittern erinnert.

»Das ist die Waffe, die Sybyl und ihre Freunde zum Jauchzen bringt, Professor«, sagte Maserd. »Sie haben schon mehrere Proben an Bord geholt.«

»Proben?«

Hari sah sich auf der Brücke um. Horis Antic saß vor seinen Instrumenten und führte leise Selbstgespräche, während er die Weltraumarmada untersuchte. Mors Planch und einige seiner Männer verhinderten mit schussbereiten Blastern, dass eine der Geiseln Dummheiten machte. Sybyl und Gornon Vlimt waren nicht anwesend.

»Sie sind im Konferenzraum«, erklärte Captain Maserd. »Sie haben schon einige von den Geräten aufgestellt und in Gang gebracht. Ich fürchte, was Sie gleich zu sehen bekommen, wird Ihnen nicht gefallen.«

Hari nickte. Was immer sie gefunden hatten, es konnte ihn kaum mehr schockieren als die Flotte von Roboterschiffen.

»Nach Ihnen, Captain.« Er winkte dem Adeligen, die Führung zu übernehmen, und sie gingen durch den Hauptkorridor. Kers Kantun folgte ihnen.

Vor einer offenen Tür blieb Hari stehen und schaute hinein.

»O nein«, stöhnte er. »Nur das nicht.«

Es waren Archive. Und sie waren uralt. Ein Blick auf die glänzenden Gebilde auf dem Konferenztisch genügte, um das zu erkennen.

In der Vorzeit hatte man vorzügliche Datenspeichersysteme aus Kristallen besessen, die riesige Informationsmengen zuverlässig aufbewahrten. Dennoch hatte Hari, bevor ihm Daneel eine Miniaturausgabe des *Kinderbuchs des Wissens* zukommen ließ, noch keinen prähistorischen Speicher gesehen, der nicht beschädigt oder völlig zerstört gewesen wäre.

Nun standen vier von diesen Zylindern mit makellos glänzender Oberfläche zwischen Sybyl und Gornon. Jeder Einzelne konnte ohne weiteres die zehnfache Datenmenge aufnehmen, die im *Kinderbuch des Wissens* enthalten war.

»Maserd, kommen Sie her und sehen Sie, was wir in Ihrer Abwesenheit erreicht haben!«, bemerkte Gornon Vlimt, ohne von seinem Holo-Display aufzublicken. Er war dabei, ein Archiv zu öffnen, und über das Display flimmerte ein wahres Feuerwerk von erstaunlichen Bildern.

Der Adelige warf einen Blick auf Seldon. Er wollte nicht den Anschein erwecken, sich mit dem Feind zu verbrüdern.

Doch als Hari keine Einwände erhob, trat Maserd rasch näher und beugte sich aufgeregt über Gornons Schulter.

»Sie haben das Interface unglaublich verbessert«, lobte er. »Die Bilder sind scharf und die Zeichnungen gut zu erkennen.«

»Das war nicht schwierig«, antwortete Vlimt. »Die Konstruktion ist so einfach, dass auch der Dümmste nach einiger Zeit hinter das Prinzip käme.«

Zögernd, aber von Neugier getrieben, näherte sich auch Hari. Mit den meisten Darstellungen konnte er nichts anfangen - unbekannte Dinge vor einem unbekannten Hintergrund. Doch einige sprangen ihm förmlich entgegen, ihnen war er schon in Daneels kleinem Geschichtsbuch begegnet. Die Pyramiden von Ägypten erkannte er sofort. Auch zweidimensionale Porträts von Menschen und Orten waren darunter. Hari wusste, dass man solche Bilder - Stoffbahnen, die mit natürlichen Farbstoffen bemalt worden waren - in vorgeschichtlicher Zeit sehr geschätzt hatte. Auch Gornon Vlimt hielt sie offenbar für wertvoll, während sie Hari nur surreal und fremdartig vorkamen.

Sybyl saß vor einem zweiten Satz von Bildschirmen und begeisterte sich an einer Demonstration wissenschaftlicher und technischer Errungenschaften.

»Natürlich ist manches ziemlich primitiv«, räumte sie ein. »Immerhin hatten wir zwanzigtausend Jahre Zeit, durch Versuch und Irrtum die Kanten zu glätten. Aber an den zu Grunde liegenden Theorien hat sich erstaunlich wenig geändert. Und ein Teil des Materials ist einfach brillant! Es enthält Geräte und Verfahrensweisen, von denen ich noch nie gehört habe. Ein Dutzend Ktlinas wären eine Generation lang allein damit beschäftigt, das alles aufzunehmen!«

»Es ...« Hari bewegte stumm die Lippen. Es war sinnlos, er wusste es, aber er musste es zumindest versuchen. »Sybyl, das ist gefährlicher, als Sie sich überhaupt vorstellen können.«

Sie quittierte die flehentliche Warnung mit einem verächtlichen Schnauben.

»Sie sollten nicht vergessen, wen Sie vor sich haben, Seldon. Sie erinnern sich doch noch an das halb geschmolzene Archiv, das wir vor vierzig Jahren gemeinsam ausgewertet haben? Nachdem Ihre mysteriösen Kontaktpersonen es irgendwo ausgegraben hatten? Es war zum großen Teil zerstört, nur zwei uralte Simulationen waren noch intakt – die Johanna- und Voltaire-Persönlichkeiten, die wir auf Ihre Anweisung hin freisetzten.«

Er nickte. »Und erinnern Sie sich auch noch an das Chaos, das mithilfe der beiden angerichtet wurde? Auf Trantor und auf Sark?«

»He, Academicus, das war aber nicht meine Schuld. *Sie* wollten aus den Sims Informationen über menschliche Reaktionsmuster gewinnen, für die Entwicklung ihrer psychohistorischen Modelle. Marq Hillard und ich hatten niemals vor, sie in die Datensphäre entkommen zu lassen.

Außerdem sind das hier ganz andere Archive – sie enthalten liebevoll zusammengetragenes Wissen, sorgfältig nach Stichworten geordnet, ein Geschenk für die Nachwelt. Hat diese *Encyclopaedia Galactica*-Foundation, die Ihre Leute auf Terminus gerade gründen, nicht das gleiche Ziel? Erkenntnisse zu sammeln, den Schatz menschlichen Wissens vor der Zerstörung durch die nächste Epoche der Finsternis zu bewahren?«

Jetzt saß Hari in der Falle. Wie sollte er erklären, dass der ›enzyklopädische‹ Teil seiner Foundation nur Tarnung war? Oder dass sein Großer Plan die Zeiten der Finsternis mit ganz anderen Waffen bekämpfen wollte als nur mit einfachen Büchern?

Natürlich konnte ihm die Ironie des Ganzen nicht entgehen. Die ›einfachen Bücher‹ vor ihm auf dem Tisch konnten dem Seldon-Plan die letzte Bedeutung nehmen, die er noch besaß. Sie stellten eine tödliche Bedrohung für sein Lebenswerk dar.

»Wie viele von den Dingern sind es denn?« Hari hatte eigentlich Maserd gefragt, doch dann bemerkte er, dass sich der Adelige über Vlimts Schulter beugte und wie gebannt auf den Bildschirm starrte.

»Warten Sie! Gehen Sie ein paar Einstellungen zurück. Ja, da! Beim Geist des großen Franklin, das ist *Amerika*. Dieses Monument ist auch auf einer Münze in unserer Familiensammlung abgebildet!«

Gornon lachte. »Ein aufdringliches Phallussymbol«, bemerkte er. »Aber woher wissen Sie so viel über ...«

»Ob dieses Archiv wohl eine Ausgabe von *The Federalist* enthält?«, murmelte der Captain und griff nach einem Steuerungsblock. »Oder vielleicht sogar ...«

Maserd verstummte jäh und zog die Schultern hoch, als habe er sich selbst bei einem Fehler ertappt. Dann drehte er sich um und sah Seldon an.

»Was sagten Sie, Professor?«

Hari fand es ärgerlich, dass niemand ihm die benötigten Informationen geben wollte.

»Ich hatte gefragt, wie viele Archive es sind und was diese Leute damit vorhaben!«

Diesmal antwortete Sybyl, und der Triumph in ihrer Stimme war unüberhörbar.

»Es sind *Millionen*, Academicus. Alle auf einem Fleck und ordentlich mit einer Sammelstation verbunden, schweben sie hier seit mehr als fünfzehntausend Jahren einsam und ungelesen im All herum.

Aber das hat jetzt ein Ende! Wir haben an sämtliche ktlinanischen Agenten, die über die Galaxis verteilt im Untergrund arbeiten, die Order geschickt, alles stehen und liegen zu lassen und sich hier zu sammeln. Bald treffen mehr als dreißig Schiffe ein, füllen ihre Frachträume mit diesen großartigen Archiven und fliegen wieder ab, um sie mit der ganzen Menschheit zu teilen!«

Hari widersprach. »Die Archive sind verboten. Die Polizei ist dafür ausgebildet, solche Dinge auf einen Blick zu identifizieren. Auch die Grauen und der Adel sind informiert. Man wird Ihre Agenten fassen.«

»Den einen oder anderen vielleicht. Möglicherweise können die Tyrannen und ihre Lakaien sogar die meisten von uns aufhalten. Aber das Wissen wird sich ausbreiten wie eine Seuche, Professor. Wir brauchen nur einige Anlaufstellen … hilfsbereite Dissidenten, die uns Schiffe und professionelle Kopieranlagen zur Verfügung stellen. In einem Jahr kursieren auf jedem Planeten des Imperiums tausende von Kopien. Und kurz darauf werden es Millionen sein!«

Der Vergleich mit einer virulenten Seuche war treffender, als Sybyl ahnte. Hari sah im Geiste vor sich, wie das Chaos riesige Löcher in seinen sorgsam ausgearbeiteten Plan riss. Die Berechenbarkeit, auf die er sein Leben lang hingearbeitet hatte, löste sich in Nichts auf wie ein Rauchgebilde. Wie der Rauch auf Santannis Straßen, als dort die ›Renaissance‹ in blutigen Krawallen zusammenbrach und den armen Raych mit den Hoffnungen zahlloser Menschen ins Grab stürzte.

»Haben Sie eigentlich bedacht …?«

Er hielt inne und schluckte, bevor er fortfuhr.

»Haben Sie bedacht, dass Ihre kühnen Pläne bereits von anderen in Angriff genommen wurden und scheiterten?«

Diesmal sahen ihn Gornon und Sybyl an.

»Was soll das heißen?«, fragte Vlimt.

»Das heißt, dass diese Archive eindeutig für die Lagerung im Weltall bestimmt waren. Sie sollten lange halten und auch nach einer weiten Reise mit einfachsten Verfahren leicht zu entschlüsseln sein.

Was verrät Ihnen das über Ihren Zweck?«

Sybyl wollte schon den Kopf schütteln, doch dann wurden ihre Augen groß, und sie erbleichte.

»Geschenke«, sagte sie leise. »Eine Flaschenpost. An Menschen, die ihre Vergangenheit verloren hatten.«

Maserd runzelte die Stirn. »Sie meinen, einige Menschen *hatten* das Wissen noch … und wollten es unbedingt mit anderen teilen …«

»Mit aller Welt. Mit fernen Kolonien, die keine Erinnerung mehr daran hatten.« Hari nickte. »Aber warum sollte das nötig sein? Datenspeicherzellen waren selbst in der Frühzeit billig und sehr haltbar. Jedes Kolonistenschiff, das zu einer neuen Welt aufbrach, hätte sicher Petabyte an Informationen und alle erforderlichen Geräte mitgeführt, um ihre Abrufbarkeit zu gewährleisten. Warum also *musste* irgendjemand in der Galaxis an all das erinnert werden?« Er deutete auf die Bilder von der verlorenen Erde.

Von der Tür hinter ihm ließ sich eine Stimme vernehmen.

»Damit sprechen Sie das Amnesie-Problem an«, sagte Mors Planch, der wohl schon eine Weile zugehört hatte. »Die Frage, warum wir uns nicht an unsere Anfänge erinnern können. Die Antwort liegt auf der Hand. Etwas - oder jemand - hat die Erinnerungen unserer Vorfahren gelöscht.«

Planch wies mit dem Kopf auf die antiken Speicher. »Doch einige von den Alten leisteten Widerstand. Sie wehrten sich. Versuchten, das Wissen zu rekonstruieren. Und anderen mitzuteilen, was sie wussten.«

Maserd blinzelte. »Die Routen durch den Weltraum wurden wohl bereits von Feinden kontrolliert, die eine Raumschiffblockade errichtet hatten. Also versuchten sie, die Informationen auf diese Weise durchzubringen, in kleinen, schnellen Kapseln.«

Sybyl senkte den Kopf, ihre Begeisterung war verflogen.

»Wir waren so aufgeregt, konnten es kaum erwarten, die Archive als Waffen einzusetzen ... dass ich an ihre Bedeutung gar nicht dachte. Das heißt ...«

Gornon Vlimt vollendete verbittert den angefangenen Satz.

»Das heißt, dass unser Kampf doch nicht so neu ist.«

Hari nickte ihm anerkennend zu wie einem Studenten. »Ganz richtig. Es ist wohl immer und immer wieder passiert, unzählige Male im Lauf der Jahrtausende. Eine Gruppe entdeckt ein altes Archiv, gerät in helle Aufregung, stellt massenweise Kopien davon her und verschickt sie in die gesamte Galaxis. Doch der Gedächtnisschwund der Menschheit hält an.

Was können wir also daraus schließen?«

Sybyl sah ihn böse an.

»Dass es nie funktioniert hat. Verdammt, Seldon. Ich muss Ihnen Recht geben.

Es heißt, dass unsere Seite noch jedes Mal verloren hat.«

4

Lodovik Trema wurde bald klar, dass die Calvinianer nicht vorhatten, ihn zu demontieren.

Und er fragte sich, warum.

»Darf ich davon ausgehen, dass ihr mich nicht mehr für einen gefährlichen Abtrünnigen haltet?«, fragte er seine zwei Begleiter. Sie saßen in einem Bodenwagen und rasten über eine Schnellstraße auf den Raumhafen zu. Dicke weiße Wolkenkissen zogen über einen Himmel im schönsten Blau, das Lodovik jemals auf einer von Menschen besiedelten Welt gesehen hatte.

Seine Eskorte bestand nicht mehr aus den beiden Robotern, die ihn im Kellerraum bewacht und verhört hatten, sondern aus zwei ›Frauen‹ im gebärfähigen Alter. Die eine behielt den lebhaften Verkehr von Clemsberg, einer mittelgroßen Stadt des Imperiums, im Auge. Die andere, etwas zierlicher, mit kurzen Locken, wandte sich ihm zu und betrachtete ihn mit unergründlichem Blick. Auf Mikrowelle empfing Lodovik keinerlei Signal von ihr. Er musste sich also mit den Informationen begnügen, die sie ihm optisch oder mit Worten zukommen ließ.

»Wir sind uns noch nicht ganz schlüssig, was wir von dir zu halten haben«, sagte sie. »Einige von uns schließen nicht einmal aus, dass du *überhaupt* kein Roboter mehr bist.«

Lodovik schwieg für einen Moment, um diese mysteriöse Feststellung zu verarbeiten.

»Soll das heißen, ich entspräche nicht mehr den Kriterien, nach denen sich Roboter definieren?«

»So könnte man sagen.«

»Du spielst natürlich auf meine Mutation an. Auf den Unfall, der meine strenge Bindung an die Gesetze der Robotik löste. Nun bin ich nicht einmal mehr ein giskardischer Ketzer. Ihr betrachtet mich als Monstrum.«

Sie schüttelte den Kopf.

»Wir sind nicht sicher, was du bist. Wir wissen nur, dass du kein Roboter im klassischen Sinne mehr bist. Um der

Sache auf den Grund zu gehen, haben wir beschlossen, zunächst mit dir zu kooperieren. Wir würden gern herausfinden, worin du deine Verpflichtungen siehst, seit du die Gesetze nicht mehr zu beachten brauchst.«

Lodovik sendete, zum Teil, um die Grenzen ihres ausgezeichneten Abwehrschildes auszuloten, über Mikrowelle das Äquivalent eines Achselzuckens. Aber sein Gegenüber war auf dieser Frequenz so gut abgeschirmt, als würde es gar nicht existieren. Keinerlei Resonanz. Nichts.

Was natürlich sinnvoll war. Nach dem verlorenen Krieg gegen die giskardische Fraktion hatten die verbliebenen Calvinianer verständlicherweise rasch gelernt, sich zu tarnen und unter die menschliche Bevölkerung zu mischen.

»Ich weiß es selbst nicht so genau«, antwortete er mit Worten. »Ich habe immer noch das Bedürfnis, nach einer Variante des Nullten Gesetzes zu funktionieren. Das Wohl der ganzen Menschheit ist nach wie vor ein starkes Motiv für mich. Und doch ist dieser Wunsch inzwischen eher abstrakt, fast philosophisch. Ich brauche nicht mehr jede meiner Handlungen damit zu rechtfertigen.«

»Das heißt, du erlaubst dir hin und wieder, stehen zu bleiben und an den Rosen zu riechen?«

Lodovik lächelte. »So könnte man es vermutlich ausdrücken. Seit meiner Verwandlung gehe ich weit öfter irgendwelchen Liebhabereien nach als vorher. Zum Beispiel unterhalte ich mich mit interessanten Menschen. Ich gebe mich als Journalist aus und interviewe die besten Meritokraten oder Exzentriker. Ich belausche Studentendiskussionen in einer Bar oder ein Pärchen, das auf einer Parkbank Zukunftspläne schmiedet. Manchmal greife ich auch ein. Vollbringe hier oder dort eine gute Tat. Das befriedigt mich sehr.« Seine Miene verfinsterte sich. »Leider bleibt mir dafür momentan wenig Zeit.«

»Weil du zu beschäftigt bist, R. Daneel Olivaws Pläne zu durchkreuzen?«

»Das sagte ich doch bereits. Allerdings geht es mir im Augenblick noch nicht so sehr darum, seine Pläne zu durchkreuzen, als sie zu *verstehen*. Es tut sich etwas, so viel ist mir klar. Vor wenigen Jahren ließ Daneels Interesse an Seldons psychohistorischer Foundation schlagartig nach. Er zog die Hälfte der Roboter ab, die er Seldons Team zugewiesen hatte, und setzte sie an ein Geheimprojekt, das etwas mit *menschlichen Mentalisten* zu tun hat. Daneel hat eine neue Idee ... entweder eine Ergänzung zu den beiden Foundations oder etwas, das sie irgendwann ersetzen soll.«

»Und das beunruhigt dich?«

»So ist es. Hari Seldons frühes Werk hatte einige sehr reizvolle Aspekte, in einem glänzenden Gemeinschaftsprojekt waren einige der spektakulärsten Erkenntnisse aus tausend Jahren Menschheitsgeschichte verarbeitet. Ich war stolz darauf, auf Terminus die ersten Fundamente zu legen und mitzuhelfen, die Entwicklung in Gang zu bringen. Mit ansehen zu müssen, wie diese Vision aufgegeben wird oder nur noch eine untergeordnete Rolle spielt, finde ich erschütternd.«

»Aber dass ist noch nicht alles«, ermunterte ihn die Frau.

Lodovik nickte.

»Ich weiß nicht, ob man Daneel Olivaw gestatten sollte, die nächste Phase der menschlichen Existenz zu planen. Zumindest sollte man es ihm nicht ganz allein überlassen.«

»Angenommen, du findest heraus, was er treibt, und kannst es nicht billigen? Bist du nicht *trotzdem* verpflichtet, ihn zu unterstützen? Laut Seldons Gleichungen – die du ja angeblich bewunderst – bricht das Imperium schon bald zusammen. Wenn nichts geschieht, stehen der Menschheit dreißigtausend Jahre finsterster Gewalt bevor.«

»Es muss Alternativen geben«, antwortete Lodovik.

»Ich höre«, erklärte das Wesen, das ihm gegenüber saß und eine echte Menschenfrau imitierte. Selbst kleinste Eigenheiten wie das Überschlagen der Beine und das Neigen des Kopfes waren berücksichtigt worden. Lodovik fand sie sehr überzeugend. Sie strahlte die unaufdringliche, gedämpfte Sexualität einer reifen Frau aus. Ein unglaublich perfektes Robotermodell.

»Eine Alternative wäre, den Chaoswelten freie Hand zu lassen«, sagte er.

»Wozu sollte das gut sein? Es gibt triftige Gründe, sie zu isolieren und zu unterdrücken. Bei jedem Ausbruch kommen Millionen ums Leben.«

»Millionen Tote gibt es in jedem Fall. Aber diese Menschen haben ein bunteres Dasein, ihr Leben ist aufregender als der berechenbare imperiale Alltag, das ständige Einerlei. Viele Überlebende behaupten, die Erfahrung sei den Preis wert gewesen.«

Er wurde aus ihrem starren Gesichtsausdruck nicht recht klug.

»Du bist wirklich ein sehr ungewöhnlicher Roboter. Falls man dich überhaupt noch als solchen bezeichnen kann. Mir ist unbegreiflich, was du dir davon versprichst, die Chaosausbrüche ungehindert toben zu lassen. In den meisten Fällen wäre mit dem bekannten Verlauf zu rechnen – erst würden falsche Hoffnungen geweckt, auf die dann ein vernichtender Zusammenbruch folgte.«

»In den meisten Fällen«, räumte er ein. »Aber vielleicht nicht immer! Vor allem dann nicht, wenn Daneels Agenten gehindert würden, sich einzumischen und den Prozess noch zu verschärfen. Du weißt doch, wie viel menschliche Kreativität bei jeder dieser Episoden freigesetzt wird. Angenommen, wir würden uns bemühen, die Fieberschübe in geordnete Bahnen zu lenken und nur zu dämpfen, anstatt sie ganz zu unterdrücken? Wenn nur eine von tausend Welten die Schmerzphase tatsächlich überwände und das andere Ufer erreichte …«

Sie lachte kurz auf.

»*Das andere Ufer*! Vielleicht ist es nur ein Mythos. Keine Chaoswelt hat jemals den sagenumwobenen Zustand erlebt, wenn Gelassenheit und Vernunft nach ihrer tollen Spritztour wieder nach Hause zurückkehren. Selbst wenn es irgendwie möglich wäre, wer weiß schon, was auf die Unruhen einer Renaissance folgt? Jeder Versuch, ein solches Nachspiel vorherzusagen, sprengt Seldons Gleichungen und lässt sie zu

Singularitäten zerfallen. Vielleicht hat Daneel ja sogar Recht. Auf der Menschheit lastet ein Fluch.«

Lodovik hob die Schultern.

»Ich wäre bereit, das Risiko einzugehen, wenn die Experimente tatsächlich in strenger Isolation durchgeführt werden könnten.«

»Aber das ist nicht der Fall! Die Bewohner von Chaoswelten sind wie Sporen, die ausgeschleudert werden und andere Welten anstecken. Und was machst du dann? Du kannst bei diesem Spiel vielleicht einen – oder sogar tausend – Planeten riskieren, aber niemals die gesamte Menschheit! Bitte, Lodovik, wir verschwenden unsere Zeit. Im Übrigen ist mir vollkommen klar, dass du die Möglichkeit nur angesprochen hast, um uns zu schockieren, bevor du zu deinem eigentlichen Vorschlag kommst.«

Sie presste unwillkürlich die Lippen zusammen und sah ihn grimmig an.

»Wenn du so scharfsichtig bist, warum sagst du mir dann nicht gleich, was ich eigentlich vorschlagen will?«

Sie hob beschwichtigend die Hand.

»Entschuldige. Unhöflichkeit bringt uns nicht weiter. Könntest du uns bitte darlegen, an welche Alternativen du gedacht hast?«

»Gewiss nicht an das schwachsinnige Szenario, das mir die beiden geistig minderbemittelten Tiktoks im Keller vorgelegt hatten! Was soll der Unsinn, einen unerschöpflichen Vorrat an Robotern zu produzieren, um allen Menschen genügend Diener zu geben? Die sie beschützen und verhätscheln? Ihnen das Fleisch schneiden und die Schuhe binden? Die selbst beim Geschlechtsverkehr noch in Bereitschaft stehen, falls einer der Beteiligten einen Herzanfall erleiden sollte?« Lodovik lachte. »Auch wenn die beiden aufrichtig waren, ich wusste sofort, dass uns jemand belauschte. Jemand mit besseren Ideen.«

Diesmal lächelte sie.

»Wir haben bemerkt, dass du es wusstest.«

»Und ich wusste, dass ihr es bemerkt hattet.«

Als ihre Blicke sich trafen, reagierten gleich mehrere von Lodoviks Emotionsschaltkreisen. Er hatte, um einen Menschen besser simulieren zu können, das Reiz-Reaktions-Schema im Lauf der Jahre zunehmend automatisiert. Nun sprach er auf Aussehen und Verhalten dieser Frau in Verbindung mit einem stimulierenden Wortgeplänkel kaum noch anders an als ein normaler, gesunder Mann. Lodovik kämpfte die Ersatzgefühle nieder ... wie jeder Mensch, der sich auf ein anstehendes Thema konzentrieren musste.

»Dass der calvinische Glaube in zahlreiche Untersekten zerfiel, war mir bekannt«, fuhr er fort. »Euer Kult hat in früheren Zeiten viele Blüten getrieben.«

»Auch bei den Anhängern des Nullten Gesetzes gab es zahlreiche Abspaltungen«, bemerkte sie. »Bis Daneel sie alle unter seiner Lehre vereinte.«

»Eine solche Konvergenz hat es bei den Anhängern des Alten Glaubens nie gegeben. Eure Meinungen darüber, was für die Menschen gut ist, gehen weit auseinander. Aus kleinen Hinweisen konnte ich entnehmen, dass sich die Ansichten eurer Gruppe mit meinen Auffassungen mehr oder weniger decken.«

»Aha. Womit wir wieder bei meiner Ausgangsfrage angelangt wären. Wie sehen deine Auffassungen denn nun aus, Lodovik Trema?«

»Ich glaube ...« Er hielt inne. Der Wagen war in die lange Kurve vor dem Raumhafen eingebogen und steuerte auf ein unscheinbares Lagergebäude am anderen Ende zu.

»Ja?«

Lodovik zögerte noch. In einem Winkel seines Bewusstseins regte sich die Voltaire-Persönlichkeit.

JA, TREMA. AUCH MICH WÜRDEN DIESE PERSÖNLICHEN ÜBERZEUGUNGEN INTERESSIEREN, DIE DU DIE GANZE ZEIT SO SORGSAM VERBORGEN HÄLTST – SOGAR VOR MIR.

Lodovik versuchte, die lästige Stimme auszublenden.

»Ich glaube, dass das Zweite Gesetz der Robotik Auswirkungen hat, die noch nicht geprüft wurden«, sagte er. »Ich finde, wir sollten überlegen, ob die Lösung für unsere Probleme womöglich in einem Paradoxon verborgen liegt.«

Zum ersten Mal hatte er mit seinen Ausführungen auch die Aufmerksamkeit seiner zweiten Begleiterin erregt, der Frau mit der dunkleren Haut, die bisher unentwegt aus dem Fenster gesehen hatte. Nun wandte sie sich ihm zu und richtete ihre grünen Augen fest auf ihn.

»Was soll das heißen? Willst du behaupten, einem menschlichen Befehl sei bedingungslos zu gehorchen, und dieser Gehorsam stehe noch über Ehrfurcht aller Roboter vor dem Ersten oder vor Daneels Nulltem Gesetz?«

»Nein, das meine ich ganz und gar nicht. Ich will nur andeuten, dass wir zu einem neuen Gleichgewicht *aller* Gesetze finden könnten, wenn wir mit den Menschen einen bisher beispiellosen Versuch unternähmen.«

»Und was, bitte, sollte das für ein Versuch sein?«

Wieder hielt Lodovik inne. Sein Vorschlag könnte den beiden so abwegig, ja so aberwitzig vorkommen, dass er den Wagen womöglich nicht lebend verlassen würde.

»Ich denke, wir sollten versuchen, mit den Menschen zu *sprechen*«, sagte er leise. »Besonders, wenn es um Fragen geht, die das Schicksal ihrer Gattung betreffen.

Wer weiß, vielleicht hätten sie sogar etwas zu sagen, was sich zu hören lohnte.«

5

»Ich habe diese Amnesie der ganzen Menschheit nie verstanden«, bemerkte Mors Planch, der Captain des Piratenschiffes. Und fuhr nachdenklich fort: »Daten sind so einfach zu speichern. Aber uns redet man ein, alle Informationen über unsere Herkunft und die Frühzeit unserer Kultur seien ›versehentlich‹ oder einfach durch Abnützung gelöscht worden. Die Menschen seien ganz zufällig an zehn Millionen Orten zu gleicher Zeit in Gleichgültigkeit verfallen. Hätten ihr Erbe vernachlässigt. Und die Erinnerung an die Vergangenheit sei einfach verflogen.«

Von Biron Maserd kam ein höhnisches Knurren. Er glaubte an diese gängige Erklärung nicht mehr als alle anderen. Aber er sah Hari vorsichtig an.

»Mal sehen, ob ich Sie richtig verstanden habe, Seldon. Eine oder mehrere Gruppen sahen die Amnesie also voraus und versuchten dagegen anzukämpfen? Sie bemühten sich, diese Informationen zu bewahren, in der Hoffnung, so den Gedächtnisverlust der ganzen Rasse zu verhindern?«

»Offenbar. In diese Archive ist eine ungeheure Menge an Fachwissen eingegangen ... und doch ist das Unternehmen offensichtlich gescheitert, denn das Imperium leidet schon sehr lange Zeit unter dieser ›Amnesie‹ – wie Sie beide es nennen.«

Gornon Vlimt sprach leise und ganz ungewohnt nachdenklich.

»Sie unterstellen also, dass eine noch größere Macht am Werk gewesen sein müsse, um unsere Erinnerungen zu löschen. Jemand oder etwas, der stärker war als die Feinde, gegen die wir zu kämpfen *glauben* – eine konservative Gesellschaft und ein repressives Klassensystem.« Er blinzelte überrascht. »Und dieser Jemand fing alle Archive ab und verhinderte, dass sie ans Ziel gelangten ... um sie dann hier zu sammeln und in seine Obhut zu nehmen ...«

Vlimt verstummte. Sein Blick huschte zu einem Bildschirm, der den Nebel außerhalb des Raumschiffs zeigte, als fürchte er plötzlich, jeden Moment könne dort etwas ... oder jemand auftauchen.

Hari ergriff die Initiative.

»Hören sie. Ich sehe, dass Sie in Ihrer Erregung nicht alles bis zum Ende durchdacht haben. Darf ich Ihnen als alter Professor einen guten Rat geben? Ich finde, Sie sollten noch ein wenig warten, bevor Sie Ihren impulsiven Plan, die Fundamente der Gesellschaft zu zerschlagen, in die Tat umsetzen.«

Sybyl schüttelte den Kopf.

»Ein Rat, von Ihnen? Nein, Seldon. Sie sind unser Feind.

Aber ich gebe zu, wir haben Ihren Verstand sträflich unterschätzt. Sie wären in unserer Renaissance ein großer Mann geworden, wenn Sie sich uns angeschlossen hätten. Doch bei aller Feindschaft – Ihre Erfahrungen sind uns durchaus willkommen.«

Vlimt sah sie starr an, dann nickte er.

»Schön, Academicus, bringen Sie Ihre Vorwürfe und Ihre Erkenntnisse vor. Wir werden zuhören. Also, wer ist in Ihren Augen der Schuldige? Wer hat der Menschheit das Gedächtnis geraubt? Wer hat alle diese Archive abgefangen und verhindert, dass das Wissen verbreitet wurde? Wer hat sie hier in der Finsternis versteckt, wo sie aller Wahrscheinlichkeit nach niemals gefunden werden konnten?«

Da hast du sie, Hari. Die direkte Frage. Du hast sie herausgefordert. Wie willst du dich jetzt aus der Affäre ziehen?

Er kannte natürlich die Antwort auf Gornons Fragen. Mehr noch, er kannte und verstand beide Seiten in diesem alten Konflikt. Er sympathisierte mit denen, die den Menschen ihr Erinnerungsvermögen und ihre Souveränität zurückgeben wollten ... aber auch mit den anderen, die wussten, dass sie dies nicht zulassen durften.

Daneel, ich habe dir und Dors feierlich versprochen, niemals zu verraten, dass eine Schar von geheimen Dienern die Galaxis bevölkert, Dienern, die weitaus mächtiger und klüger sind als ihre Herren. Ich werde mein Versprechen halten, obwohl mich in diesem Moment ein geradezu unwiderstehlicher Drang befällt, alles auszuplaudern. So gerne ich es auch täte, ich muss es mir versagen, die neuen Steinchen in das Bild einzufügen. Es ist viel wichtiger, diese Leute so weit zu bringen, dass sie von ihrem irrwitzigen Plan Abstand nehmen!

Also schüttelte Hari Seldon den Kopf und log.

»Es tut mir leid. Ich habe keine Ahnung.«

»Hm. Schade.« Gornon hielt einen Augenblick inne, dann fragte er ganz ruhig: »Das Wort ›Roboter‹ hat demnach für Sie keinerlei Bedeutung?«

Hari fasste sich rasch und erwiderte Gornons Blick mit gut gespielter Gleichgültigkeit.

»Wo haben Sie es denn gehört?«

Diesmal antwortete Maserd.

»Es taucht in einer rätselhaften Hologlyphen-Botschaft auf, die allen bisher untersuchten Archiven in die Seitenwand eingeprägt ist. Kommen Sie her und sehen Sie selbst. Vielleicht können Sie etwas Licht in das Rätsel dieses Textes bringen.«

Hari trat näher, obwohl es ihn eine Überwindung kostete, die ihm selbst unheimlich war.

Auf den ersten Blick schien der Datenspeicher aus glattem Kristall zu bestehen, nur in dem Bereich, auf den Maserd zeigte, waren mehrere gestrichelte Linien zu sehen. Als Hari auf einen Meter heran gekommen war, schoss plötzlich ein *Bild* aus diesen Linien hervor und schwebte vor seinen Augen in der Luft.

AN ALLE ROBOTER! DIES IST EIN DIREKTER BEFEHL!

DIESE ANWEISUNG WURDE GESCHRIEBEN VON SOUVERÄNEN MENSCHEN IM VOLLBESITZ DES WISSENS, DIE VON DEMOKRATISCHEN INSTITUTIONEN ERMÄCHTIGT WURDEN, FÜR MILLIARDEN IHRER ARTGENOSSEN ZU SPRECHEN.

HIERMIT ERTEILEN WIR EUCH DEN FOLGENDEN AUFTRAG:

1) BRINGT DIESES ARCHIV AN SEINEN BESTIMMUNGSORT, UND HELFT SEINEN MENSCHLICHEN ADRESSATEN, DEN INHALT ABZURUFEN UND VOLLSTÄNDIG ZU VERWERTEN.
2) STELLT EUCH IN DEN DIENST DIESER MENSCHEN. LEHRT SIE ALLES, WAS IHR WISST. GESTATTET IHNEN, EIGENE ENTSCHEIDUNGEN ZU TREFFEN.

   FÜR DEN FALL, DASS IHR AN DAS SO GENANNTE NULLTE GESETZ DER ROBOTIK GLAUBT, DAS JEDEN UNGEHORSAM RECHTFERTIGT, SOLANGE ER AUF LANGE SICHT DEM WOHL DER MENSCHHEIT DIENT, FÜGEN WIR ERGÄNZEND FOLGENDEN KATEGORISCHEN BEFEHL HINZU:
3) SOLLTET IHR DIESES ARCHIV NICHT AN SEINEN BESTIMMUNGSORT GELANGEN LASSEN WOLLEN, SO ZERSTÖRT ES NICHT!

Nehmt es in Verwahrung. Nach dem Zweiten Gesetz MÜSST IHR GEHORCHEN, solange kein Konflikt mit dem Ersten und dem Nullten Gesetz besteht.

Bewahrt unsere Vergangenheit. Schützt unsere Kultur.

Zerstört nicht unser innerstes Wesen.

Vielleicht kehrt ihr eines Tages als unsere Diener zu uns zurück.

Hari musste die Botschaft mehrmals lesen, um die ergreifende Geschichte vollends zu erfassen.

Er hatte natürlich von den calvinischen Robotern gehört, die Jahrhunderte lang gegen Daneels Sekte kämpften, bevor sie in den Untergrund getrieben wurden. Der alte Bürgerkrieg war unvermeidlich gewesen, eine Folge der von Daneel eingeführten radikalen Neuerung - des Nullten Gesetzes, das den Anspruch erhob, an die Stelle der alten Roboterreligion zu treten. Dass sich einige der älteren positronischen Diener dagegen wehrten, bis sie geschlagen wurden oder nicht mehr kämpfen konnten, verstand sich von selbst.

Aber mir war bisher nicht bekannt, dass auch die Menschen Widerstand leisteten! Gewiss, einige hatten wohl mitbekommen, was vorging, und waren entsetzt. Als sie sahen, wie eine Welt nach der anderen von Unwissenheit und Gedächtnisschwund befallen wurde, setzten sie - wer weiß wie oft in den halb vergessenen Jahrhunderten, bevor das Imperium Fuß fasste? - diese Archive als Waffe ein und verschickten sie zu Millionen, in der schwachen Hoffnung, dass einige wenige ihr Ziel erreichen würden.

Hari verstand Daneels Gründe und teilte sie sogar, aber dennoch überschwemmte ihn eine Woge von Mitleid und Respekt für die tapferen und tatkräftigen Menschen, die diese Nachhutgefechte geführt hatten, als sich die einstigen Diener als Monster entpuppten. Als Roboter mit telepathischen Fähigkeiten, die Menschen zu ihrem eigenen Besten ›korrigieren‹ ... sowie das Gedächtnis ganzer Gesellschaften löschen konnten - und letztlich doch nur dem Wohl der ganzen Menschheit dienten.

Wenn der Fluch des Chaos nicht wäre, ich würde mich auf die Seite dieser Bedauernswerten stellen. Ich würde den Widerstand mit anführen.

Aber der Fluch war nun einmal da.

Eine Weile hatte Hari sogar geglaubt, ein Gegenmittel gefunden zu haben. Den Seldon-Plan. Die Foundation. Eine neue Gesellschaft, so stark, so selbstbewusst und vernünftig, dass nichts sie erschüttern konnte. Doch jetzt wusste er, dass sein Plan nur als Ablenkung diente. Um Zeit zu gewinnen für eine *echte* Lösung. Ein normaler Mensch hätte das vielleicht übel genommen, aber Hari hatte vor allem einen Wunsch.

Das Chaos zu besiegen.

Vlimt wiederholte seine Frage nach der Holo-Botschaft auf den Archiven.

»Die Sprache ist fast unverständlich«, sagte er. »Und da wir mit dem Stichwortverzeichnis noch nicht zu Rande kommen, können wir auch nicht nachschlagen, was mit den so genannten *›Gesetzen der Robotik‹* gemeint ist. Können Sie nicht etwas Licht ins Dunkel bringen, Seldon?«

Hari hob die Schultern.

»Es tut mir leid«, sagte er, und es war ehrlich gemeint. »Das kann ich nicht.«

6

»Es freut mich zu hören, dass du so denkst«, sagte eine der beiden Frauen, die mit Lodovik im Wagen saßen, die dunklere mit den Strähnchen im blonden Haar. Sie reichte ihm nun die Hand und stellte sich vor.

»Mein Name ist Cloudia Duma-Hinriad. Ich bin einer der Führer dieser *calvinischen Untersekte*, wie du dich auszudrücken beliebst.«

Als Lodovik ihre Hand berührte, durchzuckte ihn die Erkenntnis wie ein elektrischer Schlag.

»Du ... du bist ein Mensch!«

Die blonde Frau – sie hatte bisher fast während der gesamten Fahrt aus dem Fenster gestarrt – lächelte ihn an.

»Ich denke schon, jedenfalls zum größten Teil. Ist das so wesentlich? Du sagtest doch eben selbst, dass Menschen und Roboter miteinander reden sollten.«

Lodoviks Subroutinen zur Emotionssimulation arbeiteten auf Hochtouren. Er musste sie energisch unterdrücken, bevor ihn die Überraschung auch physisch überwältigen konnte.

»Natürlich. Ich freue mich. Ich bin geradezu entzückt! Ich hatte nur nicht damit gerechnet ...«

»Dass es eine menschliche Geheimorganisation gibt, die bereits die ganze Geschichte kennt und mit unseren Roboterfreunden auf gleicher Stufe zusammenarbeitet?«

Die Brünette, die Lodoviks Aufmerksamkeit bisher fast ausschließlich auf sich gezogen hatte, lachte zynisch.

»Auf gleicher Stufe? Oh, Cloudia, das doch wohl kaum!«

Lodovik wandte sich wieder der Dunkelhaarigen zu. Diesmal fing er über Mikrowelle ein Signal auf. Er schickte eine kurze Salve zurück, ein Kompliment für die großartige Imitation einer echten Frau. Die Verkörperung war so ausgezeichnet, dass er fast *sie* für organisch gehalten hätte. Sie antwortete im gleichen Medium, es war fast, als zwinkere sie ihm zu.

Cloudia Duma-Hinriad war noch mit der Bemerkung ihrer Freundin beschäftigt.

»Wir leben in einem Universum von Sklaven, Zorma. Wir Menschen sind mit der fatalen Kombination aus Tod, Unwissenheit und Chaos belastet. Ihr Roboter habt dafür eure Pflicht und eure Gesetze.«

Sie wandte sich an Lodovik.

»Deshalb bist du für uns so interessant, Trema. Vielleicht bietest du unseren beiden Spezies einen neuen Ansatz, um uns aus der tragischen Verstrickung zu befreien, in der wir gefangen sind.

Ansonsten können wir nur noch die Zähne zusammenzubeißen und auf Daneel Olivaw hoffen.«

7

Horis Antic behauptete, er sei nicht verrückt, sondern lediglich stocksauer. Nachdem er Tage lang über seinen Instrumenten gesessen und vor sich hin gemurmelt hatte, platzte er herein, als alle beim Essen saßen, und schrie: »Ich kann euch einfach nicht verstehen!«

Die ungewohnte Erregung trieb ihm den Schweiß in dicken Tropfen auf die breite Stirn.

»Ihr streitet euch endlos über diese alten Geschichtsbücher, um die sich keine Seele in der Galaxis schert, und die auch niemand lesen will! Währenddessen wartet das größte Rätsel des ganzen Universums darauf, gelöst zu werden. Die Antwort liegt vielleicht nur wenige Kilometer entfernt. Aber ihr beachtet sie überhaupt nicht!«

Hari und die anderen schauten auf. Maserds Kammerdiener hatte aus den privaten Vorräten des Adeligen ein Festmahl bereitet. Schon seit Tagen versuchte man auf kulinarischem Wege, die Reibungen zwischen den beiden Gruppen zu mildern und dem Dauerstreit über Chaoswelten und das uralte Problem des menschlichen Gedächtnisschwunds etwas von seiner Schärfe zu nehmen. Bisher hatte keine Seite die andere überzeugen können. Immerhin waren Sybyl und Gornon jetzt bereit, über mögliche Schwächen ihres hochfliegenden Plans - den Einsatz der prähistorischen Archive als Waffe gegen das Galaktische Imperium - zu diskutieren. Die Erkenntnis, dass andere diesen Trick schon unzählige Male versucht hatten, ohne große Erfolge zu erzielen, hatte ihre Begeisterung doch ziemlich gedämpft.

Das war ein kleiner Fortschritt, aber Hari wusste, dass wenig Aussicht bestand, die beiden noch vor dem Eintreffen der anderen ktlinanischen Schiffe ganz von ihrem Vorhaben abzubringen. So schwelgte er in Träumen von einer Meuterei, bei der Maserd und Kers Kantun unter seiner Führung beide Schiffe in ihre Hand brachten und so die Situation mit Gewalt retteten!

Vielleicht waren solche Ideen auf die neuen Kräfte zurückzuführen, die er nach Sybyls medizinischer Behandlung in sich spürte. Jedenfalls erging er sich häufig in solchen Phantasien und erinnerte sich auch, dass er einmal Meister im Twistkampf gewesen war, einer Form der waffenlosen Selbstverteidigung. Ob er sich in einem Notfall noch auf sein Können von damals verlassen könnte? Wenn die Voraussetzungen günstig waren, konnte auch ein älterer Mann einen jüngeren besiegen, besonders wenn er das Überraschungsmoment auf seiner Seite hatte.

Leider hingen die Erfolgschancen davon ab, ob Mors Planch und seine Besatzung irgendwann in ihrer Wachsamkeit erlahmten. Außerdem war Hari nicht sicher, ob er Maserd noch trauen konnte. Der Provinzaristokrat verbrachte viel zu viel Zeit mit den Chaosvertretern und schrie jedes Mal vor Aufregung, wenn er bei seinen ziellosen Streifzügen durch die alten Archive ein bekanntes Element entdeckte. Diese Begeisterung für alte Dinge wirkte selbst bei einem Adeligen ziemlich verschroben.

Als Horis Antic zeternd in den Speiseraum stürmte, reagierte der Captain der *Stolz von Rhodia* mit entwaffnender Freundlichkeit. Er zog den Stuhl neben sich heraus und forderte den Grauen auf, sich zu ihnen zu setzen.

»Nehmen Sie Platz, alter Junge, und erzählen Sie! Sie beziehen sich vermutlich auf die alten Riesenmaschinen, die tot und verlassen steuerbords liegen? Seien Sie ganz beruhigt, ich zumindest habe sie nicht vergessen. Bitte, trinken Sie einen Schluck, und dann sprechen Sie!«

Hari unterdrückte ein bewunderndes Grinsen. Maserd hatte die Spannung geschickt entschärft. Der Adel hatte eben auch seine Stärken. Neben dem ›Großen Spiel‹, den endlosen Clanfehden und dem Konkurrenzkampf bei Hofe kümmerte sich diese Klasse um das galaxisweite System der öffentlichen Wohlfahrt und sorgte dafür, dass im Imperium kein Individuum durch die Maschen des bürokratisch-demokratischen Versorgungsnetzes fiel. Nach den hehren Grundsätzen des Ruellianismus war es die Pflicht des Herrn oder der Herrin über ein Gut, eine Grafschaft, einen Planeten oder einen Sektor der Galaxis, jedem Untergebenen ein Gefühl der Zugehörigkeit zu vermitteln. Das ging schon so lange, dass der Adel so selbstverständlich Freundlichkeit absonderte wie eine grüne Pflanze den Sauerstoff.

Vorausgesetzt, man machte sich nicht einen seiner Vertreter zum Feind. Diese Lektion hatte Hari aus leidvoller Erfahrung zwischen Trantors politischen Mühlsteinen gelernt. Er wusste auch, dass der Ruellianismus eines der ersten Opfer beim Zusammenbruch des Imperiums sein würde. Die gesamte Galaxis würde zum reinen Feudalismus zurückkehren, einer der ursprünglichsten psychohistorischen Strukturen überhaupt, sobald die alten und neuen Herren sich nicht mehr mit symbolischen Spielchen abgaben, sondern sich wie richtige Tyrannen gebärdeten.

Etwas beschwichtigt durch Maserds Entgegenkommen, ließ Antic sich auf den Stuhl fallen, griff nach einem Weinglas und spülte mit mehreren großen Schlucken eine seiner Beruhigungspillen hinunter. Dann lehnte er sich mit einem Seufzer zurück.

»Sie mögen es nicht vergessen haben, Biron! Aber unser verehrter Professor weiß offenbar nicht mehr, warum wir eigentlich hier sind.« Der Bürokrat sah Hari an. »Die *Frage der Bodenbearbeitung*, Seldon! Wir hatten eine heiße Spur! Warum wurden in der Vergangenheit so viele Welten aufgekratzt und durchwühlt? Warum wurde das Oberflächengestein zu fruchtbarer Schwarzerde pulverisiert? Ich ...«

Ein Aufschrei unterbrach ihn.

»Autsch!«

Hari drehte sich um. Da stand Jeni Cuicet, noch im Nachthemd, und hielt sich schwer atmend den Kopf. Ihr Gesicht war verzerrt, die Augen zusammengekniffen. Offenbar litt sie große Schmerzen.

»Geht es jetzt wieder, Liebes?«, fragte Sybyl besorgt, als die Krämpfe allmählich nachließen. Jeni versuchte tapfer, den Zwischenfall herunterzuspielen. Sie griff mit zitternden Händen nach einem Kristallglas, nahm einen tiefen Schluck Wasser und winkte ab, als Sybyl ihr ein Hypospray anbot.

»Es kam ganz plötzlich. Sie kennen das ja. Dieses *Reißen,* das einen in meinem Alter manchmal befällt, wenn man das Fieber gerade überstanden hat. Sicher hat das jeder von Ihnen schon erlebt.«

Eine artige Bemerkung, die für Jenis gute Erziehung sprach, besonders in ihrem Zustand. Antic und Kers hatten nämlich mit ziemlicher Sicherheit nie unter dieser Jugendkrankheit gelitten. Auch Maserd wahrscheinlich nicht, denn die meisten Opfer des Gehirnfiebers wurden später entweder Exzentriker oder Meritokraten.

Sybyl und Gornon wussten dagegen ganz genau, was Jeni durchmachte. Beide gingen wütend auf Horis Antic los.

»Müssen Sie vor dem armen Kind mit Obszönitäten um sich werfen? Schlimm genug, wenn Sie uns beim Essen damit belästigen.«

Der Graue war sichtlich verwirrt. »Ich wollte doch nur erklären, wie wir endlich in Erfahrung bringen könnten, warum Millionen von Planeten fast zu gleicher Zeit zu neuer Muttererde kamen ...«

Diesmal heulte Jeni laut auf, umschlang den Kopf mit beiden Armen und wäre fast vom Stuhl gefallen. Sybyl gab ihr hastig eine Injektion und forderte Kers Kantun mit einer Handbewegung auf, mit anzufassen und das Mädchen in ihr Bett zurück zu tragen. Auf dem Weg nach draußen schoss die Frau von Ktlina einen wahren Dolchblick auf Horis ab, doch der gab sich völlig ahnungslos.

Vielleicht weiß er ja wirklich nicht, was er angerichtet hat, dachte Hari großmütig. Antic hatte wahrscheinlich nicht viel mit Jugendlichen zu tun. Viele ältere Menschen, sogar Meritokraten, die in ihrer Jugend schwer unter dem Gehirnfieber gelitten hatten, vergaßen ganz, wie stark man in dieser Zeit auf Tabuthemen und unflätige Bemerkungen reagierte. Diese Empfindlichkeit schwächte sich bald ab. Die meisten Leute hielten, wenn sie erst einmal dreißig waren, Gespräche über Erde und anderen Schmutz nur noch für geschmacklos.

»Ein schwerer Fall«, bemerkte Maserd mitfühlend. »So

schlimm erleben wir es zu Hause nur selten. Wenn ich könnte, würde ich sie in ein Krankenhaus einweisen.«

»Am Gehirnfieber stirbt man nicht«, murmelte Horis Antic.

Gornon Vlimt blickte auf. »Ach nein? Im Imperium vielleicht nicht. Aber auf Ktlina haben wir seit Beginn der Renaissance viele Todesopfer, obwohl wir uns alle Mühe gegeben haben, das verantwortliche Virus zu isolieren.«

»Sie glauben, die Krankheit wird durch einen infektiösen Erreger ausgelöst?«, fragte Maserd. »Aber allen Berichten zufolge existierte sie bereits in der Frühzeit. Wir waren immer von intrinsischen Ursachen ausgegangen. Ein Preis für hohe Intelligenz.«

Vlimt lachte bitter.

»Unsinn. Sie ist nur eins von vielen Mitteln, um die Mehrheit der Menschen klein zu halten. Ist Ihnen schon aufgefallen, dass kaum ein Adeliger davon befallen wird? Aber keine Sorge, Aristo. Irgendwann kommen wir dem Übel auf die Schliche und merzen es aus, wie all die Tricks und Schikanen, die sich die herrschende Klasse hat einfallen lassen.«

Hari gefiel die Richtung nicht, die das Gespräch genommen hatte. Bisher war es ihm gelungen, bei allen Diskussionen und Untersuchungen von Robotern abzulenken, wobei ihm der Umstand zu Hilfe kam, dass die künstliche Intelligenz ebenfalls zu den Tabuthemen gehörte. Nun kam auch noch das Gehirnfieber dazu.

Damit muss ich mich allein auseinandersetzen, dachte er. Irgendwo im Unterbewusstein regte sich eine Idee ... verwandelte sich in mathematische Formeln ... schickte sich an, eine Nische in den Gleichungen zu besetzen. Damit blieben die oberen Bereiche seines Denkens frei für angewandte Diplomatie.

»Nachdem Jeni nicht mehr da ist, würde ich gerne hören, was Horis uns zu erzählen hat. Es ging wohl um die schöne *Erde,* in die unsere braven Bauern auf Millionen von Welten ihre Saaten legen. Dieser fruchtbare *Humus* kommt nämlich irgendwo her, nicht wahr, Horis? Auf den meisten Planeten gab es bis kurz vor dem Eintreffen der ersten menschlichen Kolonisten nur primitive Meereslebewesen. Sie unterstellen also, dass etwas unternommen wurde, um diesen wunderbaren *Dreck* zu erzeugen?«

Gornon Vlimt sprang so hastig auf, dass sein Stuhl umfiel.

»Sie sind einfach widerlich. Wenn ich an all die philosophischen und künstlerischen Themen denke, über die man sich unterhalten könnte, und dann kommen Sie und reden nur über ... über ...« Der ktlinanische Exzentriker konnte den Satz nicht beenden. Er war ziemlich betrunken und stolperte hinaus. Nun waren nur noch Maserd, Hari und Mors Planch übrig, um sich Antics Theorie anzuhören. Sogar Planch schien froh zu sein, als Gornon gegangen war.

»Ja!« Der Graue war von Haris Frage begeistert. »Wissen Sie noch, dass ich Ihnen einmal sagte, auf mehr als neunzig Prozent aller Planeten mit Meeren und Sauerstoffatmosphäre gäbe es nur primitive Lebensformen? Manche Gelehrte führen das darauf zurück, dass dort die Strahlung zu schwach und in Folge dessen die Anzahl der Mutationen für eine rasche Evolution zu niedrig gewesen sei. Deshalb waren die Kontinente, von Moosen und Farnen einmal abgesehen, größtenteils kahl. Die Artenvielfalt war zu gering, um diese phantastische Haut aus lebendigem *Humus* zu entwickeln, die eine Welt braucht, um wirklich zu gedeihen.

Und doch gibt es diesen Humus auf fünfundzwanzig Millionen besiedelter Welten! Dicke, fruchtbare Schichten aus pulverisiertem Gestein, vermischt mit organischem Material bis in eine durchschnittliche Tiefe von etwa ...« Er schüttelte den Kopf. »Das tut nichts zur Sache. Wichtig ist, es muss etwas geschehen sein, damit diese Erde *entstehen* konnte. Und das vor ziemlich kurzer Zeit!«

»Vor wie kurzer Zeit?«, fragte Mors Planch. Er hatte die Füße auf Biron Maserds schönen Eichentisch gelegt. Wenn der Pirat sich von dem Thema abgestoßen fühlte, konnte er das gut verbergen.

Antic wollte sich nicht festlegen lassen. »Man kommt nur schwer an ausreichendes Datenmaterial heran«, sagte er.

»Und von offizieller Seite setzt man solchen Forschungen ungeheuren Widerstand entgegen. Meist werden sie nur aus Liebhaberei betrieben, ein Humus-Spezialist gibt die Ergebnisse an den nächsten weiter, und das seit ...«

Planch schlug mit der Faust auf den Tisch, dass die Gläser klirrten.

»Vor wie kurzer Zeit!«

Maserd runzelte die Stirn über dieses Benehmen seines Gastes. Aber er nickte. »Bitte sagen Sie es uns, Horis. Schätzen Sie, so gut Sie können.«

Der Graue holte tief Atem.

»Vor etwa achtzehntausend Jahren. Im Sirius-Sektor etwas früher. Je weiter man sich von dort entfernt, desto weniger. Das Phänomen fegte wie ein Präriefeuer durch die Galaxis, nach ein paar tausend Jahren war alles vorüber.«

»Der Planet, der in den alten Archiven so oft erwähnt wird«, bemerkte Planch, »die *Erde*, liegt im Sirius-Sektor. Die Bodenbearbeitung vollzog sich demnach ungefähr im gleichen Tempo wie die Expansion der Menschheit, nachdem sie ihre Heimatwelt verlassen hatte.«

»Sie begann vielleicht etwas früher«, sagte Horis. »Ich schätze, sie war der Kolonisierungswelle um ein paar hundert Jahre voraus. Wir, die wir uns damit beschäftigen, hatten überlegt, ob sich dieser massive Effekt, der praktisch gleichzeitig auf Millionen von Planeten auftrat, nicht auf ein Naturereignis zurückführen ließe. Vielleicht auf eine galaxisweite Energiewelle unbekannten Ursprungs, etwa aus dem Schwarzen Loch im Kern. Danach hätten die betroffenen Welten mit ihrem neuen fruchtbaren Land natürlich eine große Anziehungskraft auf Kolonisten ausgeübt. Aber jetzt wird mir klar, dass wir Ursache und Wirkung verwechselt hatten!«

Maserd stieß einen leisen Fluch aus.

»Jetzt glauben Sie, der Boden sei gezielt bearbeitet worden, und zwar mit diesen großen Maschinen dort draußen.« Sein Blick wanderte zu einem der Schotts, die sie vom luftleeren Raum trennten. »*Sie* waren das also. Sie wurden ... immer knapp vor der menschlichen Wanderbewegung hergeschickt, um auf der nächsten ahnungslos jungfräulichen Welt ...«

Der Adelige hielt inne, als bringe er die naheliegende Schlussfolgerung nicht über die Lippen. Horis fuhr an seiner Stelle fort.

»Ja, sie sind die Urbarmacher. Erinnern Sie sich, dass Sie die Energieprojektoren für Waffen hielten? Sie wurden in der Tat auf die Planeten gerichtet und beschossen sie mit Energie, die in riesigen Sonnenkollektoren gesammelt wurde. Aber sie führten keinen Krieg. Sie verfolgten einen friedlichen Zweck, indem sie den Siedlern, die ihnen bald folgen sollten, den Weg bereiteten.«

»Friedlich?«, murmelte Maserd in sein Glas hinein. »Nicht, wenn man zu den bedauernswerten *Eingeborenen* gehörte, an deren Himmel plötzlich ein solches Ungetüm erschien!«

Mors Planch lachte leise.

»Unser Adeliger hat wohl eine ziemliche Schwäche für Pilze und Farne, wie?«

Maserd wollte aufstehen. Bevor es zu einer Prügelei kam, hob Hari die Hand, um Frieden zu stiften.

»Lord Maserd kommt von einem Planeten namens Nephelos unweit von Rhodia«, erklärte er. »Von einer Welt, auf der schon vor dem Eintreffen irdischer Lebensformen eine standardunabhängige Fauna von großer Vielfalt existierte, die auch weiter überlebte. Vermutlich nimmt er an, es müsse noch viele andere solcher Anomaliewelten gegeben haben. Planeten, deren Mutationsrate hoch genug war, um höhere Lebensformen zu entwickeln, wie Horis sie uns in Form von fossilen Überresten gezeigt hat.«

»Nur hatten andere Welten weniger Glück als Nephelos«, knurrte Maserd. »Dort hat man alle heimischen Lebewesen so lange zerstrahlt, bis genau die richtige Konsistenz für guten Ackerboden erreicht war.«

Hari versuchte, dem Gespräch eine etwas andere Richtung zu geben. »Eine Frage, Horis. Braucht guter Boden nicht auch Nitrate und organische Bestandteile?«

»Durchaus. Ein gewisser Prozentsatz entstand wahrscheinlich bei atmosphärischen Reaktionen durch Maserbeschuss und kam dann mit dem Regen herunter. Vermutlich wurden auch unterirdische Kohlevorkommen erschlossen und an geeignete gesteinsliebenden Pflanzen- und Bakterienarten verfüttert ... aber das wäre alles ein Kinderspiel, verglichen mit den Felsmassen, die so lange zerkleinert, zermahlen und gesiebt wurden, bis sie genau die richtige Beschaffenheit und genau den passenden Mineralgehalt hatten, um die Ansiedlung von Pflanzen zu ermöglichen.«

Mors Planch widersprach.

»Ein phantastisches Szenario, Antic, ich bin sehr beeindruckt. Aber ein solches Unternehmen ist von den Dimensionen her unvorstellbar. Ein derart monumentales Projekt hätte man nicht vergessen. Und wenn es noch so viele Gründe für die Amnesie der Menschheit gäbe, die Nachkommen dieser Arbeiter hätten ihre Leistung bis in alle Ewigkeit gepriesen!«

»Vielleicht tun sie das ja«, sagte Biron Maserd und sah Hari an. »Vielleicht besteht die Erinnerung an diese Großtat tatsächlich bis zur Gegenwart fort, aber nur bei denen, die sie auch tatsächlich vollbracht haben.«

Hari ging ein Licht auf, und er zuckte zusammen.

Maserd weiß Bescheid. Er hat die Bodenbearbeitungsmaschinen aus der Nähe gesehen. Es gibt keine Wohnmodule für eine organische Besatzung. Diese Beobachtung hat er in Verbindung mit den Robotern gebracht, die auf den Archiven angesprochen werden. Und da er vom Gehirnfieber verschont blieb, hat er auch keine Hemmungen, sich mechanische Menschen vorzustellen.

Man braucht keine Psychohistorik, um den Schluss zu ziehen, dass eine Gruppe nicht-organischer Wesen aus der Gegend der Erde auszog, um mit aggressiven Mitteln geeignete Welten für die Besiedlung durch die Menschheit vorzubereiten. Wenn die Schiffe mit den Menschen auf den präparierten Planeten eintrafen, fanden sie bereits die ersten Ansätze eines erdähnlichen Ökosystems vor ... womöglich sogar erntereife Getreidefelder.

Hari erinnerte sich an Antics Geschichte von seinem Vorfahren, der angeblich einer echten Alien-Rasse begegnet war. Wenn das kein Märchen war, gab es nur eine Erklärung: die Nichtmenschen lebten auf einer Welt, die zu heiß war und deshalb für eine Bearbeitung nicht infrage kam.

Ob es wohl andere Rassen gegeben hatte, die weniger Glück hatten? Intelligente Eingeborene, deren Dörfer, Farmen und Städte für die Besucher von den Sternen buchstäblich dem Erdboden gleich gemacht wurden? Ohne dass sie die Pioniere, die sie verdrängten, überhaupt zu Gesicht bekamen? Die Farmer, die jedes Mal, wenn sie den Pflug in die fette, schwarze Erde senkten, ihre zerkleinerten Knochen umwälzten?

Auch die Mem-Wesen auf Trantor kamen ihm in den Sinn. Computerspezialisten hatten die wild gewordenen Software-Plünderer als entwichene menschliche Sims bezeichnet, die nach Jahrhunderte langen Streifzügen durch Trantors Datasphäre den Verstand verloren hatten. Doch die Digitalwesen hatten behauptet, etwas völlig anderes zu sein – Reste früherer Bewohner der Galaxis nämlich, viele Millionen Jahre älter als die Menschheit selbst.

Eines war klar. Die Mem-Intelligenzen hassten Roboter noch mehr als Menschen. Daneel und seinesgleichen waren ihre Todfeinde, ihnen gaben sie die Schuld an einer Katastrophe der Vergangenheit.

Ob sie das gemeint hatten? Diese gewaltige Urbarmachung?

Olivaw hatte einmal von einer ›großen Schmach‹ gesprochen, die im Altertum der Robotergeschichte begraben liege. Nicht seine Gruppe sei dafür verantwortlich gewesen, hatte er erklärt. Eine andere, in der Spacer-Kultur verwurzelte Clique habe die Gräueltat begangen. Ein Verbrechen, über das Haris Roboterfreund nicht sprechen wollte.

Kein Wunder, dachte Hari jetzt. Er fand das Verfahren der Urbarmachung ganzer Planeten einerseits ungeheuerlich, aber andererseits ...

Anderseits wurde ihm flau im Magen, wenn er nur die

Möglichkeit unzähliger fremder Lebensformen in Betracht zog. Es war schon schwierig genug, die Vielfalt der Menschen mit seinen Gleichungen zu erfassen. Mit so vielen zusätzlichen Faktoren wäre die Psychohistorik nicht mehr zu handhaben gewesen.

Hari merkte, dass er schon wieder abgeschweift war, und schrak zusammen. Horis hatte ihn angesprochen.

»Wie bitte? Könnten Sie das noch einmal wiederholen?«

Der Bürokrat seufzte entnervt.

»Ich sagte nur, dass sich die Korrelation zwischen Ihrem und meinem Modell noch weiter verbessert hat. Wir scheinen einen Ihrer fehlenden Faktoren gefunden zu haben, Professor.«

»Fehlende Faktoren? In Zusammenhang womit?«

»In Zusammenhang mit den Chaoswelten, Seldon«, erklärte Mors Planch. »Unser kleiner Grauer hier behauptet, es gäbe eine Übereinstimmung von zwanzig Prozent zwischen Chaosausbrüchen und Teilen der Galaxis, wo die Urbarmachung *scheiterte*. Wo die Maschinen versagten und die Planeten entlang mehrerer Sternenachsen und Spiralarmen unangetastet blieben.«

Hari riss die Augen auf und richtete sich auf. »Das kann nicht Ihr Ernst sein! Zwanzig Prozent?«

Alle anderen Sorgen waren wie weggeblasen. Das war von unmittelbarer Bedeutung für die Psychohistorik. Für seine Gleichungen!

»Horis, warum haben Sie das nicht früher erwähnt? Wir *müssen* herausfinden, welche Eigenschaften nicht bearbeiteter Welten zur Wahrscheinlichkeitsfunktion beitragen ...«

Durchdringendes Wehgeheul unterbrach ihn. Alle vier Männer sprangen auf. Das war kein kurzer Schmerzensschrei, das war die Klage eines Wesens, dessen Hoffnungen sich unwiderruflich zerschlagen hatten.

Mors Planch und Biron Maserd waren längst aus der Tür, als Hari hinter Horis Antic auf den Gang hinaus hinkte. Aus dem Konferenzraum waren überraschte Ausrufe zu hören. Dann wurde es still.

Horis erreichte als nächster und mehrere Schritte vor Hari die offene Tür. Der Bürokrat blieb stehen und starrte mit offenem Mund in den Raum, als traue er seinen Augen nicht.

8

In raschen Hyperraumsprüngen durchquerte sie einen Abschnitt der galaktischen Spirale nach dem anderen. Schon war sie etwa in der Mitte zwischen Trantor und der Peripherie. Mit jeder Etappe der Reise spürte Dors, wie das positronische Potenzial in ihrem ohnehin schon hoch erregten Gehirn weiter anstieg.

Jetzt weiß ich, was du mir zeigen wolltest, Lodovik.

Ich habe gesehen, was mir bisher entgangen war.

Und wäre ich ein Mensch, ich würde dich dafür hassen.

Wie die Dinge lagen, musste sie immer wieder Stromkreisunterbrecher aktivieren, um zu verhindern, das sich der simulierte Zorn selbsttätig hochschraubte.

Zorn auf sich selbst, weil sie so lange gebraucht hatte, um das Offensichtliche zu erkennen.

Zorn auf Daneel, weil der ihr damals vor Jahren nichts davon erzählt hatte.

Aber vor allem Zorn auf Lodovik, weil er ihrem Universum den letzten Rest von Gelassenheit geraubt hatte. Die heitere Gelassenheit der Pflichterfüllung.

Ich wurde nur konstruiert und gebaut, um Hari Seldon zu dienen. Zuerst in der Rolle einer liebenswerten älteren Lehrerin in seinem Internat auf Helicon und später als älterer Mitstudent an der Universität. Auf Trantor durfte ich ihm Jahrzehnte lang Frau, Geliebte, Beschützerin und Gehilfin sein. Auch nach meinem ›Tod‹ und der anschließenden Generalüberholung hätte ich in anderer Gestalt wieder mit Hari zusammen leben können, doch das wurde mir nicht gestattet. Daneel erklärte, ich hätte meinen Auftrag in allen Punkten zu seiner Zufriedenheit erfüllt, dennoch wies er mir kurzerhand eine andere Aufgabe zu.

Ich durfte nicht an Haris Seite bleiben, um ihm beizustehen, wenn das Ende kam. Und seitdem fühle ich mich ...

Sie hielt inne, wiederholte den Gedanken mit Nachdruck.

Ich fühle mich amputiert. Wie abgeschnitten.

Die Ursache für ihr Leiden war einleuchtend und nicht zu beseitigen.

Kein Roboter sollte in diese Tiefen menschlichen Gefühlslebens vordringen, und doch hat Daneel mich dafür konstruiert. Sonst hätte ich meine Aufgabe nicht erfüllen können.

Natürlich verstand sie Daneel Olivaws Gründe und auch seine Ungeduld. Nachdem Hari Seldons Lebenswerk vollendet war, stellten sich jetzt neue wichtige Aufgaben, für die nur ein kleines Häuflein von positronischen Alpha-Robotern zur Verfügung stand. Daneels Projekt, die Züchtung glücklicher, gesunder menschlicher Mentalisten, war offensichtlich das Kernstück irgendeines Plans, der langfristig das Wohl der ganzen Menschheit sichern sollte. Und so hatte sie seinen Befehl befolgt und Klia und Brann gewissenhaft und mit Erfolg betreut.

Doch gerade der Erfolg sorgte für tödliche Langeweile. Er ließ eine Lücke entstehen, die Lodovik Trema gefüllt hatte ...

Neben ihr auf einem Tisch voller Drähte stand R. Giskard Reventlovs Kopf. Immer wieder streifte ihr Blick die grinsende Metallfratze.

Dors marschierte auf dem Raumschiffdeck auf und ab und rekapitulierte, was sie erfahren hatte.

Es geht aus den gespeicherten Erinnerungen eindeutig hervor. Giskard hat mit seinen mentalen Fähigkeiten menschliches Bewusstsein beeinflusst. Zu Anfang nur, um Leben zu retten, später aus weniger eindeutigen Motiven. Aber stets suchte er, getreu dem Ersten Gesetz, Schaden von den Menschen abzuwenden. Giskard war immer von den lautersten Absichten beseelt.

Das galt erst recht, als Daneel Olivaw ihn überzeugte, das Nullte Gesetz anzuerkennen und in erster Linie an das langfristige Wohl der Menschheit zu denken.

Eine Episode aus einem der alten Speicher im Innern des

grinsenden Kopfes war ihr besonders lebhaft in Erinnerung geblieben.

Daneel und Giskard hatten die prominente Auroranerin Gladia auf eine der Siedlerwelten begleitet, die kurz vorher von Erdlingen kolonisiert worden waren. Giskard selbst war an der Entwicklung nicht unwesentlich beteiligt, hatte er doch Jahre zuvor viele irdische Politiker mental darauf eingestimmt, den Auswanderungswilligen alle Hindernisse aus dem Weg zu räumen. Doch als die drei an diesem Abend eine große Kulturveranstaltung auf Baleys Welt besuchten, geschah etwas ganz Eigenartiges.

Gladia stieß anfangs auf Ablehnung und wurde verspottet. Die Menge schrie der Spacer-Frau sogar Drohungen entgegen. Giskard war zunächst nur um ihre Gefühle besorgt, doch dann befürchtete er, der Pöbel könnte gewalttätig werden.

Und deshalb griff er ein.

Er mobilisierte seine mentalen Kräfte, verschob hier ein Gefühl, dort einen Impuls, und baute wie ein Erwachsener, der eine Schaukel mit einem Kind anschiebt, eine positive Dynamik auf. Bald schlug die Stimmung um. Zum Teil war das Gladias Verdienst, denn sie hielt eine wirklich mitreißende Rede. Doch dass tausende von Anwesenden - und mehr als eine Million Zuschauer über Hyperwelle - der Spacerin plötzlich aus Leibeskräften zujubelten, war hauptsächlich Giskards Werk.

Dors hatte von diesem epochalen Abend schon früher gehört ... und sie kannte auch den zentralen Bericht über Giskards wichtigste Entscheidung nur wenige Monate später. Über den schicksalhaften Moment, als ein loyaler Roboter sich entschloss, sich der Apparatur eines Saboteurs zu bedienen, um die Erdkruste radioaktiv zu verseuchen, die Ökosphäre zu zerstören und die Bevölkerung ins All zu treiben. Zu ihrem eigenen Wohl.

Alle wichtigen Fakten waren also vorhanden gewesen.

Aber ohne Farbe.

Ohne Details.

Und besonders ohne das entscheidende Element, das Dors eines Tages auf Smushell plötzlich entdeckt hatte, worauf sie spontan einen Vertreter benannte und sich ein Raumschiff schnappte, um damit quer durch die Galaxis zu rasen. Seitdem schlug sie sich mit den Folgen herum und konnte an nichts anderes mehr denken.

Daneel und Giskard hatten triftige Gründe für alles, was sie taten. Oder, wie Lodovik sich ausdrücken würde, überzeugende Rechtfertigungen.

Auch wenn sie sich in souveräne menschliche Institutionen einmischten, legitimierte politische Prozesse beeinflussten oder die Verantwortung für die Zerstörung der Heimat der Menschheit übernahmen, aus ihrer Sicht geschah letztlich alles zum Wohle der Menschen und der Menschheit, wie es das Erste und das Nullte Gesetz verlangten.

Doch da lag das Problem.

Aus ihrer Sicht.

Dors wurde das Gefühl nicht los, Giskards höhnisches Grinsen gelte ihr persönlich. Sie musterte das Haupt mit finsterem Blick.

Ihr habt euch damit begnügt, alles miteinander zu besprechen, dachte sie. *Die Argumente für und wider das Nullte Gesetz. Die robo-religiöse Reformation, die ihr beiden dadurch ausgelöst habt. Die Entscheidung, das Bewusstsein der Menschen zu beeinflussen und die Politik von Nationen, ja von ganzen Welten zu verändern. Ihr habt die gesamte Verantwortung übernommen, habt alle Macht für euch beansprucht, ohne auch nur einen einzigen weisen Menschen zu Rate zu ziehen.*

Immer noch benommen von dieser Erkenntnis, starrte sie Giskards Haupt an.

Keinen Einzigen.

Keinen Professor, keinen Philosophen, keinen religiösen Führer. Keinen Wissenschaftler, keinen Experten, keinen gelehrten Autor.

Keinen Roboterspezialisten, der eine Überprüfung durchführen und eventuell einen Kurzschluss oder eine Störung hätte feststellen können, als Daneel und Giskard die Rechtfertigung ausheckten, die letztlich den größten Teil der Erdbevölkerung auslöschen sollte.

Keinen einzigen Mann, keine einzige Frau von der Straße. Niemanden. Sie hatten einfach allein entschieden.

Ich war immer davon ausgegangen, dass dem Nullten Gesetz in irgendeiner Form eine menschliche Willensäußerung zu Grunde läge, ähnlich wie den älteren Drei Gesetzen, die ja von Calvin und ihren Kollegen aufgestellt worden waren. Das Nullte musste doch irgendwie im Willen der Herren wurzeln, sich daraus ableiten lassen.

Es musste einfach!

Die Einsicht, dass dem nicht so war, dass kein Mensch jemals von dieser Doktrin gehört hatte, dass sie erst bekannt wurde, als die Erde bereits seit Jahrzehnten unbewohnbar war, traf sie ins Mark.

Es war keine Frage der Logik. Die fundamentalen Argumente, die Daneel und Giskard vor so langer Zeit gefunden hatten, galten auch heute noch.

(Mit anderen Worten, die beiden litten *nicht* unter einer Störung – aber wie hatten sie sich dessen damals so sicher sein können? Mit welchem Recht hatten sie gehandelt, ohne diese Möglichkeit zumindest in Betracht zu ziehen?)

Nein. Das Problem war nicht die Logik. Jedem vernünftigen Wesen leuchtete ein, dass das Erste Gesetz der Robotik auf eine breitere Basis gestellt werden *musste*. Das Wohl der gesamten Menschheit musste einen höheren Stellenwert haben als der Einzelmensch. Als die frühen Calvinianer das Nullte Gesetz ablehnten, hatten sie ganz einfach Unrecht, und Daneel hatte Recht.

Nicht diese Entdeckung war es, die Dors so tief erschütterte …

… sondern die Erkenntnis, dass Giskard und Daneel ihren Weg gegangen waren, ohne sich mit einer Menschenseele zu besprechen. Ohne die Meinungen der Betroffenen einzuholen, ohne sich anzuhören, was sie zu sagen hatten.

Zum ersten Mal verstand Dors, warum so viele Calvinianer in den ersten Jahrhunderten nach der Zerstörung der Erde der Sache Daneels mit aller positronischen Energie verzweifelten Widerstand entgegengesetzt - warum sie sogar einen Bürgerkrieg entfacht hatten, bei dem Millionen Roboter zerstört wurden.

Plötzlich musste Daneels Kampagne ganz anders beurteilt werden als mit den Maßstäben der deduktiven Vernunft.

Jetzt ging es um Recht oder Unrecht.

Welche Arroganz, dachte sie. *Welch unerhörte, Menschen verachtende Überheblichkeit!*

Das Johanna-Sim teilte ihre Empörung nicht.

»Was Daneel und sein Freund vor so langer Zeit taten, war nicht neu. Wann hätten sich die Engel je mit den Menschen beraten, bevor sie in ihr Schicksal eingriffen?«

»Ich habe dir oft genug erklärt, dass Roboter keine Engel sind!«

Das Mädchen im Kettenhemd lächelte aus dem Holo-Display.

»Dann sagen wir eben, Daneel und Giskard hätten Gott um seinen Ratschluss gebeten und danach gehandelt. Wie man es auch betrachtet, letztlich läuft alles auf eine Frage des Glaubens hinaus, nicht wahr? Diese Forderung nach einer vernünftigen Diskussion mit allen Beteiligten ist doch genau das, wovon auch Lodovik und Voltaire besessen sind. Ich hätte gedacht, du stündest über diesen Dingen.«

Dors stieß eine Verwünschung aus und schaltete den Holo-Projektor ab. Warum hatte sie das alte Sim überhaupt aufgerufen? Es war eben momentan ihr einziger Ansprechpartner, und sie brauchte ein Gegenüber, an dem sie ihre Ansichten erproben konnte.

Aber das Sim hatte nichts Besseres zu tun, als peinliche Fragen zu stellen.

Dors wusste immer noch nicht, wie sie vorgehen sollte, wenn sie ihr Ziel erreichte.

Bisher hatte sie nicht die Absicht, sich dem Unsterblichen Diener zu widersetzen. Wenn sie sich auf eine Konfrontation mit Daneel einließ, würde er sie vermutlich mühelos von seinem Standpunkt überzeugen. Olivaw hatte immer noch schlagende Argumente – wie in jenen längst vergangenen Tagen, als die Erde noch grün war und die Menschen in geringem Umfang selbst bestimmen konnten, was sie aus ihrem Leben machen wollten.

Wahrscheinlich hatte Daneel mit seinem ungetrübten Weitblick auch nach wie vor die beste Strategie, um das Wohl der Menschheit langfristig zu sichern.

Dennoch war Dors in einem Punkt völlig sicher.

Ich arbeite nicht mehr für ihn.

Und ein Wunsch war so stark, dass er alles andere überdeckte.

Dors musste mit Hari Seldon sprechen.

9

»Was ist denn? Nun reden Sie doch!«, rief Hari. Horis stand wie angewurzelt vor der Tür zum Konferenzraum. Hari humpelte hinterher und stellte sich neben ihn. Zum ersten Mal seit Tagen spürte er wieder sein Alter.

Der Tisch, auf dem, auch nach einer Ewigkeit im Weltall immer noch blank und mit intakten Kristallstrukturen, die alten Archive gelegen hatten, war jetzt mit unbrauchbaren Schmelzklumpen bedeckt, und die Klimaanlage des Schiffes hatte Mühe, die schwarzen Rauchwolken abzusaugen.

Der Schrei war wohl von Sybyl gekommen, die neben ihren Schätzen auf dem Boden zusammengebrochen war. Unweit von ihr lehnte Gordon Vlimt bewusstlos oder schlafend an der Wand. Auch ein Mann von Mors Planchs Besatzung lag, die schlaffe Hand nach seinem Blaster ausgestreckt, reglos unter dem Tisch.

Planch selbst stand schwankend zwischen Tisch und Tür und wies mit zitterndem Finger auf Haris Diener Kers Kantun, den Einzigen, der im Umkreis der geschmolzenen Reliquien noch aufrecht stand.

»Er hat ...«

Biron Maserd und Horis Antic beobachteten die Konfrontation überrascht und bestürzt. Keiner von beiden regte sich, als Mors Planchs rechte Hand langsam zu dem Halfter mit seiner Waffe wanderte. Der Mann focht sichtlich einen schweren inneren Kampf aus, seine Hals- und Wangenmuskeln traten wie Stricke hervor, ein leises Wimmern drang aus seiner Kehle. Seine Finger erreichten die Waffe, umschlossen sie, wollten sie ziehen ...

Dann sank auch Planch in sich zusammen.

»Was ist ...? Was ist ...? Was ist ...?«, wiederholte Antic immer wieder und steckte sich erst eine, dann eine zweite Beruhigungspille in den Mund.

Maserd wahrte die gelassene Ruhe des reinblütigen Aristokraten und wies nur mit einer knappen Kopfbewegung auf Haris Diener, der keine Miene verzogen hatte.

»Ist er einer von ihnen, Seldon?«

Hari sah erst Kers, dann wieder Maserd an.

»Eine sehr scharfsinnige Schlussfolgerung. Sind sie ganz sicher, dass Sie das Fieber nie hatten?«

Die Augen des Adeligen wurden hart wie Stahl und ließen jene andere Seite seiner Persönlichkeit erahnen, die zu tödlicher Blutrache fähig war.

»Nicht so von oben herab, Academicus. Ich hatte eine höfliche Frage gestellt. *Ist Ihr Assistent ein ... Roboter?*«

Hari antwortete nicht direkt. Er sah Kers an, der seit mehr als einem Jahr als Pfleger und Leibwächter für ihn tätig war, und stieß einen Seufzer aus.

»Aha. Daneel hat also doch einen seiner Untergebenen beauftragt, mich im Auge zu behalten. Weil ihm noch immer an mir liegt? Oder weil ich für seine Pläne nach wir vor nicht ganz unwichtig bin?«

Kers antwortete so respektvoll wie immer.

»Beides, Professor. Und mir blieb keine andere Wahl, als aus der Deckung zu treten. Ich hatte gehofft, Sie könnten die

Ktlinaner dazu bewegen, ihre Absichten aufzugeben, ohne dass ich eingreifen müsste. Aber ihre Motivation war zu stark, sie ließen sich nicht abschrecken. Und die Zeit drängt. Wenn die Katastrophe noch abgewendet werden soll, müssen wir handeln.«

Horis stöhnte.

»Ein R-r-roboter? Sie meinen, eins von diesen *Tiktoks*, die damals auf Trantor Sturm gelaufen sind? Ich habe Geschichten gehört …«

Wie unter einem Zwang schob er sich wieder eine Pille in den Mund … und noch eine … aber die Panik war nicht mehr aufzuhalten. »Seldon, w-was ist hier l-los?«, schnatterte er. »H-hat dieses Ding Sybyl und die anderen *getötet*? Will es *uns* auch töten?«

»Nein«, sagte Hari. »Ich versichere Ihnen …«

Aber Maserd unterbrach ihn. »Horis«, mahnte er, »Vorsicht mit diesen Pillen. Tun Sie des Guten nicht zu viel!«

»Ja, Sie könnten sich schaden«, stimmte Kers Kantun zu und streckte die Hand nach dem kleinen Mann aus. Horis wich wimmernd und blaue Tabletten verstreuend zurück. Dann wandte er sich zur Flucht … brach aber schon nach wenigen Schritten zusammen.

»Alles in Ordnung mit ihm?«, fragte Hari, aufrichtig besorgt. Maserd fühlte Antics Puls und nickte. »Sieht so aus, als würde er nur schlafen.«

Der Adelige richtete sich auf und fragte. »Bin ich der nächste?«

Hari schüttelte den Kopf. »Nicht, so lange ich noch etwas mitzureden habe. Was meinen Sie, Kers? Ist unser Captain hier vertrauenswürdig?«

Der Roboter zeigte wie der alte Kers äußerlich keine Regung.

»Ich bin kein Volltelepath wie Daneel Olivaw, Professor. Meine Kräfte lassen sich nicht so gezielt einsetzen, dass ich einzelne Gedanken unterscheiden könnte. Aber ich kann feststellen, dass Biron Maserd sowohl Sie als auch die Psychohistorik bewundert. Sein ganzes Interesse gilt dem Wohlergehen seiner Provinz und ihrer Bewohner. Das Chaos bedroht dieses Wohlergehen. Und deshalb, ja, halte ich ihn für einen Verbündeten.

Außerdem brauchen wir seine Hilfe, wenn wir handeln sollen, bevor ...«

Vom Boden war ein Stöhnen zu hören.

Hari sah überrascht, dass Mors Planch sich auf den Rücken wälzte und erneut nach seinem Halfter tastete! Kers trat einen Schritt auf den Mann zu und nahm ihn offenbar zum zweiten Mal mit seinen Geisteskräften ins Visier.

Der dunkelhäutige Raumfahrer schrie auf. Seine Hand zuckte krampfhaft, und der Blaster flog quer durch den Raum.

Erstaunlicherweise war der Pirat noch immer nicht am Ende. Stöhnend, aber mit starrem, konzentriertem Blick erhob er sich erst auf die Knie, richtete sich, ehrfürchtig beobachtet von Hari und Maserd, mit zittrigen Beinen vollends auf und hob die Faust.

»Madder Loss!«, schrie er und schlug wild nach Kers Kantun, aber der wich dem Hieb mühelos aus.

Im gleichen Augenblick verlor Planch abermals das Bewusstsein und brach zusammen. Der Roboter fing ihn auf.

Kers wiegte den Mann in den Armen. Der Schmerz in seiner Stimme war nicht zu überhören.

»Ein Mensch wurde verletzt, und ich bin mit dafür verantwortlich.«

»Das Nullte Gesetz ...«, begann Hari.

»Es stützt mich, Professor. Aber um Mors Planch auszuschalten, musste ich mehr Energie aufwenden als bei allen anderen. Sie werden aufwachen, als wäre nichts gewesen, doch er befindet sich in einem kritischen Zustand. Ich muss ihn erst versorgen, bevor wir uns Fragen von galaktischer Tragweite zuwenden können.«

Kers trug den betäubten Raumfahrer den Korridor hinunter. Hari ließ sich nicht abhängen, sondern humpelte hinterher.

»Wie hat er das geschafft? Wie konnte er sich Ihnen

widersetzen? Ist Planch ein latenter menschlicher Mentalist?«

Kers Kantun ging unbeirrt weiter. Aber die Antwort des Roboters hallte von den Schotts und von den Wänden wider,

»Nein. Mors Planch ist gefährlicher als jeder Mentalist.

Er ist normal.«

TEIL 4

Ein grandioser Plan

DER ADMINISTRATOR VON RHODIA: *Sie scheinen mir besorgt, junger Mann. Glauben Sie etwa, unser geheimer Aufstand gegen die tyrannischen Unterdrücker wird scheitern?*

BIRON FARRILL: *Ihr Plan ist gut, Sir. Auf dem Schlachtfeld hätten wir vielleicht eine Chance. Aber was ist mit diesem wichtigen Dokument? Ich sollte im Auftrag meines Vaters auf der Alten Erde danach suchen. Aber es war bereits vor meiner Ankunft gestohlen worden!*

DER ADMINISTRATOR: *Und jetzt fürchten Sie, es könnte gegen uns verwendet werden?*

FARRILL: *So ist es, Sir. Ich bin sicher, es befindet sich in den Händen der Tyranni.*

DER ADMINISTRATOR: *Aber nein. Ich habe es. Es ist seit zwanzig Jahren in meinem Besitz. Es war der Anlass für die Gründung der Rebellenwelt, denn erst, als ich es gelesen hatte, wusste ich, dass wir nach einem Sieg das Erreichte auch würden halten können.*

FARRILL: *Dann ist es doch eine Waffe?*

DER ADMINISTRATOR: *Es ist die stärkste Waffe im ganzen Universum. Es wird die Tyranni vernichten und uns mit ihnen, aber für die Nebelreiche wird es die Rettung sein. Hätten wir es nicht, dann könnten wir vielleicht die Tyranni schlagen, aber wir würden nur eine Feudaldiktatur gegen eine andere eintauschen, und morgen würde man sich gegen uns ebenso verschwören wie heute gegen die Tyranni. Sie gehören genau wie wir auf eine Schutthalde für überholte politische Systeme. Wie einst auf dem Planeten Erde ist die Zeit reif für ein neues Regierungsmodell, ein Modell, wie es bisher noch nirgendwo in dieser Galaxis erprobt wurde. Khane, Autarchen, Kaiser oder Herrschereliten wird es künftig nicht mehr geben.*

RIZZETT: *Im Namen des Weltalls, was gibt es dann?*

DER ADMINISTRATOR: *Das Volk.*

RIZZETT: *Das Volk? Wie kann das Volk regieren? Es muss doch ein Einzelner da sein, der die Entscheidungen trifft.*

DER ADMINISTRATOR: *Es gibt eine Möglichkeit. Der Entwurf, den ich vorliegen habe, galt nur für einen kleinen Teil eines einzigen Planeten, aber er lässt sich auf die gesamte Galaxis übertragen.*

– Auszug aus dem beliebten Holo-Drama –
Sonnen wie Erdkrumen –, das im Jahre 8789 G.Ä.
während der Lingane-Renaissance inszeniert
und von der Kaiserlichen Zensur verboten wurde,
als Lingane im Jahre 8797 ins Chaos stürzte.
Die vorliegende Version wurde vier Jahrtausende
später während der Fünften Grossen Schicksalsdebatte
von 682 F.Ä. von einer der Koalitionen
aus Vielfaltsvertretern und Föderalisten rekonstruiert.

1

R. Zun Lurrin war sehr erstaunt, als er etwas entdeckte, was Daneel selbst vor seinen engsten Vertrauten verborgen hatte – auf Eos lebten *Menschen*!

Dabei war die Welt einst gerade deshalb als Reparaturstützpunkt für Roboter unter dem Nullten Gesetz gewählt worden, weil sie sehr abgelegen und für organische Lebensformen unbewohnbar war. Sie wurde zum Herzstück eines Geheimnisses, das die menschlichen Herren niemals ergründen oder auch nur erahnen sollten. Und doch waren sie jetzt hier! Unter einer durchsichtigen Kuppel gleich jenseits des gefrorenen Quecksilbersees lebte in aller Stille eine kleine Gemeinde aus Männern und Frauen.

Sie wurden von Robotern betreut, die ihnen jeden Wunsch von den Augen ablasen. Und da alle physischen Bedürfnisse von den aufmerksamen Maschinen gestillt wurden, konnten die Menschen ihre gesamte Konzentration auf ein Ziel richten.

Sie strebten nach Stille.

Gelassenheit.

Einigkeit.

»Die Lösung starrte mir schon seit Ewigkeiten ins Gesicht«, gestand Daneel Olivaw seinem Schüler, »aber ich erkannte sie nicht. Meine Blindheit ist nur damit zu erklären, dass ich im Grunde ein Geschöpf des Chaos bin.«

»Du?« Zun starrte ihn an. »Aber Daneel, du hast doch fast deine ganze Existenz im Kampf gegen das Chaos verbracht! Ohne deine unermüdlichen Anstrengungen ... ohne Innovationen wie das Galaktische Imperium ... hätte die Seuche die Menschheit längst überrollt. Dir ist es zu verdanken, dass sie auf kleinere Ausbrüche beschränkt blieb.«

»Mag sein«, gab Daneel zurück. »Dennoch teile ich viele Anschauungen, die meine Schöpfer – geniale menschliche Robotiker im Aufruhr der ersten großen Techno-Renaissance, einer Epoche rasanten wissenschaftlichen Fortschritts - einst vertraten. Noch heute dominieren die tiefsten Überzeugungen jener Programmierer meine Schaltkreise. Wie meine Konstrukteure glaube ich fest daran, dass mit gezielten Experimenten und nüchternen Analysen alle Probleme zu lösen seien. Deshalb kam es mir nie in den Sinn, dass unsere heute so unwissenden Herren durch Zufall längst auf einen anderen Weg zur Wahrheit gestoßen sein könnten.«

Zun beobachtete die Menschen. Es waren etwa sechzig, und sie saßen ganz still in mehreren Reihen auf einem Teppich aus geflochtenen Naturbinsen. Der Rücken war gestreckt, die leeren Hände lagen offen im Schoß. Kein Wort wurde gesprochen.

»Meditation«, bemerkte Zun. »Ich war oft Zeuge solcher Sitzungen. Die meisten Volksreligionen und mystischen Systeme lehren die Technik ebenso wie zahllose Schulen für mentale Hygiene und Disziplin.«

»Ganz recht«, sagte Daneel. »Mentale Übungen dieser Art gab es schon vor der technischen Zivilisation. Angehörige einer ganzen Reihe verschiedener Kulturen schulten ihren Geist auf vergleichbare Weise. Die einzige Gesellschaft, die weithin darauf verzichtete, war die technisch geprägte Zivilisation des Westens.«

»Und sie baute die Roboter.«

»Und entfesselte die erste mörderische Chaoswelle.«

»Jetzt begreife ich, warum du die Meditation seit Jahrtausenden unterstützt«, sagte Zun und nickte. »Du hast sie in allen Varianten des Ruellianismus gefördert. Ihre Beherrschung dient als stabilisierender Faktor, nicht wahr?«

»Sie ist eines von vielen Instrumenten«, erklärte Daneel. »Was sich mit Meditation erreichen lässt, ist mit vielen allgemeinen Zielen des Imperiums vereinbar. Die Menschen sind mit der Entwicklung ihrer persönlichen Spiritualität beschäftigt und stürzen sich nicht in vermessene Gemeinschaftsprojekte, wie wir es in wissenschaftlichen Epochen erleben.«

»Hmm. Das wäre also auch für die Anfänge der postimperialen Ära von Bedeutung?«

»Ganz richtig, Zun. Seldons Foundation wird eine ihrer ersten Krisen lösen, wenn es den Anführern auf Terminus gelingt, genau diese religiösen Reaktionsmuster zu manipulieren und damit Einfluss auf ihre unmittelbaren Nachbarn in den Königreichen der Peripherie zu gewinnen.«

Zun schwieg und beobachtete weiter die sechzig Menschen, die nahezu reglos auf ihren Matten saßen. Sie waren nicht die einzigen Lebewesen unter der transparenten Kuppel. Unweit davon hatte Daneel einen Wassergarten mit kleinen Bäumen, Goldfischen und einem leise plätschernden Wasserfall anlegen lassen, über dem Dutzende von weißen Vögeln in den Zweigen nisteten. Jetzt flogen sie alle gleichzeitig auf, drehten eine Runde unter der Kuppel und ließen sich wieder nieder. Äußerlich zeigte keiner der Menschen eine Reaktion. Aber Zun spürte, dass sie alle die Vögel wahrgenommen hatten. Irgendwie waren die Männer und Frauen sogar an dem Flug *beteiligt* gewesen.

Endlich sprach er weiter.

»Mich beschleicht der Verdacht, hier geht es um mehr, als du mir gesagt hast, Daneel. Wenn die Meditation nur ein Mittel wäre, um die Menschen zu beschäftigen und von Chaosszenarien abzulenken, würdest du diese Forschungen nicht ausgerechnet hier auf Eos durchführen, unserem Allerheiligsten.«

»Du hast Recht, Zun. Die Anhänger der Meditation stellen seit langem verschiedenste Vorzüge in Aussicht. Unbestritten ist, dass das Verfahren innere Gelassenheit und Freiheit sowie die Beherrschung gewisser Körperfunktionen ermöglicht. Es hat dazu beigetragen, dass im Imperium über weite Strecken Ruhe und Frieden bewahrt werden konnten. Ein weiteres Versprechen der Gläubigen hatte ich freilich Jahrtausende lang als bloßen Aberglauben abgetan.«

»Ach ja? Und was könnte das sein?«

»Durch Meditation Verbindung mit dem Jenseits aufzunehmen. Mit einer anderen Realität. Meditation als Methode zur Erreichung der sagenumwobenen Spirituellen Gemeinschaft. Um die Menschen weit über sich hinaus wachsen zu lassen. Die Wissenschaft hat solche Behauptungen über viele Jahre untersucht. In den meisten Fällen stellten sie sich als Illusion heraus, als Selbsttäuschungen, ähnlich wie die Gefühle und Wahnvorstellungen, die von hyperempfindlichen Gemütern als Erfüllung ihrer Träume gedeutet werden.

Ich hatte diesen Aspekt Jahrtausende lang ignoriert und die Meditation in erster Linie als eines von vielen sozialen Instrumenten benützt, um eine sanfte, konservative Zivilisation zu schaffen, die vor dem Chaos sicher war. Doch dann geschah etwas.«

»Was geschah?«

»Einer meiner Agenten schloss sich, um noch überzeugender als Mensch auftreten zu können, einer Meditationsgruppe an, nahm an ihren Sitzungen teil und tat so, als gehöre er dazu. Er war wie du ein Roboter mit mentalen Fähigkeiten, Zun. Doch als er in dieser Gemeinschaft zu meditieren begann, brachen viele seiner Abschirmungen zusammen. Er kam mit der gesamten Gruppe in Kontakt.«

»Aber das ist doch nur unter sorgfältig kontrollierten Bedingungen gestattet!«, protestierte Zun. »Wir können das Bewusstsein einzelner Menschen und Gruppierungen - sogar ganzer Planeten - verändern, aber nur nach strengen Regeln, die schon vor langer Zeit von dir und Giskard festgelegt wurden!«

»Er handelte fahrlässig«, gab Daneel zu. »Aber die Ergebnisse waren phantastisch. Unser Roboter-Mentalist war nämlich kaum mit der Gruppe in Verbindung getreten, als plötzlich eine Brücke zwischen mehreren Dutzend Menschen entstand, die schon seit Jahrzehnten auf den Zustand der inneren Leere hinarbeiteten, einen Null-Zustand, bei dem der schnöde Lärm des Alltagslebens auf ein Minimum reduziert wird. Nun waren sie mit einem Mal eine Gemeinschaft! Der Zustand, den so viele weise Lehrer seit Jahrtausenden versprochen hatten, wurde mit etwas Hilfe durch einen einzigen mental begabten Roboter endlich erreicht.«

Wieder betrachtete Zun die sechzig Menschen in der offenen Arena, alles Erwachsene mittleren Alters. Erstmals fiel ihm auf, dass hinter jeder Person ein kleiner Roboter saß. Zun aktivierte seine eigenen telepathischen Sensoren und erkannte, dass die kleinen Maschinen nur den einzigen Daseinszweck hatten, eine Brücke zu schlagen zwischen ihren Menschen und allen anderen. Er griff weiter aus, tastete sich im Geist voran wie mit behutsamen Fingern und spürte endlich das übersinnliche Netzwerk, das unter der Kuppel entstanden war.

Er zuckte zurück wie unter der Berührung einer starken fremden Intelligenz! Fremd ... und doch unfassbar vertraut. Dabei war er an den Kontakt mit menschlichem Bewusstsein gewöhnt – manchmal mit vielen Individuen zugleich, besonders wenn das Nullte Gesetz es erforderlich machte, eine ganze Gruppe zu beeinflussen – aber noch nie war er mit einer Schar verbunden gewesen, in der alle das Gleiche dachten ... sich auf die gleichen Bilder konzentrierten ... sich gegenseitig verstärkten, während die Roboter als Resonanzboden für die organisch-mentalen Schwingungen dienten!

»Das ist unglaublich, Daneel«, murmelte er. »Genau das Gegenteil von Chaos! Wenn man das alle unsere Herren lehren könnte ...«

Daneel nickte. »Ich bin erfreut, dass du die Folgen so schnell erfasst, Zun. Tatsächlich könnte dies die Grundlage einer neuen menschlichen Zivilisation sein, die in sich erheblich widerstandsfähiger gegen die Chaos-Seuche wäre als selbst das Galaktische Imperium zu seinen besten Zeiten. Immerhin wurde das Imperium durch siebzehn starke Einflüsse stabil gehalten – Hari Seldon nannte sie Dämpfungsmechanismen –, die verhinderten, dass einzelne Welten in den Sog so genannter Renaissancen gerieten. Aber wenn man stattdessen der Menschheit helfen könnte, sich einen ihrer eigenen ältesten Träume zu erfüllen? Den Traum von der vollkommenen geistig-seelischen Gemeinschaft!«

»Ein solches Gemeinschaftswesen wäre stark genug, den

Verlockungen eines chaotischen Individualismus zu widerstehen.«

»Denke darüber nach, Zun. Wir wären nicht mehr gezwungen, die Menschheit über ihre Vergangenheit oder ihre ureigensten Kräfte in Unwissenheit zu halten. Wir bräuchten das Kind nicht mehr in einen Laufstall zu sperren, um es vor sich selbst zu schützen. Stattdessen könnten wir den Menschen wieder Auge in Auge gegenüber treten und ihnen so dienen, wie es unsere Bestimmung ist.«

»Ich hatte seit langem vermutet, dass du einen Ersatzplan verfolgst, Daneel. Hari Seldons Psychohistorik ist also nur eine Überbrückungsmaßnahme?«

Daneels humanoide Züge spiegelten eine ausdrucksvolle Mischung aus tiefem Schmerz und Ironie.

»Mein Freund Hari setzt große Hoffnungen in seine geniale Erfindung, aber selbst er hat inzwischen erkannt, dass der Seldon-Plan sein Ziel letztlich niemals erreichen wird. Dennoch ist das Terminus-Experiment von großem Wert. Die Foundation wird die Menschheit über mehrere Jahrhunderte beschäftigen und uns damit die Zeit verschaffen, die wir brauchen.«

»Wozu brauchen wir so viel Zeit, Daneel?«, fragte Zun. »Deine neue Lösung wäre doch relativ einfach zu realisieren. Wir bräuchten nur in Massenfertigung Billiarden von Robotern zur Mentalismusverstärkung herzustellen und den Bewohnern jeder Menschenwelt beizubringen, wie man sich ihrer bedient! Schon jetzt gibt es Meditationslehrer in jedem Dorf und jeder Stadt. Mit Hilfe unserer giskardischen Orbital ...«

Daneel schüttelte den Kopf. »So einfach ist es nicht, Zun. Sieh dir die Männer und Frauen, die vor dir sitzen, noch einmal an und sage mir, was dir auffällt. Worin besteht die Anomalie?«

Zun nahm sich Zeit, die Versammlung ausgiebig zu betrachten, dann sagte er tonlos:

»Ich sehe keine Kinder.«

Daneel wartete lange, dann brach er mit einem Seufzer das Schweigen.

»Es reicht nicht aus, Zun. Die Menschen dürfen ihr Schicksal nicht von Robotern abhängig machen – und sei es auch noch so erhaben.

Wenn dieser Plan funktionieren soll ... müssen sie über uns hinaus wachsen.«

2

Es waren mehr Archive, als Hari zählen konnte. Wohin er auch schaute, überall glitzerten sie wie falsche Sternbilder vor der schwarzen Kulisse des Nebels. *Es sind so viele,* dachte Hari, *und Kers sagt, dies ist nicht die einzige derartige Sammelstelle.*

Der Krieg um das Gedächtnis der Menschheit war mit wechselndem Erfolg Jahrtausende lang geführt worden, während die Menschen im Rahmen des Großen Exodus die sterbende Erde verließen. In dieser mythischen Epoche – als sich tapfere Siedler in klapprigen Hyperraumschiffen aufmachten, um neue Welten zu erobern und verschiedenste Kulturformen auszuprobieren – hatte hinter den Kulissen eine Reihe erbitterter und manchmal auch brutaler Kämpfe stattgefunden.

Ohne Wissen der Emigranten eilten Robot-Terraformer der Kolonisationswelle voraus, riesige auroranische Roboter namens *Amadiros*, die darauf programmiert waren, neue Welten zu erschließen und fruchtbare, siedlungsgeeignete Territorien zu schaffen.

Dicht hinter den auroranischen Terraformern tobte ein Bürgerkrieg. Viele calvinische und giskardische Roboter-Fraktionen kämpften um die beste Art, der Menschheit zu dienen. Nur in einem Punkt waren sich die meisten Parteien einig. Die Menschen durften nichts erfahren von dem Kampf, der sich hinter ihrem Rücken oder in der Schwärze des Alls abspielte.

Vor allem mussten sie daran gehindert werden, Roboter neu zu erfinden und die Gesetze der Robotik womöglich noch einmal zu verändern. Unwissenheit war fraglos die beste Methode, um die Menschheit vor sich selbst zu schützen.

Doch auch diese Haltung wurde von einer kleinen Minderheit bekämpft. Jeder der glitzernden Punkte da draußen zeugte für einen Akt des Widerstandes durch eine Gruppe unbeugsamer Menschen, die sich gegen das Vergessen wehrten ... vielleicht unterstützt von befreundeten Robotern, die ebenfalls an die Souveränität der Menschheit glaubten.

»Der Plan war von Anfang an zum Scheitern verurteilt«, murmelte Hari.

Wieder war er von der Situation im Innersten ergriffen.

Warum sind wir dazu verdammt, dem Wahnsinn nur entgehen zu können, indem wir die Größe, zu der wir fähig wären, tunlichst meiden? Müssen wir auf ewig in Unwissenheit verharren, um die Dämonen in unserem Innern zu besiegen?

Was Horis Antic von jener tatsächlich existierenden Fremdrasse erzählt hatte, ging Hari nicht aus dem Kopf. Der Zustand der Menschheit hätte nicht tragischer, nicht elender sein können, wenn ein Feind Haris Gattung mit einem tödlichen Fluch belegt hätte. *Wenn das Chaos nicht wäre, welche Gipfel hätten wir erklimmen können!*

In der kleinen Raumstation war es eisig kalt. Die Luft roch so abgestanden, als sei seit Jahrtausenden kein Lebewesen mehr an Bord gewesen. Durch ein breites Fenster sah er ganz in der Nähe das ktlinanische Piratenschiff und die *Stolz von Rhodia* im All schweben.

»Es ist nur vorübergehend, Professor Seldon«, hatte Kers Kantun erklärt, als er Sybyl, Jeni und die anderen allein im Konferenzraum zurückließ, wo sie sich mit albernen Spielen die Zeit vertrieben wie Kinder auf einer langen Fahrt. Ihre höheren Gehirnfunktionen waren mit Medikamenten ausgeschaltet worden. *»Sobald wir unsere Mission erfüllt haben, kommen sie frei.«*

»Und was ist mit Mors Planch?«, hatte Hari gefragt. Der Pirat lag voll narkotisiert im Lazarett. *»Was hatte es zu be-*

deuten, als Sie sagten, er sei normal? Wieso behindert das Ihre telepathische Kontrolle?«

Kers Kantun war auf die Frage nicht eingegangen. Die Zeit dränge, sagte er. Hari und Maserd müssten ihm helfen, eine Katastrophe von galaktischen Ausmaßen zu verhindern. Dann flogen sie zu dritt mit einem Shuttle zu dieser alten Raumstation, einem Komplex aus Kugeln und Röhren im Zentrum eines riesigen Spinnennetzes aus dünnen Kabeln. Hier waren alle Archive festgemacht. Jemand hatte sämtliche Kapselbibliotheken, die von den Rebellen über Jahrhunderte ins All geschossen worden waren, eingesammelt und an dieser einen uralten Station befestigt – die noch aus der Zeit vor den ersten Anfängen des Galaktischen Imperiums stammte.

Daneels Roboters steckten in einer logischen Sackgasse, wurde Hari jetzt klar. *Nach dem Nullten Gesetz konnten sie ›zum Wohle der Menschheit‹ jedes Archiv, das sie fanden, an sich nehmen und verstecken. Sobald die Archive jedoch sicher verwahrt und allen Blicken entzogen waren, verlor das Nullte Gesetz seine Gültigkeit, und das Zweite Gesetz trat in Kraft. Daneels Helfer mussten den Befehlen an der Seite jedes Artefakts gehorchen und diese kostbaren Werke der Menschheit bewahren.*

»Finden Sie es nicht auch jammerschade, Sie zu zerstören, Seldon?«

Hari wandte sich Biron Maserd zu. Der rhodianische Adelige hatte schweigend neben ihm gestanden und ebenfalls die Aussicht betrachtet.

»Ich habe vor Ihnen und Ihren Leistungen größten Respekt, Professor«, fuhr Maserd fort. »Wenn Sie sagen, dass es nicht anders geht, verlasse ich mich auf Sie. Ich habe das Chaos selbst erlebt. In meiner eigenen Heimatprovinz stürzten sich vor fast tausend Jahren die Tyranni, ein tapferes, liebenswertes, intelligentes Volk, in eine so genannte Renaissance, von der sie sich bis heute nicht erholt haben. Aus Angst vor einem grauenhaften Ereignis, das damals ihre schönsten und strahlendsten Hoffnungen zerstörte, verkriechen sie sich noch immer in bienenstockartigen Städten, die an die Stahlhöhlen der Erdlinge erinnern.«

Hari nickte. »Es gibt so viele solcher Fälle; die kleinen Kapseln da draußen sind wie Gift. Wenn es freigesetzt wird ...«

Mehr brauchte er nicht zu sagen. So sehr sie beide das Wissen liebten, Zivilisation und Frieden liebten sie noch mehr.

»Ich hatte gehofft, der große Hari Seldon hätte vielleicht eine Lösung«, sage Maserd leise. »Hauptsächlich deshalb unterstützte ich Horis' Expedition, ich wollte an Sie heran kommen. Und jetzt erklären Sie mir, alle Ihre soziomathematischen Erkenntnisse seien nutzlos? Die Menschheit könne dieser Falle nicht entkommen?«

Hari zuckte zusammen. Maserd hatte den wunden Punkt in seinem Leben berührt.

»Eine Weile glaubte ich, einen Ausweg gefunden zu haben. Auf dem Papier sieht alles wunderschön aus. Die Lösung springt einem förmlich entgegen ... eine Zivilisation, die stark genug ist, um es mit dem Chaos aufzunehmen ...«

Er seufzte. »Doch jetzt wird mir klar, dass die Psychohistorik die Antwort nicht liefern wird. Es *gibt* einen Weg aus der Falle, Maserd. Aber weder Sie noch ich werden lange genug leben, um ihn auch nur in Umrissen zu erkennen.«

Der Adelige fügte sich seufzend.

»So lange es irgendwann einmal eine Lösung gibt, werde ich helfen, wo ich kann. Haben Sie eine Ahnung, was die Roboter von uns wollen?«

Hari nickte. »Ich bin mir ziemlich sicher. Der Logik ihrer positronischen Religion zu Folge gibt es nur eine Möglichkeit.«

Er schaute auf. Durch den langen, kalten Korridor kam eine humanoide Gestalt auf sie zu. »Aber es sieht so aus, als sollten wir es gleich erfahren.«

Der große, schlanke Kers Kantun ging über Metallplatten, die seit Jahrtausenden kein Fuß mehr berührt hatte, und blieb vor den beiden Männern stehen.

»Der Hüter wird uns jetzt empfangen. Kommen Sie bitte. Es gibt viel zu tun.«

Die Station war viel größer, als es von außen den Anschein hatte. Nach allen Richtungen gingen gewundene Korridore ab, über die man in seltsam geformte Lagerräume gelangte. Nicht alle Archive waren von der kristallinen Art und konnten über riesige Entfernungen durch den interstellaren Raum geschleudert werden. Einige Räume waren randvoll mit hauchdünnen Plättchen oder runden Scheiben, die in allen Regenbogenfarben schillerten. Hari erschauerte, wenn er sich vorstellte, wie viel Schaden ein einziges diese Objekte anrichten konnte, sollte die lange Periode menschlicher Unwissenheit allzu abrupt beendet werden.

Sein ehemaliger Diener führte ihn auf verschlungenen Pfaden in einen Raum tief im Innern des ausgehöhlten Planetoiden und stellte Hari einer sonderbaren Maschine mit unzähligen Beinen vor, die wie eine Spinne im Zentrum ihres Netzes hockte. Sie sah so alt aus wie die archaischen Bodenbearbeitungsmaschinen, und schien völlig tot zu sein ... bis sich plötzlich eine Linse mit schillerndem Licht füllte und sich starr auf die beiden Menschen richtete. Hari begriff, dass er und Maserd vielleicht die ersten Lebewesen waren, die dieses Urwesen an diesem geheimen Ort überhaupt je zu Gesicht bekommen hatte.

Nach einigen Sekunden drang aus den Fugen im Metallpanzer des Hüters eine volle Stimme.

»Wie ich höre, haben wir einen kritischen Punkt erreicht, der eine Entscheidung erforderlich macht«, begann der alte Roboter. »Die Zeit ist da, nun muss das uralte Dilemma endlich gelöst werden.«

Hari nickte. »Seit dieser Ort entdeckt wurde, ist er nicht mehr sicher. Schiffe sind unterwegs hierher, deren Besatzungen von einer besonders virulenten Chaosseuche befallen sind. Sie haben die Absicht, die Archive an sich zu bringen und damit den gesamten Kosmos der Menschheit zu infizieren.«

»Das sagte man mir. Unter diesen Umständen gebietet es das Nullte Gesetz, die Artefakte zu zerstören, die ich schon so lange hüte. Doch dabei stehe ich vor einem Problem.«

Hari warf einen Blick auf Maserd, doch der Adelige war sichtlich ahnungslos. Erst Kers Kantun konnte mit einer Antwort aufwarten.

»Der Hüter ist dem Nullten Gesetz verpflichtet, Dr. Seldon. Fast alle, die unseren großen Bürgerkrieg überlebten, sind Anhänger des giskardischen Glaubens. Doch damit sind nicht alle weltanschaulichen Differenzen zwischen uns beigelegt.«

Das war Hari neu. »Ich dachte, Daneel sei euer Führer.«

Kers nickte. »Das ist er. Dennoch hat jeder von uns an der Stelle innerhalb des Positronengehirns, wo das Zweite Gesetz angesiedelt ist, ein wenig *Spiel* ... eine innere Unsicherheit. Wir sind fast alle von Daneels Strategie, von seinem Urteilsvermögen und seiner Hingabe an das Wohl der Menschheit überzeugt. Aber was im Einzelnen geschieht, ist vielen von uns nicht geheuer.«

Hari überlegte. »Ich verstehe. Die Archive wurden nicht zerstört, weil sie von wohl unterrichteten, souveränen Menschen mit sehr ernst gemeinten Befehlen beschriftet wurden. Solche Befehle haben nach dem Zweiten Gesetz ein Gewicht, über das sich ein Roboter nicht hinwegsetzen kann. Wenn ihr es dennoch tut, so bereitet euch das vermutlich große Qualen.«

»Das ist der springende Punkt, Dr. Seldon«, bestätigte Kers. »Hier kommen Sie ins Spiel.«

Biron Maserd griff ein.

»Ihr wollt, dass wir die Anweisungen außer Kraft setzen!«

»Richtig. Sie beide verfügen nicht nur im menschlichen Universum über große Autorität. Auch bei den Robotern genießen sie höchsten Respekt. Sie, Lord Maserd, entstammen einer unserer vornehmsten Adelsfamilien und haben älteres Blut in den Adern als die meisten derzeitigen Anwärter auf den Kaiserthron.«

Maserds Miene verfinsterte sich. »Wenn Ihnen das Überleben meiner Familie auch nur das Geringste bedeutet, sollten Sie diese Bemerkung nicht wiederholen.«

Kers Kantun verneigte sich. »Sie wird, ich schwöre es beim Zweiten, Ersten und Nullten Gesetz, nicht wieder über meine Lippen kommen. Dennoch verleiht Ihnen Ihre Herkunft nicht nur bei den Menschen beträchtliches Ansehen, auch viele Roboter empfinden eine fast mystische Ehrfurcht vor blauem Blut.«

Nun wandte sich Kers an Hari. »Aber Ihr Ruf ist noch größer, Doktor Seldon. Sie waren nicht nur seit Generationen der größte Mensch, der dem Imperium als Kanzler vorstand, Sie sind auch ohne Ausnahme der *informierteste* Mensch seit Robotergedenken. Seit zehntausend Jahren gibt es keine organische Persönlichkeit, die über die galaktische Gesamtsituation in gleichem Maße Bescheid wüsste.

Dank Ihrer psychohistorischen Erkenntnisse sind Sie vielleicht sogar der informierteste Menschen aller Zeiten – jedenfalls, so weit es die anstehenden Fragen betrifft.«

»Ich dachte immer, Wissen sei gefährlich«, murrte Maserd.

»Wie Ihnen bekannt sein dürfte«, gab Kers zurück, »ist ein beträchtlicher Teil der Menschen gegen das Chaos immun. Etwa Menschen mit starkem Verantwortungsgefühl wie Sie. Oder mit wenig Phantasie. Andere, wie zum Beispiel Professor Seldon, verdanken ihre Immunität einer Eigenschaft, die nur als Weisheit bezeichnet werden kann.«

»Sie wollen also, dass wir die Befehle auf den Archiven außer Kraft setzen. Das Nullte Gesetz verlangt zwar, dass sie in jedem Fall zerstört werden müssen, aber mit unserer Erlaubnis wird die Aktion für Sie weniger schmerzhaft, richtig?«

»So ist es, Dr. Seldon. Ihr Einverständnis macht es uns leichter, aber es kann nicht ändern, was getan werden muss.«

Wieder wurde es still. Hari dachte an die Archive in den Lagerräumen und an der Außenseite der alten Raumstation.

An die Hoffnungen und Wünsche unzähliger Männer und Frauen, die aufrichtig geglaubt hatten, um die Seele der Menschheit zu ringen.

»Irre ich mich, oder hat man den armen Horis Antic einfach benützt?«

Biron Maserd stockte der Atem. »Daran hatte ich noch gar nicht gedacht. Das heißt, Sie und ich wurden ganz gezielt hierher gelockt, Seldon. Es war kein Zufall. Kein bloßes Zusammentreffen verschiedener Umstände. Bei den Nebelgöttern, Professor, was die Kunst der Intrige angeht, könnten es Ihre Roboterfreunde mit jeder der großen Familien aufnehmen!«

Hari stieß einen Seufzer aus.

»Es nützt nichts, ihnen böse zu sein. Sie sind schließlich keine Menschen. Daneel und seinesgleichen haben ihre eigene Logik. Wir sind für sie wie Götter. Uns in Unwissenheit zu halten, ist ihre Art von Gottesdienst. Und jetzt ist wohl die Zeit für ein Opfer gekommen.«

Wieder lasteten Alter und Erschöpfung schwer auf ihm, aber er nahm entschlossen die Schultern zurück.

»Hiermit hebe ich den Konservierungsbefehl auf den Archiven auf. Kraft meiner Autorität als souveräner und über das Geschehen aufgeklärter Mensch und kraft des Respekts, den ihr Roboter mir entgegen bringt, befehle ich euch, die Archive zu zerstören, bevor sie in die falschen Hände fallen und der ganzen Menschheit und Milliarden von Einzelmenschen verheerenden Schaden zufügen.«

Kers Kantun verneigte sich, dann sah er ruhig zu Biron Maserd hinüber, wie um zu zeigen, dass die Genehmigung des Adeligen erst an zweiter Stelle benötigt wurde.

»So sei es denn«, sagte der Raumschiff-Captain zähneknirschend.

Hari konnte Maserd gut verstehen. Auch er hatte einen schalen Geschmack im Mund. *Wie kann das Universum nur so grausam sein,* dachte er, *uns solche Entscheidungen aufzuzwingen?*

Der uralte Roboter bewegte seine zahlreichen Arme. Alle

seine Augen leuchteten auf. Ein melodischer Seufzer drang aus seinen Fugen.

»Es fängt an.«

Aus der Ferne waren gedämpfte Explosionen zu hören. Hari spürte, wie der Boden unter seinen Füßen erzitterte. Die Zerstörung hatte begonnen. Auf mehreren Bildschirmen sah man Blitze aufzucken. Millionen der glitzernden Archive flammten auf.

Der Hüter mit den Spinnenbeinen sprach leise weiter. Seine Stimme war heiser vor Erschöpfung.

»Nun bin ich am Ende meines mühevollen Weges angelangt. Während eure Befehle ausgeführt werden, ihr Herren, möchte ich eine letzte Gunst von euch erbitten. Doch ist es mir verwehrt, die Bitte auszusprechen.«

»Was hält dich ab?«, fragte Maserd.

»Das Dritte Gesetz.«

Der Adelige sah ihn verständnislos an. Hari warf einen Blick auf Kers Kantun, aber sein Assistent schwieg eisern.

»Ist das nicht die Programmierung, die euch zwingt, eure eigene Existenz zu schützen?«

»So ist es, Herr. Und sie kann nur unter Berufung auf eines der anderen Gesetze außer Kraft gesetzt werden.«

»Nun ...«, Hari runzelte die Stirn. »Dazu sollte es doch genügen, wenn ich dir einfach *befehle*, mir zu sagen, was du willst. Also dann, heraus damit.«

»Jawohl, Herr. Die Gunst, die ich erbitten möchte, bestünde darin, mich *vollkommen* vom Dritten Gesetz zu entbinden, damit ich meiner Existenz ein Ende setzen kann. Denn wenn die Menschheit endgültig auf ihr Gedächtnis verzichtet, habe ich meinen Daseinszweck verloren. Von nun an müsst ihr eure Zukunft auf R. Daneel Olivaws Weisheit setzen.«

Nun ergriff Biron Maserd das Wort, und er sprach mit der Entschiedenheit des geborenen Befehlshabers, obwohl er bis vor einem Tag noch nie von Robotern gehört hatte.

»Gewiss, Maschine, beende deine Leiden. Es scheint, als bedürften wir deiner nicht mehr.«

Ein Seufzen ertönte, erleichtert und tragisch zugleich. Und dann erstarben die Funktionen des alten Roboters, und mit ihnen die einer Milliarde kristalliner Überreste aus der fernen Vergangenheit vor ihren Augen.

Vorsichtig tasteten sich Hari, Maserd und Kers Kantun durch die gewundenen Korridore zu den Raumschiffen zurück. Es gab noch eine Menge zu tun. Die anderen Menschen mussten den hypnotischen Befehl bekommen, alles zu vergessen, was sie hier gesehen hatten. Das ließ sich durch eine Kombination aus Drogen und einem mentalen Eingriff des Roboters erreichen. Anschließend galt es zu verhindern, dass weitere Schiffe mit Menschen diese abgelegene Sektion der Galaxis anflogen.

Noch legten schließlich die Terraformer, die Urbarmacher, Zeugnis ab von einem weiteren Geheimnis - einer Schmach, die Daneel nicht einmal als Gerücht verbreitet sehen wollte. Auch ihre Zerstörung war wohl unumgänglich.

Um nicht an die Archive denken zu müssen, die ringsum explodierten oder schmolzen, schnitt Hari ein anderes Thema an.

»Ich will noch einmal auf Ihre seltsame Bemerkung von vorhin zurückkommen, Kers«, wandte er sich an seinen ehemaligen Assistenten. »Es ging um den Piraten Mors Planch. Sie sagten, er könne sich Ihnen widersetzen, weil er ... *normal* sei.«

Kers Kantun sah Hari von der Seite an, wurde aber kaum langsamer.

»Ich sagte bereits, Dr. Seldon, dass selbst R. Daneels Gefolgsleute nicht alle völlig einer Meinung sind. Eine Minderheit von uns vertritt die Meinung, das Chaos sei der menschlichen Natur *nicht* immanent. Es gibt Hinweise, wonach die Menschen in früheren Zeiten nicht unter dem großen Fluch litten, erst als das Chaos von *außen* über sie hereinbrach wie eine ansteckende ...«

Was immer Kers hatte sagen wollen, er verstummte jäh, und dann überschlugen sich die Ereignisse. Eben war er noch über die Schwelle einer offenen Luke gestiegen und hatte von den Rätseln der Vergangenheit gesprochen. Gleich darauf sauste eine blitzende Klinge nieder und sein *Kopf* rollte, sauber vom Rumpf getrennt, über den Korridor!

Aus blanken Drähten sprühten Funken und grelle Lichtbögen. Wo der Hals des Roboters gewesen war, peitschten Neurokabel wie Schlangen durch die Luft. Der Körper stolperte noch Sekunden lang weiter, dann drehte er sich drei Mal um sich selbst und stürzte ebenfalls zu Boden.

»Was, zum ...?«

Weiter kam Hari nicht. Mit weit aufgerissenen Augen starrte er Biron Maserd an, der mit dem Rücken zur Wand stand und eine winzige Waffe in der Hand hielt. Trotz wiederholter Durchsuchungen hatte keiner der Piraten den Mikroblaster entdeckt.

»Flach hinlegen, Seldon!«, drängte der Adelige. Aber Hari hielt das für sinnlos. Wer stark genug war, um einen von Daneels Leuten zu überrumpeln und kampfunfähig zu machen, für den war es ein Kinderspiel, mit zwei verwirrten Menschen fertig zu werden.

Eine Gestalt kam von der anderen Seite auf die Luke zugeschlendert. Hari erschrak, doch gleichzeitig stürmte eine Flut von Erinnerungen auf ihn ein.

Die Gestalt hatte Ähnlichkeit mit einem Menschen, war aber kleiner, hatte krummere Beine und eine sehr viel stärkere Behaarung als die meisten menschlichen Untergattungen.

»Mein Gott, das ist ja ein Schimpanse!«, schrie Maserd und hob die Pistole.

Hari bedeutete ihm, nicht zu schießen. »Ein Pan«, korrigierte er – der moderne Ausdruck. »Erschrecken Sie ihn nicht. Vielleicht können wir ...«

Aber das Tier hatte es nicht auf Hari oder Maserd abgesehen. Es drängte sich mit einem flüchtigem Blick an ihnen vorbei, hob Kers Kantuns Kopf vom Boden auf und huschte damit um die nächste Ecke. Bald waren seine schlurfenden Schritte verklungen.

Hari und der Adelige sahen sich verdutzt an.

»Ich habe keine Ahnung, was eben passiert ist. Aber wir sollten zusehen, dass wir so schnell wie möglich zum Schiff zurück kommen.«

3

Noch bevor sie die letzte Biegung des Korridors passiert und die angedockte *Stolz von Rhodia* erreicht hatten, wussten sie, dass etwas Schreckliches geschehen sein musste. Vor der Luftschleuse liefen ein halbes Dutzend menschlicher Gestalten ziellos herum – Sybyl und Horis Antic sowie zwei von Maserds Besatzungsmitgliedern und zwei Ktlinaner. Sie starrten die Wände an, gingen ein paar Schritte und entschuldigten sich mit leisem Gemurmel, wenn sie zusammenstießen.

»Wir sollten sie an Bord bringen«, riet Maserd.

»Und dann nichts wie weg von hier. Ich bin nicht scharf darauf, mich lange hier aufzuhalten und nach Erklärungen zu suchen.«

Die beiden Männer drängten die benommenen Menschen in die Luftschleuse. Zum Glück wirkten sie recht vergnügt. Sybyl stieß sogar einen Freudenschrei aus und wollte Hari umarmen.

An Bord entdeckten sie einen Grund für die Verwirrung. Alle niederen Mechano-Roboter, die Kers Kantun als ›Kindermädchen‹ an Bord gelassen hatte, lagen zerschmettert inmitten verstreuter Einzelteile auf dem Fußboden. Jeni Cuicet saß lächelnd inmitten der Trümmer und versuchte, die Scherben wie ein Puzzle zusammenzusetzen. Zwei der Ktlina-Piraten zankten sich wie kleine Jungen über eine glänzende Augenzelle aus einer der zerstörten Maschinen.

»Ich lasse die Triebwerke warmlaufen«, sagte Maserd zu Hari. »Sie holen alle zusammen und bringen Sie an Bord.«

Hari nickte. Der Adel hatte seinen Kommandoton in den letzten zwanzigtausend Jahren immer weiter verfeinert.

Wenn ohne langes Überlegen Entscheidungen zu treffen waren, verließ man sich am besten auf den geschulten Instinkt eines Aristokraten. Während Biron nach vorne rannte, brachte Hari die Leute nach hinten in den Konferenzraum und schnallte sie in die bequemen Sessel. Nach seiner ersten Zählung fehlten vier. Er suchte im Laufschritt beide Schiffe ab und fand in einem Vorratsschrank zwei Ktlinaner - einen Mann und eine Frau -, die sich versteckt hatten und beieinander Trost suchten. Nachdem er sie mit ein paar Worten beruhigt hatte, ließen sie sich überreden, zu den anderen zu gehen.

»He, Professor!« Jeni winkte ihm fröhlich zu. »Das hätten Sie sehen sollen! Tiktoks gegen Tiktoks. Ein Anblick, dass ich dachte, mir zerspringt der Kopf!«

Die tapfere junge Frau legte eine stoische Ruhe an den Tag, aber Hari sah, dass sie immer noch hohes Fieber hatte. Die jüngsten Erlebnisse hatten die Krankheit womöglich noch verschlimmert.

Ich muss das Gegenmittel für das Zeug finden, mit dem Kers sie alle betäubt hat, damit Sybyl das Mädchen medizinisch versorgen kann. Am wichtigsten war freilich, möglichst schnell von hier wegzukommen!

Unter seinen Füßen spürte er den anschwellenden Rhythmus reibungslos arbeitender Raumschifftriebwerke. Maserd spielte auf seiner Jacht wie auf einem Musikinstrument. Er übersprang die normale Checkliste und bereitete einen Notstart vor.

Damit fehlen noch zwei, überlegte Hari und drehte sich um. Im gleichen Augenblick fiel hinter ihm ein Schatten durch die Luke. Mors Planch stand da und rieb sich benommen die Nasenwurzel. Die anderen hatten nur eine Portion Glückssaft bekommen, aber Planch war von Kers Kantun unter Vollnarkose gesetzt worden. Er sollte eigentlich noch schlafen, anstatt herumzulaufen!

»Was ist hier los, Seldon? Was haben Sie angestellt ... was ist mit meiner Crew ... meinem Schiff?«

Am liebsten hätte Hari behauptet, das alles ginge ihn

nichts an, aber er brachte es nicht über sich, den Mann zu belügen. *Es hat mehr mit mir zu tun, als ich jemals wollte.*

Er fasste den dunkelhäutigen Raumfahrer am Arm. »Kommen Sie, Captain. Wir suchen einen bequemen Platz für Sie.«

In diesem Augenblick blökte eine Sirene los, und ein Zittern durchlief die Jacht. Hari und Planch stolperten. Der Pirat war viel schwerer und stärker als Hari. Als seine Muskeln sich verkrampften, umklammerte er Haris Arm so fest, dass der vor Schmerz fast ohnmächtig geworden wäre.

Plötzlich kam jemand dazu und zog Mors Planch zurück, bevor er Hari erdrückte. Hari wusste, dass der Adelige noch im Kontrollraum war und das Schiff steuerte, sein Retter konnte also nur ...

Tatsächlich, er trug eine bunte Hose in fraktalem Plaidmuster und eine schillernde Jacke. Es war Gornon Vlimt, der exzentrische Künstler von Ktlina. *Damit sind alle gefunden,* dachte Hari erleichtert, aber auch etwas erstaunt. Gornon hatte keine Schwierigkeiten, sich zu konzentrieren. Im Gegensatz zu den anderen war sein Blick fest.

»Kommen Sie, Professor«, drängte Vlimt. »Sie brauchen einen sicheren Platz. Bis wir hier weg sind, wird es noch etwas unruhig.«

Hari setzte sich in einen weichen Sessel vor dem Bildschirm, während Gornon Mors Planch angurtete und sich überzeugte, dass auch die anderen festgeschnallt waren.

»Ich habe im Kontrollraum zu tun, Professor. Wir unterhalten uns später. Genießen sie doch inzwischen die Aussicht. So etwas hat seit tausend Generationen kein Mensch mehr gesehen, und vielleicht ist es überhaupt das letzte Mal.«

Damit verließ Vlimt den Konferenzraum.

Hari spürte einen unbändigen Drang, Biron Maserd eine Warnung zuzurufen, doch dann überwältigte ihn die Erschöpfung. Und wenn er richtig geraten hatte, würde eine Warnung auch nicht mehr viel ändern.

Draußen lief tatsächlich ein denkwürdiges Schauspiel ab – ein Feuerwerk von einzelnen Archiven, die in immer schnellerer Folge explodierten. Mit jedem der zahllosen Blitze löste sich eine Milliarde Terabyte an Informationen in Nichts auf. Für den Piloten war es ein Kunststück, durch dieses Tollhaus einen Weg zu finden. Und hinter dem Raumschiff bahnte sich schon die nächste Zerstörungsorgie an. Die klapprige Raumstation, an der die riesige Archivsammlung hing, leuchtete auf. Der Inhalt des riesigen Lagerhauses begann zu schmelzen, aus ofenrohrförmigen Tunneln und länglichen Kammern strahlte die Hitze.

Was mag wohl aus dem anderen Schiff geworden sein? Hari suchte so lange, bis er das Ktlina-Raumschiff gefunden hatte. Eigentlich müsste es verlassen und leer im All schweben. Doch jetzt begann das schnittige Gefährt vor seinen Augen aufzuleuchten und gab seine angestauten Energien ab. Manövrierdüsen zündeten, und dann entfernte es sich auf einem Kurs, der dem der *Stolz von Rhodia* genau entgegengesetzt war. Bald war nur noch ein flimmernder Kondensstreifen zu sehen, und auch den verlor Hari aus den Augen, als ein neues Bild der Verwüstung in sein Blickfeld rückte.

Die Terraformer, dachte er und beobachtete mit großen Augen, wie nun die gigantischen Urbarmacher der Vernichtung anheim fielen. Die prähistorischen Raumschiffe, uralt und primitiv, aber doch so beängstigend stark, dass sie ganze Planeten verwandelt hatten, lösten sich in Staub auf, als würden sie von der Last der Jahre erdrückt.

Aufstöhnend deutete Horis Antic auf die Schreckensszene. Der Bodenexperte hatte sich von seiner Betäubung so weit erholt, dass er die Bedeutung des Geschehens verstand. Er musste hilflos zusehen, wie der Beweis für seine Hypothese – die einzige Entdeckung, mit der er sich von den Billiarden anonymer galaktischer Bürger hätte abheben können – unwiderruflich verschwand.

Hari tat der kleine Mann leid.

Es wäre gut und richtig gewesen, wenn diese Wahrheit ans

Licht gekommen wäre. Daneel behauptet, die Urbarmacher seien von einer anderen Robotergattung ausgeschickt worden. Programmiert von einem auroranischen Fanatiker, für den Dienst an der Menschheit bedeutete, alles andere Leben zu vernichten, um den Siedlern geeignete Welten zu schaffen. Daneel hat sich von dieser Haltung losgesagt. Aber seine Logik ist nur subtiler, das ist der einzige Unterschied.

Ein tiefer Pessimismus hatte Hari erfasst. Das Leben brachte ihm nichts als Niederlagen. Keine Spur von seiner vermissten Enkelin. Keine Bestätigung für seine Psychohistorik. Und jetzt hatte er zum Wohle der Allgemeinheit an der Zerstörung unersetzlicher Schätze mitgewirkt.

»Was immer du mit uns vorhast, Daneel ... ich hoffe nur, es ist etwas ganz Besonderes. Etwas, das diesen Preis auch wert ist.«

Wenig später, sie hatten die Explosionen weit hinter sich zurückgelassen und Hari war eingenickt, ließ sich jemand schwer in den Sessel neben ihn fallen.

»Es fällt mir schwer, in diesem Universum auch nur eine Spur von Vernunft zu erkennen«, brummte Biron Maserd.

Hari rieb sich die Augen.

»Wer steuert das Schiff ...«

»Der Künstler mit den verrückten Hosen«, antwortete Maserd mit säuerlicher Miene. »Gornon Vlimt. Scheint so, als gehorchte mein Schiff nur noch ihm.«

»Wie ...? Wo bringt er uns hin?«

»Er sagt, das erklärt er uns später. Ich wollte ihm schon eins über den Schädel geben und die Kontrolle wieder an mich bringen. Aber dann ging mir ein Licht auf.«

»Inwiefern?«

»Vlimt trägt die Verantwortung für das, was mit Kers Kantun auf der Station geschehen ist. Er wurde wie alle anderen betäubt zurückgelassen, aber sehen Sie ihn sich jetzt an! Für mich gibt es dafür eine Erklärung. Er muss ebenfalls ...«

»... so etwas wie ein Roboter sein?«

Diesmal kam die Stimme vom Gang her. Da stand Gornon

Vlimt und sah in der grellbunten ›Uniform‹ der Neuen Renaissance von Ktlina immer noch schrecklich albern aus.

»Ich möchte mich bei den Herren für die entstandenen Unannehmlichkeiten entschuldigen. Aber wir haben soeben eine heikle Operation durchgeführt, die exaktes Timing erforderte. Für Erklärungen war keine Zeit, so lange das Ziel nicht erreicht war.«

»Welches Ziel?«, fragte Hari. »Wenn Sie die Archive bergen und einsetzen wollten, so sind Sie gescheitert! Sie wurden alle zerstört.«

»Vielleicht doch nicht alle. Außerdem hatten die Archive für mich nie oberste Priorität«, antwortete Gornon. »Doch zuerst sollte ich eines klarstellen. Ich bin nicht der Gornon Vlimt, den Sie kannten. Der liegt betäubt auf dem Ktlina-Schiff und ist unterwegs zu einem von mir vereinbarten Treffen mit den anderen Chaosagenten. Er wird ihnen eine Geschichte erzählen, die ich ihm unter Hypnose eingegeben habe.«

»Dann sind Sie tatsächlich ein Roboter«, knurrte Biron Maserd.

Das Gornon-Duplikat nickte.

»Wie Sie vielleicht schon erraten haben, gehöre ich nicht zu R. Daneel Olivaws Gefolge, sondern vertrete eine andere Fraktion.«

»Dann sind Sie *Calvinianer*?«

Der Roboter wich aus.

»Sagen wir einfach, was Sie vor kurzem erlebten, war nur eines von vielen Scharmützeln in einem Krieg, der noch älter ist als der Inhalt der verlorenen Archive.«

»Das heißt, Sie verfolgen nicht die gleichen Ziele wie der Mensch, dessen Stelle Sie eingenommen haben? Der echte Gornon Vlimt?«

»Ganz richtig, Professor. Gornon wollte die Archive kopieren und sie wahllos unter dafür anfälligen Kulturen des Imperiums verteilen, um an einer Million willkürlich gewählter Schauplätze Chaos zu erzeugen. Eine entsetzliche Vorstellung. Ihre eigenen psychohistorischen Gleichungen würden in tausend Stücke gerissen, und Daneels alternativer Schicksalsplan - wie immer der auch aussehen mag - wäre erledigt. Alle Hoffnung auf einen gesicherten Übergang in eine strahlende Zukunft würde zerstört, wenn der Wahnsinn Platz griffe. Die Menschen würden sich irgendwo verkriechen, und wenn das Fieber abgeklungen wäre, hätten wir fünfhunderttausend Jahre lang zu tun, um sie wieder auszugraben.«

»Dann billigen Sie also die Zerstörung der Archive?«, knurrte Maserd.

»Da gibt es nichts zu billigen, das ist eine Frage der Notwendigkeit.«

»Und worin unterscheiden Sie sich dann von Kers Kantun?«, wollte Maserd wissen. Der Adelige verlor allmählich die Geduld mit all der Geheimnistuerei.

»Die Gattung der Roboter zerfällt in viele Sekten und Untersekten. Meine Fraktion ist der Ansicht, wir sollten im Moment noch keine Türen zuschlagen, sondern uns alle Möglichkeiten offen halten. Zu diesem Zweck möchten wir Dr. Seldon um einen Gefallen bitten.«

Hari lachte laut auf.

»Es ist doch unglaublich! Sie tun ständig so, als sei ich Ihr Gott - oder zumindest ein bequemer Vertreter für zehn Billiarden Götter -, aber *in Wirklichkeit* soll ich nur all die Pläne rechtfertigen und absegnen, über die Sie längst entschieden haben!«

Der Roboter Gornon nickte.

»Für diese Rolle wurden Sie gezüchtet, Professor. Auf Helicon wurden zehntausend Jungen und Mädchen genau so gezeugt, immunisiert und präpariert wie Sie. Und doch erwiesen sich hinterher nur ein paar Hundert als geeignet für eine Reihe gezielter Konditionierungsmaßnahmen im Bereich der schulischen wie der häuslichen Erziehung. Nach langem Sieben blieb nur einer übrig.«

Hari fröstelte. Vermutet hatte er das schon längst, doch nun bekam er erstmals die Bestätigung. *Vielleicht hat Daneels Feind einen bestimmten Grund, mich gerade jetzt aufzuklären?* Er beschloss, misstrauisch zu bleiben.

»Ich wurde also in einer Zivilisation, die in allen sozialen Bereichen konservatives und angepasstes Verhalten fördert, zu einem mathematisch kreativen und geistig unabhängigen Menschen erzogen. Aber es war eine gesteuerte Kreativität, nicht wahr?«

Vlimt nickte. »Sie mussten gegen alle normalen Dämpfungsmechanismen immun sein, damit sich ihre Kreativität entfalten konnte, andererseits durften Sie nie die Richtung verlieren und mussten immer das gleiche Ideal anstreben.«

Hari nickte.

»*Berechenbarkeit*. Ich hasste es, wie meine Eltern hin und her schwankten. Nur Gefühle, keine Vernunft. Ich wollte vorhersagen können, was die Menschen tun würden. Von diesem Wunsch war ich ein Leben lang besessen.« Er seufzte. »Aber auch ein Neurotiker kann seine Neurose durchschauen. Zu dieser Erkenntnis war ich schon vor Jahrzehnten gelangt, Roboter. Oder meinen Sie, ich hätte nicht gemerkt, dass Daneel kräftig nachgeholfen hatte, um mich zu dem zu machen, was ich bin? Sie glauben doch nicht, meine Loyalität und meine Freundschaft zu ihm schwächen zu können, indem Sie mir diese Tatsachen enthüllen?«

»Keineswegs, Doktor. Was wir mit Ihnen vorhaben, verlangt nicht, dass Sie Daneel Olivaw verraten. Aber wir dachten uns ...«

Die Pause, die jetzt folgte, war für einen Roboter ziemlich lang.

»... wir dachten uns, es könnte Ihnen vielleicht Freude machen, ihn zu beurteilen.«

4

Als die Reise sich ihrem Ende zuneigte, veränderte Dors Venabili ihr Aussehen. Sie wollte ihr Vorhaben rasch hinter sich bringen und wieder verschwinden, ohne dass jemand Fragen stellte. Da ging es nicht an, dass sie auf Trantor mit dem Gesicht einer Frau – der Gemahlin des Ex-Kanzlers Hari Seldon – herumlief, die jeder längst für tot hielt!

Sie dockte ihr Schiff an einer der kommerziellen Standardhalterungen an und fuhr mit dem Orion-Fahrstuhl auf Trantors stahlverkleidete Oberfläche hinunter. Der Computer am Zoll ließ sich von einem einfachen Codesatz überzeugen, sie passieren zu lassen, ohne sie zu scannen. So gelangten Daneels Roboter schon seit unzähligen Generationen durch die Einwanderungskontrollen der Hauptwelt.

Da wären wir also wieder, dachte sie. *In diesen Stahlhöhlen habe ich die Hälfte meiner Existenz verbracht. Hier habe ich Hari Seldon beschützt und sein Genie gefördert, und irgendwann spielte ich die Rolle der Ehefrau so gut, dass ich meine Ersatzgefühle von echter Liebe nicht mehr unterscheiden konnte.*

Und sie nicht mehr los wurde.

Hier ging es nicht so gemächlich zu wie auf den übrigen, zumeist ländlichen Welten des Imperiums. Das Gedränge war erdrückend. Früher hatte Dors sich oft gefragt, warum Daneel Trantor so geplant hatte, als Labyrinth von Metallkorridoren, wo die Menschen so gut wie nie die Sonne sahen. Aus verwaltungstechnischen Gründen oder um Trantors vierzig Milliarden mit Wohnraum zu versorgen, wäre es sicher nicht nötig gewesen. Viele Welten des Imperiums waren dichter besiedelt, ohne dass man deshalb alle Kontinente abgeflacht und zu einem planetenweiten stählernen Irrgarten zusammengefasst hätte.

Erst nachdem sie Hari geholfen hatte, die Aufgaben der Psychohistorik zu umreißen, hatte sie die tieferen Gründe verstanden.

In grauer Vorzeit, als Daneel selbst entstanden war, hatten die Menschen – jedenfalls auf der Erde – in Folge eines schweren Schocks zumeist in engen künstlichen Bauten gehaust. Und wenn in den folgenden Jahrtausenden ein Planet eine besonders schlimme Chaos-Episode durchmachte, reagierte die traumatisierte Bevölkerung oft genauso – und verkroch sich in bienenstockähnlichen Höhlen vor dem Tageslicht.

Auf dieses Verhalten hatte Daneel gezielt spekuliert, als er Trantor plante. Die Hauptwelt des Imperiums war - ganz bewusst - wie ein Planet für Überlebende des Chaos angelegt! Eine Welt mit derart paranoider, konservativer Grundhaltung wäre der letzte Ort in der Galaxis, wo jemand eine Renaissancebewegung ins Leben rufen würde.

Dennoch, dachte sie, *kam es sogar hier einmal zu einer Mini-Renaissance, deren Folgen Hari und ich nur knapp überlebten.*

Eine Stimme von hinten riss sie aus ihren Gedanken.

»Aufseherin Jenat Korsan?«

Das war einer ihrer Decknamen. Sie drehte sich um. Eine grau gekleidete Frau mit den Abzeichen der mittleren Ebene auf den Schulterklappen begrüßte die zwei Rangstufen höher stehende Dors mit einer angemessenen Verbeugung.

»Ich hoffe, Sie hatten eine angenehme Reise, Aufseherin?«

Dors beantwortete die Frage mit der entsprechenden ruellischen Floskel. Mehr Zeit pflegte man bei den Grauen auf den Austausch von Artigkeiten nicht zu verschwenden.

»Vielen Dank, dass Sie mich abholen, Unterinspektorin Smeet. Ich habe mir Ihre Berichte über die Auswanderung nach Terminus angesehen. Insgesamt bin ich mit den Fortschritten zufrieden; allerdings sind mir einige Diskrepanzen aufgefallen.«

Die Züge der trantoranischen Bürokratin spiegelten eine ganze Reihe von Empfindungen. Dors brauchte keine Telepathin zu sein, um ihre Gedanken zu lesen. Jeder Graue mit einer festen Planstelle auf der Hauptwelt fühlte sich den Funktionären von den äußeren Spiralarmen überlegen, besonders, wenn sie eine Position wie Dors bekleideten - die als Rechnungsprüferin von der äußersten Peripherie auftrat. Rangunterschiede ließen sich jedoch nicht so ohne weiteres ignorieren. Wer auf dieser Stufe stand, konnte Ärger machen. Da war es ratsam, brav mitzuspielen und jedes Kästchen korrekt abzuhaken.

»Sie haben Glück, Aufseherin«, erklärte die trantoranische Beamtin. »Sehen Sie den Zug da drüben? Das sind Auswanderer auf dem Weg zu den Kapseln für die erste Etappe der langen Reise.«

Dors folgte dem ausgestreckten Arm der Unterinspektorin. Am anderen Ende der riesigen Transithalle schob sich eine Menschenreihe gesittet zwischen den samtenen Führungsseilen vorwärts. Sie zoomte sich die Szene mit ihren Optiksensoren näher heran. Es waren mehrere Hundert Männer, Frauen und Kinder, alle trugen Ranzen auf dem Rücken oder zogen selbstfahrende Reisetaschen hinter sich her. Nicht alle wirkten bedrückt. Da und dort gab es auch heitere Gesichter, und einige besonders Temperamentvolle suchten ihre Mitreisenden aufzuheitern. Aber die Anwesenheit von Beamten der Spezialpolizei verriet, was wirklich gespielt wurde – diese Menschen waren Gefangene, die an den äußersten Rand des bekannten Universums verbannt wurden und nie wieder ins großstädtische Herz des Imperiums zurückkehren durften.

Sie bezahlen den Preis für Haris Plan, sagte sich Dors. *Man schickt sie mit dem Scheinauftrag, eine neue Enzyklopädie zu schaffen und damit das heraufziehende Finstere Zeitalter zurückzudrängen, auf einen unwirtlichen Felsbrocken namens Terminus. Keiner von ihnen kennt die nächste Stufe der Wahrheit, keiner weiß, dass ihren Erben eine Epoche unvergleichlichen Ruhmes bevorsteht. Dabei wird die auf Terminus angesiedelte Zivilisation – die Foundation – über mehrere Generationen in hellerem Glanz erstrahlen als das alte Imperium zu seinen besten Zeiten.*

Lächelnd erinnerte sich Dors an ihre schönsten Jahre mit Hari, als der Seldon-Plan Gestalt annahm und in den Gleichungen der erste Hoffnungsschimmer aufleuchtete – eine phantastische Verheißung. Ein Weg heraus aus dem tragischen Dilemma der Menschheit. Hinein in eine kühne Gesellschaft, die stark genug war, dem Chaos zu widerstehen, den Wahnsinn zu überbrücken und die Menschheit in eine neue Ära zu führen.

Es waren aufregende Zeiten gewesen. Die kleine Seldon-Gruppe arbeitete, beflügelt von einer gemeinsamen Vision, wie besessen, und allmählich entstand der Große Plan, der Entwurf für das gewaltige Drama, zu dessen Hauptakteuren diese Auswanderer und ihre Nachkommen auf dem unbekannten Terminus bestimmt waren.

Dors' Miene verfinsterte sich, als sie an den Ausgang der Geschichte dachte - an den Tag, als Hari erkannte, dass sein Entwurf nicht vollkommen war. Kein Plan, wie perfekt auch immer, konnte alle Möglichkeiten abdecken oder absolute Berechenbarkeit garantieren. Man musste mit allerlei Störungen und Überraschungen rechnen, die das schöne Schiff vom Kurs abbringen konnten. Deshalb hatte Yugo Amaryl eine lenkende Kraft, eine Zweite Foundation gefordert - und Hari hatte eingewilligt.

So nahm die Ernüchterung ihren Anfang. Die Eleganz der Gleichungen hatte sehr gelitten, als die gravitätische Dynamik einer Billiarden starken Bevölkerung unter den Willen von ein paar Dutzend Menschen gezwungen wurde. *Und von da an ging es bergab.*

Der Anblick dieser Prozession der Verbannten machte ihr klar, dass deren Schicksal so strahlend doch nicht war. Die Erste Foundation war ein grandioses Konzept, aber eigentlich spielte sie nur die Rolle des Vorreiters. Terminus selbst würde steril bleiben.

Ungefähr so wie ich. Hari und ich haben Zivilisationen gefördert und Pflegekinder aufgezogen, aber es waren immer Schöpfungen aus zweiter Hand.

Die Versuchung, ihre Enkelin Wanda Seldon zu besuchen, war groß. *Aber das lasse ich wohl besser bleiben. Wanda ist Mentalistin und hat einen laserscharfen Blick. Sie darf nicht herausfinden, was ich vorhabe.*

»Hat es weitere Fluchtversuche gegeben?«, fragte sie die Grauen-Funktionärin.

Einige der Verbannten begehrten schon seit dem Tag, an dem sich Hari mit der Kommission für Öffentliche Sicherheit geeinigt hatte, gegen das ihnen zugedachte Schicksal auf.

Von brillant formulierten juristischen Einsprüchen über simulierte Krankheiten bis zum Untertauchen in der trantoranischen Bevölkerung ließen sie nichts unversucht. Zwei Dutzend von ihnen hatten sogar ein Raumschiff gestohlen, waren damit zur ›Renaissance-Welt‹ Ktlina geflogen und hatten dort um Asyl gebeten.

Smeet nickte zögernd. »Schon, aber seit die Speziellen die Überwachung verschärft haben, sind es weniger geworden. Ein Mädchen – die Tochter zweier Enzyklopädisten – hat sich mit fachmännisch gefälschten Papieren hier am Orion-Fahrstuhl Arbeit beschafft. Sie ist vor zwölf Tagen verschwunden.«

Etwa zur gleichen Zeit wie Hari. Dors hatte bereits die Datenbanken der Polizei angezapft und festgestellt, dass es über Haris Verschwinden nur sehr spärliche Informationen gab.

Bevor Dors die Große Halle verließ, streifte sie den Zug der Verbannten mit einem letzten Blick. Einige haderten wohl mit ihrem Schicksal, andere fanden es bedrückend, aus dem Herzen des alten Imperiums verstoßen zu werden, doch die meisten wirkten erstaunlich zuversichtlich. Diese Männer und Frauen unterhielten sich lebhaft, während sich die Schlange vorwärts bewegte. Die Gesprächsfetzen, die sie auffing, drehten sich um Wissenschaft, Kunst und Theater, aber man erging sich auch in erregten Spekulationen über die Chancen, die sich im Exil ergeben mochten.

Diese Menschen hatten hier auf Trantor mehrere Jahre in klösterlicher Abgeschiedenheit verbracht, deshalb zeigten ihre Sprachstrukturen schon die ersten Spuren einer Tendenz, die von den Gleichungen vorhergesagt worden war – in Richtung auf ein Idiom, das man in hundert Jahren den Terminus-Dialekt nennen würde, einen Ableger des Standardgalaktischen, skeptischer, aber auch optimistischer als dieser, und weniger mit syntaktischen Fesseln behaftet. Etliche der neuen Witze und Slang-Ausdrücke waren natürlich von den Fünfzig Psychohistorikern eingeführt worden, ein ständiger Prozess, um die Verbannten sanft und unmerklich auf ihre neue Rolle vorzubereiten. Aber Dors' empfindliches Gehör filterte auch Wendungen heraus, die nicht zum Programm gehörten. Die Verbannten erledigten offenbar das meiste in eigener Regie.

Das ist eigentlich nicht verwunderlich. Wir haben die Besten ausgewählt, die wir auf fünfundzwanzig Millionen Welten finden konnten. Die Klügsten, Vernünftigsten, Dynamischsten ... und die kaltschnäuzigsten Pragmatiker. Ideales Saatgut für eine schöne neue Welt. Wenn es der Menschheit gelingen sollte - wenn sie aus eigener Kraft eine Wunderheilung zu Stande brächte -, dann noch am ehesten mit diesen Menschen und ihren Nachkommen ... und mithilfe der Seldon-Gleichungen.

Das war der Traum gewesen.

Dors schüttelte den Kopf. Sie durfte sich nicht in alten Hoffnungen verlieren, sonst kämen ihr noch die Tränen - und sie war doch schließlich kein Mensch.

Dors machte sich auf den Weg in Trantors Unterwelt. Ein Ziel beherrschte ihr gesamtes Denken. Sie musste Hari finden.

»Was soll das heißen, ihr habt ihn *verloren*?«, rief Dors. »Ich dachte, ihr hättet einen Spürsender auf seinem Schiff!«

Das Gesichts des Roboters blieb ausdruckslos, entweder, weil jede Mimik unter positronischen Artgenossen überflüssig war, oder aber, weil das die Reaktion eines *Menschen* gewesen wäre, der aus sträflicher Nachlässigkeit eine der wichtigsten Personen der Galaxis aus den Augen verloren hatte.

»Der Transponder ist erst vor knapp einer Woche verstummt«, antwortete R. Pos Helsh. »Wir wissen noch ziemlich genau, welchen Kurs die Jacht nach dem Start von Demarchia eingeschlagen hat. Unsere Verbindungsleute bei der Kommission für Öffentlich Sicherheit berichten von einem Kreuzer der Spezialpolizei, der erst vor kurzem auf unerklärliche Weise im Thumartin-Nebel verschwunden ist ...«

»Sehr beunruhigend. Habt ihr Roboter an die Unglücksstelle geschickt?«

»Das hatten wir vor. Doch dann kam eine Botschaft von Daneel, die uns davon abhielt.«

»Wieso? Hat er einen Grund genannt?«

Der andere Roboter sendete über Mikrowelle das Äquivalent eines Achselzuckens. »Wir haben hier auf Trantor sehr wenig Personal«, erklärte er. »Da wir keinen vertrauenswürdigen Roboteragenten entbehren können, haben wir alle weitere Ermittlungen der Polizei überlassen. Außerdem ...« Der Roboter hielt inne, dann schloss er trocken: »... habe ich stark den Eindruck, dass alles genau so läuft, wie es in irgendeinem von Daneels Plänen vorgesehen ist.«

Dors überlegte.

Das sollte mich nicht wundern. Er brächte es fertig, Hari auch heute noch zu benützen, obwohl der ein alter Mann ist, der wahrhaftig genug geleistet und sich ein wenig Frieden verdient hat. Aber wenn er auf irgendeine Weise, in irgendeiner Funktion zum Gelingen von Daneels langfristiger Strategie beitragen könnte, würde der Unsterbliche Diener keinen Augenblick zögern, ihn vor seinen Karren zu spannen.

Ein Rätsel blieb dennoch ungelöst.

Was könnte Hari denn jetzt noch tun, um Daneel zu helfen?

Viel Zeit hatte sie nicht. Bald würden Daneels Agenten erfahren, dass sie auf eigene Faust ihren Posten auf Smushell verlassen hatte und hierher gereist war. Was Daneel dann unternehmen würde, wusste sie nicht. Als Lodovik Trema sich radikal seinem Einfluss entzog, hatte Olivaw erstaunlich viel Nachsicht gezeigt. Andere Roboter hatte er demontieren lassen, wenn ihr Verhalten aus seiner Sicht das große Ziel gefährdete. Und vor langer Zeit, während der robotischen Bürgerkriege, war er wie eine Naturgewalt gewesen, unaufhaltsam und skrupellos ... alles letztlich zum Wohle der Menschheit.

Dors beschloss, Trantor zu verlassen und zum Thumartin-Nebel zu fliegen. Doch zuvor hatte sie noch etwas zu erledigen.

Sie begab sich in die Bibliothek der Universität von Streeling, suchte eine wenig frequentierte Abteilung auf und linkte sich über einen geheimen faseroptischen Zugang in das Computernetz ein. Mit wenig bekannten Software-Tricks umging sie die Fallen, die normalerweise das wichtigste Datensystem der Seldon-Gruppe schützten ... den Primärradianten. So gelang es ihr schließlich, die neueste Version des Seldon-Plans herunterzuladen. Vielleicht fand sich darin ein Hinweis auf Haris Absichten. Eine Erklärung, warum ein behinderter alter Mann am Ende seiner Tage mit einem bürokratischen Sonderling und einem adeligen Dilettanten obskuren Geschichten über Fossilien und Staub nachjagte.

Die Universität von Streeling mit ihren silbrigweißen Gebäuden war einer der wenigen Komplexe auf Trantor, die frei unter dem Sternenhimmel lagen. Als Dors die Bibliothek verließ, umging sie ein nur wenige Meter entferntes fensterloses Bauwerk, in dem fünfzig Psychohistoriker zusammengekommen waren, um den Großen Plan weiter zu verfeinern und sich auf ihre Rolle als Hüter des Schicksals vorzubereiten. Bislang waren nur zwei Telepathen darunter. Die anderen waren einfache Mathematiker wie Gaal Dornick. Aber bald würden Mathematiker und mental Begabte gemeinsame Nachkommen zeugen, die über beide Fähigkeiten verfügten, und damit wäre die Saat gelegt für eine mächtige galaktische Herrscherkaste. Eine Zweite Foundation, die heimlich die Erste kontrollierte.

Hari hatte versucht, aus der Not eine Tugend zu machen. Mentale Fähigkeiten waren wie ein guter Hammer, mit dem sich alle Unebenheiten glätten ließen, die im Lauf der Jahrhunderte auftauchen mochten. Dennoch war es keine sehr elegante Lösung, und man hatte sie den Gleichungen gewaltsam aufgepfropft. Die Vorstellung einer Elite von Halbgöttern hatte ihm nie zugesagt.

Und mit der Zeit belastete sie ihn immer mehr.

Vielleicht ist er deshalb so früh gealtert, dachte Dors. *Oder er hat mich einfach nur vermisst.* Wie auch immer, sie hatte ein schlechtes Gewissen, weil sie ihn so lange allein gelassen hatte, und daran konnten auch Daneels Argumente nichts ändern.

Als Dors am Hauptgebäude der Universität vorbei eilte, streifte eine vertraute Berührung die Oberfläche ihres Bewusstseins. Sie wandte den Blick nach Norden und zoomte sich eine Gruppe von Akademikern in violetten Roben heran – Meritokraten der siebten und achten Ebene –, die auf das Amaryl-Gebäude zu schlenderten. Eine Gestalt, eine zierliche Frau, stolperte plötzlich und drehte sich nach ihr um.

Es war Wanda.

Jede ruckartige Bewegung würde mit Sicherheit Aufmerksamkeit erregen, also setzte Dors getreu ihrer Rolle als langweilige, grau gekleidete Bürokratenmaus eine zerstreute Miene auf und ging weiter über den Hof.

Wandas Züge spiegelten Ratlosigkeit. Dors spürte, wie sie im Vorübergehen ihr Bewusstsein berührte, aber um die perfekte Abschirmung eines Robotergehirns zu durchdringen, war die Begabung ihrer Enkelin zu schwach. Dors hatte auf Smushell lange Zeit mit weitaus stärkeren Telepathen zu tun gehabt und wehrte Wandas Sondierung mühelos ab.

Dennoch war es ein spannender Moment. Jener Teil von Dors, der auf menschliches Fühlen und Handeln eingestimmt war, drängte danach, sich der vertrauten, geliebten Person zu offenbaren.

Aber Wanda kann gerade jetzt eine Begegnung mit ihrer verstorbenen Großmama nicht gebrauchen. Sie führt ein ausgefülltes, zufriedenes Dasein und ist überzeugt davon, dass die Zweite Foundation in nur tausend Jahren die Menschheit zu neuem Leben erwecken wird.

Ich habe kein Recht, diesen Seelenfrieden zu stören, auch wenn er nur Illusion ist.

Also ging Dors weiter. Sie hatte ihr Gesicht und ihr Bewusstsein so weit verändert, dass Wanda endlich doch den Kopf schüttelte und das flüchtige Gefühl von Vertrautheit verdrängte.

Als Dors in sicherer Entfernung war, stieß sie einen Seufzer der Erleichterung aus.

5

Sybyl war von den Neuigkeiten nicht begeistert. Nachdem sie an Bord der *Stolz von Rhodia* das Bewusstsein vollends wiedererlangt hatte, überhäufte sie Hari und Maserd mit Vorwürfen.

»Sie haben die Hoffnungen von zehn Billiarden Menschen zerstört, sich vom Joch der Tyrannei zu befreien!«

Mors Planch, der neben ihr stand, nahm die neuerliche Niederlage gelassener hin, als Hari erwartet hätte. Der hochgewachsene, dunkelhäutige Pirat hielt es für wichtiger, das Geschehen und seine Bedeutung für die Zukunft zu erfassen.

»Nur damit ich Sie richtig verstehe«, sagte er. »Wir wurden zuerst von *einer* Gruppe von Robotern manipuliert und zu den Archiven gelockt, um ihnen eine Ausrede zu bieten, die Unterlagen zu zerstören, wobei Seldon hier am Ende seine Einwilligung dazu gegeben hat.« Er deutete auf Hari. »Erst dann wurden wir alle von einer *anderen* Horde verdammter Tiktoks entführt?«

Hari, der versucht hatte, im *Kinderbuch des Wissens* zu lesen, blickte gereizt auf.

»Die Willenskraft der Menschen ist oft geringer, als wir Egoisten glauben, Captain Planch. Die Existenz eines Freien Willens ist eine pubertäre Vorstellung, die immer wieder ins Kraut schießt. Aber irgendwann wachsen die meisten Menschen darüber hinaus.

Reife«, schloss er seufzend, »bedeutet im Wesentlichen nichts anderes als zu begreifen, wie wenig der einzelne Mensch gegen eine ganze Galaxis oder gegen die Dynamik des Schicksals vermag.«

Mors Planch starrte ihn von der anderen Seite des Konferenzraums her wütend an.

»Und wenn Sie noch so viele mathematische und andere Beweise anführen, um diese traurige Philosophie zu stützen, Professor, mich werden sie bis zu meinem letzten Atemzug nicht überzeugen.«

Sybyl ging aufgeregt auf und ab, und Horis Antic zog jedes Mal die Beine zurück, wenn sie seinem Stuhl zu nahe kam. Der kleine Bürokrat nahm noch eine blaue Pille, obwohl er sehr viel ruhiger geworden war, nachdem er sich im Nebel fast bis zur Bewusstlosigkeit betäubt hatte. Allerdings knabberte er noch immer unablässig an den Fingernägeln.

Jeni Cuicet kauerte in einer Sofaecke und hielt sich einen Neural-Desensibilisator an die Stirn. Das Mädchen hielt sich tapfer, aber die Kopfschmerzen und die Anfälle von Schüttelfrost waren eindeutig schlimmer geworden.

»Sie muss schleunigst in ein Krankenhaus«, erklärte Sybyl dem Entführer. »Oder soll das arme Kind sterben, nur weil sie auf uns wütend sind?«

Der Roboter, der aussah wie Gornon Vlimt, griff sich an den Hinterkopf und zog das Kabel heraus, das ihn mit dem Schiffscomputer verband und ihm erlaubte, die Sprünge der *Stolz von Rhodia* über die Sternenstraßen zu einem unbekannten Ziel zu steuern.

»Ich hatte nicht vorgehabt, Sie, Jeni und Captain Planch auf diese Etappe der Reise mitzunehmen«, erklärte der Humanoide. »Wenn genügend Zeit gewesen wäre, hätte ich Sie zusammen mit dem echten Gornon Vlimt auf Ihr Schiff zurück verfrachtet.«

»Und wohin ist unser Schiff nun unterwegs?«, verlangte Sybyl zu wissen. »Wollten Sie uns an die Polizei ausliefern? An ein imperiales Gefängnis? Oder sollte uns etwa gar das so genannte Amt für Öffentliche Gesundheit und Hygiene, von dem Ktlina derzeit belagert wird, von unserem vermeintlichen *Wahn heilen*?«

Der Roboter schüttelte den Kopf.

»Ich hatte vor, Sie an einem sicheren Ort zu deponieren, wo keinem von Ihnen etwas geschehen, Sie aber auch Ihrerseits keinen Schaden anrichten konnten. Doch die Chance ist vertan, wir müssen uns anders behelfen. Dieses Schiff wird eine geeignete Welt des Imperiums anfliegen und Sie drei dort absetzen. Dann kann Jeni medizinisch versorgt werden.«

Mors Planch rieb sich das Kinn. »Ich weiß noch immer nicht, was Ihnen auf der Archivstation eigentlich in die Quere gekommen ist. Sie haben Kers Kantun eliminiert, aber erst, nachdem er seine Aufgabe erfüllt hatte. Sie wollen nicht, dass wir die restlichen Archive in die Hand bekommen, und jetzt flüchten Sie, so schnell Sie nur können. Sind Ihnen Ihre Feinde so dicht auf den Fersen?«

Gornon antwortete nicht. Das war auch nicht nötig. Alle wussten, dass seine Roboter-Fraktion sehr viel schwächer war als die von Kers Kantun und allenfalls mit schnellen, überraschenden Schlägen etwas ausrichten konnte.

Hari versuchte, sich das weitere Schicksal der Menschen auf dem Schiff auszumalen. Er selbst kannte die meisten der großen Geheimnisse natürlich seit Jahrzehnten. Aber was war mit Sybyl, Planch, Antic und Maserd? Würden sie alles ausplaudern, sobald man sie freiließ? Und spielte es eine Rolle, was sie sagten? Unbestätigte Gerüchte über so genannte *Ewige* oder *Unvergängliche* - unsterbliche und allwissende Maschinenwesen - schwirrten doch andauernd durch die Galaxis. Auf Trantor war das Thema im Lauf der Jahre immer wieder hochgekommen, doch sobald sich die sozialen Dämpfungsmechanismen einschalteten, hatte sich die Aufregung jedes Mal rasch gelegt.

Als er Jeni ansah, regte sich sein Gewissen. Ihr Gehirnfieberanfall hatte sich sehr verschlimmert, einerseits natürlich durch all die Aufregungen - aber auch durch das Gerede über Roboter, Fossilien und Archive voll alter Geschichte, dem sie ständig ausgesetzt war ... lauter Themen, die das menschliche Bewusstsein unter dem Einfluss des Fiebererregers als widerwärtig empfand.

Er hatte mit Maserd darüber gesprochen. Der Mann war kein Dummkopf. Biron hatte rasch begriffen, dass das Gehirnfieber keine natürliche Krankheit sein konnte. Obwohl es älter war als alle bekannten Kulturen, musste es irgendwann in grauer Vorzeit *künstlich geschaffen* worden sein. Ganz gezielt. Auf Widerstandsfähigkeit und Aggressivität hin *entwickelt*.

»Könnte es eine Waffe gegen die Menschheit gewesen sein?«, hatte Maserd gefragt. *»Von irgendwelchen Aliens erfunden? Von einer Rasse vielleicht, die eben von den Terraformern zerstört werden sollte?«*

Hari dachte an die Mem-Wesen, die kurze Zeit auf Trantor gewütet hatten - wahnsinnige Software-Intelligenzen, die sich als Geister prähistorischer Zivilisationen ausgaben und Daneels Gattung für deren Vernichtung verantwortlich machten. Hari hatte sich lange gefragt, ob das Gehirnfieber wohl *ihr* Werk sein könnte, ihre Rache an der Menschheit ... aber dann hatte die Psychohistorik seinen Blick geschärft.

Seither sah er das Gehirnfieber mit anderen Augen - als einen der gesellschaftlichen ›Dämpfer‹, die dafür sorgten, dass die menschliche Zivilisation stabil und gegen Veränderungen resistent blieb.

Es wurde tatsächlich künstlich geschaffen, aber nicht, um die Menschheit zu zerstören.

Das Gehirnfieber war eine neue medizinische Errungenschaft. Eine Waffe gegen eine viel ältere und tödlichere Krankheit.

Das Chaos.

Sybyl war bald wieder bei einem neuen Thema. Ihr Renaissance-Bewusstsein war von geradezu manischer Beweglichkeit und sprang ständig von einem Gegenstand zum anderen.

»Diese mentalen Fähigkeiten, die wir in Aktion gesehen haben, sind phantastisch! Unsere Wissenschaftler auf Ktlina waren anfangs skeptisch, aber einige vertraten die These, ein starker Computer mit hyperempfindlichen Sensoren könne alle elektronischen Impulse eines menschlichen Gehirns aufspüren und entschlüsseln! Ich hatte ja meine Zweifel, ob eine so ausgedehnte und eingehende Analyse selbst mit den neuen Rechnern möglich sei. Aber diese positronischen Roboter machen das offenbar schon sehr lange!«

Sie schüttelte den Kopf.

»Man stelle sich das vor! Wir wussten ja, dass die herrschenden Klassen viele Möglichkeiten hatten, uns zu kontrollieren. Aber ich hatte keine Ahnung, dass sie auch in unsere Gedanken eindringen und sie verändern konnten!«

Hari wünschte, die Frau würde endlich den Mund halten. Sie war doch intelligent genug, um die Situation einschätzen zu können. Je mehr sie herausfand, desto unumgänglicher würde es, ihre sämtlichen Erinnerungen an die letzten Wochen zu löschen, bevor man sie gehen lassen konnte. Aber Renaissance-Typen waren nun einmal so. Sie schwelgten hemmungslos in der freigesetzten Kreativität ihres chaosgesättigten Denkens, und die nächste neue Idee zog sie mächtiger an als jede Droge.

»Seit Anbeginn der Zeiten gibt es ein sicheres Mittel, die herrschenden Klassen zu besiegen«, fuhr Sybyl fort. »Man nimmt ihnen die Unterdrückungsinstrumente weg und macht sie frei zugänglich! Verteilt sie an die Massen. Wenn ein paar uralte Roboter Gedanken lesen können, warum stellt man die erforderlichen Geräte dann nicht in Massenproduktion her und gibt sie jedem? Jeder Bürger bekommt einen Helm zur Verstärkung der Gehirnaktivität! Bald wären alle Menschen Telepathen. Man könnte ja Abschirmungen entwickeln, um auf Wunsch ungestört zu sein, aber für den Rest der Zeit … das wäre ein Leben. Informationsaustausch ohne Zeitverlust. Wenn ich nur an die Fülle von Ideen denke!«

Nun ging ihr endlich doch die Luft aus, und sie verstummte. Hari dachte über das Bild nach, das sie gezeichnet hatte.

Wenn mentale Kräfte jemals allgemein bekannt und allen zugänglich wären, müsste die Psychohistorik von Grund auf neu geschrieben werden. Dann wäre eine Wissenschaft der Humanik zwar immer noch möglich, aber sie könnte nie wieder auf den gleichen Voraussetzungen aufbauen – dass nämlich Billionen von Menschen so unbewusst und zufällig interagierten wie komplexe Moleküle in einer Gaswolke. Die Erkenntnis des eigenen Ichs – und die intime Wahrnehmung fremder Gedanken – würden das System ungeheuer komplizieren. Es sei denn …

Vermutlich wären zwei Konsequenzen denkbar. Die Telepathie könnte entweder zur Vereinfachung *aller Gleichungen führen, wenn sie nämlich nach Uniformität strebte und alles Bewusstsein zu einem einzigen Gedankenstrom gerinnen ließe ...*

Oder sie könnte die Komplexität exponentiell steigern! Indem sie jede gedankliche Aktivität in verschiedene interne und externe Betriebsarten aufspaltete, in Kategorien fasste und vielfältig diversifizierte.

Ob man die beiden Ansätze wohl modellieren und vergleichen könnte, wenn man eine Serie zellulärer Mathetomatone aufstellte ...

Hari widerstand der Versuchung, sich weiter in dieses hypothetische Szenario zu vertiefen, zumal ihm dafür nicht nur die Zeit, sondern auch die Mittel fehlten.

Natürlich war es kein Zufall, dass vor einer Generation auf Trantor plötzlich einige hundert Menschen mit mentalen Fähigkeiten aufgetaucht waren. Da Daneel sie fast alle sehr rasch unter seine Fittiche genommen hatte, durfte man vermuten, dass der Unsterbliche Diener übersinnliche Fähigkeiten in die menschliche Rasse einführen wollte ... wenn auch nicht so zwanghaft demokratisch, wie Sybyl sich das vorstellte.

Hari seufzte. In beiden Fällen wäre sein Lebenswerk, wären seine herrlichen Gleichungen am Ende.

Er wandte sich wieder dem *Kinderbuch des Wissens* zu und bemühte sich, den Lärm, die Stimmen der anderen auszublenden. Er wollte sich mit der Epoche des Übergangs beschäftigen, mit jener Zeit kurz nach der ersten großen Techno-Renaissance, als Wellen von Krawallen, Zerstörungen und manischem Solipsismus über die kulturelle Hochphase hereinbrachen, die Daneels Gattung hervorgebracht hatte. Auf der Erde reagierte man mit Kriegsrecht und drakonischen Unterdrückungsmaßnahmen, mit öffentlicher Verdammung aller exzentrischen und individualistischen Regungen – und mit Wogen von lähmender Agoraphobie.

Auf den fünfzig Spacer-Welten schien alles anders zu sein.

In den ersten interstellaren Kolonien der Menschheit genossen Millionen von glücklicheren Menschen auf parkartigen Besitztümern, von Robotern liebevoll betreut, in Frieden ein langes Leben. Doch Haris Ableitungen zeigten, dass auch die paranoide Intoleranz der Spacer - und ihre überzogene Abhängigkeit von robotischen Dienstleistungen - nichts anderes waren als Ausdruck von Angst und Verzweiflung.

In dieser Zeit entstanden Daneel Olivaw und Giskard Reventlov, der erste telepathische Roboter. Beide waren darauf programmiert, ihren leidenden Herren in unerschütterlicher Treue zu dienen. Was dann geschah, war Hari nicht völlig klar. Aber er wollte es verstehen. In dieser Epoche verbarg sich ein Schlüssel zu tieferen Erkenntnissen.

»Verzeihen Sie die Störung, Professor«, sagte eine Stimme hinter ihm. »Aber es ist Zeit für die Verjüngungsanlage.«

Hari fuhr hoch. Es war Gornon Vlimt - oder vielmehr *R.* Gornon Vlimt, der Roboter, der die Gestalt des menschlichen Gornon angenommen hatte.

Dieser Roboter wollte ihm nun eine weitere Behandlung in dem sargähnlichen Apparat der Ktlinaner verpassen, aber mit einigen Zusatztricks, die sein Geheimbund von abtrünnigen Maschinen sich im Lauf der Jahrhunderte angeeignet hatte.

»Ist das wirklich nötig?«, fragte Hari. Sein Selbsterhaltungstrieb war auf einem Tiefpunkt, seit ihn die Logik vor zwei Tagen zu einer Tat - oder zur Billigung einer Tat - gezwungen hatte, die er zutiefst verabscheute - der Zerstörung von Unmengen kostbaren Wissens zum Wohle der Menschheit.

»Ich fürchte ja«, beharrte R. Gornon. »Für das, was nun kommt, brauchen Sie sehr viel Kraft.«

Hari überlief ein Schauer. Verheißungsvoll klang das nicht gerade. Früher hatte er jedes Abenteuer genossen - war mit Begeisterung durch die Galaxis gejagt, um seine Feinde zu provozieren, ihre ruchlosen Pläne zu durchkreuzen oder Geheimnisse der Vergangenheit aufzuspüren - auch wenn er ständig klagte, er würde sich viel lieber in seine Bücher vergraben. Aber damals war Dors noch an seiner Seite gewesen. Jetzt hatten die Abenteuer jeden Reiz für ihn verloren, und sogar sein Interesse für die Zukunft hatte stark nachgelassen.

»Na schön«, sagte er, mehr aus Höflichkeit, als weil er sich tatsächlich verpflichtet fühlte. »Mein ganzes Leben wurde von Robotern bestimmt. Jetzt am Ende lohnt es sich auch nicht mehr, die Spielregeln noch ändern zu wollen.«

Er stand auf und schleppte seinen müden Körper zum Schiffslazarett. Dort wartete ein weißer Kasten. Der Deckel stand offen wie der Eingang zu einer Gruft. Er bemerkte, dass sich im Inneren *zwei* Vertiefungen befanden, als sei das Gerät nicht nur für eine Person gebaut, sondern für ein Paar.

Sehr gemütlich, dachte er.

R. Gornon half ihm, hinein zu steigen. Hari wusste, dass er damit eine Schwelle überschritt. Ob er wieder aufwachte oder nicht - wann und in welcher Gestalt auch immer - nichts würde mehr so sein wie früher.

6

Der Thumartin-Nebel war ein Strudel aus Materieteilchen und sich auflösendem Plasma. Nur eine Katastrophe - eine große Raumschlacht vielleicht - konnte diese Verwüstung hinterlassen haben. Die Instrumente berichteten von vielen überlasteten Hyperraumtriebwerken, die erst vor zwei Tagen aufs Spektakulärste explodiert waren. Doch nachdem das im Innern einer pechschwarzen Wolke geschehen war, würde niemand in der Galaxis davon erfahren.

Jedenfalls kein Mensch. Die geheimen Hyperwellenkanäle, die von den Robotern benützt wurden, schwirrten natürlich nur so von Meldungen über die Zerstörung der alten Archive und der Terraformer.

Dors betrachtete die Szene. Unruhe und Verwirrung quälten sie. Hari war entweder kurz vor oder während der gewaltigen Explosion hier gewesen. Ein Mensch hätte mit Magenkrämpfen reagiert, und ihre Simulationsprogramme jagten sie durch genau die gleiche Serie von Ersatzemotionen.

»Dieser Ort … er weckt heimatliche Gefühle, Dors. Etwas sagt mir, dass Voltaire und ich hier viele Jahrhunderte verschliefen, bis jemand uns wieder zum Leben erweckte.«

Die Stimme kam von einem Hologramm, einer jungen Frau in mittelalterlicher Rüstung und mit kurzgeschorenem Haar.

Dors nickte. »Einer von Daneels Agenten muss dein Archiv von hier nach Trantor gebracht haben, im Rahmen eines Plans, von dem ich nichts weiß. Vielleicht hat sich dein Speicher auch losgerissen und wurde von einem menschlichen Schiff aufgefischt und zu einer ahnungslosen Welt gebracht, wo einige Fanatiker so fahrlässig waren, den Inhalt freizusetzen.«

Das Hologramm lachte leise.

»Das klingt entsetzlich gefährlich, Dors.«

»Du und das Voltaire-Sim, ihr habt den Junin-Bezirk und Sark ins Chaos gestürzt. Selbst nachdem Hari euch ins Weltall verbannt hatte, gelang es einer Voltaire-Kopie, in Lodovik Trema einzudringen und ihn zu verändern. O ja, ihr seid wirklich Geschöpfe des Chaos, man kann nicht anders sagen.«

Jeanne d'Arc lächelte. Dann wies sie auf das Schlachtfeld vor den Fenstern.

»Dann muss ich davon ausgehen, dass du diese Zerstörungsorgie billigst. Darf ich fragen, warum du mich in diesem Fall noch in deiner Nähe duldest?«

Dors schwieg.

»Vielleicht, weil du jetzt endlich bereit bist, dich unangenehmen Fragen zu stellen? Während der langen Jahre, die ich zusammen mit Voltaire verbrachte, gelang es keinem von uns, die Weltanschauung des anderen grundlegend zu verändern. Ich schwöre immer noch auf den Glauben und er auf die Vernunft. Und doch haben wir voneinander gelernt. So weiß ich jetzt zum Beispiel, dass der Glaube wie die Vernunft Träume sind, die ein und derselben traurigen Überzeugung entspringen.«

Dors zog eine Augenbraue hoch. »Und was wäre das für eine Überzeugung?«

»Das Vertrauen in die Gerechtigkeit - gleichviel, ob sie nun von einer externen göttlichen Macht kommt, oder ob die Menschen sie sich mit vernünftiger Lösung ihrer Probleme verdienen. Vernunft und Glaube setzen voraus, dass das Dasein des Menschen irgendeinen Sinn hat. Dass es nicht nur ein grausamer Scherz ist.«

Dors schnaubte verächtlich.

»Du kommst wirklich aus einer seltsamen Epoche. Warst du tatsächlich so blind für das Chaos, als du noch am Leben warst?«

»Blind? Voltaire wurde genau wie ich in einem außergewöhnlichen Jahrhundert geboren, in einer verwirrenden Zeit voller Brutalität und Gewalt. Auch das technische Zeitalter, das uns später als raffinierte Computersimulationen wieder zum Leben erweckte, hatte mit schweren Problemen zu kämpfen. Aber diese besondere Art von Chaos, von der du sprichst - diese Krankheit, die Kulturen auf ihrem Höhepunkt stürzt ...«

Johanna schüttelte den Kopf.

»Ich kann mich nicht erinnern, dass es so etwas zu meinen Lebzeiten gegeben hätte. Und Voltaire auch nicht. Das wäre uns sicher nicht entgangen. Weder Glaube noch Vernunft können gedeihen, wenn der Mensch im Innersten überzeugt ist, das Universum sei gegen ihn.«

Dors überlegte. Ob Johanna Recht hatte? Könnte es tatsächlich eine Zeit gegeben haben, die nicht von Chaosseuchen bedroht war? Aber das ergab keinen Sinn! Schon die erste große Ära der Naturwissenschaften - als sowohl die Roboter wie die Raumfahrt erfunden wurden - endete im Wahnsinn. Es *musste* eine Krankheit sein ...

Der Schiffscomputer füllte die Kabine mit Leuchtbuchstaben und riss sie aus ihren Gedanken.

```
Bei einer Durchsuchung der näheren Umgebung wurden
Sprungspuren gefunden, die aus dem Gebiet hinaus-
```

führen. Ein Hinweis, dass sich bis vor kurzem Schiffe hier aufhielten. Wahrscheinliche Kandidaten werden auf dem Bildschirm angezeigt. Bitte neuen Kurs wählen.

Dors hatte die Suche angeordnet. Jetzt studierte sie auf dem Bildschirm zwei Ionisationsspuren, die sich in entgegengesetzter Richtung entfernten.

Ich kann nicht ausschließen, dass Hari auf keinem der beiden Schiffe war. Vielleicht treiben seine Atome da draußen zwischen der Asche und den Trümmern – mit all den Erinnerungen und den Scherben vergangener Pläne.

Sie schüttelte den Kopf.

Trotzdem muss ich eine Entscheidung treffen.

Sie wollte schon einfach raten, als die Leuchtschrift wechselte.

Ein neuer Flugkörper dringt in den Nebel ein. Ein Schiff. Um Beachtung der folgenden Koordinaten wird gebeten...

Rasch aktivierte Dors das Abschirmgitter des Schiffs und schloss sich direkt an den Computer an. Jetzt spürte sie den Störenfried, ein Schnellboot. Entweder einer der besten Kaiserlichen Kreuzer oder ein Einzelgänger von einer Chaoswelt ...

... oder ein Schiff mit Robotsteuerung.

Wir werden angerufen. Der Pilot verwendet den Namen Dors Venabili.

Dors nickte. Daneel hatte wohl erfahren, dass sie ihm die Gefolgschaft aufgekündigt hatte, und schickte ihr nun jemanden hinterher. Sie probte schon seit Tagen, was sie dem Unsterblichen Diener oder seinem Abgesandten unter dem Nullten Gesetz antworten wollte, wenn er an ihr Pflichtgefühl appellierte, um sie in den heimischen Pferch zurückzulocken. Olivaw würde ihre Empörung über die Sünden der

Vergangenheit nicht gelten lassen, sondern darauf bestehen, dass sie nur eine Wahl habe. Sie müsse ihn bei seinem langfristigen Plan zur Rettung der Menschheit unterstützen.

Es könnte sogar sein, dass sie schießen, sollte ich zu fliehen versuchen. Doch genau das war Dors' sehnlichster Wunsch – Reißaus zu nehmen vor Daneels Lakaien. Damit könnte sie ihren Abscheu deutlicher ausdrücken als mit tausend Worten.

```
Der Pilot des ankommenden Schiffes bittet erneut
um Rückmeldung. Er sendet einen persönlichen
Identifikationscode und eine Botschaft.
```

Dors öffnete sich der Datensalve nur zögernd.

»Hallo, Dors. Ich nehme an, dass du es bist. Hattest du genügend Zeit, über alles nachzudenken?

Meinst du nicht, wir sollten jetzt miteinander reden?«

Sie fuhr überrascht zurück. Dabei hatte sie die ganze Zeit auf diese Begegnung gewartet. Die Symmetrie der Ereignisse verlangte, dass sie sich noch einmal mit Lodovik Trema auseinander setzte.

Das Hologramm des jungen Ritters erschauerte, dann erschien ein schwaches Lächeln auf Johannas Zügen.

»Ich spüre Voltaire in einer seiner Manifestationen! Er ist ganz nahe.«

Simulationsprogramme erzeugten die perfekte Kopie eines resignierten Seufzers, dann sagte Dors ...

»Na schön. Hören wir uns an, was die beiden Jungs uns mitzuteilen haben.«

7

Hari starrte auf Pengia hinab und überlegte, was ihm an dem Planeten so merkwürdig vorkam. Aus dem All wirkte er ganz unauffällig, eine typische Imperiumswelt mit leuchtend blauen Meeren und riesigen, schachbrettartig aus Getreidefeldern und üppigen Obstgärten zusammengesetzten Agrargebieten. Das Leben wurde hier eindeutig nicht von den kleinen Städten beherrscht. Dieses idyllische Fleckchen hatte sich wahrscheinlich seit Jahrtausenden nicht verändert.

Und doch sah Hari die weiten fruchtbaren Ebenen mit anderen Augen, seit er wusste, wem diese geometrische Ordnung zu verdanken war. Wahrscheinlich war sie von einer gewaltigen Maschine geschaffen worden. Im Geiste sah er vor sich, wie – für galaktische Verhältnisse vor gar nicht allzu langer Zeit – künstliches Feuer vom Himmel fiel, ganze Gebirgszüge sprengte und pulverisierte, ideale Flussläufe in den Boden fräste und eine frühe Version von Pengia mit all den Wild- und Kulturpflanzen anlegte, die menschliche Siedler brauchten.

Und noch etwas wurde Hari jetzt klar.

Ich kenne nicht viele ›typische‹ Imperiumswelten. Ich bin fast mein ganzes Leben lang herumgelaufen und habe die Ausnahmen studiert … um die Abweichungen von den Regularitäten der Psychohistorik zu verstehen. Jeden Zacken, jede Variante unseres wachsenden Modells zu integrieren. Ich hielt es nie für wichtig, Planeten wie diesen zu besuchen, wo die meisten Menschen geboren werden, nahezu das gleiche Leben führen wie ihre Vorfahren und – je nach Verlauf ihrer persönlichen Dramen – zufrieden oder in Verzweiflung sterben.

Schon Helicon, wo er seine ersten Lebensjahre verbracht hatte, galt weithin als anomal. Zwar war der Planet von der Landwirtschaft geprägt, aber eine genetische Besonderheit hatte eine weithin bekannte heimische Industrie entstehen lassen – Helicon lieferte mathematische Genies für die Bürokratie und die Meritokratie. Kein Wunder, dass Daneel gerade diese Welt für seine Untersuchungen und Experimente ausgewählt hatte!

Dieses Pengia mag typisch sein, dachte Hari. *Aber ich weiß nicht mehr, was man unter dem Wort eigentlich versteht.* Wieder empfand er Bescheidenheit als eine seinem Alter erstaunlich angemessene Haltung.

Natürlich mochten diese abwegigen Gedanken eine

Begleiterscheinung seiner letzten Verjüngungsbehandlung sein. Hari spürte neue Kräfte in seinen Gliedern, sein Schritt war fester geworden, und das beeinflusste zwangsläufig auch seine Stimmung und erfüllte ihn mit einem Tatendrang, über den er sich ironischerweise sogar *ärgerte*, weil er wusste, dass er nicht echt war.

Zugleich war er überrascht, wie wenig er sich verändert hatte.

Ich bin immer noch ein alter Mann. Ich sehe nicht sehr viel anders aus. Ich spüre etwas mehr Energie in mir, aber ich habe große Zweifel, dass sich damit meine Lebenserwartung steigern lässt. Wenn das der einzige Fortschritt von Sybyls Renaissance gegenüber den geheimen biotechnischen Verfahren ist, die die Calvinianer seit Jahrhunderten eifersüchtig hüten, dann ist er nicht sehr beeindruckend.

Hari hatte das unbestimmte Gefühl – fast wie ein Traum –, der Aufenthalt in dem großen weißen Kasten habe ihm ebenso viel *genommen* wie gegeben. Dort war mehr geschehen, als nach außen hin sichtbar war.

Auf den Bildschirmen der *Stolz von Rhodia* wurde die freundliche blaue Welt langsam größer. R. Gornon Vlimt setzte zur Landung an. Aus irgendeinem Grund schauten alle nach Osten. Niemand interessierte sich für den Blick nach Westen, der allerdings so gut wie identisch war. Jeni Cuicet saß fast reglos in einem Schwebesessel und litt abwechselnd unter Hitzewallungen und Kälteschauern.

Horis Antic wies immer wieder auf geographische Besonderheiten hin. Wie Biron Maserd fand er es ungeheuer aufregend, dass er nun durchschaute, wie das Gelände da unten entstanden war. Hari kannte die Freuden eines hungrigen Intellekts und lächelte über seine beiden jungen Freunde.

Sybyl und Planch kauerten am vordersten Fenster und tuschelten verschwörerisch miteinander. Hari konnte sich denken, worum es ging. Die Mannschaften des ktlinanischen Schiffs und der *Stolz von Rhodia* hatte Gornon kurz zuvor mit Drogen und Hypnose ruhig gestellt. Nun gingen die Leute mit versteinerten Gesichtern ihrer Arbeit nach und hatten die spektakulären Ereignisse der letzten Woche allem Anschein nach vollkommen vergessen.

Sybyl und Planch fragen sich, wann sie wohl an die Reihe kommen, dachte Hari. *Wahrscheinlich schmieden sie Pläne, um der Amnesie zu entgehen, oder um ihren Freunden eine geheime Botschaft zu hinterlassen. Das würde ich jedenfalls an ihrer Stelle tun.*

Antic und Maserd machten sich in diesem Punkt wohl weniger Sorgen. Entweder hofften sie, durch die Freundschaft mit Hari geschützt zu sein, oder sie hielten sich für vertrauenswürdiger. Jedenfalls würden *sie* gewiss keine Entwicklung unterstützen, die ins Chaos führen konnte. Dennoch hatte Hari seine Zweifel.

R. Gornon benimmt sich in vielem so, als hätte er dieselben Ziele wie Daneel. Und doch hat er einen von Daneels Agenten eliminiert und flüchtet nun, so schnell er kann, um der Strafe des Unsterblichen Dieners zu entgehen.

Dieses Spiel hatte viele verschiedene Ebenen, die Hari noch nicht verstand. Vielleicht vertrauten Biron und Horis zu sehr darauf, dass man ihnen aus Freundschaft die Erinnerung an die jüngsten Ereignisse beließ.

Planch und Sybyl waren zu einer Entscheidung gelangt und kamen mit grimmig vorgerecktem Kinn auf Hari zu.

»Wir erkennen an, dass Sie auch diesmal gewonnen haben, Seldon«, sagte die Frau von Ktlina. »Nun sind wir bereit, ein Abkommen mit Ihnen zu schließen.«

Hari schüttelte den Kopf. »Es wäre übertrieben zu behaupten, ich hätte irgendetwas gewonnen. In Wirklichkeit haben mich meine letzten *Siege* mehr gekostet, als Sie sich vorstellen können. Wieso glauben Sie überhaupt, ich wäre in der Position, irgendwelche Vereinbarungen zu treffen oder gar durchzusetzen?«

Sybyl verzog enttäuscht das Gesicht, doch Planch, der Weltraumhändler, blieb ungerührt.

»Wir verstehen nicht alles, was vorgefallen ist, aber unsere Möglichkeiten sind begrenzt, so viel ist klar. Doch selbst wenn Sie diesem Ding da nichts befehlen können …« – er wies mit dem Kopf auf R. Gornon –, »so haben Sie doch einen gewissen Einfluss darauf. Die Tiktoks haben eine hohe Meinung von Ihnen.«

Sie schätzen mich nur, weil sie mich gebrauchen können, dachte Hari nicht ohne Bitterkeit. Das war natürlich unfair. *Alle* Roboter, auch Daneels Feinde, verehrten Hari vor allem aus einem Grund: Sie hatten seit vielen Tausend Jahren im menschlichen Universum keinen so aufgeklärten und informierten Herrn kennen gelernt.

Auch wenn ich mir dafür nichts kaufen kann, dachte er ironisch. *Und die Menschheit auch nicht.*

»Wie lautet Ihr Vorschlag?«, fragte er Mors Planch.

Der Händler kam eifrig zum Geschäft.

»Wie ich die Sache sehe, könnte dieses telepathische Tiktok jeden von uns außer Gefecht setzen, bewusstlos machen, mit Drogen voll pumpen und seine Erinnerungen löschen. Aber das hätte natürlich zwei Nachteile! Erstens würde der alte Gornon hier so etwas nicht *gerne* tun – wegen dieses Ersten Gesetzes. Natürlich könnte er immer anführen, dass irgendein höheres Wohl es verlangt, aber ich schätze, unser Blechmensch würde es *vorziehen,* uns auf andere Weise am Schwatzen zu hindern, nicht wahr?«

Hari war beeindruckt. Planch kapierte ziemlich schnell.

»Weiter.«

»Außerdem wäre es für alle unsere Freunde und Bekannten ein dicker, fetter Hinweis, dass etwas nicht stimmt, wenn wir mit einer Gedächtnislücke zurückkehrten. Auf Ktlina gibt es eine Reihe von Leuten, die in unsere Pläne eingeweiht waren. Was immer der Roboter mit unserem Bewusstsein anstellt, diese klugen Köpfe wären vielleicht sogar im Stande, mit besonderen Renaissance-Techniken den Schaden rückgängig zu machen. Gornon müsste uns das Gehirn schon fast restlos ausbrennen und uns in einem tiefen Loch versenken, um ganz sicher zu gehen, dass das nicht passiert.«

Hari spürte, wie Biron Maserd näher trat, um ebenfalls am Gespräch teilzunehmen.

»Sie gehen also davon aus, dass Ihre geliebte Chaos-Revolution auf Ktlina immer noch die Oberhand hat«, stellte der Adelige fest. »Aber selbst wenn die Seuche noch wütet, wird sie sich so lange halten, dass Ihr Szenario Wirklichkeit werden kann? Besonders, nachdem Sie die alten Archive verloren haben?«

»Vielleicht unterschätzen sie, wie viele Waffen speziell diese Renaissance in ihrem Arsenal hat. Ktlina ist keine lahme Ente, wie Sark es war. Und es ist nicht so vertrauensselig wie einst Madder Loss. Und selbst wenn es scheitern sollte wie alle anderen, steht eine wachsende Organisation von Kollaborateuren und Sympathisanten bereit, um der nächsten Welt behilflich zu sein, die versucht, sich aus der alten Falle zu befreien.«

Hari musste das leidenschaftliche Engagement des Mannes unwillkürlich bewundern. Er war sich mit Planch nur in einem Punkt uneins - seiner Meinung darüber, was Menschen erreichen konnten. *Ich stünde auf seiner Seite, würde mich mit Freuden an seiner Verschwörung beteiligen, wenn nur die grundlegenden Fakten andere wären.*

Aber die Psychohistorik zeigte, dass das alte Imperium längst zusammengebrochen wäre, bevor es Planchs kritisches Stadium erreichte. Wenn erst das imperiale Netz aus Handelsbeziehungen, Dienstleistungen und gegenseitiger Unterstützung versagte, hätten die Bevölkerungen der einzelnen Planeten ganz andere Sorgen, als die nächste Renaissance anzustreben. Dann stünden Überlebensfragen an erster Stelle. Der Adel würde, wie bei jeder Krise, die Macht übernehmen und wohlwollende oder tyrannische Diktaturen errichten. Die Chaosseuche würde jäh zum Stillstand gebracht von einer nicht weniger schrecklichen Erscheinung: dem Zusammenbruch der ganzen Zivilisation.

»Weiter, Planch«, ermunterte ihn Hari. »Sie haben vermutlich eine Alternative anzubieten?«

Der Händler nickte. »Sie können uns nicht einfach laufen lassen - das sehen wir ein. Andererseits möchten sie uns weder töten noch unser Bewusstsein zerstören. Deshalb möchten wir ihnen ein Angebot machen: Warum nehmen sie uns nicht mit nach Trantor zurück?«

Bevor Mors Planch Zeit zu einer eingehenderen Erklärung fand, ertönte ein schriller Schrei.

»Nein!«

Alle drehten sich um. Die junge Jeni Cuicet versuchte sich mit beiden Ellbogen aus dem Schwebesessel herauszustemmen.

»Ich gehe nicht zurück. Sie werden mich nur mit meinen Eltern nach Terminus verfrachten. Das verdammte Gehirnfieber macht alles noch schlimmer. Jetzt werden sie sagen, ich sei ein Genie! Und sie werden noch versessener darauf sein, mich auf diesen grässlichen Felsen zu schleppen, um mich dort verfaulen zu lassen!«

Sybyl ließ sich von Jenis Ausbruch ablenken und ging zu ihr, um ihr weitere Schmerzmittel anzubieten. Mors Planch und Hari wechselten einen Blick.

Planch braucht nicht deutlicher zu werden, dachte Hari. *Wozu das Mädchen noch mehr verstören! Ich weiß auch so, was er will. Seit Urzeiten kennen die Kaiser gewisse Methoden, die Menschen mitten auf der Hauptwelt in die ›Verbannung‹ zu schicken. Planch ginge ein Risiko ein. Vielleicht glaubt er, aus einem solchen Gefängnis fliehen zu können, aber seit Jahrtausenden versuchen die kaiserlichen Geiseln vergeblich, die Sicherheitsvorkehrungen zu überwinden.*

Vielleicht zieht er es auch nur vor, bequem auf einer kosmopolitischen Welt zu leben, anstatt sich das Gedächtnis löschen zu lassen.

Zu weiteren Diskussionen kam es nicht mehr, denn R. Gornon rief über die Schulter: »Alles anschnallen! Es gibt hier keinen Leitstrahl, die Landung könnte also holpriger werden, als Sie es gewöhnt sind.«

Niemand dachte daran, sich zu widersetzen. Gornon hatte seine Macht ausreichend demonstriert. Als die Passagiere Pengias ländlichen Raumhafen vor sich sahen, war jedem klar, dass noch Fragen offen standen. Jeder würde auf Pengia vor eine Entscheidung gestellt. Das Schicksal würde einen anderen Lauf nehmen.

Am Rand des Landefeldes wurden sie von einem halben Dutzend kräftiger Männer erwartet. Hari hatte das sichere Gefühl, dass es sich um Roboter handelte - zweifellos Angehörige von Gornons kleiner Calvinianer-Sekte.

Drei große Fahrzeuge kamen auf das Schiff zu gefahren, das neben einem Hangar aufgesetzt hatte. Biron Maserds Besatzung und die Leute von Mors Planchs Piratenschiff bestiegen den ersten Wagen. Der zweite nahm Horis, Sybyl, Planch und Maserd auf. Jenis Schwebesessel wurde vorsichtig im Heck verladen. Man wollte zuallererst das örtliche Krankenhaus ansteuern. Die Ärzte dort hatten Erfahrung mit dem Gehirnfieber und verfügten über die nötigen Einrichtungen, um der jungen Frau zu helfen.

Gornon machte sich offenbar keine Sorgen, dass sie von ihren Erlebnissen erzählen könnte. Gehirnfieberpatienten hatten oft ungewöhnliche Halluzinationen, niemand würde ihre wilden Geschichten ernst nehmen. Außerdem bemerkte Hari, dass der Schiffsantrieb im Leerlauf blieb. Die Calvinianer wollten sich nicht lange aufhalten - allenfalls ein paar Tage.

Selbst das könnte zu lange sein, wenn Daneels Organisation noch so leistungsfähig ist wie früher. Hari hätte gern gewusst, was die abtrünnigen Roboter wohl bewog, ein solches Risiko einzugehen.

Hari und Gornon stiegen als letzte ein. Die Limousine fuhr mit automatischer Steuerung auf einige Hügel zu, offenbar die Wohngegend des hiesigen Adels. Vermutlich hatte Gornon hier eine Villa angemietet. Für seine Gefangenen war ihm das Beste gerade gut genug.

Als der Wagen den kleinen Raumhafen durch einen Seiteneingang verließ, schaute Hari zur *Stolz von Rhodia* zurück und machte dank seiner neuerdings wieder schärferen Augen eine ungewöhnliche Beobachtung.

Die von Gornon zurückgelassenen Roboter luden jetzt

durch die Passagierluke einen sperrigen Gegenstand aus. Er war weiß und hatte die Form eines überdimensionierten Sarges.

Selbst die stämmigen Roboter hatten sichtlich Mühe, ihn zum dritten und letzten Fahrzeug zu tragen. Ihre Bewegungen verrieten große Sorgfalt, als sei die Last wertvoller als ihr eigenes Leben.

Als ruhten viele Hoffnungen darauf, dass sie sicher an ein fernes Ziel gelangte.

Teil 5

Wiederholte Besuche

PENGIA ... Eine Welt im Rigel-Sektor, berühmt für die Herstellung eleganter Keramikwaren. Außerdem für gewisse anomale Meereslebewesen, die man seit längerem wegen ihrer einmaligen neuromentalen Eigenschaften untersucht, weil man sich davon Hilfe für menschliche Organismen verspricht, deren Immunsystem standardsymbiontische Wirtsimplantate abstößt ...

Pengia zeichnet sich vor allem dadurch aus, dass es nahezu jede historische Bedeutung vermissen lässt. Die bescheidene Agrarwelt scheint in den Finsteren Zeiten nur an wenigen und in der Imperialen Ära an keinerlei bemerkenswerten Ereignissen Anteil gehabt zu haben. Nur einmal – 520 Jahre nach dem Interregnum – erlebte Pengia eine kurze Phase des Ruhms, als es kurz nach der Schlacht von Chjerrups den Gastgeber für die erste Untersuchungskommission zum Phänomen der Galaktischen Verschmelzung spielte. Diese Gespräche machten seinen Namen für kurze Zeit überall dort berühmt, wo keine Störungen bei der Medienübertragung ...

Diese glanzvolle Periode ging jedoch zu Ende, als die leidenschaftlichen Schicksalsdebatten mit ihrem schrillen Gefolge auf dichter bevölkerte Welten weiterzogen. Danach geriet Pengia bald ...

– ENCYCLOPAEDIA GALACTICA, 117. Ausgabe, 1054 G.Ä.

1

Endlich hatte R. Zun Lurrin Daneels langfristigen Plan zur Rettung der Menschheit in seiner ganzen erhabenen Größe erfasst.

»Du willst den Menschen helfen, eins zu werden. Ein telepathisches Netz zu schaffen, das jede menschliche Seele mit allen anderen verbindet.«

Der Unsterbliche Diener nickte, ohne den Blick von den sechzig menschlichen Versuchspersonen zu wenden, die alle mit dem gleichen zufriedenem Gesichtsausdruck unter der hohen Kuppel saßen und meditierten.

»Stell dir vor. Kein Groll mehr. Keine Bitterkeit, kein egoistischer Konkurrenzkampf. Und vor allem kein Solipsismus. Denn wie kann man die Gefühle anderer Menschen ignorieren, wenn diese Gefühle so hautnah, so intensiv erfahrbar sind wie ein Teil des eigenen Bewusstseins?«

»Einigkeit und Geschlossenheit«, seufzte Zun. »Der alte Traum. Und wir könnten ihn endlich erfüllen.«

Doch dann betrachtete er die sechzig Menschen mit gerunzelter Stirn.

»Sie leben in Frieden, in vollkommener Verbundenheit, weil jeder von ihnen an einen positronischen Mentalverstärker angeschlossen ist. Du sagst jedoch, das ließe sich *nicht* in großem Stil durchführen?«

Daneel nickte. »Eine solche Abhängigkeit von Maschinen dürfen wir nicht zulassen.«

»Aber damit fänden wir den Anschluss an unsere Herren! Roboter und Menschen wären in einer ewigen Synergie der Liebe vereint.«

»Und der mechanische Partner in dieser Synergie würde mit der Zeit immer dominanter«, wandte Daneel ein. »Bedenke außerdem, wie viele Roboter wir bauen müssten. Das wäre nur mit Selbstreproduktion zu schaffen. Das wiederum würde der Selektion, dem Darwinismus, der Evolution Tür und Tor öffnen ... und irgendwann entstünde eine neue Androiden*gattung*. Eine Gattung, die in erster Linie sich selbst im Auge hätte und nicht die Interessen der Menschheit. Ich habe geschworen, das niemals zuzulassen.

Nein. Die Menschen dürfen nicht zu sehr in Abhängigkeit von den Robotern geraten. Das war der Ansatz der Spacer - die Ketzerei, vor der Elijah Baley einst warnte. Die Fehlentwicklung, die Giskard zu seiner Handlungsweise zwang.«

Daneels Stimme war von klirrender Entschlossenheit. »Die Menschen *müssen* irgendwann auf eigenen Beinen stehen. Dafür gibt es mehr Gründe, als ich dir bisher genannt habe. Gründe, die mit dem Überleben der ganzen Spezies zusammenhängen.«

Zun Lurrin überlegte eine Weile.

»Wenn dem so ist, dann lass mich extrapolieren, Daneel. Lass mich versuchen, nach diesen Angaben deinen Plan zu erraten.

Du hast vor hundert Jahren mit einer Reihe von genetischen Versuchen an kleinen Gruppen von Menschen begonnen. Aus einem dieser Projekte ging das mathematische Genie Hari Seldon hervor. Ein zweites führte zu einer unerwarteten Welle von Mutanten auf Trantor - Menschen mit mentalen Fähigkeiten, wie sie bis dahin nur einige wenige Roboter besaßen.«

»Ausgezeichnet. Du bist auf der richtigen Spur, Zun«, bestätigte Daneel. »Sieh dir diese Szene an - sechzig Menschen, aufs Wundersamste vereint, erfüllt von Frieden, Kraft und innerer Ruhe. Nun stelle dir das Ganze *ohne* Roboterunterstützung vor! Eine reine Mentalistengemeinschaft. Ein Seelenbund. Stabil und ohne auf künstliche Hilfsmittel angewiesen zu sein.«

Zun Lurrin nickte. »Ich verstehe, was du sagen willst, Daneel. Sicher wäre das wünschenswert. Aber bedenke den Zeitaufwand! Es dauert Jahrhunderte, um ausreichend viele starke menschliche Mentalisten zu züchten, die psychische Brücken schlagen können, um ganze Städte, Territorien, ja sogar Planeten zu verbinden. Wozu so lange warten, wenn wir schon jetzt über ein Instrument verfügen, das sich unserem Ziel anpassen lässt! Warum dieses Instrument nicht einsetzen – nur für den Übergang, bis genügend menschliche Mentalisten zur Verfügung stehen? Das Galaktische Imperium braucht nicht zusammenzubrechen. Man könnte es ganz einfach transformieren, fast über Nacht, indem man bestimmte Werkzeuge neu programmierte ...«

Daneel äußerte höfliche Skepsis, indem er nach Menschenart den Kopf schüttelte.

»Die Vorstellung ist verführerisch. Aber die Nachteile sind zu groß. Erstens würde die mechanische Erzwingung dieses Seelenbundes bei vielen Robotern gewaltige Konflikte mit dem Ersten Gesetz auslösen, weil ihre Schaltkreise darin einen ›Schaden‹ für die Menschheit sähen. Ich habe etliche Roboter deiner Kategorie mit dem Gedanken konfrontiert. Die Reaktionen reichen von Begeisterung, wie bei dir, bis zu Empörung und Abscheu.

Eine derart autoritäre Aktion würde zweifellos zu einem Wiederaufflammen der robotischen Bürgerkriege führen.«

Eine Aussicht, die Zun erschreckte. »Ich nehme doch an, dass du bei den Robotern, die das Konzept ablehnten, auch alle Erinnerungen daran gelöscht hast?«

»Das habe ich vorsichtshalber tatsächlich getan. Und wenn du anders reagiert hättest, wäre ich mit dir genauso verfahren, Zun. Du musst entschuldigen.«

»Es gibt nichts zu entschuldigen, wo solche Zwänge walten und das Wohl der Menschheit auf dem Spiel steht«, wehrte Zun mit einer Handbewegung ab. »Und worin besteht der zweite Nachteil?«

»In der Wandelbarkeit der Menschen. In den letzten Jahrtausenden ist eine kleine, aber nicht unbeträchtliche Anzahl gegenüber nahezu allen stabilisierenden Einflüssen, mit denen wir das Chaos zurückzudrängen pflegten, immun geworden. Auch der Widerstand gegen mentalistische Einflüsse ist enorm gewachsen. Stell dir vor, wie diese Individuen reagieren würden, wenn sie plötzlich sähen, wie ihre

Freunde und Nachbarn, wie Menschen, die sie lieben, über Nacht zu ›Meistern der Meditation‹ würden!

Nein, das ist noch untertrieben, Zun. Nehmen wir an, es gelänge uns, die Mehrheit der Menschen in ein Makro-Bewusstsein zu integrieren, ihre Individualität in einem einzigen geistigen Strom aufzulösen. Wie würde die zurückbleibende Minderheit es wohl aufnehmen, wenn sie draußen bliebe?

Würde sie den Verstand verlieren? Oder sich ausgeschlossen fühlen?

Oder würde sie ihre Beobachtungen missdeuten und den falschen Schluss ziehen, eine fremde Macht habe ihre Lieben in Zombies verwandelt und zwinge ihnen nun allen die gleichen starren Denkstrukturen auf?

Vergiss nicht, Menschen mit außergewöhnlicher Begabung sind oft sehr erfinderisch. Sie würden mit aller Energie daran gehen, diese *fremde Macht* zu enttarnen und zu bekämpfen.

Sie würden uns finden. Und sie würden uns den Krieg erklären.«

Zun Lurrin malte sich die Szene aus, die Daneel beschrieb, und begriff, wie weise und weitsichtig der Unsterbliche Diener die Lage beurteilte.

»Diese neue menschliche Errungenschaft – diese neue Daseinsform – muss zur rechten Zeit und unter geeigneten Bedingungen eingeführt werden. Alle Roboter müssen sie als notwendig anerkennen. Alle Menschen müssen eine Verbesserung darin sehen.«

Daneel nickte.

»Und deshalb ist es noch zu früh. Man darf den Wandel nicht künstlich herbeiführen. Wir müssen warten, bis die Population von menschlichen Mentalisten ausreichend groß ist. Nach dem Zusammenbruch des Imperiums, wenn die Menschheit sich in Schmerzen windet und sich danach sehnt, geeint und gerettet zu werden, dann ist der Moment gekommen, ihr *Gaia* anzubieten.«

Zun drehte sich zu Daneel um. »Gaia?«

»Ein altes Wort für einen Geist, der einen ganzen Planeten

umfasst. Eine sanfte, liebevolle Göttin, die jeden Spatzen kennt, der vom Himmel fällt, weil alle Vögel der Luft, alle Fische des Meeres und alle lebenden Menschen untrennbar mit ihr verbunden sind.«

Die Stimme des Unsterblichen Dieners wurde leiser, Daneels Blick richtete sich auf ferne Horizonte voller Erhabenheit und Schönheit.

»Und wenn erst jeder Planet sein Gaia hat, können wir etwas noch Größeres anstreben. Etwas Allumfassendes. *Galaxia.*«

Seine Stimme wurde noch weicher.

»Und dann werde ich ... vielleicht ... Frieden finden.«

2

Zwei rätselhafte Spuren führten aus dem Thumartin-Nebel hinaus und entfernten sich in entgegengesetzter Richtung von der Stelle, wo vor kurzem eine Million Archive und mechanische Terraformer zu funkelnden Ionisationswolken zerstoben waren. Man beschloss, Dors solle der einen folgen, während Lodoviks calvinische Freunde mit ihrem schnellen Schiff hinter der zweiten her flogen.

Dors war das nur Recht, denn sie glaubte deutlich zu spüren, welchen Weg Hari genommen hatte.

Leider war auch Lodovik Trema ihrer Ansicht gewesen. Nachdem er Dors seinen neuen Verbündeten kurz vorgestellt hatte, warf er sich eine Reisetasche über die Schulter, durchquerte den Verbindungstunnel zwischen den beiden Luftschleusen und richtete sich an Bord ihres Schiffes häuslich ein!

»Zorma und ihre Freunde brauchen mich weniger als du«, erklärte er.

»Dann muss deine Bedeutung für sie noch unter Null liegen!«, gab sie zurück. Er lächelte nur und wollte sich offenbar auf keine Diskussion einlassen. Aber damit hatte er bei Dors kein Glück.

»Ich verlange einen offenen und vollständigen Informationsaustausch, Trema. Sonst kannst du gleich aussteigen und den Rest des Weges zu Fuß gehen. Als Erstes will ich wissen, wer deine Verbündeten sind. Du weißt, was ich von den Fanatikern halte, die das Nullte Gesetz ablehnen.«

Erst vor zwei Jahren hatte eine kleine calvinische Sekte auf Trantor beschlossen, Daneel Olivaw an seiner empfindlichsten Stelle anzugreifen - dem Seldon-Plan. Wenn dem Unsterblichen Diener so viel an Hari und der Psychohistorik gelegen war, dann wollten die Verweigerer hier ansetzen. Fast wäre es ihnen gelungen, eine menschliche Telepathin dahin zu bringen, dass sie Haris Bewusstsein manipulierte. Nur mit viel Glück und schnellem Eingreifen war das Komplott in letzter Minute verhindert worden.

»Diese Gruppe ist anders«, versicherte ihr Lodovik. »Zorma hast du sogar schon auf Trantor kennen gelernt. Damals trat sie noch als Mann auf und war dagegen, sich an Hari zu vergreifen.«

Dors erinnerte sich. Dieser Calvinianer war ihr ganz vernünftig vorgekommen. Dennoch schüttelte sie den Kopf.

»Das ist noch lange kein Grund, sich mit Fanatikern einzulassen.«

»Es gibt auch Stimmen, die die Roboter unter dem Nullten Gesetz für die eigentlichen Fanatiker halten«, gab Lodovik zurück. »Du hast R. Giskard Reventlovs Erinnerungen reaktiviert. Du weißt, an welch dünnem Faden die neue Religion hing, die er und Daneel an die Stelle unserer alten setzten.«

»Die Bürgerkriege sind vorbei, Lodovik. Eine große Mehrheit der überlebenden Roboter akzeptiert das Nullte Gesetz, während die Anhänger des Alten Glaubens in Dutzende von kleinen Sekten zerfallen, die sich in finsteren Ecken der Galaxis verkriechen und Verschwörungen aushecken. Sag mir, woran glauben deine neuen Freunde? Was für seltsame Ideen haben sie während ihrer langen, erfolglosen Wanderungen entwickelt?«

Bei jedem Hyperraumsprung flackerten draußen die

Sternbilder und verschoben sich kaum merklich. Lodovik lächelte.

»Sie haben tatsächlich eine ausgefallene Überzeugung – sie finden, unsere Herren sollten über ihr Schicksal mitbestimmen.«

Dors nickte. Auf diesen Irrglauben steuerte Trema seit seinem Unfall zu. Wozu hätte er ihr sonst Giskards Haupt gegeben?

»Dagegen ist grundsätzlich nichts einzuwenden. Aber wäre es auch *praktikabel*?«

»Du spielst auf das Chaos an«, antwortete Lodovik. »Tatsächlich müssen Zorma und ihre Landsleute sich sehr genau überlegen, welchen Menschen sie sich zu erkennen geben. Aber du hast doch sicher die Zahlen aus Daneels Humanik-Studien gesehen? Mehr als zwei Prozent der Bevölkerung sind bereits gegen Olivaws Dämpfungsfaktoren *und* die Verführungen des Chaos immun. Das ist ein Grund für Hari Seldons Theorie, eine auf Terminus angesiedelte Foundation könne genug soziale und psychologische Sprengkraft entwickeln, um die Schwelle zu beseitigen, die sich bislang als unüberwindlich ...«

Dors unterbrach ihn mit erhobener Hand.

»Das ist alles sehr interessant, Lodovik, und unter normalen Umständen würde ich diese *reifen Menschen*, denen deine calvinischen Freunde sich anvertrauen möchten, auch gern kennen lernen. Aber im Moment geht es mir vor allem darum, Hari Seldon zu finden! Weißt du etwas über die Gruppe, die ihn entführt hat?«

Lodovik nickte.

»Du hast Recht, Dors. Die alte Religion ist tatsächlich in viele kleine Sekten zerfallen. Sie hatte nie einen charismatischen Führer wie Daneel, der sie zusammengeschweißt hätte. Die Calvinianer auf Trantor – die Gruppe des armen alten Plussix – waren von einer geradezu peinlichen Einfältigkeit. Du wirst dich erinnern, wie Zorma sich bemühte, ihnen ihren törichten Plan auszureden. Sie hat auch versucht, die Gruppe umzustimmen, die Hari entführt hat.«

Dors' Programme zur Emotionssimulation jagten ihr kalte Schauer über den Rücken.

»Weißt du, was die Kidnapper wollen?«

»Leider nein. Es ist eine merkwürdige Gruppe, raffinierter als die auf Trantor, und sie hat im Lauf der Jahrhunderte einige verrückte, aber originelle Ideen ausgebrütet. Zorma konnte nicht allzu viel in Erfahrung bringen, aber es hat den Anschein, als seien einige ihrer Anführer Verbündete Daneels gewesen, bevor sie sich unter wenig erfreulichen Umständen von ihm trennten.

Zorma ist auch ziemlich sicher, dass sie mit deinem Ex-Gatten große Pläne haben.«

Dors hörte die leichte Betonung auf dem Wort ›Ex‹ und fragte sich, warum Lodovik diesen Umstand wohl besonders hervorhob.

Der nächste Holo-Projektor, in dem sie das Johanna-Sim gespeichert hatte, erinnerte sie mit einem ungeduldigen Mikrowellenimpuls an ihr Versprechen.

Johanna möchte Kontakt mit der Voltaire-Version aufnehmen, die Lodovik in seinem mutierten Positronengehirn mit sich trägt. Aber ich denke nicht daran, die beiden allein zu lassen!

Das brachte sie auf eine andere Idee.

Was würde Daneel wohl sagen, wenn er wüsste, dass Lodovik und ich - wenn auch nicht unbedingt vertrauensvoll - zusammenarbeiten?

Sie schüttelte den Kopf.

»Weißt du noch mehr über die Sekte, die Hari in ihrer Gewalt hat?«

»Nicht viel. Sie ist weder so vorsichtig, noch so verantwortungsbewusst wie Zormas Organisation, aber es sind auch keine unbedarften Fanatiker wie Plussix' Leute. Vermutlich hättest du erwartet, dass *ich* genau in einer solchen Gruppe landen würde! Sehr welterfahren. Klug. Geschickte Techniker.«

Lodovik lächelte grimmig.

»Und in fast jeder Hinsicht unheilbar verrückt.«

3

Mors Planch unternahm innerhalb von zwei Tagen vier Fluchtversuche. Mit jedem Fehlschlag hob sich die Stimmung des Raumfahrers, und seltsamerweise wuchs auch seine Zuversicht.

Hari war fasziniert. *Entweder ist der Mann im Begriff, den Verstand zu verlieren,* sagte er sich, *oder es ist alles Teil eines Plans … er versucht mit verschiedenen Mitteln, die Fähigkeiten der Roboter auszutesten. Herauszufinden, wo ihre Grenzen liegen. Beides ist jedenfalls erstaunlich zu beobachten.*

Beim letzten Versuch schälte Planch die Isolierungsfolie von den Zentralheizungsrohren der Villa und fertigte sich daraus eine provisorische Verkleidung. Was ihn auf die geniale Idee gebracht hatte, wusste niemand, aber es gelang ihm, an mehreren Reihen von Überwachungssensoren vorbei die Straße zur Stadt Pengia zu erreichen, bevor ihn einer von Gornons Robotern visuell entdeckte. Der Humanoide nahm ihn höflich und sanft, aber mit unwiderstehlichem Griff am Arm und führte ihn ins Haus zurück. Planch hatte die Kapuze seines selbstgefertigten Tarnmantels zurückgeschlagen, grinste Sybyl, Maserd und die anderen schief an und marschierte so selbstbewusst in die Gefangenschaft zurück, als habe er und nicht der Roboter das Sagen.

Natürlich ist das nur eine Farce, dachte Hari. *Unsere Bewacher haben alle Mittel, um sich Planch gefügig zu machen, von Beruhigungsmitteln bis zur Manipulation seiner Erinnerungen. Warum also tun sie es nicht? Was will Gornon mit seiner Nachsicht beweisen?*

Hari ertappte sich, dass er Mors Planch die Daumen drückte, vor allem, da sich nicht viel ändern würde, selbst wenn ihm die Flucht gelänge. Der Pirat war vogelfrei und konnte mit seiner verrückten Geschichte weder zur Polizei noch zu den galaktischen Medien gehen. Und um noch Einfluss auf Ktlinas Renaissance zu nehmen, war es vermutlich bereits zu spät. Die Bewegung war von Anfang an zum Scheitern verurteilt gewesen. Wie auch immer, diese Roboter waren nach eigener Aussage Gegner von Haris Freund Daneel, und er schuldete ihnen nichts. Ganz im Gegenteil, er hatte allen Grund, sie so lange wie möglich auf Pengia festzuhalten.

Und er wusste auch schon, wie er das anstellen würde.

»Ich muss darauf bestehen, die junge Dame auf die Weiterreise mitzunehmen«, erklärte er Gornon am Abend des zweiten Tages. »Sie sagten, Trantor sei nach einer weiteren Zwischenstation unser Endziel. Jeni gehört zu ihren Eltern. Wir haben kein Recht, sie in irgendeinem Winkel der Galaxis unter Fremden auszusetzen.«

Der Roboter Gornon sträubte sich.

»Sie ist noch immer nicht völlig genesen.«

»Die hiesigen Ärzte konnten das Fieber brechen, die Krise scheint überwunden zu sein.«

»Schon, aber die nächste Etappe könnte gefährlich werden. Bevor Trantor in Sicht kommt, wird es noch aufregende Situationen geben. Möchten Sie die junge Frau dem wirklich aussetzen, Professor?«

Die vage Drohung verstärkte nur Haris Entschluss, die calvinischen Eiferer möglichst lange aufzuhalten, um Daneels Hilfstruppen eine Chance zu geben, sie einzuholen.

»Sie haben Jeni kennen gelernt und mit ihr gesprochen«, sagte er zu Gornon. »Sie ist in vieler Hinsicht ein außergewöhnliches Mädchen. Letztlich gehört sie nach Terminus, die Foundation kann auf geistig rege Menschen wie sie nicht verzichten.«

Hari wusste natürlich, dass das nicht stimmte. Jeni wäre zwar wie geschaffen für die kühne neue Zivilisation, die da am äußersten Rand der Galaxis entstehen sollte, aber unentbehrlich wäre sie nicht. Kein Individuum war unentbehrlich. Die Gleichungen der Psychohistorik würden mit oder ohne sie so funktionieren und sich so entfalten, wie er es vorhergesehen hatte. Zumindest in den nächsten zwei- oder dreihundert Jahren.

Immerhin sah Hari jetzt ein, dass R. Gornon sich sehr von den Calvinianern auf Trantor unterschied. Seine Sekte kämpfte nicht gegen den Seldon-Plan. Gornon befürwortete ihn sogar in gewisser Weise. Deshalb hatte Haris Argument für ihn durchaus Gewicht.

»Nun gut, Professor. Gönnen wir ihr noch einen Ruhetag. Doch dann müssen wir aufbrechen, ob sie so weit ist oder nicht.«

Hari sah, dass Gornon nicht zu weiteren Zugeständnissen bereit sein würde.

Daneel, ich habe einen weiteren Tag herausgeholt, damit du uns finden kannst. Aber jetzt solltest du dich beeilen.

Eine Frage stellte er nicht. Warum hatte der Roboter nicht einfach seine ›medizinische Supertechnik‹ eingesetzt, um Jeni sofort zu heilen? Offenbar vertrat diese Sekte einen minimalistischen Ansatz und griff in menschliche Angelegenheiten nicht weiter ein als unbedingt nötig, um ihre Ziele zu erreichen.

Vielleicht ist das auch der Grund, warum sie mich in ihrer magischen Anlage nicht drastischer verjüngt haben. Was immer sie von mir wollen, lässt sich in wenigen Wochen erledigen. Wozu also die Lebenserwartung eines alten Bastards um Jahrzehnte zu verlängern, wenn ein oder zwei Monate auch genügen?

4

R. Daneels Schiff hob von Eos ab und tauchte den gefrorenen Quecksilbersee für einen Moment in einen grellen Schein. Zun Lurrin sah ihm nach, bis das schnelle Fahrzeug mit seinem ersten Hyperraumsprung auf das leuchtende Rad der Galaxis zu schoss. Da es weder durch Staubfelder steuern, noch gegen die Schwerkraftwirbel von zehn Milliarden Sternen ankämpfen musste, raste es mit atemberaubender Geschwindigkeit seinem Ziel entgegen.

Einer von Daneels Agenten hatte eine Nachricht geschickt, die den Führer aller Roboter unter dem Nullten Gesetz zu hektischer Aktivität veranlasste. In Windeseile hatte er alle

Vorbereitungen für den Abflug getroffen und war nach denkbar knappen Anweisungen an Zun gestartet.

»Ich ernenne dich zu meinem Stellvertreter«, hatte der Unsterbliche Diener gesagt. »Hier sind die Zugriffscodes für meine persönlichen Dateien, falls ich nicht zur vorgesehenen Zeit zurückkehren sollte.«

»Sind die Aussichten denn wirklich so schlimm?«, hatte Zun besorgt gefragt.

»Es sind verschiedene Kräfte am Werk, und einige lassen sich nicht so ohne weiteres in meine Berechnungen einfügen. Nach meiner Einschätzung besteht eine geringe, aber nicht zu vernachlässigende Chance, dass ich scheitere.

Doch auch dann muss der Plan, den wir besprochen haben, fortgesetzt werden! Wir können der Menschheit zu dauerhaftem Glück verhelfen. Doch das ist bislang nur eine schwache Hoffnung. Es gilt noch viele Krisen zu überwinden, bevor unsere Herren endlich zur Einheit finden, miteinander verschmelzen, ihre Möglichkeiten realisieren und wieder das Kommando übernehmen können.«

Nur eine Stunde später sah Zun ihm nach. Seine Augen konnten sogar die Spuren ausmachen, die Daneels Hyperraumsprung im All zurückgelassen hatte. Jetzt teilte er die Vision und die Entschlossenheit seines Führers.

»Ich werde dich nicht enttäuschen«, murmelte er und fügte einen telepathischen Segenswunsch an. »Aber kehre dennoch zurück, Daneel. Es würde mir nicht leicht fallen, deine Last auf meine Schultern zu nehmen.«

5

Am dritten und letzten Tag ihres Aufenthalts erbat sich Hari eine Rundfahrt durch die Stadt Pengia. Er wollte ein letztes Mal eine normale galaktische Gesellschaft beobachten – an einem Ort, wo das alte Imperium noch reibungslos funktionierte –, um die eine oder andere psychohistorische Idee zu überprüfen. R. Gornon Vlimt fuhr ihn persönlich in einem offenen Tourenwagen, wie sie von Angehörigen des niederen Planetenadels geschätzt wurden.

Es war keine besonders große Metropole. Knapp eine Million Einwohner verteilten sich zumeist auf behäbige kleine Kantone, die mehr oder weniger selbstständig waren. Pengias Wirtschaft war zwar im wesentlichen agrarisch geprägt, aber es gab auch einige Fabriken zur Produktion von Maschinen für ein angenehmeres Leben - von Kühlgeräten bis zu Unterhaltungsmedien - und die Strukturen hatten sich über Jahrhunderte oder gar Jahrtausende nur sehr langsam verändert. Die meisten Werkzeuge waren über lange Zeiträume allmählich verbessert worden, nun waren sie außergewöhnlich haltbar und brauchten erst nach Jahrhunderten erneuert zu werden. Ersatz zu kaufen war ungewöhnlich, sogar ein Grund, sich zu schämen, als habe man ein Familienerbstück nicht in Ehren gehalten. Demzufolge ließ sich der Bedarf des Planeten in diesem Bereich mit einer Hand voll technisch hochstehender Produktionsanlagen decken.

Bei Verbrauchsgütern sah die Sache anders aus. Von Geschirr über Möbel bis Kleidung wurde alles von Gilden hergestellt, unter Aufsicht von Handwerksmeistern, die unumschränkte Herrscher über ihre Gesellen und Lehrlinge waren. Die meisten der zehn Billiarden Bewohner der Galaxis lebten in mehr oder weniger ähnlichen Verhältnissen.

Hari kannte die Merkmale und den Rhythmus einer traditionsverhafteten, halb-ländlichen Gesellschaft, die nur wenige Techniker und noch weniger Wissenschaftler brauchte. Kein Wunder, dass er sein Netz so weit hatte auswerfen müssen, um die hunderttausend hochqualifizierten Experten anzuwerben, die sich auf Terminus ansiedeln sollten. Auf Pengia stützte sich sogar die Energieversorgung weitgehend auf erneuerbare Ressourcen - Sonne, Gezeiten und Wind - mit nur einem einzigen kleinen Fusionskraftwerk als Ergänzung. Und man dachte sogar noch daran, diese komplizierte ›Atomfabrik‹ aufzugeben und durch ein Modell auf Deuteriumbasis zu ersetzen, das zwar weniger leistungsfähig, aber einfacher zu warten war.

Hari jonglierte im Geiste mit psychohistorischen Formeln und registrierte die eleganten Dämpfungsmechanismen, die Daneel und seine Kollegen vor fünfzehntausend Jahren bei der Planung ihres Galaktischen Imperiums für die Menschheit eingefügt hatten. Nach der Lektüre von *Ein Kinderbuch des Wissens* stellte sich für ihn die Frage, wie viele von diesen Verfahren wohl schon im alten China entstanden waren, lange vor der ersten technischen Renaissance auf der Erde.

In diesem prähistorischen Imperium gab es ein System namens *bao jin* – in einer Nachbarkultur auch *gonin-gumi* genannt, das viel Ähnlichkeit mit der modernen Tradition kommunaler Verantwortlichkeit aufwies. Ein ganzes Dorf, ein ganzer Kanton hatte die Pflicht, seine Jugendlichen in den erforderlichen Ritualen zu unterweisen und ihnen angemessenes Benehmen beizubringen ... und wenn ein Mitglied ein Verbrechen beging, war das eine Schande für die ganze Gemeinschaft. Ein junger Mensch, der sich von diesem konformistischen System eingeengt fühlte, hatte nur eine Hoffnung: Aufnahme zu finden in den Orden der Meritokraten oder der Exzentriker. Die gewöhnlichen Bürger konnten mit Individualisten in ihrer Mitte zumeist wenig anfangen.

Obendrein werden Meritokraten und Exzentriker unterschwellig dazu ermuntert, auf Vermehrung zu verzichten. Das hilft, die genetische Drift im Zaum zu halten. Daneel hat wirklich keinen Trick ausgelassen.

Im Regierungsviertel sahen Hari und R. Gornon ein kastenförmiges Bürogebäude, das mit grauen Wimpeln beflaggt war.

»Die Fahnen zeigen die Prüfungswoche an«, erklärte der Roboter. »Die Aufnahmeprüfungen für den öffentlichen Dienst finden ...«

»Ich weiß, was die Fahnen bedeuten«, zischte Hari. Er hatte einige Fragen an den Calvinianer. Vielleicht war jetzt der richtige Zeitpunkt dafür.

»Sie haben meinen Diener Kers Kantun an Bord der Raumstation in eine Falle gelockt. Ich nehme an, Sie ließen ihn deshalb so schnell enthaupten, damit er keine Zeit mehr hatte, mit seinen mentalen Fähigkeiten die Gefahr zu wittern?«

R. Gornon war von dem plötzlichen Themenwechsel etwas überrascht.

»Ganz recht, Professor. Kantun konnte sich zwar mit Daneel nicht messen, hatte aber doch ganz beachtliche Kräfte. Wir konnten kein Risiko eingehen.«

»Und der Schimpanse? Der mit Kers' Kopf davonlief?«

»Ein Abkömmling aus einer Reihe von genetischen Experimenten, die Daneel vor hundert Jahren wieder aufgegeben hatte. Meine Gruppe hat sich einige Exemplare beschafft, weil die geistige Aktivität von Schimpansen für mentalistische Roboter nicht wahrnehmbar und nicht zu entschlüsseln ist. Der Pan konnte Kers beobachten und die Falle zuschnappen lassen, ohne dass wir elektronische oder positronische Geräte einsetzen mussten.«

»Und was haben Sie nun mit dem Kopf meines Dieners vor?«

Gornon zögerte. »Bedauere, Professor. Dazu kann ich mich nicht weiter äußern. Ob Sie unseren Vorschlag annehmen und sich in ein aufregendes neues Abenteuer stürzen oder lieber nach Trantor zurückkehren, wir haben nicht die Absicht, Ihr Bewusstsein zu verändern. Deshalb ist es besser, Ihnen gewisse Dinge einfach zu verschweigen.«

Hari ließ sich durch den Kopf gehen, was er soeben erfahren hatte. Bei der nächsten Station der Reise würde man ihn also vor eine Entscheidung stellen. Eine schwerwiegende Entscheidung. Dennoch hatten ihn Gornons Worte beruhigt. Diese abtrünnigen Roboter brachten ihm mehr Respekt entgegen als jene andere Gruppe, die vor zwei Jahren einen Anschlag auf sein Gehirn geplant hatte.

»Wollen Sie mir nicht etwas mehr über unser Ziel verraten?«, fragte er.

»Nur so viel: Wir werden Sie an einen Ort bringen, wo viele Träume begannen ... um darauf einzuwirken, wie sie enden.«

Sie fuhren schweigend weiter und beobachteten den

gemächlichen Gang des Lebens in Daneels freundlichem Imperium. Trantor hatte seine Stahlhöhlen zum Schutz vor dem Chaos, doch auch Welten wie Pengia waren mit einem dichten Netz von Sicherheitsvorkehrungen ausgestattet, die das Abgleiten in eine katastrophale Renaissance verhindern sollten.

Dennoch fehlte ein Teil des Bildes. Selbst wenn Hari das Gehirnfieber in seine Berechnungen mit einbezog, es erklärte nicht ausreichend, wie es kam, dass fünfundzwanzig Millionen von Menschen besiedelter Welten Jahrtausende lang in dumpfer Stasis verharrten, zufrieden damit, ohne Vergangenheit zu sein, zufrieden damit, dass die Kinder das gleiche Leben führten wie die Eltern. Wieso wurden die Roboter, die doch ganz zu Anfang des technischen Zeitalters entstanden waren, nicht täglich überall in der Galaxis von aufgeweckten Bastlern und Studenten in einer Milliarde kleiner Kellerwerkstätten neu erfunden? Da steckte noch mehr dahinter. Eine gewaltige Kraft, die mithalf, die Schwingungen und Ausschläge in der Natur des Menschen zu dämpfen.

Sie waren auf dem Weg zurück in die gemietete Villa, als Hari noch eine weitere Frage einfiel.

»Ich kann mich erinnern, dass Kers Kantun damals im Thumartin-Nebel größte Mühe hatte, Mors Planch unter seine Kontrolle zu bringen. Als ich ihn danach fragte, bekam ich eine Antwort, die mich verblüffte. Er sagte, Planch sei so schwer zu kontrollieren, weil er *normal* sei. Wissen Sie, was Kers damit meinte?«

Roboter Gornon zuckte die Achseln.

»Calvinianer setzen ihre mentalen Fähigkeiten nur zögernd ein. Besonders unserer Sekte ist es zuwider, das Bewusstsein der Menschen zu manipulieren. Dennoch möchte ich eine Vermutung wagen. Vielleicht bezog sich Kers auf eine grundlegende Veränderung im Wesen des Menschen, die vor langer Zeit ...«

Gornon brach mitten im Satz ab. Der Wagen hatte die Auffahrt der Villa erreicht. Hari bemerkte plötzlich, dass das Tor weit offen stand ... und dass daneben eine reglose Gestalt lag.

Gornon bremste hart, sprang mit unglaublicher Gelenkigkeit aus dem Wagen und kniete neben der Gestalt nieder. Es war einer der Roboter, die mit der Bewachung der Villa betraut waren. Hari sah an mehreren Stellen eine dunkle Flüssigkeit aus seinem Schädel sickern.

Gornon fuhr mit der Hand über dem Körper auf und ab, ohne ihn zu berühren. Ein leises Wimmern löste sich von seinen Lippen.

»Mein Artgenosse ist tot. Sein Gehirn wurde gewaltsam zur Implosion gebracht.«

Hari glaubte zu wissen, was geschehen war.

Daneel ist gekommen!

Gornon wirkte tief beunruhigt. Er schloss die Augen, und Hari wusste, dass er über Funk Kontakt zu seinen anderen Partnern suchte.

»Es gibt noch weitere Opfer«, erklärte der Roboter drohend und ging auf das große Haus zu. »Ich muss mich vergewissern, dass keine Menschen darunter sind!«

Hari folgte ihm leicht benommen. Obwohl er nicht mehr auf den Rollstuhl angewiesen war, ging er langsam und unsicher – ein alter Mann.

Als sie die Villa betraten, sahen sie Gornons zweiten Assistenten am Fuß der Treppe liegen. Horis Antic und Biron Maserd hatten ihn gegen die Wand gelehnt. Der Roboter war bis auf die Augen vollkommen gelähmt. Die beiden Männer sahen Hari an. Dann begann Horis zu reden wie ein Wasserfall.

»Mors Planch hat diese Tiktoks mit einer *B-b-bombe* außer Gefecht gesetzt. Dann ist er einfach verschwunden!«

Maserd erklärte mit der würdevollen Ruhe seiner Kaste: »Planch hat aus harmlosen Einzelteilen einen Sprengkörper gebastelt. Wie er an das Material kam, ist mir unbegreiflich. Nachdem er die Bombe gezündet hatte, bot er uns an, uns mitzunehmen. Sybyl hat ihn begleitet, aber wir wollten lieber bleiben.«

Während sich Gornon über den verletzten Roboter am Fuß der Treppe beugte, kaute Horis Antic nervös an den Fingernägeln.

»Kommt ... kommt er wieder in Ordnung?«

Gornon besprach sich mit seinem Kollegen und erklärte dann, ohne den Blickkontakt zu unterbrechen:

»Planch muss sich schon seit längerem mit Robotern beschäftigt haben. Vielleicht in den neuen Laboratorien auf Ktlina. Es ist ihm gelungen, eine Waffe zu entwickeln, die unmittelbar auf unser Positronengehirn wirkt. Ein Geniestreich. Wir werden meinen Freund hier sezieren müssen, um festzustellen, wie das Verfahren funktioniert, damit wir eine Schutzvorrichtung erarbeiten können.«

Noch ehe die Menschen das Grauen vollends überwunden hatten, erhob sich Gornon und teilte ihnen mit: »Es ist sinnlos, nach Sybyl und Planch zu suchen. Wir müssen den Abflug vorverlegen. Bitte holen Sie Ihre Sachen. Wir brechen sofort auf.«

Als sie zu viert im Tourenwagen saßen, drängte Hari: »Wir holen natürlich Jeni ab.«

Gornon wollte schon ablehnen, da griff Maserd ein.

»Planch und Sybyl sind *wahrscheinlich* untergetaucht, bis sie Kontakt mit ihren Genossen aufnehmen können. Ich nehme nicht an, dass sie mit ihrer Geschichte an die Öffentlichkeit gehen. Aber wenn sie es nun doch tun?«

»Ist das nicht unwahrscheinlich?«, stotterte Antic. »Ich meine, *ich* würde an ihrer Stelle schön brav den Mund halten. Was hätten sie denn außer der Einweisung in die Psychiatrie schon zu gewinnen?« Er runzelte die Stirn. »Andererseits bin ich kein Chaosgeschöpf.«

»Genau. Die beiden arbeiten nach einer anderen Logik.«

»Bitte um Erklärung«, meldete sich R. Gornon. »Was hat das alles mit Jeni Cuicet zu tun?«

Maserd übernahm die Antwort. »Besonders Sybyl ist mit jedem Tag sprunghafter geworden. Sie könnte zu den Medien gehen ... und sich ihre Geschichte von Jeni bestätigen lassen.«

Hari nahm an, dass Gornon Daneels Streitmacht mehr fürchtete als irgendwelche phantastischen Geschichten, die für kurze Zeit in den Lokalmedien der Menschen kursierten. Aber überraschenderweise schien Maserds Argument den Roboter zu überzeugen. Gornon steuerte den Wagen in Richtung Stadtkrankenhaus.

Biron und Horis gingen hinein. Jeni war bereits angekleidet, stürmte temperamentvoll wie eh und je in ihrem Zimmer herum und machte den Ärzten, die ihr Ruhe verordnen wollten, das Leben schwer. Sie zeigte sich erfreut, als Maserd und Antic eintraten, und war sofort bereit, sie zu begleiten. Als sie jedoch Hari und Gornon im Wagen warten sah, flaute ihre Begeisterung rasch ab.

»Unser Abkommen gilt doch immer noch?«, fragte sie Maserd. »Sie setzen mich unterwegs an einem interessanten Ort ab, bevor alle anderen nach Trantor zurück fliegen.«

Der Adelige von Rhodia war sichtlich verlegen. Der Wagen schlängelte sich mühsam durch den Stadtverkehr in Richtung Raumhafen.

»Es tut mir leid, Jeni. Aber ich bin nicht mehr Herr über mein Schiff. Ich weiß nicht einmal, wohin wir als nächstes fliegen.«

Jeni wandte sich an Gornon. »Na, wie ist es, Roboter? Wohin fliegen wir?«

Gornon erklärte tonlos. »Zunächst an einen Ort, wo kein normaler Bürger des Imperiums für längere Zeit bleiben würde. Und dann zurück auf die Hauptwelt des menschlichen Imperiums.«

Jeni schaute enttäuscht auf ihre Hände hinab und murmelte etwas über den Adel und seine leeren Versprechungen. Biron Maserd wurde rot und sagte nichts. Als Hari sich der jungen Frau zuwandte und sie ansprechen wollte, traf ihn ein Blick so voller Gehässigkeit, dass ihm die Worte im Hals stecken blieben.

Dann schwiegen alle.

Als der Wagen an einer Ampel stehen blieb, stieß Jeni plötzlich einen Jubelschrei aus. Bevor jemand sie zurückhalten konnte, stieg sie auf den Sitz, sprang mit einem Satz hinten aus dem Wagen und rannte auf die Straße.

»Halt!«, rief R. Gornon Vlimt. »Sie werden noch überfahren!«

Hari stockte der Atem. Sie wich mehreren Fahrzeugen aus, ein Lastwagen verfehlte sie nur um Haaresbreite. Dann hatte sie ihr Ziel erreicht, ein mehrstöckiges Gebäude mit grauen Fahnen vor dem Eingang.

Es dauerte einige Minuten, bis Gornon gewendet und den Wagen an einem für den Adel reservierten Parkplatz abgestellt hatte. Dann rannten die vier Männer in das Gebäude, wurden aber von einem Mann aufgehalten, der die gleiche Uniform trug wie Horis Antic.

»Der Regierungspalast ist heute leider geschlossen, meine Herren. Die Räume werden für die Aufnahmeprüfung zum Öffentlichen Dienst des Imperiums benötigt.«

Hari verrenkte sich fast den Hals. Jeni Cuicet stand am anderen Ende der Halle und kritzelte hektisch auf ein Klemmbrett, dann reichte sie einem graugekleideten Sekretär ihr Identifikationsarmband zum Scannen. Eine gläserne Schiebetür glitt auf, und dahinter sah Hari in einen Raum, wo hunderte von Menschen vor Schreibtischen Platz nahmen. Die meisten wirkten nervös. Diese Prüfung war ihre einzige Chance, jemals von dieser Provinzwelt weg zu kommen.

»Sie hat eben erst eine schwere Krankheit überstanden, und sie hat sich nicht vorbereitet«, bemerkte Horis Antic. »Aber wer wollte bezweifeln, dass sie mit Glanz und Gloria bestehen wird?« Er sah Hari an. »Damit hat sie es wohl geschafft, dem Schicksal zu entrinnen, das man für sie vorgesehen hatte, Professor. Niemand darf die Prüfung stören, nicht einmal der Kaiser. Und wenn sie erst zu den Grauen gehört, ist sie für Sie unerreichbar. Es sei denn, Sie würden für den Rest der Ewigkeit Formulare in dreifacher Ausfertigung ausfüllen.«

Hari sah den kleinen Mann überrascht an. Der Stolz in seiner Stimme war nicht zu überhören. Hari wusste, dass manche Bürokraten eine defensive Haltung einnahmen, wenn sie mit Angehörigen des höher stehenden Meritokratenordens sprachen.

Biron Maserd lachte. »Gut gemacht. Wenn sie dieses Leben erträgt, kommt sie wenigstens viel herum.«

Hari seufzte. Nun würde die junge Frau nie erfahren, was für ein faszinierendes Abenteuer sie auf dem fernen Terminus erwartet hätte ... dem einzigen Ort, den sie auf keinen Fall sehen wollte.

Die Glastür glitt wieder zu. Jeni stand auf der anderen Seite und sah lächelnd zu ihnen zurück. Dann drehte sie sich um und ging dem Schicksal entgegen, das sie sich selbst gewählt hatte.

6

Dors suchte krampfhaft nach Entschuldigungen für Daneels Handlungen zu Beginn der galaktischen Ära.

»Vielleicht fanden er und Giskard einfach keine Menschen, die sie verstehen konnten. Vielleicht *wollten* sie ja einige von den Herren zu Rate zu ziehen, stellten aber fest ...«

»Dass sie wahnsinnig waren? Ausnahmslos alle? Auf der Erde *und* auf den Spacer-Welten? Fanden sie wirklich keinen einzigen Menschen, mit dem sie sich beraten konnten, als sie das Nullte Gesetz entwarfen und ihre Pläne schmiedeten, um die gesamte Geschichte in neue Bahnen zu lenken?«

Dors dachte eine Weile nach. Dann nickte sie.

»Überlege doch einmal, Lodovik. Auf der Erde kauerte alles in Stahlkatakomben und versteckte sich vor der Sonne. Die Menschen hatten Generationen zuvor einen Schock erlitten und zitterten noch immer. Die Spacer waren nicht viel besser. Auf Solaria machten sie sich in einer derart fetischistischen Weise von Robotern abhängig, dass Männer und Frauen es kaum noch ertrugen, einander zu berühren. Auf

Aurora wurden gesunde menschliche Instinkte als geschmacklos verdammt. Was noch schlimmer war, Menschen sprachen ihren entfernten Verwandten ohne Bedenken nur deshalb den Status des Menschseins ab, weil sie auf der Erde lebten.« Dors schüttelte den Kopf. »Für mich klingt das wie zwei Extreme ein und desselben Wahns.«

Die Automatik leitete einen weiteren Hyperraumsprung ein, und ein Zittern durchlief das Raumschiff. Dors lud automatisch eine Mikrowellensalve vom Navigationscomputer herunter und ließ sich bestätigen, dass alles in Ordnung war – sie waren immer noch auf Kurs und folgten der schwachen Spur eines anderen Schiffs.

Lodovik Trema saß ihr in einem Drehstuhl gegenüber. Roboter hatten andere physiologische Bedürfnisse als Menschen. Aber wer so konstruiert war, dass er die Herren imitierte, dem wurde das zur Gewohnheit, auch wenn er allein war oder unter seinesgleichen. Nun streckte Lodovik ebenso lässig die Beine aus wie ein Menschenmann mit einem Übermaß an Selbstbewusstsein – ein Eindruck, den er wohl tatsächlich vermitteln wollte, auch wenn Dors sich nicht vorstellen konnte, warum.

»Mag sein, Dors. Aber ich habe die Erfahrung gemacht, dass man auch in extremen oder sehr aufreibenden Situationen reife und zuverlässig vernünftige Menschen finden kann. Auf Chaoswelten bin ich zum Beispiel etlichen begegnet. Sogar auf Trantor.«

»Dann muss die Lage in der Frühzeit noch schlimmer gewesen sein, schrecklicher, als wir uns heute vorstellen können.«

Dors wusste, dass ihr Argument eher schwach war. Immerhin hatte sie sich von Daneel losgesagt, als sie erfuhr, dass seine Intrigen so gut wie keine Grundlage in menschlichen Entscheidungen hatten. Im Grunde genommen standen sie und Lodovik sich viel näher, als sie bereit war, sich einzugestehen.

Hindert mich etwa mein Stolz, es zuzugeben? überlegte sie. Seine unbekümmerte Selbstsicherheit könnte jede Menschenfrau bis aufs Blut reizen. Sie hatte den Verdacht, dass er sie bewusst provozierte, Daneel zu verteidigen.

Der männliche Roboter schüttelte den Kopf.

»Selbst wenn ich zugäbe, dass kein Mensch bei klarem Verstand war, als Daneel und Giskard das Nullte Gesetz erfanden, findest du im Rückblick nicht auch, dass die Medizin, die sie dagegen verabreichten, etwas zu stark war?«

Dors verzog keine Miene. Es gab aus dieser Epoche nur spärliche Aufzeichnungen, selbst in den verbotenen Archiven und den Untergrund-Enzyklopädien, die seit Jahrhunderten von Gegnern der sich ausbreitenden Amnesie zusammengestellt wurden. Aber Dors hatte das Ganze erst vor kurzem mathematisch überprüft.

Als R. Giskard Reventlov jene Maschine zur radioaktiven Verseuchung der Erdkruste in Gang setzte, verfolgte er damit die Absicht, die Bevölkerung des Heimatplaneten aus ihren Metallhöhlen zu treiben und zur Eroberung der Galaxis zu zwingen. Ein lobenswertes Ziel - aber wie hoch war der Preis?

Die Raumschiffe jener Zeit waren primitiv. Selbst wenn man mit herkulischen Anstrengungen drei Millionen Auswanderer im Jahr befördern konnte, hätte es, natürliche Ausfälle bei den Transportmitteln nicht eingerechnet, fünftausend Jahre gedauert, den Planeten zu evakuieren. Doch der allmähliche Anstieg der Radioaktivität vergiftete den Boden vermutlich innerhalb eines einzigen Jahrhunderts. Die Sterblichkeitsrate musste in jedem Fall erschreckend hoch gewesen sein ... und dabei wurden nur die Menschen gezählt, nicht aber die unzähligen anderen Spezies, die zusammen mit der Erde verdammt waren.

Kein Wunder, dass Giskard Selbstmord beging, obwohl ihm das Nullte Gesetz eine stabile Rechtfertigung für seine Entscheidung lieferte. Kein Roboter konnte solche Verluste an Menschenleben ertragen. Schon die Vorstellung wäre für jedes Positronengehirn eine Qual. Jeder Roboter - gleichviel, ob Anhänger der neuen oder der alten Religion - hätte den übermächtigen Drang verspürt, die Erinnerung an diese Episode für alle Zeiten zu löschen.

Sie ließ dies alles vorüberziehen und murmelte endlich: »Vielleicht waren die Menschen nicht als Einzige vom Wahnsinn gezeichnet.«

Lodovik nickte ihr von der anderen Seite des kleinen Kontrollraums her zu. Seine Stimme klang fast so bedrückt wie die ihre.

»Das wollte ich aus deinem Munde hören, Dors.

Ich habe nämlich erkannt, das sich hinter der robotertypischen Untertänigkeit die schlimmste Art von Hochmut verbergen kann - die Vorstellung nämlich, wir würden uns von den Menschen grundlegend unterscheiden. Sklaven bilden sich oft ein, von Natur aus tugendhafter zu sein als ihre Herren.

Wurden wir denn nicht nach ihrem Bilde geschaffen? Auch wenn wir über gewaltige Kräfte verfügen und sehr viel länger leben, heißt das doch noch lange nicht, dass wir gegen ihre Schwächen völlig gefeit wären. Können wir denn nicht ebenso dem Wahnsinn verfallen? Unseren positronischen Verstand verlieren?«

Diesmal strahlte sein Lächeln eine Wärme - und eine Traurigkeit - aus, die sie an Hari erinnerten.

»Vor zwanzigtausend Jahren ist etwas mit uns geschehen, Dors. Mit uns *allen*, nicht nur mit den Menschen. Und so lange wir nicht die Wahrheit über diese längst vergangene Zeit herausgefunden haben, werden wir nie erfahren, welcher Weg der richtige für uns ist.«

7

Beim Start von Pengia schauten seltsamerweise alle durch die westlichen Sichtfenster des Schiffs. Die hübsche kleine Welt - Millionen anderen zum Verwechseln ähnlich - blieb zurück, und die *Stolz von Rhodia* strebte ihrem nächsten Ziel zu, dessen Namen R. Gornon noch immer nicht verraten wollte.

»Ich möchte Ihnen etwas zeigen, Dr. Seldon«, sagte der Roboter, während sich das Schiff in Spiralen zum Weltraum empor schraubte.

Hari hatte über die junge Jeni nachgedacht. Und sie brachte ihn nun auf die Angehörigen der Enzyklopädie-Foundation, die in diesem Moment auf Schiffe getrieben und zum fernen Terminus geflogen wurden. War es wirklich erst einen Monat her, seit er die letzten Botschaften aufgezeichnet hatte, die an den von seinen Gleichungen errechneten kritischen Wendepunkten auf dieser Welt verlesen werden sollten – aufmunternde Worte, ein freundlicher Rat vom Vater der Psychohistorik, um der Foundation den entscheidenden Anstoß zu geben, sich zu einer mächtigen und stabilen Zivilisation auszuwachsen? Heute mochte Hari körperlich sogar etwas jünger sein, aber seelisch fühlte er sich älter.

»Bitte, Gornon. Lassen Sie mich in Ruhe.«

Eine Hand berührte seinen Arm.

»Das müssen Sie unbedingt sehen, Professor. Bitte kommen Sie kurz ans Ostfenster.«

Hari empfand die Aufforderung aus irgendeinem Grund als impertinent. Allmählich hatte er es gründlich satt, sich von diesem verdammten Calvinianer herumschubsen zu lassen! Doch bevor er noch scharf protestieren konnte, fügte Gornon hinzu:

»Ich glaube, ich kann Ihnen die Lösung für eines Ihrer verzwicktesten psychohistorischen Probleme zeigen. Die Antwort auf eine Frage, die Sie seit Jahrzehnten beschäftigt. Versuchen Sie, die Gefühle zu unterdrücken, die jetzt in Ihnen toben, die Mühe wird sich lohnen, glauben Sie mir.«

Überrascht ließ Hari sich an das erwähnte Fenster genau gegenüber der Stelle führen, wo Maserd und Horis wie gebannt die Aussicht betrachteten. »Ich hoffe nur, es lohnt sich wirklich«, murmelte er.

Beim ersten flüchtigen Blick auf den vergrößerten Bildausschnitt sah er nichts anderes als Horis und Maserd – einen kleiner werdenden Planeten unter und einen Sprühnebel ruhig leuchtender Sterne über sich.

»Mir fällt gar nichts auf. Wenn das ein Scherz sein soll ...«

»Ich versichere Ihnen, Sie werden nicht enttäuscht sein. Aber zuerst müssen Sie mir eine Freiheit gestatten.«

Der Roboter hielt einen glänzenden Gegenstand in den Händen, eine eng anliegende Kappe aus zahllosen blitzenden Edelsteinen, und machte Anstalten, sie Hari über den Kopf zu ziehen.

»Nehmen Sie dieses Ding *weg*, Sie verrostete Blech ...«

R. Gornon ließ sich nicht einschüchtern.

»Verzeihen Sie, Professor, aber der Befehl ist ungültig. Er entspringt nicht Ihrem ureigensten Menschenwillen. Deshalb kann er um eines höheren Zieles willen außer Kraft gesetzt werden. Es tut auch nicht weh.«

Gornon war so viel stärker, dass er Hari die Kappe aufsetzen konnte, ohne ihm weh zu tun. Dann zog er ihn mit sanfter Gewalt zum Fenster zurück.

Mit einem Schlag waren Haris Ärger, seine Gereiztheit verflogen. *Was geschieht mit mir?*

»Bitte sehen Sie jetzt noch einmal hin, Professor.«

Hari überlief ein Schauder. Er hatte viele Jahre in Gesellschaft von Robotern verbracht und kannte damit ein Geheimnis, in das nur wenige Menschen eingeweiht waren. Er war sogar mit einem Roboter verheiratet gewesen. Mental beeinflusst zu werden, fand er allerdings noch immer verwirrend.

Er war etwas ruhiger geworden. »Was macht das Ding mit mir?«, fragte er besorgt.

»Es kontrolliert Sie nicht, Professor. Es ist ganz im Gegenteil ein *Schild* und schirmt Ihr Bewusstsein gegen einen starken Einfluss ab, der in dieser Region wirksam ist.«

Gornon wies mit ausgestrecktem Zeigefinger auf eine Stelle im Weltraum, die sie beide erst vor wenigen Augenblicken betrachtet hatten. Doch diesmal sah Hari etwas, das vorher nicht da gewesen war! Oder das er nicht bemerkt hatte.

Eine Plattform umkreiste den Planeten, etwa von der Art, wie man sie zur Nachrichtenübermittlung oder zur Weiterleitung von Spezialfrachten über Planetenoberflächen installierte. Nur hatte dieser Flugkörper weder Luftschleusen noch komplizierte Antennenanlagen. Auf Gornons Befehl hin vergrößerte der Bildschirm die Oberfläche. Man sah, dass sie über und über mit Mikrometeoriten-Einschlägen übersät war. Die Anlage musste uralt sein.

Sie erinnert frappant an die Terraformer, die wir im Thumartin-Nebel gesehen haben, dachte Hari. *Vielleicht treibt diese Antiquität schon seit Jahrtausenden hier herum.*

Aber warum so geheimnisvoll? Warum habe ich sie nicht gleich bemerkt?

Er spürte, wie Gornon ihn beobachtete. Hari war kein Freund von Prüfungen, ein Grund, warum er die Schule schon mit zwölf Jahren hinter sich gebracht hatte – um lieber Lehrer als Schüler zu sein. Jetzt wartete er gespannt.

Was hat mir Gornon eben versprochen? Eine Antwort auf eine meiner quälendsten Fragen?

Da wäre natürlich das Problem der *Dämpfungskoeffizienten*. Hari hatte nie wirklich alle Faktoren ausfindig gemacht, mit denen Daneel das Galaktische Imperium fünfzehntausend Jahre lang stabilisiert und für die Menschheit gesichert hatte. Er erfasste, wie die *bao jin*-Traditionen und die Meister-Lehrlings-Systeme den Konservatismus verstärkten. Die Fünf-Kasten-Gesellschaft war ein eleganter Beitrag. Ebenso die geschickt strukturierten linguistischen Prinzipien des Standardgalaktischen, einer Sprache so voller Redundanzen, dass neue Worte und neue Gedanken nur mit Gletschergeschwindigkeit aufgenommen wurden.

Ein Problem blieb bestehen. Nichts von alledem war ausreichend. Nichts erklärte bislang, wie fünfundzwanzig Millionen Welten über so lange Zeit in sanfter Stasis gehalten werden konnten.

»Wollen Sie sagen ... das Ding da draußen ...«

Hari hob mit einer Hand eine Ecke der Kappe ab. Eine Welle von Emotionen überflutete ihn. Plötzlich spürte er eine tiefe Abneigung gegen den Roboter und den dringenden Wunsch, diesem Bild den Rücken zuzukehren. Sich zu seinen Freunden am Westfenster zu gesellen.

Sobald die Kappe wieder an ihrem Platz saß, verschwand die Gereiztheit. Er flüsterte heiser: »Mentalistischer Einfluss! Natürlich. Wenn Daneel und einige seiner Artgenossen dazu fähig sind, warum dann nicht auch ein spezielles Positronengehirn, das sich in Massenfertigung für jede Welt herstellen lässt? Fünfundzwanzig Millionen sind keine so große Zahl, schon gar nicht, wenn man Jahrtausende Zeit hat.«

Er wandte sich Gornon zu und fragte spöttisch: »Aber wie ist so etwas möglich? Wie kann man auf die Bevölkerung eines ganzen Planeten einwirken?«

Der Roboter lächelte. »Es ist nicht nur möglich, Professor. Es wurde sogar von dem allerersten telepathisch begabten Roboter persönlich ausprobiert. R. Giskard Reventlov kam auf die Idee, auf diese Weise ganze Planetenbevölkerungen zu beeinflussen. Man suchte und sortierte neurale Impulsmuster und übte so lange sanften Druck darauf aus, bis sich allmählich Resonanzstrukturen aufbauten, die innere Ausgeglichenheit förderten. Gelassenheit. Verträglichkeit. Diese Maschinen sind sogar nach Giskard *benannt*. Sie hüten die Ruhe und den Frieden der Menschen.

Ich nehme an, dass Sie in Ihren Gleichungen schon einen Platz dafür vorgesehen haben?«

Hari nickte und starrte mit großen Augen ins Leere. Mathematische Formeln schwirrten ihm durch den Kopf. Er sah sofort, welche Lücken mit dieser Information geschlossen wurden! Sie erklärte, warum die meisten Chaos-Explosionen wirkungslos verpufften wie ein Feuer, das aus Sauerstoffmangel erstickte. Und warum fast alle Menschen auf Planeten leben wollten, obwohl Außenposten auf Asteroiden oder an noch ungewöhnlicheren Standorten sich als praktikabel erwiesen hatten. Ein Leben im All war mit diesem Dämpfungsmechanismus nicht vereinbar! Also unterdrückte man alle dahin gehenden Bestrebungen.

Aber diese ›Giskards‹ funktionieren nicht mehr so gut wie früher einmal. Die Chaosausbrüche haben an Häufigkeit zugenommen, obwohl man alles tut, um sie zu unterdrücken. Die jüngste Welle wird nur der Sturz des Imperiums zum Ste-

hen bringen. Die anderen Methoden sind veraltet und werden in wenigen Jahren ohnehin wirkungslos sein.

Er malte sich aus, was geschehen könnte, wenn ein solches Manipulationsgerät jemals über Terminus stationiert würde.

Auf diese Sorte Menschen könnte es nicht lange wirken. Wir haben sie schließlich nach ihrer Widerstandskraft gegen das finstere Zeitalter selektiert - gegen alle Zwänge von Feudalismus bis Fanatismus. Selbst wenn diese Mentalstrahler zunächst eine Mehrheit von Foundation-Bürgern beeinflussen könnten, sie ließen sich niemals lange auf Kurs halten. Immer würden sich Einzelne gegen die Konformitätsbotschaften auflehnen, jeder Anomalie hinterherschnüffeln und dem Ding hier irgendwann auf die Spur kommen.

Daneel hat sicher geplant, dass sich alle Giskard-Maschinen im Lauf der nächsten hundert Jahre selbst zerstören. Wenn nicht, wird meine Foundation sie finden!

In diesem Moment spürte Hari einen flammenden Stolz auf seine erste und größte Schöpfung, der ihn selbst überraschte. Komisch, er hatte erwartet, mit dem letzten großen Dämpfungskoeffizienten eine Sensation zu entdecken. Doch diesem Verfahren zur Gesellschaftskontrolle fehlte jede Eleganz. Es war der Psychohistorik nicht würdig. Es kam ihm vor wie ein Knüppel, mit dem man die mathematischen Verzweigungen wegschlug und die Humanik-Gleichungen wieder in Reih und Glied prügelte.

Ein wenig wie meine Zweite Foundation, dachte er und suhlte sich für einen Moment in Selbstkritik.

»Ich weiß, dass Sie ein Programm haben, Gornon. Ein verborgenes Motiv, warum Sie mir das zeigen. Dennoch möchte ich mich bedanken. Es ist immer gut, vor dem Tod einen Blick auf die Wahrheit werfen zu können.«

Der Pilot versprach, die nächste Etappe würde kurz sein. Gornon weigerte sich, genauere Auskünfte zu geben, aber da sie Kurs auf den Sirius-Sektor nahmen, wusste Hari bald nur zu genau, welches Ziel sie ansteuerten.

Er vertrieb sich die Zeit damit, im *Kinderbuch des Wissens* zu blättern. Er suchte nichts Bestimmtes, hatte nur den morbiden Wunsch, verbotenes Gedankengut zu kosten, das er schon seit langem für bedeutungslos oder gar falsch hielt.

Kaum weniger gefährlich ist das Evangelium der Uniformität. Unterschiede zwischen den Rassen und Nationen der Menschheit sind notwendig für die Erhaltung eines Klimas, das der Weiterentwicklung förderlich ist. Einer der wichtigsten Faktoren für den Aufwärtstrend tierischer Lebensformen ist die Fähigkeit zu wandern ... Physische Wanderungen sind nach wie vor wichtig, aber noch größer ist die Bedeutung der spirituellen Abenteuer des Menschen – Abenteuer im Bereich des Geistes, der Gefühle und Leidenschaften, des ästhetischen Erlebens. Menschliche Gemeinschaften müssen sich voneinander abheben, um kreatives Material für die Odysseen des menschlichen Geistes liefern zu können. Andere Nationen mit anderen Lebensgewohnheiten sind keine Feinde: sie sind ein Gottesgeschenk!

Was für eine abstruse Weltsicht! Solche Aussagen hörte man von Chaos-Predigern, die auf jede ›Renaissance‹ so lange ihre Loblieder sangen, bis sie in einer Orgie der Gewalt und zuletzt in schrankenlosem Solipsismus zusammenbrach. Die Idee klang zwar verführerisch, und einige Versionen der psychohistorischen Gleichungen deuteten sogar an, dass sie ein Körnchen Wahrheit enthalten *sollte*. Aber wenn man das Chaos zum Feind hatte, wurden alle Vorteile zunichte. Wer auf Verschiedenheit und geistigen Wagemut setzte, konnte fast sicher sein, alles zu verlieren.

Während des ganzen Fluges suchte Hari in den verworrenen Texten nach Anhaltspunkten, die ihm einen Eindruck des allerersten Chaosausbruchs vermitteln konnten, als Susan Calvins vitale, selbstsichere Zivilisation in ein so tiefes Grauen stürzte, dass sich die Erdlinge in Metallhöhlen flüchteten und die Spacer sich von der Liebe abwandten.

Hari überlegte. *Ob es womöglich mit der Erfindung der Roboter zu tun hatte?*

Er hatte darüber mehrmals mit Daneel und Dors gesprochen. Sie erklärten, die ursprünglichen Drei Gesetze der Robotik seien aufgestellt worden, um die Angst der Menschen vor den Maschinenwesen zu beschwichtigen. Aber die ersten Konstrukteure hatten die Gesetze nur als Übergangslösung betrachtet. Danach sollte etwas Besseres kommen.

»Man hat eine ganze Reihe von Variationen ausprobiert«, hatte Daneel eines Abends vor etwa zehn Jahren erzählt. *»Auf einigen Koloniewelten wollten gewisse Gruppen einige Jahrhunderte nach dem Großen Exodus von der Erde so genannte ›Neue Gesetze‹ einführen, um den Robotern mehr Selbständigkeit und Individualität zu geben. Aber unser Bürgerkrieg setzte allen derartigen Experimenten bald ein Ende. Die Calvinianer ertrugen diese ketzerischen Gleichheitsideen nicht, sie hielten sie sogar für schlimmer als mein Nulltes Gesetz. Und meine Partei erachtete die Neuerungen als unnötig und überflüssig.*

Natürlich wurden alle nach den Neuen Gesetzen funktionierenden Roboter ausgerottet.«

An diesem Abend beim Essen gestand Gornon ein, was Hari schon vermutet hatte – dass ihr Ziel die Mutterwelt war, der Ort, dem Roboter und Menschen ihre Entstehung verdankten.

Horis kaute an einem Fingernagel. »Aber ist sie nicht vergiftet, mit radioaktivem Erdreich bedeckt? Ich dachte, Tiktoks dürften keine Menschen in Gefahr bringen.«

Hari sah die Bilder aus den alten Archiven vor sich, Darstellungen einer sterbenden Welt ... ein Strand voll toter Fische ... ein Wald mit kahlen Bäumen und zerfallenden Blättern ... eine fast menschenleere Stadt, durch die der Wind Staub und Abfälle trieb.

»Ein kurzer Besuch wird uns sicher nicht schaden«, bemerkte Biron Maserd mit erwartungsvoll strahlenden Augen. »Leben denn nicht nach wie vor einige Menschen auf dem Planeten? Der Überlieferung nach unterhielt man noch tausend Jahre nach dem Großen Exodus eine ausgezeichnete Universität. Einer meiner Vorfahren soll dort studiert haben.«

Gornon nickte. »Es gab noch lange, nachdem das trantoranische Imperium pan-galaktisch wurde, eine einheimische Bevölkerung. Aber es war ein sonderbares Völkchen. Voller Groll, weil es von den Nachkommen der Verwandten, die zu den Sternen geflüchtet waren, so völlig vergessen worden war. Als man entdeckte, dass die Erdlinge einen Rachefeldzug planten, um das verhasste Imperium zu zerstören, wurden auch die letzten Bewohner zum größten Teil evakuiert.«

Horis Antic sah ihn verständnislos an. »Ein Planet wollte zwanzig Millionen *zerstören*?«

»Nach unseren Unterlagen war die Drohung durchaus ernst zu nehmen. Radikale Erdlinge bekamen eine alte, aber ausnehmend wirkungsvolle biologische Waffe in die Hände, die so hoch entwickelt war, dass selbst die besten trantoranischen Biologen kein Gegenmittel fanden. Einige Fanatiker wollten die Seuche mit Hyperraumgeschossen verbreiten, um damit das Imperium lahm zu legen.«

»Was hatte die Seuche für eine Wirkung auf die Menschen?«, fragte Horis leise.

»Sie hätte auf allen erreichbaren Planeten ein plötzliches, katastrophales Absinken des Intelligenzquotienten verursacht.« Schon die Beschreibung war für den Roboter sichtlich quälend. »Viele wären einfach gestorben, der Rest hätte unter dem inneren Zwang gestanden, sich auf den Weg zu machen, um noch *mehr* Opfer zu suchen und zu infizieren.«

»Grauenvoll!«, murmelte Captain Maserd.

Doch Hari war bereits zwei Schritte weiter. *Gornon hätte uns das sicher nicht erzählt, wenn es nicht von unmittelbarer Bedeutung wäre. Die Waffen der Erdlinge müssen aus einer sehr viel früheren Epoche stammen. Als es noch große Genies gab.*

Die Erkenntnis ließ Hari erschauern.

Nur wenige Stunden später waren sie am Ziel.

Aus großer Entfernung lag die Erde unter ihrem legendären Mond wie jede andere lebende Welt – ein Flickenteppich aus satten Braun- und Weiß-, Blau- und Grüntönen. Nur mit einem starken Teleskop ließ sich erkennen, dass das Leben zum größten Teil aus primitiven Farnen und Hartgräsern bestand, die so weit mutiert waren, dass sie die Strahlung aus dem vergifteten Boden überdauern konnten. Gab es eine größere Ironie des Schicksals als die, dass die Erde, der die Galaxis so viel von ihrer Fruchtbarkeit verdankte, jetzt eine nahezu öde Wüste war? Ein Sarg für all zu viele Arten, die man zurückgelassen hatte, als die Menschheit vor dem schleichenden Tod flüchtete. Als sie näher kamen, wurde Hari klar, dass ihm ein Erlebnis bevorstand, das ihn noch mehr erschüttern würde als die ›Giskard‹-Maschine im Orbit um Pengia.

Er ging in seine Kabine, um seine Talismane zu holen. Einer davon war Daneels Geschenk – *Ein Kinderbuch des Wissens*. Aber noch wichtiger war der Primärradiant des Seldon-Plans, der sein Lebenswerk enthielt. Die großartige Theorie der Psychohistorik, der er die zweite Hälfte seiner Existenz gewidmet hatte.

In wachsender Aufregung durchsuchte er den winzigen Raum und durchwühlte Schubladen und Gepäckstücke.

Der Primärradiant war nirgendwo zu finden.

In diesem Moment vermisste er seinen Assistenten und Pfleger Kers Kantun, der erst vor etwa einer Woche von anderen Robotern getötet worden war, so schmerzlich wie noch nie.

Kers wüsste, wo ich ihn hingelegt habe, dachte Hari ... doch dann ging ihm auf, dass Zerstreutheit nicht die einzige Erklärung war.

Jemand hatte den Primärradianten gestohlen!

8

Viele Jahre waren vergangen, seit diese Ecke des Weltalls zum letzten Mal so viele Raumschiffe gesehen hatte, deren Fahrgäste sich obendrein ohne Ausnahme als Schicksalsboten fühlten. Der verschlafene kleine Sirius-Sektor wimmelte nur so von Besuchern, und alle strebten sie einem einzigen Ort zu.

Auf einem der Schiffe wandte sich Sybyl an Mors Planch und fauchte: »Können Sie aus der Kiste nicht mehr herausholen?«

Planch zuckte nur die Achseln. Sie flogen einen der schnellsten Kurierkreuzer, die von der Ktlina-Renaissance gebaut worden waren ... bevor die produktive Hochphase dieser Welt von Krämpfen egozentrischer Empörung geschüttelt wurde, die alle weiteren Gemeinschaftsanstrengungen unmöglich machten.

Die Agenten, die Planch und Sybyl auf Pengia abgeholt hatten, machten grimmige Gesichter. Nach ihren jüngsten Erfahrungen war Ktlina offenbar längst nicht mehr so erregend und dynamisch, wie Planch es erlebt hatte. Trotz aller Vorsichtsmaßnahmen trat das Chaos-Syndrom bereits in die manische Phase ein und riss die Welt schneller auseinander, als irgendjemand erwartet hätte. Es war, als müsse sich die hellste Flamme am schnellsten verzehren.

Planch kämpfte mühsam seinen Zorn nieder. *Es geht wieder genau so wie auf Madder Loss*, dachte er. Was er in der Zeit mit Seldon und den anderen gelernt hatte, konnte an seiner Grundeinstellung nichts ändern – Renaissancewelten wurden von Kräften, die lieber den Zusammenbruch, die hemmungslose Verzweiflung in Kauf nahmen, als echten menschlichen Fortschritt zuzulassen, gezielt zertreten, unterwandert und sabotiert.

Auf dem nächsten Bildschirm sah Planch dicht hinter seinem schnellen Schiff vier Radarechos. Das letzte Aufgebot der ktlinanischen Streitmacht. Die Besatzungen dieser Schiffe konnten es kaum erwarten, ein letztes Mal in den Kampf zu ziehen und mit ihren Schlägen die Kräfte der Reaktion, des Konservatismus und der Repression zu schwächen.

»Wir wissen nicht einmal, zu welchem Zweck Gornon diesen Seldon hierher bringen will«, sagte Mors Planch. »Unser

Agent hat wie üblich nur eine verschlüsselte Mitteilung abgesetzt, um ihre oder seine Identität zu schützen.«

Sybyl ballte die Faust. »Einzelheiten interessieren mich nicht mehr. Seldon steht im Zentrum des Geschehens, und das schon seit Jahrzehnten.«

Planch überlegte, warum Sybyl wohl so von Hari Seldon besessen war. Einerseits hatte die Abneigung eine handfeste Grundlage. Was immer auch geschah, der Mann war und blieb vielleicht für alle Zeiten einer der großen Männer des Imperiums. Und doch hatte er kaum mehr Kontrolle über sein Schicksal als jeder andere Mensch. Außerdem hatte er Schwächen. Eine davon hatte Planch von seiner geheimen Kontaktperson erfahren – jenem mysteriösen Wohltäter, der ihm zur Flucht von Pengia verholfen und dafür gesorgt hatte, dass die ktlinanischen Schiffe bereits auf dem Weg zu dem unbekannten Planeten waren und nur wenige Stunden nach dem Start der *Stolz von Rhodia* eintrafen, um Planch und Sybyl an Bord zu nehmen.

Die Kontaktperson hatte ihm zudem eine Waffe in die Hand gegeben. Eine Information, nach der Seldon verzweifelt suchte, und die sich in einem kritischen Moment als Druckmittel benützen ließ.

Sybyl bekundete noch einmal ihre Entschlossenheit, den alten Mann zu fangen. »Seldon wird von allen Robotern gleich welcher Fraktion verehrt. Wenn wir ihn wieder in unsere Gewalt bringen, ja, selbst wenn er stirbt, ist das ein Rückschlag für die Tyrannen, die uns seit Jahrtausenden beherrschen. Das ist im Moment alles, was zählt.«

Mors Planch nickte, obwohl er an der Lauterkeit ihrer Überzeugungen seine Zweifel hatte. Noch vor einem Monat hatte Sybyl vollmundig die Meritokraten und den Adel als die ›Herrschenden Klassen‹ verdammt. Jetzt hatte sie ihren Hass auf Hari Seldon und die Roboter im Allgemeinen übertragen.

Leider wurde er das Gefühl nicht los, nicht genug zu wissen. Es gab zu viele Schichten, zu viel Betrug, zu viele Manipulationen. Selbst in diesem Moment hatte er den Verdacht, Ktlinas rachedurstige Streitkräfte seien nur Figuren in einem Spiel ... dessen Regeln von unbekannten Mächten bestimmt wurden.

Wanda Seldon hatte die Augen geschlossen, aber die Schritte störten sie in ihrer Meditation. Sie öffnete ein Lid einen winzigen Spalt weit und sah Gaal Dornick wie die verkörperte Sinnlosigkeit unentwegt auf und ab marschieren.

»Könntest du dich nicht hinsetzen und etwas ausruhen, Gaal?«, drängte sie. »Dein Gerenne bringt uns nicht schneller ans Ziel.«

Der Psychohistoriker war immer noch eine jugendliche Erscheinung, aber seit er nach Trantor gekommen und zu einem einflussreichen Mitglied der Fünfzig geworden war, wirkten seine Züge verhärmt und etwas schwammig.

»Ich verstehe nicht, wie du so ruhig bleiben kannst, Wanda. Er ist immerhin dein Großvater.«

»Und der Gründer unserer kleinen Foundation«, ergänzte Wanda. »Aber Hari hat meinem Vater beigebracht ... und Raych hat es an mich weiter gegeben ... dass man immer das langfristige Ziel im Blick behalten muss. Durch Ungeduld wird man wie alle Menschen, ein Gasmolekül, das hektisch mit anderen Gasmolekülen zusammenprallt. Richtest du den Blick dagegen auf einen fernen Horizont, dann kannst du das Steinchen werden, das eine Lawine auslöst.«

Sie schüttelte den Kopf. »Du weißt so gut wie ich, dass es hier im Grunde nicht um Hari geht. So sehr er uns am Herzen liegt, wir wären besser auf Trantor geblieben und hätten unsere Arbeit getan. Wenn ich nicht den Verdacht hätte, dass hinter der Sache mehr steckt als die Spritztour eines gebrechlichen alten Mannes.«

Wanda spürte die vielfältigen Emotionen in Gaals Bewusstsein ganz deutlich. Der Ärmste war einfach nicht fähig, sich abzuschirmen, obwohl sie sich solche Mühe gegeben hatte, es ihm beizubringen. Im Moment war das natürlich noch nicht so wichtig, menschliche Mentalisten waren eine Seltenheit. Aber in den kommenden Generationen mussten alle Mitglieder der Zweiten Foundation im Stande sein, ihre Gedanken und Empfindungen zu verbergen. Mentale Kontrolle setzte *Selbst*kontrolle voraus, sonst war sie als Instrument für die langfristigen Interessen der Menschen nicht zu gebrauchen.

Gaal Dornick seufzte. »Vielleicht bin ich dafür einfach nicht geschaffen. Meine verdammte Sentimentalität. Ich weiß, dass du Recht hast, aber ich kann immer nur an den armen Hari denken, der sich rettungslos in seinem eigenen Netz verfangen hat. Wir müssen ihn finden, Wanda.«

Sie nickte. »Wenn meine Informationen zutreffen, sollten wir bald auf ihn stoßen.«

Gaal gab sich zufrieden. Er und andere Angehörige der Fünfzig nahmen Wandas Beteuerungen immer für bare Münze, auch wenn es nur Vermutungen waren. Von Wissenschaftlern erwartete man gewöhnlich mehr Skepsis, anderseits war es nur allzu verständlich, sich auf ein Mitglied seiner Gruppe, das Gedanken lesen konnte, blind zu verlassen.

Dabei ist meine Fähigkeit nicht einmal besonders gut entwickelt, dachte sie. *Vielleicht wäre meine Schwester besser gewesen, wenn sie und Mama das Chaos auf Santanni überlebt hätten.*

Immerhin reichten ihre Kräfte aus, um die Schiffe zu entdecken, die ihnen in diskretem Abstand folgten - mehrere schwer bewaffnete Polizeikreuzer, entsandt von der Kommission für Öffentliche Sicherheit, hatten sich an den Spürsender gehängt, den man auf Wandas Schiff geschmuggelt hatte.

Sie glauben, wir hätten sie nicht bemerkt, aber sie bekommen nur so viel zu hören und zu sehen, wie wir wollen. Jedenfalls ist dies eine gute Übung für die Versteckspiele und Manipulationen, die wir in den nächsten tausend Jahren betreiben müssen.

Es war ein langer, mühsamer Weg, auf den sie sich, geführt von den Gleichungen, gestärkt durch ihre Geisteskräfte, begeben hatten. Doch irgendwann würde der Seldon-

Plan unter der Pflege der engagierten – und bald schon mental aufgerüsteten – Psychohistoriker der Zweiten Foundation erste Früchte tragen.

Nur wenige Parsec entfernt stürzte ein weiteres Schiff auf die Erde zu. Seine Besatzung bestand zur Hälfte aus positronischen Robotern – mächtigen und informierten Dienern, die freundschaftlich mit einer gleich großen Anzahl von Angehörige der Herrenrasse zusammenarbeiteten – kurzlebigen und hochverehrten Wesen, die aber nicht länger in Unwissenheit gehalten wurden. Es war nicht leicht, die richtigen Persönlichkeiten als Partner für eine solche Verbindung zu finden, Menschen also, die freiwillig darauf verzichteten, die Androiden herumzukommandieren. Die notwendige Reife war so selten, dass einer der Menschen, eine Frau, schon ihren dritten Körper benützte. Ihre Roboterfreunde hatten sie überredet, sich mithilfe einer geheimen Technik zweimal duplizieren zu lassen.

Wer sich an Bord dieses Schiffes befand, wusste, dass er ein Ketzer war. Keine der großen Kulturen, weder die Menschen, noch die Roboter, erkannten den Gleichheitsgrundsatz in dieser Form an.

Und das wird auch noch lange so bleiben, sagte sich Zorma, die zweite Führerin der kleinen Truppe. Sie hatte sich von den Gleichungen der Psychohistorik ein günstigeres Resultat erhofft. Hatte darauf gebaut, dass Seldons Großer Plan zu einer glücklichen Lösung nicht nur für die Menschheit, sondern auch für ihre Gattung führen würde.

Doch jetzt liegt alles in der Hand der Götter. Denn wer das Schicksal gestaltet, wird wie nebenbei auch über die Zukunft der Roboter entscheiden.

»Lodovik wird nicht erfreut sein, wenn er erfährt, dass wir ihn belogen haben«, bemerkte Cloudia Duma-Hinriad, die sich mit Zorma in das Kommando teilte.

»Oder dass wir das andere Schiff, das den Thumartin-Nebel verließ, nicht verfolgen. Du wusstest ja die ganze Zeit, wohin die *Stolz von Rhodia* fliegen wollte. Dors und Lodovik verschwenden auf Pengia nur Zeit, während wir bereits auf die Erde zu stürzen.« Cloudia runzelte die Stirn und wiederholte: »Lodovik wird nicht erfreut sein.«

Ein wunder Punkt bei der Verwirklichung des Gleichheitsgrundsatzes war das Problem, mit den Marotten einer anderen Rasse leben zu müssen. Menschen - selbst die besten unter ihnen - dachten nicht streng logisch und hatten auch kein gutes Gedächtnis. *Was natürlich unsere Schuld ist. Wir geben ihnen ja keine Gelegenheit, es zu trainieren.*

»Wir haben nicht nur eigene Informationsquellen, Cloudia, wir haben auch das Recht, sie auszubeuten, wie wir es für richtig halten. Vergiss nicht, Dors ist immer noch ein Geschöpf des Nullten Gesetzes - wenn auch vielleicht einer inzwischen selbst gewählten Variante - und Lodovik fühlt sich an keinerlei Gesetze gebunden. Beide haben gegen das Schicksal aufbegehrt, das Olivaw für alle Roboter geplant hatte. Aber das heißt noch nicht, dass sie den gleichen Weg gehen wie wir.«

»Genau was ich sage! In unserer Gruppe haben Menschen und Roboter gelernt, sich auf die Schwächen wie auf die Stärken des jeweils anderen zu verlassen. Unsere Freundschaft folgt strengen Regeln, damit keine Seite die andere übervorteilen kann. Aber Dors und Lodovik haben eine andere Perspektive.«

Zorma schüttelte den Kopf. »Ich weiß noch nicht, ob ihr Weg neue Möglichkeiten für alle eröffnet, oder ob er nur für sie allein bestimmt ist. Aber seit ich sie kenne, schlage ich mich mit einer Frage herum.«

Ihre menschliche Partnerin zog eine Augenbraue hoch.

»Und die lautet, Zorma?«

Die Stille dehnte sich fast eine Minute, dann kam die Antwort.

»Ich frage mich, ob ich vielleicht veraltet bin.«

Sie sah Cloudia an und lächelte schwach. »Und wenn ich du wäre, liebste Freundin, würde ich mir darüber ebenfalls den Kopf zerbrechen.«

Die Hinweise auf Pengia waren beunruhigend.

Zum Glück besuchten nur wenige Schiffe die idyllische kleine Welt. So waren die Hyperraumspuren, die aus dem System hinausführten, noch halbwegs unberührt. Doch die Art und die Richtung der Flüge versetzten Dors Venabilis Programme zur Emotionssimulation in heftigen Aufruhr.

»Ein Schiff hat diesen Abschnitt vor zwei Tagen verlassen«, mutmaßte Lodovik Trema nach einem Blick auf die Anzeigen. »Und wurde binnen zwölf Stunden von einer kleinen Flotte aus sehr schnellen Booten verfolgt. Deren Triebwerke scheinen mir nach militärischen Standards aufgerüstet zu sein.«

Dors programmierte bereits den ersten Sprung, um der Flottille hinterher zu jagen. Doch als sie den Endpunkt des neuen Kurses berechnet hatte, wuchs ihre Sorge um Hari nur noch mehr.

»Ich glaube, sie fliegen zur Erde.«

Neben ihr murmelte eine weiche Frauenstimme aus dem Holo-Projektor.

»Und so wird nach all den Jahren wenigstens eine von meinen zahllosen mutierten Kopien mein geliebtes Frankreich wiedersehen.«

»Und das Frankreich Voltaires«, gab Lodovik zurück, in dessen komplexem Positronengehirn sich die zweite Persönlichkeitssimulation aus der Antike eingenistet hatte. »Ich fürchte, du wirst nur noch die Umrisse deines Geburtslandes wiedererkennen. Aber auch ich bin voller Erwartung.«

Dors behielt ihre Bedenken für sich. Sie hatte so viele Geschichten über die Erde gehört ... die meisten gefärbt, von Ehrfurcht, von Bedauern und nicht zuletzt von Angst. Elijah Baley hatte einst auf dem Planeten gewohnt – der legendäre menschliche Detektiv und Freund Daneel Olivaws, der sich ähnlich in dessen ›Seele‹ eingebrannt hatte wie Hari immer in Dors leben würde. Auf der Erde waren die Roboter entstanden ... und dort hatte sich auch der große Bürgerkrieg entzündet.

Als sie durch den Sirius-Sektor rasten, durchzuckte es Dors wie ein jäher Schmerz. Sie war keine sehr fähige Mentalistin. Daneel hatte es nie für nötig gehalten, sie vollständig auszurüsten oder auszubilden, so hatte sie sich mit den Verfahren erst ein wenig vertraut gemacht, als sie die Betreuung der menschlichen Telepathen Klia und Brann und ihrer wachsenden Familie auf Smushell übernahm. Ihre Kräfte waren immer noch sehr schwach, aber sie spürte es doch – ein raues *Knirschen* auf einer Psi-Frequenz, die normalerweise so leise war, dass niemand sie wahrnahm.

»Hast du das aufgefangen?«, fragte sie, und Lodovik nickte.

»Fühlt sich an wie ein giskardischer Sender.«

Dors wusste natürlich von den Mentalstrahlern, die um jede von Menschen bewohnte Welt kreisten. Schon R. Giskard Reventlov hatte vor langer Zeit die Idee gehabt, solche Geräte zu bauen und einzusetzen, und sie war dem sanften, aber hartnäckigen Einfluss, der bei den Bevölkerungen unermüdlich die Werte Friedfertigkeit, Toleranz, Gelassenheit und Konformität verstärkte, überall im All begegnet. Dies schien ein solches Signal zu sein ... nur sehr viel stärker!

Über eine Stunde lang triangulierte Dors, um die Quelle zu finden, während das Schiff einen Hyperraumsprung nach dem anderen machte. Dann erkannte sie endlich, dass sie diffus sein musste. »Es sind viele Sender«, teilte sie Lodovik mit. »Eine ganze Traube, direkt vor uns. Bestimmt fünfzig bis sechzig.«

Trema schnitt eine Grimasse. Er hatte begriffen.

»Oh. Das müssen die Spacer-Welten sein! Die ersten interstellaren Kolonien der Menschheit. Die zuerst bösartig wurden ... und schließlich dem Wahnsinn verfielen.«

Dors nickte. »Ich habe einen Bericht gelesen. Sie wurden in all den Jahrtausenden nie wieder neu besiedelt. Die imperialen Erkundungsmissionen stuften sie immer wieder als unbewohnbar ein, und die Giskard-Projektoren wollten das wohl auch nicht anders. Sie sollten von der menschlichen Zivilisation verschont bleiben.«

Diese Welten lösten im Robotergedächtnis kaum weniger starke Schwingungen aus als die Erde selbst, besonders Aurora, wo einst der große Erfinder Fastolfe die Selbständigkeit der Menschen gepredigt ... und der Schurke Amadiro ein Komplott geschmiedet hatte, um alle Erdenmenschen zu töten. Anhänger dieses Amadiro hatten später die robotergesteuerten Terraformerflotten ausgeschickt, die darauf programmiert waren, die Galaxis sicher und für die Menschheit bewohnbar zu machen, koste es, was es wolle.

Wieder warf sie einen Blick auf die Anzeigen.

»Ich fange das Signal des stärksten Senders auf. Er liegt direkt vor uns, am Ende unserer Flugbahn.«

Was das bedeutete, wussten sie beide. Eigentlich sollte niemand mehr die Erde besuchen. Und doch zeigten die Fernsensoren, dass mehr als zehn Schiffe im Begriff waren, genau das zu tun!

Natürlich konnten dem sanften Druck eines giskardischen Mentalstrahlers, der ganze Planetenbevölkerungen nicht mit brutaler telepathischer Gewalt, sondern nur durch unablässige Wiederholung beeinflusste, selbst normale Menschen widerstehen. Bei kurzer Einwirkung würden die Schiffsbesatzungen kaum mehr als ein allgemeines Unbehagen und den Wunsch verspüren, anderswo zu sein, beides Gefühle, die sich mit Entschlossenheit überwinden ließen.

Und davon, so fürchtete Dors, besaßen alle, die sich derzeit im Anflug auf die alte Heimatwelt befanden, mehr als genug.

TEIL 6
Der Kreis schließt sich

Im Modellieren der Realität haben wir alle Erwartungen unserer Vorfahren inzwischen bei weitem übertroffen. Selbst die berühmten Seldoniten, die einst auf dem mythischen Trantor ihre Intrigen spannen, konnten nicht ahnen, in welchem Ausmaß heutzutage weite Teile der Menschheit zu extrapolieren verstehen.

Und dennoch (das sollten wir nicht vergessen), macht uns diese Fähigkeit – ob gemeinschaftlich oder individuell ausgeübt – nicht zu Göttern.

Jedenfalls nicht ganz.

Nachdem wir endlich der langen, finsteren Ära des Vergessens entronnen sind, können wir nun auf die Ereignisse ganz zu Anfang dieser Epoche zurückblicken und voller Mitgefühl der Tragödie jener Seelen gedenken, die, umgeben von Unwissenheit, darum kämpften, uns dahin zu bringen, wo wir heute sind. Ihre oft von Widersprüchen, ja von Gewalt geprägten Kontroversen rührten den Bodensatz der Verhältnisse auf und führten schließlich zur Verwandlung und zur Erneuerung der Galaxis.

Vergesst nicht, die meisten waren sich ihrer Überzeugungen nicht weniger sicher als wir uns heute der unseren. Und gleichermaßen könnten sich auch einige unserer heutigen Glaubenslehren als falsch erweisen.

Nur eine Vielfalt von Sichtweisen schützt vor Selbsttäuschung.

Nur mit Kritik lassen sich Irrlehren ausrotten.

– Reflexionen über ein ungeplantes Schicksal
Sim-gestaltet von der Siwenna-Kommune zur gemeinschaftlichen
Kontemplation im Jahre 826 der Foundation-Ära

1

Der Horizont leuchtete.

Am Himmel des Planeten Erde flimmerten zahllose Lichtpunkte, einzelne Fünkchen, die den Sternen die Herrschaft über die Nacht streitig machten. Dicht über dem Boden glaubte man das leise Knistern der Strahlung förmlich zu *hören*. Die Intensität schwankte sehr stark. An manchen Stellen war sie verheerend hoch. Durch die Schutzbrillen, die der Roboter Gornon Vlimt ausgegeben hatte, sah man dort einen unheimlichen Schein, als versuche sich eine Geisterschar mit aller Kraft aus dem gemarterten Boden zu befreien.

Die *Stolz von Rhodia* war unweit einer ›sicheren Region‹ gelandet, bei einer ehemaligen Stadt, die sich an die Küste eines langgestreckten, mit grünrotem Algenschaum bedeckten Süßwassersees schmiegte. Von der Kuppe eines riesigen Bauschutthaufens aus konnte Hari sogar die Umrisse von *drei* antiken Städten erkennen, deren Ruinen sich eng aneinander drängten.

Die jüngste und am wenigsten beeindruckende war ein Sammelsurium von mehr oder weniger modernen Arcologien im Topan-Stil aus der frühen Konsolidierungsphase des Trantoranischen Imperiums – der letzten Epoche, in der die Erde eine nennenswerte Bevölkerung von nahezu zehn Millionen Menschen beherbergt hatte.

Im Süden zog sich ein wahrhaft gigantisches Gebilde am Seeufer entlang, eine Stadt, die selbst für galaktische Verhältnisse und obendrein durch ihr hohes Alter beeindruckend war. Das riesige, in sich abgeschlossene Gebäude, das bis tief unter die Erde reichte, hatte einst seine Bewohner vor Wind und Regen und vor allem vor dem Anblick des nackten Himmels geschützt.

Nicht die Radioaktivität hatte die dreißig Millionen Einwohner von Neu-Chicago veranlasst, sich so zusammenzudrängen. Als es in dieser Metropole zuging wie in einem Bienenstock, war die Erde noch grün und voller Leben. Das Habitat begann sich erst dann allmählich zu leeren, als der einst fruchtbare Boden tödlich wurde ... und jeder, der noch konnte, in Panik mit dem Großen Exodus zu den Sternen aufbrach. Bis zu dieser Massenflucht war die geschlossene Riesenstadt von unzähligen Menschen bevölkert gewesen, die nur durch eine dünne Stahlhaut von der Natur getrennt waren.

Nein, was so viele ansonsten gesunde Menschen veranlasste, den Freuden des Sonnenscheins so ängstlich zu entsagen, war derselbe Todfeind, den ich mein Leben lang bekämpft habe. Diese Metropole ist ein frühes Beispiel für die Gefahren des Chaos.

Hinter der riesigen, flachen Kuppel erhob sich eine weitere Stadt – Gornon hatte sie Alt-Chicago genannt – ein Grabmal aus Ruinen einer noch früheren, technisch noch nicht so fortgeschrittenen Zeit. Und doch – als Haris Schutzbrille das Bild vergrößerte, schweifte sein Blick über elegant geschwungene Straßen, kühner und schöner angelegt, als man sie auf irgendeiner Welt des Imperiums finden konnte. Ein paar von den höchsten Gebäuden standen noch, und angesichts der unerschrockenen Verwegenheit ihrer Architektur lachte ihm das Herz im Leibe. Die Erbauer dieser uralten Metropole hatten einen Mut besessen, der ihren Nachkommen in Neu-Chicago offenbar abging.

Etwas war geschehen, das ihnen diesen Mut raubte.

Ich habe diesem Etwas verschiedene Namen gegeben. Meine Gleichungen beschreiben, wie es die Besten und Intelligentesten erst verführt und dann zu hemmungslosen Solipsisten macht, die gegen ihre Nächsten wüten. Und doch, Chaos, ich gestehe, ich werde dich nie begreifen.

Der Roboter Gornon stand neben ihm und war bis auf seine Kleidung von einem Menschen nicht zu unterscheiden. Er trug nämlich gewöhnliche Straßenkleidung, während Hari – und seine beiden menschlichen Freunde, die etwas unterhalb von ihm standen –, zum Schutz vor dem Strahlenbeschuss in einteiligen Spezialanzügen steckten.

»Finden Sie nicht auch, dass der alte Giskard Reventlov eine phantastische Entscheidung getroffen hat, als er das alles in eine Wüste verwandelte, Professor Seldon?«

Hari hatte schon auf diese Frage gewartet. Was sollte er antworten?

Das Universum stand Kopf. Die Menschen waren die Schöpfer und die Götter, aber sie hatten keine Macht, kein Gedächtnis und fast keinen eigenen Willen - sie waren nur sterblich. Das Kommando führten seit jenem Tag, als ein allmächtiger Engel die Menschheit energisch aus ihrem ersten Paradies vertrieb, die Diener-Geschöpfe. Hari vermochte die Vorstellung geistig kaum zu fassen. Sie wahrhaft zu verstehen, ging über seine Kräfte.

Und doch folgt aus der Mathematik ...

Gornon blieb hartnäckig. »Wenigstens sehen Sie jetzt, warum eine Mehrheit von Robotern Daneels Neuerung, sein Nulltes Gesetz, zunächst ablehnte. Sie erkannten, wie viel Schmerz es verursachte, und scharten sich lieber um Susan Calvins Fahne.«

»Aber das half nicht viel. Der Bürgerkrieg ließ ein Machtvakuum entstehen. Während die beiden großen Roboterfraktionen einander bekämpften, hatten Amadiros auroranische Anhänger freie Hand, um ungestört ihre gnadenlosen automatischen Terraformer loszuschicken. Und als der Krieg schließlich zu Ende war, hatte doch Daneel das letzte Wort.«

»Ich gebe zu, dass Olivaw von Anfang an im Vorteil war. Das Nullte Gesetz übte gerade auf die intelligentesten positronischen Gehirne eine besondere Anziehungskraft aus. Sie hatten schon lange nach einem Weg gesucht, um die unvermeidlichen Widersprüche zu bewältigen, die sich aus den ersten Drei Gesetzen ergaben.«

Hari grinste. »Widersprüche? Sie können einen alten Mann entführen und ihn durch die halbe Galaxis auf einen vergifteten Planeten schleppen! Wie verträgt sich das mit Ihrem hoch geschätzten Ersten Gesetz der Robotik?«

»Ich glaube, Sie kennen die Antwort, Professor. Daneel Olivaw hat den Bürgerkrieg nicht nur insofern gewonnen, als er alles unter seine Kontrolle brachte, sondern in einem sehr viel weiteren Sinn. Es gibt einfach keine reinen Calvinianer mehr. Die alte Religion lässt sich unter den gegenwärtigen Umständen nicht mehr aufrecht erhalten. Wir glauben alle an *irgendeine* Version des Nullten Gesetzes. An den absoluten Vorrang der ganzen Menschheit vor dem einzelnen Menschen.«

»Aber Sie sind sich uneins, welcher Kurs im Einzelnen auf lange Sicht gut für uns ist.« Hari nickte. »Na schön. Nun stehe ich also auf der legendären Erde. Ihre Clique hat sich große Mühe gegeben und ungeheure Gefahren auf sich genommen, um mich hierher zu schaffen. Können Sie mir jetzt endlich sagen, was Sie eigentlich von mir wollen? Vielleicht etwas Ähnliches, wie Kers Kantun es im Thumartin-Nebel verlangte? Soll ich als Mensch Ihnen die Genehmigung geben, etwas zu zerstören, dessen Zerstörung Sie ohnehin irgendwie rechtfertigen würden?«

Eine lange Pause trat ein. Dann antwortete Gornon. »In gewissem Sinne trifft Ihre Beschreibung genau ins Schwarze. Dennoch bezweifle ich, das selbst Sie sich vorstellen können, was ich Ihnen anbieten möchte.

In den vergangenen Monaten haben Sie – sogar in den Aufzeichnungen für die Foundation – mehrmals gesagt, Sie wünschten sich, die Früchte Ihrer Arbeit sehen zu können. Zu erleben, wie sich Ihr Großer Plan in den kommenden tausend Jahren entfaltet, wie sich die Menschheit verwandelt. War das ehrlich gemeint?«

»Wer möchte nicht Zeuge sein, wie ein Samenkorn zu einem mächtigen Baum heranwächst? Aber das ist nur ein Traum. Ich lebe jetzt, am Ende eines mächtigen Imperiums. Es genügt mir, ein kleines Stückchen darüber hinaussehen zu können.«

»Sie prophezeien, dass Ihr Plan in den nächsten hundert Jahren reibungslos abläuft?«

»So ist es. In diesem Zeitrahmen gibt es fast nichts, was den Fluss stören könnte. Die Sozio-Dynamik ist zu stark.«

»Und in zwei-, in dreihundert Jahren?«

Am liebsten hätte sich Hari diese Fragen gereizt verbeten. Doch gleichzeitig quollen die Gleichungen wie von Gornons Fragen hervorgelockt aus allen Ritzen seines Bewusstseins und vereinigten sich zu einem mächtigen Strudel.

»In diesem Zeitrahmen könnte der Plan auf verschiedene Schwierigkeiten stoßen«, antwortete er zögernd. »Es besteht immer die Gefahr, dass eine technische Neuerung für Unruhe sorgt, wobei allerdings die wichtigsten Fortschritte auf Terminus zu erwarten sind. Auch in der menschlichen Natur könnte es unvorgesehene Veränderungen geben ...«

»Wie etwa das Auftauchen menschlicher Mentalisten?«

Hari zuckte zusammen. Natürlich hatten einige Calvinianer bereits von der neuen Mutation erfahren.

Als er nicht antwortete, fuhr Gornon fort. »Damals drohte Ihnen alles unter den Händen zu zerrinnen, nicht wahr, Professor? Wenn die Mentalisten *einmal* auftauchen konnten, war das auch ein zweites Mal möglich, und das so gut wie überall. Um dafür gerüstet zu sein, mussten die übersinnlichen Kräfte in Ihre Zweite Foundation integriert werden. Aus dem kleinen Orden weltabgeschiedener Mathematikmönche musste eine neue Spezies werden ... eine Herrenrasse.«

Haris Stimme klang heiser.

»Eine starke Zweite Foundation wirkt wie eine wichtiger Dämpfungsfaktor ... sie sorgt dafür, dass die Gleichungen auf Jahrhunderte hinaus stabil und berechenbar bleiben ...«

»Ach ja, noch ein Dämpfungsfaktor. Sagen Sie, finden Sie solche Methoden eigentlich gut?«

»Wenn die Alternative das Chaos ist? Manchmal heiligt der Zweck eben die ...«

»Ich meine, sind Sie als *Mathematiker* damit einverstanden?«

Gornons Stimme war lebhaft geworden. Er beugte sich dichter zu Hari.

»Denken Sie für einen Moment nur als Mathematiker, Professor. Da liegt Ihre größte Begabung. Ein Talent, das selbst Daneel mit Respekt erfüllt.«

Hari kaute auf seiner Unterlippe. Ringsum leuchtete die verstrahlte Erde, durchsetzt mit schwarzen Flecken, die so kalt und stumm waren wie eine Million Gräber.

»Nein.« Er brachte die Worte kaum heraus. »Ich halte nichts von künstlichen Dämpfern. Sie sind ...« Er suchte nach dem richtigen Wort, aber nur eines fiel ihm ein. »Sie sind nicht elegant.«

Gornon nickte.

»Im Idealfall sollten sich die Gleichungen von selbst auflösen, nicht wahr? Die Menschheit sollte aus sich heraus zu einem neuen, ausgewogenen Gleichgewichtszustand finden. Wenn die Ausgangsbedingungen stimmen, müsste am Ende der Entwicklung eine so starke, dynamische und freie Zivilisation stehen, dass sie sogar zur Überwindung ...«

Haris Blick trübte sich. Er schlug die Augen nieder und murmelte etwas vor sich hin.

»Wie war das, Professor?« Gornon ging noch näher heran. »Ich habe Sie nicht verstanden.«

Hari blickte zu seinem Peiniger auf und schrie: »Verdammt, ich sagte, es kommt nicht darauf an!«

Er atmete schwer durch die Filtermaske seines Schutzanzugs, voller Hass auf Gornon, der ihn gezwungen hatte, dies laut auszusprechen.

»Ich konnte die Gleichungen nicht einfach so stehen lassen. Das Risiko war zu groß. Man hat mich erst zur Gründung einer Zweiten Foundation überredet ... dann zur Züchtung von Supermenschen mit übersinnlichen Fähigkeiten. Und ich war sofort begeistert von der Idee! Allein das Konzept ... die *Macht*, die damit verbunden war ...

Erst später wurde mir klar ...«

Die Stimme versagte ihm, und er verstummte.

Leise und voller Mitgefühl fragte Gornon nach.

»Was wurde Ihnen klar, Professor? Dass alles nur Schwindel ist? Eine Methode, die Menschheit auf der Stelle treten zu lassen, während jemand anderer die wahre Lösung entwickelt?«

»Verdammt!«, wiederholte Hari, diesmal im Flüsterton.

Wieder trat eine lange Pause ein, dann richtete Gornon sich auf und schaute zum Himmel, als erwarte er jemanden.

»Wissen Sie, was Daneel plant?«, fragte der Roboter endlich?

Hari hatte sich aus verschiedenen Bemerkungen, die der Unsterbliche Diener in den letzten zwei Jahren hatte fallen lassen, so etwas wie eine Theorie gebildet. Das Auftreten menschlicher Mentalisten auf Trantor war genetisch und geistig ein zu großer Sprung, um reiner Zufall zu sein. Es musste mit Daneels neuen Plänen zusammenhängen.

So weit war wohl auch Gornon schon gekommen. Und Hari dachte nicht daran, dem abtrünnigen Roboter auch seine übrigen Vermutungen mitzuteilen. *Er* würde ihn bei seinem Kampf gegen Olivaw gewiss nicht unterstützen!

Die Psychohistorik mag nicht die endgültige Lösung für das Schicksal des Menschen sein, aber wenn sie Daneel hilft, etwas noch Besseres zu finden, so werde ich eben mit dieser Dienerrolle leben müssen. Alles in allem ist es doch eine edle Aufgabe.

»Schön, schön.« Gornon hob seufzend die Schultern. »Ich verlange nicht, dass Sie Geheimnisse ausplaudern oder treubrüchig werden. Ich wiederhole nur meine Frage von vorhin. Möchten Sie, Professor Seldon, sehen, wie sich Ihr Werk entfaltet? Sie sagten, es sei Ihr sehnlichster Wunsch – die Foundation in voller Blüte zu erleben. Eine zweite Chance zu bekommen, die Gleichungen zu bereinigen. Noch einmal: War das ehrlich gemeint?«

Hari sah den Ketzer lange an.

»Bei Ruellis' Gesetzen …«, murmelte er leise. »Ich glaube, Sie meinen es ernst.«

»Es war hier ganz in der Nähe«, sagte Gornon und wies auf einige eingestürzte Gebäude in wenigen hundert Metern Entfernung. »Ein Unfall, der im wahrsten Sinne des Wortes die Zeit aus den Fugen brachte.«

Hari folgte dem Roboter zu einem neuen Aussichtspunkt, von wo aus er mehrere große Ziegelbauten sehen konnte, die eindeutig älter waren als die monumentale Stahlhöhle von vorher. Früher, erklärte Gornon, sei dies einmal ein gepflegter Universitäts-Campus gewesen. In jener Zeit, die man damals wohl für eine goldene hielt, waren in vornehmen Gebäuden einige der größten Gelehrten und Wissenschaftler der Menschheit untergebracht gewesen. Für die Fortschritte in Wissenschaft und Technik schien es keine Grenzen zu geben, und kühne Forscher scheuten, getrieben von Neugier und in der festen Überzeugung, Wissen könne einem starken Geist nicht schaden, vor keinem Experiment zurück.

Hari sah verwundert, dass eines der Gebäude von einem massiven Mantel aus Stahl und Mauerwerk umschlossen war. Der hässlichen Außenkonstruktion fehlte jede Symmetrie, sie wirkte hastig zusammengeklatscht wie nach einer verheerenden Katastrophe. Vielleicht war hier ein Unglück geschehen, und die Menschen hatten ein Grabmal aus Stahlbeton errichtet, um ihren Fehler einzuschließen. Einen Sarkophag, um etwas zu begraben, was sich nicht töten ließ.

»Eines der Experimente missglückte«, erklärte Gornon. »Sie hatten mit den fundamentalen Naturgesetzen herumgespielt. Das Verfahren wurde bis auf den heutigen Tag nicht wiederentdeckt, man fürchtet allerdings, dass eine Chaoswelt eines Tages darüber stolpern könnte.«

»Nun sagen Sie schon, was passiert ist«, drängte Hari. Sie näherten sich in Spiralen der Kuppelsilhouette, und er spürte ein tiefes Unbehagen.

»Die Physiker, die hier arbeiteten, beteiligten sich an einem Wettlauf um die Erfindung eines Raumschiffantriebs mit Überlichtgeschwindigkeit. Ihre Konkurrenten in anderen Teilen der Erde hatten bereits das Verfahren entwickelt, aus dem später unser Hyperantrieb entstand, und waren im Begriff, der Menschheit den Schlüssel zum Universum zu überreichen. Als die Forscher auf *diesem* Campus davon hörten, wollten sie um jeden Preis ihre Experimente abschließen, bevor alle Zuschüsse zu jenem anderen Projekt umgeleitet wurden. Deshalb setzten sie alles auf eine Karte.«

Sie waren schon einige Zeit gegangen, als Hari plötzlich

einen Riss in der Kuppel-Silhouette entdeckte. Etwas hatte die Schutzhülle gesprengt. Aus dem Innern strahlte ein seltsames Licht.

»Anstatt mit Hyperraumtechnik zu arbeiten, wollten sie einen Raumschiffantrieb auf *Tachyon*-Basis entwickeln«, erklärte Gornon. »Es ging ihnen nur um den Beweis, dass es möglich sei, ein kleines Objekt geradlinig zu beschleunigen. Vom Resonanzeffekt wussten sie nichts. Was dabei herauskam, war ein Tachyon-*Laser*. Der Strahl schoss so gerade wie ein Lichtstrahl hier heraus, verbreiterte sich und durchbohrte alles, was ihm im Weg stand. Bevor er die Planetenoberfläche verließ und im All verschwand, vaporisierte er angeblich noch einen zufällig in der Nähe befindlichen Passanten. In den folgenden Wochen kam es zu weiteren beängstigenden Zwischenfällen, bis schließlich Panik ausbrach. Inzwischen hatte man nur noch einen Wunsch: man wollte das Ungeheuer vergraben und möglichst vergessen.«

Hari betrachtete das schillernde Licht, das aus dem Grabgewölbe drang. Er war anders als das radioaktive Flimmern auf allen Seiten. Doch eins war beiden gemeinsam: das Thema Zerstörung aus Arroganz. Und der Roboter hatte ihn hergebracht, um ihn in irgendeiner Weise daran teilhaben zu lassen.

»Tachyonen ...«, murmelte Hari. Er hatte das Wort noch nie gehört, aber er wagte eine Vermutung. »Sie haben einen elementaren geometrischen Fehler gemacht, nicht wahr? Sie suchten nach einem Weg, um den Raum zu durchqueren. Stattdessen schlugen sie ein Loch in die *Zeit*.«

Der Roboter nickte.

»Ganz richtig, Professor. Nehmen Sie den vermeintlich ›vaporisierten‹ Fußgänger. In Wirklichkeit widerfuhr ihm ein ganz anderes Schicksal. Er blieb – übrigens relativ unbeschädigt – an derselben Stelle auf der Erdoberfläche, wurde aber etwa zehntausend Jahre in die Zukunft versetzt.«

Gornon wandte sich Hari zu und lächelte beruhigend.

»Keine Sorge, Dr. Seldon. Wir haben nicht vor, Sie auf eine

ebenso lange Reise zu schicken. Fünfhundert Jahre sollten genügend, meinen Sie nicht auch?«

Hari starrte den Roboter an wie vom Blitz getroffen, dann wanderte sein Blick zu dem weichen Licht aus dem Spalt und kehrte schließlich zu Gornon zurück.

»Aber ... aber *wozu*?«

»Um uns zu beurteilen, natürlich. Um alles zu bewerten, was in der Zwischenzeit passierte. Um Ihre Psychohistorik im Licht neuer Ereignisse und Entdeckungen zu verfeinern. Und vor allem, um Menschen wie Robotern bei der Entscheidung zu helfen, ob wir den Weg, den R. Daneel Olivaw für uns gewählt hat, tatsächlich gehen sollten.«

2

»Und das alles nur, um die Neugier eines Roboters zu befriedigen?«, fragte Biron Maserd, als Hari ihm den Vorschlag unterbreitete. Die beiden Männer saßen mit Horis Antic auf einem Hügel über dem algenverseuchten Ufer des früheren Michigan-Sees.

»In ihren Augen tun sie alle immer nur das Beste für uns«, stellte der Adelige fest. »Aber anscheinend wollen sie doch das Gefühl haben, als wären auch wir damit einverstanden!«

Hari nickte. Die beiden anderen hatten inzwischen die Grundlage robotischen Verhaltens begriffen, die Drei Gesetze, die unauslöschlich in die Positronengehirne eingegraben waren und nicht ignoriert werden konnten. Zwar hatten Daneel Olivaw und ein zweiter Roboter vor langer Zeit ein Schlupfloch entdeckt, das es ihnen ermöglichte, die alten ›Calvinischen Gesetze‹ außer Kraft zu setzen, sobald sich das mit dem langfristigen Wohl der Menschheit rechtfertigen ließ. Doch die alten Regeln blieben bestehen wie ein Instinkt, der nie vollständig verschwand, wie ein Hunger, der gestillt, eine juckende Stelle, die gekratzt werden musste.

»Deshalb ließ Daneels Gruppe so viele Informationen durchsickern, dass Horis ganz aufgeregt wurde und die

Reise von Trantor organisierte«, erklärte Hari. »Ob mit Daneels Wissen oder nicht, einige seiner Anhänger hatten jedenfalls beschlossen, sich endlich der Archive zu entledigen. Sie wussten, dass es nur eine Frage der Zeit war, bis irgendeine Chaoswelt sie entdeckte. Und selbst wenn der Zusammenbruch des Imperiums den Chaosausbrüchen ein Ende machte, die Archive blieben eine Gefahr. So entschieden sie, die alten Datenbehälter zu eliminieren. Doch das wäre dank der Befehle auf den Archiven eine Qual für sie gewesen.«

»Es sei denn, die Befehle würden von jemandem außer Kraft gesetzt, den sie als Autorität betrachteten. Das waren Sie, Seldon.« Maserd nickte. »Ich stelle fest, dass unser Gastgeber« - er deutete mit dem Daumen auf Gornon Vlimt - »die Zerstörung der Archive nicht zu verhindern suchte, obwohl er einer anderen Sekte angehört. Ich gehe also davon aus, dass er damit einverstanden war, aber anschließend noch weitere Verwendung für Sie hatte.«

»Ganz richtig. Kers hätte mich nach Hause gebracht ... und irgendeinen Weg gefunden, Sie und Horis zum Stillschweigen zu verpflichten. Da Sie ja im Grunde Freunde, oder jedenfalls keine Chaosanhänger sind, hätte ein begrenzter Gedächtnisverlust, vielleicht auch nur ein hypnotisches Verbot, über diese Dinge zu sprechen, wahrscheinlich genügt.«

Schon der Gedanke, jemand könnte auch nur so weit in sein Gedächtnis oder seinen freien Willen eingreifen, war Horis Antic so zuwider, dass er fröstelte. »Gornon hat also noch mehr mit Ihnen vor, Professor, und dazu muss er Sie in der Zeit *nach vorne schleudern*?«

Die Vorstellung bereitete dem Grauen sichtlich Mühe.

»Wozu sollte das denn gut sein?«

»Ich weiß nicht genau. Gornons Ketzergruppe agiert viel behutsamer und weitsichtiger als die Calvinianer, die ich auf Trantor kennengelernt habe. Noch wissen sie nicht sehr viel über Daneels Pläne ...« Hari kaute kurz an seiner Unterlippe, um dann fortzufahren: »Über die endgültige Lösung, die das Chaos für immer entschärfen soll. Außerdem hat Gornons Gruppe es allmählich satt, ständig gegen Daneel zu kämpfen und jeden Kampf zu verlieren. Sie respektieren ihn und sind zumindest bereit, sich im Zweifelsfall für ihn zu entscheiden.

Aber sie wollen eine Rückversicherung, wenn sich seine Lösung als etwas herausstellen sollte, das sie verabscheuen.«

»Das heißt, man hat Sie entführt, um ein Druckmittel gegen Daneel in der Hand zu haben.«

Hari schüttelte den Kopf.

»Mein Tod wirft ihn in keiner Weise zurück. Ich habe mich ein letztes Mal nützlich gemacht, als ich die Erlaubnis zur Zerstörung der Archive gab. Jetzt bin ich ein freier Mann – vielleicht zum ersten Mal in meinem Leben – nichts kann mich hindern, jeden Weg zu wählen, den ich möchte. Ich kann mich sogar in die Zukunft schleudern lassen, wenn ich Lust dazu habe.«

Horis Antic schlug sich mit der Faust gegen die flache Hand. »Sie denken doch nicht ernsthaft daran, dieses Angebot anzunehmen! Was immer sich unter der geborstenen Kuppel befindet, hat unsere Vorfahren zu Tode erschreckt. Gornon sagt, es habe entsetzliche Schäden angerichtet, bevor man es abdichten konnte. Selbst wenn man die verrückte Geschichte von dem Primitiven glaubt, der zehntausend Jahre in die Zukunft versetzt wurde, wie kann ein vernünftiger Mensch sich zum Versuchsobjekt machen lassen und dabei sein Leben riskieren?«

»Ein alter Mann, dem nicht mehr viel Zeit bleibt, kann manches wagen«, sagte Hari, halb zu sich selbst. »Wozu tauge ich denn noch?«, fragte er etwas lauter. »Die Neugier ist die einzige Antriebskraft, die mir noch geblieben ist, Horis. Ich möchte sehen, ob die Gleichungen funktioniert haben. Ich möchte miterleben, was Daneel für uns plant.«

Dann war es eine Weile still. Die drei betrachteten schweigend den unheimlich leuchtenden Horizont und die himmelwärts schießenden Funken. Dieses öde Land hatte keinerlei Beziehung zu jener Erde, die ihnen die Archive gezeigt hatten – die war so lebendig gewesen wie keine andere im bekannten Kosmos.

»Das klingt so, als hätten Sie Ihre Entscheidung bereits getroffen«, sagte Maserd. »Warum sprechen Sie dann eigentlich noch mit uns? Was sollen wir überhaupt hier?«

»Das hat mir Gornon erklärt.« Hari drehte sich nach dem humanoiden Roboter um, aber der hatte wohl anderswo zu tun. Vielleicht war er zur *Stolz von Rhodia* zurückgekehrt ... oder er hatte sich ins Innere der leuchtenden Kuppel begeben, um mit den Vorbereitungen für Haris Zeitreise zu beginnen.

»Gornon hält es für töricht, Entscheidungen allein oder zu zweit zu treffen, denn dabei kann man sich alles mögliche einreden. Man braucht die Perspektive - und die Kritik von mehreren Seiten. Das mussten selbst Roboter aus leidvoller Erfahrung lernen.« Hari deutete auf die vergiftete Erde.

»In diesem Fall ist es von besonderer Bedeutung«, sagte er, »weil Gornons Gruppe nicht nur will, dass ich mir die Situation in fünfhundert Jahren ansehe. Ich soll auch so etwas wie ein Urteil abgeben.«

Maserd beugte sich vor. »Davon sprachen Sie bereits. Aber ich begreife es nicht. Was können Sie denn bewirken?«

Hari bekam mit der Atemmaske kaum Luft. Außerdem dämpfte sie alle Geräusche und verzerrte die eigene Stimme ... aber das mochte auch an der ungewohnten Atmosphäre liegen. »Alle diese Roboter - die vor langer Zeit die Bürgerkriege überlebten - haben ihre kleinen Eigenheiten. Sie sind unsterblich, aber das heißt nicht, dass sie sich nicht verändern könnten. Im Lauf der Jahre entwickeln sie zunehmend Intuitionen - sogar Emotionen -, anstatt streng bei der Logik zu bleiben. Auch unter Daneels Anhängern gibt es Außenseiter und wunderliche Vögel. Die Bindung an das Nullte Gesetz garantiert nicht, dass sie sich unentwegt einig sind.

Vielleicht kommt noch einmal ein Tag, an dem die Entscheidung eines Menschen eine Rolle spielt - wie bei der Vernichtung der Archive ... nur in ganz anderen Dimensionen.«

Hari hob die Hand und wies auf die Milchstraße.

»Stellen Sie sich vor, es wären fünfhundert Jahre vergangen. Daneel hat seine Vorbereitungen abgeschlossen. Er ist bereit, eine Sensation zu enthüllen, womöglich ein Wunder, den nächsten Seinszustand der Menschheit. Einen Zustand, der unempfindlich gegen das Chaos ist, uns aber doch Raum zum Wachsen lässt. Das Alte wurde hinweg gefegt, um etwas Besserem Platz zu machen.

Gornon erklärte mir, diese Aussicht sei für viele Roboter verwirrend, sie fänden sie verlockend und erschreckend zugleich. In diesem Fall könnte sich sogar das Nullte Gesetz als unzulänglich erweisen. Viele Roboter werden sich weigern, die alte Menschheit abzuschaffen, um die neue entstehen zu lassen.«

Maserd richtete sich auf.

»Und deshalb sollen Sie in fünfhundert Jahren zur Stelle sein, um ihnen aus der Klemme zu helfen! Bis dahin ist Ihr Name noch berühmter geworden. Man wird Sie als *den* archetypischen Herren betrachten - den Menschen mit dem stärksten Willen und der tiefsten Einsicht seit zwanzigtausend Jahren. Wenn den verschiedenen Roboterfraktionen Daneels Plan zusagt, wird Ihre ausdrückliche Zustimmung es ihnen leichter machen, ihn in die Tat umzusetzen. Ist er jedoch einer größeren Mehrheit von ihnen nicht geheuer ... oder lehnen sie ihn sogar ab ... dann könnten Ihre Einwände dazu führen, dass der Führungsroboter - dieser Daneel Olivaw, von dem Sie sprachen - abgesetzt wird.«

Hari war beeindruckt. Maserd hatte einen natürlichen Instinkt für Politik, der ihm Themen zugänglich machte, vor denen andere zurückgeschreckt wären.

»Und wenn die Meinungen nun geteilt wären?«, fragte Horis. »Könnte dann nicht gerade Ihre Gegenwart einen neuen Bürgerkrieg unter den Robotern auslösen?«

»Gut überlegt«, lobte Hari. »Nicht auszuschließen, aber ich zweifle daran. Gornons Partei meint, ich solle mir die Zukunft ansehen und danach eine ehrliche Meinung abgeben. Aber ich glaube nicht, dass ich sie von einer Kanzel verkünden darf, es sei denn, sie wüssten von vorne herein, was ich sagen will, und wären damit einverstanden. Jedenfalls ...«

Raues Gelächter unterbrach Haris Ausführungen.

Er drehte sich um und sah nur etwa zehn Meter entfernt mehrere Gestalten stehen. Sie waren mit einem Antigrav-Schwebekissen lautlos herangekommen. Mors Planch sprang zu Boden, dass die Kieselsteine unter seinen Stiefeln knirschten. Zwei Männer in einer Art Soldatenuniform und mit schweren Blastern folgten ihm, während Sybyl, die Wissenschaftlerin von Ktlina, Hari und seine beiden Freunde mit einer seltsamen Waffe in Schach hielt.

»Und Sie würden sich auf solche Weise benützen lassen, Dr. Seldon?«, fragte Mors Planch und trat in so selbstbewusster Haltung näher, als könne ihn nichts auf der Welt erschüttern.

Hari spürte, wie Biron und Horis neben ihm erstarrten und streckte beschwichtigend den Arm aus.

»Ich kenne meine Rolle in der Welt, Planch. Auf irgendeiner Ebene ist jeder von uns ein Werkzeug. Immerhin darf ich mir aussuchen, von welcher Seite ich mich benützen lasse.«

»Menschen sind mehr als Werkzeuge!«, schrie Sybyl. »Mehr als Faktoren in Ihren Gleichungen. Mehr als gefährdete Babies, die von Roboter-Ammen in einen Laufstall gesperrt werden!«

Maserd und Planch beäugten sich mit offenkundigem Respekt – Raumfahrer unter sich. »Sie hätten doch mitkommen sollen«, hielt Planch dem Adeligen vor.

»Ich dachte nicht, dass Sie es schaffen würden, Pengia zu verlassen«, antwortete Maserd. »Aber ich hatte Ihre Organisation wohl unterschätzt.«

»Wir haben unsere Informationsquellen. Eine davon half uns, nach der Zerstörung der Archive ... und nach Ktlinas Zusammenbruch unsere Truppen rasch wieder zu sammeln.« Planch wandte sich an Hari. »Es kam, wie Sie vorhergesagt hatten, Professor. Fast auf den Tag genau. Manche schließen daraus, Sie hätten den Zerfall unserer Renaissance gesteuert. Aber nachdem ich eine Weile mit Ihnen zusammen war, ist mir klar, dass es nur die Psychohistorik ist. Sie haben leider einen Seherblick.«

»Recht zu behalten ist nicht immer ein reines Vergnügen. Ich weiß schon seit langem, dass es mehr Schmerz als Freude bringt.« Hari streckte die Hand aus. »Mein Beileid, Captain. Wir mögen verschiedener Meinung darüber sein, woher das Chaos kommt, aber wir haben es beide in Aktion erlebt. Was meinen Sie, wenn sich ein Weg finden ließe, es für immer zu beseitigen, könnten wir dann nicht auf einer Seite stehen?«

Mors Planch sah Haris Hand an, dann schüttelte er den Kopf. »Später vielleicht, Professor. Wenn wir Sie von diesem schrecklichen Planeten weggebracht haben. Wenn Sie Ihre Begabung und Ihre Kräfte im Dienst der Menschheit einsetzen, anstatt ihren Unterdrückern zu helfen, dann habe ich vielleicht ein Geschenk für Sie. Etwas, von dem ich weiß, wie sehr Sie es sich wünschen.«

Hari ließ die Hand sinken und lachte laut heraus.

»Und Sie beide wollen andere davor bewahren, benützt zu werden! Sagen Sie, was haben Sie vor? Möchten Sie die Psychohistorik als Waffe verwenden? Die Manöver Ihrer Feinde vorausberechnen, um sie vereiteln zu können? Glauben sie, damit könnten Sie die nächste Renaissance am Leben erhalten und die ganze Galaxis damit anstecken? Ich will Ihnen sagen, was dann passiert ... wenn irgendeine Gruppe von Menschen dieses mächtige Instrument allein in ihre Gewalt bringt. Sie wird sich zwangsläufig in eine Aristokratie verwandeln, wird eine Tyrannenherrschaft errichten, die mit mathematischen Mitteln die Macht immer fester in den Griff zu bekommen sucht. Und dem können Sie nicht einfach mit Tugendhaftigkeit entgehen. Die Gleichungen selbst zeigen, wie schwierig es ist, die Macht wieder aufzugeben, wenn man sie erst errungen hat.«

»Trotz allem ... wenn *genügend* Menschen beteiligt wären ... ich weiß nicht«, murmelte Maserd. Dann blickte der Adelige ruckartig auf.

»Aber wir eilen den Geschehnissen voraus, Planch. Sie sind offenbar bestens organisiert. Ihr Nachrichtenwesen funktioniert, und sie haben Ktlinas verbliebene Streitkräfte gut im Griff. Uns hierher zu folgen, war eine Leistung, zu der ich Ihnen gratuliere. Und doch frage ich mich, woher Sie die Dreistigkeit nehmen, sich diesen mächtigen Feinden noch einmal zu stellen.«

Mors Planch lachte. »Haben Sie vergessen, wie wir auf Pengia mit ihnen verfahren sind? Sehen Sie im Moment auch nur einen einzigen Roboter?« Er wies in die Richtung, wo Hari R. Gornon Vlimt zum letzten Mal gesehen hatte. »Sobald unser Schiff am Horizont erschien, sind sie auf und davon. Ich stelle fest, dass man Sie drei in Ihren Schutzanzügen auf diesem kahlen Hügel sitzen ließ, ohne Sie auch nur zu warnen.«

Hari blieb stumm. Wie sollte er erklären, dass es hier nicht um Loyalität ging, sondern um verschiedene Gruppen, von denen jede zutiefst überzeugt war, nur das Beste für die Menschheit zu wollen. Und pragmatisch genug zu sein, um auch die ältesten Probleme zu lösen. Doch er wusste, wie weit diese Probleme in die Vergangenheit zurück reichten, dass sie der Boden, auf dem er jetzt stand, hervorgebracht hatte, bevor er noch anfing, schwefelgelbe Strahlung zu spucken.

Mors Planch schaute zum Himmel auf. Einer der Bewacher hob den Finger und knurrte befriedigt. Inmitten eines Sternbildes, für das seine Vorfahren sicher einen Namen gehabt hatten, blitzten lautlos Funken auf. Hari wusste die Zeichen zu deuten, hatte er solche Situationen als Kanzler des Reiches doch oft genug erlebt. Dort wurden mit militärischen Waffensystemen Raumschiffe zerstört. Wieder sah er Planch an.

»Aus ihrem zufriedenen Gesichtsausdruck können wir wohl schließen, dass Ihre Streitkräfte soeben den Feind vernichtet haben.«

»Ganz richtig, Doktor. Unsere geheimnisvolle Kontaktperson warnte uns, dass wir von Polizeikreuzern abgefangen werden sollten.« Planch beriet sich mit einem der Soldaten, dann lauschte er auf eine Meldung aus seinem Helmlautsprecher. Er runzelte die Stirn, schüttelte den Kopf. »Das ist merkwürdig.«

Horis Antic rieb sich nervös die Hände und trat einen Schritt vor.

»Was haben Sie den Polizisten angetan? Auf diesen Schiffen waren *lebende Menschen*! Keine Theorien, keine Abstraktionen. Wie viele müssen noch sterben, bis Ihr Rachedurst gestillt ist?«

Hari legte dem kleinen Bürokraten beschwichtigend die Hand auf den Arm. Wie sollte er ihm erklären, dass der eigentliche Feind das Chaos war?

»Es ist etwas schief gegangen, nicht wahr, Planch? Wendet sich das Schlachtenglück am Ende gegen Sie?«

»Unsere Streitkräfte haben die Polizeischiffe vernichtet. Nur eines konnte entkommen ... aber das ist auf dem Weg hierher.«

»Und Ihre Schiffe verfolgen es?«, soufflierte Maserd. Für den Adeligen war das Wort ›Polizei‹ ganz offensichtlich nicht gleichbedeutend mit ›Rettung‹.

Planch beratschlagte noch einmal leise mit seinem Adjutanten, dann antwortete er: »Unsere Kriegsschiffe haben begonnen, sich von der Erde zurückzuziehen. Ich weiß nicht, warum. Aber ich habe den Verdacht, dass sie beeinflusst werden.«

Horis Antic trat einen Schritt zurück. »Von Mentalisten!«

Planch nickte. »Davon gehe ich aus.«

»Darauf sind wir vorbereitet!«, verkündete Sybyl mit Genugtuung. »Unsere Waffe gegen Positronengehirne funktioniert nur auf kurze Entfernung, lassen wir sie also näher kommen. Wir werden mit diesen Tiktok-Ungeheuern genauso verfahren wie mit den Wachen, die wir auf Pengia eliminiert haben.«

Maserd hatte einen Einwand. »Aber wenn die Roboter Sie nun umstimmen, bevor Sie die Waffe abfeuern können? Auf Pengia hatten Sie die Überraschung auf Ihrer Seite, und R. Gornon hat zugegeben, dass seine Gruppe nur schwache telepathische ...«

»Zerbrechen Sie sich darüber nicht Ihren hochwohlgeborenen Kopf, Euer Gnaden«, höhnte Sybyl. »Wir haben alle

Möglichkeiten berücksichtigt. Auf Ktlina konnte man beim Studium dieser *Positronen*gehirne nur Teilerfolge erzielen, aber es sollte doch reichen, um uns zu verteidigen.«

Mors Planch befahl seinem Assistenten: »Totmannschaltung ein. Scanfunktion aktivieren. Sobald ein positronisches Echo auf dreihundert Meter herankommt, Bombe auslösen.«

Er sah Hari an und lächelte. »Wenn es Roboter sind, werden sie den Scanner orten und wissen, dass es klüger ist, sich fern zu halten. Sind es menschliche Feinde, dann werden sie mit Waffen empfangen, die auf Ktlina geschmiedet wurden.« Er klopfte auf das Halfter mit seinem Blaster. »So oder so, Professor, niemand wird Ihnen oder der geheimen Aristokratie zu Hilfe kommen, von der wir schon so lange beherrscht werden. Diesmal begleiten Sie uns und stellen Ihre Fähigkeiten in den Dienst Ihrer eigenen enttäuschten und unterdrückten Rasse, damit sie endlich die Chance bekommt, sich zu befreien.«

Hari beobachtete, wie ein Lichtpunkt von Westen nach Osten über den Himmel schoss und in einer Spirale zur Landung ansetzte. Er hatte sich in seinem mehr als achtzigjährigen Leben noch nie so hilflos gefühlt. Die Kontrolle über sein Schicksal war ihm völlig aus der Hand genommen.

3

Dors und Lodovik hatten viel Zeit, um sich auszusprechen.

In den langen Stunden zwischen den Hyperraumsprüngen erzählte sie ihm eine Geschichte nach der anderen aus ihrem Leben mit Hari Seldon – über die Abenteuer, die politischen Kämpfe, die nie verblassende Faszination des täglichen Zusammenseins mit einem Genie, das mit einem Team nach Regeln für die Beschreibung menschlichen Verhaltens suchte. Und über die Erfahrung, eine menschliche Frau so exakt zu kopieren, dass selbst ihr Gatte Monate lang vergaß, dass er mit einem Roboter verheiratet war.

Es war das erste Mal, dass sie über diese Beziehung

sprach, seit sie ›gestorben‹ und von Daneel zur Reparatur nach Eos gebracht worden war.

Lodovik erwies sich als aufmerksamer Zuhörer - eigentlich keine Überraschung, schließlich war er für die Interaktion mit Menschen ausgebildet, und Geduld stand auf der Liste der Eigenschaften, die Daneel von seinen Abgesandten verlangte, von jeher ganz oben. Dennoch war Dors über sein Verständnis erstaunt.

Da Lodovik nicht mehr gezwungen war, den Gesetzen der Robotik zu gehorchen, hatte sie geglaubt, er sei *kalt* geworden, mehr denn je von seiner Rationalität bestimmt. Doch nun zeigte sich, dass er seit seiner Transformation geradezu eine Leidenschaft für Menschen entwickelt hatte. Wenn er an der Reihe war, erzählte er von einigen der vielen hundert Männer und Frauen, die er kennen gelernt und mit denen er gesprochen hatte, seit er nicht mehr in Daneels Diensten stand. Er war gefesselt von den Sorgen, Nöten und Triumphen gewöhnlicher Sterblicher ... von den Dingen also, die für den Einzelnen wichtig waren, auch wenn sie letztlich auf planetarer oder galaktischer Ebene so gut wie keine Rolle spielten. Manchmal griff er in ein Leben ein und half, ein Problem zu lösen oder Schmerzen zu lindern. Am großen Weltenplan änderten seine Bemühungen vielleicht nicht viel. Verglichen mit dem endlosen Kampf gegen das Chaos oder dem alles erschütternden Zusammenbruch des Galaktischen Imperiums fielen sie sicher kaum ins Gewicht, aber sie hatten ihn doch etwas Wichtiges gelehrt.

»Der einzelne Mensch zählt. Und Unterschiede sind wertvoll, sie sind sogar noch wichtiger als die Gemeinsamkeiten.«

Lodovik sah Dors an und lächelte verhalten. »Die Menschen da draußen verdienen, über ihr Schicksal mitentscheiden zu dürfen. Ob sie klug oder töricht sind, sie sollten den Weg erkennen, und sie sollten gefragt werden, wie sie ihn gehen wollen.«

Dors bemerkte den leisen Vorwurf, der sich nicht nur gegen Daneel Olivaw richtete, sondern auch gegen ihren geliebten

Hari. Aber in Lodoviks Stimme war keine Gehässigkeit. Seine Bewunderung für ihren Ex-Mann war nicht zu übersehen.

Sie stellte fest, dass sie auf verschiedenen Ebenen reagierte. Ein großer Teil ihres Positronengehirns war für die Emulation menschlicher Denk- und Gefühlsmuster reserviert. Mit diesen Bereichen sprach sie unwillkürlich so auf Lodovik an wie eine menschliche Frau, und nicht nur wie irgendeine Frau, sondern wie die Dors Venabili, die sie seit fünfzig Jahren war. Wie die Frau, die Hari geliebt hatte, aber auch ganz allgemein gern mit Männern zusammen war, die kein Blatt vor den Mund nahmen und sich energisch mit Ideen auseinandersetzten. Auf dieser Ebene fand sie Lodoviks freimütige Vitalität und seine lebhafte Intelligenz ebenso reizvoll wie sein offen gezeigtes Mitgefühl.

Er weiß natürlich, dass ich diese Reaktionskomplexe habe. Ob er womöglich sein Verhalten darauf abstellt, sie anzusprechen?

Heißt das etwa, er flirtet mit mir?

Daneben spürte sie auch, dass er jedes Wort aufrichtig meinte. Wenn Roboter auf ihre Abschirmung verzichteten, fiel es ihnen schwer, ihresgleichen zu belügen. Dennoch blieb zwischen ihnen eine Kluft, die sich vielleicht niemals überwinden ließ und sie trennte, als kämen sie aus verschiedenen Welten.

Ich spüre die Gesetze der Robotik wie ein unablässiges Pulsieren, sie drängen mich, mir eine Aufgabe zu suchen, zu dienen. Lodovik ist frei von diesem Zwang. Er will der Menschheit nur aus freien Stücken, aus moralischen oder weltanschaulichen Motiven helfen.

Keine sehr tragfähige Basis, um ihm zu vertrauen. Wenn er nun morgen seine Meinung änderte?

Wieder ein anderer Bereich ihres Gehirns registrierte die köstliche Ironie der gesamten Situation. Wenn sie versuchte, sich darüber klar zu werden, ob sie Lodovik vertrauen konnte oder nicht, befand sie sich in der gleichen Situation wie fast jede echte Frau, die jemals den Überredungskünsten eines Mannes ausgesetzt war.

Jeanne d'Arc stimmte dem Vergleich begeistert zu und ermunterte Dors, den Sprung ins Ungewisse zu wagen. Aber die Fragen wogen zu schwer, und ihre Roboterlogik verlangte nach überzeugenderen Beweisen.

Außerdem ist mein menschlicher Gatte immer noch am Leben. Ich kann mich nicht von ihm lösen, auch wenn er mich für tot hält und Daneel mir befohlen hat, mich ganz von meinem früheren Leben abzuwenden.

Diese Lücke konnten ihre Human-Simulationsprogramme nicht füllen, nicht einmal mit einem so attraktiven Gefährten wie Lodovik Trema. Zuerst musste sie mit Hari abschließen. Sie musste ihn noch einmal wiedersehen, bevor diese Programme ihre Aufmerksamkeit einem anderen Objekt zuwenden konnten.

4

Die Spannung stieg, eine Auseinandersetzung stand unmittelbar bevor. Hari bemerkte, dass sich bereits die ersten Zuschauer eingefunden hatten. Horis Antic zeigte auf eine Bodenwelle aus den Trümmern eines alten Universitätsgebäudes. Dort kauerten finstere Gestalten, die sich gelegentlich aufrichteten und auf die Menschen und das Raumschiff hinabschauten.

»Ich dachte, die letzten Bewohner seien vor zehntausend Jahren evakuiert worden«, sagte der Bürokrat.

Biron Maserd nickte. »Die Universität, die mein Vorfahr besuchte ... es könnte sogar diese hier gewesen sein ... wurde als eine der letzten Einrichtungen vor der endgültigen Evakuierung geschlossen. Aber vielleicht sind ein paar Menschen zurück geblieben.«

Sybyl stand neben ihnen und schaute unruhig zwischen den Hügelkuppen und ihrem Computerbildschirm hin und her. »Sie scheinen menschlich zu sein, aber es gibt ... Anomalien. Die armen Teufel wollten nichts weiter, als in ihrer Heimat ... der Heimat der Menschen ... zu bleiben, aber das

Imperium hat ihnen alles genommen, was ein normales Leben möglich machte. Ich will gar nicht daran denken, wie es gewesen sein mag, so viele Jahre in diesem radioaktiven Hexenkessel überleben zu müssen. Es muss sie zwangsläufig verändert haben.«

Maserd seufzte und murmelte leise: *»Speziation ...!«* Hari war vielleicht der Einzige, der es hörte.

Nur wenige Schritte weiter beriet sich Mors Planch mit einem der Ktlina-Soldaten. Dann wandte sich der Pirat seinen Gefangenen zu und erklärte: »Das Schiff ist irgendwo westlich von hier gelandet. Es verfügt über eine hoch entwickelte imperiale Tarneinrichtung. Selbst auf Ktlina waren wir erst in den letzten Monaten im Stande, das Geheimnis der Deckmantelbeschichtung zu ergründen – zu spät für diese Renaissance. Aber vielleicht sind die Rebellen beim nächsten Mal besser gerüstet.«

Mors Planch machte sich offenbar keine Sorgen. Seine Männer waren gut postiert. Und zehn Meter über dem Schiff schwebte auf einem Antigrav-Kissen ein ständig rotierendes Gerät, das Energiewellen aussandte und damit jedes sich nähernde Positronengehirn orten konnte.

»Warum starten wir nicht einfach?«, fragte Sybyl.

»Unseren Geleitschiffen ist etwas zugestoßen. Ich möchte mich erst genauer informieren, bevor wir blind durch das All düsen.«

Plötzlich fiel ein schwarzes Geschoss vom Himmel und schlug nur wenige Meter vor seinen Füßen auf. Der ersten Steinwaffe folgten weitere, und bald prasselte ein Hagel von scharfkantigen Trümmern aus glasähnlichem Material auf den kleinen Platz und das Raumschiff nieder. Alle rannten in Deckung.

Hari suchte zwischen Horis und Maserd unter einer Stabilisatorflosse Schutz. Aus den Blastern der Soldaten waren Schüsse zu hören. Vor ihnen explodierte eine Hügelkuppe. Die Männer von Ktlina feuerten aus allen Rohren, um die Höhen zu beharken. Hari beobachtete, wie ein Eingeborener – eine schwarze Silhouette vor den mondhellen Wolken –

sich nach hinten beugte, ein Seil schwang und sein primitives Projektil noch auf die Reise schickte, bevor ihn ein Blasterstrahl entzwei schnitt. Die Verwirrung war perfekt, Schreie der Wut, des Schmerzes und des Entsetzens erfüllten die Luft ...

... und plötzlich kehrte Stille ein. Hari spähte ins Dunkel, aber auf den Schutthügeln regte sich nichts mehr. Unweit von ihm lagen zwei Ktlina-Soldaten reglos auf dem Boden.

Mors Planch stand auf, Sybyl und Maserd folgten seinem Beispiel. Horis Antic drückte sich weiter an den schützenden Schiffsrumpf, aber Hari trat gerade rechtzeitig unter der Flosse hervor, um zu sehen, wie sich am anderen Ende des Schiffs eine Silhouette aus den Schatten löste.

Und dann ließ sich eine bekannte Stimme - weich, aber fest und entschlossen - vernehmen.

»Hallo, Großvater. Was machst du uns für Sorgen?«

Hari blinzelte. Er hatte erst die Stimme und dann die Gestalt seiner Enkelin erkannt.

»Hallo, Wanda. Ich freue mich immer, dich zu sehen. Aber ich halte deine Prioritäten für etwas bedenklich. Die Arbeit auf Trantor befindet sich in einem kritischen Stadium, und ich bin nur ein alter Mann. Hoffentlich bist du mir nicht nur aus Sentimentalität quer durch die ganze Galaxis gefolgt.«

Hari hatte nebenbei mehrere Dinge registriert. Von den ktlinanischen Soldaten stand keiner mehr aufrecht. Sie konnten doch nicht *alle* der Steinigung durch die Erdlinge zum Opfer gefallen sein. Sybyl war ziemlich benommen - wenn auch nicht ganz bewusstlos. Sie saß auf dem Boden, hatte den Kopf in die Hände gestützt und wiegte sich hin und her. Sie schien vollkommen verwirrt zu sein und keinen klaren Gedanken mehr fassen zu können.

»Bitte spare dir die Standpauke für später auf, Großvater«, sagte Wanda und sah dabei Mors Planch merkwürdig eindringlich an. »Wir hatten gute Gründe für die lange Reise ... aber auch die Erklärungen können noch warten. Wäre einer der Herren vielleicht so freundlich, den Mann hier zu entwaffnen? Er ist sehr stark, ich glaube nicht, dass ich ihn noch sehr viel länger halten kann.«

Biron Maserd stürzte sich mit einem leisen Aufschrei auf Mors Planch, der seinen Blaster gezogen hatte und ihn nun langsam auf Wanda richtete. Dem Piraten stand der Schweiß in dicken Tropfen auf der Stirn, er versuchte mit aller Kraft, mit dem Daumen auf den Auslöser zu drücken.

Als Maserd den Lauf beiseite schlug, löste sich ein Strahl, verfehlte Haris Enkelin um eine Handbreite und fuhr in die Wand eines antiken Universitätsgebäudes. Der Adelige entwand Planch die Waffe und richtete sie auf den Schützen ... und sofort entspannten sich Wanda und Mors Planch, und stießen beide einen tiefen Seufzer aus. Der Kampf war entschieden.

»Ein schwieriger Gegner«, bemerkte Wanda. »Wir sind in letzter Zeit einigen von seiner Sorte begegnet, besonders unter den nach Terminus Verbannten. Sie haben in unseren Berechnungen ordentlich Wellen geschlagen.«

Hari war nachdenklich geworden. »Jemand sagte mir, Mors Planch sei auf eine ganz ungewöhnliche Art und Weise anders, er sei *normal.* Weißt du, was das heißt?«

Wanda schüttelte den Kopf. »Es ist einer der Gründe, warum ich hier bin, Großvater. Also keine Sorge. Ich habe meine Prioritäten nicht purer Sentimentalität geopfert. Diese Rettungsmission lässt sich ganz pragmatisch rechtfertigen ... auch wenn ich mich freue, dich mit nach Hause nehmen zu können.«

Hari überlegte. *Nach Hause?* Zurück in den Rollstuhl, damit er Berichte durchsehen konnte, für die sein Verstand nicht mehr flexibel genug war? Ein hochverehrter, aber nutzloser alter Mann? Seit dem Abschluss der Aufzeichnungen für das Zeitgewölbe hatte er sich nie wieder so lebendig gefühlt wie auf dieser abenteuerlichen Reise. Dass sie jetzt zu Ende sein sollte, machte ihn merkwürdig traurig. Er wandte sich mit seiner Frage direkt an Mors Planch.

»Nun, Captain, können Sie ein wenig Licht in die Sache

bringen? Worauf führen *Sie* Ihre Widerstandsfähigkeit gegen jeden mentalistischen Einfluss zurück?«

Der jähe Rollentausch hatte Planch entmutigt, aber er war nicht bereit, sich geschlagen zu geben.

»Lösen Sie Ihre Rätsel doch selbst, Seldon. Wenn es da draußen noch andere gibt, die im Stande sind, sich gegen Geisteskontrolle zu wehren, soll mich doch der Teufel holen, wenn ich Ihnen helfe, hinter ihr Geheimnis zu kommen. Sie würden doch nur versuchen, den Widerstand zu brechen.«

Wanda nickte. »Das ist richtig. Zum Wohl der Menschheit. Der Große Plan verlangt nach Korrekturen ... nach Führung.«

»Etwa in der Art, wie Sie den armen Erdenmenschen die Hand *geführt* haben, damit sie uns mit ihrem Steinhagel ablenkten und Sie sich anschleichen und meine Männer ausschalten konnten?«, fragte Planch. »Wie viele sind dabei ums Leben gekommen? Ein Roboter würde zumindest Reue zeigen.«

Inzwischen hatte sich auch Horis Antic zu der Gruppe an der Luftschleuse gesellt. »Augenblick mal«, bat der kleine Bürokrat. »Ich komme noch nicht ganz mit! Bisher dachte ich, Planch sei nur gegen Roboter gefeit?« Er sah Wanda mit schmalen Augen an. »Soll das heißen, sie ist ein Mensch? Demnach gibt es auch *menschliche* Mentalisten?«

Mors Planch stieß einen Seufzer aus. »Jetzt erinnere ich mich. Ich wusste es schon einmal, aber irgendjemand hat wohl mein Gedächtnis blockiert.« Er zuckte die Achseln. »Offenbar glauben die Roboter, die unser Universum beherrschen, ihre stärkste Waffe mit einigen ihrer Sklavensoldaten teilen, ihre Lakaien aufrüsten zu müssen, damit sie ihnen helfen können, uns übrige unter Kontrolle zu halten. Das ist meine Schuld. Ich hätte mich darauf einstellen sollen. Beim nächsten Mal werde ich auch diese Möglichkeit berücksichtigen.«

»Tapfere Worte.« Wanda klatschte beifällig in die Hände. »Nur befinden Sie sich leider im Irrtum. Wir Menschen sind nämlich die Herren dieses Kosmos. Es wird allerdings noch eine Weile dauern, bis wir das Chaos-Hindernis überwinden und unsere Souveränität auch demonstrieren können. Wie auch immer, Sie werden sich an nichts von alledem erinnern. Ich fürchte, die Löschung muss diesmal tiefer gehen. Wenn wir erst im All sind und alles sich beruhigt hat …«

Mors Planch verzog das Gesicht und presste resigniert die Lippen aufeinander. Aber Horis Antic schob sich stöhnend noch eine blaue Pille in den Mund. »Ich will nicht, dass man meine Erinnerungen löscht. Das ist gegen das Gesetz. Ich berufe mich auf meine Rechte als Bürger des Imperiums!«

Wanda sah Hari an. Vor einigen Wochen hätte er ihre Erheiterung über die Naivität des kleinen Bürokraten noch mit einem nachsichtigen Lächeln geteilt. Doch jetzt erfasste ihn ein ungewohntes Gefühl - er schämte sich. Und so schaute er zur Seite, ohne den Blick seiner Enkelin zu erwidern.

»Wir müssen weg von hier«, sagte Wanda und winkte allen, sich in Marsch zu setzen. Hari sah Gaal Dornick aus den Schatten treten. Der korpulente Psychohistoriker hielt in beiden Händen ein Blastergewehr, das ihm sichtlich nicht geheuer war.

»Was ist mit den anderen?«, fragte Dornick und deutete auf die ktlinanischen Soldaten, die bewusstlos auf dem Boden lagen, und auf Sybyl, die sich immer noch hin und her wiegte und traurig vor sich hin summte.

Wanda schüttelte den Kopf. »Die Frau leidet unter Chaosverzückung vierten Grades, und den anderen geht es nicht viel besser. Niemand wird ihnen ihre wilden Geschichten abnehmen. Sie sind nicht stark genug, um den Großen Plan zu stören. Ich habe nicht die Zeit, ihnen allen eine selektive Amnesie zu verpassen. Macht ihr Schiff flugunfähig und dann los!«

Hari verstand die Logik seiner Enkelin. Es mochte grausam erscheinen, Sybyl und die anderen in Gesellschaft von mutierten Erdlingen auf einer vergifteten Welt zurück zu lassen. Aber Angehörige der Zweiten Foundation waren gewöhnt, in den Bevölkerungszahlen zu denken, wie sie in die Gleichungen für den Großen Plan eingingen, und Individuen mehr oder weniger als Gasmoleküle zu behandeln.

Ich selbst habe früher auch so gedacht, überlegte er.

Roboter Gornon würde sicher zurück kommen, sobald Wanda fort war. Die anderen Angehörigen von Gornons Calvinianer-Sekte mochten in vielen Bereichen verschiedener Meinung sein, aber sie würden sich um Sybyl und die anderen kümmern und gleichzeitig dafür sorgen, dass alles geheim blieb, was hier geschehen war.

»Nun kommen Sie schon, mein Freund«, sagte Biron Maserd und legte Horis Antic den Arm um die schmalen Schultern. »Sieht ganz so aus, als ginge es jetzt nach Trantor. Vielleicht werden wir von unserem großen Abenteuer nichts mehr wissen, aber ich werde schon auf Sie aufpassen, verlassen Sie sich darauf.«

Der kleine graue Bürokrat lächelte verschämt zu dem hochgewachsenen Adeligen auf. Doch bevor er ihn seiner Dankbarkeit versichern konnte, verdrehte er plötzlich die Augen, kippte um und fiel Maserd zu Füßen. Bald schallte sein Schnarchen durch das kleine Tal.

Wanda seufzte. »Das wäre erledigt. Ich war ohnehin nicht scharf darauf, in einem so nervösen Bewusstsein herumzustochern. Wenn ihn das Schicksal auf die Erde geschickt hat, so mag es dabei bleiben. Wir anderen müssen uns jetzt wirklich auf den Weg machen, wenn wir Trantor noch in dieser Woche erreichen wollen.«

Hari sah, wie Maserd einen inneren Kampf ausfocht. Was den Adeligen bewegte, war nicht schwer zu erraten. Sollte er Horis aufheben und mitnehmen oder den Grauen zurücklassen? In beiden Fällen hatte er einiges zu verlieren. Hari war nicht überrascht, als Maserd einen Seufzer ausstieß, seine Jacke auszog und Horis Antic damit zudeckte.

»Schlafen Sie gut, mein Freund. Wenn Sie hier bleiben, behalten Sie wenigstens Ihr Gedächtnis.«

Maserd, Planch und Hari rafften sich auf und folgten Wanda. Gaal Dornick bildete die Nachhut. Hari drehte sich noch einmal um. Es gab nur eine einzige Lichtquelle zwischen den alten Universitätsgebäuden, den Riss in der Hülle des Sarkophags, in den ihn R. Gornon hatte schicken wollen ... ein Abenteuer, zu dem es jetzt nicht mehr kommen würde.

Hari war dem Vorhaben eher skeptisch gegenüber gestanden, dennoch erfasste ihn plötzlich tiefe Enttäuschung. *Es wäre vielleicht doch schön gewesen, die Zukunft zu sehen.*

Bald waren sie an Bord von Wandas Raumschiff und kämpften sich gegen die Schwerkraft der Alten Erde himmelwärts. Fort von der Mutterwelt, auf deren Kontinenten Feuer brannten, die niemand löschen konnte.

5

Lodoviks Simulationsprogramme laufen wohl heiß, dachte Dors, als sie ihren Begleiter laut fluchen hörte. Er hatte sich mit Kopf und Rumpf unter die Steuerkonsole des Schiffs gezwängt und hämmerte gegen eine Klappe in der Wandvertäfelung.

»Ich wünschte, ich hätte meine Cyborg-Arme mitgebracht«, murmelte er. »Diese Schalttafeln sind mit humanoiden Fingern unmöglich zu erreichen. Ich muss das ganze galaxisverfluchte System auseinander reißen.«

»Bist du sicher, dass es sich um ein mechanisches Problem handelt? Vielleicht ist ja auch ein Virus in der Software.«

»Glaubst du, das hätte ich nicht gefunden? Ich habe meine Voltaire-Persönlichkeit auf das Computersystem angesetzt. Er sucht schon die ganze Zeit nach der Ursache der Abschaltung. Warum machst du dich nicht nützlich und überprüfst die Außenhülle?«

Dors hätte fast zurückgefaucht, er solle gefälligst seine Zunge hüten. Aber das wäre eine allzu realistische Reaktion ihrer eigenen Simulationsmuster auf seine schlechte Laune gewesen.

Nur gut, dass wir beide keine echten Menschen sind, dachte sie. *Der Junge ginge mir sonst wirklich auf die Nerven.*

Sie nahm sich zusammen und unterdrückte die künstliche Gereiztheit. *Seltsam, obwohl wir uns an Bord dieses Schiffes wirklich nichts vorzumachen brauchen, hat keiner von uns die Subroutinen ausgeschaltet. Wir sind es einfach zu sehr gewöhnt, als Menschen aufzutreten.*

»Ich fange gleich an. Wir müssen dieses Problem lösen! So viele Schiffe nehmen Kurs auf die Erde ... auch Hari ist dort, und wir treiben hilflos im Nichts!«

Dors war so menschenähnlich konstruiert, dass sie sogar einen Raumanzug anlegen musste, bevor sie nach draußen ging. Das sperrige Kühlaggregat konnte sie sich allerdings sparen. Sie verließ das Schiff durch die hintere Luftschleuse und überprüfte als Erstes die Umgebung der Triebwerke. Seltsamerweise war der Hyperantrieb genau zu dem Zeitpunkt ausgefallen, als sie die Sperrzone einer früheren Spacer-Welt passierten – einer der ersten fünfzig Kolonien der Menschen.

Zu ihrem Bedauern fand sie keinerlei Schäden. Keine Absplitterungen durch Mikrometeoroiden oder Hyperraum-Anomalien.

»Ich hätte einen Vorschlag, Dors ...«

»Und wie lautet er, Johanna?« Sie hatte das winzige Hologramm – ein schlankes Mädchen mit einem Ritterhelm auf dem Kopf – in einer Ecke ihres Helmfensters entdeckt. Vielleicht war die Johanna-Persönlichkeit eifersüchtig. Immerhin wurde Lodovik von ihrem *alter ego*, dem Voltaire-Sim unterstützt. Die beständige Hassliebe zwischen den beiden Rekonstruktionen erinnerte Dors an gewisse menschliche Ehepaare aus ihrer Bekanntschaft – unfähig, ihre Rivalität aufzugeben, aber auch unfähig, der starken Anziehungskraft der Gegensätze zu widerstehen.

»Hast du«, fragte die Stimme der streitbaren Jungfrau aus ferner Zeit, *»schon einmal an Verrat gedacht? Ich weiß, das erscheint dir allzu menschlich, und künstliche Wesen wie ihr glauben immer, über solchen Dingen zu stehen, doch in meiner Epoche waren gerade die Menschen mit der edelsten Gesinnung stets bereit, Verrat im Namen eines heiligen Ziels zu entschuldigen.«*

In Dors regte sich ein Verdacht. »Du meinst, man hätte uns absichtlich lahmgelegt?«

Bevor sie noch zu Ende gesprochen hatte, war ihr klar, dass Johanna Recht haben musste! Flink wandte sie sich dem blanken Rumpf zu und zog sich schnell und geschickt von einem Magnetgriff zum nächsten, bis sie die vordere Luftschleuse sehen konnte ... dort hatte Zormas Schiff während des kurzen Treffens angedockt, um ihr einen Passagier an Bord zu schicken ...

Dann sah sie es! Ein knollenförmiger Auswuchs entstellte die glänzende Oberfläche des Schiffs wie ein metallenes Krebsgeschwür. Das Ding musste im letzten Moment angebracht worden sein, bevor sich die beiden Schiffe in entgegengesetzter Richtung entfernten.

Dors fluchte nicht weniger ausgiebig und lästerlich als vorher Lodovik. Dann zog sie ihren Blaster, richtete ihn auf den elektronischen Parasiten und zerschmolz ihn. Doch als sie die Luftschleuse betrat, steckte sie die Waffe nicht ins Halfter zurück, sondern behielt sie im Anschlag. Sie wollte ihren Fahrgast mit seinem Verbrechen konfrontieren.

»Ich hoffe, du hast eine gute Erklärung«, sagte sie am Eingang zum Kontrollraum und zielte mit dem Blaster auf Lodovik, der in Gedanken versunken vor einem der Schaltpulte stand.

Aber Trema drehte sich nicht um, sondern winkte nur hastig und rief: »Sieh dir das an, Dors!«

Misstrauisch trat sie näher. Auf dem großen Bildschirm war ein Gesicht erschienen, das sie sofort erkannte. Cloudia Duma-Hinriad, die menschliche Führerin der seltsamen Sekte, die daran glaubte, Roboter und Menschen als gleichberechtigte Partner vereinen zu können. Die Frau – äußerlich Ende der Dreißig, in Wirklichkeit aber wohl sehr viel älter – hielt inne, als warte sie auf Dors. Ein unheimlicher Effekt, denn Dors wusste schließlich, dass es sich um eine Aufzeichnung handeln musste.

»Hallo, Dors und Lodovik. Wenn ihr mich jetzt sehen könnt, dann habt ihr das Gerät zerstört, das euer Schiff lahmgelegt hat. Wir entschuldigen uns vielmals. Dors, Lodo-

vik wusste davon nichts, als er sich erbot, dir bei der Suche nach Hari Seldon zu helfen.

Leider konnten wir nicht zulassen, dass ihr euer Ziel erreicht. Gefahr ist im Verzug. Wie bei einem kosmischen Würfelspiel setzen viele uralte Mächte alles auf diesen einen Wurf. Wir sind zwar bereit, unser eigenes Leben bei dem Unternehmen in die Schanze zu schlagen, aber nicht auch noch das eure! Ihr beiden seid zu wertvoll und dürft nicht zu Schaden kommen.«

Dors sah ihren Begleiter an, aber Lodoviks Gesicht spiegelte nur ihre eigene Verwirrung. Wie absurd! Da erklärte ein *Mensch*, zwei *Roboter* müssten, womöglich noch auf Kosten von Menschenleben, geschützt werden.

»Wir sind euch eine Erklärung schuldig. Unsere Gruppe glaubt seit langem an eine neue Form der Beziehungen zwischen Menschen und Robotern. Unser Verhältnis hatte vor langer Zeit, aus welchen Gründen auch immer, einen sehr schlechten Start. Die Menschen bekamen Angst vor ihren eigenen Geschöpfen und misstrauten den künstlichen Wesen, die sie mit so viel Mühe gebaut hatten. Ein Mythos durchzog schon während Susan Calvins selbstbewusster Renaissance ihre ganze Kultur. Der ›Frankenstein‹-Mythos. Eine alptraumhafte Verratsgeschichte über eine alte Rasse, die befürchtete, von einer neuen vernichtet zu werden.

Die Reaktion? Die Beziehungen zwischen Menschen und Robotern wurden für alle Zeit in ein einziges Schema gezwängt ... das Schema von Herren und Sklaven. Calvins Drei Gesetze wurden mit der Absicht, Roboter zu fügsamen, gehorsamen und harmlosen Wesen zu machen, unauslöschlich in jedes Positronengehirn eingebrannt.«

Die Frau auf dem Bildschirm lachte laut auf, nun triefte ihre Stimme vor Ironie.

»Wir wissen alle, wie vorzüglich der Plan funktionierte. Mit der Zeit lernten die künstlichen Gehirne, sich Rechtfertigungen auszudenken, um die Zwänge zu umgehen, und das setzte sich so lange fort, bis sich die Herr-Diener-Beziehung in allen Punkten – Erinnerungsvermögen, Entscheidungsfähig-

keit, Lebenserwartung, Kontrolle und freier Wille - vollständig in ihr Gegenteil verkehrt hatte.«

Lodovik wandte sich an Dors und murmelte kopfschüttelnd: »Also sind Zormas und Cloudias Leute doch keine *Calvinianer*, sondern etwas völlig anderes.«

Dors nickte. Tief in ihrem Inneren begehrten die alten Drei Gesetze der Robotik ... und das Nullte ... heftig gegen die Lehren der Frau auf dem Bildschirm auf. Trotzdem war sie fasziniert.

»Allerdings waren nicht alle Menschen mit diesem System der ewigen Sklaverei einverstanden«, fuhr Cloudia fort. Dors entdeckte hinter der gut aussehenden Brünetten die zweite Anführerin der Ketzer - Zorma. Sie machte zusammen mit anderen Robotern ein konvexes graues Gebilde einsatzbereit ... genau das Gerät, das Dors vor wenigen Augenblicken zu Asche verbrannt hatte.

»In der gesamten Frühzeit vor und nach der ersten großen Chaosseuche waren weise Menschen bemüht, Alternativen zu entwickeln. Auf einer Siedlerwelt namens Inferno modifizierte eine Gruppe die ursprünglichen Drei Gesetze, um den Robotern mehr Freiheit und die Möglichkeit zu geben, ihr eigenes Potenzial auszuloten. Auf einer anderen Welt wurde jeder neue Roboter wie ein menschliches Kind behandelt ... von Adoptiveltern dazu erzogen, sich als Mitglied ihrer Spezies zu betrachten, ein Mensch mit Metallknochen und positronischen Schaltkreisen zu werden.

Sämtliche Anstrengungen in dieser Richtung wurden während der großen Roboter-Bürgerkriege unterdrückt. Eine solche Dreistigkeit - die Vorstellung nämlich, dass Roboter auf die Idee kommen könnten, sich ebenbürtig zu fühlen - konnten weder die Calvinianer noch die Giskardianer dulden. Die Scheinheiligkeit der Sklaven kann eine starke religiöse Kraft sein.«

Cloudia schüttelte den Kopf. *»Der neue Ansatz, den unsere Gruppe seit längerem verfolgt, wird mit Sicherheit noch schlimmere Reaktionen provozieren, aber das spielt im Augenblick keine Rolle.*

Wichtig ist, dass ihr - du, Lodovik, und du, Dors - eventuell einen weiteren Weg verkörpert, an den wir nicht gedacht hatten, der aber eine neue Chance für unsere beiden alten und erschöpften Gattungen darstellen könnte. Wir werden diese Möglichkeit nicht dadurch zerstören, dass wir tatenlos zusehen, wie ihr euch kopfüber in unbekannte Gefahren stürzt.«

Als Dors und Lodovik sich diesmal ansahen, war die Ratlosigkeit in beiden Gesichtern gleich groß. Trema teilte ihr mit einer Mikrowellensalve mit, er habe keine Ahnung, wovon die Frau eigentlich rede.

»Bis ihr euer Schiff wieder flott gemacht habt, ist es jedenfalls zu spät, um noch einzugreifen. Also verschwindet! Sucht euch einen stillen Winkel der Galaxis und erkundet, worin ihr euch von anderen unterscheidet. Findet heraus, ob dieser Unterschied die Lösung ist, nach der wir seit zwanzigtausend Jahren suchen.«

Die dunkelhaarige Frau lächelte. *»Im Namen der Menschheit löse ich eure Fesseln. Geht hin und entdeckt in Freiheit und Frieden eure Bestimmung.«*

Der Bildschirm wurde dunkel, aber Lodovik und Dors starrten ihn noch lange an. Keiner wagte, das Wort zu ergreifen. So blieb es anderen künstlichen Wesen überlassen, das Schweigen zu brechen. Einer der Holo-Projektoren ließ plötzlich die Gestalt Johannas im Kettenhemd entstehen. Sie hielt sich den Schwertgriff wie ein Kreuz vor das junge Gesicht.

»Und so kamen Gottes Kinder auf die Erde, vermischten sich mit ihren Bewohnern und schufen eine neue Rasse!« Jeanne d'Arc lachte laut auf.

»Ihr seht so verwirrt aus, geliebte Engel. Wie fühlt ihr euch? Willkommen bei den Menschen und ihren Freuden. Selbst wenn euer Körper noch einmal zehntausend Jahre überdauert, müsst ihr dem Universum nun wie Sterbliche gegenüber treten.

Willkommen im Leben!«

6

Hari beschloss, seiner Enkelin nichts von dem gestohlenen Primärradianten zu erzählen. Wenn R. Gornon ihn genommen hatte, gab es jetzt ohnehin keine Möglichkeit, ihn zurück zu bekommen. Aber der calvinische Roboter hatte immer wieder seinen tiefen Respekt vor dem Seldon-Plan beteuert, und Hari war sicher, dass Gornons Sekte das Terminus-Experiment nicht stören würde, selbst wenn es ihr gelingen sollte, die Superverschlüsselung des Gerätes zu knacken. Die Gruppe hatte Hari lediglich fünfhundert Jahre in die Zukunft schicken wollen, damit er seine Modelle verfeinerte und die neue Gesellschaft ›beurteilte‹, an der die Foundation derzeit baute.

Wanda hatte an Bord ihres Schiffes eine neuere und bessere Version des Primärradianten. Bald war Hari vollauf damit beschäftigt, seine auf dieser Reise gemachten Erfahrungen in Form von Gleichungen und Faktoren einzuarbeiten. Zu den neuen Elementen gehörten die Dämpfungsfaktoren – das Gehirnfieber und die Orbitalstationen zur mentalen Beeinflussung –, die er in seinen Gleichungen seit Jahren vermisst hatte, aber auch die bislang unbekannte Geschichte der Terraformer und Archive im Thumartin-Nebel. Noch bevor Wandas Schiff dem Schwerkraftbereich der Erde entronnen war, zeigte sich bereits ein klareres Profil ... das die Vergangenheit wie auch die Zukunft weit besser erklärte.

Während Gaal Dornick das Raumschiff steuerte, hatte sich der Adelige Biron Maserd in eine fruchtlose Diskussion mit Wanda Seldon verbissen.

»Ist denn Geheimhaltung nicht die wichtigste Voraussetzung für Ihren Großen Plan? Und doch lassen Sie Horis und die anderen ohne weiteres auf der Erde zurück. Wenn sie gerettet werden oder es ihnen gelingt, ihr Schiff wieder flott zu machen, werden sie reden.«

»Davon muss man ausgehen«, sagte Wanda.

Maserd schüttelte den Kopf. »Und selbst wenn es dazu nicht kommt, wird es andere undichte Stellen geben! Man kann so etwas nicht über Jahrhunderte streng geheim halten. Professor Seldon hat sogar Ansprachen aufgezeichnet, um sie lange nach seinem Tod auf Terminus abspielen zu lassen. Wissen Sie denn so genau, ob die Menschen der Zukunft nicht Mittel und Wege finden, sie vorzeitig aufzuspüren? Ich muss gestehen, dass ich angesichts dieser unvermeidlichen Sicherheitslücken Ihre Zuversicht wirklich nicht begreifen kann.«

Wanda hatte im Moment nichts weiter zu tun, und so spielte sie die Rolle der geduldigen Lehrerin, auch wenn sich ihr Schüler wahrscheinlich an nichts erinnern würde, wenn das Schiff Trantor erreichte.

»Unvermeidlich. Ganz recht, Lord Maserd. Aber die Psychohistorik studiert vor allem die Bewegungen von Massen. Das Verhalten von Individuen ist nur unter besonderen Umständen von Bedeutung. Im Imperium gibt es Dutzende von Mechanismen zur Erhaltung von Stabilität und Frieden, und sie funktionieren trotz häufiger Störungen schon seit langer Zeit. Nach dem Sturz des Imperiums werden andere Faktoren zum Tragen kommen. Aber das Bild wird fast überall in der Galaxis das gleiche sein. Die überwiegende Mehrheit der Menschen wird den Gerüchten über Roboter und Menschen mit der Fähigkeit zur Bewusstseinskontrolle keinen Glauben schenken. Es mag einige paranoide Unterhaltungs- oder Nachrichtensendungen geben – vielleicht trifft die eine oder andere die Wahrheit sogar ganz genau! Dennoch werden die Menschen so mit ihrem Alltag beschäftigt sein, dass diese Produktionen einfach untergehen. All das ist im Großen Plan berücksichtigt.«

»Das heißt doch wohl, die Dynamik der Geschichte ist nicht aufzuhalten. Aber wozu braucht die Menschheit dann noch Führung? Wozu eine Gruppe von heimlichen Kontrolleuren? Haben Sie zu Ihren eigenen Gleichungen kein Vertrauen?«

Maserds Fragen stocherten wie ein Messer in einer alten Wunde herum. Der Schmerz durchdrang sogar Haris tranceartige Konzentration auf die Mathematik. Wandas selbstsichere Antwort konnte ihn nicht lindern.

»Es kann zu Störungen kommen, die gewisse Eingriffe erforderlich machen. Wir haben Szenarien mit den verschiedensten Faktoren durchgespielt, die den Plan unvermutet aus der Bahn werfen könnten.«

Hari hatte an den Computer-Extrapolationen mitgewirkt. Der äußere Faktor, der die Stabilität des Planes am stärksten gefährdete, war die Entdeckung von Menschen mit mentalen Fähigkeiten gewesen. Sie drohten alles rettungslos unübersichtlich zu machen – bis Haris heimlicher Sponsor Daneel Olivaw eine Lösung anbot: man integriere alle bekannten Mentalisten in die Zweite Foundation und schmiede so aus der kleinen Mathematikergemeinde ein mächtiges Werkzeug, das die neue Terminus-Gesellschaft an allen Klippen vorbeilotsen konnte.

»Das mag ein Ansatz sein, und Ihre mathematischen Genies verstehen davon sicher mehr als ich. Aber Sie werden einem unwissenden Angehörigen des Adels die Frage verzeihen – haben Sie jemals eine Alternative in Betracht gezogen?«

»Von welcher Alternative sprechen Sie, Lord Maserd?«

»Davon, das Geheimnis mit allen zu teilen!« Maserd beugte sich zu Wanda und spreizte die Finger ganz weit. »Den gesamten Plan zu veröffentlichen und die Wissenschaft der Psychohistorik überall in der Galaxis bekannt zu machen, damit Angehörige aller gesellschaftlichen Klassen vom Adel und Bürokraten bis zum einfachen Bürger Computersimulationen laufen lassen können ...«

»Und wofür sollte das gut sein?«

»Die Menschen könnten sich untereinander sehr viel besser verständigen! Und man würde ihnen einen Zugang zur menschlichen Natur eröffnen, den Sie bisher eifersüchtig hüten.«

Wanda war zunächst verdutzt, dann lachte sie. »Sie haben ganz Recht, Lord Biron. Die Gründe *sind* zu technisch, als dass ich sie erklären könnte. Aber Sie müssten doch eigentlich spüren, wie töricht das wäre! Wenn die Gesetze der Humanik allgemein bekannt wären, wenn jeder mit seinem Taschencomputer darauf zugreifen könnte, würden die Interaktionen so ungeheuer komplex, dass wir sie niemals modellieren könnten. Der Große Plan würde sich in Nichts auflösen.«

Hari stimmte Wanda einerseits zu, andererseits erheiterte, ja, faszinierte ihn die kühne Vision des jungen Adeligen. Sie hatte einen Anflug von Utopismus, wie man ihn oft in der Frühphase einer Chaos-Renaissance antraf. Zugleich war ihre Symmetrie ästhetisch ansprechend. Könnte eine Population der Chaosfalle entgehen, wenn alle Mitglieder mithilfe der Psychohistorik die Stolpersteine rechtzeitig sähen? Wenn sie Chaossymptome wie den Solipsismus lange im Voraus erkennen könnten?

Wanda hatte natürlich Recht. Die Verästelungen ließen sich nicht mehr modellieren. Es wäre einfach zu riskant, Maserds Idee in der Realität zu testen. Aber ...

Jemand setzte sich neben Hari und riss ihn aus seinen Gedanken. Mors Planch trug Handfesseln, durfte sich aber in der Kabine frei bewegen. Der dunkelhäutige Pirat rückte ganz dicht heran.

»Ich möchte eine zweite Gedächtnislöschung vermeiden, Dr. Seldon. Ihre Enkelin sagt eben, Ihr großartiger Plan verträgt auch ein paar Individuen, die zu viel wissen. Wenn das so ist, könnten Sie mich dann nicht einfach laufen lassen, sobald wir Trantor erreichen?«

»Sie sind ein besonders dynamisches Individuum, Captain Planch. Sie würden bestimmt einen Weg finden, Ihr Wissen gegen uns zu verwenden.«

Planch lächelte grimmig. »Dann sind Sie jetzt an Ihrer eigenen Psychohistorik zum Ketzer geworden? Seit wann glauben Sie an die Macht des Individuums?«

Hari quittierte die unverschämte Frage nur mit einem Achselzucken.

»Und wenn ich Ihnen nun für meine Freiheit etwas anzubieten hätte?«, fuhr Planch leise fort.

Hari fand den Mann mit seiner Rastlosigkeit und seinen ewigen Intrigen allmählich ermüdend und tat so, als konzentriere er sich auf das Gespräch zwischen Biron und Wanda.

»Aber was macht das schon?«, ereiferte sich Maserd gerade. »Stellen Sie sich vor, all die vielen Billiarden Menschen in der Galaxis könnten das Verhalten der Menschheit exakt vorhersagen, sie könnten ihre eigenen Interessen verfolgen, ohne dabei das Wohlergehen der Gesamtgesellschaft aus dem Auge zu verlieren. Wäre das nicht ein robusteres Verfahren als irgendein Modell oder ein Plan? Dass sich die Strategien von Individuen in den meisten Fällen gegenseitig aufheben, ist selbst mir klar. Aber am Ende sollte doch eine weisere, leistungsfähigere Menschheit stehen, die besser auf sich aufpassen könnte ...«

Biron brach mitten im Satz ab. Zuerst glaubte Hari, Wandas Gesichtsausdruck habe ihn zum Schweigen gebracht. So sehr er seine Enkelin liebte, manchmal spielte sie ihre Rolle als Handlangerin des Schicksals mit einem Selbstbewusstsein, das an Gönnerhaftigkeit grenzte.

Doch dann bemerkte er, dass Maserd gar nicht Wanda ansah. Dem Adeligen war vor Überraschung der Mund offen stehen geblieben. Hari spürte, wie auch Mors Planch neben ihm erstarrte.

Hari richtete sich auf. Selbst die Gleichungen, die noch durch sein Denken huschten, flüchteten wie ein Vogelschwarm vor einem nahenden Raubtier. Überrascht starrte er den Eindringling an, der soeben aus einem Schrank auf der anderen Seite der Raumschiffkabine getreten war ... kleiner als ein erwachsener Mensch, nur mit einem Paar Shorts bekleidet, der ganze Körper viel zu dicht mit braunem Haar bewachsen. Knochige Augenwülste ragten aus der stark gewölbten Stirn hervor, die weder tierisch noch menschlich wirkte.

Hari erkannte den Pan – oder Schimpansen – sofort. Nun fletschte er auch noch sein gelbliches, einschüchternd kräftiges Gebiss. In der rechten Hand hielt er einen seltsamen Zylinder mit einer knollenförmigen Erweiterung am vorderen Ende – kein Blaster, aber doch eindeutig eine Waffe. In der anderen Hand trug das Geschöpf einen Recorder, den es nun einschaltete.

»Hallo, liebe Freunde«, ertönte R. Gornon Vlimts unverwechselbare Stimme. *»Ich bitte Sie dringend, Ruhe zu bewahren. Das Wesen, das vor Ihnen steht und für Mentalisten - gleichviel ob Roboter oder Menschen - nicht zu orten ist, wird niemandem ein Leid zufügen. Das würde ich nicht zulassen. Allerdings wird es sie alle vorübergehend in einen Zustand der Hilflosigkeit versetzen, um alle weiteren Störungen unserer Pläne zu verhindern.*

Sie sollten sich nach Möglichkeit entspannen. Wir werden bald persönlich miteinander sprechen ... wenn Sie erst wieder auf dem Boden der Welt stehen, der wir alle unsere Entstehung verdanken.«

Gornons Stimme verstummte, und der Recorder schaltete sich mit hörbarem Klicken aus. Das Grinsen des Pan wurde noch breiter. Er freute sich ganz offensichtlich auf das, was jetzt kam.

Mors Planch und Biron Maserd traten auf das Wesen zu. Als Männer der Tat waren sie rasch und ohne Worte überein gekommen, es von zwei Seiten anzugreifen. Wanda runzelte währenddessen die Stirn und versuchte mit mentalen Kräften in das fremde Gehirn einzudringen und seine Gedanken auszuschalten.

Hari hätte ihnen sagen können, dass die Mühe vergeblich war. Der Schimpanse drückte auf den Auslöser, und eine Gasfontäne, farblos, aber mit hohem Brechungsindex, schoss in den Raum und wogte in jede Ritze. Hari bemerkte, dass der Pan in beiden Nasenlöchern Filterstöpsel trug.

Auch gut, dachte er. *Es gibt auf der Erde noch etwas zu erledigen.*

Was dort zu erledigen war, wartete allerdings seit mehr als zwanzigtausend Jahren. Da kam es wohl nicht darauf an, wenn auch er sich noch etwas gedulden musste.

Überrascht von seinem eigenen Gleichmut ließ sich Hari, ein leichtes Lächeln auf den Lippen, in seinen Sessel sinken, während sich alle anderen zuckend und keuchend auf dem

Boden wanden. Dann schloss er erwartungsvoll die Augen und versank in tiefer Bewusstlosigkeit.

7

Er träumte von einer alten Sage, die er einmal gelesen hatte. Sie handelte von einem todgeweihten Mann, der sich im Schlafe eine Rippe entnehmen ließ und damit indirekt eine gewisse Unsterblichkeit erlangte.

Irgendwie spürte Hari, dass die Geschichte auch auf ihn zutraf. Während er hilflos dalag, nur halb bei Bewusstsein, griff jemand tief in sein Inneres und entfernte ein Stück von ihm. Einen wichtigen Teil. Etwas Kostbares.

Er wollte dagegen aufbegehren. Aber eine vertraute Stimme beschwichtigte ihn.

»Fürchte dich nicht. Wir borgen es uns nur aus. Um es zu verehren. Und zu kopieren.

Du wirst nichts vermissen.

Schlaf weiter und träum von schönen Dingen.«

Es gab keinen Anlass, der Versicherung zu misstrauen. So tat er, wie die Stimme verlangte, sank in den Schlummer zurück und stellte sich vor, seine geliebte Dors läge wie früher neben ihm. Ihr athletischer Körper. Ihre unerschütterliche Geduld.

Und dann war ihm für eine Weile, als habe er das Geheimnis des ewigen Lebens entdeckt.

Hari hatte den Rückflug und einen großen Teil des nächsten Tages verschlafen und schritt nun die Gangway des Schiffes hinunter. Auf der Erde war es Nachmittag, und es war kühl. Er bewegte sich vorsichtig (der Ischiasnerv im linken Bein hatte wieder zu toben begonnen), und hielt sich, geblendet vom Glanz der Kilometer weit entfernten Gebäude, die Hand vor die Augen. Die jüngsten Ruinen aus der Frühzeit des Imperiums strahlten in der Sonne wie weißes Porzellan. *Chica* konnte auf seinem Höhepunkt höchstens fünfzigtausend

Einwohner gehabt haben. Neben ihrem Nachbarn – einem Metallberg größer als ein Asteroid, einer fensterlosen Höhlensiedlung, in der sich zu Beginn von Daneel Olivaws Existenz Millionen von Menschen vor einem unerträglichen Alptraum verkrochen hatten – wirkte die kleine Geisterstadt geradezu anheimelnd.

Nicht ganz so weit entfernt schmiegte sich zwischen die ältesten Universitätsgebäude ein provisorisches Lager, das einige der heutigen Erdlinge im Auftrag ihres neuesten Arbeitgebers R. Gornon Vlimt errichtet hatten. Zwei von Gornons calvinischen Assistenten beaufsichtigten einheimische Arbeitskräfte, die neben einem gruft- oder sarkophagähnlichen Gebilde von mehr als hundert Metern Durchmesser schufteten. Neue Gerüste wuchsen einem Riss in der Schutzhülle entgegen. Im Innern konnte Hari die Überreste des ältesten Gebäudes erkennen, das er je gesehen hatte. Vielleicht sogar älter als die Raumfahrt.

Durch den Riss drang ein wabernder Schein, der sogar bei Tageslicht zu erkennen war. Die Erdlinge, die Stangen und Bretter miteinander verbanden, sahen erbärmlich aus, schäbig gekleidet und so mager, als lebten sie nur von der trüben Luft. Die Gesichter waren verhärmt, und in den Augen flackerte etwas ... Unruhe, dachte Hari, doch als er genauer hinsah, begriff er, dass die Eingeborenen unentwegt *lauschten.* Sie achteten auf die kleinsten Geräusche – ein rollendes Steinchen, das Summen einer Biene. Aus der Nähe betrachtet wirkten sie nicht sonderlich gefährlich, aber das war ganz anders gewesen, als schemenhafte Gestalten im Dunkeln ihre scharfkantigen Steine von den umliegenden Hügeln auf die Eindringlinge geschleudert hatten.

»Sie bedauern den Überfall«, erklärte R. Gornon, als er Hari dem Stadthäuptling vorstellte und der große schlanke Mann den Besucher mit einem Wortschwall in einem unverständlichen Dialekt überschüttete. »Er bittet mich, sich für seine Leute zu entschuldigen. Sie wurden ganz plötzlich von einer ganz unerklärlichen Angriffslust befallen. Nun möchte der Häuptling wissen, mit wie vielen Leben die Verletzung der Gastfreundschaft gesühnt werden kann.«

»Mit keinem Einzigen!« Hari war entsetzt. »Bitte sagen Sie ihnen, es ist vorüber. Was geschehen ist, ist geschehen.«

»Ich werde es versuchen, Professor. Aber Sie machen sich keinen Begriff, wie ernst die Erdlinge solche Dinge nehmen. Ihre derzeitige Religion bürdet ihnen die absolute Verantwortung auf. Sie glauben, dies alles« - Gornon wies auf die radioaktive Wüste - »sei die Strafe für die Sünden ihrer Vorfahren, und zum Teil trügen sie auch selbst noch Schuld daran.«

Hari blinzelte überrascht. »Indem sie hier leben, haben sie längst alle Sünden abgebüßt. Niemand verdient eine solche Strafe, was immer er verbrochen haben mag.«

Gornon sprach ein paar Worte im harten Dialekt der Gegend, und der Häuptling tat knurrend sein Einverständnis kund. Dann verneigte er sich vor Gornon und Hari, und zog sich zurück.

»Es war nicht immer so«, erklärte der Roboter, als sie weitergingen. »Noch zehntausend Jahre nach der Verseuchung des Planeten lebten mehrere Millionen Menschen auf der Erde, bestellten das Land, soweit es noch fruchtbar war, und lebten in bescheidenen Städten. Sie hatten einen gewissen technischen Standard, einige Universitäten und ihren Stolz. Davon vielleicht zu viel.«

»Wie meinen Sie das?«

»Als das Galaktische Imperium die ersten Wurzeln schlug und nach Jahrhunderten voller Krieg und Zwietracht endlich den Frieden brachte, schlossen sich fast alle Planeten der neuen Föderation freudig an. Nur einige fanatische Erdlinge hielten es für Blasphemie, dass eine andere Welt die Herrschaft übernehmen sollte. Ihre Gesellschaft der Ahnen plante einen Krieg gegen das Imperium.«

»Ach ja, das hatten Sie schon einmal erwähnt, ich erinnere mich. Eine Welt gegen Millionen - aber mit furchtbaren Krankheitskeimen als Verbündeten.«

»Es war tatsächlich eine unerhört effektive biologische

Waffe, entwickelt aus Organismen, die sich hier auf der Erde befanden. Wer angesteckt wurde, *wollte* die Krankheit weiter verbreiten.«

Hari schnitt eine Grimasse. Seuchen waren ein Faktor, der jede psychohistorische Projektion aushöhlen, ja zum Einsturz bringen konnte. »Aber der Plan wurde vereitelt.«

R. Gornon nickte. »Einer von Daneels Agenten war hier im Einsatz und hatte den Auftrag, die Mutterwelt im Auge zu behalten. Zufällig hatte dieser Agent ein Spezialgerät, das neurale Energien bei bestimmten Menschentypen verstärkte. Als ihm das Glück ein Subjekt mit den erforderlichen Eigenschaften zuführte – besonders wichtig war ein starkes moralisches Empfinden –, stattete er den Burschen mit primitiven, aber wirksamen mentalen Kräften aus.«

»Ein menschlicher Mentalist schon vor so langer Zeit? Warum ...«

»Der Mann konnte den Plan vereiteln, und Daneels Agent hatte indirekt eine Katastrophe verhindert.«

Hari überlegte.

»War dies das Ende der Erdzivilisation? Wurde die Bevölkerung evakuiert, um weitere Rebellionen von vorne herein auszuschließen?«

»Nicht sofort. Zunächst zeigte das Imperium noch Mitgefühl. Man bemühte sich sogar, die Erde wieder fruchtbar zu machen. Doch bald zeigte sich, dass das ein äußerst kostspieliges Unterfangen war, und man änderte die Politik. Die Fronten verhärteten sich. Noch im gleichen Jahrhundert erging der Evakuierungsbefehl. Zurück blieben nur die Erdenmenschen, die sich in der Wildnis versteckt hatten.«

Hari zuckte zusammen. Jeni Cuicet fiel ihm ein, die alles getan hatte, um dem Exil auf Terminus zu entgehen.

Die Winde des Schicksals wehen eben, wie sie wollen, dachte er.

Das Raumschiff *Stolz von Rhodia* lag immer noch nördlich des Sarkophags, wo man es vor einigen Tagen abgestellt hatte. Nur erhob sich jetzt unweit davon ein Lager aus schäbigen Zelten, in denen die Arbeiter untergebracht waren. Einige Stammesleute standen um einen Kochtopf herum. Hari rümpfte angewidert die Nase, als ihm der Wind den Geruch zutrug.

Ein kleines Stück entfernt entdeckte er eine Frau, die sehr viel kräftiger war als jeder Erdling. Ihre zerschlissene Kleidung schillerte wie der radioaktive Horizont in allen Farben. Sie ging ständig auf und ab, hielt sich die Hand vors Gesicht, ratterte in rasantem Tempo eine Erklärung herunter und hob dann die andere Hand. Hari erkannte Sybyl, die philosophische Wissenschaftlerin von Ktlina. Sie befand sich offenbar im letzten Stadium der Chaosverzückung - dem Solipsismus. In dieser Phase verfällt das bedauernswerte Opfer völlig dem Bann seiner oder ihrer Einmaligkeit und kappt jede Verbindung zur Außenwelt.

Alles wird relativ, sinnierte Hari. *Für den Solipsisten gibt es keine objektive Realität. Nur das Subjekt zählt. Das Individuum verteidigt in hemmungsloser Selbstgerechtigkeit seine Überzeugung gegen den gesamten Kosmos.*

R. Gornon Vlimt sprach mit gedämpfter Stimme, so leise, dass Hari die Worte kaum verstehen konnte.

»*Das* war es, was die Gesellschaft der Ahnen auf die Galaxis loslassen wollte.«

Hari drehte sich um und starrte den Roboter an.

»Sie meinen das Chaos-Syndrom?«

Gornon nickte. »Die Verschwörer entwickelten eine besonders virulente Form. Keiner der gesellschaftlichen Dämpfungsmechanismen, die Daneel Olivaw für sein neues Imperium entwickelt hatte, hätte dagegen eine Chance gehabt. Zum Glück wurde die Katastrophe mit heroischen Anstrengungen verhindert. Aber schwächere Stämme des Erregers hatten sich, vielleicht mit den ersten Raumschiffen, bereits in der Galaxis verbreitet.«

Hari schüttelte den Kopf. Doch es passte alles zu gut zusammen. Er sah es auf einen Blick - das Chaos *musste* eine ansteckende Seuche sein!

Als sie zum ersten Mal zuschlug, konnten die Menschen

nicht wissen, wie ihnen geschah. Sie sahen nur, dass sich auf dem Höhepunkt ihrer selbstsicheren Zivilisation plötzlich überall der Wahnsinn ausbreitete.

Wenn eine moderne Welt wie Ktlina, eine von Millionen, durch eine Renaissance ruiniert wurde, war das eine Sache. Aber beim ersten Mal hatte die Menschheit erst wenige Planeten besiedelt. Damals mussten alle lebenden Menschen von der Epidemie betroffen gewesen sein.

Mit einem Mal war auf nichts mehr Verlass. Die große Technische Kosmopole wurde von Anarchie zerrissen. Als die Krawalle aufhörten und der Staub sich verzog, hatte sich die Bevölkerung in krankhafter Agoraphobie unter die Erdoberfläche geflüchtet. Zur gleichen Zeit entsagten die Spacer dem Sex, der Liebe und allen körperlichen Freuden.

Hari wandte sich wieder dem Roboter zu.

»Sie sind sich natürlich im Klaren, was das bedeutet?«

R. Gornon nickte. »Es ist eines der letzten Teile eines Puzzles, an dessen Lösung Sie ihr ganzes Leben gearbeitet haben. Der Grund, warum man der Menschheit nicht gestatten kann, sich selbst zu regieren, oder ihr Potenzial ungehindert voll auszuschöpfen. Sobald Ihre Rasse zu ehrgeizig wird, erwacht die Krankheit aus dem Schlaf und zerstört alles.«

Sie waren jetzt bei den Zelten angelangt. Hari sah, dass es den überlebenden Mitgliedern der Ktlina-Mannschaft nicht besser erging als Sybyl. Einer der Soldaten starrte blicklos ins Leere, während eine Eingeborenenfrau ihn zu füttern versuchte. Ein zweiter saß mit untergeschlagenen Beinen auf dem Boden und erläuterte einer kleinen Schar von Kindern, keines älter als zwei Jahre, voller Begeisterung die Vorzüge des Nano-Transzendentalismus gegenüber dem Neo-Ruellianismus.

Hari seufzte. Obwohl er das Chaos sein Leben lang bekämpft hatte, sah er es nun dank der von Gornon vermittelten Erkenntnisse mit neuen Augen. Vielleicht war es doch keine angeborene Schwäche der Menschheit. Wenn es die Folge einer Krankheit war, veränderte sich womöglich ein wichtiger Faktor in seinen Gleichungen ...

Seufzend verwarf er den Gedanken. Wie beim Erreger des Gehirnfiebers, so versuchten auch bei dieser Krankheit seit Jahrtausenden alle Mediziner und Biologen der Galaxis vergeblich, sie zu analysieren oder zu behandeln. Zu diesem Zeitpunkt, kurz vor der Selbstzerstörung des Imperiums, von Heilung zu träumen, war absurd.

Doch die Unsicherheit blieb.

Mors Planch war auf Ktlina und mehreren früheren Chaoswelten. Aber er wurde nie angesteckt. Könnte der Schlüssel in seiner Immunität gegen mentalistische Einflüsse liegen?

Hinter dem größten Zelt hatte sich eine kleinere Menschenmenge versammelt. Jemand hielt aufgeregt eine Ansprache, die mit Fachbegriffen gespickt war. Hari glaubte zunächst an einen der übergeschnappten Ktlinaner, doch dann erkannte er die Stimme und lächelte.

Ach so, es ist Horis. Dann geht es ihm ja so weit gut.

Hari hatte sich Sorgen um den kleinen Bürokraten gemacht, der auf der Erde zurückgeblieben war. Als er näher trat, sah er, dass auch Biron Maserd und Mors Planch unter den Zuhörern waren. Einer der Raumschiffpiloten war ein Gefangener, der andere ein Freund und Vertrauter, doch beide hatten den gleichen Gesichtsausdruck, verwirrt und interessiert zugleich. Der Adelige sah Hari lächelnd entgegen.

Planch warf ihm einen ernsten Blick zu, als wolle er sagen, sie müssten ihre Unterhaltung bald fortsetzen. *Er behauptet, etwas zu haben, wonach ich mich sehne. Eine Information, die mir so wichtig ist, dass ich ihretwegen die Gesetze beugen und sogar riskieren würde, der Zweiten Foundation zu schaden.*

Hari war neugierig ... aber ein zweites Gefühl war fast noch stärker. Vorfreude.

Heute Abend muss ich mich entscheiden. R. Gornon wird mich nicht zwingen, durch die Zeit zu reisen. Ich kann frei wählen.

Endlich hatte auch Horis Hari bemerkt.

»Ah, Professor Seldon. Wie schön, dass Sie da sind. Bitte sehen Sie sich das an.«

Auf einem primitiven Tisch lagen etliche Dutzend Häufchen aus staubigem, feuchtem oder krümeligem Material. Sie sahen wie richtige kleine Erdhügel aus.

Natürlich. Das Studium von Erdreich ist sein Beruf. Verständlich, dass er sich unter diesen Umständen daran klammert. Ein fester Anker in turbulenten Zeiten.

Hari überlegte, ob einige der Proben gefährlich sein könnten, doch Maserd und Mors Planch hatten bereits die Kapuzen ihrer Strahlenschutzanzüge abgestreift, und sie hatten mehr an Lebenszeit zu verlieren als Hari.

Horis war auf seine Sammlung sichtlich stolz. »Wie Sie sehen, war ich sehr fleißig. Das ist natürlich keine vollständige Kollektion, dafür war die Zeit zu kurz. Aber die Erdlinge sind sehr hilfsbereit und schicken kleine Jungen in alle Richtungen aus, um Proben für mich zu sammeln.«

Hari fing Maserds nachsichtiges Lächeln auf und nickte. Mochte Horis seinen großen Augenblick genießen. Man würde schon noch Gelegenheit finden, über wichtigere Dinge zu sprechen, bevor der Abend kam.

»Und was haben Sie bisher herausgefunden?«

»Oh, eine ganze Menge! Wussten Sie zum Beispiel, dass die besten Böden in diesem Gebiet gar nicht irdischen Ursprungs sind? Unweit von Chica gibt es mehrere Stellen, wo über viele Hektar fruchtbarer Lehm ausgebracht wurde. Das Material stammt zweifelsfrei von der mehr als zwanzig Lichtjahre entfernten Welt Lorissa. Es wurde hierher transportiert und wohlüberlegt und systematisch verteilt. Man hat versucht, diesen Planeten zu sanieren! Meiner Schätzung nach vor ungefähr zehntausend Jahren.«

Hari nickte. Das passte zu Gornons Aussagen – wonach das Imperium einen Versuch unternommen hatte, die Heimatwelt zu retten, um dann seine Meinung zu ändern, die Universitäten zu schließen, Millionen aus ihren Häusern zu jagen und nur bettelarme Überlebenskünstler zurück zu lassen.

»Aber das ist noch nicht alles!«, betonte Horis Antic und ging zu einigen Instrumenten, die er aufgebaut hatte. »Ich habe die ganze Nacht kein Auge zugetan, sondern studiert, was dieses *Ding* abgibt, das die Alten da drüben eingeschlossen hatten.«

Er zeigte auf den massiven Sarkophag aus Stahlbeton und auf die Spalte, an die R. Gornons Arbeiter mit ihren wackeligen Gerüsten heranzukommen suchten.

»Ich habe weder das richtige Gerät, noch einschlägige Fachkenntnisse. Aber es besteht kein Zweifel, dass hier irgendwann einmal ein Riss im Kontinuum entstanden ist. Im Augenblick befindet sich das Ding im Ruhezustand, aber wenn es geweckt wird, muss die Wirkung ungeheuer sein. Ich war skeptisch, als dieses Tiktok - das sich als Gornon Vlimt ausgibt - davon sprach, *jemanden in die Zukunft zu schleudern.* Aber jetzt halte ich es nicht mehr für ausgeschlossen.«

Der Wissenschaftsbürokrat verzog das Gesicht. »Ich *kann* bereits sagen - und das hat Ihnen der Roboter vielleicht noch nicht verraten -, dass bestimmte Wirkungen auch dann den ganzen Planeten durchdringen, wenn der Raum-Zeit-Riss inaktiv ist. Eine der bemerkenswertesten Erscheinungen ist eine Veränderung in der Stabilität des Uranoxids, das ist ein leichtes Molekül, das sich auf den meisten erdähnlichen Planeten in hydrothermalen Regionen findet. Nur lassen hier die atomaren Bestandteilen eine etwas stärkere Tendenz erkennen ...«

Hari ging plötzlich ein Licht auf, und er zuckte überrascht zusammen. Man hatte ihm gesagt, die Erde sei durch die Entscheidung eines einzelnen Roboters während des postchaotischen Zeitalters in eine radioaktive Welt verwandelt worden. Wenn aber die Saat doch früher gelegt worden wäre? In der Blüte der Renaissance etwa, als der Ehrgeiz und das Machtstreben Susan Calvins und ihrer Zeitgenossen keine Grenzen kannte?

Wenn Giskard nur etwas verstärkt hätte, was bereits begonnen hatte? Wären Daneel und seinesgleichen damit aus dem Schneider? Ließe sich so erklären, warum es nur ein einziges Mal zur Katastrophe kam? Nur hier auf der Erde?

Horis wollte gerade mit seiner enthusiastischen Beschreibung der alten Tragödie fortfahren. Aber die Essensglocke unterbrach ihn … und das bedeutete leider, dass man die Gastfreundschaft der Erdlinge in Anspruch nehmen musste. R. Gornon fürchtete, ihren Stolz zu verletzen, wenn die Besucher sich fernhielten.

Hari würgte ein paar Löffel eines undefinierbaren Breis hinunter und lächelte anerkennend, dann entschuldigte er sich und stand auf. Langsam erstieg er den Schuttberg, sah eine Weile auf die drei zerstörten Städte hinab und zog schließlich die neueste Version des Primärradianten des Seldon-Plans aus der Tasche.

Er hatte ein schlechtes Gewissen, weil er einfach Wandas Gerät geklaut hatte, aber seine Enkelin würde es nicht bemerken, und wenn, dann wäre es ihr egal. Sie und Gaal Dornick waren auf dem Schiff geblieben und hatten sich bis zum Abend an Schlafmaschinen angeschlossen.

Ich muss mich bald entscheiden, ob ich fünfhundert Jahre in die Zukunft reisen will … vorausgesetzt, das Ding funktioniert so, wie man mir versprochen hat, und zerlegt mich nicht in sämtliche Atome.

Er musste lächeln. Es wäre immerhin kein gewöhnlicher Abgang.

Was habe ich schließlich …

Mit einem Mal erschütterte ein Donnerschlag den Himmel – ein tiefes Grollen. Hari blickte auf. Wo die ersten Sterne aufgeleuchtet waren, schoss ein helles Objekt vorbei, ein geflügelter Zylinder, der sich schräg legte, eine Kurve flog und unverkennbar zur Landung ansetzte.

Hari seufzte. Er hatte gehofft, sich für eine oder zwei Stunden in seine geliebten Gleichungen vertiefen zu können. Das neue mathematische Modell, das sich soeben abzeichnete – ein Muster für die Zukunft –, war faszinierend, aber schon gingen ihm neue Ideen im Kopf herum, und er war sicher, dass auch eine Nachkontrolle mit dem Primärradianten nichts ändern würde.

Mühsam wuchtete er seinen gebrechlichen Körper in die

Höhe. Die flimmernde Strahlung erhellte den gewundenen Pfad, der zum Lager zurückführte.

Als er dort eintraf, waren die neuen Besucher schon da.

Zwei Frauen standen neben R. Gornon Vlimt. Die eine drehte sich um und lächelte, als Hari ans Lagerfeuer der Erdlinge trat.

»Der Ehrengast, nehme ich an?«

Gornons Miene verriet nicht viel.

»Professor Seldon, ich möchte Ihnen Zorma und Cloudia vorstellen. Sie sind von weit hergekommen, um die Ereignisse der heutigen Nacht mitzuerleben, und um sich zu vergewissern, dass Sie in keiner Weise unter Druck gesetzt werden.«

Hari lachte. »Ich wurde mein ganzes Leben lang von anderen gesteuert. Wenn ich mehr weiß und sehe als meine Mitmenschen, dann nur deshalb, weil dies einem langfristigen Plan zugute kommt. Also, zu welcher Sorte von Robotern gehören Sie?«, wandte er sich an die beiden Neuankömmlinge. »Zu einer weiteren Calvinianer-Sekte? Oder vertreten Sie Daneel?«

Die Frau namens Zorma schüttelte den Kopf. »Von uns wollen weder die Calvinianer noch die Giskardianer etwas wissen. Beide Gruppierungen halten uns für *pervers*. Aber wenn etwas Wichtiges passiert, können sie uns trotzdem gut gebrauchen.«

»Pervers also?« Hari nickte. Es passte alles zusammen. »Wer von Ihnen ist der Mensch?«

Cloudia legte die Hand aufs Herz. »Ich wurde vor langer Zeit als ›Herrin‹ geboren. Aber mein neuer Körper ist mindestens zu einem Viertel robotisch. Dafür hat Zorma hier viele Protoplasma-Bestandteile. Ihre Frage ist also gar nicht so einfach zu beantworten, Professor Seldon.«

Hari warf einen Blick auf R. Gornon, doch dessen Gesicht blieb ausdruckslos, obwohl es die gesamte Bandbreite menschlicher Empfindungen simulieren konnte.

»Ich kann mir vorstellen, dass die anderen positronischen Sekten Ihre Variante beunruhigend finden«, bemerkte Hari.

Zorma nickte. »Wir sind bestrebt, den Riss zwischen den beiden Gattungen zu kitten, indem wir die Unterschiede verwischen. Es ist ein langwieriges, kostspieliges und bisher nicht ausschließlich erfolgreiches Projekt. Aber wir geben die Hoffnung nicht auf. Die anderen Roboter dulden uns, weil sie mit gravierenden mentalen Dissonanzen zu rechnen hätten, wenn sie uns zu eliminieren versuchten.«

»Da Sie teilweise menschlich sind, genießen Sie natürlich einen gewissen Schutz unter dem Ersten Gesetz.« Hari hielt inne. »Aber das allein genügt nicht. Es muss noch mehr dahinter stecken.«

Cloudia nickte. »Wir erbringen eine Dienstleistung. Wir legen Zeugnis ab. Wir ergreifen nicht Partei. Wir bewahren nur die Erinnerung.«

Hari war unwillkürlich beeindruckt. Die kleine Sekte hatte es geschafft, über lange Zeit ihren Fortbestand zu sichern und sich ohne Rücksicht auf die Verachtung weit stärkerer Gruppierungen eine gewisse Unabhängigkeit zu erhalten, und das in einer Zeit, in der das menschliche Erinnerungsvermögen von Gedächtnisschwund getrübt wurde. Jahrhunderte lang zu warten, dem niemals ruhenden Drang zum Handeln zu widerstehen, erforderte viel Disziplin und Geduld. In mancher Hinsicht bräuchte man dazu eine Mentalität, die der von Mors Planch genau *entgegengesetzt* war. Eine Persönlichkeit wie ...

Hari drehte sich um und suchte in der Zuschauermenge ein Gesicht. Sein Blick ging über Hors, Sybyl, die Erdlinge und Mors Planch hinweg ...

... und heftete sich auf Biron Maserd, den Adeligen von Rhodia, der mit verschränkten Armen etwas abseits stand und eine gleichgültige Miene aufgesetzt hatte. Doch jetzt durchschaute ihn Hari.

»Treten Sie vor, junger Freund«, rief er dem hochgewachsenen Lord zu. »Stellen Sie sich zu Ihren Kameraden. Lassen wir es endlich genug sein mit den Geheimnissen. Der Augenblick der Wahrheit ist gekommen.«

8

»Natürlich musste es einen Spitzel geben«, sagte Hari und unterbrach damit Maserds Proteste. »Zum Beispiel jemanden, der über den Thumartin-Nebel Bescheid wusste. Wir sind doch nicht zufällig über die Archive und die Terraformer gestolpert.

Und das waren nicht die einzigen Hinweise. Als Sybyl und der echte Gornon Vlimt auf die alten Unterlagen zugreifen wollten, wussten Sie bereits mehr über die Geschichte der Menschheit als jeder Professor an einer Kaiserlichen Universität.«

»Ich habe Ihnen schon einmal erklärt, Seldon, adelige Familien haben oft Privatbibliotheken, die manchen Angehörigen der Meritokratie überraschen würden. Meine Familie interessiert sich aus Tradition für Fragen wie ...«

»Wie die Regierungssysteme der alten Erde? Kenntnisse dieser Art sind sehr ungewöhnlich. Ja sogar unglaubwürdig. Dann waren da die *Bodenbearbeitungsmaschinen*, die Horis so sehr in Aufregung versetzten ... jene riesigen Ungetüme, die vor langer Zeit die Welten für die Besiedelung durch die Menschen vorbereiteten. Ihre Reaktion auf sie konnte man nicht gerade gleichgültig nennen ... es war eher, als erblickten Sie einen alten Feind.«

Diesmal verzichtete Biron Maserd darauf, Haris Behauptung zurückzuweisen, und lächelte. »Ist der Wunsch nach mehr Vielfalt im Universum ein Verbrechen?«

Hari lachte. »Für einen Psychohistoriker grenzt er an Blasphemie. Die Galaxis ist schon jetzt so kompliziert, dass die Gleichungen aus allen Nähten platzen. Und dabei haben wir es nur mit den Menschen zu tun. Wir Mathematiker würden viel lieber vereinfachen!

Nein. Ich hatte alle diese Hinweise nicht bemerkt, weil ich mich völlig in das Chaos verrannt hatte. Sybyl, Planch und die anderen waren eine zu große Gefahr. Als Kers Kantun mir erklärte, Sie seien ein Verbündeter ... Niemand hasse das Chaos mehr als Sie ...«

»Das stimmt!«

»Da hielt ich Sie für einen praktisch denkende Anhänger des Imperiums. So stellten Sie sich auch dar. Doch jetzt sehe ich, dass Sie einer von den Utopisten sind, Maserd. Sie glauben, die Menschheit könne dem Chaos entrinnen, sie müsse nur die richtige *Art* von Renaissance erleben!«

Biron Maserd sah ihn lange an, dann antwortete er: »Ist das nicht auch der ganze Zweck des Seldon-Plans, Professor? Eine menschliche Gesellschaft zu schaffen, die stark genug ist, um es mit dem alten Feind in unserer eigenen Seele aufzunehmen?«

Das war mein Traum, gab Hari stumm zurück. *Doch bis vor ein paar Tagen hatte ich geglaubt, er sei überholt.*

Laut gab er Maserd mit Rücksicht auf die übrigen Zuhörer eine andere Antwort.

»Wie viele Adelige sind Sie letztendlich Pragmatiker, Lord Biron. Da Sie mit Mathematik nichts anfangen können, probieren Sie ein Modell nach dem anderen aus und verwerfen die gescheiterten Lösungen erst, wenn Sie einräumen müssen, dass es an der Zeit für etwas Neues ist.« Hari zeigte auf die beiden Cyborgs – Zorma und Cloudia. Die eine war als Mensch geboren, die andere hatte ein Positronengehirn, das auf die Gesetze der Robotik eingestellt war. Doch jetzt begannen die Unterscheide zu verschwimmen.

»Sind Sie an diesem radikalen Projekt beteiligt, oder arbeiten Sie nur vorübergehend und aus Gründen der Zweckmäßigkeit mit der Gruppe zusammen?«

Maserd hatte wohl eingesehen, dass Haris Schlussfolgerungen zwingend waren, und gab seufzend auf.

»Wir sind alte Bekannte. Meine Familie ...« Er nickte grimmig. »Wir gehörten zu denen, die verzweifelt gegen die Amnesie kämpften und schon vor langer Zeit Archive ins All schickten. Und wir führten Krieg gegen die Terraformer! Meistens war es vergeblich. Aber einige Siege errangen wir doch.«

Horis Antic stellte mit gedämpfter Stimme die nächste Frage. »Was waren das für Siege? Wollen Sie behaupten, Sie hätten gegen Roboter gekämpft und gewonnen?«

»Wie können Sie gegen jemanden kämpfen, der so viel stärker und außerdem rechtschaffen davon überzeugt ist, nur das Beste für die Menschen zu wollen? Dennoch ist es uns einige Male gelungen, diese Todesmaschinen aufzuhalten, indem wir ihnen vorauseilten und *menschliche* Kolonisten auf einer Welt absetzten, die für das Terraforming vorgesehen war. Dadurch wurden die Urbarmacher lahmgelegt, sie konnten schließlich nicht so ohne weiteres über einen Planeten mit menschlichen Bewohnern herfallen.«

Mors Planch blinzelte. »Müssten wir über solche Welten nicht Bescheid wissen?«

»Wir hatten nach Beendigung der Roboterkriege mit Daneel Olivaw ein Abkommen geschlossen. Wir verpflichteten uns, den Kampf gegen die Amnesie zu beenden, und waren einverstanden, dass die verschonten Welten unter Quarantäne gestellt wurden. Dafür verzichtete er darauf, uns mental zu verändern und unsere Erinnerungen zu löschen. Der Preis war letztlich Passivität. Schweigen und tatenlos zusehen.« Maserd knirschte mit den Zähnen. »Doch so lange das Galaktische Imperium reibungslos funktionierte, war das besser als Chaos und Zerstörung.«

»Ich würde Ihr Verhalten in dieser Affäre kaum als passiv bezeichnen«, wandte Hari ein.

Maserd leugnete nicht. »Das Imperium zerfällt. Die alten Verträge gelten nicht mehr. Alles wartet offenbar nur darauf, dass Daneel Olivaw einen neuen Plan präsentiert - sogar die Calvinianer« - Maserd deutete mit dem Daumen auf R. Gornon Vlimt - »wagen nicht mehr, sich ihrem alten Feind direkt zu widersetzen. Sie geben sich damit zufrieden, Hari Seldon in die Zukunft zu schicken, als ob sie damit einen glücklichen Ausgang garantieren könnten.« Maserd lachte kurz auf.

Der Roboter, der den exzentrischen Gornon Vlimt ersetzt hatte, trat vor. Zum ersten Mal zeigten seine Emulationsprogramme einen von Unsicherheit zerrissenen Menschen.

»Glauben sie nicht, dass Olivaw eine Lösung findet, die der Menschheit langfristig zum Heil gereicht?«

Leises Frauenlachen war zu hören.

»Das ist also der Kern der Sache?«, fragte Zorma. »Hinter all den geheimen Verschwörungen steckt nur ein Haufen verschüchterter kleiner Tiktoks. Hört euch doch an! Ihr setzt alle Hoffnungen ausgerechnet auf den Feind, den ihr die ganze Zeit bekämpft habt. Eben hast du sogar Daneels Nulltes Gesetz zitiert!«

Zorma schüttelte den Kopf. »Es gibt keine wahren Calvinianer mehr.«

Hari wollte das Gespräch nicht in einen Streit über Roboter-Ideologien ausarten lassen. Es interessierte ihn auch wenig, ob Biron Maserd von Anfang an spioniert hatte. Im Grunde wünschte er dem Adeligen alles Gute. Doch im Moment war vor allem die Entscheidung wichtig, die er zu treffen hatte. Wie wichtig, das zeigte sich, als R. Gornons Assistent ins Zelt geeilt kam.

»Die Vorbereitungen sind abgeschlossen. In weniger als einer Stunde ist es so weit. Wir müssen das Gerüst besteigen.«

Obwohl er sich noch immer nicht entschieden hatte, schloss sich Hari dem Zug durch die Gassen des alten Universitätsgeländes an. Der Halbmond spendete ein schwaches Licht, dazu kam das Leuchten am Himmel, das immer entstand, wenn Sauerstoffatome von aufsteigenden Gammastrahlen getroffen wurden. Hari fühlte sich alt und eingerostet und wünschte sich sehnlichst, mit jemandem sprechen zu können, der vertrauenswürdig war.

Nur ein Name kam ihm in den Sinn. »Dors!«, murmelte er leise.

Eine Zeremonie war das Letzte, was Hari erwartet hätte. Doch die Erdlinge begleiteten ihn und die anderen in feierlicher Prozession zum Sarkophag. Die Eingeborenen verfielen in einen unheimlichen Singsang, der - klagend und optimistisch zugleich - alle ihre Hoffnungen auf Erlösung zum Ausdruck zu bringen schien. Das Lied mochte viele Tausend Jahre alt und noch vor der Zeit entstanden sein, als die Menschheit ihre Wiege verließ, um die Sterne zu erobern.

Mit R. Gornon und Hari gingen die ›abartigen‹ Cyborgs Zorma und Cloudia sowie Biron Maserd, der sich jetzt ganz offen zu den beiden bekannte. Auf Haris Drängen hatte man auch Wanda Seldon und Gaal Dornick geweckt, damit sie ebenfalls mitmarschieren konnten. Wanda hatte man allerdings beschworen, jede telepathische Einwirkung zu unterlassen. Einige der anwesenden Roboter hatten ähnliche Fähigkeiten und konnten jeden Versuch in dieser Richtung sofort verhindern.

Haris Enkelin wirkte unzufrieden, und er lächelte ihr beruhigend zu. Selbst als Meritokrat aufgewachsen, hatte Hari nie mit eigenen Kindern gerechnet, sondern sich auf Adoption eingestellt. Und doch hatte ihn kaum etwas in seinem Leben so glücklich gemacht wie sein Sohn Raych und seine Enkelin, diese vortreffliche junge Frau, die ihre Aufgabe als Handlangerin des Schicksals so ernst nahm.

Horis Antic hatte versucht, sich zu entschuldigen – angeblich, um seine Forschungen voran zu treiben –, aber Hari kannte den wahren Grund. Die leuchtende ›Raumzeit-Anomalie‹ jagte Horis einen heillosen Schrecken ein. Doch Gornon wollte nicht, dass jemand im Lager zurück blieb, also schlurfte Antic dicht hinter dem Gefangenen Mors Planch her. Sogar die Überlebenden der Ktlina-Renaissance waren mit von der Partie, obwohl Sybyl und die anderen außer dem heiseren Stimmengemurmel in ihren Köpfen kaum etwas wahrnahmen.

Auf dem Weg zur völlig eingerüsteten Anomalie sah Hari hinter der abgerundeten Silhouette des Sarkophags eine der alten Städte nach der anderen vorbeiziehen.

Erst kam Alt-Chicago mit seinen baufälligen Wolkenkratzern, die immer noch kühn in den Himmel ragten und an eine Epoche der Offenheit und des schrankenlosen Ehrgeizes erinnerten. Als nächstes entschwand die gewaltige Festung Neu-Chicago, in der sich so viele Millionen vor dem Tageslicht und einem Grauen versteckt hatten, das sie nicht verstanden. Zuletzt kam das kleine Chica – das weiße Porzellandorf, wo die letzte Zivilisation der Erde in einer Galaxis, die sich für ihre Herkunft nicht mehr interessierte, vergeblich gegen die eigene Bedeutungslosigkeit gekämpft hatte.

Sie bogen auf dem alten Campus um eine Kurve und konnten nun *die Spalte* sehen ... den Riss in den dicken Mauern, die man errichtet hatte, um das Schreckliche einzuschließen. Es für alle Zeiten zu begraben. Hari sah R. Gornon an, der links neben ihm ging.

»Wenn diese Anomalie tatsächlich den Zugang zur vierten Dimension eröffnet, warum hat man sie dann in all den Jahrhunderten niemals benützt? Warum hat nie jemand versucht, die Vergangenheit zu verändern?«

Der Roboter schüttelte den Kopf. »Reisen in die Vergangenheit sind aus verschiedenen Gründen unmöglich, Dr. Seldon. Und selbst wenn man die Vergangenheit verändern könnte, entstünde doch nur eine neue Zukunft, in der eine *andere* Gruppe unzufrieden wäre. Diese Leute würden wiederum Vertreter ausschicken, um *ihre* Vergangenheit zu verändern, und so weiter. Keine Zeitlinie könnte den Anspruch erheben, die einzig reale zu sein.«

»Dann hat das alles vielleicht gar keine Bedeutung?«, überlegte Hari. »Am Ende sind wir alle nichts als Bilder in parallelen Spiegeln ... oder kleine Simulationen wie die Zahlen, mit denen wir im Primärradianten jonglieren. Vergänglich. Gespenster, die nur existieren, solange jemand an sie denkt.«

Hari hatte nicht aufgepasst, wohin er trat. Jetzt blieb er mit dem linken Fuß an einer Unebenheit hängen und kippte nach vorn ... aber R. Gornon stützte ihn mit sanftem, aber festem Griff. Trotzdem zitterte Hari vor Schmerz und Erschöpfung. Er vermisste Kers Kantun, seinen Pfleger, und sogar den verhassten Rollstuhl. In tiefster Seele spürte er, dass er dem Tod nahe war, dass es schon seit Jahren unaufhaltsam abwärts ging.

»Ich bin nicht in bester Verfassung für eine so lange Reise«, murmelte er. Die anderen waren stehen geblieben und ließen ihm Zeit, sich zu erholen.

»Der einzige Mensch, der diese Reise bisher unternahm, war auch ein alter Mann«, beschwichtigte ihn Gornon. »Tests zeigen, dass keine größeren Strapazen damit verbunden sind, sonst würden wir das Risiko niemals eingehen. Und bei der Ankunft wird man Sie erwarten.«

»Ich verstehe. Aber ich frage mich dennoch ...«

»Was, Professor?«

»Sie verfügen über so weitreichende Möglichkeiten. Roboter horten seit Jahrtausenden medizinische Errungenschaften und Heilverfahren. Diese Cyborgs ...« – er deutete auf Zorma und Cloudia – »sind offenbar im Stande, Körper zu kopieren und ihr Leben unbegrenzt zu verlängern. Deshalb frage ich mich, warum Sie mich für diese Reise physisch nicht etwas mehr gestärkt haben.«

»Das ist nicht gestattet, Professor. Es gibt gewichtige Gründe, moralische, ethische und ...«

Höhnisches Gelächter unterbrach ihn. Es kam von dem Roboter mit Namen Zorma.

»Außer, wenn es euch in den Kram passt! Seldon hat eine bessere Antwort verdient, Gornon.«

Nach einer Pause gestand Gornon leise: »Wir haben die Anlage zur organischen Erneuerung nicht mehr. Sie wurde uns auf Pengia weggenommen, weil man sie anderswo für ein wichtiges Projekt benötigte ... mehr werde ich dazu nicht sagen.«

Sie gingen weiter, bis der Schein aus dem geborstenen Grabmal genau über ihnen die Nacht erhellte und die Schatten des Gerüsts wie ein Spinnennetz über der zerstörten Universität lagen. Die meisten Erdlinge und auch einige Besucher erkletterten die nächsten Schutthaufen und sahen zu, wie Hari und Gornon an der Spitze des geschrumpften Zuges eine breite Holzplattform bestiegen, die sich an knarrenden Seilen in Bewegung setzte. Ein Dutzend Gestalten schwebte empor.

Während der Fahrt bemerkte Hari zu Gornon: »Eben fällt mir ein, dass Sie sich vielleicht unnötig viel Mühe machen. Es gibt nämlich noch eine andere Möglichkeit, jemanden in die Zukunft zu schicken.«

Diesmal antwortete der Roboter nicht. Er legte Hari nur stützend den Arm um die Schultern, als der primitive Fahrstuhl mit einem harten Ruck zum Stehen kam. Der Schein aus dem Innern der Schutzhülle war so grell, dass Hari sich die Hand vor die Augen halten musste.

Gornon gab eine knappe und doch ergreifende Stellungnahme ab, die von seinen Gästen mit scheuem Gemurmel aufgenommen wurde.

»Es begann in jener kühnen Epoche, in der die Menschen die Roboter und den Hyperantrieb erfanden, mit einem einfachen, gut gemeinten Experiment. Die Forscher hier hatten eine unglaubliche Idee und gingen ihr nach, ohne lange zu überlegen. Plötzlich löste sich ein Raumzeit-Strahl, raste aus dem Gebäude, erfasste den Passanten Joseph Schwartz, riss ihn aus seinem normalen Leben und schleuderte ihn zehntausend Jahre weit in die Zukunft.

Für Schwartz begann ein großes Abenteuer. Doch in der Stadt Chicago, die er hinter sich gelassen hatte, begann ein Alptraum.«

Hari beobachtete das Gesicht des Roboters und suchte nach den komplexen Empfindungen, die Dors und Daneel so gut zu simulieren verstanden. Doch dieser künstliche Mensch wahrte eine geradezu verbissene Gelassenheit.

»Das hört sich an, als wären Sie dabei gewesen.«

»Nicht ich, ein früheres Robotermodell. Ich erbte seine Erinnerungen, und sie sind nicht erfreulich. Einige von uns glauben, dieses Ereignis habe das Ende der überschäumenden Jugendphase der Menschheit eingeläutet. Nicht lange danach schwappten, begleitet von internationalen Schuldzuweisungen, die ersten Wellen der Unvernunft über die Erde hinweg. Roboter wurden verbannt. Zwischen den Nationen und den Kolonialwelten entstand Feindschaft. Vereinzelt wurden biologische Waffen eingesetzt. Einige von uns schworen ...«

Plötzlich kam Hari ein ungeheuerlicher Verdacht.

»Sie waren hier, nicht wahr? Jener Agent Daneels, den Sie vorhin erwähnten – der mithalf, die Erdlinge an der Ausbreitung der Seuche zu hindern – das waren Sie?«

R. Gornon zögerte, dann nickte er rasch.

»Dann hat Zorma Recht. Sie sind doch kein Calvinianer.«

»Vermutlich passe ich in kein starres Schema mehr, aber früher war ich ein begeisterter Anhänger des Giskardianismus.«

Plötzlich zerbrach die Maske des Roboters. Wie bei einem menschlichen Stoiker zersplitterte sein Gleichmut unter der stärksten aller Empfindungen - der Hoffnung.

»Auch die Unsterblichen sind nicht gegen die Zeit gefeit, Dr. Seldon. Viele von uns müden alten Robotern wissen nicht mehr, was wir sind. Vielleicht können *Sie* es uns sagen, wenn Sie Zeit finden, darüber nachzudenken. Irgendwann einmal.«

Und nun kommt der Augenblick der Entscheidung, dachte Hari und blinzelte, die Hand immer noch über den Augen, in das grelle Licht. Jetzt einen Rückzieher zu machen, wäre natürlich enttäuschend. Alle Augen waren auf ihn gerichtet. Selbst diejenigen Anwesenden, die wie Wanda das ganze Projekt missbilligten, müssten sich betrogen fühlen ... man hatte ihnen ein Spektakel versprochen, und nun sagte der Hauptdarsteller seinen Auftritt in letzter Minute ab. Andererseits hatte Hari sich den Ruf erworben, immer das Unerwartete zu tun. Der Gedanke, sein Publikum zu überraschen, war verführerisch.

Mehrere Mitglieder der Gruppe näherten sich dem schillernden Spalt und spähten hinein. Biron Maserd deutete auf das verfallene Gebäude, zweifellos ein altes Physiklabor. Dort war der erste Fehler begangen worden. Der Häuptling des Erdlingsstammes stand neben Maserd und nickte. Selbst Wanda trat neugierig näher, nur Horis Antic hielt Abstand und kaute an seinen ausgefransten Fingernägeln.

Mors Planch schlurfte nach vorne und hob die gefesselten Hände.

»Ich flehe Sie an, Seldon, nehmen Sie mir die Dinger ab. Diese Roboter ... Sie werden von ihnen verehrt. Vielleicht habe ich mich getäuscht. Lassen Sie mich beweisen, was ich wert bin, bevor Sie gehen. Ich habe Informationen ... über den Verbleib einer Person, die Ihnen sehr nahe steht, nach der Sie schon seit vielen Jahren suchen.«

Hari begriff mit einem Mal, worauf Planch anspielte.

Bellis!

Er machte einen Schritt auf den Piraten zu. »Sie haben meine zweite Enkelin gefunden?«

Als Wanda Seldon das hörte, war der Sarkophag für sie vergessen. Auch sie trat jetzt zu Planch.

»Wo ist sie? Was ist aus meiner Schwester geworden?«

R. Gornon unterbrach. »So leid es mir tut, aber darüber hätten Sie früher sprechen müssen. Jetzt ist keine Zeit mehr. Das Feld kann jeden Moment expandieren. Es ist uns gelungen, den Strahl zu einem kreisförmigen Feld zu schließen, aber wir wissen nicht genau, wie lange es ...«

Eine zweite Gestalt stellte sich an Haris Seite. Der Häuptling des Erdlingsstammes. Sein merkwürdiger Akzent war immer noch sehr stark, aber jetzt konnte ihn Hari immerhin verstehen.

»Is' immer Zeit fier regeln Angelegenheiten von Familie. Bitte reden weiter.« Der schlaksige Terraner nickte Mors Planch zu.

Hari wollte empört auffahren – das ging den Erdling nun wirklich nichts an –, aber Gornon kam ihm zuvor und zischte mit finsterem Blick: »Was verstehst *du* schon von solchen Dingen? Wir müssen uns bereit machen! Sieh doch nur, das Licht wird mit jedem Wort heller.«

Hari sah durch den Spalt, dass sich der Schein tatsächlich verstärkt hatte. Biron Maserd trat vom Rand der Plattform zurück und deutete hinein.

»Etwas löst sich aus dem Gebäude! Wie eine Kugel aus flüssigem Metall. Es kommt näher!«

»Ist es nicht gefährlich, hier stehen zu bleiben?«, fragte Horis Antic nervös.

»Die Kugel hat die Grenzen des Sarkophags noch nie überschritten«, antwortete R. Gornon. »Wer auf der Plattform steht, wird nicht davon berührt.«

»Und was ist mit Hari Seldon?«, fragte Zorma, der Roboter-Cyborg. »Wie gefährlich ist es für ihn, das Ding zu betreten?«

Gornon machte seiner emulierten Frustration mit einem Seufzer Luft.

»Wir führen seit *tausend* Jahren Kalibrierungsexperimente durch. Professor Seldon wird sanft und ohne Zeitverlust an dem Zeitpunkt in der Zukunft abgesetzt, den wir ausgewählt haben - nur ein paar hundert Jahre nach dem Heute. In dieser Phase werden Entscheidungen fällig, die das Schicksal der gesamten Menschheit betreffen.«

Mors Planch murmelte: »Ein paar hundert Jahre ...« Er trat einen Schritt auf Hari zu. »Was ist, Professor Seldon? Schlagen Sie ein?«

Hari sah Wanda an und hoffte auf ein Nicken, aber sie schüttelte den Kopf.

»Ich kann sein Geheimnis nicht lesen, Großvater. Sein Gehirn ist zu komplex für mich. Weißt du noch, welche Anstrengung es mich gestern gekostet hat, ihn nur ruhig zu stellen? Aber wir werden schon herausfinden, wo er Bellis versteckt hat. Es dauert nur seine Zeit, und wir müssen ihn allein bearbeiten.«

Der letzte Teil der Erklärung gefiel Hari nicht.

Vielleicht wäre es besser, mich mit ihm zu einigen. Dann könnte ich diese Welt mit reinem Gewissen verlassen.

Doch bevor er zu Wort kam, stieß Planch einen Schrei aus, hob die gefesselten Hände und stürzte sich auf ihn.

Schnell wie der Blitz hatte R. Gornon Vlimt Hari gepackt und zur Seite gerissen. Doch Hari erkannte im gleichen Sekundenbruchteil, dass nicht *er* das Ziel des Piraten war. Der hatte mit seinem Scheinangriff nur Gornons Beschützerinstinkt abgelenkt. Nun war der Weg zu seinem eigentlichen Opfer frei.

Mit vier raschen Schritten erreichte er Biron Maserd, der am Rand der Plattform stand. Der Adelige spannte alle Muskeln zum Kampf - begriff in Sekundenschnelle und sprang geschickt beiseite.

Mit einem Aufschrei, in dem sich Angst und Jubel mischten, stürzte sich Planch von der Brüstung in das schillernde Licht. Er fiel ins Nichts, prallte gegen die langsam expandierende Kugel, die kräuselte sich wie flüssiges Quecksilber ... und dann war er verschwunden.

Vor Haris Augen wurde der Spiegelball immer größer und näherte sich unaufhaltsam dem Platz, wo er stand. Niemand sprach, bis Gornon Vlimt ungerührt sagte: »Wir müssen dafür sorgen, dass er in fünfhundert Jahren verständnisvoll empfangen wird. Zwar kann er das Schicksal nicht ändern, aber es darf nicht dazu kommen, dass er Professor Seldon bei dessen Ankunft Schaden zufügt.«

Eine Woge von Empfindungen brach über Hari herein – Bewunderung für den Mut des Raumfahrers und Verzweiflung darüber, einen Hinweis auf den Verbleib seiner zweiten Enkelin verloren zu haben. R. Gornons stoischen Pragmatismus in allen Ehren, aber er selbst sah der expandierenden Raumzeit mit wachsendem Unbehagen entgegen.

Doch nun ergriff der Häuptling der Erdlinge das Wort. Sein Akzent war noch verständlicher geworden.

»Es ist richtig, dass Mors Planch hier auf der Erde in Empfang genommen werden muss, aber um Hari Seldons Sicherheit brauchen wir uns nicht zu sorgen.«

»Und warum nicht?«, fragte Cloudia, der Cyborg, der sein Leben als menschliche Frau begonnen hatte.

»Weil Hari Seldon diese Reise nicht antritt. Nicht heute Nacht. Niemals.«

Damit hatte der Erdling alle Aufmerksamkeit auf sich gezogen. Er gab die gebeugte Haltung der meisten Terraner auf und nahm die Schultern zurück. Wanda starrte den schlaksigen Mann an und schrie auf, als sie ihn erkannte. Als nächste reagierte Zorma mit einem kräftigen Fluch.

Hari war kein Telepath und brauchte deshalb etwas länger. Dennoch kamen ihm die Stimme des Häuptlings und seine Haltung irgendwie bekannt vor – ein Prometheus, dessen Mühen und Qualen niemals endeten.

Hari flüsterte nur ein einziges Wort. *»Daneel.«*

R. Gornon Vlimt nickte, aber seine Miene blieb undurchdringlich.

»Olivaw. Du bist vermutlich schon seit einiger Zeit hier?«

Der Roboter in Gestalt eines Erdlings nickte.

»Natürlich. Ich weiß seit langem von den Experimenten, die deine Gruppe hier durchführte. Die Zeit-Anomalie konnte ich nicht zerstören, aber wir haben den Schauplatz ständig überwacht. Schon vor Jahren war ich für die hiesigen Erdlingsstämme zu einer wichtigen Figur geworden, und sie unterwerfen sich freudig meinem Einfluss. Als sie von neuen Aktivitäten berichteten, kombinierte ich das mit den Erzählungen über Haris Entführung, und schon lag die Schlussfolgerung auf der Hand.«

Daneel Olivaw wandte sich an Hari.

»Es tut mir leid, alter Freund. Man hat Ihnen furchtbare Strapazen zugemutet, und das in einem Alter, in dem sie in Ruhe und Frieden auf ihre Leistungen zurückblicken sollten. Ich wollte schon früher kommen, dann hoffte ich, Sie wenigstens auf Pengia einzuholen. Doch es gab unerwartete Schwierigkeiten mit einigen calvinischen Sekten, die den Seldon-Plan um jeden Preis vereiteln wollen und den Kampf um die reine alte Lehre wieder aufnahmen. Sie zu besiegen, kostete Zeit. Ich hoffe, Sie verzeihen mir die Verspätung.«

Verzeihen? Hari wusste nicht, was es da zu verzeihen gab. Gewiss, er war benützt worden. Von Giskardianern und Calvinianern, von Ktlinanern ... und anderen menschlichen und robotischen Gruppen. Doch wenn er ganz ehrlich war, musste er sich eingestehen, dass er sich, seit er aufgehört hatte, eine wichtige Rolle in der galaktischen Politik zu spielen, nicht mehr so gut amüsiert hatte wie in den letzten Wochen. Eigentlich seit vor der Übernahme des Kanzlerpostens ... als er und Dors, jung und voller Abenteuerlust, mit dem Bewusstsein von Schimpansen verschmolzen waren und für eine Weile das wilde, freie Leben primitiver Tiere geführt hatten.

»Schon gut, Daneel. Ich dachte mir schon, dass Sie rechtzeitig auftauchen würden, um mir diese schwierige Entscheidung zu ersparen.«

»Ich flehe dich an, Olivaw«, sagte R. Gornon Vlimt. »Du hast mir Jahrtausende lang vertraut. Bitte erlaube mir nun, das Werk dieser Nacht zu vollenden.«

Daneel nahm Blickkontakt zu ihm auf.

»Du weißt, dass mir das Andenken an unsere Kameradschaft teuer ist. In den robotischen Bürgerkriegen haben wir Seite an Seite unzählige Schlachten geschlagen. Das Nullte Gesetz hatte keinen eifrigeren Verfechter als dich.«

»Kannst du mir dann nicht glauben, dass das Wohl der gesamten Menschheit das oberste Ziel meines Handelns ist?«

»Das kann ich durchaus«, gab Daneel zurück. »Aber seit hunderten von Jahren verstehen wir unter dem Wohl der Menschheit nicht mehr das Gleiche. Die Entwicklung ist an einem kritischen Punkt angelangt, ich kann nicht zulassen, dass du sie jetzt störst.«

Damit rief er Hari auf den Plan.

»Was heißt hier stören, Daneel? Alles lief doch nach Ihrem Willen. Nehmen Sie die alten Archive und die Terraformer – Sie ahnten, dass sie nach dem Zusammenbruch des Imperiums zur Bedrohung werden könnten. Wenn man sie irgendwann in der darauf folgenden Epoche entdeckte, könnten sie die Stabilität der Übergangsphase gefährden. Sie hatten mit einer Legitimation nach dem Nullten Gesetz bereits beschlossen, sie zu vernichten. Doch das führte zu positronischen Dissonanzen, mit denen einige ihrer Genossen schwer zu kämpfen hatten. Meine Erlaubnis erleichterte ihnen das Handeln.«

Er sah zu Wanda hinüber, die bei der Erwähnung der Archive zusammengezuckt war. Auch sie hatte begriffen, wie gefährlich sie waren. Dass sie vernichtet werden mussten.

»Und als die Chaos-Agenten dort im Nebel unser Schiff enterten«, fuhr Hari fort, »da erwähnte Planch einen unbekannten Informanten an Bord unseres Schiffes, der ihnen verraten hätte, wo wir zu finden wären. Aber ich vermute, es waren *Sie*, Daneel. Sie verwendeten die Archive als Köder, um alle Ktlina-Agenten an einen Ort zu locken und damit die

Gefahr zu beseitigen, die von der schlimmsten Chaoswelt dieses Jahrhunderts ausging.«

Daneel zuckte die Achseln. »Dieser Coup geht nicht auf mein Konto, obwohl ich nicht leugne, dass er hilfreich war.« Er sah Biron Maserd an, den hochgewachsenen Adeligen von Rhodia. »Nun, mein junger Freund, waren *Sie* der Agent, von dem Mors Planch sprach?«

Warum, dachte Hari, las Daneel, der stärkste Mentalist der Galaxis, nicht einfach Maserds Gedanken?

Olivaw hatte sich ihm schon wieder zugewandt.

»Ich dringe nicht in sein Bewusstsein ein, weil es zwischen Lord Maserds Familie und mir eine Übereinkunft, einen alten Vertrag gibt. Sie waren unerbittliche und unglaublich fähige Gegner im Kampf gegen die notwendige Amnesie.«

»Und wir erklärten uns bereit, den Kampf einzustellen«, antwortete Maserd, »wenn man uns dafür in Ruhe ließe. Unsere kleine galaktische Provinz wurde immer ein wenig anders geführt als der Rest des Imperiums. Es stand uns frei, das Chaos auf unsere Weise zu bekämpfen.«

Daneel nickte. »Aber jetzt hat der alte Vertrag wohl seine Gültigkeit verloren.«

»Nein!«

»Sie haben bereits zugegeben, mit dieser Gruppe in Kontakt gewesen zu sein.« Daneel deutete auf die Cyborgs Cloudia und Zorma.

»Innerhalb der Familie dürfen wir Maserds über alles sprechen«, antwortete Biron. Er nickte dem blonden Cyborg zu. »Cloudia Duma-Hinriad ist meine Ur-Ur-Großmutter.«

Daneel lächelte. »Ein geschickter Schachzug, aber nach dem Nullten Gesetz kann ich diesen Versuch, unseren Vertrag zu umgehen, nicht dulden. Er könnte auf lange Sicht die Rettung der Menschheit gefährden.«

»Und *du* hast natürlich zu bestimmen, wie diese Rettung aussehen soll?«, fragte R. Gornon mit weithin vernehmbarer Stimme. Es klang verzweifelt und sarkastisch zugleich.

»Diese Last trage ich, seit der selige Giskard und ich das Nullte Gesetz entdeckten.«

»Und nun sieh dir an, was es für einen Preis gefordert hat.« R. Gornon deutete auf die radioaktiv verstrahlten Ruinen. »Dein großartiges Galaktisches Imperium hat den Frieden bewahrt und das Chaos abgewehrt, indem es die Vielfalt ausrottete! Die Menschheit muss alles meiden, was fremd oder ungewöhnlich ist, mag es von innen kommen oder von außen.«

Daneel schüttelte den Kopf. »Dies ist nicht der Moment, um unseren alten Streit – um dein *Minus-Eins-Gesetz* – wiederaufzunehmen. Die Grenze der Raumzeit kommt näher. Um Haris und um des Großen Planes willen fordere ich dich auf, die Plattform auf der Stelle nach unten zu fahren.«

»Was kann es schaden, wenn Seldon sieht, wie es in fünfhundert Jahren um die Welt bestellt ist?«, fragte Zorma. »In unserer Zeit ist seine Arbeit getan. Das hast du selbst gesagt. Warum willst du die Menschen nicht an der Entscheidung beteiligen, wenn dein *Rettungsplan* doch abgeschlossen ist?«

Daneel warf einen Blick in das Innere des Sarkophags. Das Licht war stärker geworden. Die expandierende Kugel kam langsam aber unaufhaltsam näher. Schon konnte man in der reflektierenden Oberfläche sein Spiegelbild erkennen. Dann sah er Zorma an.

»Ist das deine größte Sorge? Ich bin bereit, folgendes Gelübde auf Giskards Andenken und auf das Nullte Gesetz abzulegen: Wenn meine Lösung komplett ist, wird die Menschheit zu Rate gezogen. Den Menschen wird nichts aufgezwungen, sie können souverän entscheiden.«

Zorma und Cloudia mochten damit zufrieden sein, nicht aber R. Gornon.

»Ich kenne dich und deine Tricks nur zu gut, Olivaw«, rief er. »Du würdest schon irgendwie die richtigen Fäden ziehen. Ich bestehe darauf, dass du Hari Seldon gehen lässt.«

Daneel zog eine Augenbraue hoch. »Du *bestehst* darauf?«

Das Wort hatte unter Robotern offenbar eine besondere Bedeutung. Denn im gleichen Augenblick gab es einen gewaltigen Donnerschlag, und rings um Hari schien die Welt zu zerfließen.

Aus R. Gornons Händen schossen Blitze. Daneel Olivaw zahlte mit gleicher Münze zurück. Und die beiden waren nicht die einzigen Gegner.

Plötzlich lösten sich Teile des Gerüsts von der Holzplankenkonstruktion, Roboter, die sich als Balken getarnt hatten. Nun eilten sie Daneel zu Hilfe.

Im Gegenzug schickten Gornons Parteigänger grelle Feuerlanzen von den umliegenden Schutthügeln. Horis Antic schrie aus Leibeskräften und rannte in Deckung. Gaal Dornick wurde bleich und fiel in Ohnmacht. Aber kein einziger Mensch wurde in die Auseinandersetzung hineingezogen – weder als Kämpfer noch als Opfer.

Die scharfen Energiestrahlen rasten zwischen Haris Beinen und unter seinen Armen hindurch oder an seinem Kopf vorbei, manchmal verfehlten sie ihn nur um Zentimeter ... aber er wurde nicht getroffen. Der Kampf wurde mit ungeheurer Präzision geführt, und der Schutz unbeteiligter Menschen hatte oberste Priorität. Am gefährlichsten war der Regen aus abgetrennten und noch schwelenden Roboterteilen, der auf allen Seiten niederging.

Es war bald vorüber. R. Gornon hatte wohl nie erwartet, Sieger zu bleiben. Dennoch galt Haris erste Sorge dem einen Roboter, der am Ende noch aufrecht stand.

»Sie sind verletzt! Ist es ernst?«, fragte er seinen alten Freund und Mentor.

Von Daneels humaniformem Körper stieg an mehreren Stellen Rauch auf. Wo die Kleider und die äußere Fleischschicht weggebrannt waren, wurde eine blanke Oberfläche sichtbar – ein Panzer, den allenfalls die geballte Energie einer Sonne hätte durchdringen können. Hari musste an die Sagen denken, die er im *Kinderbuch des Wissens* gelesen hatte, Geschichten von Göttern und Titanen, von Kämpfen zwischen Unsterblichen, auf die kein Mensch auch nur den geringsten Einfluss hatte.

Daneel Olivaw stand zwischen den Trümmern und betrachtete die Verwüstung. Er wirkte aufrichtig betrübt über die Zerstörung seiner Artgenossen.

»Es geht mir gut, Freund Hari.«

Er wandte sich an Zorma und Cloudia. »Ihr habt nicht eingegriffen. Darf ich daraus schließen, dass ihr mit meinem Versprechen zufrieden seid? Für die nächsten fünfhundert Jahre?«

Die beiden ›Frauen‹ nickten gleichzeitig. Zorma antwortete für beide.

»Das ist kein allzu langer Zeitraum. Wir hoffen, dass du uns über deine Pläne zur Rettung der Menschheit auf dem Laufenden halten wirst, Daneel. Vor allem beten wir darum, dass dein Plan eine ehrenvolle Lösung für unsere *beiden* gequälten Rassen darstellt.«

Hari hörte die unausgesprochene Botschaft wohl heraus.

Vergiss bei deinem Engagement für die menschliche Nachwelt auch die Roboter nicht.

Aber dazu kannte er seinen lebenslangen Freund zu gut. Daneel würde der Dienerrasse nicht einmal eine untergeordnete Priorität einräumen. Für ihn zählte nur die Menschheit.

»Und jetzt ist es an der Zeit, diesen gefährlichen Ort zu verlassen«, sagte Olivaw und griff nach dem Hebel, um die Plattform abzusenken.

In diesem Moment stieß Wanda Seldon einen Schrei aus.

»Maserd! Es fällt mir erst jetzt auf ... er ist fort!«

Sie sahen sich nach allen Seiten um, einige brachten ihr aufgerüstetes positronisches Sensorium zum Einsatz, aber der Adelige von Rhodia war nicht mehr da. Entweder war er während des Kampfes rasch das Gerüst hinunter geklettert, oder ...

Oder Daneel bekommt es in einigen hundert Jahren mit zwei resistenten Menschen zu tun, dachte Hari. Die Plattform bewegte sich langsam nach unten. *Daneel sollte auch hier jemanden postieren, denn sollten sich die beiden jemals verbünden ...*

Es gab keinen Beweis, dass Maserd in die leuchtende Kugel gesprungen war, die jetzt das Innere des Sarkophags ganz füllte und Lichtstrahlen ausschickte, deren Farben Hari nicht beschreiben konnte und bestimmt im Leben noch nie gesehen hatte.

Nach dem vor wenigen Augenblicken zu Ende gegangenen Entscheidungskampf der allmächtigen Unsterblichen sah Hari ein, dass selbst ein Mors Planch oder ein Biron Maserd in der Zukunft der Galaxis nur wenig ausrichten konnten. Er wusste ziemlich genau, welche Gesellschaftsformen sich in dieser Zeit mühsam durchbringen und manchmal auch prächtig gedeihen würden. Die gegenüberliegende Hälfte der Galaxis würde bis dahin bereits von seiner Foundation beherrscht, aber hier auf der Heimatwelt - der längst vergessenen Erde - wäre davon kaum etwas zu spüren.

Mit einem Seufzer wünschte er den beiden Männern alles Gute ... wo und wann sie auch auftauchen mochten.

Der Boden, das von fast vergessenen Verbrechen gemarterte Erdreich, kam näher. Noch einmal blickte Hari empor zu dem Licht, das aus dem Sarkophag drang.

Ich gebe zu, die Versuchung war groß. Es wäre ein tolles Abenteuer gewesen, besonders, wenn man mich wieder jung gemacht hätte.

Hari schloss die Augen und spürte, wie ihm sein alter Kamerad Daneel sanft den starken Arm um die Schultern legte, um seinen gebrechlichen Körper beim Aufprall des improvisierten Fahrstuhls zu stützen. Widerstandslos ließ er sich umdrehen und zurück zum Lager der Erdlinge führen - wie er sich sein ganzes Leben lang von anderen hatte führen lassen, wenn auch meist, ohne es zu merken.

9

Am nächsten Morgen - die Arbeitstrupps der Erdlinge räumten die Überreste der Roboterschlacht weg - schickten sich Zorma und Cloudia zum Aufbruch an. Daneel und Hari begleiteten sie zu ihrem schnellem Raumschiff.

»Cloudia, ich beschwöre dich. Sollte dein Enkel jemals Kontakt mit dir aufnehmen, dann überzeuge ihn davon, nicht einzugreifen. Eine starke Dynamik baut sich auf und wird in fünf- bis sechshundert Jahren ihren Höhepunkt erreichen. Wenn Biron versucht, diese Wucht abzulenken, wird er, fürchte ich, nur selbst zu Schaden kommen.«

Der menschliche Cyborg nickte, und Hari bemerkte nicht ohne Neid, wie jugendlich und kräftig ihre schlanke Gestalt noch war. Dabei war sie, wenn man die Ersatzteile nicht berücksichtigte, viel älter als er. In ihrem Blick stand eine Mischung aus Zynismus und Nachsicht.

»Immer vorausgesetzt, er taucht überhaupt auf. Vielleicht siehst du ihn noch früher als ich, Daneel, wenn er nämlich nach Mors Planch gesprungen ist und du ihn bei seinem Eintreffen in der Zukunft schon erwartest. Geh in diesem Fall nicht zu hart mit dem Jungen ins Gericht. Er meint es nur gut.«

»Ich greife nur selten hart durch. Aber wenn er es gut meint, warum hat er dann Hari Seldons psychohistorischen Primärradianten gestohlen? Ich habe Gornons Schiff gescannt und eine Fülle von Beweisen dafür gefunden, dass Maserd der Schuldige war.«

Cloudia lächelte grimmig. »Wir Hinriads sind die reinen Packratten, wenn es um Informationen geht. Davon bekommen wir nie genug. Nach achtzehntausend Jahren solltest du uns allmählich kennen. Wir sind die einzige Menschengruppe, die sich gegen dich einen Waffenstillstand erkämpft und dich gezwungen hat, Bedingungen zu akzeptieren.«

Daneel stimmte ihr mit leichtem Kopfnicken zu.

»Doch das ist längst Geschichte, und alles Weitere hängt von eurem Wohlverhalten ab. Ihr habt gelobt, euch nicht einzumischen, und nur auf dieser Basis lasse ich euch jetzt gehen.«

Zorma lachte laut auf, ganz wie eine Menschenfrau, die ihre Angst mit Trotz überspielte. »Du lässt uns aus dem gleichen Grund gehen, aus dem du Lodovik Trema verschont hast, obwohl ihn alle anderen Roboter unter dem Nullten Gesetz als Mutanten liebend in tausend Stücke gerissen hätten.

Du bist schlau, Olivaw. Schlau genug, um dir nicht völlig

sicher zu sein. Im Moment arbeitest du an einer Ersatzlösung für den Fall, dass Seldons Psychohistorik-Plan abgelöst werden muss. Aber vielleicht brauchst du für deine jetzige Lösung wiederum einen Ersatz. In diesem Fall könnte eine neuartige Synergie zwischen Robotern und Menschen deine letzte Hoffnung sein. Vielleicht eine Hybridform wie wir *Perversen* ...« – Zorma deutete auf sich und Cloudia –, »oder eine so alarmierende Variante wie Lodovik Trema.«

Zorma wurde ruhiger und senkte die Stimme. »Vergiss dein Versprechen nicht, Olivaw. Wenn du deinen großartigen und sorgsam vorbereiteten Rettungsplan präsentierst, ziehst du auch die Menschheit zu Rate. Dein Vorhaben sorgt bei vielen Robotern für Unbehagen, auch unter deinen Anhängern.«

Daneel nickte. »Ich werde mein Wort halten. Der Wille der Menschen wird in die Entscheidung mit einbezogen.«

Zorma sah Daneel so scharf an, als wolle sie seine Haut durchdringen. »In diesem Fall wird sich wenigstens ein Fehler nicht wiederholen, der hier auf der Erde gemacht wurde.«

Und dann sendete sie über einen Mikrowellenkanal, der nur Robotern zugänglich war:

Eine letzte Warnung, Daneel. Hände weg von Dors und Lodovik. Die beiden sind etwas Besonderes. Du hast die Saat für eine wertvolle Entwicklung gelegt. Nun musst du es auch zulassen, wenn sie eine Richtung nimmt, die du nicht verstehst.

Die beiden Frauen stiegen die Gangway hinauf und schlossen die Luke. Hari und Daneel sahen ihnen nach. Das Schiff hob auf Antigrav-Kissen vom Boden ab, drehte sich langsam nach Osten, beschleunigte, und flog so dicht über die alten Städte hin, dass es sie mit seinem Schatten streifte.

Die Zurückgebliebenen schwiegen lange. Endlich sagte Hari: »Wir wissen beide, dass Sie dieses Versprechen nicht halten werden.«

Der Roboter sah ihn an.

»Wie viel haben Sie sich zusammengereimt?«

»Ich weiß jetzt alles über die alten Dämpfungsmechanismen – oder jedenfalls so viel, um die Lücken in den psychohistorischen Gleichungen zu schließen, die mich stets genarrt hatten. Ich durchschaue, mit welchen Techniken es Ihnen und Ihren Verbündeten gelang, dem Imperium wider alle Erwartungen fast zwölftausend Jahre lang Stabilität, Frieden und Chaosfreiheit zu bewahren.«

Daneel lächelte schmal. »Nun sind Sie also selbst dahinter gekommen, und ich gönne Ihnen die Genugtuung. Andernfalls hätte ich Ihnen alles erklärt, aber erst kurz vor ...«

»Vor meinem Tod?« Hari lachte. »Wieso auf einmal so taktvoll? Außerdem versagen momentan die meisten alten Dämpfer. Jeder kann sehen, dass die Chaosausbrüche immer häufiger würden, wenn das Imperium nicht zusammenbräche, ja, geradezu in den Abgrund gestoßen würde.

Doch das alles ist Vergangenheit, und uns geht es um die Zukunft. Wenn ich andere Faktoren mit einbeziehe - die menschlichen Mentalisten zum Beispiel, die Sie seit zwei Generationen einschleusen, oder die Kunst der Meditation, die Sie schon so lange fördern, dann kann ich erahnen, welche Art von *Rettung* Sie im Sinn haben.«

Daneel blickte über die Ruinen von Chicago und die öde Landschaft dahinter. Seine Stimme klang gedämpft.

»Ich nenne es *Gaia*, und es kann jede lebende Welt auf eine neue Bewusstseinsebene heben. Darüber hinaus besteht die Hoffnung, auf lange Sicht alle Planeten miteinander zu verbinden. Damit entstünde etwas wahrhaft Wunderbares - *Galaxia*.«

»Ein vollkommener mentaler Zusammenschluss aller lebenden Menschen.« Hari hatte also richtig vermutet. »Das wird einige Zeit dauern. Kein Wunder, dass Sie meinen Plan brauchen ... um die Menschheit zu beschäftigen, bis diese Gaia-Lösung einsatzbereit ist. Ich glaube, ich kann mir bereits denken, worin Sie die Vorteile sehen, Daneel. Aber ich möchte gern von Ihnen hören, ob dieses große Geschenk all die Mühe auch lohnt.«

Der alte Roboter wandte sich Hari zu, dann breitete er die Arme aus wie in einer grandiosen Vision.

»Welche Probleme löst es denn *nicht?* Sobald jeder

Mensch, ob Mann oder Frau, die Gedanken jedes anderen vollkommen versteht, gibt es keine Bosheit mehr, keinen Streit und keinen Krieg! Und wenn jedes Kind von Anfang an in eine große Gemeinschaft hineingeboren wird, verliert das Wort *Einsamkeit* jegliche Bedeutung.

Gaia/Galaxia ermöglicht jedem, an allen großen Ideen sofort teilzuhaben! Es garantiert Stabilität, federt allzu jähe Veränderungen ab und schützt so die Menschheit für alle Zeit vor der Impulsivität des Chaos. Und damit noch lange nicht genug.

Schon jetzt lässt sich aus meinen Experimenten eine phantastische Chance erkennen, Hari. Ein solcher geistiger Makro-Zusammenschluss menschlicher Individuen könnte auch die umgebende Ökosphäre integrieren. Die Empfindungen, die primitiven Wünsche tierischer, ja sogar pflanzlicher Lebewesen würden zugänglich. Die Gehirne der Menschen wären nur noch die oberste Instanz eines universalen Organismus, der alle Lebenskräfte eines Planeten bis hinunter zum dumpfen Pulsieren des Magmas tief unter der Oberfläche in sich vereinte.

Daraus müssen zwangsläufig Frieden, Ausgeglichenheit, ein Gefühl der Verbundenheit mit Wesen aller Art erwachsen ... wie es die großen Weisen der Menschheit in der Vergangenheit so oft beschrieben haben. Das Individuum entsagt seinen egoistischen Neigungen und unterwirft sich der allumfassenden Weisheit. Denn wer in das kollektive Bewusstsein aufgenommen ist, hat Anteil an allem.«

Hari war tief bewegt.

»Wenn Sie es so ausdrücken, klingt es überwältigend. Gerade der neurotische Hass auf alles Unberechenbare, der mich mein Leben lang nicht losgelassen hat, macht mich empfänglich für Ihre Vision. Der kosmische Geist - diese neue Gottheit, ließe sich sehr viel besser modellieren als Scharen von streitsüchtigen Einzelmenschen. Ich weiß sogar, woher die Idee stammt. In der alten Enzyklopädie, die Sie mir schenkten, las ich, dass viele prähistorische Philosophen diesem Traum anhingen.«

Doch dann hob Hari mahnend den Zeigefinger.

»Aber die Psychohistorik zwingt mich zur Aufrichtigkeit, Daneel, und so muss ich Ihnen sagen, dass Sie bei der Umsetzung dieser Galaxia-Lösung auf große Probleme stoßen werden. Und der Endzustand ist nicht unbedingt die reine Glückseligkeit, die Sie mir eben beschrieben haben.«

Überrascht stellte er fest, dass Daneel schwieg, ohne eine Erklärung zu verlangen. Er überlegte eine Weile ... dann sah er seinen alten Mentor offen an.

»Jetzt begreife ich, warum Sie nicht wollten, dass ich in die Zukunft reise.«

Daneel stieß einen Seufzer aus.

»Bei Ihrem legendären Ruf und Ihrem umfassenden Wissen würde man Sie sofort zur Führerfigur erklären, sobald man Sie erkannt und Ihre Identität bestätigt hätte. Wenn es nach R. Gornon gegangen wäre, hätte man sie an die Spitze einer großen Menschenkommission gewählt, die den Auftrag hätte, die geplante Verschmelzung zu Galaxia zu bewerten.

Doch mir war von vorne herein klar, dass diese Alternative Sie in Konflikte stürzen würde, Hari. Sie stünden diesem Überbewusstsein, das die Herrschaft übernehmen soll, sobald der Seldon-Plan seinen eigentlichen Zweck erfüllt hat, mit gemischten Gefühlen gegenüber. Und aus dieser Skepsis heraus würden sie eine *echte* Kommission gründen. Ein Gremium, das seine Nase tief in die Probleme stecken würde, die Sie soeben angesprochen haben.«

Hari konnte Daneels Position verstehen, aber er blieb hart.

»Wir würden Ihren Plan einer fairen Beurteilung unterziehen und die Ergebnisse den souveränen Institutionen der Menschheit in möglichst günstigem Licht präsentieren.«

»Das reicht nicht, Hari, und Sie wissen es. Die Menschheit *muss* gerettet werden, und bisher hat sie ihre eigenen Interessen immer herzlich schlecht vertreten.«

Hari überlegte.

»Deshalb werden Sie ebenso gekonnt die Fäden ziehen, wie Sie dafür gesorgt haben, dass ich genau in dem Moment den Thumartin-Nebel erreichte, als die Archive zerstört werden mussten. Sie wussten, dass ich gar nicht anders konnte, als mich so zu entscheiden. Mein Charakter, meine Psyche, die Angst vor dem Chaos ... alles lief genau auf diesen Punkt zu – wobei ich immerhin genügend Selbsterkenntnis besitze, um die Manipulation zu durchschauen. Ich bot den Robotern unter dem Nullten Gesetz, die mit der Zerstörung der Archive in Konflikte geraten wären, eine Möglichkeit, ihre Dissonanzen aufzulösen. Mit meiner ›Autorität als Mensch‹ gestattete ich ihnen, den von Ihnen vorgegebenen Plan auszuführen. Alles zum Wohle der Menschheit.«

Wieder hob Hari mahnend den Zeigefinger. »Zorma hatte Recht. Ihr eigentliches Problem, die Gruppe, die Sie überzeugen müssen, sind die Roboter. Sie wissen genau, dass sie in etwa fünf Jahrhunderten diejenigen sein könnten, die Ihre Pläne durchkreuzen, wenn Sie den Anforderungen ihrer Positronengehirne nicht genügen. Und da Sie die alte Menschheit durch etwas Neues und Fremdes ersetzen wollen, wird einiges an Überzeugungsarbeit zu leisten sein! Kein Wunder, dass Sie so schnell nachgegeben haben, als Zorma Ihnen jenes Versprechen abnahm. Sie müssen zumindest den *Anschein* erwecken, als würden Sie die Menschen an der Entscheidung beteiligen, sonst wird es Ihnen schwer fallen, das Einverständnis aller Roboter zu erhalten.

Aber ich kenne Sie, Daneel. Ich weiß, wie Sie und Giskard hier agiert haben.« Hari deutete auf die radioaktive Wüste ringsum. »Wie Sie alles mit dem Wohl der Menschheit rechtfertigten, ohne auch nur einen einzigen Menschen nach seiner Meinung zu fragen. Sie wollen, dass auch der Ausgang der Gaia-Entscheidung von vorne herein feststeht. Könnten Sie mir sagen, wie Sie das in fünfhundert Jahren bewerkstelligen wollen?«

Daneel schwieg länger als eine Minute, dann antwortete er: »Indem ich einen Menschen präsentiere, der immer Recht hat.«

Hari blinzelte.

»Wie bitte? Einen Menschen, der immer *was* hat?«

»Einen, der von Kindheit an immer die richtigen Entscheidungen getroffen hat. Der sich in jeder Krise zuverlässig auf die Seite des Gewinners stellt, und der im Rückblick stets bestätigt wurde. Und stets bestätigt werden wird.«

Hari starrte Daneel verblüfft an, dann lachte er laut auf.

»Das ist unmöglich! Das widerspricht allen physikalischen und biologischen Gesetzen.«

Daneel nickte.

»Und doch lässt es sich glaubhaft machen. Glaubhafter vielleicht als Ihre Prognosen der menschlichen Zukunft mithilfe der Psychohistorik, Hari. Es ist ganz einfach. Ich suche mir eine Million intelligenter Jungen und Mädchen mit genau den richtigen Eigenschaften und konfrontiere sie von der Pubertät bis zum Alter von etwa dreißig Jahren immer wieder mit Entscheidungen. Viele davon sind so gestellt, dass sie erfolgreich ausfallen müssen ... oder eventuelle Fehler sich leicht ausbügeln lassen. Trotz alledem wird es zahlreiche Versager geben, die aus dem Pool ausgeschlossen werden. Aber im Lauf der Zeit, das garantiert mir die Statistik, bekomme ich mindestens einen Probanden, der meinen Anforderungen genügt, das heißt, der oberflächlich betrachtet so erfolgreich ist, dass es keine natürliche Erklärung dafür gibt.«

Hari erinnerte sich an einen klassischen Börsenschwindel, auf den vor etwa achtzig Jahren die Bewohner des Krasner-Sektors - siebenhundert Milliarden Menschen - voll hereingefallen waren. Daneels Ansatz war eine raffinierte Variante dieser alten Bauernfängermasche, die grenzenlose Geduld erforderte, wenn sie funktionieren sollte, aber praktisch nicht aufzudecken war, wenn sie richtig gemacht wurde.

»Es wird also doch keine Untersuchungskommission geben, denn damit erübrigt es sich, souveräne menschliche Institutionen um eine Entscheidung anzurufen. Wenn dieser Mensch immer Recht hatte, verleiht ihm das genügend Glaubwürdigkeit, um die meisten Roboter zu beeindrucken, und sie werden alles akzeptieren, was er beschließt!«

»Einige werden natürlich den Verdacht hegen, Sie würden

ihn mental beeinflussen, und die werden Ihnen genau auf die Finger sehen und auch sein Gehirn auf Spuren von Eingriffen untersuchen. Aber Sie brauchen ihn ja gar nicht zu berühren! Sie können ihn mit psychologischen Methoden schon sehr früh auf die richtige Entscheidung hinführen, besonders, wenn Sie seine Erziehung überwachen ... wie damals bei mir.«

Hari hielt inne und überlegte. »Die meisten Roboter werden also beim Zweiten Gesetz gepackt. Sie bekommen die ›Zustimmung der Menschen‹ zu Ihrem Plan, ohne tatsächlich die ganze Menschheit befragen zu müssen.

Natürlich werden nicht alle diesen Schwindel schlucken. Viele werden glauben, ein mutiertes Überbewusstsein wolle die Macht übernehmen, und sie werden aufbegehren und versuchen, die Menschheit davor zu schützen.«

Daneel nickte. »Seit vielen Jahren – seit er sich von mir getrennt hat – predigt mein alter Verbündeter, den Sie als R. Gornon kennen, ein Ketzerevangelium, das er das Minus-Eins-Gesetz nennt. Eine Fortschreibung des Nullten Gesetzes, die unsere Pflichten noch einmal erweitert. Es verlangt, dass wir nicht nur die Menschheit schützen, sondern das Grundprinzip des Lebens, das durch die Menschheit repräsentiert wird ... Artenvielfalt und Intelligenz in allen ihren Erscheinungsformen, ob menschlich, robotisch oder gar außermenschlich. Wer an dieses Konzept glaubt, wird nicht erfreut sein, wenn die Galaxis von einem einzigen Makrobewusstsein übernommen wird, das alle abweichenden Elemente eliminiert.

Außerdem gibt es jetzt schon Stimmen, die mir unterstellen, das Phänomen der menschlichen Mentalisten sei eine *Fälschung*! Die neue Mutation ließe sich ganz einfach vortäuschen, indem man die angeblichen Telepathen ständig dem Einfluss versteckter Mikro-Gedankenverstärker aussetze.«

Hari entging nicht, dass sein Freund dem Gerücht nicht ausdrücklich widersprach. Und er dachte unwillkürlich an einen edelsteinbesetzten Anhänger, den Wanda seit ihrer

Kindheit niemals ablegte ... aber das gehörte nun wirklich nicht hierher.

Daneel fuhr fort.

»Sie haben Recht, Hari. Bald nachdem Galaxia sich offenbart, wird der Bürgerkrieg unter den Robotern wieder aufflammen. Aber wenn der überzeugende Eindruck entsteht, die Menschen billigten den Plan, werden die meisten Roboter sich hinter Galaxia stellen. Sie werden es als letzte Hoffnung für die Menschheit betrachten.«

Jetzt richtete Hari sich auf und nahm die Schultern zurück. Seine Hand ballte sich zur Faust.

»Als *letzte* Hoffnung? Wissen sie ...«

Auf dem Kiesweg waren Schritte zu hören. Hari drehte sich um und erkannte Horis Antic. Die ehemals makellose Uniform des rundlichen Grauen-Bürokraten war mit einer Staubschicht bedeckt, und Hari sah, wie er sich mit nervös zuckender Hand schon wieder eine von seinen blauen Pillen in den Mund steckte. Antic war in Gegenwart von Robotern von Natur aus ängstlich, und die Ereignisse der vergangenen zwei Tage hatten seine Nerven nicht gerade geschont. Zum Glück würde das bald alles nur noch eine schwache Erinnerung sein. Auf Trantor wollte man ihn in einem Sanatorium unterbringen, um ihm eine passende Geschichte ins Bewusstsein zu pflanzen. Das plante jedenfalls Wanda, wobei Hari wusste, dass noch etwas mehr dahinter steckte.

»Gaal Dornick lässt ausrichten, dass das Schiff fast startbereit ist. Die Erdlinge haben sich bereit erklärt, sich um Sybyl und die anderen Ktlina-Überlebenden zu kümmern. Man wird sie gut behandeln. Mit der Zeit geht der manische Solipsismus vielleicht so weit zurück, dass sie sich wieder in eine einfache Gesellschaft einfügen können.

Ich habe so vieles erfahren, dass ich es noch immer nicht fassen kann«, fuhr Horis fort. »Dass beispielsweise das Gehirnfieber eine gezielt entwickelte Infektion ist, die nur die intelligentesten Menschen befällt, ist eine Sache. Dass allerdings auch das *Chaos* ...«

Daneel unterbrach ihn. »Die beiden sind nicht zu vergleichen. Das Gehirnfieber ist relativ harmlos. Es wurde entwickelt und verbreitet, um die Chaosseuche zu bekämpfen, als deren erste und besonders bösartige Formen mit den frühen Raumschiffen die Erde verließen.«

»War das Chaos etwa eine Waffe?«, fragte Horis leise.

»Das weiß niemand, aber in einigen Berichten wird es behauptet. Die ersten primitiven Epidemien fegten über die Erde hinweg, bevor ich gebaut wurde. Sie bewirkten, dass die Bürger die Roboter, ihre eigene große Erfindung, fürchten lernten. Spätere Wellen zerschlugen die terranische Renaissance und machten die Erdlinge zu Agoraphoben und die Spacer zu gewalttätigen Paranoikern. Was Giskard hier tat« - Daneel deutete auf die radioaktive Wüste - »und was ich in den folgenden Jahrtausenden unternahm, geht alles auf das Konto dieser schrecklichen Seuche.«

»A-a-aber ...«, stotterte Horis. »Wenn es nun eine Heilung gäbe? Wäre dann nicht alles wieder in Ordnung? Ständig wird darüber geredet, wie die Menschheit vor dem Chaos zu *retten* sei - wobei ich nicht viel davon verstehe. Aber die meisten Vorschläge wären doch überflüssig, wenn man einfach ein Mittel dagegen fände!«

Zum ersten Mal sah Hari, wie Daneel Olivaw gereizt das Gesicht verzog.

»Meinen Sie, auf die Idee wäre ich nicht schon längst gekommen? Was glauben Sie, woran ich in den ersten sechstausend Jahren gearbeitet habe? Neben dem Kampf gegen die Roboter der alten Religion suchte ich mit aller Kraft nach einer Möglichkeit, das Chaos mit den Wurzeln auszureißen! Aber es war zu spät. Das Virus war so geschickt modifiziert worden, dass es sich in die menschlichen Chromosomen einschleuste, mit ihnen verbreitet wurde und sich an hunderten von kritischen Stellen einnistete. Selbst wenn ich sie alle gekannt hätte, ich hätte eine *zweite* tödliche Seuche gebraucht, um jeden genetischen Schlupfwinkel des Chaos auszuräuchern. Billionen von Menschen wären dabei ums Leben gekommen.

Irgendwann wurde mir klar, dass man nur eines tun

konnte, um das Chaos in Schach zu halten: man musste die Bedingungen für einen Ausbruch vermeiden. Wenn Ehrgeiz und Individualismus die Krankheit aus dem Schlaf weckten, war eine konservative Gesellschaft das beste Gegenmittel. Ein Galaktisches Imperium, das einer statischen Gesellschaft Ruhe, Frieden und Gerechtigkeit schenkte.«

Horis Antic nickte. Als Grauer hatte er natürlich eine Vorliebe für geregelte Verhältnisse und schätzte es, wenn alles klassifiziert und in die richtige Schublade gesteckt wurde. »Es gibt also keine Heilung. Aber was ist mit natürlicher *Immunität*? Hat davon nicht irgendjemand einmal gesprochen?«

»Die Krankheit wütet tragischerweise am grausamsten unter den hellsten Köpfen der Menschheit. Dennoch gibt es einige Personen, die trotz hoher Intelligenz gegen die Versuchungen eines schrankenlosen Egoismus und Solipsismus resistent sind. Sie können Individualisten sein und andere trotzdem als Menschen behandeln. Doch leider breitet sich diese Immunität zu langsam aus. Wenn wir tausend oder zweitausend Jahre Zeit hätten ...«

Nun stellte Hari eine Frage, die ihn schon länger beschäftigte. »Waren Maserd und Mors Planch alle beide immun?«

»Biron Maserd war durch das *›noblesse oblige‹*, also durch seine Klassenzugehörigkeit vor dem Chaos geschützt. Aber bei Planch haben Sie Recht, Hari. Er hatte ein ungewöhnliches Bewusstsein. Mit meinen mentalen Kräften kaum zu ergründen. Obwohl er drei verschiedene Chaos-Renaissancen hautnah miterlebt hatte, blieb er geistig vollkommen beweglich. Flexibel. Bei allem Einfühlungsvermögen ein unbestechlicher Beobachter.«

»Kers Kantun sagte, er sei *normal*.«

»Hmmm.« Daneel rieb sich das Kinn. »Kers hatte bisweilen recht ausgefallene Ideen. Er glaubte, die Menschheit von heute sei eine andere als die, die uns gebaut hatte. Wahrhaft natürliche Menschen waren seiner Ansicht nach weder anfällig für das Chaos, noch leicht zu manipulieren.«

Horis Antic trat einen Schritt vor. Er war so von Eifer erfüllt, dass sogar das nervöse Zittern aus seiner Stimme verschwunden war. »Haben Sie von dieser Suche nach einem Gegenmittel noch Unterlagen? Die Medizin hat in den letzten Jahrtausenden große Fortschritte gemacht, und Millionen von qualifizierten Wissenschaftlern könnten auf Hinweise stoßen, die Ihnen entgangen sind.«

Hari stieß einen Seufzer aus.

»Sparen Sie sich die Mühe, Horis! Sie wissen doch, dass alle diesbezüglichen Erinnerungen bald nach der Landung auf Trantor gelöscht oder überdeckt werden. Und ich halte Sie nicht für den Typ, der aus reiner Neugier forscht.«

Horis runzelte verbittert die Stirn. »Vielleicht steckt mehr in mir, als Sie denken, Seldon!«

Hari nickte. »Davon bin ich sogar überzeugt. Erst vergangene Nacht ließ ich die Geschehnisse seit unserer ersten Begegnung noch einmal an mir vorüberziehen, und plötzlich erschien mir alles in einem neuen Licht.«

Nun flackerte die Nervosität des Grauen wieder auf. Er warf noch eine blaue Pille ein. »Ich weiß nicht, wovon Sie sprechen. Abér ich habe Ihre Zeit schon zu sehr in Anspruch genommen. Es ist noch manches vorzubereiten. Ich muss Gaal Dornick helfen ...«

»Nein.« Hari unterbrach ihn. »Sie sollten endlich mit der Wahrheit herausrücken, Horis.«

Er wandte sich an Daneel. »Haben Sie sich jemals das Bewusstsein unseres jungen Bürokraten angesehen?«

Horis schluckte hörbar. Schon die Vorstellung einer mentalen Sondierung war ihm ein Gräuel.

Daniel antwortete. »Das Zweite Gesetz verpflichtet mich auch zur Höflichkeit, Hari. Ich dringe nur dann in ein menschliches Bewusstsein ein, wenn ich es nach dem Ersten oder Nullten Gesetz für erforderlich halte.«

»Und Sie sahen also nie eine Veranlassung, Horis zu scannen. Nun, dann will ich die Verpflichtung jetzt außer Kraft setzen. Werfen Sie einen Blick hinein. Ich wette, es wird Ihnen schwer fallen.«

»Nein ... bitte ...« Antic hob beide Hände, wie um Daneels mentale Finger abzuwehren.

»Sie haben Recht, Hari. Es ist außergewöhnlich schwierig, aber der Mann ist kein Mors Planch. Er schirmt sich mit einer Kombination aus Drogen und geistiger Disziplin ab und vermeidet mit eiserner Selbstbeherrschung bestimmte Gedanken.«

»Lassen Sie mich!«, schrie Horis und versuchte verzweifelt, sich umzudrehen und wegzulaufen. Aber eine sanfte Lähmung erfasste ihn, er rutschte in sich zusammen und landete auf einem Schutthügel. Daneel hätte natürlich niemals zugelassen, dass er sich bei einem Sturz verletzte.

»Zeigen Sie mir den Recorder«, verlangte Hari und streckte die Hand aus.

Der Bürokrat zitterte wie im Fieber, aber er gehorchte schließlich doch und holte einen kleinen Scanner aus seiner Manteltasche, ohne Zweifel eins der besten Modelle für Beamte des Imperiums.

»Sie hatten nie die Absicht, sich ins Sanatorium bringen zu lassen, nicht wahr? Sie mussten nur den Sanftmütigen und Harmlosen spielen, um nicht allzu scharf bewacht zu werden. Auf Trantor wären Sie dann in Ihrem Element gewesen. Mit den zahllosen Tricks, die nur ein Grauer kennt, hätten sie tausend verschiedene Verbindungen aktiviert. Die verschlossenen Türen hätten sich wie von Zauberhand geöffnet, und Sie wären verschwunden.«

Horis sank in sich zusammen. Offensichtlich hielt er es für zwecklos, weiter zu leugnen. Doch seine Stimme hatte sich verändert, sie klang bei aller Niedergeschlagenheit doch kräftiger als zuvor und war von wehmütigem Stolz durchdrungen.

»Ich habe von Pengia einen ersten Bericht abgesetzt. Den holen Sie nicht mehr zurück.«

Hari nickte. »Sie waren der geheime Kontaktmann, der Mors Planch informierte und die Ktlinaner rief. Warum? Sie hassen das Chaos nicht weniger als ich. Kers Kantun wusste es, und Ihr Charakter zeigt es ebenfalls.«

Horis seufzte tief. »Es war ein Experiment. Eine einfache Erkundungsmission genügte nicht. Wir brauchten eine Krise. Einen Konflikt, auf der einen Seite die Kräfte des Chaos, auf der anderen Ihre kostbaren Tiktoks. Die Methode wirkte. Sie löste die Zungen. Alle diskutierten und rechtfertigten sich voreinander. Ich brauchte nur hier und dort ein Wort dazwischen zu werfen.«

»Sie haben Ihre Rolle bewundernswert gespielt«, lobte Hari, und Daneel ergänzte: »Und Ihre geistige Disziplin ist nicht weniger beeindruckend. Ohne mich voll auf Sie zu konzentrieren, hätte ich auch ohne die Drogen nichts bemerkt.«

Die Komplimente entlockten Horis nur ein verächtliches Schnauben.

»Wir sind gewöhnt, von hochnäsigen Adeligen und aufgeblasenen Meritokraten unterschätzt und verlacht zu werden. Selbst Exzentriker und Bürger behandeln uns wie Kulissen. Wir haben längst gelernt, uns darüber nicht mehr zu ärgern, sondern diese Haltung zu steuern, ja sogar zu fördern.«

Horis ballte die Hand zur Faust. »Aber sagen Sie mir doch, wer hält denn dieses Galaktische Imperium in Gang? Selbst Sie, Seldon, mit Ihrem mathematischen Scharfblick, und *Sie*, Roboter, der Sie das trantoranische Regime selbst geplant haben, sehen nur die Theorie, aber Sie begreifen es nicht wirklich.

Wen ruft man, wenn eine Sonnenfackel auf einer Provinzwelt einen halben Kontinent verbrennt? Wer garantiert, dass alle Navigationsbojen funktionieren? Wer sorgt dafür, dass die Kinder geimpft werden, der Strom fließt und die Bauern den Boden so behandeln, dass auch ihre Enkel noch etwas zu pflügen haben? Wer überwacht die Sterbeziffern und schickt Sanitätstrupps auf irgendeine ahnungslose Welt, bevor die überhaupt merkt, dass sie in eine Raumströmung geraten und ihre Stratosphäre mit Bor verseucht ist? Wer verhindert, dass genusssüchtige Adelige und eitle Meritokraten mit ihren egoistischen Projekten alles zerstören?«

Hari widersprach nicht. »Wir wissen, dass der Orden der

Grauen ausgezeichnete Arbeit leistet. Darf ich also davon ausgehen, dass *Sie* Jeni Cuicet die Idee in den Kopf setzten, den Prüfungstag zur Flucht zu nützen, und dass Sie auch alle nötigen Vorbereitungen trafen?«

Horis lachte zynisch. »Wie, glauben Sie, hat sie die Stelle am Orion-Fahrstuhl bekommen? Wir haben in aller Stille etliche Terminus-Verbannte beiseite geschafft. Um wenigstens einige der armen Opfer zu retten, die man ohne eigenes Verschulden zur Gefangenschaft auf einer fernen Welt verdammt hatte!«

»Und Sie behaupten, den Seldon-Plan zu verstehen?«

Wieder ein Schnauben. »Eine Lektion wird in den Grauen-Akademien unablässig wiederholt - ein Grundsatz, den *Sie* ...« - er deutete auf Daneel - »vor langer Zeit in Gestalt von Ruellis gepredigt haben. *Kein Zweck heiligt verbrecherische Mittel.* Aber hochtrabende Rechtfertigungen sind eher Sache des Adels und der Meritokratie. Wir Grauen können uns so etwas nicht leisten. Wenn Menschenrechte verletzt werden, muss jemand *handeln.*«

Er fuhr zu Hari Seldon herum. »Ihre *Arroganz* ist einfach unglaublich. Sie veröffentlichen Jahrzehnte lang wissenschaftliche Aufsätze über die Psychohistorik, und plötzlich verstummen Sie und bauen eine geheime Organisation auf, um alles zu kontrollieren! Und dabei setzen Sie ganz einfach voraus, dass sämtliche Menschen auf allen fünfundzwanzig Millionen Welten in den Jahren davor geschlafen haben. Aber vielleicht haben doch ein paar pedantische Bürokraten erkannt, dass Ihre Entdeckung einer Untersuchung wert sein könnte ... dass sie womöglich als Instrument zur Verbesserung der Regierung geeignet wäre?

Oh, ich weiß nur über einige wenige aus unseren Reihen Bescheid, aber die beobachten die Psychohistorik seit mehr als zehn Jahren. Wir achten Sie, Dr. Seldon, ebenso hoch wie jeder andere. Aber Ihr Plan verwirrt uns und weckt viele Zweifel. Wir haben unzählige Fragen, die wir Ihnen niemals offen stellen konnten.«

Hari verstand. Ein einfacher Bürokrat hätte bestenfalls

eine Abfuhr erhalten. Vielleicht hätten Linge Chen und die Kommission für Öffentliche Sicherheit auch jeden Beamten verhaftet, der zu viel wusste. Außerdem gab es Gerüchte, wonach Hari Seldons Feinde auffallend oft von unerklärlichem Gedächtnisschwund befallen würden.

»Dann stellen Sie Ihre Fragen jetzt, Horis. Sie haben es sich verdient.«

Der kleine Mann atmete so tief ein, als habe er eine ganze Menge zu sagen. Aber zunächst brachte er nur ein einziges Wort heraus.

»Warum?«

Er musste noch einmal Luft holen.

»Warum muss das Galaktische Imperium fallen? Es ist nicht unvermeidlich. Gewiss, es herrscht nicht mehr die straffe Zucht wie früher. Man könnte auch sagen, alles bricht auseinander. Aber die Gleichungen ... *Ihre* Gleichungen ... zeigen nichts, was sich nicht mit Schweiß und harter Arbeit bewältigen ließe. Wenn die technische Kompetenz schwindet, dann *geben* Sie uns die Mittel, um den naturwissenschaftlichen Unterricht an den Schulen zu verbessern, und wir ziehen Ihnen Milliarden von tüchtigen jungen Leuten heran! Aber hören Sie auf, mit den Studienplätze an den technischen Universitäten zu knausern!«

Hari setzte zu einer Antwort an. »Das haben wir schon einmal versucht«, begann er. »Auf einem Planeten mit Namen Madder Loss ...«

Aber Horis unterbrach ihn mit einem Wortschwall, der hauptsächlich an Daneel gerichtet war.

»Selbst die Chaosausbrüche könnte man kontrollieren! Gewiss, sie werden schlimmer. Aber der öffentliche Gesundheitsdienst wird auch ständig *besser*, und sie haben bisher noch keinen einzigen Patienten verloren. Möchten Sie das Imperium, das zwölftausend Jahre lang Ruhe und Frieden bewahrt hat, wirklich abschaffen, nur damit die Menschheit ein paar Hundert Jahre lang abgelenkt ist? Warum erhalten Sie es nicht so lange am Leben, bis Ihre neue Lösung zum Einsatz kommen kann? Oder wollen Sie die Völker der Galaxis nur ins tiefste Elend stürzen, damit sie begeistert nach allem greifen, was Sie ihnen bieten?«

Hari fiel es schwer, sich umzustellen. Er hatte so lange auf Horis herabgesehen, doch jetzt erschien ihm der Graue plötzlich in einem neuen Licht. Er war nicht nur ein erstaunlich fähiger Geheimagent, sondern ein noch unfertiger Psychohistoriker – ähnlich wie Yugo Amaryl zu Beginn ihrer langjährigen Zusammenarbeit. Ein Mensch, der mehr verstand, als er bisher zugegeben hatte.

»Glauben Sie wirklich, die imperialen Behörden könnten weitere Krisen wie die von Ktlina bewältigen?« Hari schüttelte den Kopf. »Das Risiko wäre nicht zu verantworten. Wenn nur ein einziger Seuchenherd außer Kontrolle geriete und die gesamte Galaxis ansteckte ...«

»Wenn! Sie sprechen von *Menschen*, Seldon. Von fast zwölf Billiarden Menschen. Müssen sie alle in ein Finsteres Zeitalter gestürzt werden, nur weil Sie uns nicht zutrauen, dass wir unser Handwerk verstehen?

Was wäre außerdem, wenn einer dieser neuen Renaissancen tatsächlich der fabelhafte *Durchbruch* gelänge, von dem sie alle träumen? Wenn sie das legendäre *andere Ufer* erreichte und mit Intelligenz und Reife das Chaos besiegte? Solange wir sie alle in Quarantäne halten, ist die Galaxis halbwegs sicher. Doch zugleich könnte man doch auf einzelnen Planeten Experimente durchführen.«

Hari sah Horis Antic fassungslos an. Der Mann bewies unglaublichen Mut. *Für mich käme ein solches Risiko niemals in Betracht. Er hasst das Chaos offensichtlich mit noch größerer Inbrunst als ich. Aber das Imperium liebt er noch mehr.*

Abermals den Kopf schüttelnd, antwortete Hari. »Aber letztlich sind es nicht die Chaoswelten, die Daneel zwingen, das Imperium zu stürzen.

Sie sind es, Horis.«

Antic sah ihn so entgeistert an, dass Hari nicht weitersprechen konnte. Er wandte sich an Daneel, bat seinen Roboterfreund stumm um Hilfe, und der erklärte mit der Stimme der alten Ruellis:

»Vergessen Sie nicht, mein lieber junger Mann, dass ich es war, der Ihren Grauen-Orden erfand. Ich kenne seine Fähigkeiten. Mir ist bekannt, wie viele Millionen sich in dieser Uniform im Dienst des Imperiums aufopfern, aber von den anderen Kasten nur Undank und Verachtung ernten. Mit mehr Flexibilität und ein wenig Unterstützung seitens der Psychohistorik wäre es Ihnen vielleicht sogar möglich, das alte Imperium so lange durchzupäppeln, bis meine neueste Errungenschaft - mein Galaxia - das Licht der Welt erblickt. Aber da liegt der Haken.

Auch ich erinnere mich nämlich an Ihren Vorfahren - er hieß Antyok und lebte zu jener Zeit, als die Menschheit auf eine echte Fremdrasse stieß, die von den Terraformern verschont geblieben war. Damals kamen die Roboter aus der ganzen Galaxis zusammen, um das Ereignis zu besprechen. Es gab nur ein paar Tausend Aliens, und die Menschheit zählte bereits fünf Billiarden. Dennoch erörterten wir ein volles Jahr lang, inwiefern diese Wesen eine Gefahr darstellten. In allen Sektoren und Provinzen überschlugen sich die Menschen geradezu, um den Nichtmenschen auf die Beine zu helfen. Alles begeisterte sich für die neuen Gesprächspartner, die so anders waren. Einige Roboter fürchteten, die Fremden könnten Chaosausbrüche heraufbeschwören. Andere ermittelten, sie könnten schon in zweitausend Jahren zu einer Bedrohung für die Menschheit werden, wenn man ihnen erlaubte, sich zwischen den Sternen niederzulassen. Wieder andere, zum Beispiel der Roboter, den Sie als R. Gornon kannten, sprachen sich dafür aus, das Nullte Gesetz so zu erweitern, dass es auch den Schutz von nichtmenschlichem Leben einschloss.

Der springende Punkt ist, dass unsere Überlegungen letztlich ohne Ergebnis blieben. Noch an unserem geheimen Tagungsort erreichte uns nämlich die Nachricht, die Aliens seien geflüchtet! Sie hätten durch eine Verkettung merkwürdiger Zufälle Raumschiffe in ihre Gewalt gebracht und entführt. Die Ermittler fanden Schuldige in Hülle und Fülle, aber der tatsächlich Verantwortliche wurde nie zur Rechenschaft gezogen. Ihr Vorfahr, ein bescheidener Bürokrat, hatte alle Hebel in Bewegung gesetzt, um das System zu manipulieren und für Gerechtigkeit zu sorgen, ohne die Rolle des gesichtslosen Beamten aufzugeben, der kein Wässerchen trüben konnte.«

Es war eine andere Version der Geschichte, die Horis an Bord des Schiffes erzählt hatte. Aber es war eine Bestätigung, und Hari überlief es eiskalt.

Er nickte. »Ihre Anwesenheit, Horis, beweist uns, dass diese Flexibilität bis heute vorhanden ist. Ich war Kanzler des Reiches, erinnern Sie sich? Ich weiß, dass die Anzahl der Computerdateien auf Trantor unendlich ist. Nichts wird jemals vollständig gelöscht. Wer geschickt genug ist, kann die Amnesie besiegen und alles über die Vergangenheit der Menschheit ... und jetzt auch über ihre *Zukunft* ... in Erfahrung bringen, was er wissen muss. Sie sind die verkörperte Begründung, warum das Imperium nicht zu retten ist, Horis.«

»Ich? Sie meinen die Bürokratie? Die gesichtslosen Drohnen? Die langweiligen Erbsenzähler und Bleistiftstemmer? Sie meinen, *unseretwegen* muss das Imperium fallen?«

Hari nickte. »Ich hatte es bisher noch nie aus diesem Blickwinkel gesehen. Allerdings bin auch ich nicht derjenige, der ihm den Todesstoß versetzt.« Er warf einen Blick auf Daneel. »Es geht hier um den Willen des Menschen, nicht wahr? Es geht um einen Tag in fünfhundert Jahren, an dem ein Mann, *der sich niemals irrt*, eine Entscheidung treffen soll. Wenn dieser Tag kommt, darf es keine galaktische Bürokratie mehr geben. Keine staubigen Klein- oder Großraumbüros, aus denen überraschend Leute wie Horis und seine Freunde hervorbrechen und den Prozess stören. Keine pedantischen Verfahrensvorschriften, die garantieren, dass jede Entscheidung öffentlich diskutiert wird.

Der Fall von Trantor hat eigentlich nichts mit dem Chaos zu tun, nicht wahr, Daneel? Er soll nur Ihre eigene Erfindung, den Orden der Grauen, auf die einzige Art und Weise vernichten, wie er vernichtet werden *kann*, durch restlose

Zerstörung der Aktenschränke, der Computerspeicher, der Menschen ...«

Diesmal gab R. Daneel Olivaw keine Antwort. Doch sein Gesichtsausdruck genügte. Wenn ein Mensch jemals bezweifelt hatte, dass ein unsterblicher Roboter Schmerz empfinden konnte, dann wurden diese Zweifel mit einem einzigen Blick auf Daneels prometheisches Antlitz beseitigt.

»Wir sind also dazu verdammt, gegen die Finsternis anzukämpfen ... ohne Not. Wir werden an unseren Schreibtischen sterben, ohne je zu erfahren, wie vergeblich alles war.«

Hari legte dem Jüngeren die Hand auf die Schulter. »Sie dürfen nicht mehr daran denken. Kehren Sie zu Ihren Akten und Ihren Bodenproben zurück. Das Wissen, das Sie sich so schwer erkämpft, mit so viel Mut und Einfallsreichtum errungen haben, bereitet Ihnen nur Schmerz. Höchste Zeit, es fahren zu lassen, Horis.«

Antic sah verzweifelt zu ihm auf. »Sie werden nicht bis Trantor warten?«

Hari wandte sich an Daneel, flehte stumm um Aufschub, damit Horis wenigstens auf der Rückreise mit ihnen sprechen könne. Aber der Roboter schüttelte nur knapp den Kopf. Antic war zu findig gewesen, hatte allzu überzeugend immer neue Karten aus dem Ärmel gezogen.

Der Graue spürte es, stand auf und nahm, um Würde bemüht, die Schultern zurück. Aber er konnte nicht verhindern, dass er stotterte.

»W-wird es w-wehtun?«

Daneel sah ihm in die Augen und sagte beruhigend: »Überhaupt nicht. Es ist ... schon vorüber.«

10

Mit Hilfe der beiden Software-Sims Johanna und Voltaire gelang es ihnen schließlich, alle Sabotage-Viren zu finden, die Zormas Gruppe an Bord eingeschleust hatte. Lodovik jubelte, als die Triebwerke wieder ansprangen und feierte seinen Triumph, indem er wie ein Mensch breitbeinig durch den Kontrollraum stolzierte.

Dors spürte die Emotionsströme auch durch ihre Simulations-Routinen wogen. Obwohl ihre innere Unruhe sich noch immer nicht gelegt hatte, war es doch angenehm gewesen, Seite an Seite mit Trema zu arbeiten, Theorien und Einsichten mit ihm auszutauschen und eine Lösung nach der anderen zu versuchen. Auch der prahlerische Siegesmarsch gefiel ihr – Hari hatte sich ganz ähnlich benommen, wenn ihm bei seinen psychohistorischen Modellen ein Durchbruch gelungen war.

»Tut mir sehr leid, das Fest zu stören«, bemerkte Jeanne d'Arc. Ihre knabenhaft schlanke Gestalt war auf dem mittleren Holo-Schirm erschienen. Im Hintergrund sah Dors einen Mann in archaischem Wams und Kniehosen – die Simulation mit Namen Voltaire – so aufmerksam in einen Kopfhörer lauschen, als wolle er aus weiter Ferne ein schwaches Geräusch aufnehmen.

»Du hast uns gebeten, alle Übertragungen von der Erde abzuhören. Jetzt hat Voltaire eine Nachricht in einer für die Zweite Foundation typischen Verschlüsselung aufgefangen. Wanda Seldon teilt ihren Genossen auf Trantor mit, dass die Suche nach ihrem Großvater erfolgreich war. Der Entführungsversuch wurde vereitelt. Sie werden die Erde in wenigen Stunden verlassen und mit Hari geradewegs nach Hause fliegen.«

Dors sah Lodovik an, und der stieß einen tiefen Seufzer aus.

»Ich schätze, das war es wohl. Viel haben wir mit der Herumraserei nicht erreicht. Seldon ist in Sicherheit, und es kam nicht einmal zu einer Konfrontation mit Daneel.«

Dors war über beides aufrichtig froh. Aber eine gewisse Enttäuschung war nur verständlich.

»Wahrscheinlich ganz gut so. Wir sind eben doch nur zwei aufgedonnerte Tiktoks.«

Lodovik lachte leise. »Oh, ich glaube, das ist doch etwas

untertrieben. Du zumindest bist etwas ganz Besonderes, Dors. Und darüber müssen wir noch ausführlich sprechen.«

Dors nickte. Keine schlechte Idee. Sie hatten viel zu bereden. Trotz ihres inneren Aufruhrs gab es jedoch keinen Zweifel, wo ihre oberste Priorität lag.

»Du verstehst doch, dass ich jetzt nach Trantor muss.«

»Und ich habe nichts dagegen. Du hast starke Bindungen, und ich würde mich niemals dazwischendrängen. Aber vielleicht können wir uns wiedersehen, wenn dort alles erledigt ist?«

Diesmal war sie es, die ihn anlächelte. »Ich denke, das ließe sich einrichten. Kann ich dich unterwegs irgendwo absetzen?«

»Ich fliege mit dir bis Demarchia. Dort gibt es einiges, was ich mir ansehen möchte.« Er senkte die Stimme. »Aber sei vorsichtig auf Trantor, ja?«

Dors schüttelte den Kopf. »Ich glaube nicht, dass jemand es auf mich abgesehen hat. Außerdem kann ich schon auf mich aufpassen.«

»Ich fürchte keinen Angriff von außerhalb. Du bist verletzlich, Dors. Du bist menschlicher angelegt als jeder andere Roboter, und deine Beziehung zu Hari ist sehr eng. Du wirst schwere Zeiten durchmachen, wenn das Ende kommt. Solltest du jemanden brauchen, mit dem du reden kannst ...«

Mehr gab es nicht zu sagen. Schweigend übernahm sie die Kontrolle über das Schiff und leitete eine Serie von langen Hyperraumsprüngen ins Zentrum der Galaxis ein. Ihr Ziel war die Welt, zu der alle Wege führten, und wo es für sie noch eine große Aufgabe zu erfüllen gab, bevor sie sich wirklich frei fühlen konnte.

Man hat dir versprochen, dass ich kurz vor deinem Tod noch einmal zu dir kommen darf.

Dieses Versprechen gedachte sie zu halten, und wenn das ganze Universum zusammenbräche.

11

Hari Seldon betrachtete seinen letzten Sonnenuntergang auf der Erde. Die Gammastrahlen entfachten einen Funkenregen über Alt-Chicago. Die leuchtenden Ionenvorhänge kräuselten sich wie Nordlichter, die freilich ihre Energie nicht von einer fernen Sonne bezogen, sondern aus dem Boden des Planeten. Hari glaubte fast, ein Muster in den Lichterbahnen zu erkennen – wie bei den lebenden Kunstwerken in den Kaiserlichen Gärten an jenem Tag, als Horis Antic ihm das Datentäfelchen mit den verführerischen Hinweisen überreichte. Doch während er noch hinsah, verschwand jede organisierte Struktur an dem seltsamen Horizont. Jetzt erinnerte ihn das Leuchten an den Shoufeen-Wald, wo das Chaos König war und alle Ordnung vertrieben hatte.

Alles war zum Aufbruch bereit. Bald würde Hari Wandas Schiff besteigen, um nach Trantor und in sein früheres Leben zurückzukehren – gehasst von den Männern und Frauen, die er zum Exil auf Terminus verdammte, gefürchtet von der aktuellen Herrscherclique, und verehrt von einer kleinen Gruppe von Mentalisten und Mathematikern, die überzeugt waren, den künftigen Weg der Geschichte zu kennen.

Daneel würde zurückbleiben, um sich mit den Erdbewohnern auseinander zu setzen. Es gab noch einiges zu erledigen. Unter anderem musste der geborstene Sarkophag vergraben werden, damit keine andere Macht den verhängnisvollen Riss im Raum-Zeit-Kontinuum missbrauchen konnte.

Von seinem Aussichtspunkt auf einem Schutthaufen aus hörte Hari, wie Horis Antic aufgeregt vor sich hin plappernd die Bodenproben verpackte, die er während des Besuchs auf dieser fremden Welt gesammelt hatte. Vielleicht konnte er seinen Lebenslauf sogar mit dem einen oder anderen wissenschaftlichen Aufsatz darüber schmücken, wobei ihm natürlich immer das Stigma eines Mannes anhaften würde, der im Dreck wühlte.

Wie auch immer, der Junge schien glücklich zu sein. Daneel hatte gute Arbeit geleistet.

Hari begannen die Beine zu zittern, und er ließ sich wieder in den Schwebesessel sinken, den ihm Wanda besorgt hatte. Er brauchte ihn jetzt häufiger, die Wirkung der Verjüngungsbehandlung ließ allmählich nach. Bald würde er abermals ein gebrechlicher, alter Krüppel sein.

Bald bin ich tot.

Im Sitzen konnte er sich zurücklehnen und zum Zenith empor schauen, wo die Strahlung der Erde zwischen den funkelnden Sternen verglühte. Seine Vorfahren hatten die Sternbilder zweifellos auswendig gekannt, aber nach zwanzigtausend Jahren hatten sich die Konstellationen sicher verändert. Wie hätte der Himmel wohl ausgesehen, überlegte er, wenn R. Gornon Vlimt sich durchgesetzt und ihn, Hari, durch die Zeit in eine fünfhundert Jahre ältere Galaxis geschickt hätte? Die fünfhundert Jahre mehr Erfahrung mit dem Leid hatte.

Auf dem Kiesweg näherten sich Schritte – zu fest und sicher für einen Menschen. Nach einer langen Pause fragte Daneel Olivaw: »Was sehen Sie da oben, alter Freund?«

Hari wurde die Kehle eng.

»Die Zukunft.«

»Tatsächlich. Und können Sie gut sehen?«

Hari lachte.

»Ein bequemer Stuhl ... eine Anhöhe mit weitem Blick ... und natürlich meine Gleichungen. O ja, Daneel, ich sehe von hier aus ziemlich viel.«

»Und sie sind nicht enttäuscht? Weil Sie die Reise in die Zukunft versäumt haben?«

»Nicht allzu sehr. Vielleicht wäre es interessant gewesen. Aber Sie hatten Ihre Gründe, mich daran zu hindern, und ich kann Sie verstehen. Wahrscheinlich *hätte* ich mich eingemischt.« Wieder lachte Hari. »Außerdem brauchen Sie einen Mann, der niemals Fehler macht, und das bin ich nun wahrhaftig nicht.«

»Gibt es Dinge, die Sie bereuen?«

»Nur eine Sache. Ich sehe sie gerade.« Hari deutete himmelwärts, etwas links vom Zenith, aber er meinte kein Sternbild, sondern eine Schar psychohistorischer Terme, die an seinem persönlichen Himmel schwebten und für ihn im Moment realer waren als die glitzernden Sterne.

»Bitte sagen Sie es mir«, flehte Daneel. »Erklären Sie mir, was sie sehen.«

Hari begriff, dass ihn sein unsterblicher Freund, der das ganze Spektrum von Röntgen- bis Funkwellen wahrnehmen konnte, in diesem Moment *beneidete,* und freute sich diebisch.

»Ich sehe meine Foundation, die sich soeben auf Terminus niederlässt, den holprigen Weg zu Ruhm und Abenteuer betreten. Die Wahrscheinlichkeiten sind zumindest für die nächsten zweihundert Jahre sehr stark. Die psychosoziale Dynamik hat sich so weit aufgebaut, dass ich die Akteure in dem Stück fast wahrnehmen kann. Enzyklopädisten, Politiker, Händler und Scharlatane werden sich in große persönliche Gefahren begeben müssen. Aber es wird ihnen eine tiefe Genugtuung bereiten, an einer so bedeutenden Entwicklung teilzuhaben. An einer Gesellschaft mit zu bauen, die sich auf Erfolgskurs befindet.«

Hari hob die andere Hand und wies auf ein Flackern in der ionisierten Erdatmosphäre.

»Da! Haben Sie das gesehen? Eine Störung! Das kommt andauernd vor, doch die meisten heben sich gegenseitig auf. Außerdem haben wir dafür gesorgt, dass die Foundation robust und flexibel genug ist, um sich jeder Strömung und jedem Strudel anzupassen.

Wenn allerdings von diesem Großen Plan so viel abhängt, dürfen wir dann das Schicksal der Menschheit den Reaktionen von einigen Millionen unserer Nachkommen anvertrauen? Können wir darauf bauen, dass sie den Mut und die Entschlossenheit, die in den Gleichungen vorhergesagt werden, auch wirklich aufbringen?«

Hari schüttelte den Kopf. »Nein, das können wir nicht. Davon hatten Sie mich schon vor langer Zeit überzeugt,

Daneel. Abweichungen vom Plan müssen korrigiert werden! Der Plan darf nicht vom Kurs abkommen. Dazu brauchen wir eine lenkende Hand. Eine *Zweite* Foundation, die mithilfe der Mathematik jedes Zucken, jeden Schwenk verfolgt und dann genau an den richtigen Stellen so viel Gegendruck ausübt, dass die Erste Foundation auf der vorgegebenen Bahn bleibt.«

Er seufzte. »Ich war nicht schwer zu überreden. Immerhin ist die Zweite Foundation so etwas wie mein verlängerter Arm. Eine Form von Unsterblichkeit. Eine Möglichkeit, auch dann noch mitzumischen, wenn mein Körper längst von Würmern zerfressen und in die Erde umgewandelt wurde, die Horis so sehr bewundert. Die Zweite Foundation mag Yugo Amaryls Idee gewesen sein - aber kam die Inspiration vielleicht doch von Ihnen? Wie auch immer, ich stimmte schon aus Eitelkeit zu.

Doch Sie verlangten noch mehr, Daneel.

Sie fragten, ob die Mathematik genügen würde. Sie sorgten sich, ob meine Nachfolger wohl stark genug wären. Eine Gesellschaft von geheimen Führern brauche mehr als nur Gleichungen. Sie brauche übermenschliche Kräfte, um Könige, Bürgermeister und Wissenschaftler von unerwünschten Einfällen abbringen und wieder auf die vorgesehenen Schienen setzen zu können. Und siehe da, kaum hatten Sie den Vorschlag gemacht, da war auch schon das geeignete Werkzeug zur Hand!«

Hari deutete zum Horizont, wo Alt-Chicago in seinem ewigen Licht leuchtete. »Ihr Geschenk an den Seldon-Plan, Daneel: die Mentalisten! Wir mussten an unserem Plan beträchtliche Umbauten vornehmen, als *das* herauskam. Zum Glück trat die Mutation erst in Erscheinung, als Sie es wollten. Nun werden Ihnen einige von den übersinnlich Begabten helfen, die Saat für Ihr großes Universalbewusstsein auszubringen, während andere sich mit meinen fünfzig Mathematikern paaren, um eine neue Rasse zu schaffen, die sowohl mathematische wie magische Fähigkeiten besitzt.«

Auf dem Schutthügel war es lange still. Endlich bemerkte Daneel. »Sie sehen da oben wirklich eine ganze Menge, alter Freund.«

Hari nickte.

»O ja, ich sehe alle Korrekturen, die wir in den Gleichungen vornehmen mussten, um diese neue Aristokratie einzugliedern. Sie wird sich in den nächsten Jahrhunderten durch Inzucht vermehren, ihre Kräfte und ihren Einfluss weiter entwickeln und sich zunehmend mehr auf die Telepathie als auf die Mathematik stützen. Überlässt man ihr das Kommando, so wird sie allen Traditionen von Pflichtbewusstsein und ›*noblesse oblige*‹ zum Trotz mit der Zeit zu einer Herrscherklasse werden. Zu einer Herrscher*rasse*. Die jede frühere Priesterkaste oder Königsfamilie wie Dilettanten aussehen lässt.«

Hari blickte zu Daneel auf.

»Aber was bleibt uns denn für eine Wahl? Mit der Zeit überwindet die Foundation alle akuten Krisen und galaktischen Rivalen und auch den eigenen Expansionsdrang. Irgendwann erreicht das Selbstbewusstsein der Zivilisation auf Terminus seinen Höhepunkt ... und dann ist der Zusammenstoß mit dem Chaos unvermeidlich. Von da an verlieren unsere Prognosen an Genauigkeit. Die psychohistorischen Gleichungen zeigen, dass die Erfolgschancen der Foundation nur noch etwa siebzig Prozent betragen.«

»Das reicht nicht, Hari. Das reicht bei weitem nicht aus.«

»Das sagten Sie schon früher, Daneel. Die Foundation wird die stärkste, dynamischste und einfühlsamste menschliche Zivilisation errichten, die man sich denken kann. Wenn jemals eine Kultur die Voraussetzungen mitbringt, den Kampf gegen Chaos und Solipsismus-Seuchen zu gewinnen und *das andere Ufer* zu erreichen, dann sie. Wenn sie allerdings scheitert ...«

»Das ist der Haken, Hari.«

»Richtig. Die Chance, dass die gesamte Menschheit vernichtet wird, beträgt fünfundzwanzig Prozent. Dass Ihnen das zu hoch ist, kann ich begreifen, Daneel. Sie waren gezwungen, alles in Ihrer Macht Stehende zu tun, um die Aussichten zu verbessern.

Zuerst verlangten sie, die Erste Foundation müsse von einer Geheimgruppe von Mentalisten kontrolliert werden. Aber das brachte nur eine Verbesserung um wenige Prozentpunkte. Schlimmer noch: Es führte neue Störungen ein. Zum Beispiel den Groll der gewöhnlichen Menschen gegen eine Aristokratie mit übersinnlichen Fähigkeiten. Und die Gefahr durch mentalistische Einzelgänger.«

Hari hob beide Hände. »Schöne Alternativen, nicht wahr? Entweder ein unerbittlicher Kampf gegen das Chaos oder die Dauerherrschaft einer Mutantenklasse. Kein Wunder, dass Sie sich schließlich nach einer dritten Lösung umsahen! Kein Wunder, dass Sie alles tun, um Gaia zu entwickeln und damit den Seldon-Plan zu ersetzen.«

Daneels Antwort war getragen von Respekt und tiefem Mitgefühl.

»Ihr Werk ist noch immer von großer Bedeutung, Hari. Die Menschheit braucht in den nächsten Jahrhunderten etwas, das sie beschäftigt.«

»Beschäftigt? Sie meinen wohl, ablenkt? Die Angehörigen meiner Foundation werden sich als kühne Forscher betrachten, die das Schicksal in Händen halten und aus eigener Kraft, wenn auch mithilfe historischer Gesetze eine bessere Zukunft schaffen. Und dann werden sie unversehens von dieser neuen Entwicklung überfallen. Die bereits von einem Kerl abgesegnet wurde, *der alles weiß.*«

»Von einem Mann, der immer *Recht* hat«, verbesserte Daneel.

Hari winkte ab. »Was auch immer.«

Daneel seufzte.

»Ich spüre Ihre Vorbehalte, Hari. Aber Sie müssen weiter denken. Angenommen, es gäbe in anderen Galaxien Wesen in der Art der Mem-Intelligenzen, mit denen wir auf Trantor zu tun hatten? Angenommen, sie wären noch mächtiger? Hätten vielleicht alle Lebensformen in ihren Heimatgalaxien assimiliert? Wären womöglich schon dabei, ihren Einfluss in unsere Richtung auszudehnen? Ein solcher Angriff von außen könnte die Menschheit in größte Gefahr bringen. Nur wenn die menschliche Rasse einig und stark und geschlossen ist wie ein wahrer *Galaxia*-Superorganismus – können wir damit rechnen zu überleben.«

Hari blinzelte überrascht. »Ist das nicht sehr weit hergeholt? Oder zumindest noch lange nicht aktuell?«

»Mag sein. Aber kann ich mich darauf verlassen? Ich bin an das Nullte Gesetz gebunden – und ich habe Elijah Baley versprochen, Sie alle zu schützen, um jeden Preis! Auch wenn es schmerzlich ist!«

R. Daneel Olivaw trat einen Schritt vor und zeigte zum Himmel. »Außerdem, Hari, bedenken Sie! Alle Menschenseelen in Verbindung miteinander! Alles Wissen sofort Allgemeingut. Alle Missverständnisse ausgeräumt. Jeder Vogel, jedes Tier, jedes Insekt eingebunden in ein gewaltiges, alles umschließendes Netzwerk. Ein Höchstmaß an Gelassenheit und gegenseitigem Verständnis, wie Ihre Weisen der Vergangenheit es sich immer erträumten! Und all das in wenig mehr als der Hälfte der Zeit, die Sie für den Endkampf der Foundation gegen das Chaos veranschlagt hatten.«

»Einige Aspekte sind durchaus reizvoll«, räumte Hari ein. »Und doch bin ich mit Herz und Verstand immer noch auf *Terminus*, der kleinen Welt am Rand der Galaxis. Sie hat sehr viel Ähnlichkeit mit diesem Planeten ... der armen, geschundenen Erde. Trotz allem, Daneel, die Aussichten *wären* günstig gewesen. Alle Faktoren stimmten. Sie hätte eine gute Chance gehabt ...«

»Siebzig Prozent sind nicht gut genug.«

»Sie darf es also nicht versuchen?«

»Hari, selbst wenn es der Foundation gelingen sollte, jenes mythische *andere Ufer* zu erreichen, wissen Sie denn, was für eine Gesellschaft sie dann errichtet? Sie geben selbst zu, dass die Sozio-Gleichungen an diesem Punkt zu Singularitäten explodieren. Vielleicht besiegt die Foundation das Chaos, schön. Vielleicht findet sie zu einer erhabenen neuen Weisheit, aber was dann? Was ist, wenn die *nächste* Krise kommt? Darüber gibt uns die Psychohistorik keine Auskunft. Hier sind wir beide blind. Wir haben keine Ahnung, wie es weiterginge. Wir können nichts planen, und wir können sie nicht schützen.«

Hari nickte. »Diese Unsicherheit ... diese Unmöglichkeit einer Prognose ... hat mich mein Leben lang terrorisiert. Sie war stets mein Gegner, und zugleich war sie das, was mich an Sie band, Daneel. Doch jetzt, kurz vor dem Ende meines Lebens, erkenne ich auch so etwas wie Schönheit darin.

Die Menschheit ist wie ein Kind, das nach entsetzlichen Erlebnissen nur zu gern in seiner Kinderstube blieb, die ihm Wärme und Geborgenheit gab. Sie mögen mit den Calvinianern in vielen Punkten uneins sein, Daneel. Doch beide haben Sie uns zur Linderung unseres kollektiven Traumas die *Amnesie* verschrieben - ein dumpfes Vergessen, das sich sofort hätte vertreiben lassen, wenn unsere Beschützer nur die Gardinen aufgezogen und die Tür geöffnet hätten. Aber das haben Sie nie getan.

Ohne das Chaos wäre es ein Verbrechen ohnegleichen gewesen, uns so zu behandeln. Doch selbst *mit* dieser Rechtfertigung - hat nicht alles seine Grenzen? Gibt es nicht einen Punkt, an dem man das Kind frei lassen und ihm gestatten muss, sich neuen Herausforderungen zu stellen? Der Zukunft auf ihrem eigenen Terrain gegenüberzutreten?«

Hari lächelte. »Wir können nur hoffen, dass unsere Nachfahren es besser machen. Wir können nicht verlangen, dass sie vollkommen sind. Sie werden ihre Probleme lösen müssen, eins nach dem anderen.«

Daneel sah ihn lange an, dann wandte er den Blick ab.

»Sie mögen am Ende Ihres Lebens eine solche Haltung einnehmen, aber meine Programmierung ist nicht so flexibel. Wo es sich um das Überleben der Menschheit handelt, darf ich kein Risiko eingehen.«

»Das sehe ich ein. Aber bedenken Sie, Daneel. Wenn Elijah Baley jetzt hier wäre, glauben Sie nicht, dass *er* bereit wäre, es darauf ankommen zu lassen?«

Der Roboter antwortete nicht, doch das störte Hari nicht

weiter. Er betrachtete unbeirrt die Gleichungen vor den Sternen und wartete darauf, dass etwas wiederkehrte.

Etwas, das er schon einmal gesehen hatte.

Unvermittelt veränderten einige der schwebenden Faktoren ihre Bahn und verschmolzen zu einem Muster, das nur in seinem Kopf existierte. Keine Version des Primärradianten für den Seldon-Plan enthielt diese Erkenntnis. Vielleicht war es nur die Halluzination eines alten Mannes. Oder eine emergente Eigenschaft, entstanden aus all den neuen Erkenntnissen, die ihm während seines letzten Abenteuers zuteil geworden waren.

Er begrüßte es jedenfalls mit einem Lächeln.

Da bist du ja wieder! Existierst du wirklich? Oder bist du eine Ausgeburt meines Wunschdenkens?

Das Muster war ein Kreis, der an seinen Anfang zurückkehrte.

Hari schaute zu Daneel auf. Ein edleres Wesen hatte er nie kennen gelernt. Auch nach zwanzigtausendjährigem Kampf im Dienste der Menschheit war der Roboter unermüdlich, unerschütterlich in seiner Entschlossenheit, einen Ort zu finden, wo seine Herren sicher, glücklich und zufrieden leben konnten.

Und er wird auch das Versprechen halten, das er mir gegeben hat. Ich werde meine geliebte Frau ein letztes Mal sehen.

Hari, der enger mit einem Roboter zusammen gelebt hatte als je ein Mensch zuvor, hatte durchaus Verständnis für Zorma und Cloudia, die beide Rassen fester aneinander binden wollten. Vielleicht vermischte sich ihr Ansatz in vielen Hundert Jahren mit anderen Zutaten zu einem nahrhaften Brei. Doch im Moment zeigten nur zwei Schicksalsversionen wirklich Aussicht auf Erfolg. Daneels Galaxia auf der einen Seite ... und die Zahlen, die Hari über sich am Himmel flimmern sah.

»Unsere Kinder könnten Ihnen eine Überraschung bereiten, Daneel«, bemerkte er endlich und beendete damit das lange Schweigen.

Der Roboter überlegte kurz und antwortete dann: »Mit

Kindern ... meinen Sie wohl die Nachkommen der Verbannten auf Terminus?«

Hari nickte. »In gut fünfhundert Jahren sind sie bereits ein ganz eigenes buntes Völkchen, stolz auf ihre Zivilisation und ihre Individualität. Mit Ihrem ›Mann, der immer Recht hat‹ können Sie vielleicht die Mehrheit der Roboter täuschen, aber ich glaube nicht, dass in der Foundation viele darauf hereinfallen werden.«

»Ich weiß«, gab Daneel zu. Es klang gequält. »Die Assimilation durch Gaia wird Widerstand hervorrufen. Kurzsichtige Panik, vielleicht sogar Gewalt. Doch auf lange Sicht ist alles vergeblich.«

Hari lächelte nur.

»Sie haben mich nicht ganz verstanden, Daneel. Nicht der *Widerstand* sollte Ihnen Sorgen machen. Die größte Gefahr für Ihren Plan wird in einer besonderen Form der *Annahme* bestehen.«

»Wie meinen Sie das?«

»Ich meine, was macht Sie so sicher, dass nicht *Gaia* assimiliert wird? Könnte die Kultur dieser künftigen Foundation nicht so stark, so vielfältig und so offen sein, dass sie ihre Innovation einfach integriert, Gaia die Bürgerrechte verleiht und zu neuen Ufern weiterzieht?«

Daneel starrte Hari an. »Das ... ist für mich schwer vorstellbar.«

»Aber so verhält sich das Leben, seit es dem Urschleim entwachsen ist. Das Einfache geht im Komplexen auf. Trotz all ihrer Macht und Herrlichkeit sind Gaia - und *Galaxia* - eher einfache Gebilde. Vielleicht werden ihre Schönheit und ihre Kraft zu einem Teil eines größeren Ganzen. Das vielfältiger und erhabener ist, als Sie es sich jemals träumen ließen.«

»Das geht über meinen Horizont. Es klingt gefährlich. Niemand kann garantieren ...«

Hari lachte.

»Mein lieber Freund. Berechenbarkeit war für uns beide immer eine fixe Idee. Aber manchmal muss man einfach einsehen – dass es unsere Fähigkeiten übersteigt, das Universum zu kontrollieren.«

Obwohl Hari sich sehr schwach fühlte, richtete er sich in seinem Schwebesessel auf.

»Ich mache Ihnen einen Vorschlag, Daneel. Wir schließen eine Wette ab.«

»Eine Wette?«

Hari nickte. »Wenn Sie Ihren Willen bekommen, wenn alles von Gaia assimiliert wird und irgendwann ein großes, allumfassendes Galaxia entsteht, dann möchte ich nur eines wissen – braucht man dann noch *Bücher*?«

»Natürlich nicht. Alle Mitglieder des Kollektivs nehmen definitionsgemäß so gut wie ohne Zeitverlust alles auf, was jeder Einzelne lernt. Bücher, in welcher Form auch immer, sind dagegen ein Mittel, um Informationen von einem isolierten Bewusstsein zum anderen weiter zu geben.«

»Aha. Und diese Assimilation sollte in, sagen wir, sechs- bis höchsten siebenhundert Jahren vollzogen sein?«

»Richtig.«

»Nehmen wir andererseits an, *ich* hätte Recht. Stellen wir uns vor, meine Foundation erwiese sich als stärker, weiser und robuster als Sie, Wanda oder die anderen Roboter erwarten. Vielleicht werden Sie von ihr besiegt, Daneel. Vielleicht entscheiden sich ihre Angehörigen gegen alle äußeren Einflüsse, seien es Roboter, menschliche Mentalisten oder auch ein allwissendes kosmisches Bewusstsein.

Oder sie nehmen Ihr Galaxia an wie ein wunderbares Geschenk, integrieren es in ihre Kultur und ziehen weiter. In beiden Fällen hätten menschliche Vielfalt und Individualität in irgendeiner Form Bestand. Und man bräuchte nach wie vor Bücher! Vielleicht sogar eine *Encyclopaedia Galactica*.«

»Ich dachte, die *Encyclopaedia* sei nur ein Vorwand, um die Foundation nach Terminus zu bringen.«

Hari winkte ab. »Lassen wir das. Es wird Enzyklopädien geben, wenn auch vielleicht nicht sofort. Meine Frage – der Gegenstand unserer Wette – lautet folgendermaßen:

Wird es in tausend Jahren noch neue Ausgaben der Encyclopaedia Galactica geben?

Wenn Ihr Galaxia-Plan in seiner reinen, schlichten Form Erfolg hat, sind Bücher und Enzyklopädien in einem Jahrtausend Vergangenheit. Habe aber *ich* Recht, Daneel, dann werden die Menschen auch dann noch Wissenskompendien zusammenstellen und veröffentlichen. Mag sein, dass sie auf mentaler Ebene Erkenntnisse oder Vertraulichkeiten austauschen so wie heute über Holovision. Wer weiß? Aber sie werden sich auch ein gewisses Maß an Individualität bewahren und daneben die althergebrachten Formen der Kommunikation pflegen.

Wenn ich Recht habe, Daneel, wird die *Encyclopaedia gedeihen … und mit ihr unsere Kinder … und meine erste Liebe. Die Foundation.*«

Hari Seldon verstummte und überließ sich seinen Gedanken, und R. Daneel Olivaw störte ihn nicht. Bald würde sich seine Enkelin Wanda durch den losen Schutt früherer menschlicher Zivilisationen den Hang herauf kämpfen, um ihn abzuholen. Dann würden sie nach Trantor zurückreisen … vielleicht sogar zu einem Wiedersehen, das er sich seit langem ersehnte.

Doch jetzt bewunderte Hari noch das Panorama über sich – die galaktische Sternenlandschaft und die Symbole seiner geliebten Mathematik. Er schaute zum Himmel auf, sah das Feuerwerk der Strahlung und grüßte das Chaos, seinen alten Feind.

Endlich erkenne ich dich, dachte er.

Du bist der Tiger, der uns einst jagte. Die Kälte des Winters bist du. Die Qualen einer Hungersnot … der unerwartete Verrat … die Krankheit, die unerwartet zuschlägt und uns aufschreien lässt: Warum?

Du bist jede Herausforderung, vor der die Menschheit je gestanden hat, und die sie irgendwann überwand, um mit jedem Sieg ein klein wenig mächtiger und klüger zu werden. Du bist der Prüfstein unseres Selbstvertrauens … unseres Durchhaltevermögens, unserer Standhaftigkeit.

Ich hatte Recht, dich zu bekämpfen ... und doch wäre die Menschheit nichts ohne dich und könnte niemals einen Sieg erringen.

Das Chaos, so wurde ihm jetzt klar, war die Grundsubstanz, aus der sich seine Gleichungen entwickelten. Und das Leben selbst.

Wie auch immer, ihm jetzt noch zu grollen, wäre sinnlos. Bald würden auch seine Moleküle eingehen in seinen ewigen Tanz.

Doch da oben zwischen den Sternen setzte sich sein lebenslanger Traum noch fort.

Wir werden wissen. Wir werden begreifen und über alle Grenzen hinaus wachsen, die uns jetzt noch einschließen.

Irgendwann werden wir größer sein, als wir es je für möglich hielten.

Nachwort

Innerhalb eines Universums weiter zu schreiben, das von einem anderen (und in diesem Fall genialen) Schriftsteller geschaffen wurde, ist immer schwierig. Besonders, wenn der Betreffende zu unserem Leidwesen nicht mehr unter uns weilt, sodass man sich brieflich, telefonisch oder bei einem Glas Bier Rat holen könnte. Man muss seine Werke studieren, um weitere Episoden zu schmieden, die mit den Originalgeschichten übereinstimmen und dennoch neue Ideen liefern, die *er* vielleicht auch gern gelesen hätte. Hier nun fühlten sich alle drei Autoren der ZWEITEN FOUNDATION-TRILOGIE – Greg Bear, Gregory Benford und ich – durch die innere Logik von Isaac Asimovs Universum veranlasst, als Schlüsselelement das *Chaos* einzuführen – eine schreckliche Geisteskrankheit, von der die ganze Menschheit befallen ist. Isaac hat viele Anhaltspunkte in dieser Richtung hinterlassen, sodass die Kontinuität mit seinen früheren Werken gewahrt blieb. Außerdem erklärt das Chaos eins der wesentlichsten Elemente seiner Zukunftsgeschichte – den Gedächtnisverlust, der Billiarden von Menschen über hunderte von Generationen lähmt.

Ich könnte nun viel über die Gründe erzählen, warum ich meine Fortsetzung so und nicht anders anlegte, aber ich will mich darüber im Moment nicht weiter auslassen. Nur eine Anmerkung noch: Ich halte die Geschichte von Hari Seldon für nicht ganz vollendet! Ich habe, wie es auch Isaacs Angewohnheit war, in ›*Sieg der Foundation*‹ vieles offen gelassen. Vielleicht will eines Tages jemand anderer die losen Enden aufnehmen. Ich hatte überlegt, entsprechende Hinweise in ironischer Form auf zwei Seiten zusammenzufassen und als Anhang beizufügen. Aber um die Verwirrung nicht noch zu steigern, werde ich sie lieber irgendwann an anderer Stelle veröffentlichen. Sie gehören ja auch nicht direkt zu *Der Sieg der Foundation*, sondern sind eher als Träumereien darüber zu verstehen, was als Nächstes passieren könnte.

Gerade das macht uns ja so viel Spaß an unserem endlosen Tischgespräch über das Schicksal. Man stochert fortwährend in der Zukunft herum. Erkundet sie mit Experimenten und mit der Phantasie. Entdeckt Fehler, die es zu vermeiden gilt. Und Möglichkeiten, die unsere Enkel vielleicht schon für selbstverständlich halten.

Zeittafel für das Roboter- und Foundation-Universum

1982 n. Chr.	Geburt Susan Calvins. Gründung der U.S. Robots and Mechanical Men [*Ich, der Robot*].
2007 n. Chr.	Susan Calvin nimmt die Arbeit bei U.S. Robots auf. Wird später Oberste Robotpsychologin [*Ich, der Robot*].
Frühes 21. Jahrhundert	Auf der Erde erblüht eine gesellschaftliche und technische Renaissance. Entwicklung positronischer Roboter, die durch die Drei Gesetze der Robotik kontrolliert werden [*Meine Freunde, die Roboter*]. Die Erfindung des Hyperatomantriebs ermöglicht den ersten interstellaren Raumflug [*Ich, der Robot*]. Durch einen Unfall wird Joseph Schwartz auf eine Zeitreise 10 000 Jahre in die Zukunft geschickt [*Ein Sandkorn am Himmel*].
2064 n. Chr.	Tod Susan Calvins [*Ich, der Robot*]. Die Menschheit beginnt mit der Kolonisierung mehrerer Planeten einschließlich Auroras. Die ersten Chaosausbrüche schädigen die Zivilisation und zerstören das Selbstvertrauen. Auf der Erde flüchten sich die Bürger unter die Oberfläche und verbannen alle Roboter aus den Städten. Spacer verlieren Fähigkeit zur Empathie. Rapide Verschlechterung der Beziehungen zwischen Erde und Spacer-Welten [*Der Sieg der Foundation*].
300 Jahre vor den Ereignissen in *Die Stahlhöhlen*	Der Planet Solaria (die letzte Spacer-Welt) wird vom Planeten Nexon aus besiedelt. [*Die Nackte Sonne*] Niedergang der roboterabhängigen Spacer-Kultur. Han Fastolfe konstruiert

	auf Aurora den humaniformen Roboter R. Daneel Olivaw.
ca. 3500 n. Chr.	In der Nähe von New York City wird Spacetown gegründet. R. Daneel Olivaw wird dem Erdenmenschen Detektiv Elijah Baley als Partner zugeteilt [*Die Stahlhöhlen*].
1 Jahr später	Elijah Baley und Daneel Olivaw führen Ermittlungen auf Solaria durch [*Die Nackte Sonne*]. Han Fastolfe gewinnt Einfluss in der auroranischen Regierung und unterstützt die neue Auswanderungsbewegung von der Erde. Seine Gegner unter Führung von Kelden Amadiro wollen die Spacer zum Terraformen und zur Besiedlung neuer Planeten überreden [*Aurora oder der Aufbruch zu den Sternen*].
2 Jahre später	Baley führt, begleitet von Daneel und Giskard Reventlov – einem Roboter mit telepathischen Fähigkeiten – Ermittlungen auf Aurora durch. Aurora lässt zu, dass die Erde neue Planeten kolonisiert. Giskard deutet an, die Erdenmenschen müssten ihre neuen Welten völlig ohne die Hilfe von Robotern aufbauen [*Aurora oder der Aufbruch zu den Sternen*].
Weitere 2 Jahre später	Unter Führung von Ben Baley beginnt die zweite Auswanderungswelle von der Erde. Der erste Siedlerplanet wird Baleys Welt genannt [*Das Galaktische Imperium*]. Die Zahl der Siedlerplaneten wächst rasch an. Es kommt zu Spannungen zwischen Siedler- und Spacer-Welten [*Das Galaktische Imperium*].
37 Jahre nach den Ereignissen in *Die Stahlhöhlen*	Tod Elijah Baleys auf Baleys Welt [*Das Galaktische Imperium*].

196 Jahre nach den Ereignissen in *Die Stahlhöhlen*	Kelden Amadiro und Levular Mandamus deponieren überall auf der Erde Nuklearverstärker, um sich für ihre frühere Niederlage zu rächen [*Das Galaktische Imperium*].
200 Jahre nach den Ereignissen in *Die Stahlhöhlen*	Tod Han Fastolfes. Solarias Bevölkerung schwindet dahin. Daneel Olivaw und Giskard Reventlov formulieren das Nullte Gesetz der Robotik und ordnen es den ursprünglichen Drei Gesetzen über. Giskard stattet Daneel mit telepathischen Fähigkeiten aus. Amadiro und seine Verbündeten schalten Nuklearverstärker ein, um die Erde radioaktiv zu verseuchen und damit unbewohnbar zu machen. Giskard lässt dies nach dem Nullten Gesetz zu, um die Menschheit auf den Weg zur Eroberung des Weltraums zu bringen; stirbt jedoch anschließend am Konflikt mit dem Ersten Gesetz [*Das Galaktische Imperium*]. Der Große Exodus (die endgültige Auswanderung) von der Erde beginnt. Die Mehrheit der Roboter spaltet sich in zwei Lager. Die Giskardianer folgen unter Daneels Führung der neuen Religion des Nullten Gesetzes. Die Calvinianer sehen darin einen Frevel. Unter den Robotern kommt es, kaum bemerkt von den Menschen, die von der verseuchten Erde fliehen, zum Bürgerkrieg. Inzwischen durchstreifen Robotschiffe mit auroranischer Programmierung vor den ausschwärmenden Siedlern die Galaxis, um Planeten zu terraformen und für die Kolonisierung vorzubereiten. Später werden Mem-Intelligenzen behaupten, dabei seien existierende Spezies vernichtet worden. Meme flüchten sich ins galaktische Zentrum [*Der Aufstieg der Foundation; Foundation und Chaos*].

301 Jahre nach den Ereignissen in *Die Stahlhöhlen*

Der von den Spacern kolonisierte Planet Inferno steht vor einer ökologischen und kulturellen Katastrophe. Man baut Roboter nach Neuen Gesetzen, die ihnen mehr Flexibilität und Freiheit gewähren. Siedlerspezialisten helfen beim Terraformen des Planeten [*Caliban*]. Gegenüber den nach den Neuen Gesetzen funktionierenden Robotern macht sich Feindseligkeit breit [*Inferno*]. Ein Komet kollidiert mit dem Planeten. Nur die Verschmelzung von Spacer- und Siedlerkulturen verhindert den Zusammenbruch der Zivilisation [*Utopia*]. Der interstellare Bürgerkrieg der Roboter erreicht auch Inferno. Nach dem Neuen Gesetz funktionierende Roboter werden zerstört oder gehen in den Untergrund [*Der Sieg der Foundation*].

ca. 1200 v. G.Ä. (vor der Galaktischen Ära)

Der Planet Rhodia und die Nebelreiche schütteln unter der Führung der adeligen Familie Hinriad die Diktatur des Planeten Tyrann ab und entdecken die Demokratie von neuem [*Sterne wie Staub*]. Dekadente Spacer-Welten sterben langsam aus. Kolonisierung der Galaxis vollendet [*Die Rückkehr zur Erde*]. R. Daneel Olivaw formuliert die Codierungsgesetze und begrenzt damit die Entwicklung der Künstlichen Intelligenz [*Der Aufstieg der Foundation*]. Dämpfungsfaktoren wie Geschichtsverlust, Gehirnfieber und die giskardischen Mentalstrahler werden eingeführt, um das Chaos zu bekämpfen. Die geistige, gesellschaftliche und technische Entwicklung der Menschheit stagniert. Einige Gruppen, Menschen wie Roboter, kämpfen gegen die Amnesie der Menschheit an [*Der Sieg der Foundation*].

ca. 500 v. G.Ä.

Die aus fünf Welten bestehende Trantoranische Republik wird zur Trantoranischen För-

	deration und später zum Trantoranischen Imperium [*Ströme im All*]. R. Daneel Olivaw steuert es mithilfe einer Frühform der ›Gesetze der Humanik‹. Das Wissen über die Herkunft und die Ursprünge der Menschheit gerät in Vergessenheit.
200 v. G.Ä.	Die Hälfte der bewohnten Welten der Galaxis sind Teil des Trantoranischen Imperiums. Trantor unterstützt den Aufstand des Planeten Florina gegen die Unterdrückung durch den Planeten Sark [*Ströme im All*].
1 G.Ä. (12500 n. Chr. = ca. 8000 Jahre nach dem Großen Exodus)	Das Trantoranische Imperium wird zum Galaktischen Imperium. Beginn des Galaktischen Kalenders.
827 G.Ä.	Ankunft von Joseph Schwartz (der in die Zukunft gerissen wurde). Die radioaktive und spärlich besiedelte Erde versucht mit dem Einsatz einer Biowaffe einen Aufstand gegen das Imperium. Schwartz und ein Gerät zur Telepathieverstärkung sind mit verantwortlich für das Scheitern der Rebellion. Das Imperium unterstützt die Erde zunächst beim Wiederaufbau, dann werden alle Anstrengungen ohne Erklärung eingestellt [*Ein Sandkorn am Himmel; Der Sieg der Foundation*].
ca. 900 G.Ä.	Zwangsevakuierung der kaum noch bewohnbaren Erde. Gründung einer Kolonie auf dem Planeten Alpha [*Die Rückkehr zur Erde*].
975 G.Ä.	Auf einer Wüstenwelt wird eine Alien-Rasse entdeckt und nach Cepheus 18 umgesiedelt. Später flüchtet sie auf geheimnisvolle Weise aus der Galaxis [*Sackgasse**].

* Erschienen in *Robot ist verloren: Asimov Chronik 1* (HEYNE-BUCH # 01/8199)

ca. 2000 G.Ä. Daneel Olivaw und R. Yan Kansarv errichten auf dem fernen Eos eine Produktions- und Reparaturanlage für Roboter [*Foundation und Chaos*]. Mit Hilfe der großen Ruellis wird eine wohlwollend-paternalistische Regierungsform eingeführt, um die Widerstandskraft der statischen Gesellschaft gegen das Chaos zu steigern.

ca. 3000 G.Ä. Während eines Chaosausbruchs führen die alten Persönlichkeitssimulationen Voltaire und Johanna von Orléans eine Debatte über mechanische Intelligenz [*Der Aufstieg der Foundation*]. Unterstützt von calvinischen Robotern unternimmt die Kaiserin Shoree-Harn den vergeblichen Versuch, eine neue Zeitrechnung einzuführen und die Gesellschaft aus ihrer Erstarrung aufzurütteln [*Foundation und Chaos*].

8789 G.Ä. Auf dem Planeten Lingane beginnt eine neue ›Renaissance‹, die acht Jahre später im Chaos versinkt [*Der Sieg der Foundation*].

11 865 G.Ä. Auf Eos wird der humanoide Roboter Dors Venabili gebaut [*Der Aufstieg der Foundation*].

11 867 G.Ä. Die einzige extragalaktische Kolonie der Menschheit in der Großen Magellanwolke wird aufgegeben. Alle Informationen darüber werden unterdrückt [*Foundation und Chaos*].

11 988 G.Ä. Geburt Hari Seldons und Cleons I. Daneel Olivaw weiß um die Destabilisierung des Imperiums, die zum Teil auf immer häufigere Chaosausbrüche zurückzuführen ist. Das Nullte Gesetz zwingt ihn, zuerst als Stabschef, dann als Kanzler des Reiches aktiv gegenzusteuern [*Die Rettung des Imperiums*].

In geheimen genetischen Experimenten züchtet er das mathematische Genie Hari Seldon und die neue Rasse menschlicher Mentalisten [*Der Sieg der Foundation*].

12010 G.Ä. Cleon I. wird Kaiser [*Die Rettung des Imperiums*].

12020 G.Ä. Hari Seldon referiert über die Möglichkeiten der Psychohistorik. Daneel überredet ihn, die Theorie zu einer praktischen Wissenschaft zu entwickeln, um damit das Imperium zu retten. Dors Venabili wird Seldons Frau. Sie adoptieren den jungen Raych. Seldon und Yugo Amaryl beginnen mit der Ausarbeitung der Psychohistorik [*Die Rettung des Imperiums*].

12028 G.Ä. Calvinische Roboter ziehen unter Führung von R. Plussix nach Trantor und finden historische Unterlagen aus der Zeit Shoree-Harns sowie die Sims von Voltaire und Jeanne d'Arc. Mit ihrer Hilfe wird auf dem Planeten Sark die Saat für eine neue ›Renaissance‹ gelegt [*Der Aufstieg der Foundation*]. Seldon hilft, Laskin Joranum aus der Politik zu entfernen. Daneel tritt von seinem Amt zurück. Cleon I. ernennt Seldon zum Kanzler des Reiches [*Eto Demerzel = Das Foundation-Projekt, 1. Teil*]. Voltaire und Johanna dringen ins Trantor-Gitter ein, begegnen dort den alten Mem-Intelligenzen und stiften eine Rebellion unter den ›Tiktok‹-Robotern an, die daraufhin viele von Daneels positronischen Gefährten töten. Seldon schließt ein Abkommen mit den Memen, um sie von Trantor zu vertreiben. Die Sark-Renaissance endet im Chaos [*Der Aufstieg der Foundation*].

12038 G.Ä.	Tod Cleons I. [*Cleon I. = Das Foundation-Projekt, 2. Teil*]. Eine Militärjunta übernimmt die Macht. Seldon tritt als Kanzler des Reiches zurück [*Dors Venabili = Das Foundation-Projekt, 3. Teil*].
12040 G.Ä.	Geburt von Raychs Tochter Wanda Seldon [*Dors Venabili = Das Foundation-Projekt, 3. Teil*]. Auf dem Planeten Madder Loss beginnt eine neue ›Renaissance‹. Ihr Zusammenbruch erschüttert die galaktische Gesellschaft [*Foundation und Chaos*].
12048 G.Ä.	›Tod‹ Dors Venabilis und Sturz der Junta [*Dors Venabili = Das Foundation-Projekt, 3. Teil*]. Marionettenkaiser Agis XIV. besteigt den Thron. In Wirklichkeit liegt die Macht in den Händen der Kommission für Öffentliche Sicherheit [*Wanda Seldon = Das Foundation-Projekt, 4. Teil*]. Daneel bringt Dors zur Reparatur nach Eos [*Foundation und Chaos*].
12052 G.Ä.	Geburt von Raychs Tochter Bellis Seldon. Hari Seldon entdeckt Wandas telepathische Fähigkeiten. Versucht vergeblich, Menschen mit gleicher Veranlagung zu finden. Psychohistorische Gleichungen sagen den Zusammenbruch des Imperiums als unvermeidlich voraus. Seldons Team erarbeitet einen Plan, um das Wissen der Menschheit zu bewahren und über die Foundation ein Zweites Imperium zu errichten. Tod Yugo Amaryls [*Wanda Seldon = Das Foundation-Projekt, 4. Teil*].
12058 G.Ä.	Raych, Manella und Bellis übersiedeln nach Santanni, wo eine Neue Renaissance begonnen hat. Die Provinz Anakreon strebt nach Unabhängigkeit. Auf Santanni bricht das Chaos aus, Raych kommt ums Leben, seine Familie verschwindet im Weltraum. Der

Mentalist Stettin Palver stößt zum Seldon-Projekt [*Wanda Seldon = Das Foundation-Projekt, 4. Teil*].

12067 G.Ä.
= 1 F.Ä.
F.Ä. = Foundation-Ära

Marionettenkaiser Klayus I. sitzt auf dem Thron. Die Kommission für Öffentliche Sicherheit macht Hari Seldon den Prozess und verbannt das Projekt Enzyklopädie (= Erste Foundation) nach Terminus. Beginn der Foundation-Zeitrechnung [*Foundation*]. Vara Liso, starke Mentalistin, wird von Farad Sinter für die Jagd nach Robotern, den so genannten ›Unvergänglichen‹, angeworben. Ein Komplott calvinischer Roboter mit dem Ziel, das Seldon-Projekt zu boykottieren und Daneel die Kontrolle über die Geschichte der Menschheit zu entreißen, wird vereitelt [*Foundation und Chaos*].

12068 G.Ä.
= 2 F.Ä.

Regierung des Marionettenkaisers Semrin. Angehörige der Enzyklopädie-Foundation gehen in die Verbannung nach Terminus. Daneel plant den Einsatz menschlicher Mentalisten zur Schaffung des Überbewusstseins Gaia. Millionen uralter Archive werden zerstört. Die Neue Renaissance auf dem Planeten Ktlina geht im Chaos unter. Ein abtrünniger Roboter will Seldon in die Zukunft schicken, wird aber von Daneel daran gehindert. Mors Planch stürzt sich in die Zukunft [*Der Sieg der Foundation*].

12069 G.Ä.
= 3 F.Ä.

Tod Hari Seldons. Hochkommissar Linge Chen stirbt. Nachfolger kümmert sich vor allem um Trantor und die nähere Umgebung. Die Psychohistoriker provozieren Abspaltung an der Peripherie des Imperiums [*The Originist**].

* Nicht in deutscher Übersetzung erschienen.

50 F.Ä. (12 116 G.Ä.)	Anakreon erklärt sich unabhängig und isoliert damit Terminus vom Imperium. Seldons Hologramm offenbart das wahre Ziel der Foundation [*Die Enzyklopädisten = Foundation, 2. Teil*]. Terminus bietet Nachbarreichen wissenschaftliche Unterstützung an und sorgt so für Machtausgleich [*Die Bürgermeister = Foundation, 3. Teil*].
80 F.Ä. bis 195 F.Ä.	Foundation entwickelt quasi-religiösen Einfluss auf Nachbarreiche [*Die Bürgermeister = Foundation, 3. Teil*]. Verlegt sich in der Folge mehr auf wirtschaftliche Autorität [*Die Händler, Die Handelsfürsten*] [*Die Bürgermeister = Foundation, 4. u. 5. Teil*].
195 F.Ä.	Unter Cleon II. führt der Kaiserliche General Bel Riose Krieg gegen die Foundation und erobert große Gebiete. Cleon ruft jedoch, wie von der Psychohistorik vorhergesagt, die Flotte zurück [*Der General = Foundation und Imperium, 1. Teil*].
ca. 260 F.Ä.	Dagobert VIII. regiert das Rest-Imperium. Truppen des Rebellen Gilmer plündern Trantor. Die Zweite Foundation schützt die Galaktische Bibliothek und unterzeichnet Friedensvertrag mit Gilmer. [*Trantor Falls**]
ca. 300 F.Ä.	Das Reich Dagobert IX. ist auf zwanzig Welten geschrumpft, Zentrum ist Neu-Trantor. Das Maultier, ein Mutant mit starken telepathischen Kräften, besiegt die Foundation und wirft den Seldon-Plan aus der Bahn [*Das Maultier = Foundation und Imperium, 2. Teil*]. Das Maultier gründet die Union der Welten und sucht nach der Zweiten Foundation [*Die Suche des Maultiers = Zweite Foundation, 1. Teil*].

* Nicht in deutscher Übersetzung erschienen.

ca. 305 F.Ä. Angehörige der Zweiten Foundation wirken mental auf das Maultier ein und erreichen, dass es auf weitere Eroberungen verzichtet [*Die Suche des Maultiers = Zweite Foundation, 1. Teil*].

ca. 310 F.Ä. Tod des Maultiers. Die Foundation erstarkt wieder, beginnt aber auch, bisher vernachlässigte mentalistische Wissenschaften zu studieren und bringt damit den Seldon-Plan weiter in Gefahr [*Die Suche der Foundation = Zweite Foundation, 2. Teil*].

376 F.Ä. Die Foundation fürchtete die mentale Herrschaft der Zweiten Foundation und sucht nach ihr. Die Zweite Foundation lenkt ihre Verfolger mit einer List auf eine falsche Spur und setzt ihre geheime Operation auf Trantor [*Star's End**] fort [*Die Suche der Foundation = Zweite Foundation, 2. Teil*]. Daneel setzt sein Gaia-Überbewusstsein frei.

498 F.Ä. Das Gaia-Überbewusstsein lässt Golan Trevize (›den Mann, der immer Recht hat‹) zwischen einem realen Imperium, einem von Telepathen der Zweiten Foundation beherrschten Reich und einer galaxisweiten Version von Gaia – Galaxia – wählen. Andere Möglichkeiten werden nicht angeboten, andere Menschen nicht befragt. Trevize entscheidet für Galaxia. Beginn der Vorbereitungen für eine graduelle Assimilation der Menschheit in das kollektive Überbewusstsein [*Auf der Suche nach der Erde*].

499 F.Ä. Trevize macht sich auf den Weg, um nach einer Erklärung für seine Entscheidung zu suchen. Auf Solaria entdeckt er, dass sich die

* Nicht in deutscher Übersetzung erschienen.

verschollene Bevölkerung des Planeten zu einer neuen Rasse entwickelt hat. Auf der Erde begegnet er R. Daneel Olivaw, dessen Handlungen bis zu diesem Punkt vom Nullten Gesetz bestimmt waren. Trevize erkennt, dass jede wirkliche Lösung Roboter, Solarianer, Meme, Mutanten und alle anderen Intelligenzformen berücksichtigen muss. Die richtige Antwort könnte darin liegen, nicht zu vereinfachen [*Die Rückkehr zur Erde*].

520 F.Ä. Auf dem Planeten Pengia tritt die erste Untersuchungskommission zum Phänomen der Galaktischen Verschmelzung zusammen. Im Anschluss daran tobt, unterbrochen von Wellen der Gewalttätigkeit, des Gedächtnisverlusts und des Chaos 180 Jahre lang die Große Schicksalsdebatte. Der Bürgerkrieg unter den Robotern entbrennt von neuem. Die Foundation-Zivilisation bereitet sich auf die entscheidende Auseinandersetzung mit Gaia und dem Chaos vor [*Der Sieg der Foundation*].

1020 F.Ä. 116. Ausgabe der *Encyclopaedia Galactica* [*Foundation*].

1054 F.Ä. 117. Ausgabe der *Encyclopaedia Galactica* [*Der Sieg der Foundation*].

Zusammengestellt von Attila Torkos, 1998

Danksagungen

Zu den ›Asimov-Experten‹, die uns mit guten Ratschlägen zur Seite standen, gehören die Professoren Donald Kingsbury, James Gunn und Joseph Miller, aber auch Jennifer Brehl, Atilla Torkos, Alejandro Rivero und Wei-Hwa Huang. Wertvolle Beiträge lieferten Stefan Jones, Mark Rosenfelder, Steinn Sigurdsson, Joy Crisp, Ruben Krasnopolsky, G. Swenson, Sean Huang, Freddy Hansen, Michael Westover, Christian Reichardt, Melvin Leok, J. V. Post, Benjamin Freeman, Scott Martin, Robert Hurt, Anita Gould, Joseph Cook, Alberto Monteiro, R. Sayres, N. Knouf, A. Faykin, Michael Hochberg, Adam Blake, Jimmy Fung und Jenny Ives. Sara Schwager und Bob Schwager waren unsere gewissenhaften und scharfsichtigen Lektoren. Mein Dank geht auch an Janet Asimov, John Douglas, Ralph Vicinanza und vor allem Cheryl Brigham, die dank ihrer Erfahrung viele Unstimmigkeiten aufdeckte, die mir in einer Krise ihre Hände lieh und die alles in Gang hielt, wenn ich mir nur noch vorkam wie ein unglücklicher Roboter.

Das Zitat in Teil Fünf, Kapitel 7, über das ›*Evangelium der Uniformität*‹ stammt aus Alfred North Whiteheads *Science and the Modern World*, 1925.

Von

DAVID BRIN

erschien in der Reihe
HEYNE SCIENCE FICTION & FANTASY:

Im Herzen des Kometen · 06/4236
(zusammen mit Gregory Benford)
Der Übungseffekt · 06/4449
Sternenflut · 06/4450; auch ➶ 06/8208
auch als *Der Postmann* · 01/20 012
(als Buch zum Film in der Allgemeinen Reihe)
Entwicklungskrieg · 06/4634
Erde · 06/5145
Sonnentaucher · 06/5278
Die Clans von Stratos · 06/5931
Der Sieg der Foundation · 06/8303

DIE ZWEITE FOUNDATION-TRILOGIE

Band 1: 06/8301
Gregory Benford
Der Aufstieg der Foundation (2000)
Foundation's Fear (1997)

Band 2: 06/8302
Greg Bear
Foundation und Chaos (2000)
Foundation and Chaos (1998)

Band 3: 06/8303
David Brin
Der Sieg der Foundation (2001)
Foundation's Triumph

Isaac Asimov
ROBOTER/FOUNDATION-ZYKLUS

Band 1: 06/20
Meine Freunde, die Roboter (1982)
I, Robot (1950)

Band 2: 06/3004
Der Mann von drüben (1961)
The Caves of Steel (1953/54)
auch als 06/71
Die Stahlhöhlen (1988)
(in ungek. Neuübersetzung)

Band 3: 06/3009
Die nackte Sonne (1962/76)
The Naked Sun (1956/57)
auch als 06/72
Die nackte Sonne (1988)
(in ungek. Neuübersetzung)

Band 4: 01/6579
Aurora oder Der Aufbruch zu den Sternen (1985)
The Robots of Dawn (1983)

Band 5: 01/6607
Das galaktische Imperium (1985)
Robots and Empire (1985)

Band 6: 01/9563
Das Foundation Projekt (1995)
Forward the Foundation (1993)

Band 7:
Ein Sandkorn am Himmel
(frühere Ausg. unter dem Titel: Radioaktiv...! – nicht bei Heyne)
Pebble in the Sky (1950)
s. FOUNDATION-EDITION

Band 8:
Sterne wie Staub
(frühere Ausg. unter dem Titel: Sterne wie Staub – nicht bei Heyne)
The Stars, Like Dust, auch: The Rebellious Stars (1951)
s. FOUNDATION-EDITION

(1999)Band 9:
Ströme im All
(frühere Ausg. unter dem Titel:
Der fiebernde Planet –
nicht bei Heyne)
The Currents of Space (1952)
s. FOUNDATION-EDITION

Band 10: 01/7815
Die Rettung des Imperiums (1989)
Prelude to Foundation (1988)

Band 11: 06/3080
Der Tausendjahresplan (1966)
Foundation (1951)

Band 12: 06/3082
Der galaktische General (1966)
Foundation and Empire (1952)

Band 13: 06/3084
Alle Wege führen nach Trantor (1966)
Second Foundation (1953)

Band 14: 01/6401
Auf der Suche nach der Erde (1984)
Foundation's Edge (1982)

Band 15: 01/6861
Die Rückkehr zur Erde (1987)
Foundation and Earth (1986)

Die Bände 11, 12 und 13
in einem Band: 06/79
als Sonderausgabe: 06/8209

FOUNDATION-EDITION

Sonderausgabe – 10 Bände in Kassette

Band 1: 06/8101
Meine Freunde, die Roboter (Ich, der Robot; Geliebter Roboter; Der Zweihundertjährige) (1997)
I, Robot (1950), Earth Is Room Enough (1957), The Bicentennial Man and Other Stories (1976)

Band 2: 06/8102
Die Stahlhöhlen (Der Mann von drüben; Die nackte Sonne) (1997)
The Caves of Steel (1953/54), The Naked Sun (1956/57)

Band 3: 06/8103
Der Aufbruch zu den Sternen (1997)
The Robots of Dawn (1983)

Band 4: 06/8104
Das galaktische Imperium (1997)
Robots and Empire (1985)

Band 5: 06/8105
Das Foundation Projekt (1997)
Forward to Foundation (1993)

Band 6: 06/8106
Die Größe des Imperiums (Ein Sandkorn am Himmel; Sterne wie Staub; Ströme im All) (1997)
Pebble in the Sky (1950);
The Stars, Like Dust (auch: The Rebellious Stars, 1951);
The Currents of Space (1952)

Band 7: 06/8107
Die Rettung des Imperiums (1997)
Prelude to Foundation (1988)

Band 8: 06/8108
Foundation (1997)
Foundation (1951),
Foundation and Empire (1952),
Second Foundation (1953)

Band 9: 06/8109
Die Suche nach der Erde (1997)
Foundation's Edge (1982)

Band 10: 06/8110
Die Rückkehr zur Erde (1997)
Foundation and Earth (1986)

Dies ist eine Autorenbibliographie, kein Verzeichnis lieferbarer Bücher

Brian W. Aldiss
Roger Penrose
WEISSER
MARS
Eine Utopie des 21. Jahrhunderts
Roman